新世紀華人新聞傳播大系

鄭貞銘、丁淦林◎主編

新聞採訪與寫作

News Reporting: Interviewing and Writing

鄭貞銘、廖俊傑、周慶祥◎著

人類心靈的工程師
——「新世紀華人新聞傳播大系」總序

新聞傳播是人類心靈的工程師，任務何其艱鉅！隨著傳播科技的發達，新聞傳媒更形成一種權力；但這種權力究竟是基於何種哲學思維，建立它的基本核心價值？這是本叢書作者共同關切的問題。當傳播施展它的無邊威力時，究竟誰能制衡它的威力！當他爲社會百態進行論述時，究竟誰爲它們打分數？

這一大哉問，牽涉到新聞哲學的問題，這也是叢書作者們所最關心的基本觀念與核心價值。每一個從事新聞傳播研究與工作的人們，不能不思考：新聞傳播的目的何在？新聞傳播的價值何在？新聞人追求的目標究竟是什麼？如果不能確定新聞傳播的本質，追尋其基本的價值目標，則新聞傳媒恐也難免陷入進退維谷、進退失據的境地。

美國著名傳播學者梅里爾（John C. Merrill）強調新聞倫理是新聞哲學的核心。他說：

「倫理學……促使新聞從業人員在它們的新聞工作中，決定應當做的行爲；它是一種有著濃厚色彩的規範性行爲。」

基於此一信念，我曾以柏拉圖（Plato）《理想國》（*The Republic*）中所揭櫫的四種道德——智慧、勇氣、節制、公正，作爲新聞傳播哲學的中心基礎。

現今是一個人稱「資訊雖發達，知識卻貧乏」的時代，「資訊氾濫」的嘲諷，必須靠新聞人類的智慧來遏止，提供知識、提升文化品質與生活水準，絕對是新聞人的最高道德。

所以，新聞人在享受傳播自由時，必須隨時自省與自制：新聞人既不能以一己之私藉傳播之力謀名求利，更要積極地領導社會走向理性與和諧。

新聞傳播如能成為社會進步的標竿，自然就能掃除許多社會進步的絆腳石，新聞傳播哲學思維的確立，資訊才是人類走向世界和平的催生劑。

因此，新聞教育的重要性也就不言可喻。

1908年，當美國「新聞教育之父」威廉斯（Dr. Walter Williams）創辦密蘇里大學（University of Missouri）新聞學院時，第一件窘事便是學生無書可讀；1922年，普立茲（Joseph Pulitzer）創辦哥倫比亞大學（Columbia University）新聞學院，也大量聘請新聞界實務人才執教，講授他們的工作經驗，這固然說明新聞實務在新聞教育中的重要性，但同樣的原因是因為他們面臨缺乏教科書的痛苦。

新聞教育發展二十年後，儘管密大與哥大的教育績效良好，但是仍不免為教育界所譏諷與抨擊，他們認為新聞僅是技術而非學術，新聞學不過是一種工作經驗的「膚淺」傳授，這種過度重視職業趨向「庸俗之學」不足以使它在大學殿堂立足生根；「新聞無學」之說遂甚囂塵上。

我個人在台灣接受政治大學復校第一屆新聞學教育時，也同樣面臨「無書可讀」的痛苦，當時曾虛白、謝然之、馬星野、王洪鈞、錢震諸師的論著，乃洛陽紙貴，為入門學新聞之「聖經」。

曾虛白教授的《中國新聞史》、徐佳士教授的《大眾傳播理論》、王洪鈞教授的《新聞採訪學》、錢震教授的《新聞論》，我稱他們的著作為台灣新聞教育的啓蒙之作，是極為誠懇而忠實的推崇。

1963年起，我任教台灣各大學四十餘年，先後任教的學校包

括文化大學、世新大學、輔仁大學、師範大學、銘傳大學、政戰學校、玄奘大學、東海大學、東吳大學、中原大學、香港珠海大學、淡江大學等十餘所。其中以專任中國文化大學的時間最長，先後擔任大眾傳播館館長、新聞系主任、新聞研究所所長，以及社會科學院院長等行政管理職共十七年。

在長期從事新聞教育的歷程中，我深知如無優良的書籍為基礎，新聞教育如浮萍，並無扎實的根基。因此，從事有關大學新聞教科書的著作與出版，乃成了我努力的另一中心目標。

四十年來，台北的三民書局、正中書局、商務印書館、五南書局、華欣文化事業中心、莘莘出版公司、遠景出版公司、遠流出版、時報出版公司、空中大學、台北市新聞記者公會等，都是熱心出版新聞叢書的單位，他們對新聞傳播學的闡揚皆極有貢獻，而學生更可以跳脫無書可讀的窘境。

兩岸交流之後，我遍訪大陸重要新聞學府，邀請大陸重要學府負責人訪台，他們一致的心聲就是大陸的新聞專著缺乏，即使有所出版，對近代之傳播研究仍顯得匱乏，於是乃就力之所及，盡量以台灣學者出版的新聞傳播著作，贈給各大陸名校，作為近代新聞教育之基礎；其中1996年，經由中華學術基金會的支持、李瞻等教授的努力，購買大批有關新聞傳播圖書贈送十二所名校，每校獲贈五大箱，三百多冊，這對兩岸新聞傳播學術之交流、瞭解與合作助益不少。

近些年，大陸新聞傳播教育迅速擴張，發展速度驚人。而有關書籍之出版也如雨後春筍，我們驚豔於許多學者的辛勤耕耘，但也認為其中有若干待充實與補正之處。

於是，在有志學者的倡議下，如何延攬海峽兩岸與美國、香港等地的著名華人學者，共同為二十一世紀的新聞傳播研究出版共同叢書，以迎向世界潮流，作為對全球華人研讀新聞傳播的重要藍

本，成了有志者的共同心願。

這是一項艱鉅的工程，經過兩三年兩岸與海外學者的不斷聯繫溝通，終獲許多學者的熱心參與。我們如臨深淵、如履薄冰，以誠懇嚴謹的態度達成編輯這套叢書的共識：

1.以前瞻性的眼光、作世界性的展望；

2.落實於中國、港澳與台灣地區之運用；

3.體例的一致性；

4.文字之通俗易懂；

5.理論與實務之結合。

當然，要完成上述理想並非容易，但是，所有的作者都願意盡己所能，共同完成這一項壯舉。

也感謝上海復旦大學出版社與台北威仕曼文化公司爲這套叢書在上海、台北兩地分別以正簡體字出版。

希望這套全球華人重要學者的結晶，能建立起新聞傳播的普世價值。

鄭貞銘

2010年4月20日於上海樂雨軒

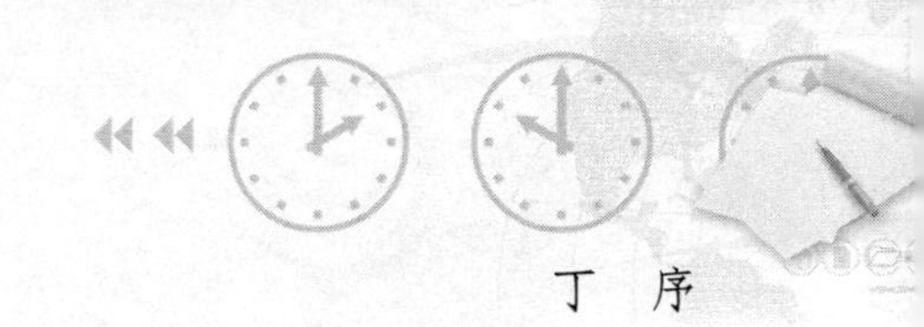

丁序

教材爲教學之本。這個本，是教本或書本，也是根本。教師教、學生學都以教材爲依據，教什麼、學什麼、範圍多大、程度多深都體現在教材中。因此，編寫教材要特別重視知識體系的完整性、科學性和準確性，其難度不下於寫專著。一部好的教材，往往就是一部好的專著。第一部中國人撰寫的新聞學著作——《新聞學》，就是徐寶璜教授爲北京大學新聞學研究會講課的教材；名著《中國報學史》，也是戈公振先生爲了講課需要而撰寫的。

然而，專著與教材畢竟有所不同。寫專著，著眼於學術貢獻，要求深入、深入、再深入；而寫教材，卻要求滿而不溢，即全面地、系統地闡釋課程內容，不多不少，恰到好處。寫教材，還應注意爲教師預留講解的空間，爲學生預留思考的空間。當然，這不是削減內容，而是在表達上應重在啓迪。

在全世界華人地區中，新聞傳播教育與學術研究發展迅速。在這方面，不同地區各有特點，更有共同的文化根源和共同的現實需求，因而交流與合作十分必要。編輯出版這套「新世紀華人新聞傳播大系」教材，目的是彙集各地區華人學者優勢力量，共同推進華人新聞傳播教育與學術研究。這套教材，由中國內地、臺灣、香港、澳門以及美國等地華人學者通力合作編寫，執筆者都有豐富的教學經驗與豐碩的學術成果。他們熟悉課堂、瞭解學生，善於釋疑解惑，長於學術研究。「教然後知其困」，他們也遇到過種種問題，找到過種種答案，有著種種感受。他們把自己在實踐中的切身體驗融入教材，可以使之有完備的知識性、縝密的邏輯性和親切的

可讀性，學生「學然後知不足」，學然後知創新。

編好教材，是編者的責任，但也需要讀者的幫助。我們衷心期盼，讀者把閱讀的感想、意見和建議告訴編者或執筆者，以便修改補正，逐步完善。

丁淦林　謹識

2010年6月於上海

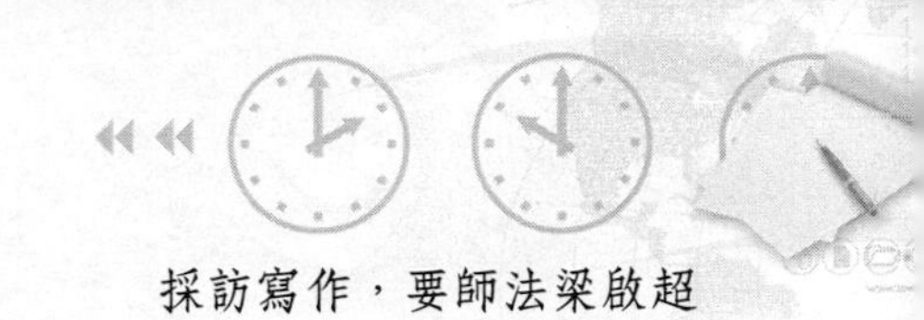

採訪寫作，要師法梁啓超

民初知名的思想家梁啓超先生，一生有許多身分，其中一個是「報人」。

後人對他從事新聞事業，有兩個很重要的評價，一是說他的寫作「筆鋒常帶感情」；一是說他的作品所寫爲「人人心中所有，人人筆下所無」。

這兩個評價，指出兩個重點：題材和寫作能力。梁啓超能夠找到人人心中關切的議題，這是他具備敏銳的觀察力，還能深入人群中找到重要的、民眾關心的素材，然後用帶有感情的筆觸寫出來。

所謂「筆鋒常帶感情」，並不是以激情的題材和煽情的手法去寫作，而是即使針對嚴肅的議題，也能以悲天憫人的胸懷，平實中富含人文關懷的愛心去下筆。

這兩個評價，可以爲這本書做最好的註腳：一個媒體工作者最重要的兩個工作，一個是找到好的報導素材，一個是寫好一個報導，也就是要有夠水準的採訪和寫作能力。

但是近百年以來，像梁啓超這樣的著名報人並不多，可見採訪和寫作說來簡單，做得好可不容易，最主要的原因是許多新聞從業人員的基礎訓練並不夠，有些是一進入職場就忘掉了新聞教育的所學，歸根來說，還是新聞教育未能深化到其思想精神裡，形成他生活中的一部分，成爲他工作的標準作業流程，和立即的反應。

過去，出版採訪寫作的書很多，但通常理論多，能夠落實到實際工作上所遭遇的問題者幾乎沒有，這一本書，書名雖是普普通通的「新聞的採訪與寫作」，但觀其內容可知道大大的不同，全書可

以分成三大篇，第一篇為「新聞採訪理論」，第二篇為「新聞報導的採訪寫作」，第三篇為「專題報導的採訪寫作」，可以說是囊括了各種面向採訪寫作的理論和實務，是難能可貴的完備。

尤其，在作者方面，更是難得，第一篇的作者鄭貞銘先生從事新聞教育有五十多年的時間，在兩岸都有許多學生，可說是桃李滿天下的典型，早年也曾擔任媒體的記者、編輯、總編輯、董事長等職。第二篇的作者廖俊傑先生則是經歷豐富，傳播領域裡從報紙、雜誌、出版、廣播、電視、通訊、網路、電子商務等，行行均有涉獵，從基層到高階管理階層，都有實務的經驗，最難得的是還曾在新聞行政和新聞政策方面有過重要的職務，且對新科技在傳播的運用上有所鑽研，同時也在繁忙的工作中，兼任教職達二十多年之久，其視野自有過人之處。第三篇的作者周慶祥先生，在報紙擔任採訪記者及管理工作超過二十年，然後繼續深造，於獲得傳播博士學位後轉入教育領域，任教於很多所大學新聞或大眾傳播科系，理論與實務兼長，十分難得。

希望這三位先生的大作，能夠給有興趣於傳播事業的年輕朋友深入的體會和學習，內化成從事傳播工作的基本技能和直覺反應，必然能夠成為新聞傳播事業的優秀生力軍。

作者簡介

鄭貞銘

學歷

國立政治大學新聞系（在台復校第一屆）暨研究所畢業

現任

中國文化大學新聞系所教授，上海交大、北京師大、湖南大學、中南大學、香港珠海大學等校客座教授

經歷

先後擔任中國文化大學新聞系主任、新聞研究所所長、社會科學院院長；台灣師範大學、輔仁大學、淡江大學等校兼任教授；《中央日報》副主任、《台灣新生報》主筆、英文《中國郵報》社長兼總編輯、《香港時報》董事長、中央社常務監事，並歷任黨政要職。

社團

1.中華民國大眾傳播教育協會秘書長兼副理事長

2.傳播發展協會理事長

3.新生代基金會常務董事

4.海外基金會董事

5.團結自強協會理事、監事會召集人

6.中國國民黨文工會副主任

7.中國國民黨青工會專任委員（兼總幹事）

8.《黃河雜誌》社長

9.《自由青年》社長

10.《中央月刊》社長

著作

著有《百年報人》等書數十種。

廖俊傑

經歷

1.台灣中華書局編輯、中華書訊主編

2.《民生報》記者、編輯、文化新聞組主任

3.中央日報記者、執行副總編輯、電腦中心主任

4.行政院新聞局國內處十職等編審兼科長

5.《中央月刊》執行副總編輯

6.《現代日報》副社長兼總編輯

7.《我們的雜誌》社長兼總編輯、《菁采月刊》社長兼總編輯

8.國民黨中央文化工作會總幹事、主任秘書

9.中國廣播公司副總經理，任內完成迄今亞洲最大的數位廣播單頻網

10.中工電訊公司總經理

11.中科全球電子商務公司總經理

12.《人間福報》顧問、副社長

13.台灣飛鷹航太事業公司（GPS的設計製造）執行副總經理

14.華僑救國聯合總會副秘書長兼主任秘書（現任）

15.僑光通訊社社長（現任）

兼任經歷

1.中華民國第七屆國民大會新聞組科長

2.公共電視製播小組國內科科長

3.中視、《民生報》「兒童天地」兒童節目總策畫人及執行製

作，榮獲國際獎項

4.文化大學新聞系兼任講師超過20年

5.革命實踐研究院講座

6.玄奘大學大傳系兼任講師

7.世新大學廣電系兼任講師

民間組織

1.嘉義市記者公會第一任理事長

2.台灣省記者公會常務監事

3.中華民國滑冰協會理事

4.台北市木球委員會委員

5.知行文教基金會執行長

6.中華民國廣播電視協會常務理事

7.中華民國民營廣播電台聯合會常務理事

8.科技教育文教基金會董事

9.中華民國數位廣播促進會第一任執委會主席

10.實踐文教基金會董事（現任）

11.中美文經互益基金會董事（現任）

12.中華向日葵社會福利協會理事長（現任）

13.中華藝術文化發展協會理事（現任）

14.中華廣播電視及資訊通訊發展協會秘書長（現任）

著作

1.《網球入門》

2.《迎接數位廣播的時代》

3.《數位廣播的經營與商機》

4.《即時報與電子通路——報業的重生和商機》

5.《中華常識百科全書》〈漫談攝影〉、〈印刷常識〉、〈漫談音響〉等篇

周慶祥

學歷

世新大學傳播研究所博士

文化大學新聞研究所碩士

世新傳播學院廣播電視系廣播組學士

世界新聞專科學校三專廣播電視科

現任

中國文化大學新聞系專任助理教授

曾任

客家電視台新聞製作人

東森多媒體集團新聞主編

台視公司專案中心新聞主編

台灣酒客雜誌社組長

《中央日報》記者、組長、大陸中心編撰

《青年日報》社會、司法、財經、體育記者

教職經驗

世新大學廣電系、新聞系講師、助理教授

國立政戰學校講師、助理教授

國立空中大學講師

教學專長

新聞採訪寫作、媒介實務、雜誌編輯、網路新聞、新聞傳播史、新聞學、廣告學

專書著作

《新聞採訪理論與實務》（與方怡文合著）

《網路新聞理論與實務》

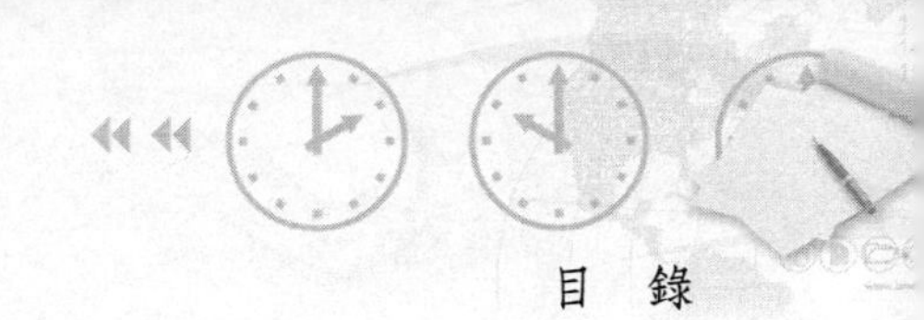

目　錄

新聞採訪
與寫作

第二篇 新聞報導的採訪寫作 189

新聞採訪
與寫作

第三篇　專題報導的採訪寫作　527

第一篇

新聞採訪理論

第一章 記者的角色與重要性

1.瞭解新聞記者的角色。

2.瞭解新聞記者的責任。

3.瞭解當今記者的重要反思。

新聞報導是媒體的主要功能，也被認為是新聞事業的靈魂。而記者正是完成這項任務的主要人物。

新聞記者是什麼？新聞記者的主要責任與角色為何？他是為社會伸張公平與正義，新聞報導的方向與公共議題、公義、公共利益有關。

新聞媒體享有充分的新聞自由，另一方面又受到商業競爭的影響，產生利益、公益等議題之間的取捨。

新聞記者在實務工作上會遭遇到多元的壓力來源，使得新聞記者的專業意理面臨挑戰。

第一節　新聞記者的角色

新聞傳播媒體，今天代表的是一項權力，而新聞記者正是執行這項權力的重要代表人。因爲新聞報導是媒體的主要功能，也被認爲是新聞事業的靈魂。而記者正是完成這項任務的主要人物。

以台灣爲例，《中國時報》與陳世敏教授曾合作進行了一項調查：哪些行業對社會影響力較大。結果認爲，立法委員影響力最大54.9%，其他依序爲電視主播54.8%、報紙記者（中時、聯合）53.9%、政府高級官員51.8%、大企業家41.8%、法官35.1%、高級軍事將領31.5%。

記者責任之神聖與任務之艱鉅，正是建立在媒介這種無遠弗屆的影響力基礎上。

尤其在二十一世紀的今天，傳播與資訊對人類社會的影響益發深遠。新聞記者身上的責任更爲艱鉅。

《美國新聞與世界報導》十二年來，每年在4月至5月間，總會推出一期「誰在掌握美國」（WHO RUNS AMERICA），以特別報導當年選出美國最具有影響力的十個人。

在1970年代，目前已往生的電視新聞記者華特・克朗凱（Walter Cronkite），曾連續三年被選入前十名最具有影響力的人士，至1980年他還是美國第八名最具影響力的人士。

但八〇年代以後新聞記者就不排名在前十名以內，通常排名在第十一名至三十名之間。以1980年爲例，第十一名爲CBS的新聞記者丹拉瑟（Dan Rather），第十七名爲《紐約時報》發行人亞瑟・沙茲伯格（Arthur O. Sulzberger），第二十一名《華盛頓郵報》董事長凱薩琳・葛蘭姆（Katherine Graham）（已逝），第二十九名美國電視公司（ABC）新聞總裁戴尼・阿利奇。

在過去十幾年來，電視在美國的影響力相當大，其影響力經常都是在前五名以內，有時候僅次於白宮，排名在第二名；1985年排名第四（1984年第三名）、報紙排名第十二名、廣告業排名第十四位、廣播界排名第十九名、民意測驗排名第二十名、雜誌排名第二十三名。

以各行各業分別排名，傳播界中最有影響力的人士：第一名是《紐約時報》發行人沙茲伯格，第二名爲CBS的丹・羅瑟，第三名爲甘奈特報團的老闆艾倫紐哈斯（其下擁有《今日美國》等一百二十幾家報紙）。

廣告界第一名爲楊・魯比堪公司負責人愛華德・紐，第二名爲華特・湯普森公司的唐・瓊斯頓（前一年爲奧美廣告公司的大衛・奧格爾維），第三名爲美國廣告公司協會總裁李諾德・馬休茲。

1980年增加一項「誰是美國的明日之星」，結果大衆傳播界又有一人上榜，那就是今年逾四十歲的黛安・索耶（Diane Sawyer），她是CBS《六十分鐘》共同主持人，然後再轉到《六十分鐘》這個新聞節目，她的同事形容她「具有敏銳的智慧、清晰的洞察力、拚命的工作者。」

陸續還有《華盛頓郵報》發行人唐納．葛蘭姆，《今日》節目共同主持人布萊恩．甘貝爾（Bryant Gumbel），國家廣播公司（NBC）新聞部的康妮．宗（毓華）當選。

一、記者的職業修養

一個新聞記者的基本職業修養與應有理想和抱負。起碼要做到，避免因人情包袱、貪圖近利、濫用權力而發生的重大偏差。

新聞記者在人格與道德上應該具備的基本修養是：

(一)自尊心

記者要有知識分子的尊嚴、士大夫的氣概和教育工作者的襟懷。在服務的機構裡，記者的職位看起來很平凡；與企業界或政府機構比較，記者的待遇可能相形見絀。但是記者在社會上的地位卻超越其他職務之上。一個記者，可與高官、甚至國家元首平起平坐，侃侃而談；也可以使頤指氣使、不可一世的民意代表自知收斂，不敢放肆；更可以使財產萬貫的企業經營者低首下心，自承錯失；這種潛在的權力，是從事任何職業者所無法望其項背的。但是記者要享有和保持這種權力，必須有充分的自尊心，對職業道德的恪守和執著。

(二)企圖心

記者的一支筆、一個麥克風、一部攝影機，透過媒體的傳播，蘊藏著「一字之褒、榮於華衮；一字之貶，嚴於斧鉞」的力量。作

爲一名記者，必須珍惜這份力量才不負身爲記者的使命。要如此，記者必須有旺盛的企圖心。

(三)道德勇氣

在記者採訪或處理新聞與討論的過程中，往往會遇到各種不同的壓力。因此發生無窮的困擾，有的誘之以聲色、有的利之以金錢、有的脅之以暴力。取捨從違，只在一念之間。作爲記者必須有一份「富貴不能淫、貧賤不能移、威武不能屈」的道德勇氣。擇善固執、不惑不懼、把握自主、絕不動搖。

(四)歷史抱負

今天的新聞，往往就是明天的歷史。歷史是人類活動過程的累積，文化的衍續。新聞記者正是負此任務的使者。新聞記者除了應秉持鉅細靡遺的態度外，更需記錄實情，杜絕歪曲汙衊，確實肩負向歷史交代的胸襟。

有人以基本技巧的手、勤快踏實的腳、豐富敏捷的腦、惻隱正義的心，以形容記者的能耐。任重道遠，豈非記者的最佳形容？

記者善用媒體，以期其能爲民主社會服務，這是社會對媒體寄以殷殷期望的原因。

以美國爲例，美國的民主制度及憲法明文保障新聞，和幾位開國元勳，如華盛頓、傑佛遜（Thomas Jefferson）等政治家，對維護新聞自由的努力，是使美國新聞事業能蓬勃發展最重要的原因。

以傑佛遜總統爲例，儘管當時飽受反對黨的報紙極力反擊，但他能強調「如果讓我『就有政府而無報紙，或有報紙而無政府』做一選擇，我將毫不考慮選擇後者」，及「我甘願將自己做一項重大試驗，以證明一個廉潔、公正而得到人民瞭解的政府，即使荒唐的

報紙謊言也不能將其推翻。這種試驗即在向世人證明，出版自由與平民政府不能並立的見解顯是虛妄的，報紙任意說謊即無公信力，已為確定的事實，我只有讓別人叫他們尊重事實，以恢復公信力，在此一情形下，報紙才是一高尚的組織，是科學及自由公民的友人」。

此種不偏不倚的新聞客觀報導，可見諸於《紐約時報》、《華盛頓郵報》、美聯社（Associated Press, AP）及美國有線電視新聞網（Cable News Network, CNN）等重要媒體；為了供應所有不同背景及不同性質媒體的新聞，或爭取不同國度收視觀眾或聽眾的支持，對於政治敏感性報導，更能格外細心處理。

以《紐約時報》為例，雖為猶太人所擁有，但言論或報導仍能站在較客觀立場；所以儘管有新興媒體競爭，還是屹立不搖，成為世界報業的典範。

二、新聞記者的責任

新聞記者是什麼？有一句令人激賞的話說：「他是為社會敲鐘的人。」

試舉日本為例，它的報紙發行量始終獨占鰲頭，雜誌與書籍也不遑多讓，這三種媒體使日本人的生活充滿書香。

讀報是日本人每天不可少的活動，東京地區的讀報是十五分鐘，而全國平均每天讀報三十分鐘，和西方著名的報紙比較，日本五大全國性報紙在發行量遙遙領先。

除了全國出版的圖書雜誌書目極多外，外文書籍的翻譯也久負盛名，平均每天出版譯作七本，所以許多日本人雖然不懂外文，卻也一樣享受許多先進國家的學術知識。

雜誌在東京也是蓬勃昌盛，尤其是經濟性雜誌更為主流。

日本拍攝許多電影與電視節目，不僅充實日常生活，也擴大國際觀。在中國大陸所拍攝的《絲路之旅》便傳誦一時。

就這一觀點看，記者實肩負爲「社會敲鐘」的責任。社會賦予他採訪權。其所有權力來自於透過自己的善盡職責而滿足閱聽人「知的權利」，所以記者的責任心極其重要。

老子曾說：「天地不仁，以萬物爲芻狗。」新聞從業人員之信條與責任，其出發點應以主動的「仁」爲依歸，不應視爲對工作及個人被動的「束縛」，基於這樣的認識，吾人討論記者的責任與信條，才具有主動性、積極性與參與感。

亨林（A. F. Henning）在其所著的《新聞事業的倫理與實踐》（*Ethics and Practices in Journalism*）第七章裡，將新聞從業人員的責任分爲社會、報社、同業、專業等四方面敘述，吾人不妨借資參考。

(一)對社會的責任

1.新聞中的姓名、日期及地點須確實無誤。

2.如新聞中涉及兩方面或更多方面時，各方面皆須顧及。

3.寫新聞時，不得因友誼或仇敵而稍帶色彩，或增減事實。

4.非得事先允許者，不得引用他人語句。

5.不可以偷竊或欺騙手段，取得新聞事實或照片。

6.凡在家庭範圍內認爲不妥當字句，不可在報上應用。

7.對於法庭規則及程序，務須熟記，凡於法律手續有阻礙者，不得在報上發表。

8.對於權勢及弱者姓名，皆須平等看待。

9.因消息而訪問他人時，須待之以禮。

10.關於不幸之消息，凡間接與之有關者的姓名，能省略即省略。

11.對於某人的種族、宗教或職業，如與團體中其他人有損時，不可發表。

閱聽大衆是新聞事業的衣食父母，數目多寡決定新聞事業的銷數、收聽率或收視率，間接的決定廣告收入和新聞事業的盈虧，他們也是新聞記者服務的對象，因此新聞記者必須對大衆負責。

記者必須重視社會責任，對社會負責也是「社會責任論」的理論中心。社會的福利重於個人的利益。美國自1970年代初期開始禁止放映香菸電視廣告，美國法院對不實廣告之處罰，以及美國一方面保護新聞自由，另一方面也保護人民隱私權和名譽，都是社會責任的成就。

(二)對報社的責任

1.未得到報社負責人許可前，不得以新聞稿件徵求外人的同意。
2.採訪新聞時，不可與競爭對象之報紙代表聯合商量。
3.有外人在座時，不得任意批評其所服務的報社。
4.一切政治及其他事務，如果足以影響其報紙地位時，絕不可參加。
5.須熟悉誹謗罪之法律條文，以避免報社與人涉訟。
6.寫作稿件，不得接受外界禮物或金錢。
7.須熟記及遵守辦事規則。
8.新聞內容取捨尺度，應徵求報社負責人之同意，不可擅自主張。
9.由電話所接到的外界消息，在未能證實前，不可發表。
10.在新聞裡，不可摻雜個人意見。
11.如想辭職時，須在兩週前通知報社。

12.個人行爲不可以辱及職業。

13.應時時求進益，以提高職業標準。

另外，對上級負責，忠於老闆，只要不是盲目的忠誠，也未嘗不是負責的記者。例如：老闆是抱著服務社會的態度經營新聞事業，新聞記者倘若能遵循這個原則，也能受到社會的尊敬。

(三)對同業的責任

1.別人有不良行爲，應盡力勸阻。

2.不可慷他人之慨，以增進自身地位。

3.不可惡意批評他人工作，藉故中傷。

4.雖是競爭對象之報社，亦不可故設圈套，使其在報導上發生問題。

5.維護整個職業，抵制外界的不公平批評。

創辦密蘇里大學新聞學院的威廉博士（Dr. Walter Williams）說過：「報人只應寫他所深信爲眞實的東西。」這也是一名好記者工作的責任，但怎樣履踐這項責任呢？

第一，不憑空捏造新聞。記者不能爲了私利，虛構新聞、欺騙讀者，更不可因求功取寵，無的放矢。

第二，不道聽塗說。社會上的傳言與謠言，不勝枚舉，記者必須以「謠言止於智者」爲工作指南。

第三，發現錯誤要立刻更正。新聞內容難免有誤謬，更正是唯一補救的辦法。

第四，盡量避免誨淫誨盜的新聞。「有聞必錄」的新聞觀點，對社會善良風氣及教育不一定是對的，尤其是淫盜擄掠的新聞，報導得太詳盡，只會鼓勵犯罪，刺激犯罪。新聞記者須把社會教育視

爲自身的責任之一。

「守信」又是記者責任之所在，「言而無信不立」，記者欲獲社會、讀者、同業各方面的信任，就必須注意信用。若答應「不透露消息來源」時，即使有關機構追查消息來源，雖面臨威脅，也不可出賣別人。又好比同業間約定某日同一時間發表的新聞稿，不宜單獨搶先發表。

「敬人者人恆敬之」，記者若要建立令人尊敬的地位，即應先知道如何尊重他人，包括他人的人格、人權與尊嚴。吾人可以分列幾項較爲重要的事例加以討論。

第一，絕對不可以報紙審判。非經法院判決，報紙不可以加罪於人。案件如仍在審理偵查階段，報紙不可任意作空穴來風式的評論。

第二，新聞報導與評論，一定要基於公益的原則，絕不可因私利，揭露或評論他人之私德，而構成對「隱私權」的侵越。

第三，對於不合時代之要求，且有輕視性的稱謂，避免在筆端出現，例如「下女」、「清道夫」、「苦力」等字句；又例如對身體殘缺的人，更不可有絲毫調侃之詞加在渠等身上；總之，記者有責任避免作傷害他人自尊的描述。

新聞從業人員是領導社會的知識分子，除了基本的做人條件，更應該有任重道遠的抱負，新聞記者要有健全的職業道德觀念，才能履行其責任，而這些責任，不外乎「講道德」、「求操守」、「守信用」、「知廉恥」。新聞記者能不戒愼恐懼，好自爲之？

(四)對自己與專業負責

權力與責任相伴而生，記者代表公衆、探知及事實眞相，新聞記者本著良知，取捨新聞內容，決定新聞的重要和角度，能夠做到這一點就不失爲負責的新聞記者。但是若干以名利爲重的記者，不

是本著良知行事，而是以私利作爲去捨新聞內容、決定新聞重點和角度的標準，這種行爲是對自己的名利負責，而非對良知負責。

新聞專業是服務社會的專業，尤其有崇高的理想，新聞記者倘若能遵守新聞道德的規範自爲社會所敬重。

林照眞（2006）強調調查記者的報導方向必須和公共議題有關，必須符合公義與公共利益。她進一步說明，調查報導的目的在揭露眞相，如果只是個人私事就無關公共利益。但如果可以發現國會議員或是官員犯罪，已直接衝擊到民主的核心，就是公共利益。

三、媒體的輿論功能

記者以報導社會的眞實爲職責，但就整體社會而言，傳媒是一種社會輿論，也是一種監督；如果放棄了監督，則傳媒就無靈魂，有如行屍走肉；它必須在社會監測、社會淨化與社會進步這三大功能中發揮力量。

就社會監測而言，如何去腐揭弊是新聞媒體的第一測驗，換言之，輿論監督反映公衆意見，是媒體日常生活的工作；要不斷追蹤社會發展進程，爲良性發展扮演「守望者」的角色。

就社會淨化而言，媒體必須診治社會揭弊推動問題解決，以淨化社會之環境，尤其媒體具有公開即時的傳播特性，更要劍及履及，爲「社會公器」之職能善盡職責。

就社會進步而言，媒體扮演推手的角色。介紹各國進步經驗及實況，作爲本國進步之參考。

新聞媒介雖無強制力，但它卻能反映人心的向背，提供正確的價值觀及是非準則，對公衆發揮思想倡導和行動推動的動力，這是傳媒最神聖的職責，也是「第四權」的眞義所在。

日本各報於2008年5月，以頭版頭條報導NHK有八十一名職員

在上班時間玩股票；更有三名記者拿到獨家消息搞內線交易，結果違反證交法遭起訴，NHK將他們幾個人解僱。據日本報導，許多大媒體的經濟記者隨時都有接觸到獨家內線資訊的機會，相關的誘惑的確不少。像是日本經濟新聞在數年前也有廣告部職員，因爲恃特權長期撈錢而遭逮捕，NHK當時的董事長橋本元一馬上引咎辭職，改由財界出身的福地茂雄出任董事長，福地也隨即對國民謝罪；另外，社長等高階職員則自我減薪。

禁止記者藉機搞內線消息，日本的平面媒體也都有所規定，日本原本是最嚴格的，要求所有單位禁止短期交易（一年之內的買賣），而董事、主筆、編輯部、廣告部及發行部全面禁止玩股票，退職退休後一年內也都禁止玩股票，非常嚴格。其他如朝日新聞社、讀賣新聞社等都有類似規定，尤其財經記者，連家屬都一律禁止。

其實，財經記者要面對的誘惑不僅是內線交易，許多企業都會贈送禮物、禮券等，因爲記者不論是正面或負面的報導都對企業的影響都很大，企業還會運用金錢來換算報導的「廣告效果」，大媒體記者的誘惑尤其多。

事實上，日本監控嚴格，內線交易很快會被發現，經發現會遭開除，聲譽又會受損，很不值得，但收受禮物的記者卻不少，有的記者擔心禮物退回去後，和企業的關係會搞砸。這方面即使歐美媒體規定也各有不同，像《金融時報》規定不得收受禮券，若被請客多次，則應該要自己付錢；不過，參觀等交通食宿費用，《金融時報》不禁止由企業負擔，而美聯社、《華爾街日報》等美國重要媒體則嚴禁。台灣媒體的高層大炒股票的常有所聞，甚至還有人爭相以「自己擁有內線」爲傲，都未深切反思。

四、新聞記者的客觀性

要求新聞眞實，乃是記者新聞良知的第一道關口。新聞記者撰發新聞以正確第一、不危言聳聽、不驚世駭俗爲準則：知道自己撰發的新聞有誤時，有及時更正、設法補救的勇氣，這是新聞從業人員應具備的基本道德；所謂「新聞良知」是指明某一新聞發布後，會造成某些人或某一業界的損失，但是此一新聞如果隱而不發，則是全民遭受損失；在不畏強權、以公共利益爲重的情況下，發揮新聞記者的良知，達成媒體的基本職責。

好的記者，必須堅守客觀中立的原則。因爲他不是偵探、法官，所以不能在新聞報導中妄下定語。當然，對於優秀記者的要求，不能以良知爲足，好的記者更要展現出一種獨特的風骨與見識。

風骨是傳媒的靈魂，也就是報格。世人所推崇的傳媒風格與報人風範，最典型的例證莫過於《紐約時報》與《華盛頓郵報》。

以「適合刊登的新聞」爲主旨的《紐約時報》，是現任發行人沙茲伯格的祖父所創辦。沙茲伯格在三十歲那年接任發行人，當時許多人均不看好他，但時間證明那是錯誤的判斷。沙茲伯格在剛接掌《紐約時報》時，時報的作風非常嚴厲，也沒有多少利潤，且一直以它的傳統及優秀爲榮，缺乏求新求變的動機。沙茲伯格組成了一支改革《紐約時報》的隊伍，花了十年時間，才將時報的風格由嚴厲轉爲輕鬆而不失高貴的型態。

一九七○年代（1971年6月14日）《紐約時報》發表了「越戰國防報告書」；刊登了兩天，由於總統尼克森（Richard Milhous Nixon, 1913.1.9-1994.4.22）有意阻止連載，發生了一場「知的權利」與「國家安全」孰重孰輕的劇烈辯論。政府於地方法院獲得小

勝，《紐約時報》不服，告向最高法院，結果最高法院判決《紐約時報》獲勝，得以繼續刊登。

最高法院九位法官中，五位保守派：(1)首席法官伯格；(2)哈倫；(3)布萊克曼；(4)史蒂華；(5)懷特；四位自由派：(1)道格拉期；(2)勃賴喀；(3)布里爾；(4)馬歇爾。大法官堅定維護新聞自由，六票對三票，認爲《紐約時報》刊載「越戰國防報告書」，並不構成「明顯而立即的危險」；不影響國家安全，准許刊載。

這份報告書係1976年麥納瑪納委託蘭德公司對美國參加越戰所做的研究、分析、探討，動員了三十八位專家，花了十八個月才完成此兩百五十萬字的報告書。洩漏此機密文件給紐約記者的是參與其事的艾斯保博士。

因爲刊載「越戰國防報告書」，《紐約時報》獲得普立茲獎。沙茲伯格認爲，報紙應該有自己的觀點。他說：「我認爲我們必須正視的問題是業界與政府之間的關係，所以我願意看到新聞記作一自我檢討。我認爲報紙應該有義務，讓不同的兩種意見都有公正、清晰表達的機會，如此才不致落人口實，批評我們一面倒。我們幸運有社論版這個工具，來表達我們的意見。但是我強烈的認爲，還需要一個扎實的民意版，來傳達其他有見解的意見。我想這是我們的問題所在。我個人堅信，報紙應該有自己的觀點。」

《紐約時報》是當前世界十大報紙之一。美國一萬一千四百六十四個城市和世界上一百多國的首都，每天都有許多人要看當天出版的《紐約時報》。白宮訂閱《紐約時報》多至五十份；克里姆林宮則爲三十九份。美國的大學校長半數每天必讀《紐約時報》。《紐約時報》在哈佛大學的銷售量，每天兩千份，耶魯大學一千份，芝加哥大學七百份，柏克萊加州大學三百五十份。

葛蘭姆女士接任《華盛頓郵報》董事長後發生了水門事件（Watergate Affair）。她於1997年出版的自傳《個人歷史》

（*Personal History*）曾獲得普立茲獎「自傳獎」，回憶這段歷史時，她說：「說到水門案，他們眞是對我們步步進逼，他們要報復，不遺餘力的傷害我們，使出種種脅迫手段，最狠的一招是要撤我們佛羅里達的電視執照。尼克森在佛州的那夥人拚命的煽動，對邁阿密及傑克森市的執照都開出異議通知。那是很嚴重的事，第一會使你所費不貲，結果爲了保護執照，我們花了一百多萬元；另一種抵制手段是不理我們，不理會我們的記者、編輯的電話，拒絕參加在我家舉辦的晚宴。司法部長密契爾有次威脅我說：我們陷入重圍無法全身而退，如果我們發表那則不利於他們的新聞。他警告我最好小心，這是對我報社以及值班（總編輯）的嚴重警告，因此我們不得不格外注意報導的正確與公正。

這一點上，有件事情幫助了我們。有很長的時間，沒人敢去碰水門案，因此我們有充裕的時間。伍德華和伯恩斯坦就常抽回稿子，小心的檢討，不發生任何錯誤。他們有時間，那是因爲沒有人跟我們競爭。這種令人心驚肉跳的新聞，我眞的以爲這是最使人心驚膽顫的東西，季辛吉也目瞪口呆，在水門案期間，他一直對我們相當友善，不過他也奉命對我們閉口，他想他不瞭解我們，他也不知道我們的報導是眞實的，還以爲我們瘋了，我想他認爲我是神智錯誤，才會如此一意孤行。此外，另一爲衆人所知道的事，葛蘭姆與尼克森有私交，但是私不害公，當一個身居總統大位的人顯然危害到民主制度時，她也只有大公無私。在談到尼克森總統時她曾說：「沒有水門事件，他可能是一位非常成功的總統。我不能完全確定，因爲他對國家的民主運作並不十分尊重，我認爲他有意扭曲民主制度。這正是水門事件的主要部分。」

第二節　記者的反思

一、眞實——新聞的第一生命

我們強調新聞報導的眞實，正是由於眞實是新聞的第一生命。不眞實的新聞，不僅殘害媒體的公信力，也毀了記者個人的前途。

2005年1月，美國哥倫比亞廣播公司（Columbia Broadcasting System, CBS）新聞網對該台當家主播丹拉瑟引用假造文件指控布希總統服役記錄案，組成獨立調查小組，追查責任報告出爐，結論是「短視的熱情」是造成CBS漠視新聞原則的原因，並宣布開除三名行政主管與一名節目製作人。

丹拉瑟在《六十分鐘》節目中，引用布希三十多年前在德州國民兵航空隊長吉利安中校簽署的檔案指出，布希爲逃避越戰而利用家族勢力進入國民兵，同時在部隊中未能達成體能與任務要求。

提供該檔案的前德州國民兵軍官伯基特，後來接受丹拉瑟專訪時承認，他刻意誤導CBS新聞製作人，提供錯誤的文件來源。

調查小組表示，當文件眞實性受到質疑後，當事人仍「僵硬盲目」的辯駁，導致這項錯誤的發生。

被開除的四人包括監督黃金時段新聞節目的資深副總裁威斯特、《六十分鐘》執行製作霍華德及其副手墨斐，以及該節目製作人梅普絲，連丹拉瑟本人在事後也卸下主播職。

獨立調查小組表示，至少還有四個因素導致該節目的嚴重瑕疵。小組報告指出：「《六十分鐘》節目新的管理團隊、對於該節目廣受尊敬製作人的敬重、激烈新聞壓力與對文件內容的毫不質

疑，似乎致使許多人忽略某些基本新聞準則。」

美國《新聞週刊》也於2005年5月因報導褻瀆了《可蘭經》而公開道歉。

在一份致讀者的道歉聲明中，《新聞週刊》承認：在一則報導美軍在古巴關達那摩灣居留營褻瀆《可蘭經》的故事有誤，因而公開道歉，並允諾重新調查褻瀆《可蘭經》的相關指控。這則報導在阿富汗等回教國家引起大規模反美暴力示威。

阿富汗反美暴力示威並造成十五人死亡，百餘人受傷。這已迫使美國五角大廈承諾調查這項指控。

週刊編輯惠塔克在致讀者書中表示：「對於報導發生錯誤，我們感到遺憾，我們要向暴動中受害者與陷入暴動泥沼的美國士兵深致慰問之意。」

二、記者的使命

記者曾是許多青年夢寐以求的理想，但是近年來，記者又成了許多人變相指責的對象，何以會這樣呢？

《華盛頓郵報》記者克爾茲（Howard Kurtz）在《哥倫比亞新聞評論》上撰文指出：「新聞記者爲了擠進上流社會，享受更好的生活，已經越來越遠離社會大衆。」在這種情況下，他懷疑記者們是否還能本著良知去關懷社會大衆，善盡言責，服務人群。

克爾茲引述許多記者做例子，說明他們如何去結交權貴，如何爲自己打知名度，如何累積財富，似乎已忘記了他們獻身新聞事業的抱負，也好像形成了一個社會經濟體系中的新階級，越來越和外界隔絕；在他看來，在華府這樣一個充滿政治氣息的地方，這種情形尤其嚴重。

台灣輔大教授習賢德曾說，台灣民衆對記者的評價常呈現出兩極化的狀況，不曾接觸記者的人，以爲電視主播的光鮮打扮就是記者，而見識過記者採訪手段者，則對記者表面恭順，背地裡卻指名道姓的痛斥不已。而記者在外採訪趾高氣昂，回到服務單位便低聲下氣的事實，均容易使記者成爲陽奉陰違，或必須在多重人格中存活的職業，而非眞能爲民前鋒的事業。

當然，我們也不能一竿子就打翻一船人，因爲善盡職責，力爭上游，堅持專業理念的人更不在少；他們兢兢業業，努力進步與工作，專業的權威和地位受到世人的尊敬與推崇。

但另外一批人則迷失了自己，或許是因爲急欲成功的緣故，他們似乎忘掉新聞事業這一行的一些基本規則，因而努力設法接近高官、豪商，想盡辦法讓自己有機會在媒體上露臉；若有機會在某些場合作一場演講，弄一點鈔票，上一個電視節目，他們也不覺得有什麼不對。

克爾茲談到「美國廣播公司記者」、該公司《黃金時段》（*Primetime Live*）現場新聞節目主持人唐納森（Sam Donaldson）接受美國保險公會（The American Insurance Association）邀請，在紐約伍爾道夫大飯店（Waldorf Astoria Hotel）發表演說，唐納森拿了保險公會提供的頭等艙機票，住在伍爾道夫大飯店，還接受三萬美元的演講費，事後引起新聞圈的議論，有人認爲他失去了新聞記者的立場，特別是在那一段時間，他曾多次在《黃金時段》節目中，抨擊若干國會議員接受公關公司和業者的招待，參與飲宴、高爾夫球活動或海外旅遊等。

在許多人看來，國會議員接受招待，他們在議會審議法案時，就會偏袒一些利益團體，損及公衆利益，辜負了選民、也是納稅人對他們的託付。同樣的，如果新聞記者拿了一些利益團體的錢，又如何能夠仗義執言，維護社會公理正義？

記者自捨身價，躋身上流，脫離基層，自然與民意脫節，不知民間疾苦；台灣也有些電視記者勤於上電視、爆八卦，談自己的政治立場；尤其有一陣子，影劇記者在電視談八卦、爆明星內幕，自以爲是正義化身、上天使者，完全忘卻自己的身分與角色，令人不忍卒睹。

新聞記者躋身顯貴和名流到底有什麼影響呢？照克爾茲看來，跨進上流的記者多半不知民間疾苦。他發現，有很多跑交通新聞的記者，其實很少去搭地下鐵。還有一些記者罵坐高級轎車的富豪，而自己卻也住在郊外的華廈林園中，享受高級生活；他們有時竟然還能在紐約市格林威治村（Greenwich Village）租來的公寓中，根據現成資料，寫了一系列有關貧民區的報導，至於報導內容是否正確，就不是他們所關心的事。

三、金錢新聞氾濫

台灣駐美國多年的名記者續伯雄曾感嘆美國金錢新聞氾濫成災。他說：由於新聞事業過分商業化的結果，今日打開報紙、扭開電視所見所聞的「新聞」，事實上有不少成分並不是眞正的消息與資訊，而是「有錢能使鬼推磨」之下的製造品。在這類「貌似新聞」的製造品中，有的產自新聞界的惡性競爭，有的出自於金錢的誘惑推砌；尤其後者，無以名之，只能通稱爲「金錢新聞」（Cash Register Journalism）。「新聞」的本身，原應是客觀存在的事實，它是「無主的」、「中性的」，更是「無價的」。它不能因爲出自財力雄厚的大報或經濟拮据的小報而變異其價值，也不能因爲是由身價百萬的記者去報導，而比待遇菲薄的記者持筆價值提高。

「新聞有價」的現象，可以從許多方面求證，包括媒體高薪挖角、壟斷市場、收購競爭對手、人海採訪戰術、威脅新聞來源等等，於是撰寫新聞的人和擁有新聞的人「待價而沽」，產生出許多

不可思議的「新聞競標」怪象，新聞的「原味」和「眞實性」在金錢多寡的標售下必然受到扭曲，讀者與觀衆再也分辨不出哪些新聞是如假包換的「原貨」（facts），哪些新聞又是重看不重吃的「贗品」（tawdry stories）。

「金錢新聞」的氾濫不僅玷污了新聞界本身的清譽，破壞了社會的道德與安寧，也影響了司法的獨立與秩序，以及人民立身處世的價值標準。「手中有貨」的消息來源，在律師的保護下「公然開標」，而出不起價的媒體只有眼瞪瞪的「漏」掉新聞。更可怕的，是司法案件中的證人與關係人，在案情上在調查期間，就提著唯恐股票行情跌停板的投機心態，先把「證詞」賣給新聞媒體，甚且在警方偵訊與法庭作證中保留其精彩部分，以期和媒體或出版商高價交割。而這種「新聞市場化」的風尚，連名人傳記也不例外，所以甘迺迪、季辛吉、雷根的傳記一本又是一本。

新聞買賣的行爲業已影響到新聞的正常採訪過程。顯著的實例，可舉1989年一個小女孩珍妮．柯娃（Janet Culver）在海上獨自漂流十四天的故事爲證。

《紐約時報》的記者何夫曼專程飛往百慕達採訪這個故事，但是柯娃拒絕他的採訪，表示她的故事已被《時人》捷足先登，以一萬元「購得」。近年這種又稱爲「支票新聞」（Checkbook Journalism）的行情更有進展，支票已漸不爲出賣消息者所「信賴」，而流行現鈔交易。

當然，記者也會爲自己的行爲辯護。曾替布希總統撰寫新聞稿的《底特律新聞》（*The Detroit News*）專欄記者史諾（Tony Snow）認爲，當記者不能接近權貴，尤其在華府，如果不能設法自抬身價、跟權貴打交道，不但搞不到消息，也只能一輩子作苦哈哈的小記者。但有良知的記者們顯然已體會到閱聽大衆對他們的不滿與不信任，部分記者就會自省。

目前美國新聞界有《華盛頓郵報》、《紐約時報》等媒體，設有專人採訪報導「媒體消息」，對於新聞界發生的若干問題提出檢討。這些大報也不太隱諱自己內部的一些缺失與問題。

林照眞女士說：「伍德華與伯恩斯坦在水門案後成爲神話，很多人好奇他們是如何創下這個成功典範的，也希望他們能傳授這些秘訣。不料伯恩斯坦說：『我們所做的其實只是根據警政新聞的經驗與方法而已。』」

雖然水門案是美國經驗，卻道出警政新聞的重要性。警政新聞是洞察社會的重要視窗，各式離奇的案件以黑暗面呈現，卻是揭開社會問題與醜聞的第一站。然而，當下在台灣，越來越多的社會（警政）記者在市場壓力下，卻不時興將重心放在追查上，而是拚了命搜尋亂倫、性侵、淫蕩、車禍、自殺、殺人等新聞來報導，社會記者有很大一部分的責任是在刺激收視與發行。

尼克森因「水門事件」被迫辭職的歷史事實固然給新聞史增加光榮勝利的一頁，而新聞界以桃色新聞事件迫使總統候選人及前任民主黨參議員華特中途退選、前副總統安格紐因在馬里蘭州州長任內逃稅及接受紅包等原因，受到法庭制裁，以及柯林頓總統繼承人阿肯色州州長涉及「白水事件」被迫辭職坐牢，都是美國新聞傳播界發揮監督政府功能的具體結果，假若沒有獨立而有權威的新聞自由，這種民主與法治就不可能。

由於美國新聞媒體一方面得到憲法保障，享有充分的新聞自由，另一方面又受到商業競爭的影響，產生「優勝劣敗」的自然淘汰的效果，所以新聞界本身便必須隨時自我檢討，而「新聞自律」（press self-regulation）及「素養提升」的要求，可以看出美國新聞界的用心。

新聞記者在實務工作上會遭遇到多元的壓力來源，從過去的研究可以將這些壓力歸結爲政府壓力、財團壓力、組織內部控制壓

力、金錢利誘壓力、人情壓力、黑道壓力，使得新聞記者的專業意理面臨考驗。

記者在大多數時候固然應該是保持中立的觀察者，但在自由民主、基本人權、媒體改革等重要公共領域卻不容缺席，有時更應扮演捍衛重要價值與信念的鼓吹者，在不違背新聞專業的前提下，善盡公共型知識分子的責任（林照真，2006）。

問題與討論

1.新聞記者角色在社會觀感中為何？你所認為的新聞記者的角色形象為何？
2.新聞記者所肩負的是哪幾種責任？在你的觀點中是否有其他的責任必須關注呢？
3.新聞記者的使命從你的觀點來看有哪些？要如何才能完成這些使命呢？

關鍵詞彙

1.**職業修養**：凡從事任何職業，都必須具備其基本知識、技能與道德。此處指新聞記者應具備的條件而論。
2.**道德勇氣**：新聞記者面對社會百態，要負起監督社會、揚善懲惡的輿論功能，必須具備「雖千萬人吾往之」的氣概與勇氣。
3.**歷史抱負**：今日新聞即是明日歷史，故新聞記者之報導應負起為歷史見證之責任。
4.**社會責任**：新聞廣布於眾的影響力，既深且遠，所以凡所報導、評論皆須對社會負起責任，避免負面影響。
5.**威廉博士**：世界著名的新聞教育家，創辦美國密蘇里大學新聞學院。
6.**輿論功能**：傳媒是社會重要的是非標準，是一種公器，凡所評論皆應

公允，以導正社會價值標準。

7.**客觀性**：新聞記者新聞報導應忠於事實，不可有個人情緒或評論在其間，是謂客觀。

8.**金錢新聞**：記者報導新聞，收取新聞對象之金錢，稱「有償新聞」；中國大陸有此現象，當局多次宣布禁止。

9.**支票新聞**：新聞當事人以金錢支票之方式以求取其新聞訊息在媒體發布，以廣周知，稱「支票新聞」。

參考書目

一、中文部分

王天濱（2000）。《台灣地方新聞理論與實務》。台北：三民。

李金銓（1983）。《大衆傳播理論——社會、媒介、人》。台北：三民。

林照真（2004）。〈記者的倒退〉。《中國時報》，觀念平台，2004.10.15。

林照真（2006）。《記者，你為什麼不反叛：調查報導的構想與實現》。台北：天下。

陳順孝（2000）。〈黑道陰影下的報導策略〉，《2000年年會論文》。台北：中華傳播學會。網址：http://ccs.nccu.edu.tw/history_paper_content.php?P_ID=793&P_YEAR=2000

二、英文部分

Henning, Albert F. (1932). *Ethics and Practices in Journalism*. New York: Long and Smith.

第二章 記者的專業化

1.瞭解新聞記者的新定義。

2.瞭解新聞事業守則的重要性。

3.瞭解記者應接受哪些專業訓練。

傳播科技的蓬勃發展，使得媒體型態更加多元，「誰是記者」也愈來愈難被定義。其中，部落格儼然成為主流媒體的監護者（watchdog of the watchdog），這網路社群所凝聚的挑戰與顛覆的集體力量，迫使主流媒體必須強化新聞內容、嚴謹查證等本質能力，否則閱聽人很可能轉而自成傳播個體。

不論傳播型態的發展，一個成功的記者所應具備的條件，仍未改變。養成淵博的知識、高尚的品德、健全的身心、專業的精神、專業能力的養成，都是成為一名好記者的條件。

新聞從業人員大多缺乏嚴密的組織。因此，世界各國新聞業者為提高報業標準，都經由新聞業組織，訂定各種守則，成為共同遵守之圭臬。

新聞從業人員處理新聞時，仍然可能受到媒體組織或媒介所有人的干涉，影響其工作自主權。新聞人員應該努力爭取「新聞室民主」（newsroom democracy），避免媒介所有人干擾新聞作業、控制新聞內容，使新聞人員擁有較充分的工作權。

第一節　記者之新定義

在今日網絡興起之年代，有人認爲記者一詞應重新定義。舉一實例，前美國總統布希，不尋常的在國會通過延長植物人泰瑞生命的法案上簽字，企盼延續泰瑞生命，此一令全球矚目、全美爭議、

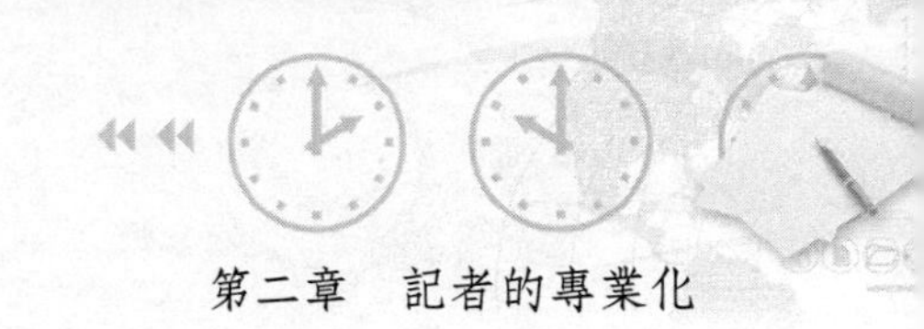

醫界對立的案例，再次凸顯部落格社群（blog community）對抗主流媒體，新聞幕後所扮演的關鍵意涵。

以「起訴麥克，不要殺死泰瑞」為運動訴求的部落格社群，透過集體力量所展現的戰鬥及反抗性格，積極遊說司法判決，終於引起全美廣泛的討論與同情。

部落格以泰瑞會哭、會笑、會喊爸媽、會打招呼，連番質疑美國主流媒體的民調抽樣，抨擊所謂泰瑞腦死、植物人等新聞報導，都是對閱聽人的漫天謊言。

美國主流媒體一直刻板認為部落格工作者並不是記者，並視部落格貼文為謠言製造者、暴力煽惑者的負面標籤，部落格也認為主流媒體是偏見與言論寡占的怪獸，主流媒體與另類媒體間充滿著矛盾與摩擦。

「搶救泰瑞」是部落格社群繼批露哥倫比亞廣播公司（CBS）《六十分鐘》新聞節目，報導布希越戰期間逃避兵役的「黑暗內幕」，因指涉失誤，迫使主播丹拉瑟退休下台，以及美國有線電視新聞網（CNN）新聞主管約丹，錯誤發表伊拉克美軍刻意殺害記者談話，被迫辭職之後，再一次的實力展示。

英國廣播公司（BBC）評述強調，「搶救泰瑞」行動的突破，正是「人民力量」的展現。

哥倫比亞大學教授卡利（J.W.Carey）指出，新聞學（journalism）的字義，是源於法文的「每一日」（jour），因此新聞可以是每日的生活記錄，或是日記撰寫，而部落格就是最好的網絡日誌，它可以記錄、分享個人的常民經驗，或是快速捕捉不同來源的多元意見，予以重製、發布及參與。《華盛頓郵報》資深主播蓋特（Michael Geder）也表示，部落格概念並不是很新鮮，同樣具有傳統媒體的讀寫、分析、抱怨和更正的新聞產製流程。

因此，有人認為全美部落格有效串聯起公民對話的網絡，鼓勵

對訊息的合理懷疑，這已不只是單純的新聞產製者與閱聽人的線性關係，而是互動的民主機制，部落格的平民化與對等本質，吸引了許多不滿現狀、勇於表現另類觀點的年輕人投入，這也是今天美國的主流媒體難以輕忽的原因。

面對部落格的進逼，主流媒體得擺脫傲慢與偏見，重拾閱聽人的信賴與信心。無疑的，當部落格社群動員「搶救泰瑞」的同時，對全球媒體而言，也應該有另一層的啓發。根據美國報業協會2004年年報分析，美國二十五至三十五歲年齡層的閱聽人，占了傳統閱報人口結構的41%，二十五歲以下的閱聽人，已習慣透過訊息版與部落格獲取新聞，或是延伸閱讀內容，這些人將是未來媒體的主體，面對這樣的發展趨勢，已令傳統報業經營者冷汗直流。

傳統媒體人已不再是意見市場的唯一守門員，當部落格也可以受惠於美國資訊公開法（Freedom of Information Act）時，媒體型態的多樣性，使得「誰是記者」已愈來愈難被定義。

曾任台灣中央社副總編輯何國華指出，傳統的主流報紙，今天必須滿足不同的年齡層需求，一是傳統報紙的中高年齡閱讀習慣，一是網絡世代裡年輕閱讀人的數位需求，如何兼及兩者，電子媒體也面臨相同的困境。

當部落格儼然成爲主流媒體的監護者（watchdog of the watchdog）時，這樣的社群所凝聚的挑戰與顛覆之集體力量，已迫使主流媒體必須強化新聞內容、嚴謹查證等本質能力，否則閱聽人很可能會選擇離開，自成傳播個體。

一、新聞記者可為？不可為？

但無論傳播技術發生什麼變化，記者的任務與其核心價值應該不變。

美國著名報人普立茲（J. Pulitzer, 1847-1911）曾說，一個人生來所具有的不過白癡而已，作一個成功的記者，必須預定目標，從艱苦訓練而成，他必須從學校、家庭、社會、事業，以及水災、火災、戰爭等種種痛苦經驗中逐漸成長。

著名軍事記者恩尼派爾（Ernie Pyle）在《大戰隨軍記》中記述拒絕前往砲火漫天的比塞大港採訪所說的話：「我曉得這邀請終究會來的，但是我怕這邀請，如果不去，好像膽怯；去的話，或者便是死亡……」這句話對一個記者在是否接受艱困的工作所面臨的心理矛盾，刻劃得淋漓盡致！

記者可為？不可為？

新聞記者，是許多青年羨慕的一種職業，而其中絕大多數對於這種職業的認識，僅止於表面，渠等看到記者享有很多方便，受到很多的優待，而不曾想到艱苦。事實上，方便與優待只是記者生活的一面，另一面卻是充滿心酸。

台灣已故報人于衡曾發表他從事記者工作數十年的感想：「一個新聞記者，為了獵取新聞，能夠磨練到和你自己所不喜歡的人周旋，能夠咬緊難關和你所不願接觸的人物接觸。同時還要忍受一般人所不能忍受的冷酷待遇。」在在說明了「記者難為」。不過「難為」，並非意味著「不可為」！

記者隨時都在「備戰」狀態。世間突發事件太多，而突發事件的新聞價值往往比較大，特別事情若發生在截稿時間以後，甚至在三更半夜好夢方酣之時，長官指派趕赴事件發生現場，採訪第一手資料，這時吾人再無法去尋夢了。也許白天已忙得很疲累，但此刻吾人還得打起精神，發掘一些他報不曾注意而有意義的新聞。

記者永遠不能把心情放鬆，不能安靜做一件事，因為任何時間，都會有新聞發生，心情放鬆，何等清閒，則很可能發生「獨漏」，這種「提心吊膽」的心境，又豈是常人所能體會。

但是，新聞記者畢竟還是有他最得意與最快樂的時候，即是當許多人都不知道這世界上一件重要的事發生時，記者先知道了，而且以最快的方法讓讀者知悉。許多人都沒機會參加一項有意義的活動時，記者優先得到機會。

台灣已故報人歐陽醇曾經表示，記者是天生懷疑主義者。他指出：「一般的記者若是經常接受他人或公司機構供應的消息，他等於隨人或機關的擺布，成了他人或機構的宣傳工具，他完全是被動的、沒有辨別的能力，人云亦云；負責任的記者，他隨時採取主動攻勢，挖掘探詢，提出無數的疑問來探索眞相。」誠然，如果一位記者以懷疑的眼光，挖掘出一件正確且深入的內幕消息，那將是他生活的一大「享受」。

元老記者于右任曾說過：「新聞記者，是時代最快活的人。世界如此之大，文物日新；人所不能到的地方，記者能到；人所不易見的人物，記者能見；人所急於要知的情事，記者先知；眞可以說是無冕皇帝了。」

《美國新聞與世界報導》曾經每年就「美國最具影響力的人物」此一問題做民意性的調查。調查的結果，去世不久的哥倫比亞廣播公司新聞節目主持人華特．克朗凱經常上榜，名列全美最具影響力的十大人物之一。在這項名單中，甚至連國務卿或是國防、財經首長都未列名。另外，美國廣播公司兩年前曾經以百萬美元的年薪把芭芭拉．華特斯（Barbara Walters）——一位傑出的女記者，從國家廣播公司爭取過來。這項年薪，創造了世界新聞史上記者最高待遇的紀錄。

擺在我們面前的記者生涯，有快樂，有痛苦，有挫折的沮喪，更有勝利的驕傲，有志於從事新聞工作的人，對新聞記者這一行應該先有深刻的認識，有充分的心理準備，否則對記者一直只是存著好奇性的試探，終將無法適應。茲將從事記者工作應有之心理準

備，以及自身修養臚列於後：

(一)應具備的心理準備

1.新聞記者的生活極不正常，與常人作息差異甚大：外勤記者通常到午夜一、二時才能休息，如果有重大突發新聞，則敬業勞頓，不得安眠。這種反常生活，多少影響家庭正常生活，對身體健康亦或多或少有妨礙。

2.新聞記者需有冒險犯難精神：戰爭、災變發生的地方是最危險的地方，但也是最大新聞發生的地方，新聞記者卻不能逃避，必須深入現場，實地採訪。而且新聞記者常是黑社會勢力不容的眼中釘，隨時有麻煩上身。

3.新聞記者因工作緊張，精神受壓迫，情緒不能穩定：同業的競爭、新聞「獨漏」的威脅、截稿時間的急迫，逼使新聞記者常處於坐立不安的狀態。若沒有豁達的襟懷、健康的身體、健全的心理，則難保心情愉快。

4.新聞記者接觸的人品複雜，若無「出污泥而不染」的修養，極易墮落：由於工作的需要，三教九流、市儈政客，都需打交道，沒有相當修養，難以自持。

5.新聞記者的工作難得有具體的累積成果：記者寫的新聞稿，僅只一天的壽命，雖然可能有深遠的影響，但那是無形的，而且很難可以累積的。

(二)對本身修養的影響

新聞記者生涯畢竟有其可貴的一面，那就是日常工作有助於培養吾人下列的性格：

1.培養忍耐和刻苦。

2.重視時間，講求效率。

3.判斷中肯，觀察細微，做事把握重點。

4.養成迅速寫作的能力。

5.增加人生的閱歷，知道如何從複雜的人生中尋求眞理。

在這裡筆者再舉一個傑出的記者作例子，美國華府新聞界有一項最高機密，名專欄作家李察．史屈勞特（Richard Strout），他有兩種不同的身分，一方面是《基督教科學箴言報》的駐華府記者；另外，他又是「新共和」資料供應社（五十家新聞事業的報團）的專欄作家。高齡九十二歲逝世的史屈勞特，在1920年代，走出哈佛之後就投身新聞界，從當時的哈定總統開始，歷經十四任總統，一直持續到1984年退休，仍然像一位年輕人一樣，不斷地閱讀他人的文章和資料，以發掘報導更深入的問題。

美國格勒特系發行人米勒（P. Miller）曾說：「任何有志於新聞事業並對這一事業具有才幹的青年，只要他能衝刺向前，必可在報業中得到發展。」記者可爲？不可爲？在以上的例子中，可以尋得答案。

二、新聞記者的條件

「我對於新聞事業，具有信心。」這是美國密蘇里新聞學院「新聞守則」中心思想。如何培養信心以面對新聞事業，這是本節所要討論的主題。

任何事情，欲對之產生信心，都必有其先決條件，如果連這些條件都無法具備，則是無法建立信心。新聞記者如何對其報導寫作之成功具有信心？正繫於他是否具備新聞記者的條件。

美國新聞學教授康培爾（L. R. Campbell）和瓦賽利（R. E. Wokeley）二氏認爲現代記者應具備四種資格：(1)他必須是心理學者；(2)他必須是聰敏的研究者；(3)他應是文筆流暢的作者；(4)他應是一個負責的分析家。

事實上，以目前的社會結構變遷、科學發展迅速，以及人文科學深入研究的結果，新聞記者在報導工作所面臨的能力考驗，是殘酷無比的；由於記者採訪範圍之廣闊，接觸事物之複雜，再加以新聞事業本身之競爭激烈，要記者在最短的時間內，瞭解問題、把握重點、權衡輕重，並作迅速的報導，必須具備多方面的知識、才能與技術，方能圓滿達成任務。

一個成功的記者所應具備的條件，可分幾點來說明：

(一)淵博的知識

美國《太陽報》採訪主任丹納（Charles A. Dana, 1819-1897）曾說：「記者必須是個全能的人，他所受的教育必須有廣闊的基礎，他知道的事情越多，他工作的路子越廣，一個無知之徒，永無前途。」優良的記者應該是「通才中的專才」，橫的求其博，縱的求其淵，一位記者在專家集會場合中，也許會襯托成淺薄，但是在普通人的圈子裡，卻是無所不知的人物。他可以利用他的「博」來發掘他人的「淵」，甚且像一本索引，可以按圖索驥，找到任何淵秘的資料。

這裡所謂的知識，至少包含了研究工具的語文基礎，一般常識的社會科學以及專門知識的新聞學。

1.語文基礎：記者的國學基礎好，表達能力自然強，而且優美的新聞文字常可吸引更多的讀者。外國語文可以幫助記者吸收外來的知識，也由於交通的捷便，帶來了不少外國的新聞對象，能用外國語和渠等交談，可以減少採訪上語文的隔閡及不便。所以，精通本國語文與一種以上的外國語文，猶如雙翅之於飛鳥，缺一不可。

2.知識基礎：各種社會事態皆為新聞的廣大領域，社會各部門、各行業、各種學術，都有其基本之理論與原則，記者非但要知道政治學、財政學、經濟學、法律學、心理學與社會學的種種知識理論、原則，即對許多實務，如法院審判程序、各級政府組織，及各行業慣用術語，也都須熟知，才能有助於採訪、寫作之進行。

3.新聞學的研究：新聞學今日已成為專門學問，健全的新聞工作者，雖也有未曾受過專業訓練的，但時代所趨，他必須對新聞學有相當的瞭解，始能深切明瞭自身在社會所肩負的重大使命，以求對人類作更多的貢獻。

(二)高尚的品德

新聞記者如果沒有高尚的品德，則易受人利用，或本身利用職務之方便以謀私利，小焉者喪失言論與報導之立場，大焉者招搖撞騙，危害社會。

培養高尚的品德是維護新聞記者崇高澹泊的不二法門，作為一個負責任的記者，他必須具備幾種優美的德性。

1.正義感：亦即是非觀念。記者必須培養出一種是非分明、善惡明辨的能力與道德勇氣。對的、是的，則勇往直前；錯的、非的，則雖威脅利誘，亦不為所動。

2.責任心：即負責任的態度。新聞記者應該對讀者負責，為社會負責，對國家民族負責，尤其是對歷史負責。歷史是無情的，在歷史的考驗下，善惡是非終不能避諱，記者應有歷史

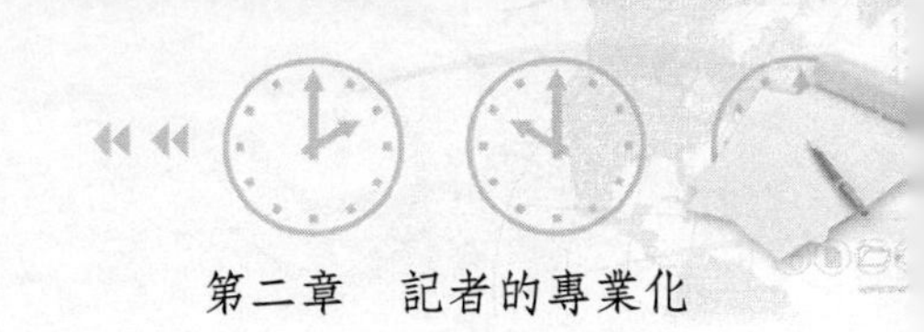

的遠見，在報導或評論一人一事的時候，就要想到可能產生的歷史後果。

3.同情心：同情心是人類愛的表現，是一種崇高的德性，孔子古語說：「嘉善而矜不能。」記者具備高度的同情心，始能有悲天憫人的心懷，這樣才能消除罪惡、紛爭，使社會充滿祥和、幸福。

「中華民國新聞記者信條」第8條說：「新聞事業爲最神聖之事業，參加此業者，應有最高尚之品格。誓不受賄！誓不敲詐！誓不諂媚權勢！誓不落井下石！誓不挾私報仇！誓不揭人陰私！凡良心未安，誓不下筆！」我們固然看到許多因爲格外勤奮，會訪會寫的記者，但絕沒有一個不嚴守新聞道德而能不失敗和遭人唾棄的。

(三)健全的身心

身體的健康是記者最大的財富，記者的工作都是動態的，非得有充沛的體力不可，如果身體虛弱，如何能適應這種變化，如何能在忙亂嘈雜的環境下，以清醒的頭腦，集中精力從事寫作，並設法傳遞到自己的工作單位？

健全的心理，對記者而言，則更重要了，記者必須是一個樂觀、進取、有血性、有感情的人。

(四)專業的精神

所謂專業精神，就是一種專心致志，鍥而不捨的精神，也就是所謂的「立恆志」。

台灣已故報人曹聖芬曾就「專業精神」作如下的解釋：

1.服務重於報酬：對於一個從事專業的人，金錢不過是一種工具，如何運用他的知識才是目的。

2.專業從事者必須受過適當的專門教育：換言之，專門教育和經驗的準備功夫是從事專業不可缺少的條件。

3.對於他所從事的專業必須專心致志，具備高度的忠誠。

著名的美國密蘇里新聞學院「新聞守則」中，強調「我對於新聞事業，具有信心。」唯有具備專業精神的人，才不致於五日京兆，見異思遷。

M. L. Stein在《如何成爲一個新聞從業人員》（*How to be a Journalist*）一書中，曾就一位剛步入新聞教育階段的青年，應該如何準備，成爲一個夠水準的記者，作了幾點重要的提示，這些提示，也可作爲預備做記者的人參考。

1.勤練速寫：在很多採訪場合中，速寫將幫助吾人完成工作任務，而不致遺漏重點。

2.多方學習、探求知識：不僅在新聞採訪理論上作深入瞭解，更需對政府制度、歷史文化之演進，瞭若指掌。

3.考驗志趣：吾人對新聞記者工作是否有眞正的志趣，將決定本身從事新聞工作的成敗。

4.參加學校校刊編撰：這是一項很實際的學習機會，吾人能及早在這方面學習到基本的採訪、編輯等的工作經驗，而一般報社的主管也喜歡僱用這樣的青年。

5.注意時事：除非吾人多參考其他人的新聞寫作技巧與內容，否則無法在剛起步時就能寫出很好的新聞文章。

6.注意進修：記者的工作是忙碌的，人往往在忙碌時忘記進修對自身工作有利的知識，但是進修的確是推展工作所必需的。

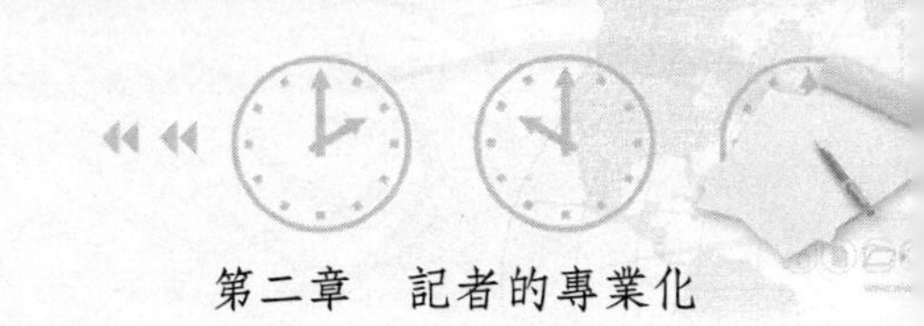

有人說，新聞記者要做到「神仙、老虎、狗」，即對事物要能如神仙一樣，有超然的看法以及明辨是非；對於黑暗、凶霸的事，要能像猛虎豺狼般予以撲殺；工作展開時，更要有狗一般的鼻子，拚命追尋新聞線索。

更有人論及新聞記者所具備的條件包括「口若懸河，舌燦蓮花」、「眼觀四面，耳聽八方」、「雙手萬能，兩條鐵腿」，凡此種種，均可於記者展開工作時，遇到不同情況時，得以運用的各種利器，以達成工作任務爲終極目標。

新聞記者，百藝可以隨身，能多懂一些，便可以多得一分便利，能夠「博學、審問、愼思、明辨」，才可以左右逢源，成爲一個名副其實的記者。但是，條件儘管列得如此般多，要求目標如此般高，卻非一般記者能力所趨，所謂「求全責備，事所難能」。吾人要能以「期往更高一層境界」要求自身，才可以成爲一名智德兼備的好記者。

三、新聞記者信條

(一)記者的信條

無論是西方新聞界，還是台灣，大多制訂了記者自律的信條。例如，美國密蘇里新聞學院威廉博士所訂的新聞守則、英國全國記者公會訂有相關記者採訪公約、台灣民間亦制訂記者信條，及新聞倫理公約。本段將扼要說明上述記者自律的信條，以作爲應遵守的圭臬。

記者自律大體上是以社會責任論的觀點爲基礎，強調在以媒體（工作者）自我的道德要求，以自制與自治的目的，藉此一方面能

體現新聞的專業表現，另一方面也能自主地免除外界對新聞生產的干預，而這也是各界對記者自律的期待。

台灣的記者信條係於1955年由台灣報紙事業協會通過馬星野所擬信條十二條，並於1957年經台北市新聞記者公會逐條通過。內容規定記者本身執行業務時應守的信條，首三條係依據台灣服膺的主義思想，確定新聞記者執行業務的規範；第4至7條，分別就新聞、評論、副刊、廣告四項不同業務部門規定新聞記者應該遵守的道德規範；第8至12條則就品格修養、生活習慣、求知熱忱、健全身心與堅守崗位五大原則分別確定一個忠實記者應遵守的標準。除前三條強調民族、民權、民生之思想外，下文介紹第4至12條之內容：

4.吾人深信：新聞記述，正確第一，凡一字不真、一語失實，不問有意之造謠誇大，或無意之失檢致誤，均無可恕。明晰之觀察，迅速之報導，通俗簡明之敘述，均缺一不可。

5.吾人深信：評論時事，公正第一，凡是是非非，善善惡惡，一本於善良純潔之動機，冷靜精密之思考、確鑿充分之證據而判定。忠恕寬厚，以與人為善；勇敢獨立，以堅守立場。

6.吾人深信：副刊文藝、圖畫照片，應發揮健全之教育作用。提高讀者之藝術興趣，排除一切誨淫誨盜，驚世駭俗之讀材，與淫靡頹廢、冷酷殘暴之作品。

7.吾人深信：報紙對於廣告之真偽良莠，讀者是否受欺受害，應負全責。絕不因金錢之收入，而出賣讀者之利益，社會之風化與報紙之信譽。

8.吾人深信：新聞事業為最神聖之事業，參加此業者，應有最高尚之品格。誓不受賄！誓不敲詐！誓不諂媚權勢！誓

不落井下石！誓不挾私以報仇！誓不揭人陰私！凡良心未安，誓不下筆。

9.吾人深信：養成嚴謹而有紀律之生活習慣，將物質享受減至最低限度，除絕一切不良嗜好，剪斷一切私害之關係，乃做到貧賤不移、富貴不淫、威武不屈之先決條件。

10.吾人深信：新聞事業為領導公眾之事業，參加此事業者對於公眾問題，應有深刻之瞭解與廣博之知識。當隨時學習，不斷求知，以期日新又新，免為時代落伍。

11.吾人深信：新聞事業為最艱苦之事業，參加此業者應有健全之身心。故吃苦耐勞之習慣，樂觀向上之態度，強烈勇敢之意志力，熱烈偉大之同情心，必須鍛鍊與養成。

12.吾人深信：新聞事業為吾人終身之職業，誓以畢生精力與時間，牢守崗位。不見異思遷，不畏難而退，黽勉從事，必信必忠，以期改進中國之新聞事業，造福於國家與人類。

另外，台灣民間自主的記者團體——台灣新聞記者協會，亦於1996年提出「新聞倫理公約」，茲內容如下：

1.新聞工作者應抗拒來自採訪對象和媒體內部扭曲新聞的各種壓力和檢查。

2.新聞工作者不應在新聞中，傳播對種族、宗教、性別、性取向，身心殘障等弱勢者的歧視。

3.新聞工作者不應利用新聞處理技巧，扭曲或掩蓋新聞事實，也不得以片斷取材、煽情、誇大、討好等失衡手段，呈現新聞資訊或進行評論。

4.新聞工作者應拒絕採訪對象的收買或威脅。

5.新聞工作者不得利用職務牟取不當利益或脅迫他人。

6.新聞工作者不得兼任與本職相衝突的職務或從事此類事業，並應該迴避和本身利益相關的編採任務。

7.除非涉及公共利益，新聞工作者應尊重新聞當事人的隱私權；即使基於公共利益，仍應避免侵擾遭遇不幸的當事人。

8.新聞工作者應以正當方式取得新聞資訊，如以秘密方式取得新聞，也應以社會公益為前提。

9.新聞工作者不得擔任任何政黨黨職或公職，也不得從事助選活動，如參與公職人員選舉，應立即停止新聞工作。

10.新聞工作者應拒絕接受政府及政黨頒給的新聞獎勵和補助。

11.新聞工作者應該詳實查證新聞事實。

12.新聞工作者應保護秘密消息來源。

吾人再介紹創辦密蘇里大學新聞學院的威廉博士，其所訂下的報人的信條，該信條已被譯成三十餘國文字，傳誦於世。

1.我人相信，新聞事業為神聖的職業。

2.我人相信，報章為社會公眾信託之所冀，凡與報章有關係者，就其全部職責而論，皆為被信託之人。因此不為公眾服務而為小我驅策者，即為背叛社會的蟊賊。

3.我人相信，思想清晰，立論明正，確實而公允，為優良新聞事業的基礎。

4.我人相信，新聞記者只需寫出心目中持以為真者。

5.我人相信，箝制新聞，除非為社會幸福而設想者，皆無可辯恕。

6.我人相信，非出於正人君子之口吻，即不足以充任記者，而從事寫作。受他人偏見的籠絡，固宜避免；受自己偏見的賄買，尤應摒除，須知記者絕不能藉口，因為他人的指使，或分得利潤而逃脫個人的責任。

7.我人相信，新聞事業的獲得最大成功者，亦即應該獲得成功者，必使上天與人間有所敬畏，它立論獨立不撓。輿論的傲慢不足以移之，權勢的貪婪不足以動之，此種新聞是建設性的，是寬容而絕不粗率的，是具有自制而能夠忍耐的，它永遠敬重讀者，但始終無所畏懼，它勇於打抱不平，既不為特權呼籲所誘惑，亦不為暴民的呼叱而動搖。它在法律許可、忠誠的保證及人類相互認識所能及者，總期給予人人一個機會，一個平等的機會，它是極端愛國的，但誠摯地促進國際親善，鞏固世界的友誼，它是全人類的新聞事業，是屬於今日之世界，也是今日之世界所創設的。

威廉博士所訂的信條，可看出其胸懷廣大，立意眞誠，無疑是一名新聞從業員親身體會而寫成的。而美國編輯人協會於一九二三年制定的「報業信條」也以責任、新聞自由、獨立、誠信、公平、正直、莊重七大信條爲信念。另一爲英國全國記者公會爲維護新聞工作的紀律，訂有一項公約，其中有關採訪記者的部分如下：

1.每一新聞工作者，應維護正當蒐集及發表新聞之自由。
2.每一新聞工作者，應明瞭其對於交付報社或通訊社等文稿所負之責任，應尊重新聞來源及私人之一切文件之秘密，不得捏造新聞或文件，或歪曲事實。
3.採訪記者或攝影記者，為獵取新聞或照片，不得對於無知、不幸或危難者，使其感受痛苦或羞辱。
4.每一新聞工作者，應注意關於誹謗，藐視法庭及侵權的法律之嚴重。當報導審判經過時，必須遵守及履行不偏袒任何一方之原則。
5.新聞工作者為發表或不發表消息而受賄，是一種最嚴重的職業上過失。

記者信條是一名新聞記者在其工作、生活、觀念、心理等方面所遵循的指示，爲的是使新聞事業能永遠走在正軌，其中又與新聞自律等問題有所關聯，本書將在另篇中詳述新聞自律的問題。

四、記者的法律地位及保障

在今日多元化的社會裡，新聞事業乃爲一種不可缺少的社會建制，在憲法地位中，「新聞自由」也成爲重要的人民基本權利之一。因此，記者在今天的社會中，自有其不容忽視的法律地位，及其應有的保障。

(一)記者的法律地位

英國的著名政治學者亨特氏（F. K. Hunt）在十九世紀後半期，寫了兩卷書，書名爲《第四階級》（*The Fourth Realm*），宣稱記者乃僧侶、貴族、平民以外的第四階級。因爲渠等發覺在國會記者席（Press Gallery）的新聞記者，在國策釐定等各方面同樣有權威，乃稱記者爲「第四階段」。民權運動之後，記者之自由採訪、自由言論的權利，受到相當的尊重，象徵記者的社會及法律地位益趨重要與崇高。

美國第三屆總統傑佛遜曾說：「一個國家只有政府而無報紙，或是只有報紙而無政府，我寧願選擇後者。」今日美國的新聞事業極爲發達，也已與行政、立法、司法三權並立。綜觀歐美民主先進國家之新聞記者，已爲本身的法律地位奠下相當穩固的基礎。

記者的社會法律地位一方面固然是長時期奮鬥之後，深植在社會大眾心中一種特殊地位印象，另一方面也須靠國家以及新聞事業本身立法，行使約束、保障之權責，才能對記者之法律地位有明確

的保障，讓新聞事業在法律的保障之下，健全的發展。

在台灣的新聞機構，絕大多數均在地方派有記者，但水準良莠不齊，不少地方記者是以承辦業務人員掛記者名義在地方上活動，這群地方記者在地方上如有不當之行為，足以影響到專業記者的地位。這種不正常的情況，使得許多有心人士對目前台灣是否必須立即實施久懸未定的記者法，提出許多建議。

台灣政治學教授呂亞力曾表示，新聞界的力量大，某些人可以利用新聞媒介達到政治目的，基於維持政治秩序的觀點，他主張可以設立記者法；但在立法程序上要慎重，而且記者法一旦成立，要根據法來執行，不能在法外另做限制。但他指出，假如有一天新聞自律的功能眞能充分發揮，記者法也許就可以不要了。

也有人對設立記者法可以保障記者權益，不抱樂觀看法，渠等的著眼點是因為目前某些小規模的媒介，在人事制度上非常不健全，記者毫無安全感可言。

台灣新聞學教授徐佳士提出：「新聞記者與律師及醫師不同，不能單獨執業，必須附屬於新聞媒介，對於媒介應如何執行業務，已有其他法律規定，所以對於記者，不必像對待律師或醫生那樣，制定單獨的法律。只要透過記者自律措施，將能獲得符合吾人制度的基本精神之解決辦法。」徐佳士並提出三點方案，藉以提高新聞人員的水準，鞏固渠等的社會與法律地位。

1.讓記者公會變成一個受僱的新聞人員團體，使它具有集體議資的權力，並進一步保障會員相當穩定和超然的職業地位。
2.嚴格規定會員在學歷和經驗等方面應該具備的條件，愼重審查入會申請與媒介資方組織協議，各媒介不得聘僱非記者公會會員擔任新聞工作。
3.明確規定會員應遵守新聞記者信條、報業道德規範、無線電

廣播道德規範及電視規範。嚴重違反者開除會籍。

因爲新聞事業是大衆的耳目，也是人民的喉舌，沒有人不愛惜自己的耳目，也沒有人不保護自己的喉舌。因此，社會之尊重記者，純粹爲了尊重社會的公益，記者若能善盡職責，自然受到大衆的愛戴，而得以保持其高超的社會與法律地位。

(二)記者之保障

中國現代新聞事業發展初期，只是「文人辦報」，三五志同道合之士湊在一起就可以出版報紙，不似今日報業企業化，記者與報社負責人形成勞資對立現象，彼此是僱傭關係，記者之健康與權益必須有保障，才能使新聞事業健全發展。

新聞記者在台灣目前仍列爲自由職業，與律師、醫師等具有同等之地位，而事實上，新聞事業步向企業化的今天，新聞記者只擁有自由職業之名，卻是最沒保障的職業，因爲新聞記者經年累月從事緊張、忙碌的工作，既沒有職業保障，又沒有休假制度，使新聞記者喪失了自由職業的精神。如何釐定一項保障記者職業自由與安全的新聞記者有關法規確屬必要。

1948年在日內瓦舉辦的國際新聞自由會議中，曾通過兩項新聞記者職業保障的決議案。

1.建議聯合國經濟社會理事會邀請各國政府制訂保障新聞從業員的社會保險法，保證新聞人員享有下列權利：

(1)按年或支給老年退休金和殘廢恤金。

(2)失業或疾病時，發給一定期間的補助金，並在解僱前適當時日，先予通知。

(3)撫卹寡婦及遺孤。

2.建議聯合國會員國及非會員國設法促使新聞事業之雇主與雇員，協商適當方法，保障新聞從業人員之生活：

(1)職業記者最低薪額。

(2)記者自動年功加俸制度，對於過去經歷，亦一併計算。

(3)不得輕易解僱，如解僱不當，應補償被解僱人之損失。

(4)年老退休及退休金。

(5)假期支薪。

(6)由於工作及職業而生之疾病或其他不幸事件，應予補償。

(7)解決職業爭議。

雖然聯合國組織對國際事務之改善功能日益低落，但前述兩項早期對新聞記者職業保障之決議案，仍然值得參考。如果記者在物質、精神等基本的個人生活獲得保障，則進一步要求的是工作進行時的職權保障。

新聞記者在行使職權時，至少應獲得自由採訪報導權、事實證明權、保守新聞來源秘密權等。

記者在採訪寫作上，常常容易引起法律上之「侵權」問題，更容易因保守新聞來源而與檢察官涉訟。不過在國外，曾有記者因拒絕透露新聞來源而對簿公堂者，例如美國科羅拉多州丹佛城的一位女記者穆斐，曾在她服務的報紙上發表指責科州前首席法官何蘭於某案收取賄賂3,500元的一項法律訴願書，何蘭對此項指控加以否認，最高法院乃迭次要她吐露消息來源終被堅拒，於是便以蔑視法庭罪名，判令入獄三十天。

報業企業化之後，在僱傭關係上工作的記者，其職業、生活上所獲得的保障很薄弱，如何在既有的新聞自由和生活福利基礎上，更進一步追求完整的保障措施及法律，是今後新聞工作人員努力的目標之一。

第二節　新聞事業守則的實踐

新聞事業的服務，對社會所產生的影響，與律師、醫生相比有過之而無不及。然由於新聞從業人員大多缺乏嚴密的組織，難以像律師一樣，用嚴格的紀律對不良分子加以制裁。因此，世界各國新聞業者為提高報業標準，都經由新聞業組織，訂定各種守則，以為共同遵守之圭臬。

對於整個新聞事業來說，1948年3月31日，聯合國新聞自由會議於日內瓦舉行，釐定了三項公約，其中第3條公約第3項稱：「締約國可鼓勵本國境內從事將消息放播於眾私人，成立一個或一個以上之非官方組織，使其等能遵守水準之職業行徑，尤其是：

一、報紙事實，不存偏見，加評註而不存惡意。

二、便利全世界經濟、社會、慈善問題之解決，以及與此等問題有關之新聞的自由交換。

三、協助促進對於人權及基本自由之尊重，而無差別待遇。

四、協助國際和平與安全之維護。

五、消除足以挑撥離間，私人間或種族、語言、宗教不相同之集團間仇恨與偏見之虛構，或歪曲新聞之散播流行。」

報業的各種守則不免籠統，但是其所能發揮的作用，吾人不應予以抹殺。它是善意的人們所制定，也是有社會責任感的人們所慎重處理。

報業守則或信條，並未規定制裁的方法，它只是給新聞從業人員一種目標與努力方向。因此，近年來各國報業在履行對社會的責任上，紛紛組織成了新聞自律的組織，對所屬的會員受理違反守則的案件，這是新聞事業邁向專業化途徑上的一大步。

在新聞專業中，記者是活動的中心，新聞事業之健全與否，其關鍵在於記者。因此，有一部分大陸法系的國家，除了出版法、新聞紙法之外，另外還有新聞記者法之頒布，對於新聞記者之權利與義務，均作明確之規定與保障，即令是海洋法系的國家，對於媒體之記者與資方之僱傭關係，也有所規定，以保障記者之權益。新聞事業在今天已成爲一個社會企業，新聞記者成爲社會企業之機構成員。雖記者之職業地位已有所更變，而記者對於社會所應負的責任依然存在。同時，記者的工作性質較之普通一般行業之工作人員，尤爲艱苦，編輯校對長年累月從事於夜生活，採訪記者則經常過著緊張奔波的生涯，如無職業保障，實屬缺憾。由此看來，記者徒擁有自由之名，而實行上並不能像律師、醫生一樣單獨開業；即具有僱傭關係之實，而未必有公務員般享有各種保障。這等畸形現象，均待合理解決。

1948年3月21日，在日內瓦舉行的國際新聞自由會議中，曾有一項有關新聞記者保障的決議案，可資參考：

「決議案第38件：聯合國新聞自由會議，鑑於收受與傳遞眞實消息之新聞自由，常因新聞從業員之經濟環境，而致有所限制。故建議聯合國會員國及非會員國設法使新聞事業之報紙、雜誌、通訊社、廣播或電視改善其從業員生活。

此項保障辦法應包括下列各點：

一、職業記者之最低薪資。

二、記者自動年功加俸制度。

三、不得輕易解僱。

四、年老退休及退休金。

五、假期之薪俸。

六、由於工作及職業而生之疾病或不幸事件，應該予以補償。

七、解決事業爭議。」

如果用這樣標準看今日我國的媒體工作，能算專業嗎？頗令人質疑。因爲如以專業知識、專業範疇、專業道德等標準而言，吾人的傳媒很難與醫師、律師或會計師等量齊觀。部分新聞學者就不認爲新聞是一種專業。

新聞工作要達到專業水準，至少需達到下列要求：

1.新聞工作在知識上要接受一定程度的專業教育。

2.建立新聞工作的自主權、建立資深記者與編輯制度。老闆不應在日常專業中任意干預。

3.建立健全的專業組織、執行專業道德與規範。如記者公會、編輯人協會，與新聞評議會等自律機構，均應加強功能。

唯有眞正專業理想的實現，在有品質的媒體中服務，人人以工作爲榮，新聞專業才能維護專業的尊嚴，否則雖擁有衆多的媒體，卻有太少眞正的好記者，新聞專業是無法眞正令人尊敬的。

第三節　爭取內部新聞自由

台灣新聞界人士爲爭取新聞走向專業化，曾於1994年9月1日發起「我們爲新聞自立而走」的街頭運動。

這項媒體新聞人員首發的活動，是爲了推動「自立性新聞組織」，提出三項訴求，爭取內部新聞自由、推動編輯公約、催生新聞專業組織。

其中簽訂編輯公約是爭取內部新聞自由的有效工具，而成立新聞專業組織則是推動編輯公約的前提要件。

由新聞工作者團結產生的專業組織，其最基本的功能在於保障作爲受僱者的新聞工作者，免於遭受來自資方的精神及物質剝奪，

維護一個心智勞動者的最起碼尊嚴。

新聞專業組織，作爲社會有用職業的一環，將可聚合從事新聞傳播者的共同智慧，相對於社會的其他階層或行業，在民主國家的政策形成過程中，集體表達屬於新聞工作者的立場和觀點，並且確保新聞工作者的共同利益。

新聞專業組織提供一處絕好的處所，以檢討封建不堪的台灣媒體內部關係，新聞專業組織藉由自律以及對新聞養成教育的參與，亦得以提升新聞工作的專業水準，且因而鞏固新聞工作者在台灣社會的地位和尊嚴。

小組強調，這些功能絕無可能再由資方操控的非自主性專業團體中來實現。聲明最後說，六十年來，台灣九一記者節曾是令有尊嚴的新聞工作者倍感羞愧的日子。今後，要臉無歉色歡度屬於自己的節日，便要先從成立一個獨立自主的新聞專業組織做起。

台灣政治大學教授翁秀琪曾說：「內部新聞自由」這個概念在1950年代的德國就有人提起；不過，促成它成爲社會追求的目標，卻是由於1960年代的學生運動。

1960年代的德國正經歷其報業史上最嚴重的「報紙死亡期」，大報兼併小報，特別是立場右傾的史賓格報團（Springer Verlag）急速擴張（占有三成市場），不僅促使當時的國會成立委員會，調查其對新聞自由及多元言論市場所造成的影響，更使得走上街頭的學生高喊出「沒收史賓格」的訴求。

同時，不論是學界或輿論界，要求落實「內部新聞自由」的呼聲也愈來愈高。因爲，如果言論市場的多元化由於報紙的兼併而受到影響，則至少必須維持報紙編輯部內部的新聞自由，以新聞工作者專業的自主性來對抗言論市場的趨於寡頭。

另外，「內部新聞自由」的討論，亦具有憲法層次的意義；換言之，它是對「新聞自由」意涵的再檢討。到底「新聞自由」只

是報社老闆免於受政府侵害及干預的自由，抑或是整體新聞工作者（包括記者及編輯）也應享有的新聞自由。

另有從「工業民主」的角度來討論「內部新聞自由」。德國從1969年至1982年由社會民主黨執政，在「工業民主」的落實上有相當大的進展，在各企業體內由受僱者所組成的「經營委員會」對公司的經營享有相當程度的參與權；換言之，公司的經營方針是由出錢的老闆和出力的員工共同來決定。

以上對「內部新聞自由」的積極討論，也直接促成了1970年代德國報界的「編輯室規章」，規範了報社的立場、編輯及記者在擬訂新經營方針及人事問題上，可參與的程度及範圍。更有報社在「編輯室規章」明定，廣告不得影響編輯部作業，以保持新聞報導及評論的客觀超然。

台灣政治大學羅文輝教授也認為在台灣報禁解除之後，新聞報導的自由大幅提升，但是新聞從業人員的工作自主權仍無法完全的伸展；而唯有擁有新聞工作自主權，才能進一步提升台灣的新聞自由。

因此台灣新聞從業人員在處理新聞時，仍然可能受到媒體組織或媒介所有人的干涉，而影響其工作自主權。為了防止這種現象，羅文輝建議，台灣的新聞人員應該努力爭取「新聞室民主」，落實「新聞人員治報、治台」的理念，由全體新聞人員選出總編輯及新聞部門的其他主管，並自行決定編輯政策方針，才可能避免媒介所有人干擾新聞作業、控制新聞內容，使新聞人員擁有較充分的工作權。

這些觀點都值得有心人士進一步的思考與努力。

第四節　新聞人才的培養

無論傳播科技發生什麼變化，記者的任務與其核心價值應該不變。因此新聞記者的專業訓練尤為重要。

美國著名報人普立茲曾說，一個人生來所具有的不過白癡而已，做一個成功的記者，必須預定目標，從艱苦訓練而成，它必須從學校、家庭、社會、事業，以及水災、火災、戰爭等種種痛苦經驗中逐漸成長。

普立茲的話已為記者的條件樹立前提，記者至少包括勇敢、機智、忍耐、有恆、好奇、想像力、樂觀、主動、進取、思想敏捷、有適應能力，乃至寫作技巧和寫作速度。尤其新聞採訪進入解釋性階段，記者的責任倍增，更要對大衆傳播事業，具有最高的職業熱忱。

新聞教育起源於美國，直至目前為止，美國的新聞教育在世界上仍居於領導地位。美國的著名傳播學者施蘭姆（W. Schramm）認為，新聞事業和法律、醫學同為社會上一種專業；因此，新聞記者也必須與律師、醫生一樣接受專業性的教育。

美國對於新聞記者，沒有任何管理制度。人民從事新聞工作，不需要執照，也不需經過考試。一般認為，對於記者的任何管理，都將違背聯邦憲法第一修正案所規定的意見與出版自由的權利。因此許多報人與新聞學家，乃計畫制定一種新聞教育的標準，以保證新聞人員的素質。

新聞人才的訓練主要有兩種方式：一是美國式的學院制，另一種則是英國式的學徒制。英國的新聞事業，在世界上亦居有領導地位，然其正規的學校新聞教育，與其他國家比較仍見遜色。在英

國，每一個新進報社的工作人員，事實上都在接受一種職業訓練，有許多報社是以對新進人員之訓練而出名。而凡欲接受訓練的人，必須先在報社獲得一份職業。入選後需經過六個月的試用。職業訓練的目的，在使受訓練者獲得處理報紙工作中的必要知識，而成爲熟練的工作者，負責指導受訓者的有編輯、報社其他資深人員和訓練顧問。

在新聞從業員的職業訓練中，英式的學徒制與美國的學院制兩者孰優孰劣？事實上，健全新聞人員的培養，必須實務與理論並重。一個無可否認的事實，假如負新聞傳播責任的人，沒有接受過長期而嚴格的專業訓練，而將輿論導向歧途，則蒙受損害的是全體社會與國民，蒙受不利的是民主前途與公共利益。

有部分人認爲，新聞學院的畢業生並不受老闆的歡迎，因爲專業化的程度不如法學院與醫學院。這是由於新聞教育歷史短淺，傳播科技的變化日新月異的緣故。社會的分工乃是必然的趨勢，新聞從業員固然離不開社會科學的背景，但如果沒有專業訓練，在新聞事業高度技術化的今天，將難以適應。

特別是在美國遭遇911恐怖事件之後，接著爆發企業醜聞，政府面對史無前例的對外戰爭與國內經濟大變局，新聞界怎可在事發之前毫無警覺？

紐約哥倫比亞大學校長波靈傑（L. Bollinger）曾將原因歸咎於新聞界熱衷追逐「形式與技巧」，忽略了「深度與廣度」。

曾任《波士頓環球報》編輯、哥大全國藝文新聞計畫主持人的詹衛教授也說，美國的新聞業必須與時俱進，朝培養具備深度與廣度的記者改革。

他說，這方面的改革不但會讓新聞界「健壯」自己，還能讓美國人成爲眞正「資訊充足」的國民，進而鞏固美國的民主政治。

詹衛曾在《紐約時報》社論與評論版撰文指出，二十世紀初以

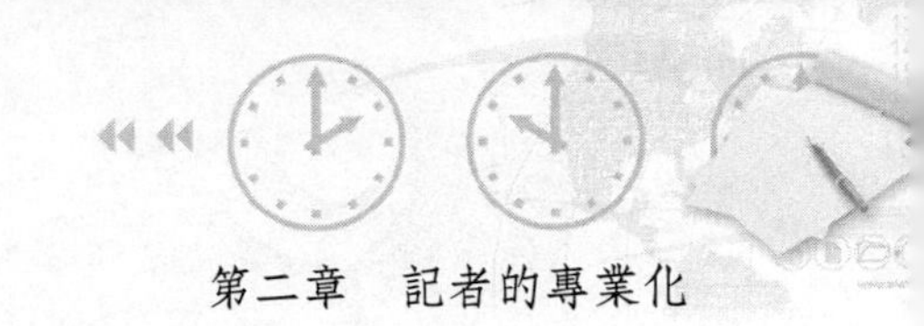

來，美國的法律、經濟與醫學教育分別歷經重大轉型，唯獨新聞教育一直沒有新觀念及改革。

他舉例說，羅斯福「新政」之前，哈佛、耶魯等大學的法學學者就將經濟學和金融體系等領域的知識融入法律教育，並創造出第一套規範美國市場經濟的遊戲規則；第二次世界大戰後，各大學的商學院開始提供企業管理碩士（MBA）的課程，讓學生開闊經濟與管理的眼界。

近期，著名的醫學院也開始擺脫舊式的「執業員」訓練方式，將倫理學融入課程，讓醫師們思考科技進步對「救人性命」行業的衝擊。

詹衛說，法律、經濟和醫學教育都經歷過這些觀念的轉型，唯獨新聞學院照樣遵守「忠實、客觀報導」那一套教育守則，沒有隨著時代環境的改變進行教育觀念的改革，以致於過去幾十年當中，新聞機構無法對國民提供「見識卓越、深入淺出」的資訊。

詹衛建議哥大新聞研究所碩士班的課程從目前「密不透風」趕進度方式的十個月延長時間，讓學生得以從容選修科學、經濟學、環保、管理、文藝等副學位，甚至將新聞學演化爲結合「都市社會學」或「國際關係學」的新學門，由有關方面的資深從業員傳授「實戰經驗」給年輕一代的新聞業者。

波靈傑校長也同意，社會在改變，新聞業也得隨之改變，新聞研究所的教育應該增加「深度」與「價值觀」的訓練，才能培養出有能力「預判」危機與企業高層潛在癥結，而不是只會「收拾善後」的人才。他說新聞媒體要發揮應有的功能，就必須擺脫國家控制，也不能完全基於市場考量來運作，如果報導的每則新聞都是爲了獲得更多的利潤，媒體應有功能就無法實現，媒體就必須在回應市場需求維持存活與發揮媒體功能之間求取平衡。

另一方面，因應全球化的環境，媒體應強調「科學主義」，新

聞教育應教導政治、經濟、科學等專業的根本概念，新聞從業人員也應對本身報導的議題有更深入的瞭解。

在討論媒體所扮演的角色前，波靈傑指出，現在民主社會主權在民、法制，以及可以照顧弱勢族群的權力制衡三個基本概念，加上自由市場機制所帶來的經濟發展，形成現代社會的面貌，並隨全球化浪潮往前邁進。

波靈傑分析美國社會對言論自由的規範，他表示，美國雖然早在十八世紀便在憲法第1條修正案中，規定國會不能制定任何有害言論自由的法律，卻遲至1918年，才因一次案件，始眞正將此項理念落實到法條裡，且至1970年代，此項法律才獲得社會認同切實執行。

第五節　突破思考的新成就

幾乎同一時間媒體報導美國前《洛杉磯時報》總編輯卡羅爾（J. S. Carroll）以「大報絕不嫌新聞細節微不足道」爲信念，帶領士氣低落的《洛杉磯時報》，歷經三年多的整頓改造，於2007年一舉拿下五座普立茲獎的佳績。

《時代雜誌》報導，卡羅爾受訪時坐在辦公室的黑色大理石桌邊，爲隔週週日某篇文章下標題。那篇文章報導一個尋找父親冤死眞相的女性，她的父親在1948年過世。卡羅爾喜歡這個故事，他不在乎下標題是基層編輯的事。因爲他深信，大報絕不嫌新聞細節微不足道。

《洛杉磯時報》於普立茲頒獎典禮中抱回五個獎項，這是美國新聞界中同一年度獲獎次數最高的紀錄，《洛杉磯時報》在卡羅爾擔任總編輯三年多期間總共拿下十一座普立茲獎，遠高於之前十年

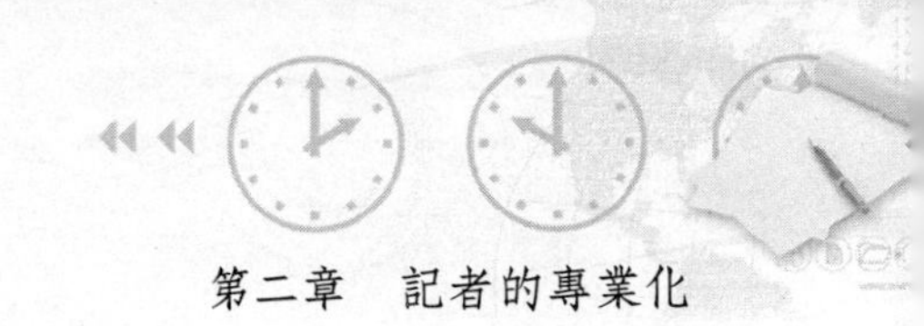

八座獎牌。

柏克萊加州大學新聞學研究所所長謝爾（O. Schell）說，普立茲獎的數量正是《洛杉磯時報》品質提升的指標，而《洛杉磯時報》的表現皆可歸功於卡羅爾。

1990年代末期的《洛杉磯時報》，由於老闆魏勒斯打破編輯及廣告界線，員工士氣低落。1999年10月該報一期週日版雜誌特刊以所有篇幅報導洛杉磯市中心落成的史塔普斯會議中心，且與該中心簽下當期發行收入平分的協議，有置入性行銷之嫌，引發編採人員強烈抗議，許多優秀記者因此離職。

2000年，芝加哥論壇報公司買下《洛杉磯時報》，且聘請卡羅爾擔任總編輯。《洛杉磯時報》在卡羅爾帶領下，透過業務精簡及外包等措施，將員工從五千三百三十人降爲三千四百人，每日發行量雖減少約十萬份，成爲不到百萬份，但在這四年期間的利潤不減反增。

同時，卡羅爾陸續整頓版面，增加國家公園、水資源管理等影響西岸甚鉅且全美民眾都關切的報導題材。

此外，該報大都會版過去根據不同地區發行地方版，卡羅爾以「西岸的全國性報紙」自居，將該報改成兩部分，兼顧加州全州及各地方新聞，且以健康議題及戶外活動的特寫反應加州版重點，還在其中增加汽車專欄，此欄也爲《洛杉磯時報》贏得一座普立茲獎。

卡羅爾毫不鬆懈辦好報紙的決心，在普立茲獎揭曉後，他告訴各版主編：「我們還是以前那批人，我們仍有許多事有待努力。」《時代雜誌》說，卡羅爾的目標是徹底改造《洛杉磯時報》。

卡羅爾代表了一位眞正新聞人的抱負以及新聞事業可以「力爭上游」的決心。

問題與討論

1.一個成功的記者應具備哪些條件？你認為有意從事新聞工作領域的青年，應加強哪些技能與知識？

2.新聞記者如何面對傳播科技的挑戰？

3.如何提升新聞從業人員的工作自主性？進而爭取新聞自主權？其主要可透過哪些途徑與方式？

關鍵詞彙

1.**新聞室民主**：新聞室民主意指記者與編輯人依據新聞專業意理而獨立處理新聞，不受外力與老闆之干預。他們主張總編輯也由同仁互選。

2.**主流媒體**：指傳統媒體（如報紙、廣播、電視）在社會的主流地位，以有別於新媒體（如網路等）。

3.**普立茲**：普立茲為美國報人，創辦《世界報》，與赫斯特競爭「黃色新聞」。創辦了哥倫比亞大學新聞學院與普立茲獎。

4.**恩尼派爾**：美國二戰時著名戰地記者，採訪深入軍中，為眾所推崇，後為日軍掃殺在硫磺島。

5.**美國新聞與世界報導**：一份以報導美國與國際新聞為主旨的雜誌，以報導迅速、分析精確著稱。

6.**專業精神**：新聞事業被譽為是無冕王，說明了新聞專業尊嚴，所謂專業，必須接受良好專業教育，以服務社會為主旨，終身奉獻。

7.**記者信條**：新聞人將應遵守之道德規範歸納成條文，以便遵守，是謂記者信條。較偏重記者執行層面。

8.**新聞倫理公約**：新聞倫理是新聞活動與其他活動間的道德規範的總稱。

9.**報人信條**：報人將應遵守之道德歸納成條文，以便遵守，是謂報人信條。較著重於報業界領導者之精神層面。

10.**第四階級**：英國社會在十七世紀時由王室、貴族與平民組成，歷史家

麥考萊（Macaulay）於一八二八年首將新聞界稱為第四階級。

11.**傑佛遜**：傑佛遜（1743-1826）美國第三任總統，以提倡新聞自由為世人推崇。

12.**洛杉磯時報**：美國西部最具權威之報紙，與《紐約時報》、《華盛頓郵報》同享盛名。

13.**時代雜誌**：《時代雜誌》（*Times*）為亨利魯斯（Henry Luce）創辦之新聞性周刊，出資倡導社會責任論。

參考書目

Ernie Pyle著，于熙儉譯（1950）。《大戰隨軍記》。台北：正中。

于衡（1970）。〈採訪二十一年〉，載《名記者的塑像》，頁102。台北：莘莘。

胡殷（1966）。《新聞學新論》，頁70、75。香港：文教事業社。

徐佳士（1976）。〈改進新聞人員組織〉，載《新聞評議》，第18期。

曾虛白主編（1973）。《中國新聞史》，頁881。台北：政治大學新聞研究所。

賀照禮（1969）。《新聞學的理論與實際》，頁9、171。台北：蘭台書局。

劉延濤（1953）。〈元老記者于右任先生〉，載《報學》，第1卷，第8期。

鄭貞銘（1998）。《新聞採訪的理論與實際》，頁51。台北：台灣商務。

錢震原著，鄭貞銘、張世民、呂傑華增修（2003）。《新聞新論》。台北：五南。

第三章 記者的採訪權與報導權

1.瞭解新聞記者採訪權的主要意義。

2.瞭解新聞報導權的主要意義。

3.分析限制採訪權與報導權的原則。

新聞採訪活動是保證公眾知的權利，實現社會輿論監督的重要途徑。完整的記者權，實際上包括採訪權與報導權。如只保障了採訪權，而忽略報導權的保障，那麼記者仍然無法完整實現其應盡功能，甚至會使採訪權消解於無形。

新聞媒體唯有從採訪、編輯到報導等一連串之過程，均享有不受檢查、不受不當干涉之新聞自由，人民始能獲得豐富的資訊；藉由保障媒體新聞採訪、報導自由，人民「知的權利」始得以落實。

而限制採訪與報導權，應從法、理、情等多方面去考量，法律有明文禁止的就不應報導，這是最清楚的原則，法律無明文禁止者，記者則從新聞的理與情去考量。在現實中記者採訪與報導也常會出現爭議之處，要如何避免這些爭議之處呢？這也是本章的分析重點。

第一節　採訪權與報導權

新聞記者是社會民主、文明、進步的推動者，是發掘新聞、提供訊息、伸張正義、促進和諧的重要力量。新聞採訪活動是保證公眾知的權利（The rights to know），實現社會輿論監督的重要途徑，這些都是淺顯易懂的道理。然而，近年來以各種手段干擾、阻礙記者採訪活動的事件時有發生，記者的採訪權利屢屢受到粗暴侵犯，這是頗讓人遺憾的事。

完整的記者權，實際上包括採訪權與報導權。如僅保障了採訪權，而忽略報導權的保障，那麼記者仍然無法完整實現其應盡功

能，甚至會使採訪權消解於無形。

從新聞操作上來講，記者透過調查、採訪完成一篇新聞稿件，只能算是初步實現了採訪權，只有採寫的稿件經過編輯、審核、刊播等程序公諸於衆，記者的採訪活動才能產生訊息傳播效應。也只有記者採訪權最終落實爲報導權，新聞媒體才能發揮滿足公衆知的權利和輿論監督的作用。

聯合國大會於1948年通過「世界人權宣言」（The Universal Declaration of Human Rights, UDHR），其中第19條明定：「人人有主張及發表自由之權；此項權利包括保持主張而不受干涉之自由、經由任何方法不分國界以尋求、接收並傳播消息意見之自由。」憲法上保障人民有表現自由之前提，係假設人民享有獲得訊息之權利，尤其攸關如何支配管理其訊息，唯有充分得到有關自己事務之資訊，始能瞭解眞相。

因此，人民「知的權利」已成爲現代民主社會發展中不可或缺之基本權利。人民爲維護個人利益，透過新聞媒體取得公衆事務之資訊，有助於個人在國家中行爲的調整，而得以參與國家之施政，消極地排除不知法令而違法之現象，積極地優先或排他享用有限的公共資源，對於不具公衆性資訊的取得，亦可拓展個人知的領域，滿足好奇心與求知慾。

所謂「知的權利」（知情權）廣義而言，包括聽、讀、看和接受利用資訊之權利；狹義而言，係專指取得、接受、利用資訊之權利。在傳統表現自由之時代中，發表思想者同時也是接受思想者，藉由「言論自由市場」（marketplace of ideas）之機制，以尋求眞理。然而，現今社會人民之價値觀深受新聞媒體所影響，民衆從「得以面對面溝通、發表意見」之角色，退居爲「單向資訊接收者」之地位，資訊之流通轉而由有資本、組織之新聞傳播媒體及政府機關加以控制。

為了達成個人的自我實現及社會民主之要求，人民唯有透過傳播媒體以其龐大之組織取得各項資訊，始能瞭解社會各項議題之眞相，以提出自我主張，相互溝通，民意之趨勢因而顯現，對公權力之行使亦形成監督作用，並藉由媒體獲取企業生產與人民生活息息相關之產品正確資訊，以確保身體健康及生活環境之安全。

因此，新聞傳播媒體為實現民眾知的權利而提供服務，作為具體化人民知的權利機關，具有公益性色彩，其任務受到社會強烈的期待，並為媒體最重要的社會責任。

為保障人民知的權利，傳播媒體負有蒐集國內外資訊提供予人民知悉之義務。新聞媒體應享有不受任何阻礙自由接收訊息，不受任何干涉報導自我思想及事實，排除不當干預，充分蒐集資料來源。聯合國於1960年通過「報導自由相關宣告案」，亦明確宣示依據基本人權中之「知的權利」，及自由追求眞實的權利，新聞媒體應享有報導自由，而媒體對於該項自由權利之行使，亦負有特別的義務與責任。

新聞媒體唯有從採訪、編輯到報導等一連串之過程，均享有不受檢查、不受不當干涉之新聞自由，人民始能獲得豐富的資訊，藉由保障媒體新聞採訪、報導自由，人民「知的權利」始得以落實。

採訪行為為新聞媒體對外報導所不可或缺之前置程序，以報導為目的之採訪自由，應受到尊重。採訪行為與報導行為在本質上有不同之內涵，依表現自由所保障者，係將已知之事實對外發表、公布，報導自由係將採訪所得之事實加以報導之自由，而採訪係探究未知之事項，再予以公開表現，報導自由並不當然包括採訪自由，人民唯有透過媒體之採訪始能獲取公眾事務訊息，進而形成輿論，監督公權力，以促進生活福祉。

因此，新聞媒體積極的採訪活動，為實現人民「知的權利」之必要手段，以報導為目的之採訪自由，應為新聞自由所保障之內

涵，與人民獲取訊息之自由應同受保障。惟媒體公器之功能係為了公益性之表現，在世界先進國家中，沒有一項權利可以無限制地擴張，尤其與其他權利或公權力之行使起衝突時，必須經過公益衡量，作適度的讓步，故新聞媒體採訪權之行使與人民知的權利之滿足，並非新聞媒體一切採訪行為正當化之理由，人民知的權利及新聞媒體採訪權仍有限制，例如得避免妨礙他人自由、維持社會秩序與增進公共利益時，依照比例原則，制定法律加以限制。

第二節　採訪與報導權的限制原則

限制採訪與報導權，應從法、理、情等多方面去考量，法有明文禁止的就不應報導，這是最清楚的原則，法無明文禁止者，必須由記者從新聞的理與情去考量，以下是一些簡單的原則：

一、記者不應付費採訪

記者是否可以付費採訪？見仁見智，各有不同見解。北京也發生過這種事。北京外交學院曾統一口徑，凡是媒體要採訪渠等必須付費，否則一律拒絕。依據這些「收費教授」的「行規」，平面媒體受訪每小時二百元人民幣。對此，大陸有些學界人士以自清態度堅決反對這樣的作法，並且認為這是一種學術界腐敗的表現。

廣州《羊城晚報》也曾刊登一篇有關大陸老電影人孫道臨接受採訪要收費的文章，當時就引起社會各界的關注，支持者認為採訪收費是「知識產權意識的覺醒」，反對者則說採訪收費「破壞公益性原則」。

孫道臨在接受媒體訪問時就辯解說，「記者寫稿都有稿費，採

訪對象為什麼沒有報酬」；「如果不收費，不如自己寫東西，為什麼要經過記者的手」；「接受一小時採訪，就等於工作一小時，媒體應該從此定下對不同人物的付費採訪標準，才符合市場經濟」。

嚴格來說，「付費採訪」發源於1990年代的日本。當時日本記者在歐洲採訪足球聯賽屢屢受阻，於是打出「付費採訪」的口號。這種作法在採訪當紅體育、娛樂明星時迅速展開，在歐美被稱為「支票簿新聞」。

對於孫道臨的解釋，北京學者爭論尚未止息之際，北京外交學院教授們採取「聯合壟斷」方式，集體向媒體嗆聲「要錢」，否則一切免談，此舉引發了北京輿論界激烈的爭論。

引發此次爭議的北京外交學院教授宮少朋表示，常接受採訪要涉及自己的研究成果，「我必須收費，否則我寧願不接受採訪！」

「教授可以拒絕接受採訪，但絕不能收費！」北京中國青年政治學院新聞學院院長展江對於這些「收費教授」的行徑感到不齒。他強調，接受採訪花費精力、花費時間絕不是收費的理由，因為採訪收費會把新聞操作搞亂，如果涉及自己的研究成果，可以拒絕採訪，收費是很滑稽的事情。北京著名新聞學者喻國明更表示，「這是一種腐敗的表現！」

如果這種想法是正確的，新聞界不該為「獨家」而自願付費，以免引發更多對新聞界不好的連鎖反應。

另外，採訪應指記者對事件與問題的瞭解，憑藉智慧、能力，完成採訪的任務，但卻有不少媒體為了採訪，尤其是為了獲得獨家新聞而不惜代價，這是有嚴重瑕疵的。

2005年3月，英國廣播公司（British Broadcast Company, BBC）支付四千英鎊給一名已定罪的竊賊費隆買他的故事，此舉遭到強烈的砲轟。

BBC承認，付錢給三十五歲的費隆，要他說明1999年轟動一時

的竊盜案經過。在那次案件中，農夫馬丁向兩名竊賊開槍，費隆被打傷，其共犯是十六歲的巴拉斯，他在逃跑時背部中彈喪命。

BBC辯稱說，費隆敘述的事件經過對社會大衆的意義重大。該台發表聲明說：「BBC的原則很清楚，只有在社會大衆極感興趣，而且沒有其他方式能取得當事人說法時，才能付錢給已定罪的罪犯買新聞。」

另一個著名的例子是，中央電視台《焦點訪談》節目周圍長期有一支「公關隊伍」，後者透過各種關係，千方百計阻止相關節目的正常播出，一些節目因此胎死腹中。事實上，由於干擾、阻礙記者採訪容易造成直接衝突，甚至釀成惡性的人身傷害事件，某些單位和人員吸取了「教訓」，開始從侵犯記者的採訪權，轉爲侵犯記者的報導權。與侵犯記者的採訪權相比，這類侵犯記者報導權的「公關活動」，一般手段更隱蔽，層次更「高級」，效果更明顯。如此情形委實堪憂。

我們既要旗幟鮮明地保障記者的採訪權，也要理直氣壯地保障記者的報導權。

二、未成年人犯罪不報導其姓名、不刊登照片

未成年人在法律上有明文保障，對於犯罪新聞有關未成年者，一律不報導其姓名，或只報導其姓爲原則，對於照片亦不刊登，如果必須刊出照片時，也只以刊出其背面爲原則。這在使不能負法律責任的未成年人犯，有改過自新的機會。

三、未釋放被害人的綁票案不報導

對於綁票案，新聞界普遍獲得共識，即在被害人未被釋放前，

暫不報導，以免新聞見報後，造成綁匪撕票；過去，新聞界在此方面都很合作，但也有新聞曝光後造成撕票事件，其結果是引起家屬的不滿，以及一連串的法律訴訟。

1997年，台灣藝人白冰冰的獨生女白曉燕被綁票撕票案是一個很好的案例。爲了搶新聞，台灣部分媒體不顧肉票安全，採取緊迫盯人式的採訪，誇張到連衛星轉播車、採訪車都在白家附近兜圈圍繞的地步。更有兩家報紙搶先刊登白曉燕遭綁票的消息，另有一家雜誌還做封面故事報導。

這些報導後來隨著被害人屍體的出現，在台灣社會引起極大的震撼與檢討聲，台灣新聞評議會於同年擬訂了「綁架及其他刑案新聞採訪暨報導原則」，希望新聞媒體能共同遵守。這些原則主要爲：

1.處理綁架劫持新聞，應以被害人生命爲首要考慮，在被害人脫險或死亡前，不得報導。
2.在確認被害人脫險或死亡之前，記者不得跟隨採訪拍攝被害人家屬及檢調單位偵查辦案。
3.在確認被害人脫險或死亡之前，記者的相關消息來源應以檢調單位正式發布之消息爲主，不宜以謠傳或未經證實之消息爲新聞報導的基礎。
4.在被害人脫險或檢調單位正式對外公布後，新聞採訪報導應尊重被害人及其家屬的隱私。
5.新聞報導不得刊播被害人受迫、裸露或屍體等照片；被害人如遭性侵害部分，不得詳細報導。
6.新聞報導不得以文字或圖表詳細說明犯罪過程及手法，或以正面詞句描述嫌犯或其犯行。
7.報導內容應以善盡告知之責爲主，不應重複渲染。

四、未經查證的新聞不報導

有些新聞常只是片面之詞，例如有關利益糾葛、財務、糾紛，當事者常是站在自己的角度去訴說，甚至攻擊對方，站在新聞記者之客觀公正的立場，應對不利對方的說詞查證，可能引起的誹謗、妨礙名譽等法律責任，在尚未查證清楚之前暫不報導，以免惹上官司並避免損及服務單位的聲譽。

例如2007年台灣的《時報周刊》刊登「劉嘉玲狠撈郭台銘一億元」的相關報導，主要內容指出，劉嘉玲參加郭台銘公司年終晚宴收下一億新台幣酬勞，因此引起鴻海集團負責人郭台銘與劉嘉玲相繼控告報導不實；自該案件由台北地方法院審理期間，經過多次開庭辯論，最後《時報周刊》總編輯當庭承認該篇報導未經過查證，同意在新一期的《時報周刊》和主要報紙的頭版刊登道歉啓事以作澄清。因此，記者在報導相類似的新聞事件時，務必要盡到查證之責任。

五、流行疾病未證實前不報導

有些疾病是國際間必須通報的流行病，例如瘧疾，如果記者獲知台灣有此疑似案例，在未得到證實前應謹慎處理，如果貿然報導，事後發覺是誤傳，可能使得台灣所有的農產品出口受到影響，同時會引來抗議與官司；有些農產品的農藥殘留檢驗結果的報導也應特別慎重，因爲報導不實或不當會造成該項農產品的滯銷，影響農民收益；不過，對於一些獲得證實的重大傳染病，雖然報導後會對經濟帶來重大影響，但隱瞞不報導的結果可能會帶來更大的國際形象與經濟損失，這時就應該在小心求證後做正確報導，台灣新聞

媒體的自律規則可作爲借鏡，如：

1.重大流行疾病疫情之報導，應以政府主管機關發布之資訊爲準。
2.傳染病病人或疑似感染傳染病之病人的姓名、病歷及病史等有關資料，除主管機關發布之資料外，不得報導。
3.對於感染傳染病病人、施予照顧之醫事人員、接受隔離治療者、居家檢疫者、集中檢疫者及其家屬，非經同意，不得對其錄音、錄影等。

第三節　記者採訪與報導權的爭論

媒體在社會上扮演第四權的角色不可或忘，新聞倫理規範，自然也是每位記者不可須臾或忘的行爲規則。

然則，今天的新聞基本職業精神似乎爲許多新聞同業所淡忘，渠等可以找出許多的理由，爲新聞界的倫理與自己新聞的越軌而辯護。

舉台灣爲例，台灣的媒體生態因報業解嚴後，市場競爭激烈，特別是電視媒體，爲提高收視率以換取廣告市場，乃以「聳動」與「八卦」爲爭取新聞之寶；更以刺激的畫面，來吸引觀衆。

台灣記者的採訪引起社會爭議的事件歸納起來，大致可分爲下列幾點重要的問題：

一、與採訪對象發生爭執

完美報導的形成原是記者與採訪對象的充分合作而達成，但

記者爲達成目的，常不顧採訪對象的心理，因此產生極不愉快的糾紛。例如2004年9月，台灣媒體與英國著名歌手艾爾頓強（Elton John）在機場爆發口角衝突等，都值得探討。

二、濫用採訪機會

記者的職責在採訪，不該涉入事件本身，對個人的政治立場不宜在執行採訪任務時混淆。例如2006年8月，某丁姓記者在採訪場所對台灣前總統大喊「阿扁下台」，已顯然違反了記者角色分際與工作倫理（作爲一個國民，可以有此權利，但記者不宜）。

三、採訪問題不適當，傷害受訪者

記者問受訪對象，「你女兒自殺，你有什麼感想？」、「你知道爸爸（媽媽）已經死掉了嗎？」，這種不妥適的問題尤以電子媒體記者最爲嚴重，就連火災、空難、車禍等意外亦曾出現此一問題，可見記者之不得體與無人性。

四、與同業爭執

例如2005年5月，台灣藝人倪敏然自殺事件之當事人召開記者會，兩名媒體記者因爭搶鏡頭不和而互罵髒話。

五、未考慮記者人身安全問題

例如2003年4月，台北市立和平醫院因嚴重急性呼吸道症候群

（Severe Acute Respiratory Syndrome, SARS）疫情而封院，台灣《壹週刊》兩名記者設法偷待在被封鎖的和平醫院裡採訪攝影，即被台北市政府批評該舉爲「無視記者的人身安全」、「漠視新聞道德和新聞自律的原則」。又如2004年10月，納坦颱風來襲，台視某記者因視察基隆和員山子分洪道之消息，在分洪隧道口等待，致不慎被捲入洪水中溺斃，這是不必要的生命付出。

六、未考量新聞對象安全

上節探討之白曉燕命案即爲一例，實有違世界新聞倫理之規範。

七、妨礙公務

台灣警方與白曉燕命案的凶手發生槍戰，部分台灣媒體闖入警方架設之第一道封鎖線，於一定程度上妨礙警方攻堅，被認定爲高天民、陳進興兩名歹徒順利逃逸之原因，而記者自身的安全也堪慮。

八、著作權爭議

部分台灣電視媒體常使用抄襲平面媒體、網路或書上的內容來充當訪問內容，此作爲被部分學者認爲侵犯著作權。例如：抄襲《遠離生活中的毒物》，以及1998年同志紀錄片爭議。

九、照片或畫面使用亂象

爲了追求效果，報紙或電子媒體常將血腥、煽情的照片、畫

面置於頭版或重要時段，如白曉燕命案。2003年，進入台灣市場之《蘋果日報》也常將傷者及屍體等照片放於頭版，故常被批評不尊重當事人，知名案例之一爲2006年11月發生的台中市長胡志強夫人邵曉鈴車禍重傷事件，及2007年4月高雄市壽山動物園鱷魚咬斷人臂事件。該事件除《自由時報》對照片中斷臂處打馬賽克外，其他三大報《聯合報》、《中國時報》、《蘋果日報》都直接刊登鱷魚將人臂含在口中之照片，因而引發社會各界譴責。

十、災難報導亂象

由於災難事件最受到社會大衆的關注，災難事件的新聞報導是各家電子媒體的必爭之地，其報導更引起爭議，包括：反覆播放災難畫面，例如2000年7月發生的八掌溪事件，未能即時批判政策不當；例如和平醫院SARS封院事件，誇大災情，使民衆恐慌；例如2004年9月，台灣發生嚴重水災，部分電視記者遭《自由時報》指出故意「蹲在水裡連線」，造成「水淹及胸」假象之畫面播出。

十一、人物報導亂象

台灣媒體於香港媒體加入競爭之下，許多名人無關公益之私事成爲報導重點，一旦有名人發生受傷、自殺、婚外情等事件時，大篇幅、長時間的報導常占據各大媒體的主要版面與時段，但亦有些本來沒沒無聞之人，係在媒體一窩蜂報導之下成爲名人。而最易引起爭議報導對象包括主播、藝人及爭議性人物。

十二、未審先判

有些媒體於報導犯罪新聞時，常於警方將某案宣告破案或結案前，將嫌犯之眞實姓名公布。一旦警方發現實際犯罪者爲他人，或「嫌犯」之「犯罪」動機符合阻卻違法事由時，其雖被警方證明無罪，然名譽已遭毀損，難以回復。

十三、政治化亂象

台灣媒體亂象與台灣當今政治文化有相當程度的關係。例如有關不同立場的消息，並無具體證據，有許多無法證實亦無明確的消息來源。媒體在報導這些消息時，即使是絲毫無任何惡意，或是媒體經營者、新聞工作者因其政治意識型態而來的故意作爲，都直接造成此亂象。

十四、造神現象

有些媒體爲了討好其支持者，甚至有將部分政治人物「神化」的舉動，從最早蔣介石利用媒體進行的神化活動，爾後在新的總統上台之後，媒體就會開始將總統進行神化的舉動，令人不可置信。

上述的新聞界與記者「失常」與「失敬」現象，唯有從新聞倫理與道德上從事改善；尤其是要確認在享受新聞自由之餘，要以社會責任爲尙。

社會責任爲新聞事業之崇高目標，尤以建立文化本位之新聞哲學與倫理，解決此間矛盾與衝突爲最高準則。

社會需要有思想、有深度、有見解的優質新聞事業，吾人有責任使其實現。

第四節　記者應否引述他報報導

記者是否可以在報導時引用其他媒體的報導？這是一件頗費思量的事。

2003年5月2日，《紐約時報》曾經爲該報「違反新聞倫理情節重大」而道歉，且說該報一名記者在發表4月26日頭版的報導出現諸多問題後辭職。

《紐約時報》引述該報副總編輯雷恩斯的話說，該報編輯群「未能判定」當日由記者布萊爾所撰寫文章的「原始報導」，那篇文章報導伊拉克戰爭中一名失蹤士兵家屬所承受的痛苦，據說那名士兵已死亡。雷恩斯說：「《紐約時報》嚴重違反新聞準則向讀者致歉。」

《紐約時報》在另一則致讀者的說明中寫道，記者布萊爾在那篇文章中使用的字句與《聖安東尼奧快報》（*San Antonio Express-News*）另一篇報導類似。

《紐約時報》坦承過失的時間發生於《鹽湖城論壇報》總編輯謝勒狄辭職第二天，謝勒狄因該報兩名記者將一名被綁架少女伊莉莎白·史馬特親戚的猥褻文件提供給《國家論壇報》且各收受一萬美元而去職。

抄襲、說謊、斂財，都是新聞界的醜聞。日本在1991年也都相繼發生類似事件。

1991年7月16、18日兩天，日本兩大傳播機構——日本放送協會（Nippon Hōsō Kyōkai, NHK）的會長島桂次，以及共同通訊社社

長酒井新二相繼離職，島桂次是爲了自己在國會答覆質詢時扯謊，以及涉及女人問題而辭職，酒井則爲了該社的編輯委員抄襲《朝日新聞》報導。在兩大媒體相繼因醜聞而有人事更動之後，7月21日日本四大證券商公布接受補償股票投資損失的名單中，赫然出現東京放送電視公司，令在第一線報導的記者啞口無言。

一、日本三大醜聞皆為說謊

這三件日本傳播界的醜聞看起來並不相關，但是三者有一項共同的特點，便是扯謊，這是傳播媒體的致命傷，因爲說謊會失去一般閱聽大衆的信賴感，所以島桂次和酒井只有藉辭職來使「人心一新」，而東京放送電視炒股票又接受補貼之事，在眞相調查清楚後，終有代表性人物要對此一事件負責。

島桂次的辭職與其說是一種自我反省和負責的態度，不如說是被情勢所逼，從島桂次在國會的扯謊到31日新會長川口幹夫選出，暴露出日本放送協會這個公共電視公司和自民黨的鬱卒程度，整個過程中，政界的陰影不斷籠罩，或許這也是日本放送協會的預算操縱在政界，而無法無視政界存在的一種宿命性體質，所以日本放送協會一發生事情，背後便往往有政治人物在其中躍動操縱。

共同通訊社酒井的辭職，是因爲該社一位負責醫學編輯委員抄襲《朝日新聞》的報導。共同通訊社對於此一抄襲問題，除了解僱抄襲的該名委員之外，也處分了編輯部各級主管，並設置特別委員會調查有關事實，而酒井在接到委員會的報告書後，便表示辭職以示負責。

因爲屬下抄襲而辭職，這在日本傳播史上是第一次，另外與此類似的是1989年5月，《朝日新聞》的攝影記者捏造報導有關沖繩西表島珊瑚礁的刻字，因爲遭人指是記者自己在珊瑚礁上刻字，社

長柳東一郎爲示負責便辭職，主要就是因爲揑造或抄襲會對報導的公信性有很大的傷害。

對於《朝日新聞》或共同通訊社社長的辭職，日本輿論一般是肯定的；但也有另一群評論家，如前東京大學教授西郭邁則持不同看法，認爲此事有兩重意味，一則因爲屬下的揑造或抄襲，便由社長辭職，是一種反省過剩的表現，即對世間批判的適應過剩；另一方面，則是報社或通訊社藉著這種過剩的反省來圖自我正當化，即爲了屬下的小揑造或抄襲，報社或通訊社便能有這麼大的反省，可見其他的報導絕無揑造或抄襲，是一種對讀者的形象作戰，尤其是珊瑚礁事件，讓日本社會認爲《朝日新聞》有相當不錯的自制與反省，這反應之「過剩性」，其實往往是新聞報導的致命傷，因爲很容易走上二者擇一之途，是一種文明不成熟的表現，文明之成熟是在信與疑之間求綜合平衡的表現。

二、單純新聞報導的著作權

單純新聞報導是否有著作權，非撰稿者可否引用？依據台灣「著作權法」規定：「單純傳達事實的新聞報導不得爲著作權的標的。」因此，單純的新聞報導是屬於事實的撰寫，並沒有作者的創意在內，不受著作權的保障。

另外，單純的新聞報導有無包括新聞評論（Journalism Review）、新聞分析、圖像、標題，或記者所加入的內容描述？所謂單純新聞報導是指新聞消息有關的報導而言，例如國家元首出國訪問、警方偵辦刑事案件、車禍報導等，這些內容基本上是根據事實而加以撰寫，並沒有加入記者個人的一些創意，所以應不包含新聞分析與新聞評論在內。

至於新聞報導所加入的描述部分，依著作權的精神，主要在

保障有創作的個性與風格的內容，而不保護純傳達適時的內容，因此，可以抄襲的新聞事實部分不在保護之內，而不能抄襲的新聞描述部分，則應在保護的範圍內。

三、內容轉載之同意權

單純的新聞報導內容是屬於新聞的記述，並不能主張著作權利，但有著作權保障的著作是否註明出處就可以引用？台灣「著作權法」的規定，可作爲參考：「揭載於新聞紙、雜誌的著作，經註明不許轉載者，不得轉載或播送。未經註明不許轉載者，得由其他新聞紙、雜誌轉載或播送，但應註明出處。如爲具名之著作，並應註明或播送著作人姓名。」因此，引用或轉載他人著作，應先瞭解可否轉載，再決定如何處理。

記者想要使用某媒體的新聞與圖像，應徵求媒體同意，或只要作者同意即可？

媒體報導之新聞與圖像，應先瞭解著作權的歸屬，如果是新聞內容，著作權通常屬於出資聘僱記者的媒體所有，新聞與圖像係記者基於職務上所撰寫或拍攝，著作權當然屬於媒體，自然要取得媒體的同意才能刊播。

問題與討論

1.什麼是新聞記者採訪權的主要意義？

2.什麼是新聞報導權的主要精神？法律所禁止的新聞報導有哪些？請舉一則新聞報導為例。

3.限制新聞媒體的採訪與報導的原則為何？請舉一個你最近所看到引起爭議的新聞媒體報導？分析引起爭議的原因以及避免爭議的作法有哪些？

關鍵詞彙

1.**採訪權**：為保障國民「知的權利」，新聞記者得對任何新聞事件進行採訪，以廣布於眾，但仍應受到法律合理之限制。

2.**報導權**：記者與編輯對所蒐集的新聞事件，得以專業認知與經驗，決定如何處理之權。

3.**知的權利**（The Right to Know）：乃現代國民的基本權利，如此人民始能知曉國家社會大事，以分析判斷行使民主社會之公民投票權。

4.**付費採訪**：以「金錢」為代價購買新聞，是謂付費採訪，是一種不正確的採訪手段。

5.**紐約時報**：《紐約時報》是當今最受推崇的一份報紙，由雷蒙（Henry Raymond）與瓊斯（George Jones）於一八五一年創辦，以正大光明著稱，強調「求取自我約束，而不求刺激與紛擾」。

6.**朝日新聞**：日本四大報之一，與《每日新聞》、《讀賣新聞》、《產業經濟新聞》在日本同享盛名。

參考書目

周慶祥、方怡文（1997）。《新聞採訪理論與實務》，頁444-452。台北：正中。

鄭貞銘（2002）。《新聞採訪與編輯》，第203-214頁。台北：三民。

第四章 採訪技巧與道德議題

1.瞭解記者主要的消息來源。

2.分析新聞來源保密的重要。

3.瞭解新聞採訪的事前準備。

4.瞭解誹謗、隱私權與採訪的關係。

對於採訪工作，理論上的依據固屬重要，實際的經驗和技巧尤其重要，一位經驗豐富的記者，對於社會的百態，自然能注意到其動靜，而認識新聞的變動路線，進一步去掌握。

在本章中，將介紹若干採訪技巧，提供讀者認識與瞭解；同時，因為媒體影響力的巨大，一般國家會提倡「社會責任論」要求媒體自我規範，因而有道德規範與其他相關議題，如誹謗與隱私權的探討，故在本章裡將與採訪工作一併討論。

第一節　新聞來源與人際關係

每天出現在媒體的新聞，包羅萬象，小至街聞巷議，大至世界大勢，媒體蒐集如許新聞，當有其新聞來源。一般媒體之新聞來源計有：(1)記者採訪；(2)通訊社供稿；(3)資料室或資料供應社供稿(4)機關、社團主動供稿等。茲分述於後。

一、新聞來源

(一)記者採訪

不明就裡的人會覺得記者神通廣大，難道記者的鼻子眞如許靈光，眞能嗅出哪裡發生新聞事件？誠然，新聞記者是靠著「新聞鼻」「跑」出來新聞，但是「跑」要有路線，要講求建立良好的人

際關係，「跑」字是形容記者達成任務，不斷地活動，爭取新訊息的意思，並非毫無目標的瞎闖。

爲了編輯上的需要，一般媒體把新聞予以分類，大致尙可規劃爲黨政、外交、軍事、國會、市政、文教、科學、影劇、經濟、交通、法院、社會新聞等。根據這些新聞分類，記者就能將與各該有關新聞發生關係的機構，看作是該新聞來源的採訪對象，然後分配各採訪記者的新聞路線，確實掌握新聞事件的產生與發展。

記者依照所分配的採訪路線，不斷地勤跑、勤寫，自然可從各機構新聞來源獲取新聞資料。其間當然還得有良好的人際關係，將在以後的篇章探討此一議題。

(二)通訊社供稿

新聞媒體因限於本身的財力、人力、物力，絕大多數無法在世界每一城市都設置採訪人員，但是爲了蒐集世界各地的新聞，以最迅捷的方法，獲取並刊播於媒體，乃不得不仰賴各國際性通訊社電傳供稿，通訊社也因各媒體的需要應運而生。

各著名通訊社間，爲爭取新聞的時效性與完整性，競爭得相當激烈，也促使其新聞報導各具特色，各媒體予以妥善處理，靈活運用，可使新聞報導更加完整無缺。因此，通訊社之存在，提高了各新聞媒體的素質，並減少了媒體的經濟負擔，使媒體對新聞，尤其是國際新聞之來源，不虞匱乏。下文是世界著名的幾家通訊社。

◆美聯社

成立於1848年，先由六家紐約報紙聯合組成，稱爲「紐約報聯社」，後參加者日衆，並與美國「西部新聞聯合社」、「南部新聞聯合社」及「新英格蘭新聞聯合社」合作。1885年，「西部新聞聯合社」退出組織，至1892年才正式改組爲今日之美聯社（Associated

Press, AP）。截至2005年年底，美聯社的合作夥伴包括一千七百多家報紙，超過五千家電視和廣播電台，以及超過二百五十家新聞分社，在全球一百二十一個國家均設有辦事機構。

幽默大師馬克吐溫曾說：「世上只有兩種力量帶著光亮，普照於地球上的每一角落，其一是天上的太陽，另一就是地上的美聯社。」該社影響力之深遠可想而知。

◆合衆國際社

爲合衆社與國際社於1985年5月合併後之總稱，現以美國華盛頓特區爲基地，以英文、西班牙文發稿，它與美聯社不同之處，係它爲純商業謀利的機構。自1986年以來，合衆國際社（United Press International, UPI）已三度易主，並歷經三次破產，1992年，沙烏地阿拉伯商人擁有的中東廣播公司，以三百五十萬美元買下合衆國際社，大肆裁員，將四百五十名全職人員減至三百人；二千名半工人員裁爲八百人；國際新聞全靠自由撰稿人供稿，而美國國內新聞僅靠紐約、芝加哥、華府、洛杉磯、邁阿密、達拉斯等六個城市的分社撰稿，並且編輯部與廣播部合併，廣播部門的聲勢凌駕編輯部之上。近年又規定記者寫稿長度不能超過三百五十字，只對新聞做一般性的報導和摘要，完全放棄了解釋性新聞的稿件。

該態度由韓國統一教掌握，最近又有異動跡象。

◆法新社

法新社（Agence France-Press, AFP）其前身爲法國哈瓦斯通訊社（Agence Havas），由匈牙利人哈瓦斯（C. Havas ）於1835年成立；第二次世界大戰後，盟軍收復法國，法國政府將該社改爲今名。目前在全球約一百一十個國家設有辦事處，它透過法語、英語、阿拉伯語、西班牙語、德語、葡萄牙語和俄語向全世界發布消息。

◆**路透社**

乃德國人路透（P. J. Reuter）於1851年創立。1856年，法皇對奧國宣戰，路透社（Reuters）用信鴿將消息傳至倫敦，世界震驚，因而奠定該社基礎。現今路透社提供一百二十八個國家各類新聞和金融數據，它提供新聞報導給報刊、電視台等各式媒體，並向來以迅速、準確享譽國際；另一方面，路透社提供工具和平台，例如股價和外幣匯率，讓交易員可以分析金融數據和管理交易風險；同時路透社的系統讓客戶可以經由網際網路完成買賣，取代電話或是紐約證券交易所的買賣大廳等人工交易方式，它的電子交易服務串聯了金融社群。在許多通訊社虧損聲中，路透社因財政金融股票訊息快速、權威形成特色而賺錢。

通訊社雖不失爲提供各式媒體新聞的重要來源，但是如果媒體一味的倚重通訊社供稿，將對媒體發展構成極大的阻礙，其主要原因爲抹煞媒體風格；記者發揮的餘地相對減少，失去獨立媒體的特性與功能；若通訊社未能完全正確、完整的報導新聞，則受害之媒體與讀者將無可數計。

例如2006年，一名路透社駐黎巴嫩記者哈吉（Adnan Hajj）涉嫌在以黎衝突的新聞照片上作假，哈吉經電腦處理將照片上的煙霧變得顏色更深、面積更大，但哈吉本人否認曾經修改過相關照片，表示自己只是想去除照片上呈現的灰塵；路透社的新聞編輯霍姆斯（P. Holmes）則表示：「公司認爲，去除圖片上的灰塵，將不會導致圖片看起來像現在這個樣子。」此事件被發現後，路透社宣布撤回九百二十張商業新聞圖片，並與該名記者解約。

(三)資料室（供應社）供稿

今日新聞報導，趨向於解釋性新聞，因而形成新聞與資料供給

間日益密切的關係；資料室及資料供應社乃成為新聞的主要來源。

有人認為，資料室最大效能在於它的教育價值，它所提供的背景新聞（包括人物、時空、事件、問題之解釋性新聞）能充實讀者的知識，並且能加以追述、比較、闡釋等方法，讓讀者對於一則新聞有明晰的瞭解。資料供應社所提供的新聞特寫、新聞照片及漫畫，也往往成為充實媒體內容的一大力量。

曾任台灣《聯合報》社長的張作錦，主張除媒體之資料室外，記者可自己建立自用資料室的作法。他列述其自用的小型資料室建立程序分為：(1)蒐集：任何種類的資料素材都在蒐羅範圍；(2)整理和分類：閱讀後去蕪存菁，仔細分類，以方便尋找運用；(3)保管：用統一規格之紙作剪貼，再用硬夾存放，夾側書明分類內容。張作錦認為，有屬於記者本身的小型資料室至少有三項好處：第一是需要資料時伸手可得，節省時間；第二是使新聞有內容、生動，受人重視；第三是需要邊欄配合時，不會有「無話可說」之苦。

(四)機關、社團主動供稿

機關、社團為宣傳本身的業績或政策，往往也主動印發稿件提供媒體發表。這些稿件有時會被人認為是宣傳品，但是若能妥善選擇、愼重處理，強調稿件中的新聞部分，刪節其宣傳成分，或深入發掘其可提供的線索，亦不失為新聞的來源之一。

二、新聞採訪上的人際關係

記者雖然在採訪工作上分配到自己的路線，但不意味著就能掌握新聞線索，在採訪理論、工作熱忱的後面，還有一關鍵性的問題左右著自己能否圓滿達成任務，那就是健全的人際關係。

記者要在渠等的採訪路線上，耐心地和有關人員建立友誼，贏取合作，以便必要時獲得可靠的、有價值的新聞，然後向廣大的閱聽眾報導。記者建立廣泛的社會關係，非一朝一夕之功，他必須經常地、不斷地與採訪對象保持聯繫，日常所下的功夫愈大，必要時可以收到意想不到的效果。

同時，記者對外代表所服務的新聞事業聯繫，良好的工作態度，不僅可以使自己獲得新聞，並可爲媒體建立良好的聲譽。一家讀者多、影響大的權威媒體，往往得自閱聽眾提供的新聞線索特別多，建立良好的人際關係，正是記者成功的主要條件。

已故台灣名記者樂恕人，抗戰時期服務於四川的《僑聲報》，平時即注重建立健全的新聞網；1941年12月8日凌晨，珍珠港事件爆發，國際廣播電台一唐姓工友，首先聽到電訊，乃立即趕往《僑聲報》通報樂恕人，《僑聲報》因此搶先在重慶印發此一驚天動地的號外。由此可見，人際關係的重要，但人際關係的培養有幾項重要的原則必須把握：

1.重諾：重諾乃是記者尊重別人，具有誠意的高度表現，記者要切記，不可在任何情況下，隨意失去朋友。
2.愼行：切記與採訪對象保持禮節，尤其對有身分地位的官員，切忌任意拍肩拉臂，嘻笑戲謔。務必在言行上識時務，知分寸。
3.切忌倚勢欺人：有些記者認識政府要員後，即犯了「狐假虎威」的毛病，忘其所以。名女記者徐鍾珮在一次對中國文化大學新聞系學生演講時指出：「記者在開始飄飄然的時候，就是他失敗的開始。」
4.避免受人之惠，落人口實：以避免損害記者的獨立立場。

第二節　新聞來源之保密

新聞來源的保密實應歸屬於新聞採訪責任的範圍之內，不過，若從新聞採訪技巧的角度觀察，新聞來源的保密實在也是記者應當注重的技巧，只是它非經常用於採訪工作上，而是隱藏在記者與被訪者雙方的內心裡，彼此互相支援與協助。有關「新聞來源保密」相關議題可作下列的討論：

站在新聞採訪自由的立場，吾人應認識清楚，取得這項自由的憑藉，應是記者負責的態度。記者所負的責任包括兩方面，一是對社會大眾負責，另一是對新聞來源負責。前者，已散見於各章節中討論；至於後者，最主要的一點是在需要保守新聞來源秘密時，一定得謹守分際。

新聞記者的職業秘密的權利，雖然在法律上沒有普遍而明確的承認，不過與新聞自由的原則有密切關係。新聞記者是以採訪新聞、發布新聞為職業，因此新聞來源成了記者職業秘密的關鍵，在現代社會中，在市場競爭的制度下，應允許各種行業有限度的職業秘密。

新聞業的道德，即記者不論在任何威脅利誘下，絕對不能出賣消息來源以求自保或圖利益。如果不能做到這一點就欠缺職業道德，很難在這一項專業裡樹立人格。諸如許多國家對於傳教士、醫生及律師業都承認其「職業秘密之權利」，但是對記者的這項權利，卻一直未普遍被承認。

新聞來源的保密，是新聞記者要竭力堅守的權利，也是義務；這種新聞來源的保密權利，構成爭取採訪自由的一個重要環節；不透露新聞來源的保密義務，始終是新聞記者所負的雙重責任之一。

就社會利益及公共安全而言，對保障新聞職業秘密而使新聞傳播途徑暢通無阻，和法院為了獲得證人而蔑視新聞職業秘密作一比較，兩者到底孰重孰輕，各方看法不一。

持反對法律給予記者這種職業秘密權利的美國法學家維格莫（J. H. Wigmore），主張「某種關係上的人與人之間傳遞消息，成立不透露的特權」，須視下列四種基本條件始能成立：

1.這種消息的傳遞，必須建立在「消息不會被洩露」的信任之上。
2.雙方要保持十分良好的關係，尤其必須互相信任。
3.這種關係，必須是社會輿論認為應當細心培養的關係。
4.在正確的訴訟處理中，若洩露了所傳遞的消息，而造成此關係的損害大於所得的利益。

不過若加以分析，維格莫所列的四項基本條件，會發現這些條件事實上是贊成新聞人員應有「職業秘密」。雖然維格莫本人不是這意思，但他自己下的理論卻適得其反。

新聞採訪時，記者對新聞來源特別珍惜，不論是經常的來源或臨時偶然的來源，都是資源，因此新聞記者必須獲得新聞來源的信任。而保守新聞來源的秘密一直是爭取信賴的維繫重心。

在採訪技巧上，保持良好的人際關係十分重要，尤其與新聞來源的關係一定要維持得很好，因此記者對於新聞來源負有責任，除了保守秘密外，媒體記者也許被迫從正常途徑之外另謀新路找新聞。其次就是遵守諾言，在未獲同意之前，不要把「僅供參考」或「請勿發表」的消息貿然發表，為了逞一時「獨家」之快，而喪失他人對自己的信任，否則不僅從此斷絕這個新聞來源，甚至會被否認或來函更正。

再者，由於調查採訪與深入報導的「新新聞學」興起，「新

聞來源的保密」更形必要；當公私事務中涉及貪汙、舞弊、營私、等醜聞時，消息封鎖與拒絕透露往往造成新聞界採訪與報導上的阻礙，所以除了保守秘密外，媒體記者也許被迫從正常途徑之外另謀新路找新聞。這種資訊的性質及涉及的範圍太廣，爲了保護供給消息的人士，必須對新聞來源保守秘密；若暴露了消息來源的身分，渠等很可能遭到當事團體、組織或個人的報復，報復的方式很多，包括殺身之禍，如美國水門案件，記者在調查案情、蒐集證據時，那位暗中供給消息的人，一直未被透露。

因此，就新聞採訪技巧的角度觀之，新聞記者的採訪事業中必須獲得新聞來源方面的信任，非得允許，絕不洩漏新聞來源的秘密，新聞記者如一旦不能保持這種信守，等於職業信譽的破產，從此自斷生路，無法繼續從事採訪工作，無可諱言，新聞來源的保密，是新聞採訪技巧中重要的一環。

第三節　訪問的方式與準備

同樣是新聞採訪，但因爲訪問的對象、訪問的內容、訪問的場合不同，訪問也分成好幾類方式，其事前的準備工作也互異，記者在出勤之前應瞭解該次訪問的特質，以作適當的處理。

總括而言，訪問方式不出四種：(1)訪問事實；(2)訪問意見；(3)人物或特寫訪問；(4)記者會。這四種訪問又可分爲有形、無形的訪問，以及動態、靜態的訪問。有形的訪問譬如演說、歌唱、藝術展覽、建設工程皆是，無形訪問譬如探詢政治家對世局的見解、經濟學者預測通貨膨脹等。靜態訪問則多有事先預告，如人事更迭、政令改革皆屬之，動態訪問則如突發事件、火災、戰爭、搶劫、自殺等皆是。

無論採訪的內容偏重於事件發展或是意見發表、人物動向，訪問時總不能脫離「人」爲的訪問對象，也不能缺少訪問時需要用到的工具，記者本身的心理狀況更要健全，針對這些問題，記者在進行訪問之前，就必須做充分之計畫準備，「凡事豫則立，不豫則廢」，乃放諸四海而皆準的做事原則，新聞採訪亦不例外。茲將訪問前的準備工作列述於後：

一、注意日常布線（新聞網）

許多新聞事件的發生，最初只是一些不完全的支架，或是拼湊不全的影子，記者要在最短的時間掌握新聞的全貌，非在日常注意布下新聞眼線不爲功。任何一個不起眼的地方，都可能是日後挖掘新聞的礦藏所在。布線的對象，當然以「人」爲中心，從高級官員祕書，至司機、工友、接線生、醫院看護，都是獲取新聞資料的重要線索。好記者必須於日常廣布線索，亦即所謂新聞網。

二、建立適當的自尊心與自信心

採訪記者常各趨極端，有的因各方磨難而變得妄自菲薄，有的因職務關係與顯要接觸而變得趾高氣昂。事實上，驕傲與自卑，都沒辦法把訪問工作做好，不卑不亢的態度，和充沛的自信心，才能表現出可敬可親的力量，既不妄自尊大，也不喪失職業的尊嚴。

初出道的記者，總認爲訪問對象接受訪問，是對方給予的恩惠，因此不自覺地在訪問時就採取了「低姿勢」，事實上，大可不必有如此心理；記者進行訪問，應該是職業上的一種權利，只要這項訪問對國家、社會、閱聽衆有利，記者應該可以挺起胸膛，要求受訪者接受問答。

三、認識訪問對象，瞭解問題背景

關於這一點，應該是訪問前最重要的工作，記者往往因爲缺乏這項準備工作，使得訪問無法進行，終於敗興而返。

認識訪問對象最主要的是要事先知道其年齡、個性、學歷、經歷、社會關係及活動場所等，如果受訪者有著作，最好也要先對該作品有大概的瞭解，以免臨時失言，觸犯他的忌諱。

另外，對於訪問所談的問題，也要事先瞭解發生的年代、牽涉的人員、側面的反應等資料，如能在事前蒐集瞭解，則提出的問題，簡明扼要，掌握事件的骨幹，受訪者在回答時也能有所遵循；另一方面，對問題瞭解深厚背景知識廣泛，則受訪者所發表的內容，記者才不致於聽不懂，而使訪問稿寫得毫無頭緒。

四、攜帶周全的工具

筆之於記者，猶如槍之於戰士。一枝筆一本冊子，是記者最基本的工具；另外，吾人應視訪問場合的需要，決定應攜帶的物品，譬如需要拍照的場合，就得背照相機；需要錄音的所在，就攜帶錄音筆、錄音機，其他附屬品如電源線、麥克風、鎂光燈、乾電池等，也都是粗心大意的記者容易忘記的。有記者甚至在出發訪問前，忘了訪問地點在何處，而地址和電話也忘了攜帶。

第四節　新聞媒體的公信力與採訪

1991年，美國哈里斯問卷（Harris Poll）中，羅列二十項職業裡，發現最受美國人相信的是老師說的話（80%），其次是醫生（77%），然後是教授（75%）、警官（69%）、科學家（68%）。

這羅列的二十種職業中，高達39%的人認爲新聞記者最不會說眞話，其次是國會議員（35%），然後是工會領袖（30%）、律師（20%）和股票經紀人（23%）。顯示媒介是如此重要，卻又如此不受信任，這意味著什麼呢？

當1974年的民調中，美國對媒介有信心者尚有29%，而三十年後，下降至13.7%。許多受調查的人說，無法容忍媒介的傲慢。

根據美國2000年蓋洛普機構（The Gallup Organization）進行年度民意調查指出，美國民衆對報紙和電視新聞的信任度持續下降，已創下歷年新低。

根據這項調查顯示，有28%的受訪民衆對報紙報導「相當有信心」。這比前一年的30%略降。

此外，有24%的受訪民衆表示，對報紙「沒有什麼信心」；有1%的受訪者認爲「毫無信心」；46%的受訪者表示「有點信心」；只有28%的受訪民衆表示，對報紙很有信心。

在新聞事業逐步走向開放之際，有良心的記者希望媒體能實現知識分子的使命；但這樣的呼籲，能喚醒媒體大亨與新聞同業的良知嗎？

媒體人應知公信力是媒體的生命線。失去了公信力，媒體又如何贏得社會敬重？而記者採訪的認眞準備，正是建立公信力的第一步。

第五節　誹謗、隱私權與採訪

本節探討之議題可視爲尊重及保護受訪者之實踐，同時可幫助記者採訪工作的順利。

一、誹謗、特權與新聞報導

(一)誹謗

所謂誹謗（defamation）是一種侵權或過失的行爲。其意爲：並無法律上的根據而發表涉及他人的不實陳述（statement）。誹謗性的陳述，可能係以書寫爲之，亦可能以言詞。而且，包括動作、攝影、圖片、漫畫在內。因此，展示一張圖片，足以使某一個人受到他人之譏笑或輕蔑，即爲誹謗行爲；如果將某一個人的蠟像與殺人犯或其他犯罪的蠟像陳列在一起，亦爲誹謗行爲。

誹謗可分爲：書面誹謗（libel）與口頭誹謗（slander）兩種。這兩種誹謗，一向係以其是否具有恆久性及可見性作爲區別標準。通常，「書面」一詞包括手寫或印刷的文字、畫片、照片等可以看到又可以長久保存者而言；「口頭」則除了言詞之外，其他暫時形式如手勢等亦包含在內。

但有時在某些特別的誹謗案中，按照上述標準殊難區別其究爲「書面」，抑或是「口頭」誹謗。所謂恆久性，有其不同的程度與意義，並非可以純粹印刷媒體之表現而遽加論定者。

隨著網絡傳播行爲的擴張，法律層面的考量，也愈形重要。然

而，綜觀世界各國，幾乎都是網友的行動走在政府的規範之前，而政府的規範又走在現有法令之前，即使在有「網絡祖國」之稱的美國，也不例外。

英、美法律處理誹謗之原則，主要認爲誹謗之認定在於「眞實」（truth）、「公平的言論」（fair comment），與「特權」（privilege）等方面，茲就上述原因說明之。

先言關於「眞實」之規定。普通法上，眞實言詞之散布，縱係惡意傳述、損人名義者，亦不發生民事責任問題。其所以如此，蓋由於任何人均無權使其名譽較衆所周知之眞相更佳，且社會上成員對相關之他人，亦有知悉其眞實情形之利益。美國許多州的憲法或法律都有一項規定：大致謂報人所爲之陳述，除非被證明係具有不良的動機與不適法的目的而發表者外，只要能證明其爲「眞實」，即可爲誹謗之免責條件。

次言「公平的言論」。在這一免責條件中，最重要者，厥爲評論須與公衆利益有關。公平的言論，其適當之題材包括人物或團體易影響社會大衆福利之特性及行爲。該項評論之對象，多係關於公務員、公職候選人、有力之非營利組織領袖，及身任公務事關大衆之人物；亦有關於大衆得以欣賞之事物，如文學作品、音樂演奏、戲劇演出、體育競技等。對公務錯失之批評權利，無論在英國或在北美殖民地，均係由報界不惜犧牲力爭而得。至於有關個人在藝術上的成就，早即有此種評論權利之存在。茲就公平評論之要件析述如下：

1.其所評論的事實須與公衆利益有關。至於其是否爲與公衆利益有關之事，由法官裁決。
2.須爲就前述事實所發表之意見，而非爲事實之陳述。則需主張「事實」爲其免責條件，而不能引用「公平評論」之條件。

3.所爲之評論必須公平。此點先由法官考慮，若認其爲在法律範圍內對事實所發表的誠實意見，則不須再交由陪審員裁決，否則當即交付陪審員決定。

4.須無惡意。如果評論經證明確係公平，最後之爭議點即爲是否含有惡意的問題。所謂「惡意」，即具有不良之動機，又無適法目的之意。其舉證責任由原告負之。

(二)特權

至於「特權」，意指在某些情況下，爲公衆利益，或爲保護個人權益，雖作誹謗性之陳述，但可免負法律責任之謂，並可分成「絕對特權」（absolute privilege）與「有限特權」（qualified privilege）兩種。

◆絕對特權

1.法官、陪審員、事件當事人、立誓的證人、律師等在審判程序中所做的陳述，就程序有關的陳述。

2.兩院議員在議會中所作之陳述。

3.政府公務員在履行職務時，對另一公務員所作之陳述。

4.在報上所發表，對當時公開的司法程序之公平而正確的報導。

5.議會指定發表的報告、文件、表決紀錄、議事紀錄，以及重新發表已經發表過的任何此種文件。

◆有限特權

1.在履行職務時所作的陳述。

2.在保護某項利益時所作的陳述。

3.對於有關公共利益事項的公平評論。

4.關於議會的、司法的，以及其他某些公共議事的報告。

此兩種免責「特權」區別之實益乃爲對「絕對特權」之陳述，通常不得提起訴訟。而「有限特權」之陳述，僅在未經證明爲有惡意的情況下，方不得提起訴訟。

但此兩種免責「特權」，亦非可截然劃分者，如審判程序中有論述，雖被列爲「絕對特權」，然若遇有淫穢的細節，就不得據載述爲當。

(三)新聞報導

在爲誹謗案件而辯護時，電視與新聞紙、雜誌、廣播等傳播媒介享有同樣的權利；但因其本身之傳播特性，亦有需要特別注意之處。

電視在報導新聞時，因有活動畫面的配合，故如在犯罪案件中，攝有犯罪現場情形或犯罪之證據時，其證據力不可言喻，自可避免誹謗責任。但也正因爲如此，電視攝影機在取鏡頭時，亦應更爲愼重，否則，會較其他傳播媒介容易惹起誹謗官司。

疾惡如仇，固是新聞記者應該具有的氣質，但爲避免誹謗官司的纏繞，記者必須時時刻刻想到法律的立場。

另在若干英、美法的誹謗案例中提到，在法院偵查、審訊等場合，往往禁止記者進入攝影，因之常在事後再以訪問方式，補拍當事人的鏡頭，這種對話與攝影，並無前述「特權」免責之適用，故須加以注意。

1991年6月，美國聯邦最高法院先後宣布了兩項有關新聞傳播媒體的裁決：一項是誹謗案，另一項是新聞來源的保密案，都是對

受害者的原告有利，對新聞出版刊物則不利。雖然並沒有嚴重地限制憲法上所保障的新聞自由，卻在某種程度上，使新聞機構傳播受控告的機會增加，除了必須加強本身的道德自律之外，還要經常應付法律的挑戰，不得再隱藏在「新聞自由」的保護之下，逍遙法外。

其一，一項聯邦最高法院判決的誹謗案中，原告是一位心理病學分析家傑佛瑞·麥遜（Jeffrey Masson），被告是歷史悠久的《紐約客》（*New Yorker*）雜誌以及該刊的作家之一——簡奈特·馬爾考姆（Janet Malcolm）女士。控告的理由是馬爾考姆女士在訪問過麥遜之後，於1983年撰寫了一系列的有關心理病學發展的長文，文中在介紹麥遜的言行和思想時，並沒有完全忠實地根據訪問錄音，而加進了幾句麥遜認爲對他的人格和名譽都有傷害的虛構「引言」，並聲稱他將於佛洛依德的女兒安娜死後，把佛氏的住宅「變成一個性的試驗和娛樂中心」。

經過七年多的官司，終於在聯邦最高法院裡得到最後裁決：該院以七比二判定，故意製造對發言人有傷害的「引言」是能夠構成誹謗罪的，然而編輯爲了文字的通順和文法所作對「引言」的修飾則例外。因此，對美國傳播界而言，並沒有形成預料中的最嚴重打擊，相反地，只是加強了媒體對文字眞實性的要求，更提高了作者和編輯在處理訪問和「引言」時的警覺，不得不更爲愼重。

其二，另一事例中，聯邦最高法院以五比四的一票多數，裁定新聞來源的原告，對記者和編輯未能遵守保密的承諾，是有權控告渠等的媒體機構失信，雖是口頭的「君子協定」，也得以視爲契約之破壞。這個較有爭議的裁決，所牽涉的原告是明尼蘇達州的一位政治顧問——旦·科恩（Dan Cohen）。在1981年明尼蘇達州州長選舉的時候，爲共和黨候選人助選的科恩，於選舉前六天召見四位記者，分別代表美聯社、一家電視台和兩家該州的最大報紙，徵得渠等保密的承諾，然後向渠等透露一項對民主黨州長候選人頗有傷害性的私人醜事，即該政敵曾有過「犯罪的紀錄」，道德有虧損，不配得到選民的支持等。

這種在選戰中揭對手瘡疤的事在美國屢見不鮮。科恩為了他所支持的黨州長候選人助陣，企圖用匿名的方式打擊對方，當然也不例外。只是他所要求的新聞來源保密，只有美聯社實現了諾言，發布這一則消息，並沒有說明新聞來源，電視台則完全沒有播報這項「新聞」，倒是兩家大報《明尼亞波里星壇報》（*The Minneapolis Star Tribune*）和《聖保羅先鋒報》（*St. Paul Pioneer Press*）不顧抗議，把新聞和科恩的名字都一併刊登了出來，科恩便立刻遭受解聘，他便以失業和報紙沒有遵守諾言為理由，提出控訴，要求賠償損失。

從這兩個判例來分析，吾人可以看出：

第一，原來都屬於新聞道德範疇的問題──虛造「引言」和破壞「諾言」，漸有轉移到受法律或法院限制的趨勢。其實，這並不限於傳播媒介，社會上各階層、各行業，還不皆是如此？特別在西方社會，由於自由的限度很大，而且受到法律的保護，結果道德的約束力便愈來愈小，依靠法律制裁的機會便愈來愈多。

第二，屬於基本人權之一的「新聞自由」，雖然在許多國家，還是一個值得追求的理想，但在比較先進的民主美國，它已經發展到需要限制的地步。不論是道德的自律，如強調新聞的眞實性和提高媒體的公信力等，或者是法律的強制約束，如誹謗訴訟與罰款的威脅等，都顯示一方面新聞自由和其他自由一樣，絕不是毫無限制的，另一方面就是民主與法治之間密切的關係，有民主便必須有法治，兩者不可缺一。

這種道德與法律消長的影響，值得重視。不過，對於新聞受限的地區，作者贊成言論空間再擴大一點，誹謗應除罪化，但不是沒有法律責任，在名譽保障與言論自由不能兩全其美時，應該要保有民事賠償的部分。以台灣爲例，自由開放社會的基礎尚包括政治勢力的均衡，建立相對論的觀念和理性判斷與寬容的心。

台灣新聞記者協會曾陳列誹謗與否的兩項要則，可資參考：

第一，什麼情況會構成誹謗？

依據台灣「刑法」規定，若意圖散布於衆，而指摘或傳述足以毀損他人名譽之事者，爲誹謗罪；以散布文字、圖畫犯前項之罪者，將加重其刑。

由上述規定可知，台灣誹謗罪的成立要件有二：一爲「指摘或傳述足以毀損他人名譽之事」的行爲；二爲意圖散布於衆。

第二，什麼情況不是誹謗？

即對於所誹謗之事，能證明其爲眞實者，不罰。但涉於私德而與公共利益無關者，不在此限。另依台灣大法官解釋，「行爲人雖然不能證明言論內容爲眞實，但依其所提證據資料，認爲行爲人有相當理由確信其爲眞實者，即不能以誹謗罪之刑責相繩。」

再者，若以善意發表言論，而有下列情形之一者，不罰：

1.因自衛、自辯或保護合法之利益者。
2.公務員因職務而報告者。
3.對於可受公評之事，而爲適當之評論者。
4.對於中央及地方之會議或法院或公衆集會之記事，而爲適當之載述者。

上述四項規定其中的第一、二兩項雖泛指一般情形而言，但與新聞記者也有密切的關係，例如新聞人物互相攻訐等都是新聞。前者，記者在報導時不但要謹守中立，下筆更要愼重，否則會吃上誹謗官司，至於後者應不超出調查報告的範圍。

第三項可受公評之事，不但與記者寫邊欄、批評的人與事有

關，與主筆先生關係更大，因爲社論或短評，經常批評公衆人物，有時幾近嚴苛，但只要立論公正，作「適當」之評論，都沒有關係，相反的就不在不罰之列。

第四項「對於中央及地方之會議或法院或公衆集會之記事」，包括範圍更廣，也是記者採訪的重點，如果不受保護，報紙會變成公報，傳播媒體只有歌功頌德，但這一條也有一個前提，必須基於善意，並爲「適當之載述」才可以免責，至於什麼是「適當」？值得仔細推敲。

總而言之，誹謗法的作用，是在保障吾人不受干涉之權利。對誹謗法而作的法律解釋，其目的則在保障言論自由。所以兩者都是法治與民主必須存在的要件。

二、採訪權與隱私權

自有文明以來，不論其名字爲何，即存在著「隱私」概念。所謂「隱私權」（right of privacy），大致可認係個人的私生活，並主張對個人私生活加以保護。而提起隱私權概念者，則是1890年的美國人華倫（S. D. Warren）與布蘭岱（L. D. Brandeis）。

「隱私權與新聞報導的爭論」，渠等二人在哈佛大學的《法律評論》發表的一篇著名文章，指黃色新聞侵犯了「個人私生活的神聖界限」後，這時隱私權才眞正受到廣泛的承認。

隱私權的基礎在於「單獨而不受干擾的權力」，它是從個人的自由權、財產權、追求幸福等權力中演化出來，因爲一個人生活在世界上，除了參與公共事務與公共生活的部分外，他還應該能夠保有自己的私生活，不受他人干擾。

(一)新聞報導與隱私權

在現代社會裡，人民有「知的權利」，新聞事業爲了滿足人民的「知的權利」，會設法取得消息，供應大衆。因此，新聞自由受到法律的保障。但是，如果新聞報導涉及私人事務，而與公共利益或公共興趣無關，其報導侵犯了個人生活的安寧，引起個人精神上的痛苦或不安時，則其報導即超出了新聞自由的範圍，不能得到法律上的保障。

與公共利益及公共興趣無關的私人事務，報紙不應刊登。換句話說，與公共利益及公共興趣有關的事務，是可以刊登的。

希爾控訴「時代雜誌一案」（Time Inc. v. Hill），在美國聯邦最高法院之判決中曾謂：「新聞報導侵犯個人隱私權，必須原告能證明被刊登之事，是被告『故意而輕率』的錯誤」。判決該案的布里南（J. Brennan）法官說：「如果我們將不可能的負擔加於新聞紙，要其證明與新聞報導的人名、照片或肖像，尤其是與無誹謗性的報導有關者，爲確實無誤，則我們是在製造妨害自由社會中不可缺少的新聞服務的危險。」由此案可知，爲了維護新聞自由，個人隱私權在與公共利益及公共興趣發生競合時，常要受到限制。

1940年，美國一位聯邦法官在紐約州做了一個判決（Sidis v. F-R Publishing Corp.），此判決至今爲美國隱私權訴訟中的重要判決之一。《紐約客》雜誌發表了一篇傳記，傳記的主人翁是當時三十年前的神童希迪斯（W. J. Sidis），這篇傳記的刻畫，是厚道與正確兼備，它告訴讀者，名聲爲一位少年天才帶來了痛苦，於過去若干年裡，希迪斯隱姓埋名，居住在波士頓汙穢的南區陋室中，以勞工爲業，收集街車車票自娛。希迪斯提起控訴，但法庭說：「此項報導得享受特權。」

法庭宣稱，讀者極感興趣，而在於一點，此興趣凌駕於個人的隱私權願望之上，法庭補充說：「於描繪公衆人物時，對於服裝、談吐、習慣及人品普通方面的忠實評論，通常不得超過界限（隱私權與特權間的界限）。」

1948年，美國明尼蘇達州判例判決（Berg v. Minneapolis Star Tribune Co.），離婚訴訟享有新聞報導的特權。法官解釋說：「家庭中的爭執，父母與他人間爲監護小孩而引起的爭論等，很可能對許多人有興趣，因爲在渠等自己的生活中，這些問題或多或少使渠等的親友關心。」

1951年，麻薩諸塞州法院必須決定，攝影車禍中一名十五歲少年破碎的屍體，是否爲侵犯他雙親的隱私權（Kelly v. Post Pub. Co.）。法庭決定爲未侵犯，並補充說：「如果支持這種控訴的話，則火車出事或飛機出事的照片，如果有可辨物的屍體，報紙便不能安全的刊載。」、「法律並不對日常生活中所發生的每種煩惱提供補救辦法。許多使人苦惱或不妥，或無趣味的事，並不是都可提出訴訟的。」這是法院的見解。

此外，法庭還認爲具有公衆興趣者，包括十二歲的小孩生產兒子等。

政府官員、電影明星、運動員等是公衆人物，爲公衆所注意，隱私權受到了限制。但是，另外有一類人成爲公衆人物是出於偶然，並非志願參與，那他們的隱私權是否要減少呢？1929年，肯塔基州鍾斯太太控告路易士維爾的《前鋒郵報》，因爲該報報導她的丈夫在街上被刺死後她採取的行爲，她的照片也被刊登出來，該報敘述鍾斯太太攻擊凶手，並氣憤地說：「我眞想殺死他們。」法庭承認她有不受干擾的權利存在，但是補充說：「然而有時候，一個人是否出於自願，變成具有公衆興趣的事件中之當事人；於此時，他從隱居中暴露出來，將她的照片連同事件刊載，並非侵犯隱私

權。」

從上面的例子中，吾人可以看出非志願公衆人物，在新聞報導中，他們的隱私權是要受到限制的。但是，這必須是新聞的必要部分，如果沒有必要，還是應該尊重個人的隱私權。

另外，一件事情在發生的當時，具有新聞價值，可以刊布。但是，經過一段時間之後，這件事情重新刊登，是否侵犯當事人的隱私權呢？

1924年，美國加州一位墨爾文女士，對一家電影公司提出了侵犯隱私權的控訴，因爲電影公司根據她早年做娼妓和被控爲女凶手的歷史拍成了一部電影。她的謀殺控訴於1918年被判無罪。後來她結了婚成爲家庭主婦，結交了許多不知她以往過史的新朋友。而於這部片子上演時，廣告上宣傳爲墨爾文的眞實生活，而影片自始至終使用墨爾文的名字。法庭判決原告勝訴，判決中表示，從墨爾文被宣告無罪到影片攝製完成，已時隔六年，原告的消息新聞價值已減少。

在新聞報導方面，究竟哪些事項可以刊登，根據美國新聞法學者潘伯的研究，可以歸納出以下幾點：

1.合法的公共利益與公衆興趣事項。
2.關於捲入有新聞價值的個人事項，有刊登的特權，但是刊出的資料，必須是與新聞有關的事項。
3.公衆人物的個人事項，通常有刊登的特權。
4.純是採自公開紀錄的事項，有刊登的特權。事項中有變動，則減少特權。
5.如果將事實小說化，不可確證其人。
6.個人照片與新聞無關時，使用時要小心。
7.實情只是隱私權法中的部分辯護，在涉及私人事務時，如果

所刊者無新聞價值，雖實情亦不可。

潘伯的看法只是一般法則，他也認爲在這七條準則範圍中，並不保證不致有隱私權的訴訟。一個新聞工作者，在處理有關個人隱私權的事件時，除了這些準則外，還應該隨時注意：如非新聞所必要，不要造成別人精神上的痛苦。

(二)新聞圖片與隱私權

文字與圖片是形成新聞報導的兩大主幹，事實上，就隱私權而言，新聞圖片所引起的糾紛比文字還多。茲分別就兩部分來加以討論，一是圖片的取得，二是圖片的刊登。

◆圖片的取得

以往，一般皆認爲人們有權將他所看到的一切攝入鏡頭內，但是今日由於牽涉到兩個其他因素，以往的說法已經需要澄清，並重新思考這兩個有關的因素：

1.攝影者必須處在合法的地位去拍攝。

2.攝影的對象應該是身於公開或半公開的場合。

攝影者處在公眾的場合，可以對任何發生在公眾場合的情事加以攝影，這是沒有疑問的，他可以照發生在路上的車禍、遊行，甚至人在街上追趕被風吹掉帽子的窘態；在公眾場合攝影，就如同在公眾場合獲得一條新聞一般，照片或新聞的主題，在公眾場合，都喪失隱匿的權利。

當突發的意外事件發生在私人領域時，業主個人的隱私權就要受到限制，因爲公眾對突發事件會充滿興趣，如火車出軌、飛機遇難等，都很有可能發生在私人領域中，這時記者爲採訪新聞或攝取

照片而侵入私人場域，通常都不會被認為侵犯隱私權。

在美國費城有一案例，一家私人公司僱用的兩位警衛，阻止記者對這家公司失事的私人飛機攝影，這兩個警衛後來被控告侮辱和毆打記者，但是記者們在該行政區助理發言人和法官對警衛的申斥後，取消了控告。

行政區助理發言人說，由公眾服務來看，既然攝影記者攝得的照片是為公眾所關心，則不論其在公共或私人財產上攝得的照片應無分別；在這種情況下，雖然攝影記者是在私人財產上拍照，但他的基本權利不應受到阻礙。

法官解釋說，這個案件表現了法律的基本原則，警衛應該瞭解，他們是侮辱了新聞記者的基本權利，只要記者沒有濫用特權，他們有自由採訪的權利。

火車站、港口、旅館大廳、辦公室的會客場所，及人們可以自由來去的類似地方，都可以被視為半公開的場所，如果有新聞價值的人出現於此，攝影者可以攝取照片。但是，攝影者攝取照片，可能對於被攝影者產生騷擾，這是否侵犯了被攝者安寧生活的權利？美國故甘迺迪夫人，曾經控告攝影師為攝取她的照片而不停地追逐她、騷擾她和她的兩個孩子，並要求一百五十萬元美金賠償，事實上這就是一項侵犯隱私權的控訴。法院禁止攝影師不得接近總統夫人的公寓房間一百碼之內，同時在總統夫人和她的兩個小孩外出時，必須遠離她們五十碼以上。

一般來說，法院認為攝影記者攝取照片時，與文字記者的採訪權利是相同的，如果文字記者可以在現場採訪消息，攝影記者也應享有同樣的特權。

◆圖片的刊登

圖片取得後，報紙是否可刊登，仍是一個值得注意的問題。實際上，許多場合刊登的照片，應該特別注意，如商業性照片爲人拍照後，可以保有照片的底片作爲檔案資料，但暫未得到本人允許之前，不得將其售予他人作爲公開，因此從照相館得來的照片不得隨意刊登，在美國許多報社，尤其一般規模較小的報社，喜歡利用一些商業性照相館所供應的照片刊登，諸如地方上的婚禮、紀念會、畢業典禮，及一些有社區新聞價值的照片；在技術上來講，報社在刊登這些照片時，應先徵得當事人之同意。

照片和文字在隱私權方面所受的限制大致相同，最清楚的界限即照片未經同意之前，不得作爲商業用途或廣告用途，美國紐約州、加州、維吉尼亞州都有成文法和法院的判例規定。

但是，在新聞報導中，不能因爲當事人僅爲了不願自己的照片出現於媒體，而控告媒體侵犯隱私。

在洛杉磯，一位妻子自殺的丈夫，控告報社刊登他妻子自殺的照片，是侵犯隱私權，法庭則因這是一件引起公衆興趣的新聞，而批駁了這項控訴。

另外，若與新聞無關者的照片，刊登時如未經當事人同意，則需特別小心。美國一位舞蹈家因報社未經其同意即刊登其裸體照，憤而向報社提出控訴。這位舞蹈家同時兼業餘藝術模特兒，她被使用之照片是她當裸體模特兒時所攝，惟她僅允許用此照片來說明其舞蹈家之工作，同時她亦附有條件，即應加修潤或遮蔽，以不刺目爲原則，但未如願。此一案件，法院認爲報社未經原告同意，即無權刊登其裸體照，結果原告勝訴。

至於對被載者不詳的照片被用於新聞報導中，是否侵犯個人隱私權，則要看文章的內容會不會對照片本人有不利的影響。除了就法律的觀點來考慮照片應否刊登之外，新聞事業尚應就其社會責任來作爲刊登與否的衡量。

(三)廣告與隱私權

隱私權與廣告有密切關係。1903年紐約州的民權法案中規定，未得當事人同意前，不得將其姓名、肖像或照片運用在廣告或商業目的上。

一個人的姓名未經其本人同意前，被用在廣告上是侵犯其隱私權。但是，照片可以明確辨認屬於某人，而姓名則可能相同，如果恰巧與廣告上的姓名相同，是否可認爲侵犯隱私權？

廣告中常有尋人廣告，譬如警告逃妻等，將一個人的姓名及照片都刊登出來，而且顯然並未經過本人同意，此等個人離開家庭的事情，通常皆與公共利益無關，亦非公衆所關心者，被刊登人即可以控訴侵犯其隱私權。

譬如推介廣告，其中寫明某人讚揚、介紹某種產品等，如果事實上未經其本人同意，則可以控訴侵犯隱私權。

(四)廣播與隱私權

廣播與報紙比較起來，較少涉及侵犯個人隱私權，但是廣播記者對侵犯隱私權的控訴，可做同樣的防禦。廣播涉及侵犯隱私權的事件，多半屬於把實際發生的事情，加以戲劇化所引起。

在新聞和評論中，廣播也許會運用參與公衆事物的個人姓名，其是否侵犯隱私權，與報紙評論的限度大致相同；至於在戲劇節目中，問題在於其戲劇化是否爲了商業目的，如果是爲了商業目的，則侵犯了個人隱私權。

(五)電視與隱私權

電視有影像，也有聲音，它在隱私權方面所遭遇的問題，大致和報紙圖片、電台等所遇到的相同。有關新聞圖片方面的法律和規定，也可以運用於電視。在電視節目方面，如果將一件眞實事情戲劇化，而提到當事人的姓名時，是否侵犯了當事人的隱私權，其標準大致與廣播相同，主要在於其戲劇化是否爲了商業目的。

隱私權就和自由權一樣，是一個意義包含很廣的名詞，自由權內容有各式各樣的自由，如居住、遷徙、言論、著作、講學、出版等自由；而隱私權部分，爲維護一個人的個人隱私與生活安寧，也有各種不同的要求，因此要將隱私權劃出一個固定的範疇是不容易的，我們只能就其原則去探索。至於要在法律上加以規定，則是須從不同的角度，不同的條款去規定。

在大衆傳播方面，尤其是新聞報導，基於大衆知的權利，是否能侵犯個人隱私權呢？應仍是不可以的，因爲不能藉口知的權利，而將個人隱私隨意揭發。但是，在有關公共利益與公衆興趣的情況下，個人隱私權的主張就要受到限制。

法律的基本作用即在維護人民的利益，隱私權既屬人類的基本人權，自應在法律中予以明文保障，參酌美、日的先例，衡量本國的實情，訂定一套維護隱私權的條文，作爲法律上的明確保障。

新聞從業人員實際負責新聞的採編，隱私權必然是時常接觸的問題。因此，對於隱私權的瞭解自應比一般人更爲深入，在實際執行工作時更能提高警覺，下列幾項原則應該特別注意：

1.依個人與公共利益及公衆正當興趣無關的事務，不應刊登揭露或公開評論。
2.一個人牽涉與新聞有關事件時，報導時不得超過必要的限度，而致引起被報導者精神上的痛苦與不安。
3.不要侵犯一個人私生活的安寧。
4.在未徵得其本人同意前，不得擅自將一個人的姓名、照片、

肖像等，作爲商業上的用途。

(六)採訪新聞的遺憾，以黛妃事件爲例

侵犯隱私權，就不免偷窺。1997年死於車禍的英國戴安娜王妃（Princess Diana），應不能以一般的意外事件來看待，她爲了躲避媒體記者的緊迫盯人，不幸發生車禍而命喪黃泉，當年黛妃離開英國皇室前，接受某廣播公司的訪問時曾說過：「我入皇室前就知道，我會失去自己的生活，但從來不知道，我會失去這麼多。」作爲一個公衆人物，她短暫的一生經歷了那麼挫折的婚姻、難堪的戀情，後來終於在離開皇室後，尋覓到眞正的愛情，卻得不到世人的祝福，只得到了所謂的「偷窺」，得到了大衆對一位女性公衆人物的不尊重。

在事件發生後，一度引起社會各界討論新聞自律規範，與採訪公衆人物隱私的基本前提，新聞媒體自律的尺規要求更因而加強，如果採訪過程造成採訪者或被採訪者的生命遭受威脅或侵犯，都會使採訪新聞變成一種遺憾，如同黛妃事件一般。

絕大多數的民衆認爲，戴安娜王妃之死是由於追逐她的狗仔隊攝影師所造成，但在巴黎未有任何媒體或照片經紀公司爲黛妃之死表示抱歉或愧疚。一家新聞照片經紀公司（A Gence Vu）負責人表示，爲什麼會有這麼多狗仔隊攝影師跟蹤戴安娜，是因爲許多報章、雜誌願意購買，外界不宜將「戴安娜王妃死亡事件」的責任全部推給狗仔隊攝影師。

另一家新聞照片經紀公司（Sigma）負責人則說，戴安娜王妃不幸喪生，不管法官對七名攝影師的判決如何，她願意代表媒體向大衆表達哀慟之意，但並不代表媒體道歉。她表示，爲什麼會有這麼多媒體購買名人隱私照片，是因爲商業利益，在媒體彼此惡性競

手下，一群專拍名人隱私的攝影師應運而生。

負責人並說，各國保護隱私權的法律各不相同，在法國會比歐洲其他國家如義大利或西班牙嚴格，過去摩納哥小公主史蒂芬妮（Stephanie）的前夫與脫衣舞孃愛撫的照片，便從未在法國媒體出現，而在西班牙卻刊登在許多報紙頭版。

法國新聞記者協會會長杜洛依也表示，黛妃死亡悲劇的凶手並不只是狗仔攝影師，也包括大多數宣稱「讀者有知的權利」的媒體，還包括急著想知道戴安娜一舉一動的廣大讀者。

(七)其他相關侵犯隱私權案例

台灣曾多次發生「新聞自由與隱私權」爭議的事件，最有名者莫過於藝人小S、阿雅、范曉萱、陳純甄等人控告《壹週刊》的案件。發生經過是第十一期《壹週刊》報導小S、阿雅、范曉萱、陳純甄等四女六男，在獨棟別墅舉辦露天搖頭性愛派對，引發了藝人對媒體控告侵犯隱私權之訴訟。

台灣台北地方法院在2003年做出判決指出，新聞價值之存否，不得不回歸新聞自由之基礎，即公共的領域，以公共事務或與公共相關之事務爲新聞價值之必要條件。新聞價值有無之判斷，不得以大衆好奇心爲標準，蓋由於人類常有窺探他人私密的習性，如此將使得隱私幾乎無任何保障可言。

細觀該等照片，可知該別墅爲三層樓建築，雖其鄰房中有幾戶樓層高於三層樓者，但在與鄰房接連處之游泳池畔，則植有濃密之樹木以遮擋鄰房視線。據此，原告與友人之聚會場所爲私人，又倘非經由攀爬至高處之方法，並非可輕易觀察至別墅內、游泳池畔相關活動。

《壹週刊》雖辯稱原告爲演藝人員，屬於公衆人物，其隱私權

之保護須予退讓云云。惟演藝人員等公衆人物並非沒有自己之私人生活，演藝人員於表演事業上，固然需要衆所周知之知名度，凸出之社會地位，媒體持續性之關注，但當此類公衆人物之隱私權保護與新聞自由相衝突時，則須以公共利益爲考量基本要素，即便被認定爲公衆人物，如果其事務中有純屬私人領域者，媒體對此仍應予尊重，因爲新聞自由與隱私權間的界限在於「事」而非「人」。

由此觀之，台灣法院所採之見解爲當演藝人員隱私權與新聞自由衝突之時，如涉及之範圍爲演藝人員純粹之私人生活，新聞自由應該退讓。

新聞可以自由，新聞也應該自由，但在其行使新聞自由的同時，是否也已經侵害到別人的自由與隱私？這其中尺寸的拿捏實不容小覷。

2005年4月，台北新聞傳播學者、媒體觀察及婦女團體挺身而出，發起「打擊惡質媒體、拒絕窺探隱私」的活動，點名譴責《壹週刊》、東森、三立多家媒體，一味追求收視率、銷售量，毫無節制地報導與公共利益無關的主播緋聞事件。

這項由台灣大學新聞研究所發起，包括媒體觀察基金會、閱聽人聯盟、婦女新知、現代婦女基金會及洪秀柱立委等參與的學者團體發表聲明，要求媒體立即停止侵犯人權報導，拒絕任意公開他人隱私，回歸媒體的公共責任。對持續違背公共利益、侵犯人權的媒體，發起「廣告主拒在敗德媒體刊登廣告；全民打電話、網絡即時抗議，以打擊惡質窺探隱私媒體；發動學界及團體到相關媒體戶外教學，邀請媒體老闆來上課。」

不過，美國最高法院於2001年5月的裁定，即使媒體記者知道他們掌握的消息是以違法手段取得，只要媒體記者報導的題材攸關公衆利益，而且未參與竊聽及錄音，記者不需負法律責任。

最高法院依據美國憲法第一修正案的精神，裁定一名賓州的電

台評論員有權播報一份以違法手段取得的行動電話談話錄音內容；在這卷行動電話的談話錄音帶中，兩名當地教師工會人員針對合約協商問題，以及公立學校教師串聯發起示威罷課的事件交換意見。

美國聯邦法令與大部分州法令均明文禁止這類竊聽暗錄行爲，不過在這個案例中，電台評論員並未自己動手錄下兩名教師工會人員的談話內容，其錄音帶係由一名民衆間接提供。

最高法院在裁決書中聲稱，只要評論員的所作所爲並未觸法，即使被錄音者的隱私權明顯受到侵犯，他仍有權保障民衆知的權利。最高法院大法官史帝文斯（J. P. Stevens）表示，本案的最大特色是，「社會大衆最在乎的是利益互相衝突」，一方面是「涉及公衆利益的資訊完整且自由流通」，另一方面則是「個人的隱私權，尤其是言論隱私」。他又說，美國制憲先賢當然無法預見科學的突飛猛進會造成私人對話遭人竊聽、盜錄，或兩種利益相互衝突的局面。

史帝文斯聲稱，如果表決結果完全相反，美國憲法第一修正案的中心精神必將受到影響，因爲「憲法第一修正案保障事涉公衆利益的眞實資訊公諸大衆」。

今日的媒介內容欠缺媒介「守門人」，尤其網絡媒介具有網網相連的特性，要規範其媒介內容實屬不易。大衆在接受這類媒介訊息時，應審愼思考其所可能帶來損害隱私權、道德淪喪等負面效應。

在資訊化社會，藉電腦分析、處理、利用等之資料如洪水般地日益增多，有關個人隱私權的資料不但可能在不知不覺中，被操作終端機的人隨意利用，還可能被以販賣各種資訊爲業的業者當作商品而出售，例如東京商工就將金額一千萬日圓以上之高額納稅人、企業經營者的資料輸入電腦，以兩萬日圓爲基本費，將有關姓名、住所、電話號碼、生日年月等資料，以一件一百日圓提供他人運

用。

個人隱私面臨此種傷害，僅憑現行法對前述傳統隱私權的保護，已不足以因應，故必須發展「隱私」概念的新定義。由於電腦的普遍化，個人資料的蒐集、儲存、利用等過程，對保護個人隱私而言，已變成不可忽視的一環。針對此現象，隱私的定義由「私生活」變成「個人訊息」，隱私權的定義也從傳統的「一人獨處之權利」，轉變成現代的「控制有關自己資訊流向之個人權利」（此權利亦可稱爲「有關自己資訊之知的權利」），由「消極性權利」演變成「積極性權利」。

因此，歐美國家以固有的法律已不足以保護人民隱私，有立法加以保護之必要，於是紛紛制定冠有「隱私權法」或「資料保護法」等名稱之相關法律。茲提供美國隱私權法八大原則，作爲參考。

依據美國隱私權法而設置之「隱私權保護調查委員會」（Privacy Protection Study Commission）於1977年7月發表「訊息社會中個人隱私」報告，此報告係瞭解在現代社會中有關隱私問題狀況的重要文獻。根據該報告可整理出美國隱私權法所涵蓋的八個原則。

1.公開之原則：個人資料紀錄保管系統不得以秘密之形態存在，關於其方針、業務及系統，應採取公開政策。
2.個人接近之原則：有關自己之資訊以可能辨別個人之形式，而被紀錄保管組織所保有之個人，有查閱及複印該資料之權利。
3.個人參加之原則：有關自己之資訊爲紀錄保管組織所保有之個人，有修正該資訊內容之權利。
4.蒐集限制之原則：對紀錄保管組織所能蒐集有關個人資訊之

種類，加以限制，且規定紀錄保管組織蒐集該種資訊之方法，亦需具備一定要件。

5.使用限制之原則：對於在紀錄保管組織內就有關個人資訊之內部使用，加以限制。

6.提供限制之原則：對於紀錄保管組織就有關個人資訊所得爲之外部提供，加以限制。

7.資訊管理之原則：紀錄保管組織就確定合理且適切的資訊管理方針及業務方法，以保障該組織對有關個人資訊之蒐集、保有、使用及頒布爲必要且合法的，又該資訊之爲最新且正確者，應負積極責任。

8.責任之原則：紀錄保管組織就其個人資料保管方針、業務及系統，負其責任。

由上述可知，個人資訊保護法制是因應資訊化社會的新立法，並富強烈的國際性。此種法律之制定，有其必要性與急迫性，否則不僅使個人的隱私無周密的保護，且亦難增加在國際社會中的競爭能力，所以儘速制定個人資訊保護法制是當今迫切的問題。

問題與討論

1.一般媒體的新聞來源可分為哪幾項？

2.新聞來源保密的重要性為何？記者與採訪對象的關係是建立在什麼條件上？

3.新聞採訪工作的準備事項有哪些？擬定一個採訪對象，你會準備哪些工作事項呢？

4.請討論記者應如何避免誹謗、侵犯隱私權的採訪報導。

關鍵詞彙

1.**新聞來源**：新聞皆應有依據，凡提供新聞依據者皆為新聞來源。

2.**通訊社**：媒體為節省蒐集新聞之費用，由通訊社來代替作一部分新聞採集，以供應各媒體運用，是謂通訊社。

3.**資訊室**：資訊室是媒體自行成立，以適應解釋新聞的需要，除文字外，還包括人物照片、圖畫或地圖等的蒐集。

4.**資料供應社**：類似通訊社性質，向媒體提供資料，以深度報導、圖文並茂方式。較缺時間性，如當年胡適曾辦資料供應社，以提供國際時事分析為主。

5.**美聯社**：美聯社是世界第一家新聞採訪的合作組織，於一八四六年由紐約六家報紙合作組成，現為世界第一大通訊社。

6.**合衆國際社**：合衆國際社是一九五八年合併合衆與國際兩通訊社而成立，目前經營困難，數度易主。

7.**法新社**：法新社原名哈瓦斯社，是法國最大通訊社，與美聯社、路透社等齊名。

8.**路透社**：路透社是英國著名的國際性通訊社，目前以財政、金融等新聞聞名全球。

9.**新聞來源保密**：記者為保護新聞來源，不得洩露，此一承諾若不能取信於人，記者將無法立足。

10.**記者會**：新聞當事人邀約新聞記者，就欲向社會發布之事件公開宣布，是謂記者會。

11.**新聞網**：記者透過人脈，在社會建立新聞來源網，是謂新聞網，有人喻如蜘蛛網。

12.**公信力**：媒體受社會大眾信賴的程度，謂之公信力。美國輿論研究機構常作調查，以瞭解媒體在社會大眾心目中的信賴性如何。

13.**誹謗**：誹謗涉及範圍十分廣泛，主要指貶低、破壞他人之名譽而言。

14.**隱私權**：隱私是指保護個人內心世界和生活的安寧，不願個人私事被擅自公開的權利。

參考書目

Joe Alex Morris著，程之行譯（1973）。《合衆社採訪實錄》。香港：新聞天地社。

李瞻（1993）。《世界新聞史》，頁33。台北：三民。

樂恕人（1970）。《名記者的塑像》，頁15。台北：華華。

鄭貞銘（2002）。《新聞採訪與編輯》，頁156-159、頁187-201。台北：三民。

第五章 新聞事業與新聞倫理

1.瞭解新聞事業的四種道德。

2.瞭解新聞倫理的意義、模式。

3.瞭解新聞倫理的進程。

4.瞭解新聞倫理的重要原則。

當新聞媒體的權力無所不在、法力無邊時，必須有制衡力量的存在。哲人柏拉圖在《理想國》所提的四種道德——智慧、勇氣、自制與公正即是新聞行業人員自律的道德準繩。

消息正確正是一個新聞記者主要的倫理課題。所謂新聞倫理（journalism ethics），是指媒體及媒體工作者出於自律的需求，而訂定的成文或不成文規範。倫理規範是人與人交互行為必須遵守的約束，也是社會控制的一種手段，其重要性並不亞於法律。

新聞倫理在美國先行起步，與其政治制度和經濟發展關聯甚大，兩者的相得益彰使美國在新聞倫理的建設方面，相對於世界上其他國家顯得更為完善。

媒體是正義的監督者和社會啓蒙者，維護新聞倫理道德不受破壞，是每一位成員共同的義務。新聞倫理對新聞從業人員、受眾、媒體業者與社會責任有著環環相扣的契約關係。

第一節　新聞事業的四種道德

我們深知，新聞自由，是一切新聞理想的大前提。這些自由，不可限制，更不可剝奪。

但這不意味著新聞可以爲所欲爲。因爲事實上，在人類社會中，絕對的自由是不存在的，新聞自由權的運作也要建立在相對上，「絕對的權力造成絕對的腐敗」一樣的發生在新聞界。

基於上述，所以：

第一，當新聞媒體的權力無所不在、法力無邊時，必須有制衡力量的存在。

美國著名的大眾傳播學者梅里爾（J. C. Merrill）曾在《國外新聞》一書中，編列專章，討論倫理學與新聞學。他在文中指出：「倫理學是哲學中的一支，它促使新聞從業人員，在他們的新聞工作中，決定當做的行爲；它是一門有著濃厚色彩的規範性行爲科學，它主要的是決定以及行動的那些行爲，倫理學和『自我』以及『自我實踐』有關。從反方面來說，倫理學是個人決定和個人強制的產物。倫理學提供了新聞從業人員某些基本的原則和標準，使他經由這些原則和標準，能夠批判那些對或錯、善和惡、負責或不負責的行爲。」

第二，基於道德是自發的行爲，所以哲人柏拉圖在《理想國》一書中所提的四種道德——智慧、勇氣、自制與公正即是新聞從業人員自律的道德準繩。

1.智慧：智慧不僅是資訊的歸納，更是眞善美的抉擇與判斷，它包括了創造力、判斷力與擇善固執的道德勇氣。智慧是知識和本能的結合，來自生活經驗、沉思以及研究。
2.勇氣：新聞從業人員承受的壓力是多方面的，而各種企圖影響新聞的控制也是無所不在的；所以新聞記者必須心中有一把道德的尺，有足夠的力量抵擋一切權勢與誘惑。
3.自制：新聞是一項權力，使人幸福，也使人陷入萬劫不復的悲慘境地，新聞從業人員使用這項權力時，應多加自制、反省；消極地不能爲一己的私名私利，違反道德；積極地更應該與人爲善，領導社會。
4.公正：公正就是正義。新聞從業人員之正義表現，端在於對

眞理忠誠；追求公正的理想，必須爲千千萬萬的人們負責。使新聞事業眞正成爲社會進步之標竿，不要成爲社會進步的絆腳石。

因爲保障新聞傳播事業發展功能的，不在於外力的干預或影響，而在於傳播界本身的自我反省和檢討。此一反省或檢討的依據，乃在於一套行業的倫理規範和執行規則。這種思考，正是新聞傳播媒介的哲學基礎所在。

第二節　新聞倫理

新聞倫理一詞是從新聞界的code of ethics衍變而生。code of ethics中譯名稱常見的有「倫理規範」和「道德規範」兩種，台灣新聞界自律組織所定共同守則，則用道德規範，如「中華民國報業道德規範」、「中華民國無線電廣播道德規範」和「中華民國電視道德規範」等（馬驥伸，1997）。

一、新聞倫理之意義

所謂「新聞倫理」，是指媒體及媒體工作者出於自律的需求，而訂定的成文或不成文規範。它是非官方、非法律性質、無強迫性、無處罰條款的行爲準則。由於媒體的影響力極爲巨大，西方國家稱媒體爲行政、立法、司法三權外的第四權。極權體制國家往往藉法律及政治力控制第四權，自由體制國家則提倡「社會責任論」，要求媒體自我規範，因而有倫理規範及新聞自律組織的出現。

新聞倫理對於新聞事業而言，其重要的基礎係奠基於下述因素：

1.新聞媒體是在服務一個社會的公益（public good）。

2.社會為了實現其社會的責任，需要具有倫理規範的報業。

3.媒介作為一種專業，從業人員必須具備道德的素養。

4.新聞自律為一種型態。

5.新聞倫理與道德，提供了基本標準與原則，批判對錯、善惡、負責與否的問題。

二、新聞倫理之推理模式

新聞倫理是反求諸己的道德自省，與法律係由外而內的消極制裁有別。依據哈佛神學院Ralph B. Potter的推理模式，如**圖5-1**所示。

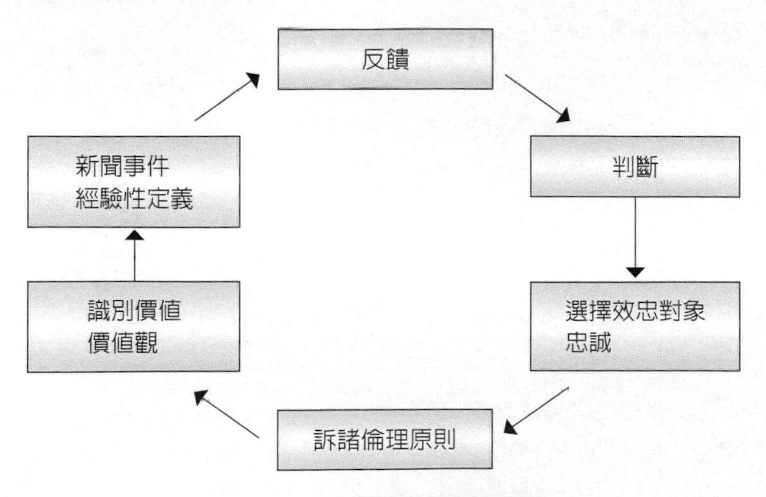

圖5-1　新聞倫理之推理模式

三、新聞人員專業自主權之比較

台灣內政部對職業的分類，新聞人員並不與建築師、會計師、律師等行業並列「專業」。然而美國人口調查局把新聞工作者與會計師、建築師、醫師等行業並陳，共同歸屬「專業」。美國傳播學者丹尼斯（Everette E. Dennis）和梅里爾在辯論上突破過去的格式，兩人的觀點如**表5-1**所示。

四、新聞倫理與社會倫理

就一個社會來說，倫理規範是人與人交互行為必須遵守的約束，也可以說是社會控制的一種手段，其重要性並不亞於法律，這也是維持社會和諧、維護人類倫常，使大家能各安其位、快樂幸福、安身立命之所繫。

表5-1　丹尼斯與梅里爾對新聞專業說之觀點比較

新聞專業說	同意	反對
	丹尼斯	梅里爾
基本主張	1.新聞事業致力於公共事務。 2.新聞事業有專業水準。 3.專業乃進展而來，只要具備部分特徵，便可完成。	1.新聞記者大多不知專業的意義為何。 2.新聞人員缺乏共同特質。 3.新聞事業難成為一門專業。
資格取得	1.各新聞單位有其進晉人才的方式，功能形同執照的發給。 2.新聞單位有其制裁部屬的法則，顯示對資格取得亦有形式。	1.執照制度不易建立。 2.專業組織沒有制裁力量。 3.新聞事業對從業員資格取得／取消毫無辦法，與專業定義不合。
道德規範	1.新聞道德規範已相當普遍。 2.同業間早已有無形的規範力量。	1.規範不具約束力，形同具文。 2.無一組織嚴格督導。

大衆傳播與社會倫理有相互影響的關係，傳播事業之所以能獲得社會尊重，乃取決於其專業素養、活力、勇氣與悲天憫人的胸懷，因此大衆傳播固非教育學府，卻應肩負社會教育的使命，以樹立淳厚世風，維繫社會善良風氣。

基於此一認知，作者謹提出三個觀點：

(一)傳播人應以文化人自居

在消極方面，應對社會每一國民名譽、隱私、智慧財產等權利，給予絕對的尊重與保障。從現今媒體的發展，不論報紙、廣播、電視、電影與出版，爲求增加銷路、賣座，提高收聽（視）率，不惜誨淫誨盜、窮奢極慾情節之渲染報導。此種扭曲社會現象、誇張罪惡之新聞處理態度，焉能不助長惡風，不導致社會失序的結果？故新聞從業員首需有文化人之認知，眞摯負起文化人使命。

(二)大眾傳播應加強社會文化報導

在積極方面，大衆傳播應強化文化、藝術性、知識性的報導與評介，以提升社會人的品味，更進一步積極倡導「社會取向」的行爲理念；任何人除著重自我利益外，更能兼顧人群公益、社會公理與人間正義。而法治文化、倫理規範、道德訴求、宗教情懷、群己關係、合理競爭等，亦均待大衆傳播積極倡導、鼓吹，期待我們的社會建立成爲一個有人文、重倫理、講榮譽的新社會文化，讓每一個國民在傳統文化和諧互助美德的影響中，塑造出現代公民的社會倫理。

(三)社會學術團體、公益團體、宗教團體應形成民間監督大眾傳播的一股力量

以「守望媒介」爲職責，對未能善盡新聞道德與社會責任的大衆傳播事業給予輿論的制裁；而廣大閱聽人，要做個「耳聰目明的閱聽衆」，更要主動而積極的對大衆傳播的作爲有所反應，以褒善貶惡，消極地不使個人心靈受到汙染，不讓社會健康受到損傷，積極地以建立一個健全的大衆傳播環境爲共同的職責。

倫理規範乃是維繫社會健康運作的行爲準繩，更是人群和諧相處的潤滑劑與保護傘，我們要維繫健康的社會生活，則個人的行爲觀念必須要守紀律、重公義、講信修睦、克己愛人。我們以正義公平的社會價值取向，代替目前急功近利的市場價格取向，使國家的現代化建設，邁向健康的正確方向。

第三節　新聞倫理進程

一、新聞倫理始於美國

美國是最早實行新聞自由的國家之一。1791年，美國國會通過「憲法第一修正案」（First Amendment），明文規定國會不得制定剝奪言論自由或新聞出版自由的法律。這一法令使美國新聞界在行使新聞自由權利時，幾乎不受任何限制，但也導致了媒體濫用新聞自由的現象。

1930年代，美國商業報刊鼎盛，報業在激烈的競爭下，爲了生存與利潤，廣告與新聞不分，假新聞橫行。例如：1835年8月，美國《紐約太陽報》（*New York Sun*）刊登了一則新聞：英國天文學家約翰・赫謝爾爵士（Sir John Herschel）在非洲好望角以特大天文望遠鏡觀測月球。8月25日至30日，該報又刊登七篇連續報導，描述月球的地形、山脈、湖泊，還說發現了月球上的鳥獸；文章中繪聲繪影地寫道：「月球人」是有翼能飛的「蝙蝠人」。倘若此報導出現在今天，必定無人相信；但在當時，這一系列不實的報導卻使《紐約太陽報》銷量劇增。直到鬧劇收場時，人們才發現，這是該報老闆指使記者理查・洛克（Richard Locke）捏造的。

十九世紀末，美國報業掀起黃色新聞浪潮。1895年，亨利・塔曼（Henry Tammen）把《丹佛郵報》（*Denver Post*）辦成典型的黃色報紙。在此基礎上，威廉・赫斯特（William Hearst）把黃色報紙的浪潮推向一個新的高峰，他在美國新聞史上留下了一句狂言：「你提供圖片，我提供戰爭。」

進入二十世紀後，美國傳媒壟斷加劇，自由主義者鼓吹的自由市場不復存在。新聞業進一步腐敗，傳播管道減少，新聞自由思想受到戕害。報紙爲廣告所左右，廣告占據了版面的50%，甚至高達60%～70%；凶殺、暴力、色情等刺激性報導充斥報刊和電視，給社會帶來不良後果。有鑑於此，新聞業和社會各界人士強烈意識到，新聞從業人員在新聞實踐中，必須負有社會責任感和進行自我約束。於是，新聞倫理觀念開始在美國發展。

1904年，普立茲在紐約出版的《北美評論》（*North American Review*）中撰文指出，報人應懷抱崇高的理想，並負有急公好義的使命，對本身所接觸的問題具有準確的知識和最誠摯的道德責任感，以造福大衆爲目的，不應屈從於商業利益或追求個人的權利。這篇文章的立論基於報業的社會功能，進而強調報業的社會責任，被譽爲新聞倫理的奠基之作，也是他創新哥大新聞學院的立基。

新聞倫理在美國先行起步，與其政治制度和經濟發展關聯甚大，兩者的相得益彰使美國在新聞倫理的建設方面，相對於世界上其他國家顯得更爲完善。

二、歐洲國家的倫理進程

長期以來，由於歐洲國家片面地強調新聞自由，不斷地擴大新聞自由的範圍，導致媒體濫用新聞自由的現象十分普遍。新聞從業人員對自我約束、社會責任等問題的忽視，使這一現象進一步惡化。在不同的國家，濫用新聞自由的程度不一。

法國在歷史上曾是新聞倫理嚴重淪喪的國家之一，這主要是由於法國報刊的企業化水準較低，需要接受政府或工商企業的經濟援助以維持自身的營運，在宣傳報導上傾向餽贈者，喪失了新聞事業的獨立性和公正性。1904年後，外國政府和財團的津貼，使得法國報刊的倫理進一步下滑。雖然1944年法國光復後，政府對新聞界的整頓使「津貼現象」大爲改觀。但法國新聞界的其他問題並沒有得到解決。譬如由美國傳入的黃色浪潮在法國新聞界氾濫成災，法文版的《花花公子》（*Playboy*）十分暢銷；連著名的週刊《巴黎競賽畫報》（*Paris Match*）和《快報》（*L' Express*）等也不斷地向色情新聞靠攏。

德國、義大利在法西斯統治時期，新聞倫理問題亦甚爲嚴重，報紙上謊言充斥，新聞界幾無道德可言。1938年8月，德國各報紙大肆宣揚波蘭即將發動戰爭，「華沙揚言將轟炸但澤」、「走廊地帶許多日爾曼人農舍成爲火海」等這類駭人聽聞的新聞標題隨處可見。8月27日，納粹官方報紙《人民觀察報》的頭版通欄標題爲：「波蘭全境處於戰爭狂熱之中！一百五十萬人已經動員！軍隊源源送往邊境！上西里西亞陷入混亂！」，雖然這都是無稽之談，卻爲

納粹發動戰爭贏得了民衆的支持。第二次世界大戰爆發後，德、義兩國報紙上假戰爭新聞的數量之多，令人觸目驚心。

針對新聞界濫用新聞自由，導致新聞倫理惡化的問題，歐洲許多國家創立了國家報業評議會制度。1953年，這一制度首先在英國實行，7月1日，「英國報業總評議會」成立，二十五名委員由來自英國七個報業團體的編輯或企業代表組成；受理外界對報界的控告和申訴，但其裁決、決議和結論只有道義上的譴責，並無實際的約束力。1963年7月，根據第一屆皇家報業總評議會的建議，英國報業總評議會改組爲由報界、司法界以及其他社會各界人士組成的報業評議會，對報業評議制度的發展起著極大的推動作用。

英國報業評議制度由於體制完善，收效甚大，而成爲歐洲其他許多國家效仿的楷模，這些國家先後成立了報業評議會或類似的監督機構：1956年，德國成立「報業評議會」；1959年，義大利建立「報業榮譽法庭」；1960年，土耳其「報業榮譽法庭」成立；1961年，奧地利「報業評議會」成立……至此，歐洲國家新聞倫理建設正式納入軌道。

三、中國新聞倫理的進程

中國的新聞倫理思想蘊含了中國古代社會許多道德的雛形。如先秦諸子所重視的「誠」、「信」、「實」、「公」，無不反映出現代意義的新聞倫理觀念。「誠信相通」，所謂「誠」，即新聞從業人員要誠實，不能報導假新聞，對閱聽大衆要以誠相待；「信、實、公」則要求新聞從業人員要以「信」爲本，注重事實，公正地報導。同時，新聞從業人員不能先入爲主或用自己的愛恨去衡量事物的善惡。

發端於十九世紀中葉的中國近代新聞事業，對報刊新聞倫理

的影響重大，當時許多新聞學者紛紛發表對此問題的見解，闡述比較詳細、全面的是新聞界前輩邵飄萍。他在《實際應用新聞學》一書中，繼承了中國士大夫典型的理想人格和道德品質，例如俠義、勇敢、誠實、勤勉、忍耐等，並將之融會到新聞倫理的論述中；同時，書中提出的「超階級」、「獨立人格」等，又與西方新聞倫理觀念一脈相承。從此，新聞倫理的觀念正式進入中國新聞從業人員的視野。

第四節　新聞倫理的契約

媒體是正義的監督者和社會啓蒙者，維護新聞倫理道德不受破壞，是每一位成員共同的義務。歸納起來，新聞倫理對新聞從業人員、受衆、媒體業者與社會責任有著環環相扣的契約關係，茲分述如下：

一、記者本身的責任

作爲記者，良心是一個嚴肅的專業話題。面臨兩難困境的記者，加強對良心與道德法則約束力的認識，保持自身的正直，聽從良心的選擇，也許是我們回答如何選擇新聞的最佳答案。

二、對閱聽衆的責任

在現今環境下，媒體再也不能對閱聽衆置之不理，閱聽衆既然付款進行新聞消費，作爲一個新聞從業人員，就應該對他們負有責任。

三、媒體雇主與從業員互相依賴

傳媒集團、媒體業者大多看重媒體的利潤、機遇、生存等，但實際上媒體雇主與新聞人彼此有一種默契。從許多有爲記者透露消息來源的案例中，便可看出媒體集團、記者和新聞倫理建設的重要性。

四、對社會的責任

新聞人強調對社會的道義責任，在處理個人隱私、信任此類問題時，往往會遇到社會幸福權超越個人幸福權的要求。在新聞實踐中，需要充分考慮到公衆的利益，如菸草、營養產品、醫藥與廣告等皆可能影響公衆利益；至於媒體娛樂中的暴力和色情等，更明顯的屬於社會問題。這種情況下，我們必須顧及對社會的忠誠，而不僅僅是基於媒體業者或記者個人的利益。

第五節　新聞倫理的重要原則

根據Carl Hausman在《良心危機——新聞倫理學的多元觀點》書中指出：「專業新聞記者協會倫理規範」（The Code of Ethics of the Society of Professional Journalists）制定於1926年，並分別於1973年、1984年及1987年三度修訂內容。1987年修訂的版本引起熱烈爭議。該組織的內部刊物仍然在毫無顧忌地批評這個最新的修訂版，因爲1987年的修訂版刪除了自我檢查（self-censure）的條文。修訂前的版本在結語部分誓言「新聞記者應該積極主動地自我檢討，並

且要防止違反規範中的各種行事標準。而且，新聞記者應該鼓勵所有新聞工作者相互監督彼此的行爲。」

1987年修訂版的結語指出，「專業新聞記者協會將要藉著開辦教育課程和其他辦法，來鼓勵記者遵守規範中的基本原則，並且要讓印刷和電子新聞機構的負責人體認到，他們有責任制定一套能夠被組織內的受僱者接受及執行的倫理規範，以作爲達成工作目標的指導原則。」

專業新聞記者協會倫理規範的其他條文，可以歸納成五大類，分別是：(1)責任；(2)新聞自由；(3)倫理；(4)精確與客觀；(5)公正報導。

一、責任

責任即是「公眾對於重大的、和公眾利益有關的事件之知的權利」。

二、新聞自由

自由即「不能被剝奪的新聞自由」。

三、倫理

在「倫理」這個類目之下，有些談到明顯不合倫理的行爲（例如抄襲製造新聞是不誠實的行爲），有些條文則是列舉出一些特定的禁止行爲，例如：倫理類目中的第二條指出，記者在外兼差、參與政治活動、擔任公職，以及在社區組織內服務，「如果會影響記者和媒體負責人的信譽」，那就應該避免做這些事情。倫理類目的

條文也提醒記者避免收取任何免費入場券。在同一類目中的相關條文更直率地要求記者「不要收取任何有價物品。」

四、精確與客觀

「精確和客觀」強調記者有責任報導事件眞相，以及必須從可靠的消息來源處獲得資訊，並應確保報紙的標題和內文相符。新聞照片和電視新聞應該「對事件提供精確的畫面，而且不可在不指出事件背景的狀況下，強調任何偶發事件。」這一類目中的條文也提醒記者，必須明確區分新聞報導和新聞評論，並且在發表評論時，必須清楚標明是記者的個人意見。

五、公正報導

「公正報導」方面，相關的規範條文提醒專業新聞記者協會的成員，在採訪新聞時，永遠要尊重消息來源的尊嚴、隱私和權利。這個類目中的條文也特別提到，新聞工作者不可以「對別人提出足以影響他人聲譽或道德形象的非官方指控，而又不讓被指控的一方有機會回應。」另一項關於公正報導的規範條文指出，記者應該對公衆負責，而且，媒體也應該鼓勵公衆對媒介組織提出申訴。

隨著新聞倫理內容的充實和發展，世界上許多國家都對新聞倫理的表述形式和道德準則進行修正或重新釐訂，每一次修訂，就是對新聞倫理的再認識，以及對新聞工作者的再教育。新聞倫理的道德規範須依據社會環境的變化而進行修訂，這是一件極其繁瑣的工作。歸根結柢在於新聞倫理本身並無標準尺度，人們必須從各個角度進行種種考慮才能作出決議。如二十世紀八○年代，英國平面媒

體挖掘隱私的風潮熾熱，促使國會關注媒體侵犯個人隱私的行爲，保守黨政府於1989年4月宣布成立「隱私權暨相關事務調查委員會」，後來又建議成立「平面媒體申訴委員會」（Press Complaints Commission, PCC），以媒體自律取代，將隱私權納入法律保護。

儘管新聞倫理規範的確立異常艱辛，但並不意味著新聞業者能因此放棄。事實上，正是它的重要性導致了制定的艱難性。新聞工作的每一個環節，都關係到新聞倫理的問題。記者在採訪過程中，採訪方式與手段是否符合守則？是否保護消息提供者？是否不接受餽贈？編輯審稿過程中，是否謹愼查證事實？是否不畏權勢壓力而發表針砭時弊的文章？凡此種種，在新聞事業鏈中的每一個人，都必須具備新聞倫理的意識，即使廣告業務員，也不應招攬有損公衆利益的廣告。因此，新聞倫理最基本的，是從業人員的角色或分寸。

新聞從業人員的職責是爲社會大衆提供服務及謀求福利，但絕不能諂媚受衆，在文字中極盡煽情之能事或提供各種色情資訊，刊登暴力新聞迎合部分閱聽衆的口味，助長社會道德的惡化。新聞媒體和新聞從業人員唯有在新聞倫理的範圍內執行新聞工作，才能處理好跟社會、大衆之間的各種關係，承擔起引導社會向上、向善的責任，這就是新聞倫理。

以「新聞道德保證新聞自由」實是新聞從業者的座右銘。倫理的灌輸、薰陶、培養，實可創造最新、最理想的新聞事業。

第六節　當今新聞倫理的省思

新聞記者善於指導的職責，因此他在人類溝通，瞭解的過程中，無疑要扮演關鍵性的角色。對一個追求眞理和新聞人員來說，必須建立起對眞理的忠誠，這是新聞倫理的基礎，也是個人修養的

起點。《倫敦星期時報》主編惠爾認為：消息正確正是一個新聞記者主要的倫理課題。

因為新聞傳播錯誤多、誇張多，被社會質疑為犯了嚴重的失憶症。對於許多新聞事件常常在捕風捉影中，失去新聞倫理的基本規範；遇到新聞事件，不僅盡批評之能事，甚至流於潑婦罵街式的謾罵；披的外衣是撻伐社會的正義之聲，而實際上卻可能有許多見不得人的內幕，對於社會的批評與質疑，更缺乏反省的雅量，這是勇於批評，怯於自省的最佳寫照。

一代報人普立茲退休時曾痛心指出：除非有真誠的責任感，報業無可救藥，無法使它由商業的利益，自私的目標之罪惡中挽救過來。

許多學者批評媒介為社會的噪音，資訊的氾濫，認為這是一個「訊息雖發達，知識卻貧乏」的時代，難道不值得反省嗎？

一、媒體威望與公信力

學者Matthew（2002）在《媒體倫理》一書中，探討媒體中有什麼道德原則呢？他認為在所有的行業與工作中，營收始終占有重要的地位，因此不論新聞工作者本身的動機或欲求為何，財務始終是媒體經營者所關心的，權衡之下新聞道德言論則似乎不是那麼重要了。

Hamilton（2004）指出「新聞是商品，不是真實的鏡子影像」，Sigal（1986）認為「新聞不僅是新聞記者所想，也是消息來源所說，皆受到新聞組織、新聞常規以及社會習俗所影響……。新聞不是真實，而是消息來源對真實的描述，並受到媒體組織的影響。」而近年來，自由報業底下之媒體組織向商業利益傾斜的情況越來越嚴重。

新聞被視爲民主過程中的一部分，在道德倫理上它必須是資訊充分公開與交流的角色。新聞倫理代表的是精確、公平、自主性、雙向、客觀、平衡報導。Matthew（2002）進一步指出現今新聞媒體的發展，呈現出社會上充滿了虛僞、謊言、侵犯隱私、卑鄙、猥褻、瑣事、歪曲事實、偏見以及其他罪惡。

當新聞室開始運用企業手法產製新聞時，讀者與觀衆將被稱爲「顧客」；而新聞則被視爲一項「商品」，發行量或收視率則被看成是一個「市場」。新聞部門不再向讀者或觀衆負責，改向市場負責，尤其是廣告主、消息來源與投資者三個層面。從市場導向觀點研究新聞傳播，可發現閱聽衆、新聞與發行量／收視率的概念已漸漸爲消費者、商品與市場等商業機制概念所取代。

簡單來說，以經濟因素作爲整合新聞產製中各種元素關係得以連結的主要原因，其特別之處是指出了商業化的新聞產製過程中的四個市場：

1.讀者用錢買新聞，新聞賣資訊給讀者。
2.消息來源給記者資訊，記者報導消息來源希望受人注意的消息。
3.廣告主花錢，希望得到潛在消費者的注意。
4.投資人投資的資本希望得到利益、股價上升。

道德倫理考量，在新聞工作者中成爲退而求其次的考量，爲了市場的占有率，以聳動及不正當的方式呈現。但新聞道德與倫理就此消失了嗎？社會大衆對新聞的公正性不具信心，從許多民意論壇與談話性節目即可得知。

在社會走向開放時，記者們曾經希望媒體實現知識分子的使命，作到公平、公正並仔細檢視新事實。身爲新聞工作者，尤其是最具影響力的電視新聞媒體從業人員，對於任何新聞事件，除了公

正客觀的平衡報導外，應該多一份人文的關懷，這也是新聞事件中的一部分。

新聞倫理所呈現的事實，它應建立在道德標準之上，它主要是促進民主的過程並爲公共利益服務。雖有業者、學者可能會認爲這是不切實際的說法，但我們仍希望媒體可以一步步走向理想的境界。

問題與討論

1.新聞倫理在新聞傳播事業中有何重要性？

2.你認為新聞從業人員應如何提高社會倫理？方式有哪些？

3.新聞倫理在主要國家的發展進程為何？

4.新聞倫理的重要原則有哪些？

關鍵詞彙

1.**柏拉圖**：希臘偉大哲學家。

2.**理想國**：柏拉圖的著作，他在書中揭櫫了四種道德——智慧、勇氣、自制與公正。

3.**美國憲法第一修正案**：為保障新聞言論自由，美國憲法第一修正案規定「國會不得制定關於下列事項之法律：確立國教或禁止宗教信仰自由、剝奪言論或出版自由，剝奪人民和平集會及向政府陳述救濟之請願權利的法律。」

4.**紐約太陽報**：《紐約太陽報》（*New York Sun*）是一份通俗化的大眾報紙，與《紐約時報》之高格調形成對比。

參考書目

Matthew Kieran著，張培倫、鄭佳瑜譯（2002）。《媒體倫理》。台北：韋伯。

中華民國新聞評議會（1994）。《中華民國新聞評議會：簡介、組織章程、規範》。台北：新聞評議會。

方蘭生（1984）。《新聞自由與新聞自律》。台北：允晨。

王潤生（1997）。〈BBC處理新聞指導原則〉，《廣電人雜誌》，第10期，頁47-48。

何吉森，吳孟芸（2005）。〈媒體自律與他律制度研究：一個由公民社會角度探討之觀點〉，《行政院新聞局九十三年度研究報告》。台北：行政院新聞局。

李瞻（1983）。《新聞原理》。台北：三民。

李瞻（1988）。《新聞道德》。台北：三民。

馬驥伸（1997）。《新聞倫理》。台北：三民。

曾虛白（1967）。〈新聞自由與社會責任〉，《新聞學研究》，第1期，頁7-46。

劉騏嘉、周柏均（2007）。〈民主參與式的共管自律〉，《台灣民主季刊》，第4卷，第1期。

鄭貞銘（1989）。《低調與忠言》。台北：正中。

鄭貞銘（1993）。《傳播發展的省思》，台北市新聞記者公會。

鄭貞銘（1995）。《新聞原理》。台北：五南。

第六章 新聞自由與自律

1.瞭解新聞自由的主要精神。

2.分析新聞自由的威脅。

3.瞭解新聞自律的主要意義。

4.瞭解各國新聞自律的發展。

新聞自由是民主國家捍衛的基本價值。新聞自由發展過程卻是經過不斷地君權專制所爭取而來的。

新聞事業享有四種新聞自由：(1)採訪自由；(2)傳遞自由；(3)發表自由；(4)收受自由或不收受自由，然後才能言及其他方面的限制或保障。如何在「新聞自由」的保障下使新聞事業能正常、順利的朝理想方向發展，學者認為「新聞自律」應是最好的方式。

新聞記者最可能涉入「藐視法庭」罪嫌的情況有兩種，一種是拒絕透露新聞來源；另一種是報紙審判（trail by newspaper）。拒絕證言或透露新聞來源，吾人認為是記者職責義務所在，亦是新聞工作者應享有之權利。而報紙審判，不僅是違法，也是新聞記者職業道德上的莫大污辱。

「新聞評議會」是不是推展新聞自由最好的組織？必須看評議會執行職務的態度，以及工作的方針是否真能發揮自律精神。

新聞自由絕非憑空出現，必須付出相當的代價才可獲得，源自於新聞與權力對立的本質。新聞自由除了維護媒體的自主性，並進一步促進資訊的多元化。

第一節　新聞自由與法律

新聞自由是民主國家捍衛的基本價值。一個眞正民主的政府，必經得起輿論批評考驗；最能反應輿論的，是新聞事業。而新聞事業只有在自由的前提之下，才能產生客觀和公正的言論，發揮民主

的力量。由是觀之，民主的制度，得力於新聞自由之扶持；而新聞自由的行使，也只有在民主國家中才有保障。新聞權在西方國家素有「第四權」之稱，爲行政、立法、司法三權之外的制衡力量。因此，在本質上，新聞自由和政府存在一種對立的關係，可用來監督政府；但在國家安全與新聞自由的議題上，往往成爲更多討論的空間。

美國第三任總統傑佛遜曾說：「如果讓我來選擇：我們應當有政府而無報紙，抑或有報紙而無政府，那我就會毫不遲疑的選擇後者。」、「我們的自由權利，是以新聞自由爲基礎，不能加以限制，也不能喪失。」、「凡是有新聞自由的地方，而且人人都能閱讀報章，則這個社會的一切就會安全了。」這三段文字，可在弗蘭克・穆特（Frank L. Mott）所著《新聞在美國》（*News in America*）以及《傑佛遜與報紙》（*Jefferson and the Press*）中分別找到。

傑佛遜總統所選擇的報紙，當然應該指的是享有充分自由的報紙。但是，這份人人都能讀的報紙，是否能促成一切都安全的社會，則端看新聞自由有沒有被濫用，要使新聞自由走向正軌，無論如何須有法律來維護其秩序。因此，報紙要造就一個安和樂利的社會，嚴格來說，是新聞自由與法律兩者共同領導的，不能偏重任何一方面。

台灣法律學者潘維和教授曾謂：「大衆傳播的神聖任務乃是要爲爭取一個眞正的民主自由且安全的社會而努力……而民主社會的第一要義在於法治。西洋法諺有云：『有社會即有法律，有法律斯有社會』，自傳播媒介日新月異，而使法律與社會二者關係日益密切，相互影響。大衆傳播對於促進法治社會的實現，必須通過自律或社會約制的道路，以踐履其對社會長成或社會福祉的貢獻。」

新聞自由的發展過程是坎坷的，因爲近代印刷術開始萌芽的

時期，並沒有像今日的民主政府輔佐其發展，而是普遍的君權專制政體。任何一種專制政體，其主權者最恐懼的莫過於輿論洪流的爆發，而新聞出版事業正是反映輿論的力量；早在十六世紀初期，英國即對印刷事業頒行特許制度予「出版自由」——新聞自由的前身——以高壓箝制。

十七世紀，又實行了出版品的事前檢查制度。其間出版界各先鋒提出無數次的請願，如1644年，英詩人約翰·彌爾頓（John Milton）向國會請願：「在一切自由中，給我知之自由，說之自由，以及憑良心自由辯論之自由！」但對這種箝制出版的政策卻無法改變。直至1695年，英國國會才宣布廢止印刷特許制度。但是該國會宣稱：任何對政府不利的評論與新聞報導，都被視爲妨害治安，而課以妨害治安之罪責，人民雖獲得出版自由，卻無法享有言論自由。

英國政府對新聞壓制的另一手段是1815年施行的「知識稅」，對報紙課稅，以寓禁於征。直到1855年，知識稅廢除，報人被視爲「第四階段」後，新聞事業才眞正獲得言論自由。但是，政府爲了保護本身的權益，往往會控制或封鎖新聞，干擾新聞的採訪、傳遞與發布。新聞事業仍然得不到充分的新聞自由。但在此時，世界各民主政體國家的新聞鬥士，已普遍的朝此方向不斷作爭取的努力。例如美國新聞界人士一直強調「人民知之權利」（The people have the right to know）。「新聞自由」不僅已有整體的概念，並且有了明確的追求目標（錢震，1986）。

在基本上，法律必須首先承認新聞事業享有四種新聞自由：(1)採訪自由；(2)傳遞自由；(3)發表自由；(4)收受自由或不收受自由，然後才能言及其他方面的限制或保障。因爲採訪、傳遞、發表、收受（或不收受）四者，可以說是整個新聞事業的核心內容；以上這四種自由也可以視爲新聞自由的涵義。錢震認爲五種自由除

了上述四項外，另一項爲自由經營傳播媒介。

一、採訪自由

顧名思義，乃記者對任何新聞事件有採訪發掘的自由，不受任何干擾。廢止前台灣的「出版法」第26條：「新聞紙或雜誌採訪新聞或徵集資料，政府機關應予以便利。」、「刑法」第22條：「業務上之正當行爲，不罰。」這兩條有關法律制定，即在使新聞記者獲得充分的採訪自由，也是使報人站在公益的立場，能獲得採訪自由、言論自由的保障。

二、傳遞自由

無論新聞發生在國內、國外，採訪所得的新聞，首先必須傳抵總社，方能進行發表新聞的程序。如果傳遞工作受檢查，或不予便利，就是對新聞自由的直接破壞。

三、發表自由

新聞之發表，首需借報紙之發行，發行若受限制，或發行前受檢查，該項自由即受破壞。目前世界上的民主國家，對發行採取的制度有四種：(1)放任制；(2)保證金制；(3)申請制；(4)登記制。我國現行實施的是登記制。登記制革除了政府批准發行的權力，也防止不良分子利用放任制作奸犯科的弊端；人民只要合於規定條件，向政府登記備案，即可發行，融合了放任與申請二制的優點，即合乎新聞自由的原則，也便於政府的監督管理；在自由與法治之間取得平衡。

四、收受（或不收受）自由

大清律例中的「造妖書妖言」條文中規定：「凡妄布邪言，書寫張貼，煽惑人心爲首者斬……」、「若（他人造傳）私有妖書，隱藏不送官者，杖一百，徙三年。」所謂妖言妖書，雖然可以作各種角度與程度的解釋，但以今日的新聞而言，用當時的這項律例審度，有太多是屬於「妖言惑衆」的內容，如果沒有「收受自由」，今日的報紙讀者，被斬、被杖徙者不知凡幾？所以要貫徹新聞傳播過程，「收受自由」應該被確認。

在極權國家，其新聞事業是壓制人民的工具，其內容是以毒化人民爲主旨，人民沒有選擇或不收受的自由，這種被強制接受的傳播方式，實無任何自由可言。

新聞自由有沒有衡量的標準？在何種狀況下，才算享有新聞自由？國際新聞學會（IPI）在1951年制定了衡量新聞自由的四項標準：(1)自由採訪（free access to the news）；(2)自由通訊（free transmission of news）；(3)自由出版報紙（free publication of newspapers）；(4)自由批評（free expression of views）。一個國家能符合這四點要求，即完全享有新聞自由。如僅符合部分，或完全不符合，則享有部分新聞自由或完全沒有新聞自由。

在聯合國「世界人權宣言」第19條提到，人人有權享有主張和發表意見的自由，此項權利包括主張而不受干涉的自由，並透過任何媒介和跨國界地尋求、接受任何傳播訊息和思想的自由。

德國北萊茵威西法蘭邦新聞法，所定義新聞自由的意義：(1)新聞業享有自由，新聞業負有符合民主基本秩序的義務；(2)新聞自由僅受基本法直接規定，且在範圍內經本法明文規定的限制；(3)任何

妨害新聞自由的特別措施都受到禁止；(4)新聞職業工會不得採行強制會員制，以及擁有公權力組成的懲戒管轄權（張永明，2001）。

紐約市自由之家（Freedom House）的雷蒙．蓋斯帝博士（Dr. Raymond Gastil）提出衡量新聞自由的標尺，具有六點：(1)自由發行報紙；(2)自由批評；(3)沒有新聞檢查；(4)沒有政府經營的報紙；(5)沒有因政治原因而停刊報紙的紀錄；(6)人民可自由選舉公職候選人。完全符合者列一、二級，部分符合者列三、四、五級，完全不符合者列六、七級。

李瞻認爲用此來衡量新聞自由標準，最大的缺點乃認爲政府是新聞自由的唯一威脅，其實新聞自由也受到來自「非政府因素」的其他威脅，例如廣告壓力、記者品質、發行人偏見、壓力集團與財團影響等等，凡此因素也應該列入考慮範圍。

一般民主國家的憲法，均認爲人民有自由思想的權利，而表達思想自由的方式：一爲言論自由，二爲出版自由。所以各國憲法大都只規定言論自由及出版自由，而未規定新聞自由（汪威錞，1958）。

「中華民國憲法」第11條規定：「人民有言論、講學、著作及出版之自由」，並無新聞自由的明文規定；雖則有人作此推論：言論自由、出版自由是思想自由的申義，而新聞自由乃係言論與出版自由的延伸。因此，目前各國憲法中，雖然沒有明文保障新聞自由，而因新聞自由是言論、出版自由之延伸，故亦在保障之列。以上這種推論「並不夠有力」。「今天的民主潮流，不只允許少數學者、政治家有表達其思想的自由。同時，還要使大多數的平民都能夠有表達其思想、意見的自由與能力。……思想並不是憑空而來的玄想，尤其是對於大多數人，要使他們有新的思想，有新的見解，第一必須灌輸以新的常識，但能養成有發表意見之能力；第二必須供給以客觀的事實，他們才能有所依據，有所批評，有所建議。而要達成上列兩項任務者，便是新聞自由，沒有了新聞自由，等於窒

息了思想自由，所以，新聞自由是思想自由的根源，而言論與出版的自由，不過是思想自由的表現形式而已。因之在今天，新聞自由不再是言論自由的附屬品，而是思想自由、言論自由的基礎。」（呂光、潘賢模，1961）從以上闡釋的內容，吾人乃知，目前大部分國家的憲法中，沒有明文規定保障新聞自由，的確是一種遺憾，也是新聞從業人員亟應爭取的目標。

根據上述的討論，新聞自由被視爲言論或意見表達自由的形式之一，新聞自由與一般人民的言論自由保障無異。

在「中華民國憲法」中，新聞事業最值得珍視的是新聞自由，除了其中最具實質意義的發表自由，乃與「憲法」第11條所規定的出版自由完全相同，而應受該條之保障外，其餘新聞自由的另三項涵義：採訪自由、傳遞自由與收受自由，也受到「憲法」第22條的保障：「凡人民之其他自由及權利，不妨害社會秩序、公共利益者，均受憲法之保障。」在「憲法」上吾人已享有這種概括式條文的保障，今後所要爭取的目標，當是對新聞自由列舉式的明文保障。

任何放任式的自由，其發展的結果是不堪設想的，新聞自由亦然。因此，適當的限制，實屬必要；法律的限制，是導「新聞自由」發展於正軌之手段。德國法學者Ekkehart Stein認爲，所謂新聞自由的限制，不應用「限制」二字，而應稱爲「約束」二字；因爲「限制」容易引起誤解。

台灣大學教授薩孟武曾表示：法律對於新聞自由的「限制」即是基於新聞自由本質概念所使然，故其「限制」自以不得超越新聞自由本質限制的範圍爲限，否則是項「限制」本身即屬違法。薩孟武指出，所謂新聞自由的本質概念，即爲前述新聞自由的四項核心內容。

爲了使新聞自由得到保障，各民主國家通常會以憲法或法律保障的方式，給予新聞媒體若干特權。前者稱爲「直接保障」，後者

稱之為「間接保障」。例如美國憲法第一修正案揭示「國會不得制訂法律剝奪新聞自由」（Congress shall make no law...abridging the freedom of...the press.）。

在這裡我們要舉出一個實例來說明「新聞自由」如何危及國家安全的事件：

美國兩家自由色彩濃厚但最具政治影響力的報紙——《紐約時報》和《華盛頓郵報》，幾年前曾經由一反美色彩的政府官員處獲得詹森政府時代擬具的「美國越南政策決策程序史錄」——五角大廈列為極機密的文件，經該兩報經連續刊載五天後，政府宣稱如果報紙加以揭載，勢將危及「國家安全」，因此司法部在呼籲報紙勿刊登無效後，乃提請最高法院判決，經過半個月的纏訟後，美國最高法院判決，《紐約時報》與《華盛頓郵報》勝訴，聯邦政府敗訴，報紙乃得以允許繼續刊登這一涉及國家最高機密的文件。

這一轟動國內外，牽涉到「新聞自由」、「國家安全」、國際關係，以及美國與其盟邦在反共戰爭中祕密談判交涉的重大問題，至此乃塵埃落定，新聞界在打著「新聞自由」的口號下，獲得勝利，而國家信譽和國家利益，則在「新聞自由」的大帽子下，反而退居次要的地位。

從這次報紙與政府的衝突事件中，觸發了新聞自由與國家利益究竟以何者為重的問題。以當時《紐約時報》等所公開刊登的文件，都是屬於美國當年在越南戰爭中一切政策的釐定和運用，對於當時仍在參戰中的美國而言，其機密性自然不在話下，但是報紙利用新聞自由為盾牌，卻在不知不覺中進行了可能出賣國家利益的行動。準此《紐約時報》等此一報告書的出發點，引起不同爭議乃屬必然。

由此我們應該確認，新聞傳播事業的發達，與民主政治的推行，原有相輔相成的關係，但如新聞界不依循常軌進行，則各種政

治陰謀，也可能因新聞傳播媒介以遂行無忌。

過去在台灣的媒體監督往往都帶有官方的色彩，如新聞評議會、《新聞鏡周刊》、電視文化研究委員會等。近年來則是媒體觀察教育委員會、閱聽人監督媒體聯盟的新聞，以監督新聞內容爲主。定期發表點名不適當的節目，更利用公布廣告主名單的手段，要求廣告主避免在該媒體播出廣告。在商業環境的運作下，應強化媒體的社會功能與責任。政府若能積極地參與新聞事業及新聞自由的推進，並且藉政府強大的力量使新聞事業不爲少數不良分子操縱、壟斷，進而保障社會大衆的自由權利，將對「新聞自由」有莫大的裨益，NCC的任務今後將更爲重大。

極權統治下的地區，新聞事業自然無法享有新聞自由，但民主國家的新聞事業，也漸漸地遇到新聞自由的大敵，那就是新聞事業企業化。

新聞或大衆傳播事業以促進社會大衆利益爲最高的目的，而一個「關係企業」則掌有種類繁多的事業，其中任何一項在經營過程中都有可能與新聞事業目標發生「利益的衝突」。一旦一家報紙變成某一「關係企業」的一員，它就很難以「公衆利益」爲標準從事報導與評論了。換言之，新聞事業企業化後，將完全把本身利益放在第一優先，而把「意見的自由市場」忽略了，在「利慾薰心」的作祟下，喪失了追求新聞自由的精神目標。而報紙的互相兼併，形成報業托拉斯，也使新聞自由亮起紅燈。

美國伊利諾州大學大衆傳播學院院長彼得遜博士（Dr. T. Peterson）所列舉的七項新聞自由弊端中，有三項是針對報業企業化的：(1)報紙本身常爲其本身目的，運用其巨大權力，發行人只宣傳自己的意見，特別是有關政治、經濟問題，常以自己的意見壓倒反對的意見；(2)報紙已屈服於龐大工商業，有時廣告客戶控制編輯政策及社論內容；(3)報紙已被工商階級和資本家所控制，使新從事

此項事業的人很難插足，因此使「思想、觀念與意見自由的市場」遭受威脅。

新聞自由本身，也構成自己的重大威脅，此導因於新聞自由的濫用與誤用。彼得遜博士所舉七項弊端中的另四項可以說明：(1)報紙常抗拒社會改革；(2)報紙在新聞報導中，常過分注意淺薄和刺激性的描述，它的娛樂性文字常缺乏實質；(3)報紙的新聞報導，常危害公共道德；(4)報紙的新聞報導，常無正當理由而侵害個人的私生活或秘密（汪威錞，1958）。

如何在「新聞自由」的保障下使新聞事業能正常、順利的朝理想方向發展，錢震認爲「新聞自律」應是最好的武器，「與其他律，不如自律」是新聞從業人員應當認知的方向。

第二節　新聞報導與新聞審查

新聞記者最可能涉入「藐視法庭」罪嫌的情況有兩種，一種是拒絕透露新聞來源；另一種是報紙審判。

拒絕證言或透露新聞來源，吾人認爲是記者職責義務所在，亦是新聞工作者應享有之權利。而報紙審判，不僅是違法，也是新聞記者職業道德上的莫大羞辱。

在民主國家中，司法權應該被完全的尊重，擁有絕對的獨立地位；在不受任何外力干涉下，行使司法職權，貫徹法治精神。「中華民國憲法」第80條規定：「法官須超出黨派以外，依據法律獨立審判，不受任何干涉。」司法權在憲法上已取得崇高的尊嚴，應是無可置疑的事實。報紙審判的另一種名稱是「輿論審判」或「新聞裁判」，都是指報紙對犯罪新聞，在法院還沒有偵結宣判之前，自行搶先審判，妄下斷語，或作不實的輿論反映。凡此，都超越了報紙報導的權限，並且構成兩大惡果，其一，影響法官審判時的心理，使法官在精神上受到威脅與壓迫；其二，造成民眾輕視司法審判權的心理。而且，因爲報導的偏差構成莫須有的罪名，把案情導入錯誤的方向；如果與事實有極大的出入，則對嫌犯或被害人造成難以彌補的名譽損失。我們可以舉出一件實例：

1980年9月9日，台北江子翠爆發恐怖分屍案，當時各報都作大幅報導案情。有人指稱死者張明鳳爲「風塵女郎」、「行爲不檢」，認爲是「情殺」成分居多，並且在警方約談張女男友之後，更斷言該男子涉嫌重大，極盡繪影繪聲之能事。當本案宣告偵破時，事實證明張女男友並非嫌犯，張女亦非風塵女子，案情不是情殺，而是強暴殺人。姑且不論報紙的錯誤報導是否影響了偵察方向，但對死者及其男友構成名譽的破壞則是不爭的事實。

台灣「出版法」於1999年廢止，但新聞媒體對於尚在偵查或審判中之訴訟事件，或承辦該事件之司法人員，或與該事件有關之訴訟關係人，仍有所規範。例如：

第一，對於尚在偵查中的訴訟事件，不得評論。依照「刑事訴訟法」第245條：「偵查，不公開之。」又「軍事審判法」第146條：「刑事訴訟法關於偵查之規定，與本章不相牴觸者，準用之。」則軍事案件的偵查，亦不公開。凡不公開偵查的訴訟事件，是爲免影響偵查的進行，如加以評論，易影響社會對該事件的觀感，故不得評論。但對尚在偵查中的訴訟事件，作客觀公正的報導，不滲入評論性的文字，則不在禁止之列。有若干尚在偵查中的案件，經治安機關或法官的許可，如驗屍、現場表演，可撰發新聞。又可對某事件在偵查或審訊後，訪問有關訴訟人，作公正的報導，亦爲法所不禁。

第二，對於尚在審判中之訴訟事件，不得評論。凡審判均公開之。「法院組織法」第86條：「訴訟之辯論及裁判之宣示，應公

開法庭行之。」故對尚在審判中的民刑訴訟事件，報刊發表客觀而公正的新聞，法令並不禁止；但為防止報刊在案件審判尚未確定之前，作有利甲方或有害他方評論，或當事人、利害關係人利用報刊，作不正確而暗中利己或害人的評論，引起社會之同情或斥責，而影響審判的公正進行，故不得評論。

第三，對於承辦偵查或審判訴訟事件之司法人員，不得評論。對偵查某事件的檢查官或承審某事件的推事，如報刊加以評論，自必影響其心理，致偵查或審判有失公允。

第四，對於偵查或審判中之訴訟事件關係人不得評論。所謂訴訟關係人，係訴訟事件之原告、被告、證人、律師及其他有關人員，其身分與名譽，應予保障。故於案件尚未判決確定以前，不應加以評論，致遭惡意的攻訐，損害其身分或名譽；或加以善意批評，予以同情，造成在日後對司法判決「失當」的觀感。

對於犯罪新聞的當事人，目前有些報紙的確逾越了報導的極限範圍，不僅妄加評斷；尤有甚者，且搬出「六法全書」出來，列舉嫌犯所觸犯的條文，推臆其應得的罪刑，這並不能表示記者的博學多聞，只是對人權的摧殘。

學者林子儀（1999）分析新聞自由與言論自由的區別在於，新聞自由提供新聞媒體一些言論自由保障之外的特別保障，如採訪新聞的權利、不洩漏新聞來源的權利、不受搜索及扣押證物的權利。

另外一種報導的形式，雖然沒有直接評論，但是卻把一般言情小說的筆法帶到新聞寫作中，好比一件凶殺案，記者竟然能夠寫出凶嫌與被害人吵架的對話，然後如何的動刀，如何失去人性；又如一件通姦案，記者竟也可以寫出雙方調情的經過，以及男女的心理狀態，再加上一些「一拍即合」、「食髓知味」等主觀語句，好像記者曾作壁上觀。諸如此類報導寫作方式，所造成嚴重的不良後果，實質上與報紙審判無異。

對犯罪新聞描寫報導得過分深刻，已經影響了社會的視聽，況且這種描繪，非出之於偵詢筆錄，亦非嫌犯的自白，其可信度是值得懷疑的；一份報紙所追求的不只是高度的發行量，更應該追求內容的正確與客觀。

爲什麼部分報業會肆無忌憚地違法犯紀，從事報紙審判？乃肇因於懲罰太輕之故。在台灣，報紙審判最重的懲罰，僅止於禁止出售或散布的行政處分，發生不了嚇阻作用；另一原因，乃是社會上對「報紙審判」會犯了藐視法庭罪名的觀念仍然不普遍。在英國，報紙審判限制極嚴，就連刊登被告過去犯罪紀錄的背景資料，都是違法行爲，報紙要被罰款，負責人要判刑。

歐美國家大都明確訂有「藐視法庭」的法律條文。例如美國賓州、明尼蘇達州規定：「出版品對任何法院之訴訟案件，作虛僞、粗鄙、不正確之報導者，均視爲藐視法庭。」在韓國，其「新聞倫理委員會」亦注重報紙審判的裁處；茲引一例：

韓國於1973年8月23日發生一起搶劫案，該國東洋通訊社、《釜山日報》、慶南每日新聞社於9月29日刊布有關消息，「負責偵察九老工團搶劫案的員警機關，認爲對此案涉嫌最重者，是曾任某公司司機的金鍾舍（三十五歲）。報導中說，被調查的金某，自1970年8月在某公司擔任運輸工作，經濟情況一直不好，並由於性情暴躁而被同事孤立，是屬於『犯罪型』的人物。他的弟弟及妹妹，曾在九老工團工作。所以漢江以南地區，全爲金某地盤。自案發前一天8月22日起，金某便行蹤不明，所以警方對他發生懷疑。」

韓國新聞倫理委員會對以上三家通訊社、報館所刊出的這則新聞提出評議，並予警告的判決，理由是「金某僅有嫌疑而已，不能肯定他就是搶劫犯」，在此種情形下，公開發表他的身分以及他的私事，便違反了韓國「新聞倫理綱領」及韓國「新聞報導規範」的

準則（新聞評議，1976）。

在新聞事業發達的歐美國家，很重視新聞記者違反「藐視法庭」條文後的懲處，在台灣法律卻沒有這項條款；只有在「法院組織法」中規定，記者如在法庭不遵秩序，法官有：(1)命令退出庭外；(2)予以看管至閉庭時爲止；(3)處三日以下拘留或十圓以下罰鍰之處分權，且不得聲明不服，當庭執行。這些限制在出了法庭之後，記者對案件若施以「報紙審判」，法官無可約束，只能用「出版法」所訂之行政處分追懲。但如前所述，效果不彰。因此，制定有關限制「報紙審判」的法律，亟待研究。而根本之道，則是記者要明瞭「報紙審判」所造成的惡劣後果，從而對司法新聞的報導，秉持絕對公正、客觀的態度，不可歪曲、渲染、誇大。歸根結柢，記者「自律」比「他律」更重要。

進一步分析，新聞自由的權利類型有三：其一爲防禦性權利，保障新聞媒體的自主性，使其有不受到政府干預的權利，以發揮其監督政府的功能；其二是表意性權利，保障新聞媒體有自由傳達資訊或意見的權利，使其爲了避免受到政府的事前審查，而發生寒蟬效應；其三是新聞自由非完全不受拘束，爲了達成憲法保障新聞自由的目的（對政府的有效監督）而適度規範新聞自由應該是可以接受的（林子儀，1999）。

任何形式的他律，都有可能對新聞自由產生危害，因此若能建立媒體自律，則可以有效提升新聞品質。學者陳品良（2001）分析，媒體自律，大致可分爲規範面和程序面，規範面如訂定新聞專業標準（professional standards）與訂定專業規範；程序面則建立媒體自律組織，如成立新聞評議委員會。但無論是規範面或程序面，主要的關鍵在於新聞從業人員的專業素養與職業道德。提升媒體從業人員的專業素養，才是建立媒體自律的最好方法。

第三節　新聞自律

當民主國家的政府漸漸地放寬新聞自由的尺度後，新聞事業原應在這種寶貴的新聞自由保障下，發揮大衆傳播的社教功能。但是，新聞事業卻在擺脫來自政府的控制之後，橫遭另外一種打擊。這種打擊竟源於新聞事業對新聞自由的濫用與誤用；濫用新聞自由的結果，是使新聞事業變質，擾亂了社會。政府為了維持社會秩序，不得不走回頭路，對新聞事業施加壓力，新聞自由面臨危機。為挽救這種頹勢，新聞事業實行自律與發揚道德精神，以自律代替他律，乃勢在必行。

一、何謂「新聞自律」？

新聞自律，是指新聞工作者加強自身的職業道德修養，按照一定的道德標準來要求自己，約束自己。新聞自律並非是法律的強制行為，而是由新聞界自動自發之共同約制，其對象可包括一切的新聞報導、副刊，甚至廣告，而自律的重點不僅是與國家安全直接有關的因素，其他舉凡道德倫理、善良風俗，皆可為自律的範疇。

自律一般又是透過建立一定的組織和制定新聞道德自律信條來實現組織形式，如西方新聞界建立的報業榮譽法庭（有的國家稱為報業評議會，或是新聞政策委員會、新聞紀律委員會等）；新聞道德自律信條，是新聞道德標準的集中體現，人們通常又把它稱之為「守則」，或「準則」，或「規約」等等。報業榮譽法庭之類的組織，其職能主要是對新聞工作者是否按新聞道德自律信條辦事起監督作用。因此，關鍵還是在於新聞工作者要強化自身的道德意識，

並認眞執行已制定的新聞道德自律信條。

(一)新聞自律之意義

「新聞自律」主要的意義，是先由新聞界建立嚴格的專業標準，在維護國家安全，保障社會利益，尊重個人權利的大前提之下，享用新聞自由。

爲了避免政府對新聞界的直接干涉，最好的辦法就是新聞界自律。由於新聞自治團體的自律，不但可以防止少數新聞從業人員的濫用新聞自由權，並可積極促成新聞道德實踐；且政府也可免冒「干涉新聞自由」之大忌。由於上述諸因素，促使新聞自律成爲當下各國傳播界共同的趨勢。

(二)新聞自律的理由

李茂政教授曾說，自由報業的過度商業化，形成報業所有權的集中、黃色新聞的流行，形成新聞自由的濫用；另一方面，有的報人受傳統觀念的影響，自認爲「無冕皇帝」，所以對於新聞工作幾乎到了「恣意爲之」的地步。因此許多新聞報導如果不自我約束，很可能會觸犯法律。

部分媒體利用「新聞自由」的旗幟，達成自私自利的目的，編輯方針與言論內容受到廣告商和大企業操縱；過分注重刺激性及娛樂性的報導、缺乏有意義的內容、抗拒社會改革、危及公共道德、侵犯個人隱私權等等。所以新聞界實在有自律的必要。

(三)新聞自律，媒介應如何爲之？

潘家慶在《媒介理論與現實》一書中指出：媒介若能從三方面著手，齊頭並進，自我控制的效果應該是良好的。

◆新聞評議組織

即由新聞媒介自組評議團體，使它儘量超然獨立，並接受評議的建言。實際上這種組織並不容易做好。如眾所知，台灣早有「中華民國新聞評議委員會」，由八個國內新聞團體聯合而成。形式上它顯示報業、廣播、電視等媒體已有自律意願；惟實際運作中，評議委員由八個團體協議聘定，評議經費由八個團體全部負擔，難免使此組織不易超然。我們只要看評議會決議未受媒介尊重，可見現行評議會制度上的瓶頸難以突破。今後要能發揮這個自律組織的功能，必須要在人事、經費上有另外一套辦法，增強其「公眾」性，減少其「依賴」性，才能有較好的作為。

◆專業人員團體

台灣地區的媒介並不乏這種專業性的從業人員組織，像記者公會、編輯人協會、廣播電視業協會等等；不過，由於它們的功能「禮儀性」大於「自律性」，「形式」多於「實質」，各團體並沒有發揮應有的功能，特別是自律的功能。一個正常的從業者團體，通常必須是業者自行掌握的團體，它的成員擁有充分的自主性，以發揮教育訓練、維護權益，以及自評與互評的砥礪功效。然而，今日業者多以平日時間壓力為由，無法專注這些團體的會務。假如媒介當局眞有心推動自律自制，必須承認並尊重這些團體的運作，同時在制度上配合各專業團體的企劃與活動，那麼我們的媒介自律工作應可往前邁出一大步。

◆業者自我批評

即由媒介工作人員透過組織，特別是對外發行「出版品」，從事媒介批評工作。這個工作我們可能最缺少。反觀自七〇年代起，以美國為例，大小城鎮不斷地出現各式「新聞評論」的出版品。

這種業者自我覺醒意識，導致了1968年芝加哥新聞界，首先成

立了地區性的自律出版品——《芝加哥新聞評論》。這個「評論」針對媒介在新聞處理、操縱，乃至攻擊行爲上作公平評斷。他們更努力對媒介內容與政策加以檢討。此後，丹佛、費城、聖路易、檀香山各地紛紛響應，創刊《新聞評論》。此外，早在1961年就出版，由學界領導，哥倫比亞大學的《哥倫比亞新聞評議》更是名聞遐邇，其主要撰稿者，仍爲各大報資深記者，他們努力尋求全國性的閱聽人共鳴，成爲媒介的重要良友之一。

美國在1922年成立「美國報紙編輯人協會」（The American Society of Newspaper Editors），是該國有新聞自律組織之始。1923年，該會針對當時報界大肆刊登有傷風化文字的惡風，通過一項「新聞規約」（Canons of Journalism），這可能是世界上第一個由同業共同制定的自律規約。全文提出了七項新聞從業人員應努力以赴的道德標準：(1)責任；(2)新聞自由；(3)獨立；(4)誠摯、信實、準繩；(5)公正；(6)公平處理；(7)莊重自持。

英國的新聞自律組織，最初是在1946年，全國記者大會決議由政府調查英國報業的所有權漸趨集中的趨勢，以維護新聞自由；國會下院組織「皇家新聞委員會」，進行調查後建議設立「報業評議會」，但當時之報業，對此建議迎拒態度並不一致，最後終於勉強同意；因爲報業衡量形勢，已有議員在下議院提議，要求政府迫使報業俯首；報界明白，如果不自律，勢必招致國會干涉。於是在1953年7月1日成立「報業聯合新聞評議會」（The General Council of the Press），主旨是：(1)維護英國報業既有之自由；(2)依最高之職業及商業準繩，保持英國報業之品格；(3)研討報業可能爲傾向於較大集中或獨占之演變。該委員會在成立十年後，改組更名爲The Press Council，使新聞自律更形完備。

若要溯源世界第一個報業自律組織，當屬瑞典於1916年成立的「新聞榮譽法庭」，該法庭是由該國報紙發行人協會（Publishers'

Association）、新聞工作者聯誼會（Journalistic Trade Union）和出版俱樂部（Publicists' Club）所組成。直到今日爲止，瑞典仍是世界上享有新聞自由最多的少數國家之一，但是他們的報紙懂得善盡報人的責任，並沒有濫用新聞自由，實與其首先創立新聞自律制度有極大關係。**表6-1**爲各國新聞自律情形。

表6-1　各國新聞自律情形：各國新聞職業道德要求之情形

國家	年	自律情形
瑞典	1874	輿論家俱樂部訂立新聞機構專業守則，成為報業發行指導綱領，另與發行人協會、新聞從業工會組成新聞業公正委員會。
美國	1907	美國新聞學會成立，成為新聞界之專業組織。
	1908	密蘇里大學新聞學院院長威廉博士制定報人守則。
	1923	美國記者編輯人協會制定報業信條。
	1934	美國記者公會通過記者道德律。
	1946	美國報業研究院幫助報業人員從事研究，交換意見、資料、經驗技術。
	1947	美國新聞自由委員會出版《自由而負責的新聞報業》，倡導社會責任論。 同年，美國社論作家協會成立。
	1956	Schramm等提出報業四種理論，強調報業應負擔社會責任。
	1964	華倫報告，針對甘迺迪總統被刺案之嫌犯奧斯華被殺，與記者之濫用新聞自由有關，要求訂立報業行為信條及道德標準。
英國	1953	英國下院皇室新聞委員會成立新聞評議會，受理報業不正當活動行為的控告。
	1963	英國全國記者同盟制定英國報人道德規則。
日本	1946	日本新聞協會成立，通過新聞倫理綱領。
台灣	1950	台北市報業公會報人馬星野起草之中國報人信條（後更名為中國新聞記者信條）。
台灣	1974	中華民國新評會修正中國報業道德規範、中國無線廣播道德規範、中華民國電視道德規範。
	1996	3月29日台灣記者協會制定「新聞倫理公約」。
	2003	4月30日制定公廣電視新聞專業倫理規範。
中國大陸	1981	中國中宣部新聞局和中央新聞單位擬定記者守則。
	1991	中國全國新聞工作協會通過中國新聞工作者職業道德準則。

二、各國新聞評議會發展

「新聞評議會」是不是推展新聞自由最好的組織？必須看評議會執行職務的態度，以及工作的方針是否眞能發揮自律精神。

(一)新聞評議會起源

新聞倫理係指媒體組織及媒體工作者基於社會責任與自律的需求，而訂定的成文規範或不成文的行爲準則，也是新聞工作者在其專業領域中對是非、道德、適當與否的內心尺度。

「自律規約」的制定即是督促新聞從業人員實踐新聞倫理的方式之一，而自律團體的組成除積極促成新聞道德的實踐外，亦可以防止部分媒體從業人員以新聞自由爲名，侵害國家安全或破壞社會規範。媒體自律組織是用於實踐新聞倫理的機構，很多人誤會媒體自律精神，以爲就是媒體內部對組織成員的規範與要求，事實上這是媒體組織的內部控制或品質保障機制，並非是眞正的自律，眞正的媒體自律是媒體產業會員共同組成的團體，這個團體是超越個別媒體會員，獨立行使職權，以規範個別媒體會員的行爲或報導是否逾越新聞倫理。

瑞典是世界上實行報業自律最早的國家，1916年由政論家聯誼會（The Publicists Club）、報紙發行人協會及記者工會共同成立了「報業公正經營委員會」（Press Fair Practice Commission），負責處理報業內部問題，這是世界上第一個新聞自律組織，成立至今已近百年。

隨之，挪威及瑞士也相繼成立新聞評議會以及新聞政策委員會。日本則在1946年成立「日本新聞協會」，比利時在1947年成立

「新聞紀律及仲裁委員會」，英國在1953年創立「新聞評議會」，美國則在1973年成立全國性的「新聞評議會」。觀諸世界各國自律組織，以報業自由主義爲圭臬的國家，自律組織多於1960年以前組成，例外的是美國，美國是「社會責任論」的發源地，但直到1973年方才成立全國性的新聞評議會，主要原因係美國幅員廣大，各州各地規範不一，因此全國性之自律機構成立不易。

(二)各國的新聞評議機構

◆北歐新聞評議會

瑞典不僅被認爲是世界上最早制定新聞法規的國家（1766年，瑞典議會通過了「報業自由法案」），而且又被認爲是世界上第一個實行新聞道德自律的國家。1874年，瑞典政論家聯誼會成立後就制定了職業守則，對報業行爲進行規範。

新聞評議會最早也都起源於北歐瑞典。瑞典「報業公會」（Newspaper Publishers Association）與「記者工會」（Union of Journalists）在1916年建立世界第一個新聞評議會（Pressens Opinionsnämnd）。1969年，瑞典新評會因應社會對於犯罪新聞報導的憂慮，同時爲避免國會立法直接管制內容，進一步引入「公衆代表」（Members for the Public），並建立「新聞公評人室」（Allmanhetens Pressombudsman）。瑞典新評會的新聞公評人，經由「報業聯合會」（Press Club）主席、「律師公會」（Swedish Bar Association）主席、「國會新聞公評人」（The Chief Parliamentary Ombudsman）討論決定後任命，任期三年，且通常可做三任。

瑞典新聞評議會與新聞公評人的管轄範疇，包括報紙與雜誌等平面新聞媒體。當事人認爲報導錯誤或侵犯隱私時，可向評議會的新聞公評人提出申訴。在媒體陳述理由之後，由新聞公評人裁定

讀者申訴是否有理，以及是否要求媒體答覆或更正。若報社更正或答覆後，當事人依然不滿意，案件便會進一步送交新評會審議。如果新評會最後裁定申訴成立並譴責該則報導，媒體除了必須立即刊登譴責聲明之外，還得繳交約兩千英鎊的罰款。在1996年，共有七十八件瑞典報紙遭到新評會的譴責與處罰。

瑞典的新聞評議委員會，以及該委員會的新聞公評人制度，都開世界風氣之先。同時，受到北歐社會民主政治傳統的影響，民間力量的強大，使得瑞典新評會與新聞公評人制度，具備獨立於政府之外又有一定強制力的特殊地位。

實際面，公部門與私部門在新聞自律方面的合作「共同管制」，僅見於過去具有社會民主傳統的北歐國家。大部分國家的自律組織與專業規範並沒有法律的強制性，少數的例外是北歐的丹麥，在該國「媒體責任法案」（Media Liability Act）中，有「新聞倫理」的章節，明訂媒體報導必須符合新聞倫理，並且也給予新聞評議會成立的法源依據。雖然法律並未給予丹麥新評會判決與罰款的權力，但仍可強制媒體刊登新評會的裁決。

◆德國新聞評議會

德國在1956年主要以當時英國新評會爲範本，由「德國記者協會」（Deutsche Journalisten-Verband, DJV）與「德國聯邦報業協會」（Bundesvesband Deutscher Zeitungsverleger, BDZV），共同成立了「德國新聞評議會」（Deutcher Presserat），隨後「服務部門工會」（Verdi）的新聞分會與「德國雜誌業公會」（VDZ）也加入，使得德國新評會成爲兩個工會與兩個業者公會共同組成的自律組織。

德國新聞評議會訂立四個主要工作目標：

1.保障新聞自由及自由接近新聞之權利。

2.調查並解決任何新聞自由的濫用。

3.注意德國報業結構的發展，並防止任何報團及獨占的形成，以免新聞自由遭受威脅。

4.代表報業與政府、國會及其公共機關商討有關報業一切問題。

受到「統合主義」（corporatism）的政治傳統影響，德國新評會與歐洲其他國家新評會最大的不同，就是一直都堅拒「非專業代表」（laymemberships）。例如消費者或公民代表的加入，委員會由記者組織與媒體業者占有相同比例、共同運作。這種對媒體外界的封閉作法，是外界長期批評之處。德國新評會接受與調查申訴案件，如果當事人的申訴成立，將知會報導的媒體；如果違反守則的事態嚴重，新評會便公開譴責，而媒體基於對新聞評議會的承諾，也會刊登這項譴責。

值得注意的是，1981年時業者公會BDZV主席所擁有的報紙，在遭受新評會譴責之後，拒絕刊登這個譴責，而引起兩個工會不滿退出，使得德國新評會停止運作四年。後來雙方妥協，在處理申訴案件程序上有所修正，但仍維持要求媒體刊登譴責的辦法。從這個案例可以看出，新聞工作者組織與業者在對新聞自律態度上的相異之處。

英、德兩國的新聞自律組織能夠要求媒體刊載裁決，但卻沒有類似瑞典的罰款等更進一步的強制力量。在德國，不少人認爲評議會缺乏權威性，把它稱爲「沒有牙齒的老虎」。當各報發表報導時，根本不理睬評議會的意見和可能作出的裁決。而且並非所有主要報紙都自願加入這種機制接受批評。有幾家報紙自行其是或對評議會的裁決各取所需，同意發表裁決就發表，不同意就不發表。

全德最重要的日報《法蘭克福彙報》，1993年曾公開拒絕發表新聞評議會對其作出的批評裁決。另外還存在一種情況，當評議會發布最強硬的批評方式「公開譴責書」時，授權德意志新聞社播

發，有關報紙從道義上有發表的責任與義務，但幾乎沒有什麼報紙採用。此外，公衆和新聞界都缺乏討論評議會工作成效的熱情。

其實，德國新聞評議會遇到的困境並不是僅此一家，很多國家的評議會都因沒有切實的權力，無法實施嚴厲的仲裁措施，因此缺乏足夠的權威，成爲「沒有牙齒的老虎」。新聞行業內部缺乏對自我批評和加強新聞專業主義的共識。而且，對媒介批評開展的意義和重要性，公衆也尚未普遍意識到。

◆美國新聞評議會

美國媒體業者在第二次世界大戰後，由《時代雜誌》（*Time*）創辦人魯斯（Henry Luce）捐款成立的「新聞自由委員會」（Committee on Freedom of Information, 1947）提出了「自由而負責的報業」（A Free and Responsible Press）；在1950年代，這份報告所提出的主張，受到傳播學者Siebert、Peterson與Schramm（1956）廣爲流傳的經典著作《報業的四種理論》（*Four Theories of the Press*）的肯定與提倡，而得到進一步鞏固。並進一步強調，透過「媒體自律」來導正市場失靈的現象，就是媒體負起上述社會責任的最佳方式。

由麥萊特基金會（Mellett Foundation）於1967年決定支持成立六個地方的新聞評議會，分別是加州的紅木市（Redwood）、奧勒岡班德市（Bend）、華盛頓西雅圖（Seattle）、密蘇里聖路易（St. Louis）和伊利諾開羅（Cairo）和斯巴達市（Sparta），委員數共十五人。1971年二十世紀基金會，決議成立「全國新聞評議會專案研究小組」聘請委員十四人，其中新聞界九人、社會代表五人。1973年7月16日二十世紀基金會正式成立全國新聞評議會。有以下諸要點：

1.評議會爲獨立之公益團體，負責處理有關公衆對全國性媒介

新聞報導錯誤或不公案件；評論版、廣告以及地方新聞媒介，均不包括。

2.評議會委員十五人，新聞界代表六人、社會代表九人，並由資深法官任主席，任期三年，得連任一次，並規定新聞界代表，不得與全國新聞媒介有任何關聯。

3.個人團體均可向評議會提出控訴，評議會也可主動提出審查，並可主動調查政府威脅新聞自由之行動。

4.評議會僅有意見裁決權，並無強制執行之權力。

5.評議會試驗期間三年，經費由二十世紀等十個基金會負擔，每年四十萬元。

但任何一個基金會主持費用，不得超出經費總額四分之一，以免影響評議會之獨立性。

評議會都是學術試驗性質。費用由基金會負擔，評議會之設計推行，由新聞學院教授主持，評議會委員由當地社會代表擔任，評議會可以主動討論問題，但對報紙沒有具體的制裁權。美國全國新聞評議會在1984年3月20日，不幸因權力太小，經費短絀，及缺乏重要新聞媒介支援（如CBS、《紐約時報》等），而宣告結束。

◆英國新聞評議會

1949年10月29日，英國下議院決議成立皇家委員會（Royal Commision），負責調查報業獨占對於新聞自由的影響。該會1949年6月29日提出報告，主要建議由報業與社會大衆成立報業總評會（The General of the Press）。同年7月，國會通過此項建議，成立新聞評議委員會。

英國報業於1953年成立「報業聯合新聞評議會」，1963年因國會對報業所有權壟斷現象調查報告的建議，改組爲「新聞評議會」（The Press Council），由包括五位非業界代表的二十五名委員所組

成，處理報導當事人的申訴案件。產生方式由報業選舉二十人，社會代表五人，主席由資深法官擔任，委員任期三年。

1961年第二次皇家委員會，導致總評會於1963年7月改組，易名為「報業評議會」，增加為五名社會代表，並由社會代表當主席。1980年代英國小報侵權報導的狀況愈演愈烈，國會再度調查後，認定新評會功能不彰，建議建立官方的新聞審議機制。至1984年，評議會增至三十三人，報業代表十四人占42%，社會代表十九人，占58%，但無具體制裁權力。為了避免國家直接介入，因此原來的新評會於1991年改組成為「新聞申訴委員會」（Press Complaints Commission, PCC），希望加強新聞自律功能。其中最大的改變，是非業者代表大幅增加：申訴委員會由十七名委員組成，其中包括由非業界人士所出任的主席一名、九名公民代表（Public Members）與七名報業代表（Press Members）。新訴會接到申訴案件之後，多數會透過媒體溝通、更正或道歉的方式解決。如果案件進入審議程序後，委員會即依照所制定的「操作守則」（The Code of Practice）進行檢視，若裁定媒體必須負責，裁決將會在報導的媒體與PCC季報中刊載，但PCC沒有罰款等裁罰權（Press Complaints Commission, 2007）。

◆法國頒布執行「法國記者職業責任憲章」

1791年法國在憲法中將「人權宣言」作為其序言列入，重申了「人權宣言」關於言論出版自由的規定。從法國新聞法制的發展可以瞭解，法國所頒布的一系列保護新聞自由、禁止媒體壟斷、禁止誹謗和侮辱的法律都以此為藍本，法國也因此成為了大陸法系國家保障新聞自由的典範。

早在1918年，法國頒布執行「法國記者職業責任憲章」，八十多年來只在1938年進行了一次修訂，至今一直有效。法國為最早頒

布新聞職業道德準則的國家。

面對視聽業的飛速發展，1980年法國成立了一個對廣播和電視公司實施控制的機構。在帶有半官方色彩的組織，法國在國家支持下誕生的視聽高級委員會，在遵守和執行法律方面起著監督作用。1989年被命名爲「視聽高級委員會」，首要任務是對法國視聽業進行監督，不僅負責向所有使用波段、電纜或衛星在法國轉播的廣播電台和電視台分配頻率，頒發播放許可證，還負責任命法國電視台和廣播電台的董事長。委員會需定期向法國政府和議會提交年度工作報告，九名成員由國家的三個最高機構任命，任期六年，職務不能被罷免，但是也不得連任。爲保證獨立性，委員們任期內不得在法國視聽界擔任其他職務，也不能從電影、出版、新聞、廣告或電信企業當中獲益，並禁止他們直接或間接收受酬金。

◆日本新聞協會

第二次世界大戰後，日本報業的混亂和左傾勢力的抬頭，使報界感到在重建日本成爲獨立自由和民主國家的過程中，需要建立一個報業的聯合組織，以提高報業標準並領導健全的輿論。爲促進此一理想實現，盟軍總部的戴克准將，在1946年5月27日離職前夕，對日本報界說，麥克阿瑟將軍希望日本報界成立自律機構，和迅速制定報紙倫理綱領。

1946年6月5日伊藤正由東京五十五家日報和三家地方報推選爲籌備自律的負責人。由各大報代表集會，商討成立組織的計畫，同時另由編輯人和作家成立小組，會商起草倫理綱領。新聞協會以美國報業自律爲藍本，建立一個適合本國國情的自律機構。

1946年6月27日，由《朝日》、《每日》、《讀賣》、《日本經濟》、《東京時報》和《北海道新聞》等十二家報紙組成小組委員會，處理一切有關問題。1946年7月23日在東京資生會館舉行大

會，日本新聞協會與新聞倫理綱領正式誕生。主要目的「以新聞事業本身之力量，來建立『自由而負責的新聞事業』，藉以確保新聞自由。」由新聞界推選報業、電視及廣播業者，任期兩年，委員數共四十五人。

其主要任務爲：

1.確保新聞自由，免於政府之不當干涉。

2.執行新聞倫理綱領，實行新聞自律。

3.制定各種處理新聞之具體原則，提高新聞事業水準。

4.提倡新聞教育，加強新聞人員訓練。

◆西方有關國家媒介批評組織名稱及成立時間

國名	評議組織名稱	成立時間（年）
瑞典	報業榮譽法庭	1916
挪威	報業評議會	1927
瑞士	新聞政策委員會	1938
日本	日本新聞協會	1946
比利時	新聞紀律評議會	1947
荷蘭	報業榮譽法庭	1948
南非	新聞調查委員會	1950
英國	報業評議會	1953
德國	報業評議會	1956
義大利	報業榮譽法庭	1959
土耳其	報業榮譽法庭	1960
奧地利	報業評議會	1961
加拿大	報業評議會	1964
丹麥	報業評議會	1964
印度	報業評議會	1965
菲律賓	報業評議會	1965
美國	地方性報業評議會	1967

◆中國記者協會

「中國記協」全稱是「中國全國新聞工作者協會」，它的前身是1937年11月8日在武漢成立的「中國青年新聞記者協會」，中國記協成立於1957年3月7日。開始這個機構的職能主要是幫助全國新聞工作者加強業務學習、進行經驗交流及與國外同行的交往，並不具備道德仲裁和自律機構的性質。直到二十世紀八○年代末九○年代初，媒介推向市場並成爲報業經濟的主體後，該會增加了新聞自律和新聞威權兩個職能。

加強行業自律是一種防衛性的舉措，同時也是一種自救方法。中國記協在1991年1月第四屆理事會第一次全體會議通過了「中國新聞工作者職業道德準則」，並在1997年1月進行了第二次修訂。1993年發布了「關於加強新聞隊伍職業道德建設、禁止『有償新聞的通知』」， 1997年和中宣部聯合發布了「關於禁止『有償新聞』的若干規定」，此規定對業已氾濫的各種表現形式的「有償新聞」是一記重拳出擊。此後，中國記協連續四年和中宣部等聯合召開五次職業道德建設電視電話會議，並受理有關記者違反職業道德的社會投訴。

中國記協制定的「中國新聞工作者職業道德準則」是新聞工作者自律的行爲準則。同時，它也是行業自律的核心內容。其目的是重申新聞工作者應具備的基本職業道德要求，對新聞媒介出現的煽情主義、黃色新聞以及屢禁不絕的「有償新聞」等現象進行規範。中國新聞工作者職業道德準則的規範共有六個面向：

1.全心全意爲人民服務。這是中國新聞工作者的根本宗旨，這一條體現了中國新聞工作者的職業理念，解決了「爲誰」而從事新聞工作的問題。

2.堅持正確的輿論導向。展現新聞工作者必須堅持的方向和承

擔的職業責任，中國新聞媒介是政黨和人民的耳目喉舌，肩負團結一心的作用，因此新聞報導不得宣傳色情、凶殺、暴力、愚昧、迷信等有害人們身心健康的內容。

3.遵守憲法、法律和紀律。此完全展現了職業紀律，是新聞職業道德的大前提。法律和法規是國家權力機關制定執行的，具有強制性的特點，任何人包括被稱爲「無冕之王」的記者也必須在法律範圍內活動。否則，不單是採訪編輯活動不能進行，甚至會因觸犯法律而失去人身自由。

4.維護新聞的眞實性。這涉及了新聞職業道德的核心問題。眞實是新聞的生命，眞實含括了事實眞實和反映眞實，新聞媒體如果失去了眞實，則如同高樓大廈沒有了根基。

5.保持清正廉潔的作風。這裡指的是工作作風，要求新聞工作者自覺抵制拜金主義、享樂主義、個人主義的侵蝕，堅決反對「有償新聞」之風氣，樹立行業新風。同時，還要求新聞報導和經營活動要嚴格分開。

6.發揚團結合作的精神。社會主義市場經濟是一種高倫理的經濟，新聞工作者在競爭時要平等團結、友愛互助。

後面三點體現了新聞工作者的職業態度。

「中國新聞工作者職業道德準則」自從1987年推出草稿後，於九〇年代作過三次修訂，已日臻完善。在加強新聞自律方面，中國記協做出了許多努力，同時也取得了些許成果，但是仍舊有很長的路要走。雖然在新的歷史時期，廣大新聞工作者忠誠政黨的新聞事業，敬業奉獻，出現了許多可敬人物；但也確有極少數新聞採編人員作風浮躁，報導失實；有些使用有償新聞、低俗報導，違背了新聞職業道德，損害了新聞工作者的整體形象。而中國記協對新聞媒介的約束力尚顯不夠，還沒有健全的規範機制等，這也就是近幾年

爲什麼各種各樣的新聞道德缺失現象屢禁不止的緣故之一。

目前中國記協在自律方面，主要是依靠制定了「中國新聞工作者職業道德準則」和與中宣部聯合發文的「禁止有償新聞的若干規定」，只是依靠記者的良知來遵守，並沒有具體處罰措施。同時，從「中國新聞工作者職業道德準則」的規範內容上看，規定得過於籠統，沒有細分和量化，可操作性不強，很有修改的必要；因此，如何把「準則」更細化、更具體化、更加便於操作，是需要進一步修正和完善的。

◆台灣新聞評議會

台灣在1960年代以後開始發展的新聞自律機制，首先是受到西方、特別是美國的社會責任論影響；其次，則是受到台灣戰後威權體制的政治力量影響，以國民黨政府的政治需求爲考量而逐漸發展。

商營媒體爲了避免政府透過各類新聞淨化訴求，對「非政治」言論進行干預，所以半主動地推動了新聞自律組織的成立。1961年，政府舉行陽明山二次會談，報界負責人包括聯合報系的王惕吾、中國時報余紀忠、英文中國郵報余夢燕等，爲了阻止政府修改出版法、增加「撤銷登記」的政治性限制，因此提出「由新聞界制訂積極性的自律公約，以代替消極性的出版法」的對案，爲政府所接受。隨後，在1963年的中國國民黨第一次新聞工作會談中，報業公會等新聞業者與從業人員組織提出了「建議組織全國性新聞事業團體，積極推行新聞自律運動」的方案，而成爲上述新聞評議會成立的濫觴。1963年9月2日乃在台北市自由之家成立「台北市報業新聞評議委員會」，是台灣第一個以自律爲標榜的新聞業者組織。

該評議會之成立乃以推行報業自律運動，提高新聞道德標準，促進新聞之健全發展爲宗旨。該會委員由台北市報業公會聘請國內新聞界先進、新聞學者和法律專家擔任，爲榮譽職，名額七人，任期兩年，並互推一人爲主任委員。1960年8月，第三屆任期屆滿，台北市報業公會爲擴展新聞自律組織，乃邀請台北市記者公會、台北市通訊事業協會、中國廣播事業協會、中國電視學會；共同研討擴大新聞自律組織。1967年由政治大學新聞系創刊的《新聞學研究》，首期便以媒體社會責任及各國自律組織爲主題，將社會責任論與新聞評議會的作法連結起來。1971年3月，上述五個新聞團體舉行會議，並在1971年4月29日正式成立「台北市新聞評議委員會」。

「台北市新聞評議委員會」之章程與「台北市報業新聞評議委員會」相比較，其最大的不同乃是：將評議的對象和範圍擴及報業、廣播、電視以及通訊社，不似報評會僅限於報業；且其內容亦擴及新聞、評論、節目與廣告。同時，該會有主動審議權。

1974年8月，台北市報業公會、台北市記者公會、台灣省報紙事業協會、中華民國新聞通訊事業協會、中國廣播事業協會與中華民國電視學會六個新聞團體，共同通過了「中華民國新聞評議委員會組織章程」，並於1974年9月1日正式成立「中華民國新聞評議委員會」。至此，台灣有了全國性的新聞自律組織。同年所制定的「中華民國報業道德規範」之前言，表示制定目的是「爲使我國報業善盡社會責任與確保新聞自由」，「中華民國報業道德規範」目的也是「使我國電視事業善盡社會責任，本乎自律精神」。

1976年與1982年，台北市新聞記者公會與高雄市報紙事業協會分別加入，稱爲「八團體」，並修改相關章程規定，評議範圍擴大到國內報紙、通訊社、廣播、電視的新聞報導、評論、節目與廣告。

隨後報業協會、中華民國新聞編輯人協會、中華民國新聞通訊事業協會、中華民國廣播電視事業協會、中華民國電視學會——擴大爲全國組織，成爲「中華民國新聞評議委員會」。

受到政治解嚴的影響，台灣的政治言論開始從高壓邁向解放，

隨後台灣的新聞媒體結構也開始進入「去管制」的方向。在1990年代前後，包括報業、無線廣播電視、有線廣播電視、衛星廣播電視等媒體，在政策上陸續解禁，媒體市場的新進入者愈來愈多，逐漸終結過去「侍從報業」與「官控商營廣電媒體」的產業特色，而進入了「去管制」的政策與產業結構。

因爲政治對產業去管制的影響，新聞自律機制同樣也體現了「去控制」的過程，傳統官督民辦型的自律機制，開始面臨挑戰。1990年代中期解嚴以後，《自立晚報》延續戒嚴期間的政治異議發聲管道角色，進一步成爲自主新聞專業運動的發軔地。1994年中，原經營《自立晚報》的統一集團，著手將經營權轉賣給宏福集團。當時自立報系的工作者，無力阻擋資方經營權轉移的企圖，但爲了避免新資方對報社編輯方針的控制，發起了「編輯部公約運動」，提出「爭取內部新聞自由」、「推動編輯部公約」與「催生新聞專業組織」三大訴求。這個運動不僅孕育了後來於1996年成立的「台灣記者協會」（簡稱「記協」），也跟著產生了由記協所主導訂立的「新聞倫理公約」。作爲一個由新聞從業者所組成的新聞專業組織，與過去政府控制、業者主導的新評會形成另一個對比，記協是具有成爲另一個新聞自律機制的條件，這一點也可見於記協在成立後的十年中，所陸續推動的各項新聞採訪與報導自律公約中。

不過，「記協」所代表的自主專業運動與新聞自律的影響力，相當有限。「記協」僅能在道德層面進行訴求的作法，無法發揮新聞自律機制的功能。1990年代後期開始日趨嚴重的小報化報導問題，許多閱聽人批評媒體、乃至監看媒體的相關組織與活動逐一產生。這些對媒體報導的反省，有一大部分集中在色情與暴力的問題。另外，2003年成立的「閱聽人監督媒體聯盟」，成立該年的主要活動，也是集中在色情等「不良」電視綜藝節目與報紙內容的批評上。

解嚴之後飽受批評的新評會八團體，在2001年另行成立了「社團法人中華民國新聞媒體自律協會」，成立後的首要工作是執行新聞局委託的「淨化新聞迎向新世紀」專案，檢視報紙與電視的「色情、血腥、暴力內容」。另外，新興媒體所成立的新聞自律機制，也多強調此方面的議題。1998年成立，原本以協調系統業者與頻道業者換約爭議爲主要目的的「中華民國有線電視頻道業者自律委員會」，於2002年接受行政院新聞局補助，舉辦「媒體環保日、身心零污染」活動，也是以淨化新聞的自律爲訴求。

2005年的衛星電視頻道換照審議過程中，在朝向共同管制、以加強自律強制力的作法層面，展現了一些可能性。在新聞局的審議諮詢委員會提出對新聞頻道報導內容的各項批評之後，七家新聞台業者成立了新聞自律委員會，定期接受審議諮詢委員會備詢。隨後，在公民團體、特別是「公民參與媒體改造聯盟」的成立與壓力下，三十三家業者進一步在2006年成立「中華民國衛星廣播電視事業商業同業公會」，其下設立包括「新聞自律」、「新聞諮詢」、「頻道發展」、「政策法規暨消費者權益」、「廣告業務協調」、與「公共關係暨國際交流」等數個委員會。其中，根據該公會的「新聞自律委員會組織準則」，該委員會設置委員十七人，由八家衛星電視新聞頻道「分別指派新聞業務最高負責人及新聞主管二人共同組成」（第4條），每月開會一次（第6條）。該委員會下並另外設置十五到二十五人的「新聞諮詢委員會」，成員按「學者、專家、公民團體依平均比例組成之」，每月開會一次，權責爲「提供諮詢意見」（第7條）。另外，2006年甫成立的「國家通訊傳播委員會」（NCC），也在7月（2006）間舉行「電視新聞自律座談會」，邀請學者、社會團體以及與業者等，與會討論新聞自律和內容規範等議題。此外，媒體中像「人間福報」，也對媒體自律表現了高度的關切。

進一步探討國家政策與媒體商業市場之間的關係。從報禁、開放電波、民視的成立、廢除「出版法」、通過「衛星廣播電視法」、「傳播通訊基本法」、「無線電視公股處理條例」等，強調國家利用政策的手段，對市場經濟、媒體環境的影響（吳同鈞，2007）。

就媒體發展的歷史，台灣從1987年7月15日宣布戒嚴令的解除，緊接著於1988年1月1日解除報禁，使得報紙迅速成長；在1992年開放廣播電台；1993年第四台成爲合法的有線電視台；1994年的開放第四家無線電視台；1997年「公共電視法」的施行，對台灣的政治、市場與社會都造成了很大的影響；1999年「出版法」的廢除；1999年2月3日公布「衛星廣播電視法」；2006年3月1日成立「國家通訊傳播委員會」；2006年1月3日通過「無線電視事業公股處理條例」。政策的意義可以由**表6-2**簡要地呈現。

台灣媒體的民主化運動，長期伴隨著政治選舉。在解嚴後，政府對於媒體管制的開放與鬆綁，改變長期以來媒體資源被政府或是執政黨所壟斷或控制；藉由政策的鬆綁，使得媒體資源可以由人民所共用，除了是世界大環境的趨勢，也是台灣社會對於民主化的需求。去管制化後，商業化利益考量下，因爲商業與收視率的競爭，已經影響到閱聽人對於媒體的反感、台灣政治的文化。

政府利用商業置入性行銷的方式，介入媒體的節目製作，造成新聞廣告化、節目廣告化，形成了利益共同體，如此一來媒體要如何監督政府？引起社會質疑媒體的專業化是否會受到侵蝕，引起不同爭議。

從近幾年來，台灣政治議題談話性節目的盛行，不同的電視台都或多或少傾向某政黨，以爭取特定的觀眾，常常聚焦於爭議性的議題，製造衝突性形成社會的對立，這種情況或許可以從地下電台延續到現今的電視政論談話節目，從媒介介入理論分析，新聞媒體已部分成爲自利的政治參與者，爲了自身的利益考量，並將政治

表6-2　台灣媒體民主化運動發展

時間	政策	政策的意義與影響
1987年7月15日	宣布戒嚴令的解除	解除了近四十年的資訊全面控制時期，逐步朝向民主化的道路，政府遂逐步修正或是訂定相關的法令，使人民擁有更多的權力在參與或是經營媒體上。象徵台灣人民爭取自由民主。
1988年1月1日	解除報禁	解除報紙登記限制以及張數的限制，使得報紙迅速成長。以市場導向的激烈競爭。
1992年	電波開放	廣播電台開放，長達三十三年的凍結期結束，隨著凍結民營電台申設而形成「市場寡占」、「重公輕民」、「頻率分配不公平」等問題，提供社會大眾申請設立廣播電台或電視台之用。
1993年8月	「有線電視法」	第四台成為合法的有線電視台。大部分的第四台業者立刻轉化成為合法的有線電視業者，缺乏對傳媒整體的規範。出現了設立有線電視台熱。商業化搶食有限的廣告市場，競爭白熱化。
1994年	開放第四家無線電視台的申請	民進黨與三退聯盟合作，民視成立，象徵黨政軍壟斷無線電視台的時代正式結束。
1997年6月18日	「公共電視法」公布施行，於1998年正式播放	公共電視節目內容應強調知識性、服務性、教育性、示範性及實驗創作的高水準節目，並應顧及少數觀眾的需要，使各階層觀眾對電視節目有所選擇，並平衡商業電視台的目的。
1999年1月12日	「出版法」的廢除	「出版法」的廢除也象徵從威權統治邁向民主政治。國內出版事業將可不再受制於事先登記的限制，免受公權力干預，民眾可以透過出版品表達意見，言論自由受到應有保障。
1999年2月3日	公布「衛星廣播電視法」	為促進衛星廣播電視健全發展，保障公眾視聽權益，開拓我國傳播事業之國際空間，並加強區域文化交流。
2006年3月1日	成立「國家通訊傳播委員會」	2005年1月7日公布「通訊傳播基本法」，並於2005年11月9日通過「國家通訊傳播委員會組織法」。掌理通訊傳播專業管制性業務，將嚴守客觀、中立及專業立場，以確保通訊傳播市場有效競爭、保障公眾利益、促進通訊傳播服務業發展及提升國家競爭力。
2006年1月3日	通過「無線電視事業公股處理條例」	台視官股釋出，華視轉為公共電視，成為公廣集團（TBS）的一員。期許真正的為全民所有、為全民服務。

視爲輸與贏之間的遊戲，而非試圖解決公衆問題的程序，鮮少針對政策議題做考量，並未對民主政治發揮較大的正面功效。

近年來，由相關組織與團體，對媒體運動現象提出看法或改革，擴大全民的參與；像是對電視進行「關機運動」，也引起各方的關注，帶動媒體改革相關議題的發酵。此外，推廣並開設媒體識讀課程，使其認識媒體與社會的關係，熟悉媒體語言與建立批判性人文思考，並期望能夠在生活上運用媒體及其他媒體相關管道積極參與公領域活動。也期望公廣集團（Taiwan Broadcasting System, TBS），能夠有效發揮公共服務的功能，促成民間社會的參與和監督。

這些組織或團體是參考國外新聞媒體和從業人員按照自身制訂，共同遵守的新聞業道德規範或信條，自我批評、自我約束、自我監督、自我控制的職業社會組織，其主要職責是協調新聞媒體及從業人員因新聞活動所引起的糾紛，處罰違反新聞職業道德的行爲，其中有對新聞活動的評議、更正，對新聞從業人員違規行爲申斥、處罰等。

如波蘭新聞記者協會專門設立了「最高記者法庭」，專門審理與違反新聞職業道德有關的訴訟，主審的法庭成員由全波蘭新聞工作者代表大會選舉產生，該法庭對違反新聞職業道德之從業人員的處罰有：警告、申斥、剝奪會員權利（三個月至兩個月）、開除會籍。

英國報刊投訴委員會是具有法律效應的機構，負責處理公衆對報紙和雜誌編輯內容的投訴，主要透過「行爲規約」，來對報業進行監督。這一規約被稱爲「歐洲最嚴厲的傳媒準則」。它具有雙重功能：(1)提供一系列強硬的原則指導報業；(2)爲委員會提供一個基準體系，使之能夠處理來自公衆成員的投訴。其根據「行爲規約」做出的裁決截至目前爲止尚無一家報紙、雜誌敢於抗拒。

三、六國新聞評議會比較

茲以新聞評議制度較具歷史成效之五國加以中華民國在台灣之實施情況為比較，作為讀者之參考。六國新聞評議會比較見**表6-3**所述。

四、公評人制度

(一)何謂「公評人」？

針對報紙讀者、電台或電視的閱聽眾對新聞的正確、公平、平衡及品味等等的抱怨，負責收受及調查，並提出建議及回應，以更正或澄清新聞報導的爭議處。

(二)公評人的優缺點

◆優點

1.公評人的活動必須獨立於報社，不受報社內部任何人員的干涉。

2.公評人的主要工作是發現記者編輯的失誤。

◆缺點

1.公評人的薪酬由報社支付，很難保證其批評的公正性。

2.公評人作為外部人（outsider）的權力無法得到切實發揮。

表6-3　六國新聞評議會比較

國家	成立時間	委員數	產生方式	權限	經費來源	經費額度
瑞典	1916年（世界最早）	9	由三大新聞組織各推選三人，主席與副主席由最高法院的法官擔任，任期二年。	與英美相同	由三大新聞組織捐助	每年四萬美金
日本	1946年	45	由新聞界推選報業、電視業及廣播業者代表，任期二年。	1.除了被動申訴外，還有主動評議審查報紙、廣告及新聞內容的權利。 2.有權仲裁新聞界業者之間的糾紛。 3.有開除會員之權利。	由新聞界（報業、電視、廣播）共同負擔	每年四十五萬美金
英國	1953年	25	由報業選舉二十人，社會代表五人，主席由資深法官擔任，任期三年。	1.只有被動的接受申訴權利。 2.沒有具體的制裁權利。	和美國類似	每年將近六萬美金
韓國	1961年	13	由新聞界推選七人，另外六人是非新聞界人士，主席由最高法院法官擔任，任期二年。	1.除了被動申訴外，還有主動審查報紙內容的權利。 2.有具體的制裁權利如罰款、開除會籍。	由新聞界和社會團體捐助	每年一萬五千美元
美國	1967年	15	由新聞教育單位聘任，委員全是非報界人士，任期一年。	1.除了被動接受讀者申訴之外，對於特別嚴重的事件，亦能主動評議。 2.沒有具體的制裁權利。	由報界與社會團體共同捐助	每一個城市大約近二萬美元
台灣	1963年	7	由報業公會聘請新聞先進學者及法律人士擔任，主席由委員互選，任期二年。	1.只有被動申訴的權利。 2.沒有具體的制裁方法。	幾乎全部由報業公會提供	每年三千美金

(三)確保公評人獨立性方法

1.聘用非本報編輯記者，減少人情關係對公評人獨立性的影響。

2.將公評人和記者編輯安排在不同地點辦公，減少公評人遭受的壓力。

3.確定公評人僅向總編輯或發行人負責，其他人員不能干涉，以此削弱層級關係對公評人獨立性的干擾。

(四)各國公評人制度發展

◆美國公評人制度

《華盛頓郵報》的編輯本．巴格迪坎（Ben Bagdikian）於1967年3月首先提出美國報紙應當僱用新聞公評人。肯塔基的《路易士維爾信使報》的總編輯諾曼．艾扎克（Noeman Isaacs）即於1967年6月19日任命了美國歷史上第一位新聞公評人約翰．赫什羅德爾（John Hershen Roeder）。

《華盛頓郵報》緊隨其後設立新聞公評人，該報的公評人不但回應讀者提出的批評和抱怨，同時還公開評論本報的表現。美國新聞公評人制度的傳統就此確立。1980年，美國報社新聞公評人共同成立了「報紙新聞公評人組織」（Organization of Newspaper Ombudsmen），隨後更名為「新聞公評人組織」（Organization of News Ombudsmen），逐漸發展成跨國性非政府組織（ONO, 2007）。

《紐約時報》於2003年12月設置了自己的新聞公評人。美國的新聞自律由媒體企業個別聘用新聞公評人，稱為「個別媒體內新聞公評人」（in-house ombudsmen）。

◆瑞典的新聞公評人制度

瑞典報業的新聞公評人首先出現在政府部門，有法定地位（Nemeth, 2003）；後來設立的新聞公評人，則由媒體聯合自律組織設立，但脫離政府控制，並非個別媒體的內部機制（Jigenius, 1997）。

◆英國公評人制度

英國遲至1989年，爲了牽制國會對報業立法設立內容審查制，才有二十家報社開始設立新聞公評人機制。不過，英國的新聞公評人制度一直缺乏健全的發展，甚至悄然不見（McNulty, 1993）

◆日本公評人制度

個別媒體內的新聞公評人制度，最早起源於日本。1922年，東京的《朝日新聞》（*Asahi Shimbun*）成立了一個特別的委員會，專門處理與調查讀者的申訴案。1938年，《讀賣新聞》（*Yomiuri Shimbun*）也成立了這樣的委員會，並在1951年改組成新聞公評人團體，不但處理讀者的申訴案，也固定每日與該報編輯部開會。

◆台灣公評人制度

國家通訊傳播委員會（NCC）接受台灣記協的建議，2007年9月10日通過「通訊傳播管理法草案」規定，新聞部門要求訂出「自主公約」與「公評人機制」，媒體自律規範之外，新聞事業也應設置公評人制度，獨立受理閱聽衆的申訴及調查。

公評人的功能是向閱聽衆負責，其主要工作應包含：對內定期評估媒體組織之同仁是否遵守專業精神及守則；對外受理閱聽衆的指責及意見；說明解釋媒體的作業方式及過程。

新聞公評人的功能是向讀者負責，作爲媒體和讀者間的橋樑，其主要工作有三：(1)對內定期評估媒體組織內同仁的工作表現（是

否遵守專業精神及守則）；(2)對外受理讀者的指責及意見；(3)解釋、說明媒體的作業方式及過程。

(五)媒體設置公評人的目的

媒體設置公評人的目的如下：

1.透過對新聞正確性、公正性及平衡性的監督，增進報導品質。
2.讓新聞撰稿人更能對讀者負責，增進可信度。
3.讓涉及公益的新聞專業性，更為人關心。
4.解決某些複雜問題，免除可能的官司纏訟。

但該制度在有關國家設定以來，績效並不彰顯，台灣亦然，顯示新聞人仍缺乏自省與反思。

五、各國媒體或組織制定之自律規範比較

各國媒體或組織制定之自律規範比較見**表6-4**所述。

表6-4　各國媒體或組織制定之自律規範比較

國家	媒體／組織		自律規範
美國	「專業記者協會」倫理規範	探求真相並加以報導	記者在蒐集、報導及詮釋資訊時應本誠實、公平及勇氣為之，避免對國籍、種族、膚色、文化、性別、年齡、宗教、人種、地理、性別傾向、婚姻狀況、殘障、外貌或社會地位有刻板印象。讓弱勢聲音得以發聲；正式或非正式的資訊來源具相等效力。

（續）表6-4　各國媒體或組織制定之自律規範比較

國家	媒體／組織		自律規範
英國	媒體申訴委員會		1.媒體應避免使用偏見或不敬業，報導當事人種族、膚色、宗教、性別、性別取向及其他身體及心智疾病或殘障。 2.除非確實和報導有關，應避免提及當事人種族、膚色、宗教、性別、性別取向，及其他身體及心智疾病或殘障的細節。
	全國記者協會行為準則		記者只有在跟新聞有重大關聯時，才能提及當事人年齡、性別、種族、膚色、信仰、非婚生子女身分、殘障、婚姻狀態、性傾向。記者不應發動或處理會鼓勵歧視、嘲笑、偏見、仇恨的上述素材。
	傳播委員會（the Office of Communications）廣電媒體規範		第4條：「宗教：確保廣電業者履行適當責任，尊重宗教節目內容；確保宗教節目不會有不當解釋，以致引發公衆不當聯想；確保宗教節目不濫用特殊宗教或教派的宗教觀點及信仰。」
法國	法國政府訂定之相關法規及罰則		「新聞自由法」第24及32條條文規定：「因個人或團體之種族、國籍、宗教、性別、性傾向，或是身心殘障等因素對其進行惡意中傷、或引發歧視、仇恨及暴力等行為，得判刑一年以及處以四萬五千歐元罰鍰，或是二擇一。」 「新聞自由法」第33條條文規定：「因個人或團體之種族、國籍、宗教、性別、性傾向，或是身心殘障等因素而對之進行侮辱則得判刑六個月，並處以二萬二千五百歐元罰鍰。」
澳洲	澳洲廣播公司自律規範	一般節目規範	1.語言：新聞、時事報導、紀錄片、喜劇以及歌唱節目，皆須提供不同的語言供觀衆選擇。 2.歧視：節目內容不應對種族、國籍、性別、婚姻狀態、年齡、殘障病痛、宗教及文化做任何語言或影像上的貶低及藐視。
		特別節目法規	1.原住民節目：節目製作人及記者應尊重原住民文化。 2.避免成見：節目不應有不合事實、有損人格或歧視的成見。

新聞自律運動，就是以新聞事業本身自反自省，自我約束的態度，求取對傳統道德與社會責任的貫徹履行。因此，新聞自律也可以說是新聞事業對社會責任的實踐，也是傳統道德的發揚。新聞事業所肩負的社會責任為：(1)實現眞理；(2)教育人民；(3)監督政府；(4)服務民主政治；(5)促進經濟發展；(6)提供高尚娛樂。新聞評議會的任務，就是保證新聞事業實踐其六大社會責任時，應享有充分自由，並防止不得將新聞自由的神聖權利，用於不當的目的。

關於新聞自由不得濫用的問題，事實上也是社會大多數人共同看法。從美國報紙洩露國家秘密文件一事件而言，當時《新聞周刊》曾就這件事委託蓋洛普民意測驗作了一次調查，結果發現在接受訪問的三百三十九位美國人當中，有52%左右的人反對報紙繼續刊登這類秘密文件，顯示多數人認為，國家安全比新聞自由更為重要。

學者廖文章（2002）從理論與案例中，認為應該確立正確觀念並於未來立法修法中努力，才能對新聞自由之保證與國家安全並行不悖。新聞自由與國家安全的衝突肇因於兩者的範圍不明確，從國內外新聞自由與國家安全曾經產生的衝突中，在於兩者定義範圍的不明確。若新聞自由擴張解釋，則政府維護國家安全的功能將大為限縮，反之亦然。因此，有明確的定義，對雙方都有助益。

此外，新聞自由是民主政治中不可缺少的基石，將新聞自由定義為「人民的基本權利」，或者「第四權理論」，側重於分析新聞自由在民主政治中所扮演的功能與角色，都可肯定新聞自由是民主政治中不可或缺的價值。

媒體的「自律」與媒體「他律」應同時並存。但任何形式的媒體他律都會對新聞自由造成傷害，因此在規範新聞自由時，應加強媒體的自律與功能。

美聯社編輯人協會（Associated Press Managing Editors

Association）在1977年4月15日通過了一個報業道德規範（APME Code of Ethics for Newspapers and Their Staffs），該規範揭櫫了責任、正確、正直、利害衝突四大要點，現引介於後：

(一)責任

一家優良的報紙應該公平、正確、誠實、負責、獨立而莊重。它的準則是眞實的。

它應避免防害公正無私地報導和處理新聞的態度。

報紙應該對社會各部門作建議性的批評，它應該在社論中支持對公衆有益的必須改革和創新。它應該有力的揭發公共和私人的錯誤以及權力的濫用。

除非有必須隱瞞的明顯的理由，否則應該公布新聞來源。如果必要保護新聞來源，應該說明原因。

報紙對於不正確或令人誤解的公開聲明應該附加事實說明。它應該堅持言論和出版的自由，同時尊重個人的隱私權。

公衆對重要事件的「知的權利」是至高無上的。報紙應該從公開的聚會和公開的紀錄中努力爲公衆報導有關政府的新聞。

(二)正確

報紙應該防止因爲在文句中強調或省略而造成的不正確、大意、偏見或歪曲。

它應該承認具體的錯誤，迅速和在明顯的篇幅與時間更正。

(三)正直

報紙應該努力用公平的態度處理各種新聞，冷靜的掌握引起爭辯的問題，它應該提供論壇以交換評論和批評；這些評論和報紙的

社會相左時，更該如此做。社論和其他由記者、編輯所寫的意見都應該清楚的註明。

報紙報導新聞時，應該不顧及自身的利益。它不應該爲了討好廣告刊戶或特殊團體而登載有利於它們的新聞。它報導與它本身或它的成員有關的新聞時，應該像處理其他機構或個人的新聞一樣努力和直率。

報紙不應爲了社會、商界或個人的利益而歪曲事實或作錯誤的報導。因應《蘋果日報》「動新聞」的爭議影響，台灣通過「兒童及少年福利法」修正草案，內容將針對新聞報紙及網路業者納入規範，不得刊載描述或描繪暴力、血腥、色情等強制性高細節的文字或圖片，違者將開罰，並進一步檢討開罰標準以符合處罰明確性及比例原則，並因應實務所需。

將對內容建立管理機制，嚴加規範危害兒童及少年身心健康之虞的情形。將使得媒體在新聞報導與新聞自由間找到平衡點。期許媒體要求自律，爲社會帶來正面的影響力。

(四)利害衝突

報紙和它的職員應該避免接受新聞來源和特殊利益者的恩惠。即使有可能造成利害衝突的事也該避免。

報紙職員的投資或其他商業行爲如果與報紙報導新聞的能力衝突，或至少會產生這種印象時，就應該避免從事這些活動。

不應該把贏取獎狀或獎金當作寫社論和報導新聞的主要目的。帶有明顯的商業味道的新聞競賽，以及其他會對報業產生不良影響的比賽都要避免。

任何一個道德規範都無法預先判斷所有的情況。把道德規範運用於新聞實際時，需要有常識和優良的判斷力。各家報紙最好自行增訂這些規範以適應它們自己的特殊情況。

新聞自由絕非憑空出現，必須付出相當的代價才可獲得，源自於新聞與權力對立的本質。在現今媒體偷拍、置入性行銷、議題炒作的風氣下，要如何讓人民認知新聞媒體是有能力監督政府的權力運作是對新聞媒體的一大挑戰。新聞自由除了維護媒體的自主性，並進一步促進資訊的多元化，可能是管道之一。

問題與討論

1.什麼是新聞自由的主要精神？一般而言，新聞自由的意義為何？

2.新聞自由的威脅來源有哪些？新聞媒體應該如何避免？你認為實際可行的作法有哪些？

3.新聞自律的主要意義有哪些？常見的新聞自律方式有哪些？

4.新聞自律在各國的發展為何？在你的國家，新聞自律發展的現況為何？

關鍵詞彙

1.**採訪自由**：採訪自由是指記者對任何新聞事件有採訪、瞭解和調查的自由，政府應予協助，不得干擾。

2.**傳遞自由**：傳遞自由是指記者有將採訪之新聞，傳遞到傳播總部（編輯部）之權力，不應受到干擾。

3.**發表自由**：發表自由是指媒體可以依專業與經驗法則，自由處理或發表所採集的新聞，不受外力阻撓或干預。

4.**收受（不收受）自由**：收受自由是指閱聽人的自由閱聽（或不閱聽）

之自由。

5.**藐視法庭**：法律規定「審判不得公開」，記者如道聽塗說，報導離譜，對司法之審判不尊重，有藐視法庭之嫌。

6.**新聞評議會**：新聞評議會是新聞界的自律組織，兼具保護新聞自由與譴責違反新聞專業倫理道德之行為。

7.**報紙審判**：媒體對審理中的法律案件可以客觀報導，但不宜表達審判意見，以免影響司法之獨立審判權。

8.**知識稅**：英國於十八、九世紀時，對報刊徵收高額的「知識稅」，以減少其利潤，行「間接控制」之實。該法於一八六一年廢止。

9.**華盛頓郵報**：美國最負盛名的報紙之一，與《紐約時報》並駕齊驅，以揭發水門案件，使尼克森總統下台聞名。

10.**國家安全**：國家安全的侵權，是指新聞活動對國家安全和利益發生了侵害行為。

11.**彼得遜博士**（Dr. Theodore Peterson）：曾任美國伊利諾大學大眾傳播學院院長，是《報刊四種理論》作者之一。

12.**新聞審查**：新聞在公諸於社會之前，先經政府有關單位的准許始能發表。

13.**新聞自律**：自律是新聞人自我約束的精神，以免因報導對社會或新聞當事人造成傷害。

14.**公評人**：《紐約時報》等著名報紙，設專欄並請學者專家（公評人）檢視報紙內容，自我檢討，並接受讀者申訴。

15.**報業道德規範**：報業界為維護專業尊嚴，建立職業道德規範，以期共同遵守。

參考書目

中華民國新聞評議委員會編輯（1967）。《新聞自律資料彙編》。台北：中華民國新聞評議委員會。

台北市報業新聞評議委員會編（1965）。《英國報業評議會十年》。

吳同鈞（2007）。《台灣媒體民主化運動發展之政治經濟分析》，第七屆全國大學政治暨傳播相關科系「全球化下的台灣政治文化與媒體生態——政治支配媒體或媒體操弄政治？」研討會論文，嘉義：國立中正大學政治學系。

呂光、潘賢模（1961）。《中國新聞法概論》。台北：自版。

汪威錞（1958）。〈從憲法的觀點論新聞自由〉，《新聞學雜誌》，第16期，頁110。

林子儀（1999）。《言論自由與新聞自由》，頁100。台北，元照。

徐詠平（1968）。〈新聞記者的法律地位與責任〉，《報學》，第4卷，第1期，頁16-32。

張永明（2001）。〈德國北萊茵威西法蘭邦新聞法〉，《新聞傳播之自由與界線》，台北：永然。

陳品良（2001）。〈從國家安全觀點論新聞自由與軍機維護之關係〉。台北：國防管理學院碩士論文。

廖文章（2002）。〈調和「新聞自由」與「國家安全」的理論與實際〉，《研究與動態》，第7期，頁59-88。

潘家慶（1991）。《媒介理論與現實》。台北：天下。

鄭貞銘（1998）。《新聞採訪的理論與實際》。台北：台灣商務。

錢震原著，鄭貞銘等增編（2003）。《新聞新論》。台北：五南。

薩孟武（2007）。《中華民國憲法新論》，頁106。台北：三民。

第二篇

新聞報導的採訪寫作

第七章　海闊天空談「新聞」

1.瞭解新聞處理過程中守門人的重要性。

2.瞭解守門人的功能和職責。

3.認知什麼才是新聞。

在浩瀚的訊息當中，新聞人員必須選擇一些適合閱聽人閱讀，或收聽、收看的訊息，來加以報導，在這個從選擇直到編印或播出的過程中，所有參與的人員都是傳播學上所說的「守門人」，而所有守門人在過濾或選擇，甚或修改新聞稿、製作標題等等處理報導的過程，必須依賴一些共同的標準，這些標準包括對何謂新聞的認知，到新聞重要性的選擇等等，有了這些標準，才能在時間急迫的新聞處理過程中，達到完美的分工和優質的新聞內容產製，進而成為一個受信賴的優良媒體。

從事新聞工作，就不可避免的要進行採訪與寫作，「採訪」和「寫作」，是「報導」的體現。經過對目標新聞事件進行「資料的採集」，和對相關人士的「訪談」，蒐集了「足資報導」的相關資訊後，將這些資訊，透過「寫作的方式」，形成一篇「新聞稿」。

「新聞稿」之稱之爲「稿」，因爲它只是新聞從業人員撰寫的新聞「草稿」，這個新聞草稿尚必須經由許多道的「關卡」，才能成爲印製或發布在媒體的「新聞報導」。

而這些「關卡」，包括了審稿人員，包括了編輯，包括了核稿人員（就編輯處理過的文稿進行包括標題和內文的總體查核和選擇）、副總編輯、總編輯等；這些文稿「傳遞過程」所經過的從業人員，就是傳播學上所謂的「守門人」（gatekeeper），尤須注意的是，報導人員也是「守門人」的一環，他是第一道關卡的守門人。

第一節　守門人的功能

「守門人」理論是由美國心理學家李溫（Kurt Lewin）所提出的一個觀念。在傳播學上意指從事件發生至成爲新聞刊出的過程中，足以影響新聞刊出的形式或內容的人，如媒體組織工作的人員：記者、編輯等（英漢大衆傳播辭典編委員會，1983，頁239）。

依據李溫的說法，守門人可以在事件發生到成爲新聞刊出的過程當中，選擇要不要採訪，選擇採訪重點在哪裡，選擇要不要報導，選擇報導大或小、重要或不重要；而且，在新聞稿形成之後，選擇置放的版面或時段，選擇標題的形式和篇幅的大小（可以體現新聞的重要性），有這樣權限的媒體從業人員，包括了採訪部門到編輯部門的人員，甚至連督導編採部門的副社長、社長等人，都是守門人。

在「維基百科」中，對「守門人」是這樣解釋的：「守門人是一個挑選好新聞並將之置入於報紙的人。」（A Gatekeeper can describe a person who picks the best news and forwards it to newspapers.）（維基百科：http://en.wikipedia.org/wiki/Gatekeeper）。

維基百科的解釋，雖然將守門人的角色狹隘在「報紙」這個媒體，但卻也清楚的說明了「選擇好新聞」這個「守門人」的行爲。

確實，守門人的工作，就是不斷地在過濾、在選擇。爲什麼要過濾呢？爲什麼要選擇呢？

首先，我們必須要知道的是，媒體的篇幅是有限的，再多的篇幅，也容納不了大千世界的所有事件，因此，新聞從業人員隨時都必須「選擇」，選擇「有價值」的事件或消息來報導。

其次，即使已經經過選擇，這些經過過濾出來的事件或消息被撰寫成的新聞稿，仍然多於媒體所能提供的篇幅（版面空間）或時段（廣電媒體的時間），那麼，就還必須經過次一個「守門人」的選擇和過濾，將一些較不重要的事件和消息淘汰掉或者縮短其字數。

再有一個因素，就是「媒體的政策」因素，媒體對暴露在其版面或時段的新聞，都有其「堅持的政策和原則」，如果報導違背了媒體的政策和原則，那麼勢必要被淘汰。

譬如說，美國的《紐約時報》在報名之下印上了All the News That's Fix to Print，標榜了所有印出來的新聞都是適合於刊登的，在這個「媒體政策」之下，《紐約時報》不容許有煽色腥的內容出現，不會有「黃色新聞」，不會有不確實的新聞報導，不會有誹謗的報導，不會有八卦的新聞，也不會採用狗仔隊去偷拍來的照片，「扒糞」新聞絕對一再查證屬實，這就是《紐約時報》的「媒體的政策」，是《紐約時報》「選擇」和「過濾」新聞稿的原則。

All the News That's Fix to Print說起來簡單，做起來可不容易，簡簡單單的幾個字，成爲《紐約時報》高標準的「守門」原則，經過長時間的堅持，使其成爲「質報」的最佳典範。

與「質報」相對的，就是所謂的「量報」，是爲了擴張發行的數量，而一味討好讀者最原始的趣味和偷窺慾的媒體之通稱，這些報紙葷素不忌，血腥、色情、暴力充斥，並對一些知名人士跟蹤報導其私生活。這類型的媒體也有其「媒體政策」，就是赤裸裸的市場導向，因此，不能刺激發行數量的報導，即使對社會公益有重大的價值，也一樣會被「報導政策的守門人」給擋掉而無法出現在閱聽人之前。

第二節　什麼是新聞？

既然媒體無法容納所有大千世界的所有事物，因此對於報導第一個關卡的「採訪」工作，自然就形成了一些選擇題材的標準。

選擇報導題材，就是選擇「什麼是新聞」？符合「新聞要件」的事件或事、物才是新聞，才值得採訪、報導。那麼，怎麼樣的事件或事、物才具備了「新聞要件」呢？

世界各國的新聞工作者或新聞教育者，對「什麼是新聞」有各種不同的說法：

有的說，NEWS是英文「北東西南」（North、East、West、South）各方位第一個字母的組合字，代表了在東南西北所發生的所有事情，這個說法的來源不可考，但流傳在新聞圈至今仍歷久不衰。

另有一個說法，NEWS這個字，是NEW（新的）這個字的複數，代表了所有新的事、物或事件，這個說法也相當程度的說明了新聞報導重視「新」的要素。

創立於1833年的《紐約太陽報》，在1850年前後，有一位名叫鮑蓋特（John B. Bogart）的本埠版編輯，在指導年輕記者時曾經說：「狗咬人不是新聞，人咬狗才是新聞。」（When a dog bites a man, that is not news; but when a man bites a dog, that is news.），這句話幾乎成了新聞圈對新聞定義流傳最廣的詮釋之一，它點出了新聞的「異常性」。

美國還有一位報人渥克爾（Stanley Walker）說：「新聞就是：女人、金錢和罪惡。」說明了「量報」追求的價值。

相對於這些有趣的新聞定義外，更多的是一本正經的新聞要

件詮釋，但是歸納起來，不脫這幾個要素：重要性、時間性、異常性、需要性、趣味性。茲將這些要素分別說明如下：

一、重要性

選擇新聞的第一個要素就是新聞是否具有重要性，比較具有重要性的新聞必然引起閱聽人的關切和注意。但是，重要性仍然有其程度上的不同，因此在重要性的前提下，還必須有所程度上的比較，越重要的當然越值得報導。

同時，在新聞的取捨上，重要性的原則也是「相對性」而非「絕對性」的，重要性的新聞在每天的新聞中必須經過比較，有時候一件新聞和今天的所有新聞評比之後，被認爲是最重要的，上了一版頭條的新聞版面，但是隔日，因爲有更重要的新聞發生了，這條前一天重要新聞的後續報導雖然仍然十分重要，其價值卻已經不如今天新發生的重要新聞，因此極可能就被擠出版面了。這說明了新聞的重要性是必須日日評比的，而且是以每天的新聞進行評比，優勝劣敗，立見眞章。

有時候，一條普普通通的新聞，雖然值得報導，但其重要性並不是很大，可是這個持續發展的新聞忽然出現了重大的轉折，造成新聞的重要性大增，立刻就要擴大報導的篇幅和所占的版面。

另一個可能性是，當一條新聞被認爲十分重要，已經安排要登上一版頭條的版面，這時忽然傳來消息，紐約的世界貿易中心雙子星大廈遭到恐怖攻擊，民航機遭劫持而撞毀了雙子星大廈，這時候，原來要刊登在一版頭條的「重大新聞」，在這一刻已經「相對的」不重要了，面對源源不絕而來的後續報導和驚悚的照片，只好退居比較不重要的版面和比較小的報導篇幅，甚至可能被擠出當天的新聞版面。

這些情況，說明了所謂新聞的「重要性」，是一種「動態」的重要性，不只是天天在比較，更是時時刻刻在比較，在媒體刊登或播報前，隨時都必須評比每一則新聞的「重要性」。

雖說新聞選擇的第一要素是「重要性」，但是，每個人對「重要」的定義不可能完全相同，那麼，什麼才算「重要」呢？

「重要性」在新聞作業的運作上，有幾個參考的指標：

(一)新聞事件的「影響性」

有關新聞事件影響性的評估，包括了兩個角度，一個是「影響力」，也就是「縱」的影響程度，是深遠的影響；另一個是橫的影響程度，也就是「影響層面」。

政府發布經濟「宏觀調控」的一些具體方案，這個政策會影響股市、房市，甚至匯市，對經濟發展有深遠的影響，與數億民眾的生活也產生關係（投機者減少其獲利，平常老百姓則確保不易受到通膨的傷害），那麼，這則新聞的影響力和影響層面都很大，當然重要。

強烈颱風來襲，其暴風半徑很大，夾帶大量豪雨，也會帶來河川水位暴漲，這則氣象新聞，關係到千萬百姓的生命財產安全，當然重要。

一樁災難事件，煤礦發生塌陷，一百多名礦工深陷其中，生死未卜，不說人命關天，單就這一百多名礦工所干係到的家人親友，就可能近千人，而且煤礦災變所引發的礦工安全問題，也可能不是個案問題，因此，這個事件的「影響力」夠大，「影響層面」夠廣，當然重要。

一個科學家發現了癌細胞擴散的機轉，這個事件看似只是一項研究的初步成果，而且科學家也不是什麼特別知名的學者，但是這

個機轉的發現，就得以可能有辦法去抑制機轉的發生，從而抑制癌細胞的擴散，這個研究成果可以影響到全世界的癌症患者，連他們的家屬都會關切，影響力和影響層面都夠了，當然也是重要的。

對一個地區性報紙來說，一則停水停電的新聞重不重要？乍看之下似乎沒什麼了不起，因爲經常都會有維修的需要，而必須進行一天的停水或停電，但是，一經停水或停電，可以影響當地所有民衆一天用水用電的不便，影響面不可謂之不大，所以雖然這個事件的影響力並不大，但還是重要的，因此再小的篇幅都必須將這則消息發布。

(二)新聞事件的「知名度」

新聞事件中相關的人、事、時、地、物，如果都有其「知名度」，那麼這則新聞就是重要。

先說「人」，人永遠是新聞的主體，尤其是知名的人士。

歌星周杰倫到上海開演唱會，從平面媒體到電子媒體都爭相報導，從預告到演唱會之後，持續不間斷的追蹤報導，甚至現場轉播，這固然和經紀公司或傳播公司的炒作不無關係，但是周杰倫這個人，和他到上海開演唱會這件事，有這麼重要嗎？影響力大嗎？

答案當然是否定的。但是，關鍵就出在周杰倫這個人有「知名度」，而且知名度還蠻高的，有知名度就有人關心他的動態，有很多人關心他的動態，媒體就有責任滿足讀者的需求，滿足了讀者的需求，媒體就可以提升閱報率和收視（聽）率，有閱報率和收視（聽）率，就有市場，就有廣告。因此，周杰倫的「知名度」，就讓他的新聞產生了重要性，而且知名度越高，新聞重要性就越高。

政府官員由於富有全國性的「知名度」，尤其是他處理的公事，都是有關國計民生的大事，影響力和影響層面都大，因此只要

一出現，必然就是重要的新聞，媒體自然要跟隨報導。

有時候，重要的政府官員雖然不是在處理公事的場合出現，而是在進行私人的活動，卻也會引起媒體的報導，那是因爲這個官員有「知名度」，民衆對他的個人活動仍然關切，媒體在不侵犯他個人隱私的原則下，自然也會加以報導，滿足受衆的需求。

美國的報紙一般都有「訃聞版」（Obituaries），在小鎮媒體中，由於鎮民生活的聲息相聞，某人「蒙主寵召」的消息經常是小鎮居民特別關心的事，尤其在訃聞報導中，鎮民對「往生者」一輩子的經歷和人生貢獻得到完整的瞭解，即使他們都是小鎮長久的居民，有些事蹟和行誼卻也未必人人清楚。

對小鎮媒體是如此，對大報來說，「訃聞版」的定位就完全不一樣，《紐約時報》被認爲是具有國際影響力的報紙，所關切而報導的新聞事件何其多，卻仍然有「訃聞版」，而且它的訃聞版還頗受歡迎，共有五位專職記者在寫訃聞報導。

《紐約時報》的訃聞版報導的亡者都具有「國際知名度」，一位具有知名度的人，閱聽人就多少曾聽聞，或甚至曾有一面之緣以上的關係，因此受到的「關心度」自然較高；同時，這些亡者之「知名」，必有其特殊之處，這也正是一般民衆所樂於知道的事，他的死亡，提供了媒體完整報導其生平事蹟及功過的機會，而《紐約時報》的訃聞版在做這件「完整報導生平事蹟及功過」的用心，所報導的人物廣及國際和各界，其內容幾乎有「評定功過」、「蓋棺論定」的價值，因此深受重視，有其重要性，也得到許多讀者的歡迎。

英國皇室已故的王妃戴安娜，是典型的「麻雀變鳳凰」，生前的平民作風，很受英國民衆及國際媒體的喜愛，與查理王子離婚後仍不減民衆對她的熱愛。1997年8月31日，戴安娜所乘座車爲躲避狗仔隊的追逐，飛車奔馳下發生車禍身亡，引起許多人的哀慟，尤

其是英國民衆。戴安娜的國際「知名度」，使得她死亡的消息成爲國際媒體熱門的新聞，尤其她的死因有各種不同的臆測，因此媒體一直持續而大篇幅的報導。

2007年8月31日，戴安娜死亡已經整整十年，英國仍然有許多紀念活動，這些活動的消息和照片，以及重述其生平和死亡車禍的報導，還是許多國際媒體，尤其是英國媒體報導的重點。

同樣的狀況，被稱爲「搖滾樂之王」的美國知名歌手「貓王」艾維斯．普理斯萊（Elvis Presley），死亡距今已經超過三十年（貓王於1977年8月16日因藥物過量猝逝），但由於他在美國影藝及歌唱界的「知名度」和「重要性」，所以死亡那麼多年，還經常會上新聞報導，在可見的未來，這個情況仍然會持續。

這些例子，說明了人的「知名度」，絕對是產生新聞「重要性」的重要指標之一，在許多狀況下，這種「知名度」甚至會持續到死後，亦即「死人的知名度」仍然是媒體報導的重要評量標準。

但是，知名度的評估，必須以媒體發行或播出範圍內受衆的認知程度爲依據，有的人有國際知名度，有的人的知名度卻是區域性的，這種不同的知名度也會影響媒體的新聞選擇。

再說「事」，事是指「事件」或「事務」、「事物」，這些「事」，對民衆來說，是他們耳熟能詳的，是他們都相當關心的，那就具有事的「知名度」，因此形成媒體報導的重點。

以美國職業籃球和職業棒球來說，他們的發展已經不僅僅是美國國內的職業比賽而已，經過傳媒的包裝，國際的選秀（從世界各國甄選優秀的選手加入職業賽的陣容），這樣的操作，使得職籃賽（NBA）和職棒大聯盟賽（MLB）這兩個「賽事」，建立了國際性的「知名度」，世界各國的電子媒體即使不轉播其賽事，至少也要報導這兩項賽事的精彩過程和比賽結果。

對海峽兩岸的民衆來說，中國有一位知名的國際籃球明星，

「移動長城」姚明，在美國休士頓火箭隊打球，台灣有一位在國際間竄紅的棒球員王建民在美國國民隊（之前在紐約洋基棒球隊）擔任投手，這兩位國際級的球星出賽，更增加了兩岸民衆關注的焦點，因此，媒體就會爭相報導，因爲「知名的賽事」加上「知名的球星」，而且更是「人不親土親」的球員，完全符合了報導的「重要性」要件，而且是「多重」的重要性。

接下來談到「時」，時指的是「時間」和「時令」。著名的時間和知名的時令，就可以形成重要的報導。

中國每年的「五一」和「十一」長假，曾經行之多年，全國民衆無人不知，這個長假期就是「知名的時段」，只要一接近這個時段，各種相關的報導就會出現在媒體，從交通狀況到旅遊活動，以及假期中的特殊活動和趣聞奇事，關心注意的人數衆多，當然重要，必然是這一個時段不可少的重要報導內容（五一和十一長假因爲引致交通的過度負荷，已於2008年取消）。

每年農曆七月七日是傳說中牛郎織女在銀河一年一度相會的日子，照理說，牛郎織女的愛情並不美滿，聚少（一年僅得一天）離多，但不知道從什麼時候起，這一天被商人炒作成爲中國人的「情人節」，年輕男女要互送禮物或吃一頓情人燭光晚餐等等慶祝活動，約定俗成之後，農曆七月七日成爲年輕族群的知名「時節」，每到這個日子來臨之前，各種禮品及活動廣告充斥，以年輕人爲對象的媒體，更是出奇致勝，做出形形色色的報導內容，道理無他，在這個知名的節令中，受到年輕閱聽人關心的消息特別多，是重要的日子，當然要加強報導。

其他像年節、每年的高考（台灣稱之爲大學聯考）都是知名而重要的日子，媒體就是不能免俗，每年都要操作一遍。

這些例子就是因知名的時間和時令產生的報導重要性，因爲重要，媒體若不從俗報導，就顯得不食人間煙火。

知名的「地點」，也會是新聞報導的重點。從「世界十大景觀」、「世界十大建築」到「世界遺產」等，都標示著「地點」的知名度。

具有知名度的地點，有的是因爲自然地理或景觀而「知名」，如：喜馬拉雅山的聖母峰（Mt.Everest或稱艾佛勒斯峰，海拔8,848公尺），以世界第一高峰而知名於世。

有的是因爲歷史久遠或歷史重要事件的發生，因其歷史的價值產生的「知名度」，如：長城、紫禁城因歷史久遠而馳名。

有的是因爲這個地點發生重要的事件，如：法國的「諾曼地」海灘，是第二次世界大戰英美聯軍大規模搶灘，反攻納粹德國的登陸地點（時爲1944年6月6日），這個知名的戰役，除了開啓盟軍登上歐陸，進而進逼德國，以至奠定勝利的契機外，更因爲戰事慘烈，犧牲無數的軍人（據統計，盟軍傷亡十二萬二百多人，德軍傷亡被俘十一萬三千多人），這些犧牲的人所關係的家庭是如何的多，如何的大，因此，諾曼地這個地方不知名也難。

有的是重要的人工建設而具有知名度，如：法國巴黎羅浮宮博物館（Musee du Louvre）及前方廣場由國際知名建築師貝聿銘（蘇州人）所設計的玻璃金字塔，以收藏藝品之豐和建築設計之高超獨特相互輝映而知名於世；又如：美國華盛頓特區中的「越戰紀念碑」，這個由華裔女建築師林瓔在就讀耶魯大學時所設計的一堵呈V字型的黑色大理石牆，刻上所有在越戰中陣亡的將士姓名，這個近代建築，因爲承繫著美國人的歷史傷痛，更影響到千萬個家庭（美國介入越戰前後達十年之久，越南及美國雙方死傷超過一百五十萬人，越南人民死亡超過一百二十萬人），至少在美國成了一個很有知名度的地點。

這些因爲各種原因而具有「知名度」的地點，自然成爲媒體所關注的地點，從這些地點，經常可以發掘到值得報導的新聞。

再說到知名的「物」，物就是「東西」，某些東西，不管它是天然或是人工，或是天然加上人工，它就是有特殊的價值而受到重視，而具備了「物」的知名度。

前面說到巴黎的羅浮宮，羅浮宮收藏甚豐，鎮館的館藏之一是大家都知道的「蒙娜麗莎的微笑」〔Mona Lisa，作畫者爲達文西（Da Vinci, 1452-1519）〕，這幅畫的複製品隨處可見，但所有到巴黎旅遊的遊客，參觀羅浮宮的第一件事，就是親眼去看看這幅畫的眞跡，可見其「知名度」之高。

假設，如果專家研究發現這幅畫因爲曝光太多，畫質產生質變，其壽命將只剩下數十年，這會不會成爲一條重要的新聞？或者，如果有專家經過研究說，蒙娜麗莎其實不是在笑，而是爲了一件煩心的事在發呆；或者，有專家經過考證，指出蒙娜麗莎的眞正身分。這類消息，事實上在過去的時光中，經常都會出現，而且也占據媒體相當大的篇幅，可見，有「知名度」的物件，其相關的消息絕對是媒體選刊的重要決定指標。

中國有一件十分「知名」的「國寶」，這件國寶原來是一塊著名的玉石，是在西元前三百多年前春秋時代發現的「和氏璧」，這塊和氏璧「知名度」極高，至今不衰。

這塊和氏璧在秦朝統一六國後落入秦始皇手中，他並在西元前221年命令丞相李斯篆書「受命於天，既壽永昌」八個字，請良匠刻成方圓四寸的「傳國璽」，這是中國皇帝有玉璽的開始。

這個傳國璽於西元前206年秦滅後由劉邦獲得，並在即位後號曰：「漢傳國璽」，一說爲「漢傳國寶」。從此，這個傳國璽隨朝代的興替、政權的更迭而一代傳一代，因爲是皇帝的御用玉璽，而且持有即代表了皇權的正當性，重要性和知名度自然很高，尤其在歷史圈及古代的政治圈。

西元1127年4月發生靖康之難，南宋徽、欽二帝被金人所虜，

傳國璽也落入大金國手中，1368年，朱元璋滅元朝建立明朝稱帝，但卻找不到這個傳國璽，從此，國寶在歷經一千六百多年之後，消失於人間，至今七百多年猶不知所蹤，但是，從「和氏璧」的天然絕世美玉，到精工雕琢代表皇權的「漢傳國璽」，其「知名度」不僅不墜，還日日崇隆。

設想，在經過七百多年的漫無訊息之後，如果「漢傳國璽」忽然重現人間，這不僅會是中國媒體關切的新聞，連同和氏璧的出現，到傳國璽二千三百多年滄桑的歷史，都會是媒體爭相報導的題材，也會是民衆所搶先要閱讀的題材；不僅如此，國際媒體也自然會有一系列的報導。這說明了即使是一塊玉石（不就是一塊石頭嗎？！），但是因爲它所代表的歷史價值、歷史知名度，媒體自然要優先選刊。（「傳國璽」的相關資訊見：Yahoo知識＋，http//tw.knowledge.yahoo.com/question/?qid=1105052803376）

(三)新聞事件的「鄰近性」

由於人的習性特別關注周遭發生的相關人、事、物，因此發生在我們周遭的相關新聞，總會比發生在千里之外，或者另一個國度的消息，令我們有更多的關心，這種人性心理，反映在媒體報導的優先選擇，就稱爲「鄰近性」的要素。

1910年代美國知名的報業發行人，《丹佛郵報》的邦菲斯（Fred G. Bonfils）曾說過一句話：「強芭街上一場狗打架勝於國外一場戰爭。」（A dog-fight in Champa street is better than a war abroad.），強芭街（Champa street）就是《丹佛郵報》所在地的那條街，邦菲斯這段話，清楚的說明了媒體新聞選擇著重「鄰近性」的要素。

但是「鄰近性」有三個不同的層次：(1)「地理」的鄰近性；

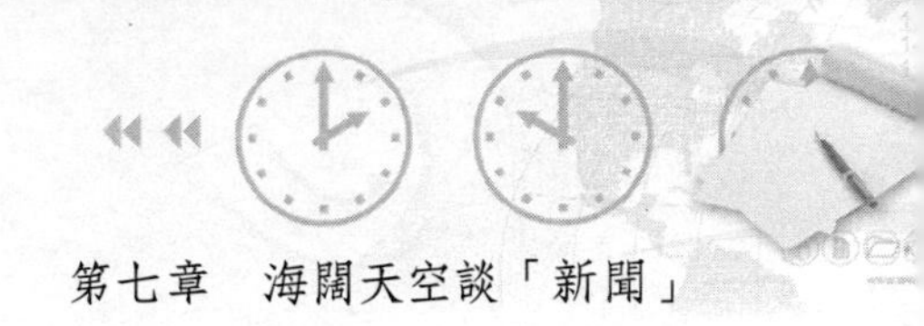

(2)「心理」的鄰近性；(3)「時間」的鄰近性。

◆「地理」的鄰近性

是指發生在我們居住的附近，在這個鄰近我們居住的地區，許多人是我們所認識或聽聞，許多事是我們所瞭解，許多物是我們所熟悉，因此，這些人、事、物的消息和動態，正是我們所關心；而且，即使這些消息並不大，有時候卻比發生在遠處的事件更讓我們注意。

美國許多小鎮有小鎮的報紙，這種小鎮的報紙是當地民眾很重要的消息來源，因此，這類報紙特別重視鎮民婚、喪、喜、慶的消息報導，說實在的，對小鎮居民來說，某一個鎮民嫁女兒的消息，遠比美國在伊拉克戰爭進展的消息更爲重要——除非鎮民中有人在伊拉克戰役中陣亡。

同時，像我們居住地區附近的生活消費訊息，就和我們的生活息息相關，某一家報紙所在地區的百貨公司、量販店的大減價或大優惠消息，就不能視爲是廣告而將之排除在新聞報導之外，須知這類消息對讀者來說，可以減少生活費的支出，買到平常買不起的生活必需品或奢侈品，這類訊息因爲貼近民眾的需求，有時候甚至比國家大事還重要。

這些例子，說明了地理空間的鄰近，與民眾的感受、需求，產生重要的關聯，從而成爲媒體報導的重要優先選擇指標。

◆「心理」的鄰近性

指的是基於人心理上某種因素的偏愛而產生的媒體興趣，這包括了籍貫、宗族以及生活背景等等因素。

最近幾年，媒體經常會報導華裔兒童在美國優秀的表現，在美國，天才兒童很多，其中不乏是外國族裔的新移民，包括印度裔、韓裔和華裔，但中國人的媒體從來就很少報導印度裔和韓裔優秀兒

童、青少年的新聞，反而大幅報導華裔優秀兒童青少年的新聞，即使這些華裔青少年根本就是在美國出生，何故？

這就是「心理上」的鄰近性，這些個華裔優秀兒童過去並無任何「知名度」，在地理空間上，又居住在十萬八千里之遙，跟大多數的中國人更是非親非故。只因爲他是「華裔」，沾上了那麼些「中華民族」、「同根」的邊；只因沾上了中國人重視子女教育這種「優良傳統」的邊；只因很容易讓周邊的同齡小孩，或是子女或是孫侄輩，沾上一個足資充做學習「榜樣」的邊，這些純粹「心理」因素的影響，這些「人不親土親」的「觀念」，讓中國人對這類新聞有著無比的興趣，媒體自然也就列爲選擇新聞的重要指標。

◆「時間」的鄰近性

指的就是越靠近現在的事件、越新的事件，對閱聽人越有吸引力，老故事就比較引不起興趣。這一點，也就是新聞的「時間性」價值，將在下一個段落中來討論。

二、時間性

「時間性」是新聞選擇中很重要的因素，中文說的「新聞」，指的就是「新」的「所見所聞」，說明了新聞「新」的價值，而所謂「新」，就是「時間」上鄰近「現在」，而且越新越好，越靠近當下越有價值。

在英文字中，新聞是NEWS，有一說認爲NEWS是NEW的多數（英文字的多數時是在字尾加S），也就是所有各種「新」的事務的統稱。中英文兩個「新聞」的字，不約而同的都在字詞的本身強調了「新」的特性，也就是「時間性」的價值。

「新」，當然就毋庸置疑了，那麼，新聞是新的什麼東西呢？

在新聞學上，我們說「新」，有兩個不同的層次：(1)「新發生」的事務；(2)「新發現」的事務。

(一)「新發生」的事務

第一個層次，是指「新發生」的事務。

一件重大車禍，不管是電視或廣播的現場報導，或是報紙隔日見報，大家都知道那是新發生的一件車禍，是「新聞」；不是發生在一個月前，也不是發生在一年前的「舊聞」，舊聞就是「明日黃花」、就是「過時的日曆」，毫無價值。

從事新聞工作，大家努力的都是希望記錄所有「有價值的」、「新發生的」一切事務，但是，這個理想事實上是不容易也無法完全達到的。

首先，社會上發生的事務，新聞從業人員，也就是記者必須獲知，然後透過採訪、寫作，加以報導，登上媒體，這才形成爲「新聞」，不經過這個程序的，只能稱作「聽聞」。

但是，這個大千世界不斷地在發生許多事務，許多發生的事務記者未必就全知道，既然不知道，也就沒有報導，也就沒有形成新聞。

有時候，記者知道一件事務，雖然是「有價值的」，但可惜他知道得太晚了，這件事務已經發生好幾天了，甚至還更久。

因此，「新發生的事務」這個層次，並無法涵蓋所有「有價值」的新聞特性，這就必須考量到第二個層次。

(二)「新發現」的事務

第二個層次，指的是「新發現」的事務。

既然記者無法在所有事務發生的第一時間都能夠知道，而得以

進行採訪報導；甚至記者也無法知道大部分正在發生的事務。

尤有甚者，人類對很多早已經在發生的事務根本就是毫無所知或是不知不覺的。

舉例言之，早期人類一直以爲地球是「平板一塊」，地球是宇宙的中心，是不動的，我們所看到的太陽、月亮，都是繞著地球轉動的。

葡萄牙的航海家麥哲倫（Ferdinand Magellan, 1480-1521），從豐富的航海經驗中，認爲地球不應該是平板一塊，而應該是圓形的球體，於是在1519年9月20日在西班牙國王的資助下，自西班牙港口出發向西，繞過南美洲進入太平洋，穿越太平洋抵達菲律賓，他在菲律賓爲當地土人所殺，艦隊五條船中的維多利亞號繼續向西往印度洋航行，繞過南非進入大西洋，於1522年9月6日回到西班牙，證明了地球是圓的。

以現在的眼光來看，繞行地球一周證明地球是圓的，這當然是有價值的新聞，但是「地球是圓的」是一個老早就存在的事實，「發生」在幾百億年前地球形成之時，那麼麥哲倫這一件繞地球之舉所「發現」的「事實」，既然不是「新發生」，算不算是新聞？

再舉一例，獲得1976年諾貝爾物理獎的華裔物理學家丁肇中博士（1936.1.27-，祖籍山東日照），他在1974年「發現」了物質裡面最基本的一種粒子「夸克C」，這個發現對物質裡面最基本的粒子構成，及「反物質」的理論有很重要的貢獻，因此這個「夸克C」就被命名爲「J粒子」（因爲「J」形似「丁」）。

丁肇中這個「發現」重不重要？當然重要，但是這個J粒子是「新發生」的嗎？不是！在丁肇中發現它之前，它從物質存在的時候，早就存在於物質裡面了，那麼，這算不算是新聞？

繞地球之舉，是一個地球上的實際活動，丁肇中的研究是一個「微觀」的極、極細微粒子，我們再舉一個「巨觀」的實例來看。

大家都知道有一位偉大的義大利科學家伽利略（Galileo Galilei, 1564.2-1642.1），他在1608年製造了一具二十倍的望遠鏡，透過這個望遠鏡，他觀察天文星像，並於1610年證實了八十多年前波蘭人哥白尼（Nicolaus Copernicus, 1473-1543）「地動說」的理論，這個發現，將推翻羅馬教會「地心論」（地球是宇宙的中心）的宇宙觀和宗教理論基礎，當時教會的權力極大，於是他遲至1632年新教皇即位的時機始予以公布，卻仍遭到教會指控，罪名是：「反對教皇，宣傳異端」。

因爲先前已經有人發表過相同的「異端邪說」，而遭到教會「焚燒之刑」，因此，伽利略爲了免除火焚之刑，只好承認錯誤，並受到軟禁。他在被脅迫認錯之後，喃喃自語道：「其動也如故！」

冤屈了三百五十多年之後，天主教教宗若望保祿六世於1984年公開發表談話，承認當年迫害伽利略是一項錯誤。

當年伽利略以望遠鏡實際觀察「巨觀」的天體現象，證明了哥白尼的「地動說」，同時也推翻了桎梏天文宇宙研究持續達一千年的「地心說」，這個實際的「發現」重不重要？當然重要！但是，正如伽利略所說：「其動也如故！」地球繞太陽這個事情已經「發生」了億萬年，既不是「新發生」，算不算是新聞？

這三個例子，說明了即使不是新發生的事件，但卻是「新發現」的重要事務，仍然是「選擇」新聞的重要指標。

落實在當今的新聞採訪報導工作，以「新發現」的重要事件來選擇報導內容，可以擴大許多報導的題材。

各個學門的科學研究，會產生許多有助提升人類生活品質的「新發現」，這些都是民衆所關心的資訊，也一定都是好的新聞。

許多好人好事都是默默做了很久的時間而不欲人知，將之發掘、「發現」出來，也就是感動人心的報導，而且「發生」時間越

早、越久，報導的張力越大，令人感動越深，新聞的價值也就越高。

新聞報導之重視「時間性」，還有一個很重要的指標，那就是要貼近報導發布的時間，越貼近越好。

新聞工作都有所謂的「截稿時間」（deadline），依據媒體特性及報導「刊播時間」，在這個時間之前，訂出一個所有稿件完成的時間，稱之爲「截稿時間」。

「截稿時間」與「刊播時間」之間的時段，就是「新聞稿」被「處理」所需要的最少時間，包括選擇每一條新聞稿要不要用？用多大篇幅？使用什麼樣的標題？需不需要其他的配合？刊登版面的安排或播出順序的決定等等。

媒體通常要壓縮「截稿時間」與「刊播時間」之間的時段，讓越新的新聞、越靠近截稿時間的新聞或最新發展，都能納到這一節新聞中。爲了達成這個目標，媒體要投資許多人力和設備，讓這個時段的運作可以充分的分工及合作。

不同媒體對這個「時間性」的要求也不一定一樣，像通訊社、新聞供應社這種媒體單位，他們要隨時提供最新的新聞資訊，給全世界各個不同時區國家的媒體，新聞報導是透過電子設備不間斷在發送的，因此，每一分鐘都是「截稿時間」（Every minute is deadline.）。

對報紙媒體來說，「越晚的截稿時間」和「越早的出報時間」，是報紙每天努力的目標，能夠在越晚的截稿時間前蒐集到越「新鮮」的新聞事件或最新的發展，卻又能很快的進行編、印處理，讓報紙比其他競爭者更早送到讀者的手中，這才能贏得競爭的勝利。

廣播和電視這種電子媒體，有的是新聞專業電台，但通常都是時段性的播出新聞報導，台北的「NEWS 98」有一句台呼：「時

時刻刻報新聞」，說明了其新聞時段是以一刻鐘爲一個單元，任何「新聞」都必須搶在一刻鐘的時段內進到播報台來。

至於創設於1928年的中國廣播公司（Broadcasting Corporation of China, BCC），有一個「新聞網」，是播報純新聞的專業頻道，它有一句宣傳詞經常在頻道中播出：「報紙報導昨天的新聞，電視報導今天的新聞，廣播報導現在的新聞」，揭櫫「現在」，就是說明了報導的內容不僅是最新的，甚至，在許多時候，是要透過「現場連線」，讓「現在」正在發生的新聞，直接就呈現在聽衆之前。

媒體這些搶時間的作法，就是在爭取新聞時間的「鄰近性」，盡全力將新聞事件發生的時間或最新的發展，「貼近」閱聽人。

三、異常性

所謂「異常」，就是「特殊的」、「不尋常的」、「驚人的」、「衝突性的」、「令人難以置信的」。

(一)特殊的

一個人身上能夠吸附無數的湯匙刀叉或其他金屬製品，這不是一般人能夠的，這就是「特殊」的，當然媒體會樂於報導，尤其是電視媒體，讓觀衆看著一根根的金屬物品，飛過去吸附在這個奇人的身上，這種動態的場景，可以立刻引來驚訝的叫聲，這種特殊的奇人異事，絕對是閱聽人的最愛。

對奇人是如此，有「特殊」才能的動物亦然。大家都知道鸚鵡會學人說話，但是通常的鸚鵡學人說話都是有口無心，只是像人的「回聲機」一般，而且音調僵化有如電腦發音，這種鸚鵡的「普通」才能絕對引不起民衆或媒體的興趣。但是，有些鸚鵡就能夠和

人對話，這個功力就「特殊」了，媒體必然要去和牠做一些有趣的對話，以博閱聽人一笑，這種特殊的地方，正是媒體選擇的要件之一。

美聯社2007年9月12日於美國麻州華爾頓市發布了一條鸚鵡的新聞：一隻名叫Alex的天才鸚鵡，協助布蘭迪斯大學研究鳥類腦部三十年後，於9月7日死亡，這隻聰明的鸚鵡能夠從0數到6，能辨識七種顏色，五種形狀和五十種物品，而且對於科學家重複不斷的實驗、Alex竟然會表達挫折感；牠還會和研究員對話，死亡的前一天傍晚，當研究員要回家時和牠道晚安：「你乖乖的，我愛你，明天見。」Alex回答說：「你明天會來實驗室。」

這隻鸚鵡死亡的消息，透過美聯社發布到世界各地，遠在半個地球之外的台灣《聯合報》，就將這條消息登載到13日的第16版，這是因爲這隻鸚鵡特殊，值得報導。

2007年9月4日，美聯社發布了一張照片稿，這張照片的說明是：「一名女士4日經過北京商業區的『天幕』。這個號稱亞洲最大的電子數位螢幕播放海洋景觀。天幕長250公尺、高33公尺、寬35公尺，可播放廣告。」

看到這個說明，有些人立刻就知道這是位於北京世貿天階新商業區的一個超大型電子螢幕牆，特殊的不僅這是亞洲最大的尺寸，而且還是裝設在上方，形成「天幕」，各種播出的超大影像，就在我們的頭頂。

由於這個「天幕」的「特殊性」，美聯社的照片一發出來，就有許多媒體採用，台灣的《中國時報》也在隔天（5日）的A13版以「天幕　亞洲最大」爲標題，刊出照片和圖說。

這張照片連同圖說，是一個報導的極佳典範，值得學習。

首先說照片，是以仰角拍攝，突顯了三個主題：占最大篇幅延伸而來的「天幕」、天幕後方看出兩棟大樓所構成的商業區、天幕

下一位女士悠閒的走著。構圖十分簡潔、清晰、美觀，一張圖片就充分說明了這個亞洲最大天幕的實況。

其次，圖說只用了不到七十個字，就清楚的表達了：這個天幕的定位（亞洲最大）、這個天幕的材質（電子數位螢幕）、這個天幕的功能（正播放海洋景觀、可播廣告）、這個天幕的尺寸（長250公尺、高33公尺、寬35公尺）。沒有長篇大論，沒有歌功頌德，沒有一句形容詞，沒有一絲一毫個人意見，沒有任何價值判斷，沒有一句冗言、一個贅詞，完全以最公正客觀、簡潔的文字和數據，就充分讓讀者清楚瞭解所有該知道、想知道的重要資訊。

廣東《新快報》於2007年9月28日報導了一則新聞：身高110公分的李堂勇和70公分的陳桂蘭將在10.1長假期中結婚，這對「袖珍情侶」，已經向金氏世界紀錄提出申請，希望挑戰「世界上最矮的人結婚」的紀錄。報導還配了一張照片。

這則報導就是一種特殊的事件，一對袖珍情侶身高分別只有110公分和70公分，當然很特殊，很少見，就構成了閱聽人興趣的吸引力。

2010年4月27日四川新聞網報導，住四川臨水縣城西壇社區的五十四歲王賢君，自十二歲起開始吃燈泡，四十二年來共吃掉了一千五百個燈泡，王賢君的怪異舉動被稱爲「怪人」。這則報導當然就符合了特殊的要件。

(二)不尋常的

新聞學課堂上說到「不尋常」這個新聞指標，最喜歡講的定義就是：「狗咬人不是新聞，人咬狗才是新聞」，這個詮釋確實有趣的反映出「不尋常」這個特性。

但是，狗咬人眞的就不是新聞嗎？這裡有幾個例子或假設。

例一：有一個少年喜歡虐待動物，他每天上學經過鄰居家門口時，都要去踢幾下鄰居所養的狗，還要外帶罵幾聲，日久成習；有一天，這隻狗再也受不了了，當這個少年又要踢牠時，這隻狗就飛身上前，把這個少年咬得遍體鱗傷。這是狗咬人吧？算不算是新聞呢？

例二：一個天眞的四、五歲小孩，家裡養了一隻西藏獒犬，一天，大人沒注意，這隻獒犬竟然將這個小主人咬成重傷。這也是狗咬人，算不算新聞呢？

一個假設狀況：

美國人特別喜歡狗，而且重視「狗」權，在許多廣告或宣傳資料中，都少不了「3B」，就是所謂的Beauty（美女）、Baby（嬰兒）、Beast（動物），大凡有這三種元素，就能特別吸引閱聽人的目光，而且讓人引發心理的遐思或感動。而狗幾乎代表了所謂的「動物」，在許多美國電影中，只要是比較緊張或剛性的情節，必定也要加一些美女或狗這種元素，有時候都生死存亡關頭了，大家都緊張死了，情節還安排去救一條狗，爲了救這條狗還犧牲了人命。這就是「美國式的狗權」。

基於美國民衆對「狗」的偏愛，許多美國政治人物，尤其是日理萬機的「總統」，還經常要表演一些「愛狗」的「親民動作」。都已經攻打伊拉克了，死傷上千美國子弟了，還要在橢圓形辦公室或白宮草坪和「狗」玩一玩，據說，這樣可以讓美國民衆的憤怒稍稍平息一些。

好了，現在假設的狀況來了，如果這麼一天，美國總統去逗小狗時，被狗小咬一口，咬傷了一根手指頭。這也是狗咬人，而且咬得還根本一點都不嚴重，那麼，這算不算是新聞呢？

以上的例子都是實際發生的事件，狀況假設是一個課程的舉

例，說明了雖然「狗咬人」是一個一般的「尋常」事務，但是，這狗如果咬到尋常的你我，那當然是稀鬆平常，但如果咬到「不平常」的人，或是因為不尋常的理由，那麼即使是「狗咬人」，也是「不尋常」，當然也是媒體所樂於報導的新聞了。

在第一個例子中，那隻狗為了報復天天欺負牠的少年，終於「衝冠一咬」，這是很不尋常的，證明了狗也有狗性，其實和人類的個性是差不多的；而且，這個事件在有趣中又帶有相當的教育意義：即使是動物，也要愛護牠、善待牠，不能去欺負牠。因此，「這一咬」，也就具備了報導的價值。

在第二個例子中，西藏獒犬把小主人咬成重傷，這事件當中有兩個「不尋常」。小孩因為沒有自立能力，是需要大人保護、照顧的對象，小孩受到傷害，往往引起許多人特別的關心，這就是所謂的「惻隱之心」、「不忍人之心」，因此，小孩確實不如成人一般的「平常」，小孩是「不尋常」的群體，他們的消息是會受到更多的注意；其次，西藏獒犬這種狗，也不是尋常的狗，有一段時間，許多人流行將西藏獒犬當家犬來飼養，發生這件咬傷小孩的事情後，這個訊息有相當的「警示」效果，可以提醒許多養狗人士的注意，所以這件事也「不尋常」，當然有報導的價值。

在狀況假設中，美國總統的小狗稍稍咬傷美國總統的指頭，這個假設的狀況，比狗咬掉老師大腿一塊肉還重要得多了，狗咬掉老師大腿一塊肉的事件，媒體絕對不屑報導，除非把老師咬出「狂犬病」，才能博得版面。

但是，美國總統不是尋常人，他太特殊了，他身繫全美國以及世界的穩定，任何對他的傷害都是大事情，即使咬他的是自家養的小狗，依照標準作業程序，總統的護衛一定要立刻將總統送到指定醫院，先注射預防狂犬病的疫苗、消毒傷口、敷藥，還要留院觀察幾個小時。最重要的是，必定立刻將那隻闖禍的狗監禁而且隔離起

來，以防確實有狂犬病。

這隻白宮所養的小狗這一咬，咬出了後續一堆標準作業程序的啓動，這些作業尋不尋常？當然不尋常！

還有一件極不尋常的觀點會出現在總統被狗咬之後：爲什麼平常溫溫馴馴的小狗，忽然凶性大發而咬他的主人呢？到底有什麼「不尋常」的原因呢？

這個假設的事件，被咬的人不尋常，一咬所啓動的「保護總統」機制不尋常，事後引發的種種臆測也不尋常，這麼多的不尋常，媒體必定要大肆報導，即使只是「狗咬人」。

2007年9月11日《聯合報》A5版報導一位一百零四歲的人瑞，一個多月前在散步時，被狗群攻擊跌倒，造成右大腿骨折及髖關節破裂，經過緊急手術，現在已經出院並能自由行走。

這則新聞中有兩個「不尋常」，一是狗群攻擊老先生，不要說狗咬人不是新聞，狗群攻擊一百零四歲人瑞老翁，那就是新聞；其次，那麼高齡動手術，術後又恢復那麼快，這也不尋常。

(三)驚人的

「驚人的」也是異常的一個指標。

英國有一個叫做「金氏世界紀錄」的組織，專門蒐集「世界之最」，舉凡想得出來的「最」，只要經過該組織證明，就可以列入《金氏紀錄大全》（*Guinness World Records*）這本書中，這本書每年出版一次，以更新最新的紀錄，從1955年第一本《金氏紀錄大全》出版後，至2010年已經銷售一億冊，發行量之大僅次於《聖經》。

世界紀錄有的是發現的，有的是可以創造、可以挑戰的，但是不管如何，它的紀錄都是「驚人的」。

2007年7月20日，金氏世界紀錄組織在墨西哥蒙特雷市見證了四十一歲的墨西哥人烏力貝是世界最胖的男人，他的重量是多少呢？560公斤！驚人吧！國際通訊社法新社（Agence France-Presse, AFP）發出了這件事情的電訊，全世界無數的媒體都登載了這個報導和烏力貝的照片。

目前，「瘦身最快」的紀錄保持人，是美國紐澤西州的麥克·希布爾柯，他在兩年內將體重從410公斤減到98.4公斤，腰圍則從292.1公分縮到91公分，驚人吧！

在俄羅斯，有一位名叫「維西·耶夫」的婦人，她一輩子生了六十六個小孩，驚人吧！但她只活了四十歲（1725-1765），更驚人吧！她的六十六個子女中，有十六對雙胞胎，七對三胞胎，四對四胞胎。更驚人吧！

維西·耶夫並沒有想創造紀錄，況且她死後一百九十年，第一本《金氏紀錄大全》才出版，這是金氏紀錄在之後從各種可資驗證的資料中發現而得的，今後大概也難得有人能破這項紀錄了。

不管這些紀錄是「被發現」的，或者是「被創造」的，它們基本上都具備了「驚人的」不尋常元素，因此只要一經「發現」或「創造」，並經金氏世界紀錄組織認證，就立刻成爲新聞報導的重要素材，受到媒體的重視和刊播，和讀者的喜愛。

(四)衝突性

所謂的「衝突性」，是一種觀感或認知的近乎兩極，超出一般的想像；或者是形勢形成了對立或不對等的狀況，強弱、大小嚴重背離，而產生相對的「衝突性」。

一對雙胞胎，長得一模一樣，酷似的不得了，不僅外表難以辨認，說話的聲音和語氣也幾乎一樣，這些相似完全符合我們對「雙

胞胎」的認知。但是，這對雙胞胎一個是維持治安的員警，一個卻是江洋大盜，個性和職業的「對立」和「兩極」，完全超出一般人對「雙胞胎」的預期，也完全和外表及說話聲調的酷似相背離，這就是「衝突性」，這種衝突性就產生了報導的價值。

《中國青年報》2007年9月3日有一則很引人注意的報導，標題是：「你是北大最帥氣的男生」，內容是報導2005年進入中國導彈部隊，當義務役士兵的北京大學光華管理學院大三學生高明，將近兩年來的軍旅生涯狀況及各界的反應，報導並附了一張高明身著野戰服訓練的照片。

這篇報導以上、下兩篇共約五千字的篇幅，詳細介紹了高明加入二砲部隊不到兩年的期間，成爲這個高科技兵種最優秀拔尖的士兵，對導彈發射的所有口令數據和操作，強過職業性的老士官或軍官，不僅是全旅唯一的義務役班長，而且擔任「二號操作號手」，這個崗位負責導彈水準綜合測控的核心，是導彈專業「尖端上的尖端」，關乎導彈發射的成敗，通常由軍官或二期以上士官才能擔任，高明當兵半年就被破格任用。

高明當兵的役期即將結束，報導也敘述了優秀北大生當小兵這個事情所引起的社會關注和討論。

這篇文章刊載之後的第二天，9月4日台灣的《中國時報》在A13版摘要轉刊了這篇報導，還附刊了《中國青年報》所刊登的照片，文章雖濃縮爲不到九百字，但連同標題占了約六分之一的版面，這在台灣報業，篇幅算是很大的。

高明當兵這個報導，既不是新發生（他是2005年11月入伍），退伍時間也還沒到，憑一個大學生當兵的事件，怎麼會成爲《中國青年報》大篇幅報導的題材呢？而對所有大學生都必須服一年多義務役的台灣來說，大學生當兵的事件稀鬆平常，媒體怎麼會對這則新聞有興趣而立刻加以濃縮轉載呢？

關鍵就在於這個新聞具有「衝突性」，北京大學光華學院的學生絕對是「人中之龍」，拔尖中的拔尖，他會選擇在大三就去當兩年的士兵，與一般人的觀念和認知相差十萬八千里，和他的同學更是截然不同，這事有「衝突性」；高明一畢業年薪至少十萬元人民幣，義務役士兵的津貼每月一百多元，差距如此之大，這個衝突性也很大；他在極短的時間內，可以說還是「菜鳥」的時候，對導彈的專業竟然比其他「老鳥」還厲害（老鳥和菜鳥是台灣部隊中對老兵和新兵的暱稱），這也有衝突性；《中國青年報》還舉出了多項社會觀念上「衝突性」的話題。

就是這些「衝突性」，構成了這篇報導受到廣泛重視的原因。

台灣有一個小女生，她精於計算，計算出信用卡發卡銀行的優惠獎勵措施中有一些「漏洞」，於是她利用這些漏洞去進行消費、刷卡，享受優惠、折價或贈品和累積消費紅利點數，結果竟然在她的操作下，合法的獲得極高的利益，她的這種「理財」之道被媒體曝光之後，發卡銀行停止了她使用信用卡的權利，於是兩造之間打起了官司。

這是一個「小蝦米對抗大鯨魚」（這就是部分媒體報導時的標題）的態勢，小女子無錢、無權、無勢，連律師都請不起，而對造發卡銀行卻是律師團成群，有錢有勢，其差距有如天地，這樣龐大的差距，形成了兩極之間的「衝突價值」，媒體連續的大篇幅報導，民眾也津津樂道，小女子一夕之間成名，被媒體封為「卡神」。

後來訴訟的雙方以和解收場，因為發卡銀行在「小蝦米對抗大鯨魚」的社會氛圍下，發現這個官司即使打贏也會失去形象，被大眾認為是「大鯨魚欺負小蝦米」。

相類似的情況在國外也很多，譬如在美國經常有土地、飲水污染，造成居民慢性中毒或引發病變；或是香菸公司過度或不當宣

傳，損及菸民健康等問題，面對跨國性的超大型企業，受害的小老百姓於是聯合起來和大企業進行「集體訴訟」，貧困、不懂法律又沒有組織的小老百姓，面對資源豐富的跨國企業，其態勢的差距一樣是天差地別。

但就因爲這種嚴重的差距所產生的形勢「衝擊力」，引起了媒體和民衆的關切和重視，雖然大家都對這種官司沒有信心，認爲這根本就是「蚍蜉撼樹」（也是媒體會使用的標題之一）；但是，如果經過一番纏訟，小老百姓竟然打贏了官司，這種「螞蟻雄兵推倒大象」的衝擊力和衝突性就又更大了，值得報導的素材也就更多了。

2007年9月11日《聯合報》A13版，刊登了一個「圖與文」的報導，標題是：「醜人協會　美女會長」，約八十字的文字說；「世界醜人協會」在義大利的一個小鎮歡度「醜人節」，並選出蘿貝塔爲新任會長。

照片是新會長正和支持者握手，整張照片只露出會長的清晰臉孔和身材。

全文沒有一個字評斷新會長的美醜，但照片已經清楚地說明了新會長不僅離醜字太遙遠，根本就是個「美人」。

這則「圖與文」題材取得好，具有「衝突性」及「趣味性」，取景也好，完全讓照片說話，讓照片顯示了新聞的價值，而標題八個字，更是畫龍點睛，而且呈現了美醜的衝突性。

(五)令人難以置信的

「令人難以置信的」，就是超出一般人經驗領域之外的事務，也就是「匪夷所思」的事情，當然會引致許多人的好奇。

2007月8月底某一天，一位婦人在街邊的露天咖啡座喝咖啡，

她的座位背向街道，正輕鬆自在間，不知道從哪裡冒出來一個汽車輪胎，滾過來，跳上路邊的階檻，撞到婦人的後腦袋，婦人當場受傷昏迷倒地。

這個天外飛來橫禍，實在令人難以置信，第一是輪胎從哪裡來？第二是滾動的輪胎怎麼有那麼大的力道打傷人？

經過追查，發現是一部行駛中小貨車的右後輪固定螺絲鏽蝕脫落，竟然快速向前滾，越過小貨車數十公尺之後撞昏了婦人，這夠令人難以置信了吧？不只如此，再經過追蹤，發現這個小貨車的駕駛，竟然是一家小型汽車維修廠的老闆，所以整件事情充滿了令人難以相信的因素，自然引起媒體的興趣，相關報導還持續了兩、三天。

有一位先生感冒，咳嗽不止，在一次大咳的瞬間，胸部一陣劇痛，持續痛楚沒有改善，於是立即就醫，經醫師照X光之後，告知有兩根肋骨骨折，但是連醫師都不相信胸肋骨是咳嗽咳斷的，患者當然也覺得不可能。

於是，就教於另一位資深的胸腔醫學專家，這位專家證實，確實有咳嗽咳斷肋骨的病例。這是不是令人難以置信？於是專家說明了劇烈咳嗽時，胸腔會產生急劇間氣流快速流動的現象，其氣流時速可以達到100公里以上，這種驟然對胸腔的衝擊，確實會造成胸肋骨骨折。

這個事情被一位跑醫藥新聞的記者知道了，她撰寫成一則小小但饒富趣味的報導，編輯也十分青睞，放在一個重要而清楚的版面地位，見報後引起了讀者的興趣。像這個報導所說的情況，確實是大多數人難以相信的事，所以津津樂道，同時，透過這個報導，讀者也對胸腔的醫療常識多了一分認識，確實是一個不錯的報導題材。

2010年3月的一期《中國新聞週刊》報導，大陸湖北地區的

「轉基因抗蟲水稻」，在種子公司推廣下，種植已經形成了規模，但種植的農民一邊種，卻表示自己不會吃。報導說明了發生這種問題的原因，但是，自己種的米自己不敢吃，這也眞是叫人不敢相信。

4月4日是耶穌被釘上十字架的受難日，也是耶穌死而復生的復活節，2010年4月4日外電報導，一年前，英國婦人安敏荃忽然心跳停止，在醫護人員的努力下，三十個小時中施予一百一十四次的心臟電擊，電到胸部燒焦，轉而電擊背部，終於在復活節救回一命。這種情況實在令人難以相信，確實值得報導。

另外有一則外電的報導，在美國賓夕法尼亞州發行的「Big 4」幸運獎券，2010年3月31日那期，開出了四個被人視爲幸運號碼的「7」，不僅中獎號碼是7777，發出的獎金總額也是777萬美元。連續那麼多個幸運號碼出現，也是令人難以相信，自然具備了報導的要件。

四、需要性

滿足閱聽人的需要，其實正是媒體的重要功能之一，那麼，閱聽人有什麼需要呢？

我們大致可以從六個角度來瞭解民衆的需求，這些需求包括：(1)知的權利；(2)學習的欲望；(3)休閒的需求；(4)情緒的振動；(5)安全守望的需要；(6)人際關係的維持。

(一)知的權利

早期的人類，不管中外，大多經歷過「各人自掃門前雪，休管他人瓦上霜」的年代，只要按時繳稅，「帝力於我何有哉！」但是

爲了生存的必要，人與人之間的互動增加了，對環境的瞭解也日益重要，因此逐漸要深入社會的各個層面，開始有了「知」的需求，必須要知道社會動態、經濟狀況、國家（或早期的皇權）形勢，而且，當時人類從實證經驗中，很快就獲得了一個很簡單的結論，那就是：對這些情勢和狀況瞭解越多的人，他們的生活狀況越好。

所謂「生活狀況」包括經濟條件、心理狀態（越瞭解現狀的人較少恐懼，心理較爲穩定）、人際關係等等。

因此，對外界種種事務訊息的「知」，形成人類生活的重要行爲內涵之一，宋朝「邸報」的出現，代表了當時已經有一群人，有定時接收訊息的需要和習慣。

人類追求「知」的狂熱，從周邊的、與自己有關係的訊息，到大千世界的種種事務，都有興趣，甚至發展到有「窺視」和「八卦」的訊息，「知」，成爲了人的基本權利之一。

但是因爲人類的生活終究受到空間的侷限，因此媒體適時扮演了「訊息提供者」的角色，所謂「秀才不出門，能知天下事」，就是這個道理。媒體和民衆的需求形成了相互依存的關係，透過媒體的報導，民衆獲得了他們所希望的訊息，滿足了他們對「知」的「需求」和「權利」。

(二)學習的欲望

人類從茹毛飲血開始，逐漸有別於其他的動物，就是因爲人類有學習的能力和動機，這也就是說，人類有學習的欲望。

人類學習的目的，基本上是由於「生存競爭」的需求，早期要與惡劣的環境搏鬥，就要瞭解天候環境的變遷，以趨吉避凶；要與野獸競爭，就必須找出對抗野獸的方式，甚而馴服或馴養一些野獸，成爲人類的朋友或糧食。

到了近代，人類學習的需求，同樣是出於「生存競爭」的目的，人必須與人競爭，才能獲得或確保他的生存條件，這種競爭，是一種良性的競爭，不像過去與野獸的競爭那麼血腥，但永遠存在，必須在工作職業上不斷精進，比別人強。

除了工作上有學習的需求外，人類的學習還有兩種動機，一種是自我成長，自己覺得每天就是要學習，每天必須要有一些知識的成長，否則就會「面目可憎」；另一種是純粹的喜愛學習，毫無目的的學習，見什麼學什麼，就是一般所說的「好學」。

而人類的學習大約透過三種途徑，一是正規教育，二是朋儕，三是自我學習，其中自我學習的時間是最長的，人類透過視聽閱讀，補充正規教育終止之後的學習需求。

而最廉價且最動態的視聽閱讀方式，就是經由媒體獲得，媒體每天，甚或隨時提供許多富有知識性或常識性的訊息，透過這樣的方式，人類不至於與世隔絕，不至於茫然無知，還能不斷「更新」各種訊息最新的動態發展，與時俱進。媒體就能滿足民眾這種「學習的欲望」。

(三)休閒的需求

「休閒」也是人類的重要需求之一，休閒包括實際食、衣、住、行、育樂的休閒活動，和精神心靈的休閒兩個層次，對於民眾的這個需求，媒體可以提供可資實際休閒活動的訊息，讓民眾瞭解，選擇是實際體驗呢？還是臥遊寰宇。同時，媒體也提供許多「軟性」的報導，讓受眾得到心靈和精神的滋潤，這個特性尤其凸顯在華文的媒體中，華文媒體除了一般的新聞報導以外，還有所謂的「副刊」，這些篇幅，提供許多文學、藝術、文化的內容，對許多閱聽人來說，是他們最重要的精神食糧，心靈的雞湯。

(四)情緒的振動

人是喜歡被「感動」的動物，充滿豐富的情感，可以被喜悅的訊息高興得眉開眼笑、喜不自勝，也可以因爲悲慘的訊息而痛哭流涕、魂牽夢縈。

人類這個特性，讓我們會去看喜劇電影，會去看悲劇電影，明知那都是編劇編出來的故事、演員表演出來的氣氛，明知是騙人的，我們仍然願意被騙，仍然願意「受感動」，除了是因爲植基於原始天性，其實還有一個深層的原因，即是本身經驗中的一部分情感得到對照呼應，而得以宣洩自己的情緒，像是看到失戀的情節，就回想起自己或親友失戀的經驗和痛苦，自然產生心有戚戚焉之感。

而媒體所提供的這類訊息，卻是發生在我們周遭活生生的事實，和電視電影編出來的故事截然不同，閱聽人內心情緒的波動、激動和感動自然更爲眞實，更爲貼近他們內心深層的經驗和感受。

在新聞學上，這類會讓閱聽人感動的報導，稱之爲「人情趣味」的報導（Human Interest News, HI-News），將在下一個部分中再加以更深入的詮釋。

(五)安全守望的需要

人類在生活中也需要許多有關的訊息，來確保生命財產的安全和便利，這種需求是極爲迫切的，媒體在這裡就發揮了「安全守望」的功能，它提供了民眾各種生活資訊、消費訊息、醫療保健方法、環境保護或破壞的通報，小從停水停電、氣象消息，到各種類似黑心食品、災變、瘋狂匪徒行凶、流行病疫情（如SARS或新流感）等等報導，這都是民眾很重要的需求，也只有媒體能夠很迅速及時的提供。

(六)人際關係的維持

人活在世界上，必須和其他人發生關係，就是必須建構所謂的「人際關係」，而人際關係是透過各種形式的「交往」來達成或深化，這種交往的各種形式，無一不透過相互的「交談」。

那麼，問題就來了，在各種交往的形式或場合中，要「交談」些什麼樣的素材和內容，才能達到關係及感情的深化呢？

這就需要「談資」了，有了充分的談話資料，就可以充實交談的題材內容，而且這些題材或內容必須要新穎而有趣，不能老掉牙或枯燥無比。

那麼，媒體就能發揮功能了，媒體每天提供各式各樣的新聞事件，既新，又充滿趣味性、特殊性、重要性。我們常常說，與人見面先「寒暄、寒暄」，寒暄最早指的是說說天氣，但是現代人寒暄，可不只是談天氣了，「你最近上網了沒？」、「你有沒有看今天的報紙？」這些開場白，都預告了接下去要談一些媒體所報導的新聞事件，不管是轉述情節、分析原因或自有評論，這些談資大多數從媒體而來，這是殆無疑義之事。

如果一個現代人，在每一次的聚會交往之中，對同伴所說的資訊都毫無知悉，既聽不懂又無法參與意見表達，那麼遲早就無法再在這些群體中立足。

獲得充分的談資，這確實是人際關係中極爲重要的一環。而媒體就是提供談資的最主要管道之一了。

五、趣味性

前兩個段落提到了人都喜歡被感動，因此對「人情趣味」的報

導有著「致命的吸引力」。

西元1866年，美國著名報人丹納（曾任林肯總統的陸軍部助理部長）買下了《紐約太陽報》，那時《太陽報》的銷量爲四萬三千份，丹納開始大量採用人情趣味的報導，他一再強調，新聞就是要：最新、最有趣、最生動。

透過這樣的編採政策，《太陽報》在丹納購入的兩年半之後，銷量達到十萬二千八百七十份，已經遙遙領先當地的同業。靠著生動有趣的人情趣味新聞，丹納在《太陽報》創造了報紙發行的紀錄，可以說是媒體「人情趣味報導」的先驅。

美國的懷特（David Manning White）曾經對一些報社編輯進行新聞選刊類型的研究，他以美聯社（Associated Press, AP）、合眾社（United Press, UP）、國際社〔International New Service, INS，1958年被合眾社合併，成爲「合眾國際社」（United Press International, UPI）〕三家通訊社1949年2月6日到13日共七天的稿件爲樣本，檢視通訊社稿件類型比率及報紙刊出的類型比率。

研究結果，發現通訊社所發稿件中，人情趣味類占35%居七類中（犯罪、災難、全國與地方政治、人情趣味、國際新聞、勞工、全國性農業經濟教育科學等）的第一位，而國際新聞包括了國際政治、經濟、戰爭，總共爲22.5%，排名第二位。

在媒體採用方面，從報紙選用這三家通訊社稿的比率中，發現人情趣味新聞被刊登的比率爲23.2%，略少於國際新聞的23.7%，排名第二。

嚴格來講，這個研究並不是一個很嚴謹的科學分析，因爲：第一，七天的採樣期過短，這個短時間內如果剛好有任何重大國際或國內新聞事件或災難新聞（譬如蘇聯如果是在那段時間完成了第一顆原子彈的試爆），那麼調查就會失眞；第二，採樣的刊載媒體家數過少，而且只代表了一個中西部的工業城，代表性有限。

但是即使如此，這個統計仍然具有參考價值，我們可以瞭解在這七天當中，通訊社記者發稿的偏好是傾向人情趣味，而刊登報紙的編輯對人情趣味報導的偏好也是不低，這也就說明了人情趣味新聞有其市場價值。

我們經常將趣味的事件，容易引起閱聽人情感波動或激動、產生心理投射的新聞題材，稱之爲人情趣味報導，但這只說明了其中的一部分，人情趣味報導還包括了趣味的文筆，因爲有了趣味的文筆，許多較爲生硬的報導題材也就生動活潑了。但必須提醒的是，趣味的文筆指的是中國報人梁啓超所說的「筆鋒常帶感情」，而非「煽情」、「濫情」之筆，更不能是加油添醋、超越事實的文筆。

美國著名的戰地記者恩尼・派爾（Ernie Pyle, 1900.8.3-1945.4.18），在第二次世界大戰時，隨著美軍到過歐亞各地的第一線戰地，發回美國無數的戰地新聞報導，最後在太平洋一個叫做伊江的小島上，被日本狙擊手擊中而殉職。

恩尼・派爾作爲一個戰地記者，處的是最艱苦、最危險的戰線，報導的是人類最大衝突悲劇的戰爭新聞，周圍充斥的是砲彈聲和生命瞬間失去的無常，對於這種最爲硬性且嚴肅的新聞題材，恩尼・派爾卻能夠從許多人性的層面出發，寫出一篇篇感動人心的報導，當時美國有三百多家報紙和四百多家週刊刊載他的報導，幾百萬人閱讀他的文字。

當他殉職的消息被證實後，正是美國羅斯福總統逝世後的第六天，剛接任總統的杜魯門宣布：「恩尼・派爾死了，這消息使得全國再度淒然」。

恩尼・派爾寫戰地新聞，就是「筆鋒常帶感情」的最佳寫照，他很少寫大將軍，卻在第一線戰地上和來自全美國各地的小兵一起生活，他的戰地新聞除了戰地消息外，還有許多小兵在戰場上的描述，細膩而親切，經常令人感動不已。

他能夠和戰場兵士親密接觸，細膩的描繪，主要由於他在擔任戰地記者前，曾經花了四年時間，跑遍美國四十八個州和當時還沒成爲美國州的阿拉斯加以及夏威夷，而且每個州至少去過三次，全美超過十萬人的城市，他只有一個沒去過；而西半球中，他也只有兩個國家沒去過。

在恩尼．派爾死後才出版的《恩尼派爾全集——四十八州天下》一書中，曾經描述他這四年旅行採訪的一些統計數字：

「沒有一次在家過耶誕節，住過八百多家旅館，越過美國大陸十二次，坐過六十二次飛機（1932年至1936年時的航空事業不像現在發達，且事實上是六十六次——依據恩尼．派爾傳記），乘過二十九次船，步行過320公里，付出的小費總計達二千五百美元，用壞了兩輛汽車、五套輪胎和三部打字機，全程達26萬4,000公里，寫的專欄有一百五十萬字。」（《恩尼派爾全集——恩尼派爾傳》，摘自《人情趣味新聞料理》，徐慰眞著，2001，頁10）。

就是因爲這樣的經歷，恩尼．派爾在戰場上所認識的每一個小兵，他都去過他們的家鄉，能夠喚起他們的家鄉話題而進入他們的內心世界，這種感情下的筆，要不動人也難。

恩尼．派爾不僅是一個偉大的戰地記者，他也是一個腳踏實地「跑」新聞的著名記者，他更是硬性新聞人情趣味化的大家。從他的經歷可以發現，一個好的記者就是要多跑、多深入、多見識，才能有好的新聞報導。（有關恩尼．派爾的相關訊息，請參閱美國印第安納大學網站：www.journalism.indiana.edu/news/erniepyle，恩尼．派爾畢業於印第安納大學新聞系，該大學新聞學院爲了紀念恩尼．派爾，設有恩尼．派爾課程和恩尼．派爾學者，並設有專屬網頁）

那麼，什麼是「人情趣味」新聞呢？歷來對人情趣味新聞的詮釋極多，中國廣播公司新聞部前副理徐慰眞（1950年12月30日生，

湖北省襄陽縣人，2001年5月6日在新聞工作中因心臟病突發殉職）在他往生前最後一本著作《人情趣味新聞料理》（生前寫作，死後出版）中，彙整各家之言，而下了一個「比較嚴謹、詳盡」的定義：

「人情趣味新聞具有強烈的人情趣味成分，是一種觀念也是一種寫作方式。它以他人生命、財產、特別的動物，以至於全人類生活福祉、進步為廣泛範疇。而以人性化、個人情感為訴求，不拘泥於寫作方式。」

「在結構上，人情趣味新聞以強化、壓縮、戲劇化的運用事實，讀後讓人有感覺愉快、悲傷、震驚等情緒反應；使讀者以他人境遇分享經驗，產生替代參與，這種『神入』的社會功能，將苦悶的『社會人』暫時能在每天紛雜的重要新聞中得到精神上的解脫，剎那間成為『自然人』。」

「人情趣味新聞組成的重要因素包括：1.性的需求；2.同情心；3.不尋常；4.進步；5.競爭；6.懸念；7.性別及年齡；8.動物。」（徐慰真，2001，頁30）

透過這樣周全的詮釋，我們可以知道，人情趣味新聞因爲打動人心，喚起人類高貴的關懷之愛，而產生了教育意義，同時，因爲引起閱聽人普遍的共鳴，而產生了「共同的行動」，譬如出錢出力的協助，形成了「社會服務」的重要功能，這是很具有社會價值的新聞內涵。

對媒體來說，人情趣味新聞可以平衡硬性新聞充斥的版面，提高閱聽人的閱讀興趣，當然，因此而產生的銷售量成長、收聽（收視）率提高，也就不在話下了。

前面提到《中國青年報》的一則報導：「你是北大最帥氣的男生」，也是一則典型的人情趣味報導。可見，有時候一則好的報導，可以同時具備有多項新聞重要性的元素。

動物經常是「人」情趣味新聞的要角，2007年8月27日，英國《每日郵報》報導了一則很有意思的動物新聞，故事發生在漢茲地區艾斯賀斯特村的一家野生動物園，這家動物園收養了四隻小刺蝟孤兒，其中三隻的母親幾週前被卡車輾斃，這四隻失去母愛的小刺蝟竟然和園內清潔用的刷子玩得不亦樂乎，還依靠在小刷子上磨蹭，管理員說：「刷子的味道讓牠們想起了在大自然的棲息地；刷子赤赤的質感，讓牠們想到母親。」報紙還配了一張四隻小刺蝟依偎在刷子上一副陶然自得的照片。

這則報導見報後，立刻被遠在台灣的《中國時報》加以摘要報導，刊登在2007年8月28日A16版的版面上，分享給《中國時報》的數十萬讀者。

另一則與動物有關的人情趣味新聞：阿根廷昔日的足球「金童」馬拉度納，曾是國家隊的總教頭（在2010年7月南非世界盃足球賽八強賽失利返國後遭解職），在2010年3月的某一天和他那隻名叫「貝拉」的沙皮狗玩耍，結果被愛犬衝擊破相，上脣縫了十針。這個事件被外電報導，《聯合報》登載於2010年4月1日的A9話題版，標題爲：「馬拉度納　狗咬破相」，並配了馬拉度納和闖禍沙皮狗的照片。這則新聞也說明了「狗咬人」，也未必不是新聞，端看咬的是什麼人！

2007年9月2日「大公網」報導，自「十六大」以來，中共中央查處嚴重腐敗的省級幹部共十六位，報導將這些貪官的姓名職級披露，並說明他們貪汙的形式和共同特徵，很平實的將中國政府打貪防貪的具體成效報導出來，並提出共同特徵提醒官員不要重蹈一樣的犯行。

台灣的《聯合報》依據這些資料指出，這些巨貪的落馬，「大多與色、賭、洗錢有關，其中有九成是包養情婦，大多是與地產商有『權錢交易』和『權色交易』。」因此改寫成一則報導，標

題爲「16貪官多貪色　九成包二奶」（《聯合報》，2007.9.3，A14版），這就是一則「軟化」硬性新聞的實例，達到的傳播效果和社會教育意義也會更大。

同一天《聯合報》的第一版，有一則報導標題很吸引人：「娶某大姐」近四十六萬對。說的是主計處最新的調查，發現統計至2006年底，台灣有四十五萬八千對夫妻，是屬於「女大男小」的婚配型態。

《聯合報》除了第一版的新聞報導外，並在A5版以整版的篇幅，報導知名的「女大男小」婚配實例，其中以台灣的台南縣長與妻相差八歲，美國影星瑪丹娜與夫相差十歲最爲特殊；報導並分析女大男小所遭逢的社會壓力、形成原因，以及相關的議題。

這個報導，從主計處許多有關的人口統計資料中，篩揀出與傳統觀念「相衝突」的一些「有趣」資料，除了將這種新現象加以披露外，並搭配更多的相關「趣味性」、「知識性」報導，完全符合「人情趣味」新聞的要件，確實也引起許多媒體的跟進報導，也成爲許多人的談資。

2007年9月11日《聯合報》A7版報導一則新聞，一位新竹縣山地鄉的警員孫生財，他的哥哥二十多年前車禍斷腿，十幾年前又中風，兼得帕金森氏症，他的母親十年前臨終時，請他照顧哥哥。孫生財承諾母親之後，每天中午騎四十五分鐘的機車，去打理兄長的用餐和居家事宜，再騎四十五分鐘的機車返回工作崗位；他的主管知道後十分感動，最近將他調到離兄長家步行「只要一分鐘」的派出所服務，以便他就近照料。報導並配了一張孫生財照護哥哥吃飯的照片。

這是一則很感人的報導，孫生財這個警員，對兄長無怨無悔的照護，信守對亡母的承諾，以及他的主管的幫忙，再再令人動容。這是一則絕佳的人情趣味報導，而且也極富教育性。

2010年4月1日《聯合報》A14社會版，報導彰化市一名新生女娃配發的身分證號碼是「22665438」，引起父親憤怒，內政部同意專案改號。爲什麼呢？在閩南語中，「2266」音同「離離落落」，是「丟三忘四」的意思，「5438」則是「我是三八」，三八意爲八婆，對女孩子來說，是很不雅的稱呼，這個巧合以喜劇落幕，但其間充滿了趣味性，是很有趣的人情趣味報導。

結　論

從事新聞工作，最重要的就是找出甚麼是值得報導的素材，能夠找到這些線索，就能夠進行後續的採訪和寫作。

西元1615年發行的德國的《法蘭克福人新聞》（*Frankfurter Journal*, 1615-1902），雖然是每週發行，但已經可以說是世界上第一份眞正的報紙，而眞正的日報，則要到了郵政可以天天遞送郵件的時候才具備成熟的環境，被世界公認爲最早的日報，是德國的《萊比錫人新聞》（*Leipziger Zeitung*），成立於1660年，最初爲週報，後改爲日報。

此後，世界各國陸續設立報業，但直到十九世紀中葉以後，新聞教育的思想才開始在美國萌芽：1876年，美國康乃爾大學（Cornell University）開設「新聞學講座」；1878年，密蘇里大學在英文系內講授「新聞事業史」；1893年賓夕法尼亞大學華頓商學院（Wharton School of Business）開設五種新聞相關的課程；1908年，密蘇里大學設立新聞學院（李瞻，1972，頁783-784）。

而事實上，直到密蘇里新聞學院設立後，也就是二十世紀初，才開始陸續出現新聞學理方面的書籍和教材，在此之前，報業都是由一批熱愛新聞事業的人士，隨他們對市場的敏銳觀察來辦的，經

過將近三百年的摸索，現代新聞事業開始有了一些學理的依據。

換句話說，西元1850年前後，那位叫鮑蓋特的《紐約太陽報》編輯，雖然已經說出了「狗咬人不是新聞，人咬狗才是新聞」這句新聞學的名言，但這完全只是他個人對新聞選擇的看法，是無師自通、做中學來的經驗之談，而近三百年的新聞從業人員摸索之後，逐漸使新聞工作有了學理的依據，也有了讓新聞人員工作時可以憑依的準則。

因此，瞭解什麼是新聞？什麼不是新聞？這對有志從事新聞工作的人來說是很重要的第一課，畢竟這是西元十七世紀以來近三百年新聞前輩的經驗累積，以及有了新聞教育之後一百多年來，學者及從業人員在基礎上不斷地探討研究而產生的學術，自然有其值得重視的價值。

當然，這些學理還在動態發展之中，更多的學者和更多的新聞從業人員，以及更多型態的媒體，再再都使得新聞學理繼續有更豐富的成長。

問題與討論

1.何謂「守門人」？「守門人理論」是什麼？

2.請就第二節「什麼是新聞？」中的五項新聞元素，以及其所包含的內容，嘗試從坊間各類媒體的報導中，尋找符合這些元素的新聞。

3.請檢視市面上現有的報紙，哪些報紙是屬於「質報」？哪些是屬於「量報」？為什麼？

4.《紐約時報》為什麼被公認為是「質報」的最佳典型？

關鍵詞彙

1.**守門人**（Gatekeeper）：「守門人」在傳播學上意指從事件發生至成為新聞刊出的過程中，足以影響新聞刊出的形式或內容的人。這個理論是由美國心理學家李溫（Kurt Lewin）所提出的。

2.**煽色腥新聞**：是英文「Sensationalism」的音譯，指新聞報導的「激情主義」。在美國報業發展的歷史中，1885年前後，著名的普立茲（Joseph Pulitzer）在紐約辦《世界日報》和《世界晚報》時，特別重視刺激性的新聞，只要能激發讀者閱讀興趣的新聞，無不刊登，因此銷量大增，被認為是最具代表性的「量報」，這就是強調「煽色腥新聞」的「激情主義」。

3.**黃色新聞**：衍生自「黃色報紙」（Yellow Press），是美國報業發展的一個重要階段。1985年11月7日，赫斯特（Williams Randolph Hearst）在紐約買下的《紐約紀事報》（*New York Journal*）正式出版，與普立茲的《紐約世界日報》報展開激烈的市場競爭，這場競爭十分惡質，雙方爭相刊載激情的內容，而且無所不爭，其中一報有一個很受歡迎的漫畫，主角穿著黃色的衣服，被稱為「黃孩」（Yellow Kid），另一報也推出一樣穿黃衣主角的漫畫，兩個「黃孩」就對上了，因此兩報被報業稱為「黃色報紙」，因為這兩報的競爭太激烈了，內容激情不已，因此再從「黃色報紙」衍生成「黃色新聞」，來説明其報紙內容的激情，這場「黃色新聞」的競爭持續了十餘年，影響既深且廣，不只傳到了國際，且影響至今。據新聞界耆宿錢震先生（江蘇東河縣人，1912-1999，曾任台灣中央日報副社長、中華日報社長、董事長）的見解，「黃色新聞」具備了八項特徵：激情主義的充分應用、有聞必錄、製造新聞、大字標題、濫用照片、星期增刊、虛偽詐欺、過度同情弱者。（錢震，1970，頁613-614）

4.**扒糞新聞**：二十世紀初的美國，貪汙、詐騙、經濟犯罪橫行，造成嚴重的政治社會問題，於是新聞界揭發種種弊端黑幕形成風潮，被稱為「扒糞運動」（muck-raking），這種揭弊的新聞也因此稱為「扒糞新聞」。對「扒糞新聞」一般有兩種評價：確實查證清楚的扒糞，可以阻止社會和政壇的歪風，對促使國家進步很有助益，也是媒體發揮

第四權的積極表現；但是如果把扒糞當成一種激情主義，未能確實查證，結果就變成八卦，嚴重時會影響許多人的清白，這則是無法被認同的扒糞。

5.**八卦新聞**：美國一些小型畫報或晚報經常有「閒話專欄」（gossip column），專門寫名人的隱私或內幕，由於許多訊息都沒有根據，有如從鑰匙孔窺探而來，因此這類報導也被稱作「鑰匙孔新聞學」（key-hole journalism）。八〇、九〇年代，這種風潮也流行到東方，香港出現一些專門刺探或討論別人隱私或內幕的雜誌，這類雜誌因為都是八開的版本（一張報紙有四個版面，每一個版面的大小是四開，八開雜誌的大小等於一個新聞版面的一半），香港人用廣東話說「八開」，音即成「八卦」，因此流行到台灣，就說這類揭人隱私內幕、說長道短的報導為：「八卦新聞」。

6.**狗仔隊**：義大利文有一個字「PAPARAZZI」，首次出現於1958年，譯名為「追蹤攝影隊」。歐美一些攝影記者，尤其是自由投稿（free-lancer）的攝影記者，經常尾隨或隱身偷拍名人的私生活，這些人就被稱為「PAPARAZZI」。而「PAPARAZZI」中文被翻成「狗仔隊」，則是香港人的傑作，據說五〇年代港警刑事科派擅長追蹤案件的便衣刑事偵察員，以跟蹤、竊聽的調查方式查案，這些偵查員如狗一般嗅覺靈敏，因此被暱稱為「小狗隊」。這種追蹤方式被記者發揚光大，並由一群記者接力，長時間的追蹤、守候、拍照，因此就被統稱為「狗仔隊」。

7.**質報**（Quality Paper）：是指重視內容品質的報紙，堅持高水準的新聞標準，而不計發行量的多寡，是定位報業品質的指標。世界上被公認為「質報」指標的為《紐約時報》。

8.**量報**（Quantity Paper）：相對於「質報」，是指只為了發行量，而內容迎合大眾口味的報紙，充斥低俗、不雅的內容，因此，雖然發行量很大，卻沒有品質可言。

9.**閱聽人**（Audience）：又稱「閱聽眾」或「受眾」，是指報紙、雜誌的讀者，廣播的聽眾，電視的觀眾等的總稱。

10.**截稿時間**（Deadline）：所有媒體依據其媒體特性訂定出報導的「刊播時間」，在這個時間之前，基於編審作業流程的需要，又訂出一個

所有稿件完成的時間，稱之為「截稿時間」，超過這個時間，報導即無法刊出或播出，有如越過「死線」。

11.**人情趣味報導**（Human Interest News）：指的是那些能夠引起閱聽人心情愉悅、同情、關心的新聞事件，或報導寫作方式。

參考書目

李瞻（1972）。《世界新聞史》，三版。台北：國立政治大學新聞研究所。

英漢大眾傳播辭典編委員會（1983）。《英漢大眾傳播辭典》。台北：台北市新聞記者公會。

徐慰真（2001）。《人情趣味新聞料理》。台北：三民。

錢震（1970）。《新聞論》，再版。台北：中央日報。

第八章 跑新聞，話「採訪」

學習目標

1.豐沛的人脈網絡是新聞從業人員最重要的資產。

2.如何從「人」來獲得新聞線索？

3.經常性的事件或新聞中都可以找到新聞線索。

4.採訪應該做好的準備和注意事項。

採訪工作是進行新聞報導的第一個重要階段，是到新聞現場或向新聞對象蒐集第一手素材的行為，這個階段做得好不好，絕對影響到後來的寫作和報導，就有如廚師上市場買菜和食材，如果採買的菜和食材不新鮮，或是一般般，或是丟三落四的，那麼端上桌的料理一定不會好。

一個有經驗的記者，他的採訪工作看起來輕輕鬆鬆，好像吃飯、騎腳踏車一般的自然，其實，那是花費了許多時間培養出來的「直接反應」，在他的內心已經建立了一套採訪工作的「標準作業流程」，隨時隨地只要嗅聞到新聞的味道，這套標準作業流程立即自動的啓動，一以貫之，直到完成採訪工作為止。

因此，建立一套好的採訪「標準作業流程」很重要，這要從進入這個職場的第一天起，就要積極培養，形成一種「習慣」，就能很自然的啓動採訪的本能。

第一節　採訪者的正確態度

大家都知道記者的工作是爲媒體發掘及報導新聞，以滿足民衆「知的權利」，因此他做的是一個公共服務的工作，理論上受訪者應該全力配合才是，但是事實卻不然，我們不談記者個人行爲或心理偏差的狀況，即使正正派派的記者，不同的記者都會有不同的採訪表現，這是因爲優秀記者在作爲一個記者時，已經建立了很正確的基本態度，他知道採訪工作所面臨的最大關鍵是「人」的問題，也就是採訪對象的問題，每一個採訪對象都不一樣，他們個性

不同，心裡所想、所關切的事務也不一樣，他們的期待更不相同，因此，如果搞不定採訪對象這個人，絕對無法完成成功的採訪，其次，是對採訪對象怎麼「問問題」的問題，問題問得好，就可以得到良好的配合，問題問得不對勁，就會得到不同程度的抵制。

因此，採訪這必須瞭解「人性」，必須知道「問問題」的重要性，這些基本認知和態度，必須內化到採訪者個人的修持。

美國南佛羅里達大學教授喬治·基蘭葆（George M. Killenberg）和南伊利諾大學教授羅·安德森（Rob Anderson），都是經驗豐富的新聞工作者和新聞傳播學教授，他們兩人以多年工作經驗，加上訪談許多傑出記者之後，於1989年寫了一本新聞學上極有價值的著作：*Befor the Story: Interviewing and Communication Skills for Journalists*（中譯本名為《報導之前——新聞工作者採訪與傳播的技巧》，李子新譯，1992，遠流出版社）。

在這本書中，喬治和羅也注意到這個問題，他們在書中有一節「人性的本質與問題的本質」中指出：「記者對自己和人性的瞭解愈多，他們低估問題的力量和誤用問題的可能性就愈少。人性非常複雜，很難把它化為公理的形式。」

因此，他們提出四個重點：

1.人都希望得到公允的對待。受訪者都希望記者能公平和正確，因此記者在各方面都要尊重他人，必須能夠易地而處，將心比心，這一點非常重要。
2.人們喜歡你怎麼對他，他便怎麼對你。記者有時候因為時間的匆促和急迫，不自覺的顯露出不耐煩甚或蠻橫的態度，這時受訪者通常會表現消極的抵抗或不配合。
3.沒有兩個相同的人。記者常常過度依賴自己的經驗去判斷受訪者的反應，事實上每個人都不一樣，對事情的反應也不相

同。

4.人都想滿足基本的需求。禮貌而公正的對待他人，承認他們獨一無二的個性，確認他們的需要，包括不願被打擾的需求。記住別人在接受採訪時不僅在滿足你的目的，同時也在滿足他們的目的。

喬治和羅並對「問題」的提問，提出很有價值的建議：
肯動腦筋的記者應該把他（或她）的問題修飾爲：

——探求，而不是搜索。
——請求，而不是挑戰。
——建議，而不是命令。
——發現，而不是算計。
——誘導，而不是強取。
——指導，而不是強制。

（李子新譯，1992，頁71-74）

第二節　新聞線索的獲得

新聞科系的學生，經常會問一個問題：「到哪裡找新聞？」

我們習慣把記者的採訪工作稱爲「跑」新聞，跑新聞當然是到有新聞的地方去跑，但是，新聞到底在哪裡呢？記者是到街上到處亂跑，才獲得新聞的嗎？

計程車（出租車）的駕駛，有的是滿街兜，注意有沒有人招呼，有人招呼就停車載客，沒人招呼就繼續在馬路上兜。但是，國際油價不斷上漲，計程車的駕駛人開始發現，在街上到處兜圈子的

空車花費，已經逐漸成長為成本中不得不注意的一筆龐大開銷，那麼不去街上兜能否照樣有顧客呢？

聰明的司機會有幾種作法，一是加入「無線電車隊」享受「無線電叫車」服務，由基地台告知你所在位置（透過GPS衛星定位或空中呼叫）附近乘客的叫車資訊，客人自然就上門了，但是你必須付出加入車隊的一些費用。

另一個方式是從工作中找出規律，在一天的時間中，有些時段是乘車人較多的時段，如上下班時間；有些天氣是乘車人較多的時候，如下雨或艷陽高照時；有些地點是乘車人較多的地方，如辦公區、商業區，尤其是百貨公司門口、車站機場出口等；還有綜合的因素，如深夜的夜店門口、宵夜區附近等等。有經驗的司機會在特定的時間、特定的場合，在特定的地點守株待兔，結果當然是滿載而歸。

作為一個有經驗的記者也如同計程車司機般，他必須有一些跑新聞的策略，才能提升工作效率，而且大多數的優秀記者絕對不會如無頭蒼蠅般的在街上找新聞的。

一、布建新聞線索提供者

就像計程車加入「無線電車隊」，透過基地台獲得乘客的搭乘訊息一樣，記者也必須建立他自己的龐大人脈網絡，這些人脈網絡分布在所有他必須跑的新聞路線單位上，有的會主動告知他該單位所發生的消息，有的可以幫他查證訊息，或提供進一步的分析或發展。

一個記者通常會被媒體單位指派去負責主跑一條或數條新聞採訪路線，那麼他就必須去經營這些新聞路線的人脈關係，加以布點。

這個路線的人脈關係分爲兩個大類，第一大類是正式的聯絡人，第二大類是自己開發的人脈關係。

一般記者可以接觸的單位，不管是公家或民間，通常都會有「新聞發言人」、「新聞聯絡人」或「公共關係部門」、「發言人」的設置，這些單位裡的相關部門及所配置的人力，就是爲了提供記者採訪方便而設置，當然，這些部門除了新聞聯繫工作以外，都還肩負宣傳行銷，以及危機處理、危機管控的任務。

因此，這類正式的新聞聯繫人所能提供的新聞，尤其是他所主動提供的新聞，必然是對他們單位有利，至少是無害的訊息，記者就必須自行揣摩這些新聞的刊播價值，不要落於爲人宣傳之譏；而當有任何敏感事件發生時，正式的新聞聯繫人最多也只能提供一些基本的資料，來支應媒體記者的需求，至於深入一些的訊息不僅不會提供，可能還會控制流出，以進行危機的管控，所以就必須靠記者的其他人脈關係去突破新聞訊息的貧乏狀態。

這麼說，正式的新聞聯繫人其實是沒有什麼價值的嗎？

這也不然，正式的新聞聯繫人在單位中，通常職級不能太低，在一般大公司裡面，負責公關或發言的人，通常都是公司裡面的「執行副總經理」，也就是副總經理當中的第一把手，必須能參與公司裡的重要決策和會議。因此，新聞聯繫人對單位裡的事情是全面且深入的瞭解，對單位裡的人事也有相當程度的瞭解和認識；同時，由於他的職級高，在外界，不管是不是同行或同業，必然也有他深厚的人脈關係。

因此，當記者在進行正面新聞採訪的時候，這個新聞聯繫人可以提供不少協助和資源，即使在進行負面新聞採訪時，和新聞聯繫人有好的關係，通常也可以少走很多冤枉路。

除了正式的新聞聯繫人，記者一定要再建立自己的人脈關係網絡，而且這些人脈必須分類，有些是初級訊息的提供者，有些是高

級或機密訊息的提供者，這些關係中，有的會主動提供，有的是被動提供，有的能接觸到許多訊息，但就是不懂哪些訊息是你所需要的，因此必須透過不斷的聯繫和「閒聊」，才能挖掘出新聞訊息。

高級的聯繫人，可以用來瞭解較高層次的策略性訊息，以及用來查證從其他管道獲得的重要訊息，或者對一些重大議題或事件的分析和未來發展的評估。

不管是正式的新聞聯繫人，或是自己開發的人脈關係；也不管這些人脈的層級是高還是低，都必須維持經常的聯繫，建立深厚的情誼，要能夠隨時可以通上電話，不管是白天還是深夜。

對於正式的新聞聯繫人，記者可以隨時問他：「今天有什麼新聞？」因爲他的工作就是提供新聞素材；但是，對自己開發的聯繫人就不能用這樣的方式和語氣做開場白了，因爲如果是有負面的新聞線索，在這樣的發問下而提供的時候，容易讓這個朋友內心產生罪惡感，反而不利新聞的獲得。

因此，對自己建立的新聞人脈，都必須以聊天的方式，很自然而無形中將問題或線索聊出來，這是要特別注意的技巧。

二、從例行事件中找新聞

許多新聞都是原來新聞事件的後續發展，去注意原來新聞事件的影響、發展、處置，還有相關的「人」的動態，新聞就在其中了。

一個球隊出國比賽，他們在國外有賽程、有參訪，這些都是排定了時間的，記者即使並沒有隨隊出國採訪，只要到了原定安排比賽或參訪的時間，撥一通電話就可以完成採訪工作了。

政府的部門都有例行的會議，有的是年度會議，有的是每月或每週固定的會議，這些會議一經訂定，通常不會改變，只要到了

這個排定的時間，就可以進行採訪而得到需要的新聞；企業也是一樣，尤其是上市公司，每年有一個時段都必須召開股東大會。

有些新聞事件會持續發展，像空難事件發生後，初期大家重視的都是傷亡救災的新聞，以及事發原因的推測，但是對「黑盒子」，就是所謂的「飛航記錄器」和「通訊記錄器」的解讀就必須專門的設備和需要一定的時間，那個時間到了之前，記者就必須和解讀的單位聯絡以瞭解黑盒子解讀的結果。

另外像一些交通事故發生後，會有亡故人員善後，以及受傷人員治療進展的後續消息，都需要向閱聽眾交代，這類新聞稍不注意，就容易遺漏。

曾經有個資深記者說起他早年跑社會新聞的經驗，他採訪了一個車禍新聞，眼看著傷者被送往一家大型醫院急救，依據這位記者的經驗，那位傷者傷重的程度，大概無法救了，但是醫院照樣盡一切力量進行急救。

這位記者當天晚上發了這條車禍新聞之後，便打了電話到醫院急診室瞭解急救的狀況，正好急救醫師接的電話，醫師告訴他，病人尚在急救之中，情況危急，醫師也和記者一樣認爲存活的機會不大。

第二天晚上，這位記者沒有忘記再打電話到急診室，電話一撥通，他就對著接電話的人問道：「昨天車禍送來的那個人死了沒？」電話那頭一陣靜默，忽然傳來一聲淒厲的長嚎，把這個記者嚇了一大跳，接著那一頭傳來一個女性憤怒的聲音說：「你爲什麼詛咒我的先生！」

事後，這位記者才知道原來那時傷者的太太，正想利用急診室的電話聯絡事情，不巧接到了這位記者的電話；當時，這位記者當然懊悔不迭，從此將這件失誤引爲終身的借鑑，十分注意採訪時的一言一行，也經常拿這個例子來教育新進的記者。

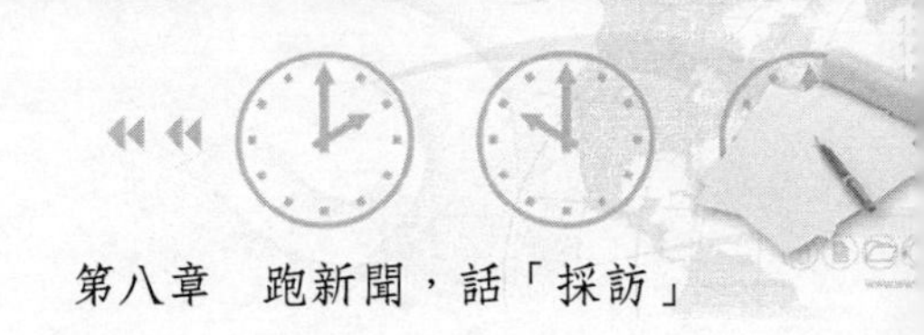

三、從新聞中找新聞

大部分的新聞線索其實都在一般的新聞之中，只要稍加注意，多一根腦筋，多一個疑問，就可以發現另一條不錯的線索。

從新聞裡面發現新聞有三個不同的層次，一個是「垂直」的層次，就是一個新聞事件之後，你從它時間關係上的「之前」去尋找相關聯的關係或事務，並從它時間點「之後」去設想可能的情況、影響或發展。

另一個是「水平」層次，就是與這個新聞事件平行相關的事務，是不是會有相同的狀況發展，「會」，會是怎麼樣一種狀況？「不會」，又會是怎麼樣的狀況？爲什麼會不一樣？

第三個是「空間」的層次，就是這個新聞事件，會不會在其他地區或國家也有相同或近似的實例，如果有，其差異又何在？

舉個實際的例子，以前面提過的《聯合報》報導「娶某大姐近四十六萬對」（《聯合報》，2007.9.3，A1版）新聞爲例，我們看到這個報導指出：統計至2006年底，台灣有四十五萬八千對夫妻，是屬於「女大男小」的婚配型態。

針對這個新聞，我們就會想到：最近幾年的比率爲何？這個比率以後會不會再更攀升？在我們這個社會中有什麼比較知名的「姊弟戀」的實例？古代不是有「娶某大姐，坐金交椅」或「女大一，黃金堆滿地；女大二，黃金堆屋脊」這種俗諺和習俗，何以近代反而轉變？這就是一種「垂直思考」的產物，每一個想法都可以發展出一個有趣的報導。

接著我們也許會想到：「女大男小」的婚配型態會不會衍生出一些問題？譬如說，從統計上可知人類的壽命，女性比男性活得長活得久，大概多六歲（台灣的資料）以上，那就說明了女性守寡的

時間平均等於年齡差異再加六年，也就是老年人口中女性要更多於男性，這樣對社會的影響如何？又，因爲女性的「適宜生育」的時段較短，「女大男小」的婚配型態，會不會影響生育率？而女性一般較男性老得快，「女大男小」的婚配型態，會不會造成老婆已經垂垂老矣，而老公還是生龍活虎的情況，而致衍生出其他的問題或糾紛？這就是「水平思考」的產物，每一個想法也都可能會是閱聽人相同的疑問，一經報導，就會獲得喜愛和關心。

再來，我們還會想到：國外的情形又是如何呢？哪些國家最經常發生「女大男小」的婚配型態呢？爲什麼？他們的情況又是如何呢？這就是超脫「空間」的思考模式，可以給我們得到很多不同的參考訊息，每一個想法都值得報導。

這就是「以新聞找新聞」的技巧。

我們還可以再舉一個例子：報紙曾經有一則報導，標題是：「糖尿病患摔車　酒測超標不起訴」，說的是一個民衆騎機車摔倒，員警懷疑酒後駕車，經酒測發現酒測值超過標準，被移送法辦。

但是被告喊冤，說他是因爲患有糖尿病血糖值太高，失去意識而摔車，且出庭當天沒喝酒，現場酒測值同樣超標，檢察官相信他的說法，處分不起訴。

這是一則很有趣的「人情趣味」新聞，我們看了會很感興趣，但也會有人想到：以後如果他再摔車或開車撞死人，怎麼辦？沒有喝酒卻酒測過高，這是糖尿病的原因嗎？醫生或專家的說法是如何呢？（這是垂直思考的層次）

同樣會因發病失去意識的還有沒有其他病症？高血壓、心臟病會不會也是如此？對這種情況，政府單位有沒有任何維護安全的措施？如果因此而限制這種駕駛人再駕駛汽機車，會不會有剝奪他們權益的顧慮？而如果因未限制而發生意外以致造成他人傷亡，駕駛

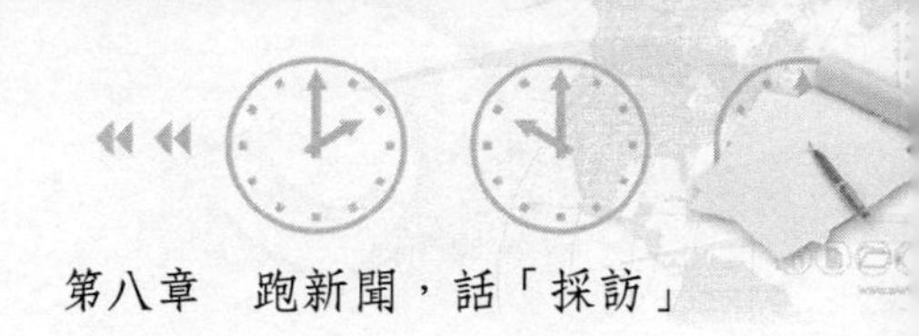

人有沒有法律責任？（這是水平思考的層次）

再想想先進國家，如美國、英國、法國、德國對這類狀況的規定又是如何呢？能不能爲我們所學習參照呢？（這是空間思考的層次）

從一條新聞，有經驗的記者就可以挖掘出許許多多的新聞線索，這就說明了「新聞中有新聞」的眞諦。

另外還有一個極爲特殊的狀況，那就是從國外或是境外的媒體報導中找新聞，這是許多通訊社特派員或是媒體駐外特派員經常採用的方式。

由於這些駐外的特派員在駐在地都是人數極少，甚至通常都只有一個人，而且多數時候一個人要負責極大的採訪區域，根本就難以採訪發生於駐在地區的所有新聞，因此必須有所抉擇，只有確實十分重要的新聞事件，才會親自採訪，而其他的訊息，就只好從駐在地的媒體中去尋找了。

他們在駐在地媒體報導中，一定優先選擇跟派遣國（特派員所代表媒體的國家）有關的新聞，這類新聞十分重要，有時候特派員還必須依照當地媒體報導的訊息，再向有關機關求證後才加以報導。

其次，他們會選擇有趣的或特殊的「人情趣味」新聞，轉發到派遣國或其他國家去（國際通訊社）。

這種情況也是媒體從業人員，從其他媒體的新聞中尋找新聞線索的職業技能。

有些媒體會有廣告版面或時段，這些出現在媒體的廣告，有時候也是極佳的新聞線索的來源。

2007年9月10日台灣的《聯合報》第一版下半版，登了一個大幅的廣告，是由台灣五個醫療院所的協會出錢刊登的一個「抗議」的聲明，標題是：「台灣醫界嚴正抗議行政院會強行通過圖利藥商的健保藥品定型化契約。」

至於內容，則提出了許多理由，說明行政院院會通過的這個定型化契約，不僅是圖利藥商，也無法解決「藥價黑洞」的現實問題。

這些個民間組織所刊登的廣告，讓讀者對健康保險的藥價問題產生疑問，而且對這個複雜的議題，民衆確實是不大清楚的。現在，這個廣告引爆了爭議，記者就可以從這個廣告發展出許多的報導，讓民衆有更深入的瞭解。

果然，在第二天的《聯合報》A11版，就刊登了標題爲：「健保局藥品契約　醫界反彈　府院關切」的一則新聞，報導了醫界團體反對健保局作法的原因，以及政府相關機關的關切。不過，這些報導只是抗議廣告登出後的初步反應，相關後續如：開會、協商，到政策是否會調整或改變，這都需要時間，記者就必須隨時盯住這件事的最新發展了。

四、從資料中找新聞

我們經常說：資料是死的，但是，將死資料賦予意義，就變成了新的資訊。這個說法，說明了資料裡面可以找出新聞。

從資料裡面找出新聞，有三種不相同的情況。

(一)從「老資料」中找出新聞線索

這就好比「考古」，從一堆死人骨頭或遺物中，找出我們過去所不知道的新事證，而形成了一些足資報導的新聞線索。

台灣鐵路局在2007年4月間從台北石牌倉庫旁的老舊倉庫中，發現了二百七十九批文獻資料，包括日據明治32年（1899年）以後

到第二次世界大戰後，有關鐵路用地、工程、鐵道布設的相關文書資料，其中最老的是明治32年的「鐵道用地關願書綴」，及明治33年的「用地台帳」。

這些歷經一百年前後的資料才剛出現，便已經受到各界的重視，和媒體的廣泛報導，原因無他，因爲這批「舊資料」將來經過整理，必能呈現台灣鐵道史的許多寶貴發現，這些發現對民衆來說是一些新的訊息，富有極高的瞭解和學習價值。

從這些舊資料剛剛發現，媒體就爭相報導，可見從老資料尋找新線索確實是媒體採訪的重要方向。

2007年9月10日《湖北日報》有一則報導，說清末名思想家康有爲曾到過北極，是到過北極的第一個中國人。

這個新聞是前一天在武漢大學的一個研討會中，中國科學研究院大氣物理研究所研究員高登義所揭露的新發現，他從康有爲的一堆舊資料中，發現了一段文字，描述「遊那威北冰洋那岌島夜半觀日」的經驗，時在5月24日子夜。由這段「永晝」的記載，判斷康有爲到過北極。

這是「新發現」的「古名人」事件，當然具有新聞價值，而這個新發現卻是由一堆老資料中扒梳出來的。

(二)從「新資料」中找出新聞線索

這種情況最常見的是政府的各種統計資料，一個國家的政府會定期發布這個國家的各種資料，包括人口資料（如人口總數、性別、年齡、教育程度、職業、居住地等的分布）、財政資料（如貨幣匯率、外匯存底、外債、財稅收支、物價指數等）、經濟資料（如進出口數額、工商資料、各行業之數量、營業額等），此外還有教育資料、科研資料、勞工資料、醫療保健資料、農業資料等

等。

這些資料，除了一些文字的描述外，最多的是統計數字，透過新的統計資料可以和過去的各種資料進行比對，從而瞭解國家的發展狀況。

這又解釋了我們常說的一句話，那就是：「數字會說話！」

一個有經驗的記者，會從定期發布的一堆統計資料中找出各種關聯性，顯現出數字所呈現的意義，讓數字說話，這就得到了新聞線索，得到了報導的素材。

這種從新資料中找新聞的機會極多，但是你就必須記得在第一時間去取得這些資料，並很快的花時間去做資料的比對，這樣，重要的新聞立刻就出現了。

2007年9月11日《聯合晚報》第八版有一則報導很有趣，標題是這樣的：「太誇張！麵包太香也罰10萬」。內容是從環保署2006年的統計中，發現接獲三萬多件臭味投訴案件，其中有一件是麵包店被鄰居檢舉「早晚都排出惡臭」，環保人員雖然覺得味道很香，但抽驗樣本送檢驗後，聞臭師發現味道已經超過標準，即使是香味，也已經造成空氣污染，因此還是對麵包店裁罰新台幣十萬元。

這則報導不是最近發生的「新」聞，而是從去年的統計資料中篩揀出來的一件有趣的新聞，可見資料堆裡確實有寶貝，尤其香味也要被處罰，與一般人的認知大相逕庭，也算俱備了「異常性」的元素了。

(三)從研究資料中找出新聞線索

許多研究單位或學術單位，經年累月的在進行各種專門的研究或實驗，他們的研究或實驗成果，或者是編成研究報告，或者發表在重要的學術刊物中，透過這些出版品，許多同行得以獲得最新的

研究結果，但是對於一般人來說，專業的研究報告畢竟太過艱澀，既沒有機會接觸，即使接觸了也未必看得懂。

這就提供了一個機會，讓記者去將這些高深的研究成果，透過深入淺出的文筆加以描述，使一般人得以一窺科技研究的堂奧，以及瞭解新的研究發現與人類的關係，和對人類可能產生的影響。

有經驗的記者，會以各種途徑，隨時去獲得相關的研究報告和專業期刊，從中尋找值得報導的題材。

2007年7月13日《中國時報》的A12版發表了一篇報導，標題爲：「太陽系外行星，發現第一滴水」。這是一個很令人驚訝的消息，因爲這種可能性在過去從來沒有科學家可以想像，但是研究團隊卻以紅外線太空望遠鏡觀測到了，這個報導是取材於國際頂尖的期刊《自然雜誌》（*Nature*），這本雜誌以「號外新聞」公布了這個新發現。

這一則新聞的重要，是因爲這是人類對太陽系外太空的一項重要發現；其次，最知名的《自然雜誌》期刊以號外新聞的形式宣布這項發現，足證其可貴性；第三，在這個研究團隊中，有一位中央研究院的助理研究員梁茂昌，是十二人團隊中最年輕的一員。

新發現、重要性，加上同胞的「心理」鄰近性，使得這條新聞充分具備了報導的價值。

除了研究報告或專業期刊的線索外，還有其他的方式可以獲得新聞線索，那就是「出版品」。

報紙，除了新聞版面可以找到許多新聞線索外，副刊，甚至廣告版面都經常會有可以發掘的新聞，另外像圖書出版品也提供了一些可能線索。

近幾年世界上最流行最暢銷的書，就是英國女作家羅琳（Joanne Kathleen Rowling）所寫的《哈利波特》（*Harry Potter*）了，這是一本「魔法書」，理論上應該是一本童書，但是因爲她所

描述的魔法故事異常的變化萬端，情節也是懸疑萬分，經常出人意表，因此連成人都爲之入迷。

這本書共出版七集，從第二集起，每次的出版，都引起各界多方揣測其新書的內容和劇情發展，完結篇的第七集更是令全世界的「波特迷」爲之瘋狂，媒體也爭相透過各種途徑，各顯神通，希望在2007年7月21日全世界同步發行之前，提前知道書名及男主角的生死之謎，以饗讀者。這就是媒體在出版品當中找新聞線索的最佳例證。

2007年7月14日，英國的《每日郵報》就報導了一本書所提出的一個人類滅絕後的世界的想像，這本書《沒有我們的世界》（*The World Without Us*），是由美國亞利桑那州大學新聞學教授，也是知名的環境作家衛斯曼（Alan Weisman）所寫的，書中指出，以現行的環保理論，人類是摧殘地球的禍首。

書中預期有一天，世界因爲污染和嚴重的輻射，使得人類在一夕之間消失，當人類滅絕後，許多動植物仍然可以存活在這個世界上，而狒狒最有可能成爲這個沒有人類的地球的新主宰。報導還附了一張書中的模擬示意圖，描繪沒有人類之後，倫敦特法加廣場上的納爾遜雕像孤獨的立在荒煙蔓草中。

即使這本書寫的是一個想像的狀況，但作者透過對環境的瞭解，以及對環境遭破壞後可能導致的危機的認識，加上許多科學理論的佐證，使得這本著作更發人深省。

《每日郵報》的記者依據這本書，做了值得民衆閱讀的報導，台灣的《中國時報》立即在隔日的A12版，以配照片的顯著篇幅加以摘要刊出。

可見，從出版品也可找到新聞線索，而且內容珍貴發人深省的話，更會有許多同業加入報導。

英國《新科學家雜誌》在2010年4月號刊載了一篇文章，名爲

「為中國統治科學做好準備」，根據論文發表數、科技研發支出、大學畢業生數量、科技人才資源與專利總量等多項指標，指出中國科技實力正迅速崛起，已經是全球第二大科學強權，並預言現在主宰世界科技的歐美國家，到2020年時就必須勉力去適應全球科技界的新秩序。這篇文章依據統計資料分析，並提出預言，而且登載在知名的雜誌，當然具備報導的價值，於是《聯合晚報》就將這個新聞加以報導，登載在2010年4月11日的B5大中華版，標題是「中國科技　10年內超美」。

五、從網路中找新聞

網路是當前傳遞訊息最迅速、最廣大的通路，也是記者可以獲得許多新聞線索的地方。

網路上獲得新聞線索有幾個方式：

(一)透過電子郵件

現在幾乎每一個使用電腦、會上網的人都有電子信箱，透過電子信箱可以收發電子郵件，不僅在傳輸郵件時沒有空間的限制，而且可以同時傳送同樣的郵件內容給許多的對象，這種「群發」的功能，改變了我們對訊息流通的習慣和方式，我們可以很簡單而且很迅速的透過電子郵件的群發功能，將一些資料以各式電子檔的格式和朋友分享，只要利用滑鼠做幾個點取的動作就完成了，非常方便。

這種便捷的訊息傳遞功能，可以讓一份資料透過每一個收件者再次的「群發」，而產生了類似核子爆炸時的連鎖效應，或者說是類似病毒的急速傳染，我們稱這種大規模的訊息傳布方式為「病毒

式的傳播」。

電子郵件的使用者經常會收到一些奇奇怪怪的郵件，大部分是垃圾郵件，一部分是熱心人士獲知一項對一般人有用的資訊，就轉寄給他所有的朋友，透過一再的大量轉寄，某些訊息就被快速的傳播。

在電子郵件中傳遞的一些訊息，有時候就是一個新聞線索。

(二)透過聊天網站BBS站

在許多社群的聊天室，尤其是大學的BBS站，經常駐足了許多同好在那裡就各種主題發表意見，有時候會有網友投入一個驚人的消息，或者是一些周遭發生的奇特事件，引起大家的關注而熱烈討論，甚至就一些新聞事件引起很嚴重的對立爭執，如果經常上一些較知名的BBS站，就可以發現許多熱門的討論都可以當成新聞的線索。

(三)透過部落格

部落格（Blog，或稱「博客」）是一種個人的網誌，因為可以供別人訂閱，因此一些個人發抒的特別經驗，也很容易引起許多人的熱烈迴響。

2007年10月21日TVBS有線電視台報導：「南投仁愛之家成立四十年，房舍老舊卻沒經費翻修。去年新加入的男性保育員何來成，把這裡的點滴用部落格記錄，受到網友極大迴響，其中有保險業者知道後幫忙募款，金額累積超過二百五十萬，但完整翻修重建，需要三千萬，募款還有一段長路要走」。

這是從部落格發現的新聞線索，加以追蹤後的感人報導。

2008年8月4日，台灣苗栗縣一位基層員警吳道源，在颱風天

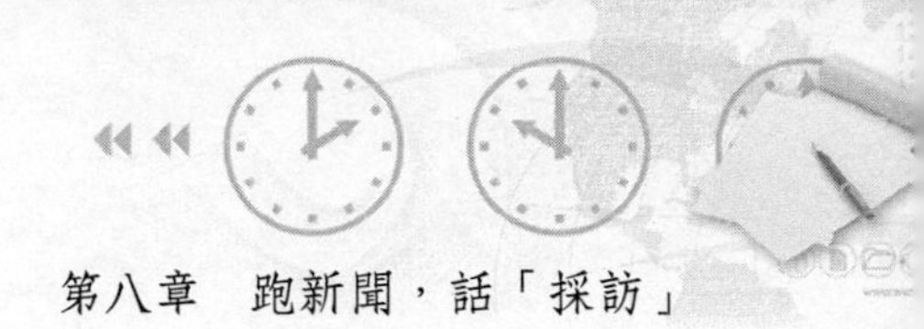

中停止休假照常出勤，卻不幸遭落石砸中殉職，但是這一則報導卻淹沒在縣市首長出國的新聞中（縣市長出國過於頻繁，風災時也未能趕回處理救災的新聞）。翻譯《魔戒三部曲》的朱學恆認爲不公平，就在個人部落格中號召網友寫卡片給殉職警員的家屬，感念「在生命最後堅守崗位的警員」，結果這個部落格每天點閱人數超過三萬人次，短短五天蒐集了來自國內外的二百二十三張卡片。

這個事件，因爲在部落格中大爲轟動，引起巡弋在網路的新聞記者發現，於是在8月14日加以報導，登載在15日的《聯合報》A10版，新聞和照片超過半版。有人因此認爲這是「部落客」傳播的一樁美事。

(四)透過影音網站

現在有許多影音網站，可以讓民衆上傳一些個人錄製的影片，供網路的民衆收看，經常也會有一些不小心拍攝到的寶貴鏡頭被上傳，引起熱烈的點閱，這正是最好的新聞線索。

2007年6月17日，英國一個長相平凡、說話結巴並缺乏自信的手機銷售員保羅．帕茲（Paul Potts），經過激烈的競賽，獲得英國的選秀節目*Britain Got Talent*的冠軍。他在第一次出場時，以一段「公主徹夜未眠」（歌劇《杜蘭朵公主》中的一首詠嘆調）藝驚四座，這段影片被貼上世界著名的影音網站YouTube，結果不僅點閱爆滿，這段影片並被擷取下來，透過許多網站和許多個人的電子郵件傳送到許多人的信箱中，更多的媒體也依據這些資訊加以報導，使得保羅．帕茲一夜爆紅全世界。

2010年4月，台灣一個「選秀」節目《星光大道》中，出現了一位二十四歲胖胖的大學畢業生林育群，他演唱美國天后女歌星惠妮休斯頓（Whitney Houston）的成名曲I Will Always Love You，高亢的歌喉驚艷現場，演唱過程被主辦單位貼到YouTube上，立刻造成全球大量的點閱，林育群也是一夕全世界爆紅，CNN也選擇在新聞節目中播出，兩位主持人還評論說，惠妮休斯頓應該請「小胖」林育群來替她代唱（因爲之前沒多久，惠妮休斯頓在法國的一場公開演唱會中，因爲個人生活因素唱得荒腔走板，而受到媒體和歌迷的抨擊）。

但是，不管是透過網路的什麼途徑獲得新聞線索，必須要注意的是，網路上流傳的許多訊息，不正確的或似是而非的居大多數，甚至有許多是有心人刻意泡製的假事件，因此，對這類新聞線索，一定要小心謹慎，查證再查證。

六、從生活中找新聞

有人說，記者的生活是多采多姿的，這話一半對，一半不對。

先說不對的一半。記者從決定投入這個行業時，就已經選擇了從此要過一個「非人」的生活：每天過著忙碌的生活，二十四小時備戰，全年無休；無法和妻兒共進甜蜜的晚餐，要過晨昏顛倒的生活，每天只能看到妻兒的睡姿，妻兒大多數也只認識睡眠中以及電話裡的丈夫和父親。

記者就好比名醫，名醫每天有排不完的門診和手術，深夜有時還要出急診；記者也是一樣，每天忙著跑新聞，遇到突發性新聞，隨時就要出發，深山叢林、山陬水涯，水裡來火裡去。但是，記者還是比不上名醫，名醫不必擔心哪一天沒有特殊的病例，記者卻要擔心每天沒有特殊的新聞；名醫不必擔心漏掉哪個病患沒給予診治，記者每天都擔心漏掉一條新聞，甚或獨漏；名醫越努力，名望和收益越多，記者越努力，只得到虛名，到頭來仍舊是兩手空空。

所以這記者的生活，表面上光彩，裡子裡卻有滿腹的心酸難爲

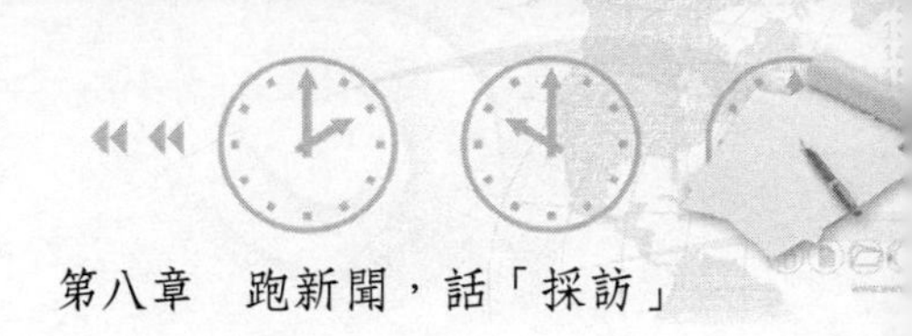

人道、難爲人知。

美國知名的戰地記者恩尼·派爾生命雖短，但在四十五年的生命中，迸發的光和熱，卻令人景仰。在《恩尼派爾全集——恩尼派爾傳》中，有一段文字是他的朋友描述他的眞實生活，眞是叫人慨歎，特別加以轉載：

「恩尼·派爾當時雖然是家喻户曉的名人，可是他的生平並不為公眾所熟悉。他與『那妞兒』裘莉的一段婚姻，既是他的天堂，也是他的地獄；恩尼命犯驛馬星（意指生活多波折，奔波各地有如驛馬一般），然而裘莉耽於閱讀，喜歡沉思，作為一個女性，本能上她要求歸宿，生兒育女，還有安定的生活，起先她還可以陪恩尼捲起鋪蓋上車去浪跡天涯，但終於再也忍受不了這種無根的生活，只有撇下他，孤零零住在阿布奎基市的小屋裡，以至於酗酒。他殉職以後，他一生摯愛、仳離、重圓的妻子裘莉也在數月後相繼逝世，更令人深深嘆息。」

從這段文字，可以看出一個盡職、醉心於工作的記者，他的生活是多麼的不容易。

但是從另一個角度來看，記者與達官貴人、販夫走卒相交往，各種形形色色的場合都可以穿梭其中，接觸到各種奇奇怪怪的事件，學習到各門各類的知識，經常走訪於世界各地；在人群中，人人競相追逐，話題一個接一個；筆下文字傳播千里，閱聽者無數。這種另一面的生活狀態，又是如何的多采多姿，令人豔羨！

但是必須知道的是，前面所述的記者「非人」生活，顯然就是記者生涯所不能避免，而記者決心從事這個行業，就已經決定選擇去過這種非人生活而無怨無悔。

至於多采多姿的生活，則也是記者之工作所不可避免，記者在這些場合工作，場合雖光鮮，卻未必有享樂的心境，甚至於，記者

連吃個早餐，都隨時在注意周遭的環境是否有突發的事件，我們可以說，記者在他的生活中，時時都在找新聞。

所謂「在生活中找新聞」，就是生活中的所見、所聞，處處都可發掘到新聞的線索。

記者去採訪的途中、吃飯應酬時、去看一場展覽或演出、和朋友聊天、聽一場演講，甚或逛街喝咖啡時，都可以獲得新聞線索，只是必須隨時做好準備。

在1980年代，有一位資深的攝影記者在台北路邊的早餐店吃早餐，眼觀四面耳聽八方的記者忽然注意到幾個鬼鬼祟祟的人，他就提高了警覺，準備好隨時攜帶在身邊的照相機。終於，發現了其中一個人掏出一把手槍，他立刻拿起相機，在歹徒當街槍殺人的那一剎那，他拍下了幾張令人震驚的「清晨街頭槍擊」的照片。

這個照片之所以令人震驚，固然是當街執行槍決的畫面活生生的呈現，令人難以接受，另一個原因是，記者如何能夠在那一刻拍到照片？除非是事先知悉凶殺案會發生。

如果這個記者是事先知道會有這場殺戮而提前守候，這種態度當然可議，對於記者的工作倫理和信條也是有違，這部分是一個記者工作的原則問題，不是這裡所要討論的主題。據瞭解，這個攝影記者確實是無意間碰上了這一場街頭喋血，他在拍到照片時，歹徒也正好殺了人一哄而散，這位記者並在同一時間打電話報警（那時還沒有行動電話呢！）

這位記者有良好的工作習慣，作為一個攝影記者，他隨時照相機不離身，隨時就能拍照；同時他也很機警，即使在悠閒吃早餐的時候，都能注意到周遭環境的蛛絲馬跡，這些條件，讓他在生活中也能找到、捕捉到很好的新聞線索。

同樣是1980年代初年，另外有一位文字記者在和朋友吃飯時，聽到一位鄉下學校的校長無意中提到，一個偏遠地方的小學因為沒

有學生而廢校，校長還說：「聽說那個村的村民都搬走了。」

這位記者聽進了這句話，但是覺得十分疑惑，以台灣人口密度之高，怎麼可能有一個村莊的人全部搬離？因此，他決定去實地查證。

這位記者帶著攝影記者到處摸索，找到了在山中的這個村莊，整個村莊已經被荒煙蔓草所淹沒，在一層多樓高的芒草叢中，兩位記者對這個廢村做了一番巡禮，在斷垣殘壁間找尋一些足資報導的題材，也拍下了許多精彩的照片。

現場採訪完成後，他又去訪問了一些人，找了一些資料，完成了一篇可讀性很高的人情趣味報導。

這兩個例子，說明了生活中處處有新聞線索，端看記者警覺性夠不夠，用不用心罷了！

正因為生活中處處有新聞，所以建議學習傳播的人，時時要注意周遭的動態，訓練發現新聞線索的能力，同時因為現在科技發達，相機已經數位化，體積既小儲存量又大，檔案的傳輸也很方便，最好隨身攜帶，養成看到奇特事務就拍照的習慣，那麼新聞線索就隨時可以記錄下來了。

2007年8月20日，華航一架波音737-800型客機在飛抵琉球那霸機場後，因為漏油引起燃燒，並在所有乘員安全離機後爆炸，乘客目擊數十公尺外的飛機爆炸，都受到嚴重驚嚇，驚惶不已，這時卻有一位日本籍的乘客，以手提錄影機將飛機燃燒到爆炸之後的情況，完完整整的記錄下來，成為這次事件中唯一最重要且完整的紀錄，在全世界的電視台中不斷地播放，一舉成名。

奇怪的是，沒有發現有媒體去訪問這位乘客，讓我們看看這位具備天生記者之材的人是長得什麼模樣？或許，已經有媒體找他去上班了也說不定，因為他已經具備了隨時在生活中找新聞線索的能力了，根本就是一塊「記者的料」！

七、由讀者提供新聞線索

許多熱心的閱聽人，會主動提供新聞線索給媒體，這些人所提供的訊息，有些是他們所親身經歷或親見親聞，有些是聽聞所來，有些是打抱不平氣憤之餘而提供，這些來自閱聽人的新聞線索可能未必適合報導，有時候眞實性也還必須經過審愼的查證。

1980年代，台灣一家廣播電台的聽衆，聽聞在台北行天宮（關帝廟）前的地下道，有許多肢殘的兒童在乞討，而這些肢殘的兒童爲犯罪集團所控制，他們將騙來的兒童，加工致殘後強迫他們乞討。這位聽衆聽聞這個殘忍的消息後，氣憤不已，立刻打電話到這家電台的「聽友熱線」（錄音系統）哭著控訴，而處理新聞的早班記者聽到後也是義憤塡膺，很快就將這一段哭訴的錄音播出去了。

這個新聞引起很大的迴響，因爲這個消息在社會上流傳已經一段時間了，聽過的人也不少，但都半信半疑，既經媒體播出，似乎就證實了這個傳言，因此引起了各界廣大的關注，警方也立刻著手偵辦。結果卻是怎麼調查也查不到有乞討的截肢兒童，經過深入訪查每一個聽過這個說法的人，卻都追不到傳言的終端有具體的事實，最後證實這是一個「謠言」。

這件事情媒體的處理確實有極大的瑕疵，因爲對閱聽人提供的訊息，未能深入加以查證，只憑激情即率爾播出新聞，因此造成極大的錯誤和社會的驚慌，事後這個案例，成爲新聞教育很重要的教材，而社會學家也對謠言傳布的這種社會現象深入加以研究。

因此，對於閱聽人提供的新聞線索，其實就如同任何來源獲得的線索一樣，都必須有一定的查證和親自採訪檢驗的流程，才能決定是不是具備報導的要件。

但從另一個角度看，閱聽人觀察的角度和眼光，經常與媒體工

作者不一樣，且深入社會及事件的廣度也是記者所不如，因此他們所提供的線索，經常也會是很好、很特殊的報導素材。

為了彌補記者尋找新聞線索的各種侷限，也為了媒體競爭，現在許多媒體都主動向閱聽眾徵求新聞線索，尤其是「扒糞」新聞的線索，特別在媒體顯著的地位，刊、播「爆料專線電話」，鼓勵並提醒閱聽人隨時提供新聞線索。

第三節　採訪前的準備

所謂「凡事豫則立，不豫則廢」，就是說明了做事前做好準備的重要。採訪工作也是一樣，做好了採訪前的準備，就可以確保採訪的成功。

採訪前做好準備有幾個重要的功能，一是事先設定好採訪的主題，蒐集並研讀好這個主題相關的資料，這樣可以鎖定焦點，並且迅速完成採訪工作，利人利己。

其次，做好採訪前的準備工作，是對受訪者的尊敬，如果一個人物採訪，記者到了現場才當面去問受訪者相關的個人資料，這是很沒有禮貌的。

曾經有一些記者在和受訪對象談論了半天，不僅言不及義，而且許多事情的瞭解都是狀況外，氣得受訪者拂袖而去，還撂下話來：回去準備好再來訪問！這是對記者最大的羞辱，而且是自取其辱。

採訪前應該做什麼準備呢？

一、決定採訪主題

採訪一個對象，不管是事先的約訪，或是刻意安排意外碰面

而採訪，總是要有一個訪問的主題，這個主題一定要明確、重要、「聚焦」，而且是受訪者能夠答覆的議題。

有時候，我們必須準備另一個替代議題，萬一受訪者對原來設定的主題不願回答，或因爲其他原因不能答覆時，這時，替代或備用的主題就可以立刻端出來。

也就是說，不管如何，採訪一定要有一個主題。

經常看到有線電視的新進記者，拿著一個麥克風伸向剛下飛機進入航站的重要外賓，問道：「您對台灣的印象如何？」

這簡直就是一個毫無營養的問題，每一個人都知道這個外賓第一次到台灣來，他連機場都沒有踏出去，怎麼能對台灣有什麼印象？

還有一個實例，清純歌手許瑋倫車禍重傷，正在醫院急救，家人焦急得不得了，也是一個有線電視台的新進記者看到許爸爸來了，麥克風一遞就問道：「你會不會擔心許瑋倫救不回來？」

這是什麼問題？叫人家父母如何回答？叫人家焦急的父母情何以堪？

這兩個例子說明了：第一，記者生嫩，根本還沒有獨力採訪的能力，媒體未曾加以訓練就派出來「亂闖」，這是很不負責任而且很丟臉的；第二，記者採訪新聞沒有做任何事先的準備，既對受訪者不瞭解，也不知道要對受訪者問什麼樣的問題。而現場可能碰到誰、可以問什麼問題都是事先可以預期、可以準備的，但他們都沒有做到，這是嚴重的失職，不知道他們到那個現場守候是去幹什麼的。

二、蒐集相關的資料並研讀

針對採訪的主題，記者必須廣泛的蒐集相關的資料，仔細的研

讀，不管是對受訪者個人背景、專長、經歷的瞭解，或者是對事情前因後果、相關發展、潛在問題等都必須有深刻的認知。

但是，資料不一定完全正確，不同的資料也會有相異及矛盾之處，如果這是重要的資訊，就必須列出準備向受訪者親自查證。

三、擬定採訪計畫

經過詳細的資料研讀，就可以據以擬定採訪計畫，將要問的問題依序排列，將要查證的事項明確列出。

所謂將要問的問題「依序」排列，到底是依什麼序呢？

如果是一個兩相歡迎的訪問，這個問題的排序可以完全依照訪問人，也就是記者的需要排序，依序提出；如果受訪人對訪問有所排斥，那麼就必須妥慎安排問題的次序，由淺入深，由敏感度低到敏感度高，依序提問，比較能夠引船入港。

既然有備用議題，採訪計畫也要有備用計畫，當原訂的主題無法進行時，備用計畫即可適時端出來。

四、周邊作業的準備

進行採訪之前，還必須想清楚幾件事：

1.需不需要帶資料給受訪者參閱？

2.需不需要準備錄音機進行訪問的現場錄音？

3.需不需要拍照？自己拍還是由攝影記者拍？拍怎樣的照片？

這些周邊事務妥善的事前準備，有時候能幫助記者達成一個比較完美的採訪，所以事先一定要想清楚。

採訪前的準備，寫下來是洋洋灑灑，這主要是給學習者或新進人員看的，比較資深的記者，他們每一個採訪任務確定後，立刻就會對這些事情自動在腦中進行準備；初學者、新進者在開始的時候，每一次採訪就必須依照上面所述，逐條寫下來，直到這些習慣已經牢記在心，變成爲一種直覺的反應爲止。

第四節　對事或物的採訪

事或物，是不會說話的，因此，我們對事或物的採訪，就必須找資料替它發言，就必須自己替它發言，或者找其他人爲它發言，這樣才能有足夠的內容來形成一篇報導。

對事或物的採訪，現場是很重要的，在這個事、物的現場，記者必須透過自己的觀察，去描述現場的狀況，去發現現場的特徵和問題，有時候還必須以圖片爲佐證。

然後再依據現場所獲得的資訊，再去找現場的其他人或專家來描述說明或分析，接著也還需要在過去的資料中去找到其他佐證的線索。

因爲事和物不會說話，所以很多時候記者會憑他自己的想像，自由描述，反正錯了，「當事人」也不會講話，也不會抗議。這是錯誤的觀念，事和物雖然不會抗議，但其他的人會有意見，所以對事和物的報導，就必須依照證據、依照資料，就像科學辦案一樣，「讓證據說話」，而且，有一分證據說一分話。

舉兩個例子來說明對事或物的採訪工作。

一場車禍發生了，記者到了現場，先問傷亡狀況，以及傷亡者送往哪裡去，然後，他問現場生還者及處理的警方人員事發經過，也訪問了相關的駕駛員，這些會說話的人訪問完了，他再仔細的去

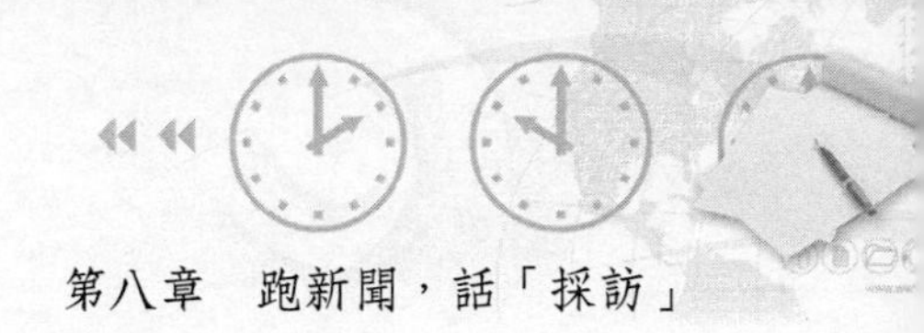

觀察車禍現場，從現場跡證、從車輛損壞狀況，他印證說話的人所陳述的說法正不正確，他並且注意附近有沒有路口監視器。

在現場做完仔細的觀察並拍好各個角度的照片，以及訪問了現場相關當事人和警方及車禍鑑識人員後，他離開了現場，通知跑醫院的同事去醫院瞭解傷者及亡者的處理狀況，自己則跑到警察局去尋求調閱路口監視器，以及蒐集肇事人的資料、駕駛紀錄及車輛的紀錄。

跑完了之後，他可以寫報導了，他描述車禍發生的情況（依據監視器錄影、現場跡證及當事人說詞），指出最重要的傷亡狀況和傷亡名單，並依專家的鑑識，說明肇事原因，對駕駛人及車輛的狀況，也做了一些描述加以配合。這一條新聞就算完成了。

在這條新聞裡，有些資料是來自現場觀察，有些資料是調閱影像，也有些資料是調閱戶口和車輛監理資料庫來的，有些是訪問現場當事人或目擊者來的，有些是訪問專家而得的。在這件採訪「事」的任務中，對事進行了觀察研判，並訪問「人」來說明或分析這件「事」，構成了一篇對事的報導。

秦始皇陵墓附近出土的兵馬俑，曾於2001年到台灣巡展，2006年年底又二次展出。首次展覽時，當然引起台灣各界高度的興趣，不僅參觀的人極多，媒體的報導也是空前，從抵達之前持續到兵馬俑運抵開箱，到正式開展，展期中的點點滴滴，充滿了媒體的版面。

這是一件很重要、很有價值的報導題材，基本上也是一個對「特展」的介紹和報導，完全是對「事件」的報導。

這個展覽事件的主題，是埋在地底兩千多年的、沒有生命的陶俑，它們不會說話，但它們被製作成某一種形象、被安排在坑中的某一個位置，事實上傳達了許許多多的意義，這些意義，是秦始皇的想法呢？還是當時其他人的想法呢？

同樣地，這麼大陣容的兵馬俑群出土後，也給我們帶來許多疑問，大家都想得到解答。

但是兵馬俑不說話就是不說話，只好透過記者的筆，去描述兵馬俑坑的結構、陣勢，兵俑的種類、姿勢，馬俑的神態和隊形，以及其他器物的形制等等實際的狀況。

同時，透過對文獻的解讀，和專家學者的考據、說明、解釋，記者將這些人物的訪問或資料查詢的結果報導出來，民眾可以得到一些基本的認知，再到展場親眼看，聽導覽，就能得到更豐富的知識。

物是不動的，採訪「物」，只要細心觀察，可以描述得很精確，事就不一定了，有時候會發展、會演進、會變化，每一個人的看法也會有較大的歧異，那麼描述和解釋就比較困難了，尤其很多「事」是受到「人」所操縱的，所以採訪「事」，有時候根本就是要從採訪人下手。

第五節　對人的採訪

不管是對事或物或對人的採訪，終究都要和人接觸，對他採訪。採訪「人」，是記者每一天、每一條新聞都無法避免的工作。

而人是活動的，是有主觀意見的，是有情緒的，是會僞裝的，有時因爲牽涉到個人利益，是會隱瞞或造假的，未必誠實的。所以對人的採訪變數比較多，也比較難。

許多時候，採訪人很容易，很多人喜歡接觸媒體，可以增加曝光的機會，尤其是公眾人物，只要是對他有利、對他形象的提升有幫助，甚至簡單到對他的「曝光」有幫助，那麼他就很樂意接受訪問，甚至求之不得。

這種情況，受訪者的配合度極高，你要怎麼訪問就可以怎麼訪問，記者只要記住不要被受訪者利用成宣傳工具就好了。

一、面訪要有一個好的開始

如果受訪者並不十分樂意接受訪問，那麼必定有許多敏感性的問題是受訪者所不願意回答的，對記者來說，所提的問題都希望能得到答覆，以便完成報導，既然受訪者有可能對某些問題抗拒或迴避，那麼要想達成任務，就必須有一些策略，必須運用一些心理學，也必須瞭解受訪者的罩門。

俗話說：「千穿萬穿，馬屁不穿」，這句話用在大多數人身上，效果都差不多一樣的靈。倒不是要記者去拍受訪者的馬屁，只是要以受訪者容易愉悅的問題開始，先讓他樂於交談，然後越說越感興趣，戒心越來越解除。這些令人愉悅的話題，極可能是受訪者最得意的成就，適時提出，讓受訪者對你有知遇之感，最容易銷融原來的冰塊。

二、妥慎處理敏感性話題

敏感性話題的導入，必須有策略的運用，最高明的策略是在輕鬆愉悅的談話中，讓受訪者戒心去除，互信逐漸建立後，再旁敲側擊，答案自然出現於無形。

當受訪者的答覆呈現極度主觀時，這時候要注意了，記者必須判斷這個主觀的意見與事件的關係程度如何，如果關係不大，也就是報導之價值不高，那就不必過於介意；如果是高度的正相關，那麼他過度主觀甚或偏激的意見，顯然是必須予以披露、報導的，但是鑑於報導後可能引起的衝擊，所以必須很小心、很精確的措辭，

記者必須再度的複誦受訪者的說詞，得到受訪者再次的確認，而且應該清楚告知這一段話會被精確的「引述」，要求受訪者同意；如果可能，最好能做成錄音，或當場將這句將被引述的話寫下來，讓受訪者過目確認。

這是一個很重要的步驟，許多記者過度追求新聞的「衝突性」，喜歡「語不驚人誓不休」，因此受訪對象越偏激越主觀的言論，他們越喜歡，結果經常在報導之後引起爭議，受訪者也常常因後悔而否認。

受訪者有時候對一些敏感問題不願涉入，不願意發表意見，這是他的立場，而記者的立場是完成採訪工作，和受訪者的立場迥異，這是誰都沒有錯的事情，而且應該可以互相尊重，作爲一個記者，可以透過說理、說服，或尋求可以接受的折衷方案，千萬不要演變成爭執或糾紛，因爲一旦演變成糾紛，日後的報導工作即使再客觀，都可能被誣指爲偏頗或是挾隙報復，是很划不來，而且會影響日後的採訪工作。

因此，當受訪者有一點情緒性反應時，記者就必須打住，盡量加以安撫，絕對不能讓事態繼續惡化下去。

三、注意可能不確實的談話

記者有時候會發現受訪者在迴避問題，或者僞裝，甚或說謊。

對於公衆人物的「說謊」，有幾種不同的情況，第一種情況是在公開的場合說謊，謊言已經「說出於口，入之於衆人之耳」，換句話說，就是已經形成「一言既出，駟馬難追」的態勢，作爲一個記者，當然必須忠實報導在公開場所的說話，但是也有責任提出證據，指出那個言論的錯誤不實。

第二個情況是受訪對象對你的談話是說謊的，由於在場只有

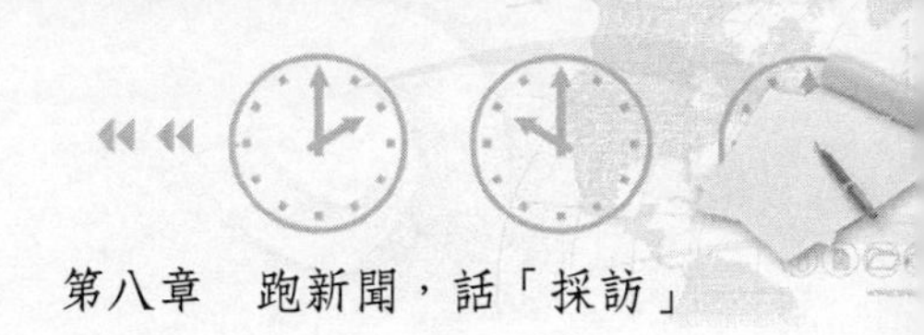

兩個人，沒有其他證人，很容易形成爭議。有些記者明知受訪者說謊，也不願意指出來，反而認爲又不是記者說謊，很樂於把他披露出去，最好是事情越炒越大，才有新聞價值。

這種「唯恐天下不亂」的態度是不好的。作爲一個正派的記者，他當然不願意明知爲不實的消息在他的媒體出現，因爲這多少會傷害媒體的公信力，這時，記者必須權衡這條新聞報導的必要性，若有報導的必要，就應該提示證據，委婉的告知受訪者他的說詞與自己的認知有差異，是不是記錯了？萬一報導出來對受訪者將會產生傷害，是不是願意修正他的說詞等等。

以上所說只是一些少數的狀況，記者在對人的採訪工作中，經常發展出很多眞正的友誼關係，但是，記者與採訪對象的關係要如何定位呢？這是很值得探討的問題，在本章第八節中將繼續討論。

第六節　官方新聞的採訪

所謂「官方新聞」指的就是「政府新聞」，政府是新聞報導最多的單位，舉凡政府各級機關的政策、施政措施、人事更迭，都與民衆、工商企業關係匪淺，因此也是媒體報導最多的新聞。

而政府爲了讓民衆瞭解政府的各項措施，也必須透過媒體的報導來達成。因此，政府各級機構都有新聞聯繫人的設置，來進行新聞的發布，並提供媒體作新聞訊息的聯繫與查詢。

官方新聞一般由負責新聞發布的單位，透過幾種方式發布，最通常的是：發布新聞稿和舉行記者會（也就是「新聞發布會」）。

比較單純的政府機構相關訊息，包括例行性的施政成果、開會通知、行政命令發布，以及首長的動態等等，通常都透過以新聞稿的方式來發布，提供給媒體刊播；如果是比較新的、重要的政策

推出，或是碰到重要的施政挫折，甚或需要直接訴諸民眾的議題，就有可能舉行記者會或是新聞發布會（千萬不要用「記者招待會」的說法，跑新聞是記者的工作、他的本分，不是來接受「招待」的），由高階首長親自對媒體說明，並接受媒體的提問，透過這樣的方式來說明政策，解釋問題。

但是，除了這兩種方式，記者還是可以透過許多方式來獲得政府的訊息，譬如私下的人脈，譬如其他公開的官文書，或者政府編列的預算書等等，這些都是許多重要政府新聞的來源。

另外一方面，政府除了必須透過媒體來宣導政策、解釋施政的問題外，許多時候，政府也希望經由媒體，獲得民眾對某些政府政策的反饋回應，因此，聰明的政府或官員會進行很多很細緻的媒體工作，這些方式，有些是公開的，有些是半公開的，有些則是秘密的，一些西方國家在這方面的工作，已經形成了一些標準的作法，在官方和媒體記者之間，還形成了相當的默契，來供媒體進行官方新聞的採訪。

曾經擔任中央通訊社（Central News Agency, CNA）總編輯的冷若水先生，也曾長期擔任中央通訊社駐華盛頓特派員，在他所寫的《美國的新聞與政治》一書第三章《美國政府的新聞發布》中，曾經詳細的介紹美國政府透過六種方式，來對媒體提供新聞訊息：

一、記者會

記者會是最正式的新聞發布場合，從美國總統到國務卿，到各部會的首長，都會定期舉行記者會，向新聞界宣布新聞或接受正式的詢問。

白宮自卡特總統開始，會將記者會中總統或重要首長所說的新聞加以記錄整理，提供給媒體參考。美國跑白宮新聞的記者對白宮

提供的紀錄，稱為「正式紀錄」，如果記者以錄音機錄下記者會中的談話自行記錄整理，這個自行整理的紀錄也只能稱作「非正式紀錄」。

值得注意的是，萬一記者親自整理的紀錄與白宮的紀錄不一樣，美國的媒體和記者會以白宮的「正式紀錄」為準，絕對不會在這個問題上去挑剔，可見美國的新聞界對政府的尊重。

二、新聞簡報

美國白宮、國務院、國防部這三個最重要的單位，每天都會召開例行的新聞簡報，由各單位的發言人負責向記者提供訊息，或答覆記者詢問的問題。由於這些單位處理的業務太廣也太複雜了，發言人未必全然瞭解，但他們都訓練有記者的敏銳度，事先會針對當時熱門或敏感的問題，請主管的部門提供稱作「新聞指導」（Press Guidance）的參考資料，當問題重要或敏感時，發言人甚至會小心翼翼的照唸「新聞指導」，以免錯誤。

有時候，發言人也會請來主管的官員或相關問題的專家，親自回答專業的問題。

在新聞簡報會中如果碰到一些時機尚未成熟的問題，發言人可能選擇不回答，或者以「提供作背景參考」的名義發言答覆，只要事先經過這樣的聲明，電視台及廣播電台就不能將錄影或錄音播出，對於這樣的要求，電子媒體都會完全遵守。

三、「背景資料」或「背景簡報」

向記者提供「背景資料」或「背景簡報」是美國政府經過長時間發展出來的一種新聞聯繫方式，需要很細緻的操作手法。當政

府認為一些比較敏感的消息，有必要讓民眾瞭解，但又不希望引起太大的衝擊時，會透過向記者提供「背景資料」或對某些記者舉行「背景簡報」的方式，把消息經過非正式的途徑透露出去。

這種方式通常牽涉到比較敏感的涉外事務，或政府即將採行的一些特別措施或預防、回應措施。經過這個方式，也可以讓記者對一些相關問題的背景有更深刻的瞭解，可以進行深度的報導或分析，達到對民眾深入說明的終極目標。

政府對記者提供「背景資料」或舉行「背景簡報」時，記者對這些內容的報導，就「絕對不能」透露或指明「消息來源」，但記者報導新聞，尤其是比較重要的新聞，不說明消息來源，必然會損及報導的可靠度和權威性，因此這時就只能說是「據消息靈通人士說」，或「據權威人士指出」等用詞；而政府相關官員在任何時候都不會承認或證實這樣的新聞。

2001年9月11日，在美國發生恐怖攻擊事件，作為紐約重要地標的紐約世界貿易中心雙子星大樓，和美國國防部，遭受恐怖分子所劫持的民航機自殺式攻擊，雙子星大樓毀於一旦，這個消息及雙子星大樓整個垮下來的景象，透過電視直播，立即傳到世界各個國家。

這個事件發生之後的很短時間，許多國家的政府都立刻向媒體作了「背景簡報」，並提供了詳細的「背景資料」，因此各國媒體都因911事件，而同時以「各國的觀點」報導各國的防恐措施，以及分析美國遭受攻擊的原因。

許多國家的國安機關，對美國遭受恐怖攻擊的事件，都立刻進行深入研究，並提供相關應變對策給國家領導人參考，分析美國遭受攻擊的可能原因，本國是否會同樣受到恐怖攻擊？本國需要提升多少警戒程度？911攻擊對美國的損害會有多大？這些損害會對本國產生什麼樣的影響？要如何因應？尤其是國家安全和經濟衝擊的

問題，更是最重要的議題。

許多國家甚至召開了「國家安全會議」。這些事情是不能直接對民衆說的，以免引起恐慌；但又必須讓民衆瞭解：政府已經提高警覺了，未來還可能會有一些應變的緊縮措施。

這時候，針對911攻擊，許多國家的政府固然會有正式的發言，表示對美國人民的關懷，和政府已經提高警戒，啓動反恐措施，並安撫民衆，希望民衆安心等等言論。

但是最重要的是，他們必須透過背景簡報，向媒體說明：

1.911發生的原因，爲什麼攻擊美國？這個原因可能基於外交禮節是不能由政府明說的，所以透露給媒體去說，間接也說明了恐怖活動不太可能把本國當對象。

2.對國安事務產生的影響。政府很快召開國安會議這個事情，既希望讓民衆知道，又不希望民衆過度擔憂，因此透過媒體去說，表示政府是反應很迅速的，有在做事的，民衆可以安心。

3.透過媒體暗示可能會有一些管制措施，以因應當前狀況，讓民衆先有心理準備。

因此，類似消息，透過背景簡報的舉行及背景資料的提供，可以讓必須呈現的消息可以被刊播，又不致得罪友邦，又可以提醒民衆而不致造成驚慌。

類此事件，就是舉行「背景簡報」，並提供「背景資料」的最典型方式。

但是，美國這種「媒體關係」的運作，因爲機密或敏感的程度不同，又有三種不同的細膩方式。

第一，在正式新聞簡報中，發言人對一些敏感事件雖然選擇回答，但聲明「只是背景資料」，只要一經聲明，媒體就必須遵守相互間的規範和約定。

第二，針對一些特定議題而對部分特定媒體記者進行「背景說明」。這是因為美國是一個新聞高度自由的國家，各國媒體都能派記者到美國首都華盛頓去採訪，而有時候一些敏感政策，未必適合在公開前就讓某些媒體知道。

譬如，2007年9月3日，美國總統布希突然祕密訪問伊拉克，這個秘密行程中，白宮通知了部分媒體記者隨行，這些記者必須嚴守機密，同時，在飛往伊拉克的航程中，白宮主管官員向這些特定的媒體記者進行了「背景簡報」。這樣，記者下飛機之前就已經知道此行的重點，對他的深入報導很有助益，而對布希政府來說，他希望民眾知道的事情也會得到精確的報導。

而這次的採訪和「背景簡報」絕對就不可能邀請阿拉伯半島電視台（Al-Jazeera）的記者參加或出席了。

第三，更高規格的「深入背景」資料（Deep Background Briefing）。這是針對更為敏感性的議題，由發言人所提供的新聞背景資料。

深入背景資料運用的限制更多，首先，記者不能對新聞來源有任何暗示，連「據權威人士表示」這種字眼都不被允許，最多只能用「據悉」。其次，記者報導時必須自行消化資料，重新改寫，絕對不能直接引用「深入背景」的資料文字，更不能用「引號」引述。

四、「不列入紀錄」的談話

美國政府高層官員有時候會私下以「非正式」的方式和記者談話，既然是非正式的私下場合，所談的當然是「不列入紀錄」（Off The Record）的談話，這些私下的談話及所提供的訊息，當然不能

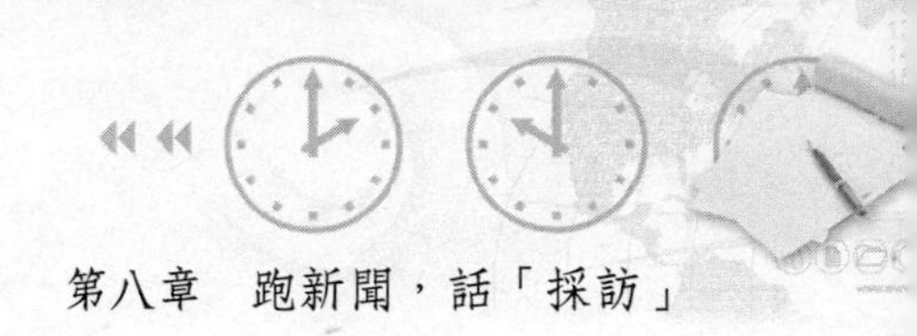

作為直接報導的素材，否則當事人會直接加以否認。

既然不能作為報導的題材，官員幹嘛要做這種「不列入紀錄」的談話呢？

這種「不列入紀錄」的談話通常都代表官員自己的意見，至少還沒有（但是極有可能）成為政府的政策，或者是官員對記者查證一些機密但尚不能洩漏的事情時，為了免得記者窮追猛挖，又不能欺騙時（美國政府的高層官員或發言人對記者的詢問，可以不回答，但通常不會說謊），只好先提供一些「不列入紀錄」的談話，目的在敷衍及轉移話題，並請求暫時先不予報導。

另一方面，「不列入紀錄」的談話雖然不能「直接」報導，但是夾雜在其他新聞當中「偷渡」，卻是常見的技巧。

由於「不列入紀錄」的談話是可以不必負責的，因此可能產生不好的情況。某些官員利用這種私下的、非正式的方式與記者接觸，發表「不列入紀錄」的談話，其實是為了個人的私心或企圖，這種事情雖曾發生，但通常極容易為記者所識破，因為能夠跑華盛頓特區的記者，都是十分資深、對政情十分瞭解、對官員認識極深，而且是十分聰明的高手，絕非省油的燈。因此，官員如果為一己之私而私下放話，一被發現，信用將徹底破產。

五、「風向汽球」式的新聞資料

美國政府有時候為了探測風向，也許是想測試民意，或某些特定對象，甚或是試探某些國家的反應，會由官員故意對一兩位記者洩漏一些機密消息。這種釋放出來的訊息，就是一種風向汽球。

事實上這種釋放風向汽球的作法，未必是美國政府的專利，也未必是高層官員的專利。警政機關在追查重大刑案時，經常使用這種手法，他們將一些只有少數調查員知道的訊息保密，然後對一兩家媒體記者，釋放出一些完全不同的偵查方向或證據，使得可能的涉案人鬆懈或露出馬腳，這也是一種風向汽球。

六、新聞資料

美國政府最後一種媒體聯繫方式，就是對記者提供「新聞資料」，這種方式相當於我們記者經常會收到的政府機關的「新聞稿」。

美國政府的機構，幾乎每天都會發新聞稿，比較特殊的是，這些書面的新聞資料，通常都會註明「發稿時間」，這個發稿時間就是新聞稿內容「生效」的時間，這是因爲有些新聞資料內容所述的情況尚未發生。

譬如美國總統在某個場合的演說，他的講稿早就完成了，記者也先拿到相關的資料了，但是，當美國總統尚未演講，這份資料的內容就不容許被揭露。

另外一個原因是，政府即將宣布的措施可能引起爭論，因此刻意把發稿時間訂在接近媒體的截稿時間，使得媒體來不及反應。

因此，美國政府發布的新聞資料上註明的「發稿時間」很重要，即使這個新聞資料，已經提前提供給媒體記者，但是不到新聞資料的生效時間，記者絕對不可以發稿，若有記者破壞這個約定，不僅會受到同業的指責抵制，有時候還會受到相關單位的採訪限制，絕對得不償失。

第七節　利用電話進行採訪

感謝科技的幫助，我們現在有十分便利的通訊系統，可以協助我們採訪新聞，可以便於我們傳輸報導文稿，在本文作者跑新聞的初期，並不是每一個人家裡都有固接（有線）電話，辦公室也只有幾線電話供所有採訪組記者共同使用，所以跑新聞眞的就是「跑」新聞，都要實際跑去現場採訪事和人，當然，我們的時代比起恩尼．派爾的時代就更不知好多少倍了。

電話確實可以「幫助」我們的採訪工作，但是，電話絕對不能「取代」我們的採訪工作。

電話可以幫助我們做什麼樣的工作呢？

一、約訪的聯繫

記者經常要透過電話聯繫，來和受訪者約定會面或採訪的時間。

二、緊急消息的查證

新聞工作經常會得到緊急的訊息，或許需要立即報導，如果截稿時間迫切，這時就要透過電話向採訪對象查證，或請求說明、回應。

事實上，由於國際通訊的方便，這種突發新聞的情況越來越多，而媒體的競爭也越來越激烈，即使是報紙這種媒體，因為還有新聞網站的因素，所以任何訊息都必須立即查證，以便發稿，電話就提供了一個最為便捷的方式。

也因為有這種隨時必須聯繫的需求，所以當新進記者開始跑新聞，和採訪對象互換名片時，一定要注意對方名片上除了辦公室電話以外，有沒有家裡的電話和手機號碼，留下這些電話號碼，對於臨時有事需要緊急聯繫時會方便許多。

三、經常性的聯繫

記者建立了很多的人脈關係，有些可以透過平常跑新聞時維持一定的聯繫，有些卻不在平常跑新聞的單位，對於這些比較長時間才能見一次面的朋友，就要靠電話作經常性的聯繫了，但是切忌電話一撥通就問：「有沒有新聞？」而應該在聯繫中多閒聊，關切對方的生活和工作狀況，以增進關係，其實有意義的閒聊確實可以獲得許多的消息。

四、電話連線採訪

這種情況，通常以廣播電台或電視台使用最多，透過電話連線，不管是Call-In或Call-Out，可以讓受訪對象直接連線On-Air播出，這樣的連線現場，可以達到立即傳播的效果。

電話確實可以提供採訪工作的許多便利，但一定要和親自採訪或會面相配合，這樣的人脈關係才能得到正確而良性的維繫。

第八節　採訪時必須注意的事項

記者在進行採訪工作時，經常碰到一些奇奇怪怪的事情，有些是大事，有些是小事，但是即使是小事，在剛發生時沒有處理好，就會造成經常性的困擾，以下問題是資深新聞從業人員提醒記者要注意的一些問題。

一、受訪對象餽贈禮品或邀宴

在進行採訪工作時，受訪對象爲了感謝你的辛勞，有時候會饋贈一些禮品、邀請用餐等等。對於這個問題到底應該怎麼辦呢？

一般來說，會邀宴或餽贈禮品，必然是有求於記者或對記者表示感謝之意，否則是沒有道理的。

而記者的工作是對媒體負責，是對閱聽人負責，爲受訪者負責的只是將受訪者所表達的意見和說法正確而忠實的寫出來，而這正是記者的天職，因此，記者毫無道理接受受訪者的任何餽贈或邀宴。

但是，天下事也不可能是一刀切得黑白分明，尤其記者在工作的時候，經常會碰到在灰色地帶之間的狀況。因此針對這個問題，有幾個處理原則。

第一，對於禮品餽贈，如果是採訪單位的公司紀念品，或是活動贈送的紀念品（是每個參加的人都會受贈的），也就是說，並不是特別爲記者所準備的紀念品，那麼基於人情之常，這種價值並不高，但有紀念意義的紀念品（不是「禮品」）是可以接受的。問題是，有許多大型公司所謂的「紀念品」，卻是價值不菲的名牌產

品，這就不能接受了，應該婉言辭謝。

第二，採訪單位有時會在採訪資料中，置放有價金的信封袋，美其名爲「車馬費」，這其實就是陋規，是一種變相的賄賂，是絕對不能收的，一收就立刻被定位爲「可以收買」的記者，所以記者一拿過資料袋，應該立刻檢視資料袋的內容，一發現有不應該收受的金錢或貴重禮品，就要立刻退回給「負責人」，如果現場不便處理，可以於會後處理，或回去後以掛號函件寄回給負責人，或者交由媒體統一處理。

這裡有幾個關鍵是要特別注意的，首先，退回相關物品一定要以受訪單位的負責人爲對象，以免中間經手人中飽，結果記者是退了，受訪單位的負責人仍然將記者做了不好的定位。其次，如果服務的媒體對記者與外界關係有詳細的規定，那麼記者退回禮品或禮金後，回去一定要報告並立案，若是交由媒體單位統一處理，也必須有書面報告清楚留下紀錄；如果服務單位對這種事不是很在意，甚或認爲很正常，那麼建議記者還是直接退回受訪單位並留下紀錄，畢竟個人的形象是會跟著自己一輩子的。

留下紀錄的目的是爲了避免日後的紛爭，曾經發生某個公司被指控以貴重禮品或金錢收買記者，結果所有跑這個單位的記者全部涉嫌，部分未收受禮品的記者則蒙受不白之冤，如果保有退回禮品的證據，那就沒有問題了。

第三，採訪時碰到的餐飲問題，這是很難避免的，不過要清楚一點，就是當記者提出訪問的要求，或者是受訪者主動提出有新聞線索要提供，甚或是有事情要澄清、說明，都是記者必須進行採訪工作的時候，即使要約在外面談，最好是選擇非用餐時間，免得一邊用餐時難以順利的進行採訪工作。

在地點上，咖啡廳是一個可以考慮的地方，因爲現在許多咖啡連鎖店都是點飲料的時候就付帳的，就可以避免由誰付帳的困擾，

基本上，記者不要接受採訪對象的招待，這是最基本的原則，所謂「拿人的手短，吃人的嘴軟」，就是這個道理，但是有時候確實很難避免，如果是約在咖啡廳，了不起就是被招待一杯咖啡，這也是人情之常，還算可以接受。

但是，用餐有時也是無法避免的，譬如說一個大型的餐宴，本身就是新聞的一部分，某一個政要應邀在這個餐宴中發表重要演說，這當然非採訪不可，主辦單位也會保留記者的席位，這也是正常的狀況，只是，一邊用餐一邊採訪，這頓飯吃得也未必舒服。

第四，採訪時碰到的差旅和交通費用問題。有時候要赴外地採訪，如果是記者或媒體所要進行的主動採訪，這個問題就比較單純，由媒體單位負擔這一次採訪行程的所有差旅交通開銷就是了。

比較難界定的是採訪對象的邀訪。邀請到遠方進行採訪的內容是什麼？這就是一個很重要的衡量指標了，如果是很重要很有價值的新聞，雖然是應邀請，媒體還是可以負擔大部分的差旅費的。美國媒體有時候隨同總統出國訪問，即使搭乘空軍一號專機或空軍的專機，都還是要負擔交通費，就是這個道理。

但是，如果邀請採訪的項目，主要是業者的業務發展，雖然還算重要，但就必須考量了，如果應邀了，還是要以新聞的取材原則進行採訪，不能流於爲人宣傳。

至於假採訪之名進行觀光旅遊之實的也常有所聞，這還是盡量避免才好。

第五，最不可取的是有一些記者進行「有償採訪」，就是有價碼的採訪報導，這是完全違反新聞記者守則的行爲，絕對不容許。

二、採訪時可以錄音嗎？

記者進行人物採訪時，有時候爲了精確記錄受訪者的談話，需要使用到錄音機來錄音，這種作法到底好不好呢？

錄音機確實是一個很好的採訪輔助工具，尤其現在科技進步，數位錄音的設備十分方便，有小巧玲瓏的數位錄音棒，許多行動通訊裝置（如手機、PDA、MP3等），也都內建了長時間錄音的功能，但是，採訪可以錄音，卻不可依賴成習，而且使用時也有一些規則。

是否使用錄音機，記者先要考慮有沒有必要性？

在採訪的技巧上，最好的採訪方式是在輕鬆的談話中進行，不要太過正式，也不要太過針對性，老是針對一些特定問題咄咄逼人，絕對是採訪不出好東西的。

錄音機容易讓採訪對象緊張，也會讓採訪對象在回答問題的時候過度謹慎或有所保留，這些常態的反應，對記者的採訪工作是有害無益的。

有了錄音機的幫忙，很容易使記者對受訪者的談話失去專注，反而無法在談話中發掘新的或深入的問題；而且，一旦養成習慣，形成對錄音機過度依賴的情況，萬一採訪對象不同意錄音，萬一錄音機臨時失靈或沒電了，或者回去後才發覺沒有錄成功，這時記者就無法寫稿了。

所以有些老記者堅決反對記者使用錄音機，他們還是認爲記者就必須養成專注採訪，重點記錄，甚或現場完全憑記憶，訪問完立刻作記錄的習慣。

但是，有時候卻又非依賴錄音機不可，這有幾種可能：

1.採訪的內容十分專業時：有些專業知識或技術的用詞比較艱澀，或一些數據不容有錯失，只能依賴錄音機加以錄音。
2.採訪對象是外國籍，使用外語採訪時：這時因爲語文的關係，如果經過錄音可以進一步確認。

3.採訪對象年紀太大或有嚴重口音時：這時依賴錄音機可以在必要時向其他人查證。
4.採訪的內容必須全文照登時：這時必須依賴錄音機記錄所有談話。
5.採訪重要而敏感的談話時：爲了不致有記錄錯誤或遺漏，必須錄音。
6.可能必須引述受訪者的談話時：既然必須引述，就必須確實記錄。
7.可能牽涉到法律問題時：有些針對對立兩方的談話甚或指控，以後都可能形成法律問題，這就必須錄音，以免受到無辜波及。

以上這些情況及場合，在對受訪對象進行採訪時，顯然是必須使用錄音機，既然必須使用錄音機，那就要事先將錄音機準備好，而且要經過測試沒有問題，千萬不要在受訪者面前手忙腳亂的測試，徒增受訪者的緊張情緒。

但是，還有一個最重要的前提必須注意，那就是當準備使用錄音機時，一定要事先獲得受訪者的同意，才能進行錄音，絕對不能私下錄音，這是一種必要程序，也是對受訪者的尊重。

三、和採訪對象的關係

記者爲了採訪的需要，通常都會廣結善緣，擴大人脈關係，但是記者和他的這些人脈關係、這些經常聯繫的對象，要維持什麼樣的關係呢？

和新聞採訪對象有很好的關係，當然對新聞線索的獲得，以及採訪工作的方便，可以有很大的助益，但是關係太好有時候也會產

生對採訪工作的障礙。

在《紐約時報》服務四十多年，曾經採訪九位美國總統的詹姆斯．雷斯頓（James Reston），長期擔任華府分社的主任（期間曾經擔任過短暫時間的執行總編輯），他在1993年12月6日病逝後，被譽爲是「美國新聞界的巨人」（Giant of American Journalism）、「一位舉世無雙的報人」（A Journalist Nonpareil）。他的人格特質加上長期在華盛頓的經營，與政府高層及權貴間的深厚關係，可以說是無人可比。

因爲雷斯頓的關係，《紐約時報》不時有政府的重要消息，同時也因爲雷斯頓隨時可以和高級官員（包括美國總統）通電話，《紐約時報》許多重要消息經常都是透過他的管道進行查證確認，這些優勢，對媒體當然是無價之寶了。

但是，即使《紐約時報》因爲雷斯頓建立的華府豐沛人脈而獲利不少，還是有人對雷斯頓與政府官員的關係太過密切而有所批判。他們認爲雷斯頓與政府高層過於接近，也對重要消息來源過於接近，使他不得不對政府高層及重要新聞的提供者過於禮貌、客氣與仁慈。

對於這樣的批評，雷斯頓認爲他在政府高層及重要消息來源者所得到的方便，不僅可取得新聞，同時也建立起相互間的信心。他指出：「如果你處處作打手，揭人陰私，你別想取得到任何新聞，因爲你會發現，每次你打電話去，都會發現別人出去吃晚飯了。你所能得到的，是你自己的意見。」（李子堅，1998，頁269）

雷斯頓的說法，給記者的角色有了很清楚的詮釋，而即使像這位這麼受推崇的記者，與採訪對象的關係都還受到批評，可見維持與採訪對象「恰當」關係的困難和重要性。

那麼，怎樣才是「恰當」的關係呢？

大致上有幾個觀念和原則是必須隨時提醒自己的。

1.和採訪對象的關係，一定是工作為核心，在這個核心的外面，依個人發展的關係增添不同的外層。有些人以採訪工作為優先，表面上看是對的，但結果卻是會讓採訪對象覺得你的現實和對他的利用，只要這種感覺產生，大概就不會得到什麼好的新聞線索了。所以從工作核心中發展出的私人情誼才能維持可長可久。

2.必須和採訪對象建立一種對相互職業及職業倫理的尊重，相互之間有了這樣的認知，對於記者必須報導的消息，或是採訪對象不能提供的消息，相互之間都能夠說明清楚而有所體會及尊重，這樣就不致發生誤解，或造成怨懟。

3.與採訪對象的關係應該以健康的方式維繫和增長，避免靠吃喝玩樂來維持，這種「酒肉朋友」的交情會使正常的關係變質。

4.當碰到重要的新聞事件與採訪對象或新聞來源有關係時，必須忠實的進行事實眞相的瞭解，正確報導，並對各種傳聞訊息加以驗證，以免傷害採訪對象或新聞來源；在這個過程當中，對採訪對象或新聞來源所提出的要求（如不要報導、暫緩報導，或縮小報導規模，或不提示受訪者姓名等），必須謹愼回應，須知記者是無法做某些承諾的，一切總要以「有價值」的報導為原則，在不違背這個原則下審愼承諾，而一經承諾，就一定要信守，否則，這一條線就斷了。

5.有時候與採訪對象交往久了，難免會得知採訪對象的一些個人私事，對於這些與工作無關的資料，一定要和公事劃分清楚，絕對不宜在報導中或公開的場合中予以披露。

6.即使有再好的交情，一定要保持低調，不要到處渲染與採訪對象的關係，尤其不可以在報導中暴露，這是保護新聞來源最重要的原則。

7.透過人脈獲得的新聞線索，或查證證實的消息，在報導時絕對不要有讓人家發現新聞來源的痕跡，以保護消息來源。

四、和媒體同仁及同業的關係

前面談到的是記者和外界的採訪對象的關係，但記者還會有「對內」的關係，「對內」分為兩個部分，一個是單位內記者的「同仁」關係，另一個是其他單位記者的「同業」關係。

單位內的記者同仁，經常會在一起撰發新聞或開會，關係十分密切，除了是同仁關係外，還有合作的關係。記者不是機器，也有休息的必要，當記者休假時，通常會有固定的記者同仁來代班，這就發展出了工作上的關係。

因為要代班，所以主跑記者必須要把所跑路線的新聞聯絡人交代給代班記者，以便於必要時的聯繫之用。但是，記者基本上不會把自己建立的所有人脈關係交代給代班記者，因為自己開發的人脈，必然有相互間的默契，這是不大方便公開的。

記者通常會很重視他的主跑路線，一方面經營人脈，一方面經營新聞，當路線上有重要新聞在發展當中時，主跑記者一般不會去休假，一定要是正常情況下，才會休假由代班記者代班，這當中有一些敏感性存在，因此也有一些原則存在。

1.代班記者在代班時最好只負責例行性或經常性新聞的代理，不要去深入採訪代班路線的新聞線索，這是因為代班記者對代班路線的熟悉度不如主跑記者，萬一報導產生錯誤或偏差，對媒體及主跑記者都會造成極大的困擾。若代班時，臨時發生重大事務，代班記者最好先聯繫主跑記者，和主跑記者討論或在他的指導下進行報導，才能確保報導的正確方向。

2.一般碰到路線上有重要新聞在發展時，主跑記者不應休假，甚至在休假時，若碰到緊急新聞事件，主跑記者應該要立刻銷假上班。

3.記者與單位內的記者同仁，雖然均屬同一單位而沒有直接新聞路線的競爭，但是仍須保護自己的消息來源對象，千萬不要將他們的一些隱私或機密事項讓同仁知悉，以免萬一消息流出，傷害到採訪對象。

換句話說，記者與單位內記者同仁的關係，就是必須維持「有一點黏，但不會太黏」的關係。

至於其他單位的記者同業，事實上是有競爭關係的存在，但卻又是同行同業，就必須發展出「不黏，但有時候有一點黏」的同業關係。

記者每天忙著報導新聞，最得意的是新聞「獨家」，就是有報導是為我所獨有；而記者最洩氣的是新聞「獨漏」，也就是各媒體皆有而我獨無，這個面子就丟大了。

因此在記者同業之間，通常會競爭去跑出獨家新聞來，這是良性的競爭。但在競爭中也有一些些合作關係的存在。

記者同業間的合作關係，通常發生在例行性新聞的支援，由於記者工作的繁忙，有時候同一天中有太多預知性的新聞必須去跑，這時候發揮同業相互支援的情形是可能發生的，因為這類新聞已經事先預告，不可能有獨家，因此產生了合作的空間，分別去跑，將公布的資料互換，這種方式在地區記者經常發生。

在廣電媒體上，這種情況也有可能發生，因為廣電媒體一定要到現場錄音錄影，如果時間跑不過來或有所衝突，唯一的方法只有向同業商調錄音或錄影，畢竟這些資料是現場資料，不是特別的專訪。

媒體派駐在國外的特派員也是相同狀況，特派員事實上無法兼顧到駐在國的所有新聞採訪，加上有時候還必須到外地採訪，這時候就必須同業相互支援了。

因此，記者同業間確實有時候是有合作空間的，但是媒體畢竟有相互競爭的關係存在，這類的合作雖然事屬無奈，但還是要注意到一些原則。

1.記者同業應該建立公平且良性採訪競爭的關係，不宜交換新聞。
2.若因採訪時間衝突，委託同業帶回新聞資料，這是不得不然的措施，不可經常，或形成輪流採訪的習慣，而且僅止於新聞單位所提供的基本新聞資料，深入採訪及相關線索衍生發展的報導，不在容許的範圍。
3.若答應幫同業帶回新聞資料，就必須信守承諾，不得提供錯誤或假資料，致造成同業錯發新聞。

總而言之，同業間萬不得已互相幫忙，只是避免「獨漏」新聞的權宜性措施，基本上，同業間不可以有新聞採訪資料上的交換，這一點在各媒體的規範上都十分的嚴格。除此之外，記者同業間當然也會發展出友誼，或有經常性的聯誼活動，通常只要不影響到採訪工作，就不會有什麼問題。

結　論

採訪工作是作為一個新聞從業人員最重要的能力，這當中必須具備新聞的嗅覺、挖掘新聞的能力、訪談的技巧、與人相處的藝術、豐富的知識、絕佳的記憶力，和敏銳的觀察力、判斷力。

有些新聞從業人員，似乎天生就具有這些能力，但絕大多數的記者卻都是經過後天不斷地學習、培養、鍛鍊，而練就成「文武一腳踢」、「高低四路通」的記者本事。

而最重要的是，一個記者的養成階段，如果一開始就按部就班，走對了方向，養成很好而正確的工作習慣，那麼習慣養成之後，一輩子都會走在正確的道路。

這一章的內容，涉及到新聞採訪工作的一些工作方式和技巧，但最值得注意的是一些觀念和原則，尤其有關新聞作業間的倫理和道德，這也是十分重要的部分，作爲一個新聞從業人員一輩子都必須遵行不逾。

問題與討論

1.請嘗試從今天的報紙中，找出幾條值得報導的新聞線索，並列出其報導主題及採訪計畫和採訪對象。

2.請從今天的報紙廣告中，嘗試找出一些值得報導的新聞線索，並列出報導主題及採訪計畫和採訪對象。

3.請從網路當中，嘗試找出一些值得報導的新聞線索，並列出報導主題及採訪計畫和採訪對象。

4.請比較兩種以上媒體對同一件新聞的報導，找出報導不一樣、不足，或可以後續衍生報導的題材。

5.對人的採訪要注意哪些事項？

6.如果你是記者，請思考你要如何維繫與採訪對象，以及新聞線索來源之間的關係？

7.為什麼記者與同仁的關係要「有點黏而不太黏」，與同業的關係卻是「不黏，但有時候有點黏」？

關鍵詞彙

1.**電子郵件**（e-mail）：網路時代發展出來的訊息傳遞方式，在網站設置郵件伺服器，並於其硬碟中切割出容量大小不等的電子信箱，使用者向網站經營者申請使用電子信箱後，必須登錄一個帳號和密碼，就可以利用這個電子信箱來收發電子郵件。電子信箱的帳號是一組符號組成，由@符號分割，在@符號之前是使用者自己設定的名稱，由數位英文或數字所組成，這一組名稱在這個網站的郵件伺服器中必須是獨一的，不能有重複。@符號之後則為網站的網功能變數名稱（domain name，也就是網站的名稱），這一個帳號就是使用人的「電子郵件位址」（e-mail address）代表「某人的信箱在（@是at的意思）某網站」。電子郵件因為是透過網際網路來傳送和接收，所以不管在世界任何地方，只要能連接網路，就能收發電子郵件；同時，電子郵件除了能傳遞文字外，也能傳遞聲音和影像，這些內容都是數位電子檔案，因此不管是複製、重製、轉發，都十分的方便。

2.**病毒式的傳播**：病毒式傳播是由病毒式行銷（viral-marketing）衍生出來，病毒式行銷是由O'Reilly媒體公司總裁兼CEO提姆・歐萊理提出。他認為網路時代透過電子郵件的一再傳遞，可以達到極為迅速而廣大的行銷效果。透過這種病毒式行銷所達成的傳播效果就稱之為「病毒式傳播」，其傳播效果是加成的，有如核彈爆炸，因此又稱為「核爆式傳播」。

3.**BBS站**（Bulletin Board System）：中譯為「電子布告欄」，是藉由電腦網路連線，提供使用者雙向溝通的園地。全球第一個BBS是1978年在美國芝加哥開始運作的「CBBS」，BBS的系統為純文字，完全使用鍵盤操作。

4.**部落格**（Blog）：這個名詞是從WebLog而來，即「個人網誌」，每一個人可以在部落格網站上開闢專屬的園地，發表個人的文章表達意見，或貼上圖片等資料，透過網站的機制，可以吸引對其言論有興趣的網友閱讀，或參與討論。

5.**部落客**（Blogger）：參與部落格經營或提供內容發表網誌的網友，被稱為部落客。

6.**半島電視台**（Al-Jazeera）：位於波斯灣西岸的阿拉伯國家卡達（Qatat）的一家有線電視台，被稱為阿拉伯的CNN，在美國受到賓拉登的恐怖攻擊（911）之後，半島電視台立刻播出賓拉登預錄的電視帶，震驚世界，此後經常播出全球獨家的賓拉登新聞而馳名於世。

7.**Call-In**：中文被譯為「叩應」，原是「打電話進來」的意思；在廣播或電視的現場節目中，為了增加與聽眾或觀眾的互動，特別設置幾路專線電話，供聽眾或觀眾「打電話進來」回答問題、表達意見，或與主持人對談。

8.**Call-Out**：與Call-In正好相反，廣播或電視節目的主持人，在節目中透過電話「撥打出去」，與特定的對象連線，進行訪問或對談，這種方式可以使受訪者或對談者不必到節目現場來，就可以上節目，即使人在國外。

9.**On-Air**：廣播及電視界的用語，指廣播或電視的節目電波已經「播放到空中」，也就是「正式播出中」的意思。在廣播電台的播音室（或錄音室）以及電視台的攝影棚門口，都會有On-Air的紅色燈號，亮起時就表示「播出中」或「錄製中」，外人就不能隨便進入。

參考書目

冷若水（1985）。《美國的新聞與政治》。台北：中華民國新聞編輯人協會。

李子堅（1998）。《紐約時報的風格》。台北：聯經。

李子新譯（1992）。《報導之前——新聞工作者採訪與傳播的技巧》。台北：遠流。

第九章 「寫」出一篇好報導

第一節　新聞寫作的結構
第二節　從5W1H到1W1H
第三節　擬定寫作計畫
第四節　主體新聞與周邊新聞的區別
第五節　「價值附加」的新聞寫作
第六節　導言怎麼寫
第七節　新聞的本文怎麼寫
第八節　新聞寫作的體例、用語和修辭
第九節　新聞改寫
第十節　新聞寫作必須注意的事項
第十一節　寫作發稿的一些技術性問題
結　論

學習目標

1.瞭解新聞報導寫作的結構。
2.新聞報導寫作應具備的內涵。
3.學習「價值附加」的新聞寫作。
4.新聞寫作必須注意的事項。
5.新聞改寫的重要性。

經過了採訪的過程，記者必須把採訪的內容寫出來，就像廚師從菜市場把菜和其他食材買回來了，就必須進行烹調一樣，當然，在烹調之前還必須經過食材的清理搭配。

寫作的過程，就是在落實採訪的工作，形成「新聞稿」，才能進入到下一階段，由接著的「守門人」進行編輯相關作業，使得報導能夠刊登或播出，讓閱聽人閱聽。

新聞的寫作固然重在「淺顯易懂」，但還是必須遵循一些原則。

第一節　新聞寫作的結構

新聞報導爲了體現對新聞內容迅速而明瞭的呈現，因此，新聞稿的寫作與一般的寫作不完全一樣，它有特殊的「文體」需求，也就是說，新聞寫作有它特殊的段落結構。

新聞寫作，不管需要多少段落才能將一個事實或事件敘述清楚，但通常都只分爲兩個部分，一個是新聞稿的第一段，在新聞學上稱作「導言」（Lead）或「引言」，至於第一段以後的文字，就通稱爲「本文」（或稱「本體」）。

由導言和本文所構成的新聞稿，應用在不同的情況和需要，可以有四種不同的段落結構：倒金字塔式、金字塔式、鐘漏式、掃描式。

一、倒金字塔式

「倒金字塔式」是新聞報導最常用的一種文體結構，又稱為「倒寶塔式」。不管是金字塔或寶塔，通常都是呈現塔端小、塔底大的形式，倒過來，就變成塔頂大、塔底小的形式，也就是說，在倒金字塔的寫作結構上，必須把越重要的新聞元素寫在前面，越不重要的元素盡量往後擺。

新聞稿上的第一段是最重要的，稱之為「導言」，這一段必須以最簡單的字句，描述最重要的內容，較次要的內容則在後面的段落中依序陳述，這就是「倒金字塔」的寫作方式。

為什麼新聞報導要採用倒金字塔的寫作方式呢？這當中有幾個理由：

(一)倒金字塔的寫作方式最符合人性

人在陳述突發或緊急事故時，通常就是先告知最重要情節。假設有一個人目擊了一件車禍，那麼，他會怎麼陳述他所目擊的這個車禍呢？

陳述方法之一：

「哎呀！不得了！我剛剛在東門街上看到一件車禍，一輛公共汽車撞死了一名機車騎士，還有五、六個乘客受傷呢！」然後，他會繼續說明目擊這件車禍發生的原因及搶救的過程。

這是一般人正常的陳述方式，他開始說的「哎呀！不得了！」是一種提醒人家的口頭語，雖沒意義，但卻如同媒體運用版面地位或時段，顯示出事件的重要性。

其次，他陳述了這場事件（車禍）的「時間」（剛剛）、「地點」（東門街），以及傷亡情況。這些最重要的訊息，他用很短的句子和很快的時間，就充分表達了，而且還提示了這個事件的「重要性」（哎呀！不得了！）

這樣的陳述方法，就是所謂的「倒金字塔」式。

陳述方法之二：

「哎！我告訴你說，我昨天晚上因爲看影片看得晚了，今天早上就起不來，所以直到九點多才出門，而且坐在公共汽車上還繼續打瞌睡呢！哈哈！眞是離譜！我在半睡半醒之間，忽然被人聲吵醒，睜開眼睛一看，車上的乘客都拉長脖子往外望，我順著大家的眼光看過去，哎呀！好像發生車禍了耶！地上有一部倒著的機車，旁邊一灘血跡，肇事的是一部公共汽車……」

我們不敢說沒有人會這樣陳述一件事情，但是，如果確實是這樣陳述，聽的人一定是很不耐煩，而且很不容易抓到重點。

所以，倒金字塔式就是一般人陳述重大事情的方式，新聞的初學者，不必一直去思考哪些內容是最重要的？哪些是次重要的？哪些是不重要的？然後又要想怎麼去排序。其實這都不必，只要照著人的本性，照著我們陳述重要事件的方式，將它寫下來，也就是一般說的「我手寫我口」，這就符合「倒金字塔」的結構了，但即使是「我手寫我口」，也必須注意用詞的簡潔俐落，和結構的完整。

(二)倒金字塔結構便於編務的處理

在媒體的作業中，必須隨時注意到截稿時間，要在越貼近截稿時間之前獲得最新的消息，這就壓縮了新聞作業處理的時間，因此，編輯必須很快知道一篇新聞稿是在說些什麼重點，「倒金字塔」式的寫作架構，可以讓編輯又快又容易的抓到重點。

其次，媒體的版面和時段永遠都是不夠用的，十分寶貴，每一

個編輯都希望能夠提供更多的資訊給閱聽人，萬一稿擠，或有時候基於版面安排的需求，必須刪節一些文稿，那麼，在時間壓力下，編輯可以將新聞稿後面的段落直接刪去，大致上不會影響這則報導的完整，只要是這則新聞稿的寫作，符合倒金字塔的架構，這個作業就會十分便捷。

但是要特別注意的是，編輯可不能因爲這樣的寫作架構而偷懶了，時常看到不盡責的編輯，看完新聞稿第一段導言後，就立刻下標題，結果是標題與第一段的導言內容高度重複。

還有一些編輯，看完了全篇的新聞稿，發現稿末有重要內容，於是取來製作標題，卻未能將這個重要內容調整到新聞稿中比較前面的位置，而更大的疏忽是，在組合版面時，因爲編務需要刪去這則新聞稿的後段，把標題中提示的新聞內容刪掉了，結果讓讀者一頭霧水，標題看到的事項，卻在新聞中遍尋不著。

(三)倒金字塔結構便於閱聽人的閱、聽

閱聽人接觸媒體，每一個人的目的和需求不同，有的需要迅速獲取訊息，有的有充裕的時間充分的暴露在媒體的訊息中，但是不管如何，他們都希望很快抓到重點，倒金字塔的寫作方式，讓閱聽人很便於瞭解新聞，對於那些爭取時間的人，或是暫時沒有時間仔細閱聽的人，他們只要關注報導的前一兩段，就能很快地掌握新聞的重要內涵，這也是倒金字塔寫作對閱聽人最大的貢獻了。

二、金字塔式

「金字塔式」顧名思義就是和倒金字塔式不相同，是將事件的始末照順序原原本本敘述下來的寫作方式。

既然已經說過，倒金字塔式的結構是新聞報導最「適合」的方式，那麼金字塔式的寫作方式不就不適合新聞報導了嗎？

在新聞報導中，除了「新聞」外，還會有其他的報導，有些是背景的說明，有些是問題的分析，這些與新聞相關的報導是屬於周邊的報導，對於事情的始末敘述比較重要，就適合於採用金字塔式的寫作方式。

另一方面，在雜誌媒體的報導中，因爲內容較爲豐富，讀者的閱讀時間也較爲寬裕，因此以金字塔式的寫作方式，對描述事件的情節可以比較清楚，因此運用上極爲普遍。

以2007年9月的《讀者文摘》爲例，當期的「紀實文學精選」刊出〈我要找回兒子〉，內容是敘述墨西哥一位遭逢兒子被綁架的母親，在警方無能的情況下，親自調查緝凶的眞實故事。

在這篇七千多字的報導中，第一段就描述了兒子失去音訊前和母親最後的聯繫，從這次聯繫寫起，到隔日沒有兒子的蹤跡，也反常的沒有聯繫，逐步的描述這位母親尋找兒子的過程，到最後確認兒子已經被綁架且遭殺害，但她仍鍥而不捨的將所有涉案人追逐到案。

這篇報導，完全依據時間和事件的順序，依序描述，是一篇典型的金字塔式寫作方式。

同樣的，2010年3月的《讀者文摘》，「我的故事」專題中的報導——〈我的藝妓之路〉，描述一位生於墨西哥的日僑小桃，經過訓練成爲一個合格藝妓的心路歷程，第一段說她從小就對日本文化尤其是藝妓這種傳統的興趣，接著說明自十五歲起開始當舞妓（即藝妓的徒弟），開始展開訓練的經過，過程當然有其艱辛之處，終於在2005年12月8日正式晉升爲藝妓，最後她對舞妓和藝妓有其個人的評價。

這篇報導同樣是依事件發生的先後，一路敘說到底，最後一段

發表自己的感言，正是金字塔式的寫作方式。

三、鐘漏式

「鐘漏式」的寫作結構是倒金字塔式和金字塔式的混合式，報導前半部分爲倒金字塔式，以重要的事件內容爲導言及前幾段的內容，然後再轉換成爲時間序的報導方式，最後以高潮結尾，其結構有如鐘漏，兩端大，中間小。

鐘漏式的寫作方式用在雜誌報導的比較多，把最精彩或最懸疑的部分在導言及前幾段鋪陳出來，大大吸引了讀者的興趣，然後再回到一些背景的敘述，繼續沿著事件的發展，到達最後精彩的結果。這種寫作方式特別引人入勝。

較早期的《讀者文摘》，每一期都有一篇「每月文摘」，這篇文摘會蒐集很精彩動人的故事加以報導，而且通常就是以鐘漏式的結構寫作。

1999年5月號《讀者文摘》的每月文摘爲「怒海豪俠」，是描寫參加環球帆船賽的選手高斯，在航行到澳洲東南方的時候，遇到狂風巨浪，卻又從無線電呼叫中獲知，另一位參加比賽的選手狄內利翻船了，攀緣於船身邊在茫茫大海中漂流，他遇難的地方離岸太遠，直升機無法前往援救，高斯是最靠近他的船隻，位置卻在狄內利的前方300公里處。

高斯在這次比賽中剛剛從無線電中認識了狄內利，他們在無線電中的交往，還是透過第三者的翻譯，因爲他們一個人說英語，一個人說法語。

高斯家有妻子兒女，他遲疑了一下，還是掉頭回航，逆風駛向狄內利落水之處。最終高斯救了狄內利，然後繼續他的賽程。

故事的大意是如此，我們來看看《讀者文摘》怎麼報導：

第一段：「1996年聖誕節夜晚，澳洲與南極洲之間冰冷的南印度洋陡然颳起風暴。在15.24公尺長的競賽帆船『水上英豪』號上，氣壓計的指針像塊石頭般急速下降。」

第二段：「三十五歲的彼特・高斯趕忙收起船帆，只留下船首的風暴三角帆。風越來越強，浪濤超過三層樓高，『水上英豪』顛簸前進。」

第三段：「高斯是法國『旺代單人帆船環球大賽』十五位參賽者之一。」接著介紹高斯兩個月前出發至今的路徑以及未來的航程。

第四段描述高斯在狂風巨浪中想起家中的妻子和三個兒女，擔憂自己遭到不測。

第五段敘述高斯在掐出灌進船艙裡的海水時，手提電腦發出警示聲，通報有一條船發出求救信號。

第六段說明高斯收到競賽司令部的訊息，告知他狄內利出事，希望他前往救援。

報導到了這裡，可以說已經用了一些文字把故事的情節，拉高到緊張懸疑的場景，讀者深深爲之吸引。

接著用了七段的篇幅，說明狄內利及高斯的關係和他們的熱愛帆船冒險的天性，以及狄內利遇難的情況。

然後又用了三段，說明高斯的困境和他的抉擇，結果：「他爬出艙門，用力轉動輪舵使『水上英豪』號調頭。」

到這個地方，第一個關節完成了，也就是倒金字塔的部分完成了，也就是從鐘漏的頂部發展到了瓶頸的地方。

接下來，報導轉到狄內利的場景，在等待救援的漫長時間中所做的求生奮鬥，從正金字塔的尖端（鐘漏瓶頸處）開始發展，到高斯經過一番波折前來相救，故事又逐漸發展到高潮，終將狄內利救起。

救起狄內利，高斯計畫將狄內利留在下一個港口，然後繼續他的航程，「他升帆啓航心裡知道，不管他在這次比賽取得什麼成績，他已在最重要的一場比賽中取得勝利。」

但是，報導還沒有結束，最後兩段是這樣的：

「高斯將狄內利留在荷巴特之後，繼續參加旺代環球大賽，於1997年3月到達終點，獲得第五名。同年6月，法國總統席拉克將法國最尊貴的榮譽勳章頒贈給高斯。8月30日，狄內利和女友維琪妮亞舉行婚禮，邀請了高斯任男儐相。」

「又兩個月後，高斯的帆船再度出海，參加從法國航往哥倫比亞的比賽。這一次船上有兩個人：高斯和狄內利。」

到這裡，情節發展到第二個金字塔的底部，也是鐘漏的底部，達到完美的高潮。

這樣的報導手法就是「鐘漏式」結構，可以緊緊扣住讀者的情緒起伏，不會像單純金字塔式報導的平淡，最是令人驚艷。

四、掃描式

「掃描式」的報導結構又有另一個說法，就是「鏡頭式」結構，意思是報導的方式就像鏡頭一樣，先來一個全景，再掃瞄到每一個重點上。

掃描式的寫作方式，通常也運用到周邊新聞上，在進行進一步分析或介紹時，運用鏡頭掃描式寫作法十分合適。

首先，在導言段先全面介紹相關的問題，接下來，在後續的段落中，分別就每一個問題加以說明介紹，這樣就形成了掃描式的報導結構。

2007年9月13日《聯合報》A3版用了一整版的版面，報導新發現的詐騙集團，冒用成名的電視購物台名義，對購物台客戶進行詐

騙的新聞。在這個新聞中，除了主要的詐騙案例新聞外，並有一些相關新聞的報導，其中，有一篇報導了「網路詐騙手法」，標題是：「寄釣魚網頁　詐你帳號密碼」。

這篇報導的導言如下：「『得標信被劫走，因此買家匯款給詐騙集團』、『大賣家帳號密碼被駭，讓詐騙集團獲得大筆交易資料』，這些例子是網拍詐騙最新手法。」這個導言點出了網路詐騙的手法，像相機鏡頭一般，先對全景照了一個畫面。

接著，自第二段開始，記者分別針對各種詐騙手法，訪問實際受到詐騙的網路商務經營者的現身說法，對每一個重點，進行細部的掃描。

2007年10月1日《聯合報》A2版報導台北火車站夜宿遊民的形形色色小故事，這是一個專題，共由四篇報導所組成，在主新聞中，導言是這樣寫的：台鐵日前驅離台北車站裡的遊民，但不論中外，有車站處幾乎就有遊民，全台運量最大的台北車站，更吸引來自四方的遊民，甚至還有金髮碧眼的「阿斗仔」（指的是「西洋外國人」的意思）。每張模糊的面孔下，都藏著深淺不一的故事，在「亦敵亦友」的鐵路員警口中流傳著。

這個導言既說明了報導的動機（日前驅離車站的遊民），引發出對遊民的關注，並準備要說一些遊民的故事。

在接下來的段落中，報導寫了一個貴婦變遊民的故事、一個遊民還有錢養兩個跟班小弟、一些遊民省錢養小老婆的故事，就像一部攝影機，照到一個對象之後，逐漸掃描各個角度，並深入聚焦，然後轉往另一個目標，繼續掃描。

這些都是典型的掃描式、鏡頭式的報導方式。

第二節　從5W1H到1W1H

西方將新聞報導稱之爲Story，也就是故事的意思，在故事當中，一定會有人、事、時、地，以及故事如何發生，爲何會發生的一些重要內容。因爲這些構成一個故事的關鍵內容，正是聽故事的人所希望瞭解的。

新聞報導也是一樣，一個報導必須包含了新聞的六大元素，那就是所謂的「六何」：何人（Who）、何事（What）、何時（When）、何處（Where）、爲何（Why）、如何（How）。這5個W和1個H組成了新聞裡面的相關內容。

所以，一個報導就必須具備這些元素，即使某些元素尚未周全，但仍然必須加以適當的交代。譬如說：一個醫學研究意外發現了一種藥物竟然對癌症有抑制的效果，在臨床實驗中已經得到顯著的結果，但是醫生卻還無法知道造成對癌症抑制的原因，以及藥物抑制癌症的機轉，那麼這則新聞已經有了人、事、時、地，卻還缺「爲何」和「如何」，但是，這件事本身已經具備了新聞的重要性，因此雖然還欠缺「兩何」，仍然是一則重要的新聞，只不過記者在報導時一定會交代研究人員對這「爲何」和「如何」是怎樣的解釋，即使尚無結論，也會交代「尚在進一步研究當中」。

再舉一例，2001年9月11日上午紐約世貿雙子星大樓遭受第一架被劫持的民航機攻擊之後，隨即又有第二架被劫飛機的衝撞，在這些事件持續發生的時候，其實連是誰（Who）、爲什麼（Why）、如何（How）攻擊這兩棟大樓（以及同時間對美國國防部五角大廈的民航機攻擊）都完全不清楚，在六項新聞的要件中就缺了三項，但並不影響新聞的即時播出，而這些付之闕如的要件，

則在日後的報導中陸續出現。

這兩個例子說明了新聞報導的六個重要元素當中，並不一定是要充分具足才夠得上立刻報導的條件，還是必須看事件本身的重要性和衝擊性。也就是說，在這「六何」當中還是有其重要性的區別，我們在選擇新聞的時候，就必須依據現有的元素加以判斷，同時，我們也依據所掌握的元素的重要性區別，來決定報導時如何安排這些元素的出現順序。

當然，尚未具足的元素絕對是大家所關心的事情或議題，記者就必須隨時追蹤加以報導。

因此，這「六何」的新聞重要元素，我們經常和倒金字塔的寫作架構相互搭配，來決定讓哪些要素在導言中出現，哪些要素在本文中的什麼次序中出現，這就是一個記者在寫作時必須斟酌的地方了。

但是從新聞事件的重要性來考量報導次序未必是唯一的方式，還必須就媒體環境及閱聽人閱、聽媒體的情況加以考量，來決定六件元素當中的報導順序。

以當今媒體發達的現狀，各種媒體的分工角色其實已經十分明顯，廣播媒體長於即時性的報導，電視媒體長於現場實況的報導，報紙媒體則是長於有系統的解釋和分析，因此，不同媒體的報導方式和重點自然也就有別。

同樣以911恐怖攻擊來說，當事件發生不到五分鐘，電視已經開始了現場的實況，而且整個雙子星大樓、五角大廈的現場透過電視畫面，立刻全球播出，可以說，全世界的民眾幾乎都已經知道了這個事件，那麼，第二天的報紙，要強調的重點又是什麼呢？

當然是「爲何」（Why）和「如何」（How）了！

在廣播電視的報導中，911的發生經過是依據陸續發現的資料，片片斷斷的報導出來的，在這一團亂之中，以及紛至沓來的訊

息中，有些消息的正確性是有問題的，因此，讀者對第二天的報紙最大的期待，就是「告訴我們到底是怎麼一回事？」

這個期待，就是：事情爲什麼會發生？到底是怎麼發生的？也就是1個W（Why）和1個H（How）的問題了。

不提911，畢竟這個事件太大了，因此瞬間傳遍國際。就以每天的新聞來看，由於廣播及電視台新聞的播出頻率越來越增加，甚至有許多全天持續播出的新聞專業廣播電台和新聞專業電視台，許多人幾乎在新聞發生當天，就已經知道了大多數重大的新聞事件，如果第二天報紙的頭條還是一樣的以事件爲報導重點，如何吸引讀者閱讀？

因此，面對這種發達的傳媒環境，以及民衆多元化接收媒體訊息的情況，報婚媒體在寫作上就必須以說明性、解釋性、釋疑性的角度出發，將這些角度新發現的事實呈現，並製作成標題，以凸顯出和前一天廣電媒體報導的差異和優勢，也才能使讀者有閱讀的興趣和意願。

第三節　擬定寫作計畫

經過採訪之後，就必須進行寫作的計畫。

通常，事先計畫性的採訪，就必須進行比較嚴謹的寫作規劃；而突發事故的採訪，則視事件的大小，有時候還必須與其他路線的同仁配合，作更周全的寫作計畫。

事先計畫性的採訪，因爲已經有採訪計畫，如果是完全依據採訪計畫進行了採訪，那麼寫作計畫基本上與採訪計畫是差不多的；萬一在採訪時發現原來的採訪計畫根本用不上，或有更新、更重要的採訪線索或內容出現，那麼買回來的菜已經與原來的規劃不一致

了，這時候就必須更改菜單。

會改變原定的採訪計畫，通常不出兩種原因：一個原因可能是採訪對象根本就不願意談記者所提問的問題，只好臨時變換主題，這時變換的主題一般來講不會優於原來計畫的議題，但是，好的記者會盡可能去確保原來的計畫繼續的執行，或者去改變一個更好的主題，甚或在改變的更好的主題中，以迂迴的方式，仍舊會訪問到原來計畫採訪的問題，這要看記者的功力。

另一個原因是記者自己變更採訪計畫，因爲在採訪的過程當中，發現了更好、更重要的線索，好的記者就像一隻嗅覺敏銳的獵犬，隨時會發現新的獵物，當他嗅到了好新聞的線索，絕對不會等另一天再來採訪，而是立刻進行深入的訪問。

因此，當採訪計畫已經有所變更，寫作計畫當然會跟著改變，這時的寫作計畫就必須考量到這兩個重要因素：

一、需要寫作的題材多不多？

如果題材很多，就必須鑑別出時間性比較強的題材，先行處理有時間性的新聞，立刻發稿；時間性較弱的新聞線索，就必須考慮當天新聞的量。須知，新聞價值是相對的，是每天衡量的，如果稿擠，衡量的標準就高一些，有些還不錯的新聞可能就被擠掉了；同時，一天的報導中若同質性高的新聞太多，也會擠掉一些，因此，錯開時間性較弱和同質性較高的新聞，擇日再報導，這是記者經常會考量的因素。

決定要發稿的內容如果還是很豐富，就必須思考分成幾個部分來報導，這個思考就是「主體新聞與周邊新聞」的分別，將在下一節加以討論。

二、這些題材是同一個主題嗎？

如果是有兩個以上的主題，那可能代表不同的新聞路線，這時就必須向採訪主管報告，協調報導的方向和分工，經過有系統的規劃和寫作分工，可以把一些很好的新聞線索在媒體上作最完整的報導，這就牽涉到組織運作和團隊合作的問題，媒體報導水準的呈現，就完全靠這種組織和團隊運作的能力來決定。

如果不是特別複雜或牽涉很廣的新聞，通常一個有經驗的記者就可以掌握得很好，甚至連寫作計畫都可以在腦中就清楚完成；但是對資淺的記者來說，採訪之後立刻寫下重點、寫下寫作計畫，這是一個很好的習慣，也會是一個很好的訓練。

第四節　主體新聞與周邊新聞的區別

每一個新聞未必一定要用一條新聞就把它交代完畢的，事實上，許多比較受重視的新聞，在處理上反而要用幾條文稿的方式來呈現，以區分它的主從、確定刊播的位置，以及便於閱聽人對新聞事件的瞭解。

這種對新聞報導的處理方式，就是區別「主體新聞」和「周邊新聞」，分別撰寫。

一個新聞事件，它發生（或發現）時的報導，包含了「六何」或其中一些重要元素，這已經構成了新聞報導的價值，將這個事件寫成一篇報導，就是一條「主體新聞」（或稱「主新聞」）。但是，光這一條新聞，未必能夠讓閱聽人瞭解事情的前因後果、產生的影響、相關的其他事務。

於是，記者又寫了一篇分析性的稿件，又寫了一篇解釋性的稿件，這些補充說明「主體新聞」的稿件，就稱作：「周邊新聞」。

一個新聞事件會被以「主體新聞」和「周邊新聞」來處理，代表這個新聞事件的重大性，因為重大、關係複雜、影響深遠、民眾關切，就必須以較大篇幅來報導，而以「主體新聞」為主軸，告知事件的本身，然後將其他相關內容分門別類寫作，形成「周邊新聞」，這樣，編輯在版面的安排上，可以有很大的靈活度；對閱聽人來說，把相關的新聞分門別類，十分便於閱、聽。

而這類較為重大事件的處理，關鍵就在於「完整」，要從閱聽人可能關心的題材和角度，設想周到，充分報導，才能滿足民眾知的欲求。

這種新聞報導的處理在報紙媒體上尤為明顯，主要因為報紙一個新聞版面的字數有一定侷限，每一條新聞也有一定長度的限制，因此一條主新聞由一條以上的周邊新聞圍繞，就形成了一個完整的報導。

以2007年9月24日的《中國時報》為例，因為法國籍的國際知名默劇演員馬歇馬叟（Marcel Marceau）22日辭世，因此用了A3版整版的篇幅，外加頭版一張照片和圖說加以報導。

在A3版的頭條是一個通欄標題（貫穿整版橫幅的標題）：「無聲道別　默劇大師馬歇馬叟辭世」，報導了馬歇馬叟辭世的消息、他的生平以及喪禮的計畫等，這是一條主新聞（主體新聞，是「倒金字塔式」的寫作）。

其他的報導是：「他話匣子一開就關不起來」，報導一些他個人有趣的點點滴滴（是鏡頭「掃描式」的寫作）；「馬歇馬叟年表」：以編年方式並搭配圖片介紹他一生中的重要事蹟（是「金字塔式」的寫作）；「最簡單道具　成就人類最深遠感情」：專訪台灣的藝術工作者金士傑和孫麗翠談馬歇馬叟的藝術成就（是鏡頭

「掃描式」的寫作）；「希臘悲劇潤滑劑　發揚光大」：解釋「默劇」的來源和典故（是「金字塔式」的寫作）；「馬歇馬叟雋語錄」：刊出了四則馬歇馬叟的名言（是「金字塔式」的寫作）。外加兩張劇照，標題分別是：「靜默而撼人心」和「無需贅言」。

這些報導，都是圍繞在馬歇馬叟辭世這個新聞事件上，而發展出來的「周邊新聞」，有了這些周邊新聞，讀者更加的瞭解馬歇馬叟這個人、瞭解「默劇」，而這也是讀者最希望知道的訊息。

2010年4月4日《聯合報》A12話題版頭條報導，通欄標題為：「獨生女進隱修院　十年等到母成全」，副標題為：「一個最後的擁抱　從此女兒像坐牢　忍三年隔窗探望　又是大哭一場　如今終於解心結　尊重她的選擇」，從導言就可以瞭解故事的梗概：「留美碩士、曾任職工研院的滕婉菁，十年前放棄令人欣羨的一切，選擇當終身與世隔絕的隱修女。她的母親范珍玉好長一陣子以淚洗面，日前探視女兒時，母女隔著鐵柵欄說話，范珍玉終於解開冰凍的心，『女兒選擇下半生的路，我尊重她』」，導言之後的新聞本體，就敘述著這個十年的歷程，但是，對於何謂「隱修女」，讀者一定充滿好奇，因此，報紙另闢一個小方塊，以一百八十個字的篇幅加以解釋，名為「閱報秘書」，標題為：「隱修女　源自中世紀」，那麼原來那篇報導，就是主新聞，「閱報秘書」的報導，就是周邊新聞。

有時候，新聞事件很重大，因此記者撰寫的報導很多、很豐富，這時一個新聞版面未必足夠容納相關的報導，就必須運用到更多的新聞版面。不過，使用超過一個版面，就必須經過仔細的思考。

因為大眾媒體的內容維持多樣化是一個重要的原則，可以滿足各種不同口味、不同興趣的民眾；如果過度集中某一類新聞，可能排斥某一些閱聽人，反而不利媒體的經營，除非這個龐大而豐富的報導內容，是所有民眾都喜歡、都關心、都感興趣的。

以2001年9月12日的《紐約時報》爲例，因爲911恐怖攻擊的重大新聞，《紐約時報》動員了超過一百名的記者，從各個不同的角度加以報導，在災難發生的第二天就用了六十三幅圖片、六十九篇文字、二十七個版面來報導這個令世人震驚的事件，其中有一些是主新聞（事件本身是一條大的主新聞，搶救部分也有主新聞，布希總統對全國的談話也是主新聞，國防部的部分也有一條主新聞等），更多的是周邊新聞。

依據深圳報業集團總編助理兼英文《深圳日報》總編輯辜曉進，在其所著的《走進美國大報》一書中，記載了《紐約時報》在襲擊事件第二日的新聞報導，並將二十七個版面各版的標題翻譯出來，說明了各版報導的配置，在此特別加以轉載，提供給傳播科系的學生參考。（辜曉進，2004，頁73-75）

2001年9月12日，美國《紐約時報》報導911事件的二十七個版面內容：

頭版：被劫持客機摧毀雙塔、擊中五角大廈；總統發誓要嚴懲惡魔；悄然而至的恐懼；布希說恐怖分子絕不會得逞；拭目以待——政府和全國人民進入戰爭（新聞分析）。

二版：搶救人員紛紛湧入，多數有去無回；廢墟中發現倖存者。

三版：專家稱：雙塔倒塌是因為飛機油料長時間劇烈燃燒（附倒塌過程示意圖）。

四版：布希要求全國搜捕恐怖分子及其支持者；布希屬下談襲擊事件（包括國防部長、交通部長、檢察總長、白宮發言人和參議院多數派領袖）；布希昨晚的談話（根據本報記錄）。

五版：波音757客機被劫，衝入五角大廈襲擊政府；聯邦政府官員轉入地下室堅持工作。

六版：整個城市陷入憤怒、沮喪和無助的氣氛中；市民遷移至附近城鎮。

七版：新建的急救指揮中心灰飛煙滅。

八版：由於城市交通關閉，紐約人只能在空蕩蕩的街頭行走；潮水般的急切呼叫阻塞電話線路；曼哈頓戒嚴將持續；紐約州長帕塔基命令全州基層選舉暫停。

九版：各醫院準備就緒，隨時接受傷者；在世貿大樓設有辦公室的公司尋找倖存者未果；公司臨時求助電話（供救援者和被救援者使用）。

十版：目擊者言（刊登十六位現場目擊者的描述）；面對恐怖襲擊。

十一版：家屬和親友焦慮萬分；人們蜂擁步行過橋，逃出生死地；家長衝入學校欲領孩子回家。

十二版：美國穆斯林和猶太人爆發衝突；巴特里公園市民逃出險境（公園緊挨世貿雙塔）。

十三版：恐怖分子精心策劃配合；襲擊者心智健全；日本、紐西蘭和澳洲股市下跌，其他地區股市關閉。

十四版、十五版：殺戮之晨（配上圖表、地圖、照片等，再現11日早晨7點至下午2點事件過程及總統和政府的反應）。

十六版：波士頓機場安全警戒正常；賓州飛機墜毀前旅客報告劫案；著名女脫口秀演員和電視製作人隨機遇難。

十七版：美國機場安全受到異常關注；其他高樓和著名建築紛紛關閉；全國處於警戒狀態。

十八版：近二十年嚴重恐怖襲擊事件；生理及心理專家投入安

撫工作；旅行襲擊漸成趨勢，目標多指向美國公民；一些大使館今日關閉。

十九版：各類交通紛紛關閉，旅客無所適從；副司法部長接到妻子從被劫飛機上打來的兩次電話；美國領空有史以來首次全部關閉。

二十版：國會議員表示不分黨派，堅決團結在布希總統周圍；華盛頓旅客驚嚇奔逃；華盛頓老官員憶及珍珠港事件。

二十一版：中央情報局官員稱恐怖襲擊無升級跡象；美國武裝部隊高度戒備以防新的襲擊。

二十二版：阿拉伯國家政府譴責恐怖分子，但街頭有人歡呼；塔利班譴責恐怖襲擊，但稱賓拉登未捲入；對遇難者的同情拉近以巴兩國關係；原定到達美國的飛機都改飛加拿大。

二十三版：面對冷酷敵人，美國暴露脆弱；世界各地對事件的反應（列舉歐、亞、美、非及中東等地國家及聯合國的反應）；歐洲國家支援美國，擬隨時做出反應。

二十四版：布希屬下稱恐怖襲擊不會改變導彈防禦計畫；當無辜平民被當作武器襲擊他們自己的時候（新聞分析）

二十五版：新聞網站提供新聞兼做安撫服務；各媒體打破常規全力提供資訊；數年前專家已發出警告；現場電視直播使億萬觀眾目睹災難。

二十六版（社論和來信版）：向美國發動的戰爭（社論）；發自恐怖之日（遭襲當天收到的十五篇讀者來信，均與恐怖事件有關）。

二十七版（評論版）：不同的世界（評論）；恥辱的一天（評論）；死一般寂靜（評論）；美國的急救電話：911（評論）。

912這一天，《紐約時報》的報導詳盡且完整，領先所有美國其他的各家大報，成爲民眾爭相閱讀的報紙，甚至有人將這一天的《紐約時報》留下來作爲紀錄和紀念。這一天，《紐約時報》總共發行了二百萬份，比平常多賣出了七十萬份。《紐約時報》還因爲這個事件的報導，獲得2002年的普立茲新聞獎。

第五節　「價値附加」的新聞寫作

在新聞寫作的架構上，雖然有一定的形式，也強調新聞報導必須正確、客觀公正、不偏不倚，不得加入個人主觀的評價。但是，新聞寫作並不是要把一個新聞變成八股文字，在正確、客觀公正、不偏不倚、不加入個人主觀評價的原則之下，還是必須尋求讓新聞報導更加具有「人性」，甚至最基本的，要讓閱聽人瞭解這一條新聞的「意義」。

事實上，許多新聞是必須加以詮釋的，因爲新聞並非完全是一些簡單的事件報導，大多數有其複雜的因素以及後續影響，如果只是刻板的把新發生或新發現的事實鋪陳出來，許多人就無法瞭解這條新聞的重要性以及對本身的關係。

2007年3月16日，中華人民共和國第十屆人民代表大會第五次會議通過了《中華人民共和國物權法》，這部物權法是自1993年啓動立法之後，經過立法機關十四年八次的審議，才獲得通過，研議時間之長更凸顯了這部法律的重要性。

對於這件重大新聞的報導，當然絕非只有一條新聞就能夠交待得了的。

正如前一節所述，這個事件必定需要一條主新聞（主體新聞）加上幾條的周邊新聞，才能完整的說明這個法律的精神、內容重

點、與民眾或法人的關係、立法過程的波折、各界應如何因應、各界對這部法律的看法、日後的影響等等。

那麼這條主新聞應該怎麼寫呢？

最傳統、四平八穩的導言寫法是：「備受各界矚目的《中華人民共和國物權法》自1993年啓動立法的進程，歷經立法機關八次審議，於昨（16）日由十屆人大五次會議高票通過，這是中華人民共和國第一部物權法。」

這樣的寫法基本上已經說明了通過物權法這個重要事件，可惜閱聽人看完或聽完之後，完全感受不到這部物權法和自身的關係。因此，這樣的報導雖然符合新聞寫作的結構，但卻是「比較空洞」的內涵，也是冷冰冰、缺少人性的寫作方式。

說它內涵「比較空洞」，是因爲它無法提示對閱聽人比較重要和切身相關的內容；說它「冷冰冰、缺少人性」，是因爲無法和閱聽人產生共鳴，無法站在閱聽人的立場和角度來報導新聞。

如果我們稍微修改一下，可能就不一樣了：「第十屆人民代表大會第五次會議昨（16）日通過《中華人民共和國物權法》，將於今年10月1日正式實施。這是中華人民共和國第一部物權法，改變了過去數十年包括土地所有權擁有的相關規定，將影響全中國每一個家庭的財產價值。」

這個改寫把物權法經歷的立法進程在導言裡面去除了，因爲這一部分放在後段敘述即可；增加了法律的實施日期，這一點對法律案來講是很重要的，因爲立法完成未必立刻實施，必須再經一定的法律程序公告實施。最重要的是將這部物權法對民眾的重要性做了基本的陳述。

這樣的改變，就讓這條新聞的導言，與民眾的利害關係產生了連結，民眾會知道這個法律和自身有很大的關係，因爲它確實寫出了一些重要性和「意義」，所以它的內容就不會「空洞」；因爲它

寫出了和民衆的重要關聯性，而且不再只是一則立法機構通過一條法律案的官式報導導言，因此它就不會是「冷冰冰、缺少人性」。

這種將新聞寫作在不影響正確、客觀公正、不評論的原則下，將其意義充分呈現的方式，稱之爲「價值附加」的新聞寫作。

再舉一例，2001年9月24日，台北《中國時報》以A3版全版的篇幅，報導默劇大師馬歇馬叟辭世的相關消息，主新聞的導言是這樣寫的：「聞名全球的法國著名默劇藝術大師馬歇馬叟（Marcel Marceau）22日在巴黎去世，享年八十四歲。過去半個多世紀，馬歇馬叟在全球各地的舞台上不發一語，僅靠肢體動作，細膩傳達出生命的歡樂悲苦，在靜默中娓娓敘述人間百態，讓舉世觀衆如癡如醉。」

這個導言如果在「享年八十四歲」這個地方就嘎然而止，其實既不影響事件訊息的表達，更不違報導寫作的規範，但是看起來就既生硬且不近人情，尤其是對終身獻身幽默戲劇演出的一個有趣而生動的演員，這樣的報導眞是冰冷到了極點。

而加了後面這一段，就把這位默劇大師的終身成就清楚的定位，同時也引起了讀者繼續往下閱讀的興趣，這樣的導言，就有了「內涵」，有了「意義」，有了「附加價值」。

這種「價值附加」的新聞寫作，是由《紐約時報》發行人小亞瑟．奧克士．沙茲伯格（Arthur Ochs Sulzberger, Jr.一般稱之爲亞瑟），在1990年代中期對《紐約時報》編輯部的要求，一時受到新聞界的重視。

亞瑟在1992年元月接任《紐約時報》發行人職務，時年四十歲，他在1980年代曾經從事過採訪工作，對新聞有很深入的經驗和研究，他認爲1990年代的新聞性質已經大有改變，他說：「『一般性新聞』（Generic News）的時代已成過去，當今需要的是『價值附加』的新聞（Value-Added News）。一般人看到很多生動的

畫面，但是不知道如何貫穿和連接在一起，這便是報紙眞正的功能。」

亞瑟還說：「時報新聞走向的變換（即重視附加價值的新聞），並不影響時報傳統的新聞標準——那就是對事實正確公正與持平的保證。」（李子堅，1998，頁72）

亞瑟對《紐約時報》編輯部的要求，不僅僅是新聞寫作上的方式有所修正，基本上是連新聞的取材方向都必須有所變革，這是爲了因應電子媒體對紙本印刷媒體的衝擊而作的一些改變。

亞瑟對新聞處理的見解在他正式向編輯部門提出之後，這種「價值附加新聞」不僅是《紐約時報》的編輯方針，也很快成爲新聞界追求的方向。

美國哥倫比亞大學新聞研究所教授席歐朵（Theodore Glasser）也曾經在1990年代中葉說過：「記者透過將自己採訪的素材賦予意義和重要性，使他寫作的故事娓娓動人。」這裡說的「故事」，當然指的就是「新聞報導」。

其實，這樣的概念並非美國所獨有，1980年代末期，筆者擔任《中央日報》執行副總編輯時，當時的石永貴社長基於《中央日報》的報導多爲官式新聞，寫作且流於刻板、不生動，很難引起閱讀的興趣，因此一再向編採人員要求：報導的寫作要「賦予意義」，要把意義寫出來！這也就是要求記者寫出「價值附加」的新聞了，說來，當年《中央日報》石永貴社長倡導寫出「價值附加」的新聞，還要比美國的《紐約時報》早了數年之久呢！

目前，幾乎所有的媒體，尤其是報業，都已經把「價值附加」的新聞當成編採選材和寫作的重要方向了。

但是正如亞瑟所說的：「時報新聞走向的變換（即重視附加價值的新聞），並不影響時報傳統的新聞標準——那就是對事實正確公正與持平的保證。」顯然，「價值附加」就有可能產生對新聞基本原則，即正確、公正、持平的斷害，否則，亞瑟何必提出如此的保證？

確實，當記者要對一個新聞「賦予意義和重要性」時，這就牽涉到個人的偏好和判斷，只要牽涉到個人的偏好和判斷，就有可能造成無法公正持平，甚至造成眞相被某種程度的扭曲而失實，達不到正確的要求。

這種疑慮當然是可能的，但是作爲媒體的「守門人」，其實就是隨時在進行「判斷」和「選擇」的過程，判斷和選擇本來就是必須的，問題是這種判斷和選擇是不是有一定的標準？而這種標準是不是讓閱聽人充分知悉？即使未能讓閱聽人周知，是否透過永遠堅持的原則而讓閱聽人瞭解媒體的標準？如果答案都是「是的」，那麼閱聽人是接受了媒體判斷和選擇新聞的標準，這就形成了媒體的定位和價值。

因此，當媒體都在走向「價值附加」的新聞時，以下這些原則是必須重視的。

一、附加怎樣的意義？

在報導時，一則新聞或一個事件，可能具有多重或廣泛的意義，但是事實上記者又不能將所有的意義陳述，當然就只好選擇重要的意義，但是什麼又是重要的呢？

這種重要意義的選擇，其實不是記者依自已的價值觀來判斷，而是依據閱聽人的需求來選擇，而閱聽人的需求，基本上就是形成媒體定位和編輯政策的重要元素。

以前面舉的物權法通過立法的新聞來說，物權法的條文內容其實十分的廣泛，不僅是土地所有權的重大改變，還有許多關於財產的相關規定。

前面範例的具有「價值附加」的新聞導言寫作中，提到的是「將影響全中國每一個家庭的財產價值」，這樣的意義呈現，只彰顯了物權法一小部分內容的意義，是針對一般的民衆，這個寫作，適合於綜合性的報紙刊載。

但是，如果是財經性的報紙，這個導言的意義呈現，就要轉到物權法中對工商企業最有關係的規定，摘選出最影響工商企業發展的意義來呈現，這樣才能吸引工商企業界人士的注意和閱讀。

所以，不同性質的媒體，對同一個新聞事件的切入點自然不同，這就是因為媒體定位不同，閱聽衆有所區隔，需求自然也不一樣，記者寫稿同樣是要有「價值附加」，但意義及價值就完全不同了。

二、意義不要過度詮釋或過度誇張

新聞稿的寫作要把新聞事件的意義寫出來，這是重要的，但是怎麼恰如其分的呈現意義，這就更重要了。

記者要採訪的新聞類型很多，但是記者未必對許多事務具備足夠的知識，記者能夠「高低四路通，文武一腳踢」這是一個理想，事實上連許多資深的記者都未必達到這種境界，因此，有許多時候，記者碰到比較生疏的題材時，就很自然的借助新聞來源的詮釋了。

這種情況有一點危險，因為新聞來源提供新聞線索，基本上希望有比較大的報導，因此往往會誇大新聞的重要性，記者如果在這方面缺乏鑑別能力，就容易受到新聞來源的影響，做出對新聞事件過度的詮釋或意義呈現。

這是要小心的，因為過度的詮釋讓事實失眞，這樣的報導會影響媒體的權威性。

意義重大仍然可以平實報導，與誇張、過度詮釋是兩回事。

對新聞來源永遠保持一定程度的懷疑，是記者很重要的習慣，也可以說是應該養成爲一種「天性」，尤其對自己不是很熟悉的領域，一定要再請教第二個不同來源的看法，進行比對。

這一類的問題，其實經常會發生，政府要呈現執政的績效，經常發布利多的政策，一個降稅的措施，會說減少國庫多大的稅收，會說嘉惠多少民眾；企業一個新發明，會說將創造多少業績的增長，其實這些指出來的「數字意義」，經常讓數字說話說過了頭，通常都值得商榷，尤其是其中可能隱藏了市場炒作股票價值的野心，一定要特別注意。

另外一種比較容易造成意義過度詮釋的情況，是對民意調查結果的報導。

民意調查是一種很精密的統計科學，對調查的母體進行抽樣，以具體而微的樣本進行意見調查，來反映出母體的意見。通常，只要抽樣的方法正確，完成調查的樣本能夠確實反映母體的結構，且問卷的設計正確，訪問的過程合乎規範，能夠讓受訪者沒有戒心的表示自己的意見，那麼，在95%的信心指標下，只要成功訪問一千零六十八人，就能夠得到誤差不超過3%的民意。

由於影響民意調查精確度的因素很多，不是很有經驗的專家很難鑑別其中的問題，而且，在解釋調查數據所代表的意義時，因爲有誤差因素的存在，在解釋上必須特別小心：所呈現的對比數據有沒有意義？交叉比對的樣本數夠不夠反映民意的現象？這更要有經驗且負責任的專家才能進行正確的解讀。

因此，當一個民意調查結果被發表的時候，如果不是持續的調查研究，很容易被有心人士擴大解釋或扭曲調查的結果。而記者如果不懂其中的奧秘，跟著調查發表者聞雞起舞，那麼就會傳遞錯誤的訊息。台灣在1990年代中期以後，有一些單位利用媒體在假日缺

乏重要新聞線索的機會，發布民意調查的結果，而媒體大幅報導，跟著炒作。

這些被稱爲「假日民調」的民意調查，許多都不符民意調查的規範，多是很不嚴謹的調查，甚至有部分造假的嫌疑，但是因爲記者及其他的媒體守門人對民意調查的技術不瞭解，對民意調查結果的解釋無法看出其中的不合理，只能照新聞來源的解釋去報導，換句話說，許多不正確的民調結果，就這樣毫無專業把關的被報導出去了。

在那個時段，這種「假日民調」傳布了很多的錯誤民意，加上選舉前許多更爲惡意的假民調結果發布，甚至影響了選民的投票行爲，因此才有目前在選舉投票前對選舉民調發布的一些限制。

三、意義的附加不能影響新聞的正確、公正及持平

《紐約時報》在決定加強報導價值附加的新聞時，發行人亞瑟特別向所有讀者承諾，增加價值附加新聞的報導，絕對不會改變《紐約時報》一貫堅持的「正確、公正、持平」的原則。

其實，亞瑟所說的「正確、公正、持平」原則，就是媒體報導的基本要求，讓新聞有其價值的附加，是爲了讓閱聽人更容易瞭解一條新聞的內容和意義，或者比較傾向追求閱聽人感興趣的新聞事件或議題，這本來也就是媒體針對時代快速演進、知識及技術爆發的時代，必須協助閱聽人簡單而淺顯的接受訊息的一種服務性作爲。

但是，讓民眾瞭解意義，卻不能偏頗的呈現意義，或斷章取義；傾向民眾的興趣，也不能忽略到常態的民眾和事務，這就是所謂要更加注意到「正確、公正、持平」原則的重要性了。

媒體經常會因爲追求閱聽人的興趣，而一味環繞在這個象牙塔

裡面跳脫不出來，結果是變成了對事件眞相的「見樹不見林」。

2007年9月，國際知名的華人導演李安，在法國坎城影展中再度獲得金獅獎的最高尊榮，他的獲獎影片是改編自張愛玲的短篇小說《色，戒》，描述在日本侵華時代，中國女特務接近漢奸要進行狙殺沒有成功的故事。

這個片子的原著張愛玲，是馳名近代的作家，故事的情節影射當初上海一個女特務暗殺漢奸的案子，而且情治單位依據解密的機密資料，也證實了劇中人確有其人。

這部片子裡面有將近十分鐘十分激情的鏡頭，這在描述女特務色誘漢奸，及爲後來的暗殺沒有成功埋下伏筆，當然有其重要性。但是因爲確實太過激情了，時間也太長了，而且是製片一貫嚴謹的李安的第一回，當然就具有話題性和觀眾的趣味性。

在這個因素之下，媒體從觀眾感興趣的激情話題下手，當然也就順理成章了；但是，如果從頭到尾，每次訪問李安或片中演員，永遠就只圍繞在這些激情畫面及其所引起的相關話題，那麼就是扭曲了這個新聞的眞相，無法呈現全部的意義，當然就失去了「正確、公正、持平」的原則，另一方面，也充分顯現了媒體和記者缺乏人文素養，過度追求感官刺激的議題。

所以，當記者在進行價値附加新聞的報導時，一定要更加注意其意義的附加是否正確完整，論述是否公正沒有偏頗，報導的心態及篇幅是否不偏不倚。

第六節　導言怎麼寫

前面說過，報導分成兩個部分，一個部分是「導言」，另一個部分是「本文」，導言是對報導作一個最簡潔的引介，目的是讓閱聽人很快的瞭解事件的梗概，並引起繼續閱聽的興趣；「本文」則是接續導言，將引介的事件原委，作有條理的後續敘述。

導言因為提示了報導的重要內容，因此會影響編輯對標題製作方向的思考；因為寫作的方式，也會影響閱聽人繼續閱聽與否的意願和興趣，因此，導言的寫作特別的重要。

導言的寫作有許多方式，必須依據新聞的性質有所區別，彈性運用。

一、傳統式的導言寫作

這是最四平八穩的導言的寫法，也是一般最常見的導言寫作。

2007年9月28日《聯合晚報》第十一版報導一則以晶片驗出癌症的新發明的新聞，導言這樣寫：「中央研究院原子與分子科學研究所研究員張大釗，今天發表一款全球首見的掌上型癌細胞檢測儀，機型只有五十元硬幣大小，而且操作相當簡單，未來如果能克服樣本採集問題，癌症篩檢不見得非得要跑醫院。」

這個寫法，說明了有關以晶片驗出癌症的發明，這個發明的相關資訊，以及未來的問題，這是一個典型的倒金字塔寫法。

二、結論式的導言寫作

這種導言寫作的方法，是將一個事件的相關資訊消化之後，以一個結論的宣告作爲報導的重點，予以報導的寫法。

2007年9月27日《聯合報》A2版一則報導物價的新聞，導言這樣寫：「民眾荷包又要縮水了！由於黃豆等原物料價格節節攀升，直接影響沙拉油、醬油等加工品的價格，醬油承受不住成本壓力，將首次漲價，但業者不願意透露漲幅。」

在這則報導的導言中，基於一直以來物價上漲的情勢，到連醬油都將上漲的消息，而作出「民眾荷包又要縮水」的結論，而這個結論正是民眾最爲擔心的議題，以這個爲重點來報導，必然會引起受眾的興趣。

再舉一例，前面「傳統式導言寫作」提到《聯合晚報》報導以晶片驗出癌症的新發明的新聞，同一天的《中國時報》A10版也報導了同樣的新聞，但是導言寫作卻完全不一樣，它是這樣寫的：「現有的癌症分期觀念，很可能有所改變。中央研究院院長翁啓惠的研究團隊27日發表具有快速診斷癌症腫瘤的新型超感度醣晶片，靈敏度爲現有醣晶片的十億倍，1cc.血液就可進行一百種不同的診斷測試。」

這個導言的寫作，將未來癌症分期概念即將轉變的結論率先提出。在我們傳統的觀念中，癌症分爲三期，要我們改變癌症分期的概念，必須要有足資說服的理由，而且分期改變後對癌症的治療有何關係？這都是我們所關心的事情，這個分期概念轉變的結論寫在導言最前面，當然引起一般民眾極大的興趣，以及繼續閱讀以瞭解更多訊息的誘因，也是一種意義的附加。

如果把第一句取消，直接從中央研究院院長開始寫，也無損於導言的要求，但是就成為傳統式的導言寫作了。不過，這樣的寫法對引起興趣的幫助就不大了。

再引一例，2010年5月1日《聯合報》A21兩岸版一條新聞「犀利哥出運　上舞台　繼續酷」，是依據大陸《南方日報》的報導改寫的，導言這樣寫：「大陸網路紅人犀利哥終於出運了！他到廣東找工作，廣東順德某一家農莊還願意聘他擔任『時裝表演部門經理』一職，屆時，犀利哥將會更『型男』。」這個導言一開始就說「犀利哥出運了」，導言最後又說他「將會更型男」，這都是為這件事作了結論，也算是一個結論式的導言（犀利哥名叫程國榮，原來是一個遊民，但因為人長得高而挺拔，穿著的破舊衣服竟然被人認為特別有流行的味道，因此照相上網，而成為網路紅人，被戲稱為犀利哥）。

三、疑問式的導言寫作

疑問式的導言寫作，是提出一個疑問，讓這個疑問也引起閱聽人的共同疑問，必然會想去瞭解究竟。

2007年9月28日《中國時報》A10版報導一則老花眼年輕化的新聞，導言這樣寫：「年紀輕輕卻老眼昏花嗎？一項針對五十位眼科醫師的調查顯示，臨床上，老花眼病例從以往的四、五十歲才發生，如今下降到三十五歲。必須長時間近距離看電腦的工程師、老師與動畫師是提前老花的高危險群，尤其都會區女性更顯著，應定期接受視力檢查。」

這是一則典型的疑問式的導言寫作，對年輕而尚不老眼昏花的人來說，這個疑問對他們來說是一個值得懷疑的問題，是難以相信的，因此他們想知道到底為何；對真的已經感覺到眼睛昏花卻還年輕的民眾來說，這個報導正寫到他們心裡頭的疑惑，更要一讀而探

究竟了。

2007年9月28日《聯合晚報》第七版報導一則「七成學童上學走路怕怕」的新聞，導言這樣寫：「你家孩子上下學的路上安全嗎？靖娟兒童安全文教基金會調查發現，三成兒童曾在上下學路上受過傷，七成孩子對上下學走路感到『怕怕』，更有半數以上的父母爲了安全問題，不願讓孩子自行上下學。」

這個導言的寫作一定立刻捕捉住所有父母的眼光，因爲這正是所有在學學童父母最擔心的事情。

2010年4月1日，《聯合報》A3焦點版頭條，報導《Cheers雜誌》調查今年新世代最嚮往的一百大企業，導言這樣寫的：「今年大學應屆畢業生最嚮往去那一家企業上班？《Cheers雜誌》昨天公布最新調查，發現歷經全球金融海嘯衝擊，今年大學畢業生最嚮往的企業，電信類退燒，服務業竄起，統一、誠品、星巴克囊括前三名，是近五年來首度由非科技業者拿下冠軍寶座，擠下去年的榜首中華電信」。這是以疑問句作爲導言起頭的例子。

再舉一例，2010年4月29日《旺報》C3北京版頭條刊出一條新聞，是依據《上海證券報》及《北京商報》等多家大陸主流媒體，前一日報導北京市府以4月17日國務院下發的「國十條」爲基礎而公布的打房措施。這則報導的標題：「北京嚴格打房　只聞樓梯響」，導言這樣寫：「烏龍？或是另有隱情？包括大陸官媒中新社等多家傳媒報導中指出，北京昨日將公布房地產調控政策，且該政策會比大陸中央更嚴格，但截至昨日，北京市府並未如預期公布相關措施，一些昨日早上還刊登在網站的相關措施，到了下午紛紛被刪除『下架』。」這個導言，以兩個疑問開場，指出相關措施未公布的新聞，這兩個疑問，立刻可以引起讀者相同的疑問，與閱讀的興趣。

四、驚奇式的導言寫作

驚奇式的導言寫作是將一個令人難以置信的事情放在導言最前面，讓閱聽人感到驚奇而欲一窺究竟。

2007年9月28日《聯合報》A10版一則報導路邊理髮攤的新聞，導言是這樣寫的：「『理髮，八十元！』高雄市低價行動理髮攤越來越多，以往顧客多是歐吉桑，最近不少上班族也光顧，業者每月收入五到六萬元，比大學生還多。」

在這個報導的時間點，理一次髮的價格通常在新台幣三百元左右，最最便宜的家庭理髮也要二百元，因此，八十元理髮，一定讓人驚呼：怎麼有可能？接著會想，到底是哪裡有這個理髮行情，「我」能不能也去理？這都是人同此心心同此理的事情，所以這個驚奇的效果就達成了。

再舉一例，2007年9月27日《聯合報》A12版一則報導美國總統布希演講發音問題的新聞，導言這樣寫：「美國總統布希眞的有發音障礙！白宮幕僚替布希準備的聯合國大會演講稿原始版本意外曝光，字裡行間滿是外國元首姓名和國名的語音註記。」

這個新聞配合了一張照片，照到布希演講座上的講稿，上面充滿了密密麻麻的註記。過去，布希老是講錯話、發錯音，這已經是家常便飯的事情，大家只認爲是布希的漫不經心，這個報導依據照片的證據，將布希總統有發音障礙這個可能性當成導言的重點，確實是令人驚奇的事情，這不僅是一個驚奇式的導言寫法，也是一個結論式的寫法，將照片證據推出一個合理的結論。

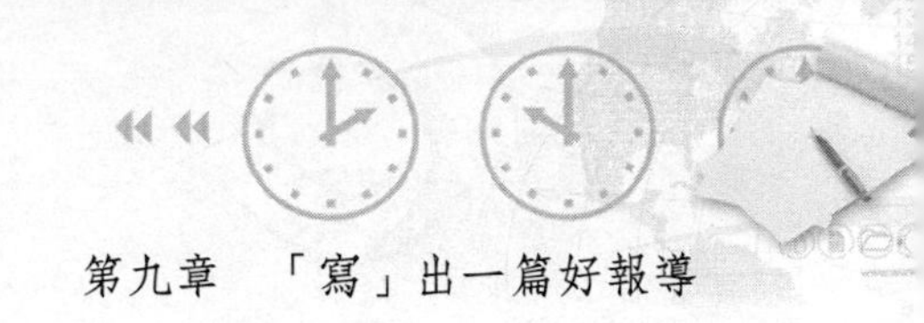

五、問答式的導言寫作

這種導言的寫作，就是先提出一個問題，再回答這個問題，透過問題的答問，提示了報導內容的要點；與疑問式導言寫作不同的是，疑問式只提出疑問，問答式導言不僅有問題，還有答案，而答案才是報導的重點。

2007年9月28日《聯合報》C3版一則報導護士實務鑑定的新聞，導言這樣寫：「護士會不會協助接生？光靠筆試恐怕考不出來。台北護理學院避免學生只會紙上談兵，首創『專業實務能力鑑定』，除了目前實施的『產科』，明年還將納入『內外科』及『兒科』；在職護士進修，只要通過鑑定，證明具有實務能力，即可免修該科學分。」

這個導言雖然不是直接回答護士會不會接生的問題，但卻答覆了考試能不能考出護士會不會接生的問題，這個問答，為之後所要報導的「專業實務能力鑑定」，提供了一些見解。

六、引述式的導言寫作

引述式的導言寫作是引述名人，或與報導事務有關係的關鍵人士對此事件的談話，來呈現所報導事件的重要內容。

2007年9月28日《聯合報》A19版一則報導大陸物價的新聞，導言是這樣寫的：「『你可以跑不贏劉翔，但是你必須跑贏CPI（消費者物價指數）！』這是許多大陸網友最近流行放在簽名檔裡的一句話。」

大家都知道劉翔是中國大陸的飛毛腿，跑得極快，跑不過劉翔不僅正常，也不會有損失，但是如果跑不過消費者物價指數，那麼

生活就痛苦了。這句網友流行的話被引述出來，就已經提示了物價的上漲可能影響民衆的生活。

再舉兩個例子，2007年9月28日《聯合報》A20版一則報導緬甸暴動的新聞，導言這樣寫：「『來啊，有種就殺了我！我不怕。』一名憤怒的女子在仰光街頭對鎮暴軍警咆哮。另一名老者也對軍警大吼：『你們吃的是老百姓的食物，卻殺害老百姓，還殺僧侶。』」

這個導言引述了一位女性和一位老者的說話，反應緬甸民衆對軍警屠殺示威民衆的不滿。

2010年4月4日《聯合報》A12話題版一條新聞報導一個十歲國小學童小德捐骨髓給罹患白血病的哥哥小璁的新聞，導言這樣寫的：「『只要能救哥哥，再痛我都不怕！』高雄市男童小德，日前勇敢捐骨髓救哥哥小璁；他告訴失業的單親爸爸李侑宸：『這是我送給哥哥最好的兒童節禮物』，讓爸爸紅了眼眶。」這個導言裡，引述了兩段主角的話，使得新聞的人情趣味和感人程度增加，可看性自然也增加了，値得注意的是，報導中的兩兄弟，並沒有將全名寫出來，而用「小德」和「小璁」代表，這不是記者偷懶沒搞清楚他們的名字，而是依據「兒童福利法」的規定，隱去了他們的全名。

七、懸疑式的導言寫作

懸疑式的導言寫作是在導言中設計成一個懸疑的情境，讓人似懂非懂，不知道到底是一件什麼事情，因爲好奇而引起繼續往下閱讀的欲望和興趣。

2007年9月30日《聯合晚報》第六版有一個報導兒童血管瘤罕見疾病的主題，主新聞的導言是這樣寫的：「我是很棒的資優生，

天使才會來親我。可是親小baby不可以這麼用力，親太用力，臉上會紅紅的。」

這是引述自一個血管瘤病童母親，將她療治兒子過程當中的心路歷程，寫成的繪本《天使太用力》書中的一段文字。這個導言看起來是「引述式的導言寫作」，但因為在整段導言中就只有這一段文字，而沒有任何詮釋，因此營造出了一個懸疑的情境，讓人亟欲知道到底是怎麼一回事，這段引述就創造了這篇報導的可讀性，所以也是一個很好的懸疑式導言寫作的範例。

八、敘事式的導言寫作

敘事式的導言寫作，是以一種說故事的方式將感人或重要的內容在導言中敘述出來，以吸引閱聽人閱聽。

2007年9月27日《中國時報》A9版報導一則「窮叔叔送饅頭助貧」的新聞，導言這樣寫：「『饅頭喔！饅頭喔！又香又熱的饅頭，快來買喔！』清脆嘹亮的響聲，一早就出現在屏東縣林邊鄉大街小巷，孩子口中的饅頭叔叔李文斌推車沿街叫賣，臉上總是掛著靦腆笑容的他說：『雖然自己窮，但還有人比我更窮。』每天送窮人饅頭的義舉，已成為鄉里津津樂道的故事。」

這個導言生動的把李叔叔送窮人饅頭的故事和事蹟，透過幾句話就說出了一個梗概，為後續報導增色不少。

2007年9月29日《聯合晚報》A13版取材自中國「華龍網」及英國《泰晤士報》的報導，改寫成一篇「一顆氣球　從英國飛到廣州」的報導，導言是這樣寫的：「英國曼徹斯特一所學校舉行放氣球大賽，誰的氣球放的最遠就是冠軍，撿到氣球的人可以得到一張動物園的門票。四歲小女生愛麗絲放了氣球之後始終沒有下文，她幾乎已經忘了這件事。但是，一個半月後，她的回信來了，而且竟

來自於近萬公里之外的廣州。」

這個導言文字較多，但娓娓道來，卻清楚的交代了一個氣球飛行近萬公里的故事，顯示了和這個故事裡的人情趣味（英國這則報導見報後，引起很多質疑，認爲一般的氣球絕對不可能飄那麼遠，後來證實這條新聞是人爲炒作，原來是在英國拾獲氣球的人，將氣球帶到廣州，再寄回英國，沒想到引起這件大烏龍）。

再舉一個例子，2010年5月2日《聯合報》A16國際版一則報導的標題：「卡西歐　炸彈客最愛」，導言這樣寫：「卡西歐（Casio）電子表是國際知名品牌，不僅價格便宜，而且穩定、電力持久。也正因爲這些優點，卡西歐電子表成了恐怖分子製造定時炸彈、發動恐怖攻擊的最愛，捲入多起恐怖事件。」這個導言，依據《紐約每日新聞》1日的報導，將卡西歐表的優點所引起的問題照實的報導，這是敘事式的例子。

九、典故式的導言寫作

典故式的導言寫作是依據一個過去的典故或掌故來作爲導言的起頭，藉這個典故引入報導的主題。

2007年9月29日《中國時報》A13版報導南京雲錦研究所，複製了西漢的「素紗禪衣」的報導，導言是這樣寫的：「史載，中國古代有一種薄如蟬翼的單衣，爲皇室所用。在南京雲錦博物館裡，還眞有這麼一件『素紗禪衣』，僅重49克，揉起來如雞蛋大，可裝入火材盒，精妙絕倫令人稱奇。」

導言中寫的「史載」就是提示一種典故，可惜未能更深入相關具體的典故。

2010年4月4日《聯合報》頭版頭條標題是這樣的：「逢虎忌諱今年總生育率恐跌破1」，報導的是台灣2010年生育率的危機，導言這樣寫：「『月曆效果（Calendar Effect）發酵』！由於中國人習俗中，對虎寶寶忌諱多，今年前兩個月新生兒數較去年同期大減百分之九。人口學者初估，去年台灣總生育率已經是全球最低，平均每名育齡婦女僅生一人，今年內婦女總生育率恐怕『破一』。」這則新聞引用的是傳統民間的忌諱，民間忌諱自然有其典故，引用這種忌諱或典故作爲導言的開場，就有其吸引力。

以上介紹了幾種導言的寫作方式，其實只是簡單的歸納，尙無法涵蓋所有的寫作方式，如果我們作一個大致的分類，大致可以分成兩大類，一是傳統式，一是非傳統式，而非傳統式的導言寫作在當前的報導寫作中，運用的比率越來越高，這是什麼原因呢？

原因之一是爲了加強「人情趣味新聞」的報導，前兩章介紹過人情趣味新聞對媒體報導的重要性，以及受到歡迎的程度，而人情趣味新聞包括了新聞素材本身的趣味本質，以及寫作方法的趣味性兩個不同的層次，從這些非傳統式導言寫作當中，確實看到了趣味性的寫作風格。

另一個原因，則是「價值附加」的效果，在題材的選擇和導言的寫作中，附加了「意義」，可以讓人容易瞭解新聞的內涵；附加了「人情趣味」，可以增加閱讀的興趣和減輕閱讀的壓力，也就是上一節所說的「價值附加」的新聞寫作。

第七節　新聞的本文怎麼寫

在新聞的導言寫作完成後，其實新聞的本文（也稱「本體」）的寫作已經十分簡單，因爲，記者已經選擇了報導的「寫作結構」（本章第一節），也有了寫作計畫（本章第三節），而導言的寫作方式也已經決定（本章第六節）且寫作完成，那麼其後的本文當然

順理成章就可以照計畫完成。

但是，事實不然，很多新聞報導在完成後，顯現了很多的問題，是寫作的記者都不自知的，最主要的原因是夾雜了「記者」和「受訪者」的關係，以及訪問時訪談順序的糾纏。

在報導中，不出「事件」和「人物」兩類主題，但是採訪事件，大多數必須透過人物去陳述或描繪、評論事件，而採訪人物多半也跟某些事件有關係。

但是不管如何，記者一定要瞭解所要報導的主題是事件還是人物，主題當然就是主角，其餘的頂多只是配角，甚至有時候根本沒有出現在報導中的價值。

其次，透過人物陳述事件，讀者所要瞭解的是事件的眞相，至於這個眞相是受訪對象如何陳述的，其實讀者並不那麼關心。

因此，在本文寫作時，記者應該將採訪所得的資訊完全瞭解之後，剔除不相關或影響不大的資訊，將有用的資訊整理成易懂的內容，然後依據決定採用的寫作結構，進行寫作，這樣寫出來的報導，讀者就很清楚。

在這樣的報導寫作中，記者是娓娓在說故事一般，有必要強調時，才引述受訪者一句或一段談話，這個被引述的談話，必須是簡潔有力，而且具有說服力或佐證能力。

而「記者」本人的角色，在報導中只是一個幫讀者瞭解事件或人物的「工具」，就像一部攝影機、一部錄音機一般，只是比較聰明一點、具有智慧的工具罷了，是不宜在報導中出現的。

有許多報導的寫作喜歡將記者融在報導當中。譬如：「記者從某某部門獲知某部門將推展○○活動」這種寫作，就是融入了記者自我，還充滿贅詞，其實可以很直接的就寫成「○○部門決定自何時起推展○○活動」。畢竟這個訊息是記者從何處獲知或如何獲知，對讀者是不重要的，重要的是這個活動什麼時候推展？簡潔明

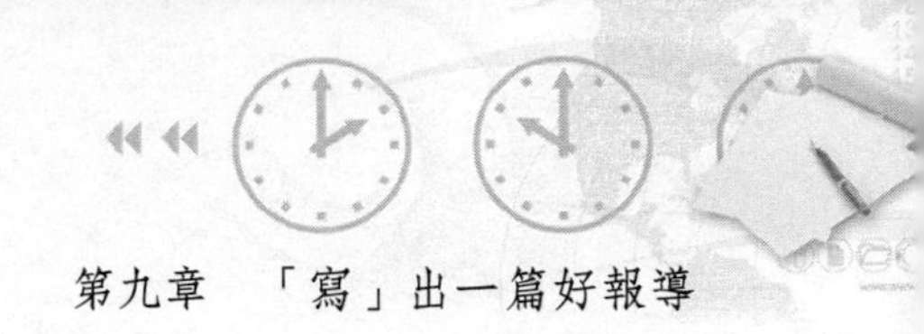

瞭的寫出，不僅清楚，而且有明確和權威的意味。

再譬如，有些報導喜歡這樣寫：「爲了○件事，記者走訪○○○，據○○○表示，這件事……」。這也同樣是不好的寫作，只要很簡單的寫成這樣：「針對○件事，○○○表示，這是……」就很簡潔清楚了，讀者才不管記者是走訪或跑訪或電話訪問呢！

在人物的採訪報導中，記者更容易把自己的角色在報導中出現，尤其在他覺得採訪很成功或很滿意的時候，難免就把自己曝了光。

記者必須時時謹記，他所有訪談的目的，都是「代替」讀者去尋找事件的眞相，記者本身是沒有角色的。

在人物採訪的報導中，還會犯的一個嚴重的毛病，就是在寫作時，被訪談的時間順序牽著走，因此常常會在導言之後第一段就寫：「○○○首先表示………」，過了幾段，又寫：「○○○接著表示……」，到了文末，則寫：「最後，○○○再度重申……」。

這樣的報導寫作，完全是以採訪的時間順序來寫作，其實，讀者並不關心受訪者在什麼時候講什麼話。

記者在記錄許多重要的事件時，確實要掌握時間的順序，因爲對重要的事件，時間順序很重要，譬如說，當911恐怖攻擊事件發生後，歸納出許多相關事件的時間當然有其意義和重要性，這時候就可以採用時間順序的方式去寫作。

但是大多數的人物訪談，不管是透過人物來談事件，或是單純的人物專訪，記者在和受訪對象交談時，極可能會對訪問的主題由簡入深，或從周邊試探然後直搗黃龍，因此，採訪時發問的順序，在大多數時候對挖掘事件眞相的技巧有所幫助，但是對事件的內容並沒有意義。

再說，訪談只是蒐集資料的過程，與寫作的順序並未見得有關係，正如廚師煮菜上菜，絕對不可能照採買食材的順序去烹調一

般，他一定是依據食客的需要決定烹調的順序和上菜的時機。

新聞本文的寫作也是一樣，當前菜（導言）已經引起讀者的興趣，這時候主菜（本文），就必須將廚師（記者）整理過的資料，歸類後一道一道的端上來，吸引住饕客的興趣直到結束。

第八節　新聞寫作的體例、用語和修辭

每個人都有自己的寫作風格，但是媒體的報導終究不是文學作品，它必須顯現出一定的水準和風格，更由於媒體的內容是由許多記者的報導所組成的，要顯現出一定而平均的水準和風格，就必須訂定許多共同的寫作規範，讓所有記者遵循，這是世界上著名媒體一定會做的事情，而這些媒體訂定的新聞寫作規範，包括了體例、用語和修辭等的規定。

新聞寫作的體例，包括的範圍很廣，像新聞稿的前綴，一直到名詞的統一等等，都是體例應該規範注意的地方。

一、新聞稿的前綴

新聞稿的前綴就是一則報導前面必須表達的文字，這些文字說明了這篇新聞稿的發稿時間或來源。

在報紙媒體中，新聞稿前面會有一個【本報訊】、【本報○日東京電】、【美聯社○倫敦電】、【本報記者○○○報導】等等的前綴；在廣播或電視新聞中，會有：【本台消息】、【依據法新社來自巴黎的報導】等稿頭，在稿末則說【以上新聞由記者○○○在○地報導】；電視新聞中，也有在畫面顯示消息來源的標示。

這些新聞稿的前綴是應該統一的，純新聞報導的部分，由自

家記者所撰寫的新聞稿要如何前綴，由國外通訊社或自由投稿人（Freelancer）來的消息或報導要如何前綴，這基本上是不一樣的；另外，深入解釋或分析性的文稿又要如何前綴，這些都必須統一有一個固定的格式。

二、名稱和職稱的使用

在一個報導裡面，經常必須寫到單位的名稱或受訪者的職稱，這些時候也必須有一定的規範。

有些單位名稱在報導中會一再的出現，通常在第一次出現的時候，會將單位的全銜（或叫「全稱」）都寫出來，第二次以後出現時就只寫單位的簡稱，以節約篇幅。譬如：海峽兩岸對口的單位，在大陸爲「海峽兩岸關係協會」（簡稱海協會），在台灣爲「財團法人海峽交流基金會」（簡稱海基會），因此在新聞稿中的一次出現就寫「海峽兩岸關係協會」或「財團法人海峽交流基金會」，第二次以後就直接寫「海協會」或「海基會」。不過，因爲這兩會的消息在媒體報導的機會相當多，媒體甚至已經直接就寫簡稱，而不再在第一次出現時寫全銜了，這當然不影響閱聽人的認知，但如果碰到比較不常出現的，尤其是國外的單位或組織，就必須嚴守這種先寫全稱再寫簡稱的規矩。

另外，外國的單位或組織，現在也有媒體就直接將英文名稱的縮寫寫出來，甚或直接做上標題的，譬如：APEC（亞洲太平洋地區經濟合作組織，簡稱「亞太經合會」）、WTO（世界貿易組織，簡稱「世貿組織」），這些媒體會直接使用英文縮寫，理論上應該是認爲自己媒體的閱聽人的國際化程度較高，可以直接吸收英文縮寫所代表的意義，這當然無可厚非，但還是要經過媒體內部的統一規範，呈現出來的報導才能一致。

至於在「職稱」方面，一般國際的習慣是在報導對象第一次出現，顯示了個人的身分後，以後就直接稱呼他的姓名了。

譬如法新社這一篇報導：【法新社馬德里二十六日（編按：2007年9月26日）電】西班牙《國家報》今天報導指出，美國在2003年3月入侵伊拉克前，美國總統布希曾在2月22日與西班牙總理阿茲納會談，根據當時一份文字紀錄顯示，布希威脅某些國家，如果不投票支持聯合國決議發動伊拉克戰爭，將遭到報復。

這則報導對報導對象稱呼的方式，是一般國際媒體的通例，但是在中文媒體裡面，有些媒體雖然知道在報導中，職稱揭示的目的只是告知身分的意義，並沒有「敬稱」的意涵，但仍免不了擔憂直呼其名顯得不夠尊敬，尤其是在報導政府高級官員的時候。

因此，在中文報導中，經常出現李部長、王將軍等等既不敢提及報導對象名字，復又時時以官銜尊稱的情況。這與中國人傳統的觀念大有關係，短時間一時也難以改變，因此，媒體在尊敬報導對象與媒體角色（不偏不倚，不卑不亢）之間，如何取得平衡，也是值得注意的事情。

三、譯名的統一

媒體經常要報導許多國外的新聞，這些國外新聞就會牽涉到外國的人名、地名，將這些人名和地名譯成中文，一般都採用音譯法，這時就很容易產生譯名的差異。

如果是一個很有名的地名或人名，大致上都會有固定的譯名，而且相因成習，大家也都能夠瞭解其所指。舉例言之，美國的紐約、華盛頓，英國的倫敦，法國的巴黎，這些地名大家毫無問題都會知道，翻譯的差異性也不大；再像美國早期的人物林肯、華盛頓，英國的邱吉爾，法國的戴高樂，這些人名也是一樣，翻譯的差異性不大。

但是當一個新事件發生，必須立刻報導一個新的地名；或者一個新的人物成爲新聞事件的主角，也必須立刻將這個人名譯成中文。這時候因爲時間的因素無法在所有媒體間形成一個譯名的共識，每個媒體各別進行翻譯，所以產生不同媒體有不同的譯名，這也是很正常的事情。

但是，關鍵在於，當一個媒體使用了一個新的譯名之後，那麼這個譯名就必須被統一起來，在當天的所有報導中，這個人名或地名的翻譯必須一樣，日後這個地名或人名再出現時，也必須用一樣的譯名。

已故的伊拉克總統海珊（Saddam Hussein, 1937.4.28-2006.12.30），過去在許多中文媒體上有不同的譯名，有的譯爲海珊，有的譯爲哈珊，有的譯爲哈山，更有的譯爲胡辛，不一而足。在不同媒體上有不同的譯名，這是媒體自我意識的展現，無可厚非，閱聽人雖然一時未見得習慣，但幾天也就適應了。

問題是，有些媒體對這個譯名的統一卻未能重視，因此不同的人翻譯就翻出不同的譯名，呈現在媒體上的就很離奇了。過去曾有報紙在同一個版面上，有海珊也有哈山，這到底是不是同一個人呢？也有電視媒體，螢幕上的標題是哈珊，文稿唸的卻是海珊。至於今天是海珊，隔天變成哈山，這就更是屢見不鮮了。

這種譯名不能統一的問題，就表現出媒體對體例的要求不夠嚴謹，這當然會影響媒體在閱聽人心目中的評價。

四、用字的統一

中國字有許多通用的字，意義通，字形卻未必相同，但在使用上則經常相混，譬如：「畫」和「劃」在許多用法上是很混淆的：

到底是「計畫」還是「計劃」？「規畫」還是「規劃」？「畫分」還是「劃分」？

有些媒體把「畫」當成名詞用，把「劃」當成動詞用，但不管怎麼區分，就是不能一下子「計畫」，一下子又變成「計劃」。

像這類的狀況，就是用字的統一了。

五、用語要通俗而不低俗

新聞寫作最重要的是要淺顯易懂，充分而完整的傳達新聞的內容。唐朝著名的詩人白居易寫了一首詩之後，一定念給老嫗和童子聽，只要有聽不懂的，他就再改，改到大家都聽得懂爲止。白居易的作法，以今天的說法，就是「口語化」，唯有足夠的口語化，才能讓不識字的老太婆和小孩子都聽得懂。

新聞報導是要讓普羅大眾都看得懂或聽得懂的，它不是文藝創作或文學作品，因此，文字的淺顯易懂當然是最高的宗旨，那麼，新聞寫作應該要寫得多淺顯呢？

報導寫作的淺顯程度也並不是有一定的規定，還是要看媒體的閱聽人來決定，有些媒體的定位適合於知識分子閱聽，那它的報導的遣詞用字就可以稍微深入一些；有些媒體比較迎合基層民眾的口味，那麼它的文字就要極度的簡單。但是不管如何定位，媒體畢竟是一種「大眾」傳播工具，因此它的文字程度不應該高於中學二年級的閱讀能力；世界中文報協更曾經篩選三千個新聞常用字，提供華文媒體運用，這都說明了報導寫作用字淺顯簡明的重要。

既然文字程度要淺顯易懂，而且盡量口語化，那麼使用一些通俗用語好不好呢？

這是一個很有趣的話題。2007年2月，中央電視台第11頻道「空中劇院」首播大型的新編黃梅戲《六尺巷》，演的是清朝名臣張英的故事。

按：張英是安徽桐城人，他的老家隔壁住著一戶吳家，吳家在修牆的時候，侵占了張家的地，於是家人就寫信給朝中作官的張英，希望他動用關係處理這事，張英回信是一首詩：「千里修書只爲牆，讓他三尺又何妨？長城萬里今猶在，不見當年秦始皇。」家人收信後遂退讓三尺，吳氏受到感動也退了三尺，於是出現了一條六尺寬的巷子，被稱爲「六尺巷」，傳爲美談。

在這個新編的黃梅戲中，演的是清初的故事，卻赫然出現了一句對白說：這是「作秀」！

「作秀」這個詞，是近代詞，是在1980年代以後才出現的外來語，從英文字「Show」一字演化而來，「Show」字當動詞是「表演」的意思，當名詞是演出的戲或劇，歌星或演員作一場表演，就說他作一場「Show」，後來就把中西合璧的「作Show」全部中文化音譯成爲「作秀」，表示藝人爲娛樂觀衆所作的表演，但是這個詞現在已變成一種貶抑詞，意味著好求虛名、誇大其辭的自我炫耀和張揚，以引起人家的注意。

在清朝初年當然沒有「作秀」這樣的語言，但是黃梅劇的口語化和現代化，將現代的流行用語入了戲，或許會引起不同的評價，但確實是在往貼近民衆、通俗化之路邁進了一步。

連傳統的戲劇都在通俗化，媒體的報導，事實上也早已將許多民間的用語使用在寫作上，而且有越來越多的現象。

但是民間的用語雖然很通俗，人人易懂，但也有一些民間用語是低俗不堪的，難登大雅之堂。媒體因爲具有教化功能，通俗化可以達到更好的傳播效果，但還是要「通俗而不低俗」，至於什麼樣才是低俗，這還是有一定的社會公論，媒體報導的內容太過煽、色、腥，會引起社會公論的反對，用語用詞低俗不雅當然也會引起許多人的排斥，不得不加以注意。

《紐約時報》自1962年起就出版了一本給記者及編輯遵循的《紐約時報風格手冊》（*The New York Times Style Book for Writers and Editors*），1976年又修訂成《紐約時報風格與用語手冊》（*The New York Times Manual of Style Usage*），這本手冊，對慣用語及時報的新聞政策作了精確的說明，其中有許多是對新聞寫作體例的規範，包括文字的拼法、大小寫與標點符號和縮寫的規定，甚至連對婦女的稱呼等，都有其一貫性的規定和堅持。

對於用語方面，《紐約時報風格與用語手冊》中，也規定了時報新聞版面的用語，應以「適用於國會議事」及「正當社交」所接受的語文爲標準，不允許不正當與粗鄙下流的文字。（李子堅，1998，頁153-155）

六、多使用短句

報導使用的句子，最好爲短句，一句話不能過長，過長的文字會使得閱聽人理解的難度增加，尤其在使用聽覺的媒體更是嚴重。這個原則其實在一般寫作都是很重要的，美國著名的文學家海明威（Ernest M. Hemingway），也曾經擔任過記者。他說：「用短句，用短段，用有力的字眼，不要忘記文句的通順。用主動語態，不用被動的語態寫作。」

而所謂「簡潔」，就是要使用直敘式的文字，不要使用被動式或倒裝式的語句，要讓文字盡量的簡單明瞭，譬如說，應該這樣敘述：「某甲告訴某乙考試要延期。」這是直敘式。不要寫成：「某乙從某甲那裡獲知考試要延期。」這就是被動的語態，被動的語態讓閱聽人腦筋在接受訊息後還要轉一個圈才能完全瞭解，這對閱聽人是不方便的，而且增加了誤解或誤判的可能性，應該要盡量避免。

使用倒裝句法也是不好的，舉一個例，應該要這樣寫：「他最近正忙於寫作。」這是直敘式，不管是聽或讀都很容易而且明白。不要寫成：「最近正忙於寫作的他。」這樣的寫法是倒裝句法，不管是讀或聽，總覺得彆扭，遺憾的是，最近在許多報導上卻經常出現這種寫作方式。

第九節　新聞改寫

所謂「新聞改寫」，就是針對「原有」的新聞稿，加以改寫成需要的報導方式或長短。

「新聞改寫」的工作，對媒體來說十分重要，歐美國家的報紙，通常都有專人負責新聞改寫的工作，稱之爲「改寫記者」（Rewriteman），而一般的採訪記者則稱之爲Legman，與我們所說的記者「跑」新聞，相當貼切，有腿才能跑新聞嘛！

在中文報業上，通常由記者本身，或新聞編譯來進行新聞改寫的工作。

那麼，新聞爲什麼要改寫呢？這有幾個原因和需要。

一、整合多條報導為一條

媒體通常會有許多訊息的來源，自己的記者或駐外特派員是主要的新聞來源，還有通訊社的外電，還有國內外媒體的報導、新聞供應者發來的新聞消息等等，越大的媒體絕對會有越多的新聞來源。

有時候，一個新聞事件會同時有許多新聞來源，這時候就必須將相同的事件報導加以查證、整理，然後重新撰寫成一條「綜合報

導」，這就需要改寫。這種情況以外電最多。

通常，一件重要的國際新聞事件發生時，媒體會接收到許多家國際通訊社所發來的新聞外電，這時候，新聞編譯就必須從衆多外電中擷取所需要的內容，重新改寫成一條或數條媒體所需要的報導內容。像美國紐約911事件世貿雙塔遭受恐怖攻擊時，紛至沓來的外電簡直多到滿坑滿谷，如果不加以整理改寫，那根本就無法進行編輯作業。

二、對原來的新聞稿增刪或改變報導角度

在很多情況下，媒體因爲當天新聞重點的考量，對某一些新聞必須加強報導，增加字數；或者必須縮小篇幅而減少字數；甚至必須改變原來報導的重點，從其他的角度切入，這時就必須對原始的新聞稿進行改寫。

這種情況通常由原來撰寫的記者自行操刀改寫，萬一因爲原撰稿記者正忙於撰寫其他的稿件，也有請其他記者代爲改寫的可能，但通常會在改寫完成後由原撰寫記者過目，以確保改寫後的新聞與事實沒有偏差。

三、新聞有新的發展

一些發展中的新聞事件，有時候在截稿前又產生了新的進展或變化，如果變化不大，只要在原稿上增加幾筆最新的進展就可以了，如果變化或進展很大，可能就必須大幅改寫，把最新的發展當成重點。

這種情況經常會發生，通常原撰稿記者會自行處理這些變化，但是也有可能是原撰稿記者已經下班後，新聞事件產生新的變化，

這時連編輯的截稿時間可能都已經很急迫了，因此也有可能是由主編親自進行改寫，因爲這時候主編很清楚版面或篇幅的狀況，也清楚知道了標題必須切入的重點，所以只要將這些必須強調的重點適度的增補就可以了。

四、媒體的特性必須隨時改寫

有些媒體因爲媒體特性的關係，許多新聞必須重複的播出，但爲了避免過度重複的問題，就必須不斷的改寫報導，讓重複的新聞每次播出的時候，都有不同的面相。

這種情形以廣播和電視的新聞專業台爲代表，因爲新聞專業台要持續播出新聞，對於重要的新聞，就必須在不同的時段重複播出，以避免閱聽人漏失這件重要的報導；但是一再的重複對已經閱聽過的觀衆或聽衆卻是個痛苦，對媒體的形象也不好，這時，改寫新聞就是一個方法。

在這種情況下，每次的報導，都可以從不同的主題切入，或是將新發展的事實補進去，因此，聽衆或觀衆雖知道是同一個事件，但因爲報導的重點不盡相同，還有更新的發展，就不會覺得有被報導重複轟炸的痛苦。

有關這種情況，在第十一章第二節中，將對電子媒體的新聞改寫再加以說明。

第十節　新聞寫作必須注意的事項

新聞寫作是記者採訪之後最重要的工作，完成了這個步驟，記者的責任算是暫時完成了，接下來由編輯去負責處理新聞稿刊播的流程。

在這個寫作的階段，記者必須注意到一些重要的問題。

一、報導的寫作要簡潔

簡潔的報導一向被全世界的媒體認爲是最基本的原則，但是在實際運作時，由於記者自己本身的修習和習慣，常常達不到這個最基本的要求，譬如說，經常可以看到記者在報導運動團隊在國外比賽獲勝後回國的新聞，就寫道：「凱旋歸國」，這句話大家習慣如此使用，其實這是「贅詞」，應該用「凱旋」就好了，凱旋就是「勝利歸來」的意思，何需再加「歸國」兩字？

曾經擔任過中央日報副社長、總編輯、國際版主任的王曉寒先生，在他的著作《新聞用語變化多》中寫道：「簡潔寫作的技巧，被認爲受到普遍接受，有十項原則：一、要表達出來，不能只有印象。二、充分運用變化。三、保持短的句型。四、使用常見字彙。五、簡明而不複雜。六、避免不必要的字句。七、以所用的動詞顯現出行爲與動作。八、使用口語的方式。九、所用的專有名詞或術語，要讓讀者能夠瞭解。十、與讀者的經驗相結合。」；「綜合這十項原則，應該就是：通俗、簡明、活潑，和生動。如此才能吸引讀者或聽眾的興趣，才能發揮大眾傳播媒體的功能。」（王曉寒，1992，頁12-13）。

這當中第一點的意思，就是要具體描述，「不要用形容詞」；第七點的意思就是要盡量使用動詞來說明行動。

第二點所述「充分運用變化」，王曉寒先生在同書中第386頁，特別加以闡述：「變化的最基本原則，必須根據構成新聞的事實，不能脫離事實，當然，更不能捏造事實，否則，那就不能成其為新聞。」

至於第九點所述使用的專有名詞或術語要讓讀者能夠明瞭，這點尤其重要，最近許多媒體喜歡使用「縮減字法」，將一些名詞簡化，經常造成閱聽眾不知所云，譬如說，學生中流行的「畢旅」、「畢展」、「畢製」，其實就是「畢業旅行」、「畢業展覽」、「畢業製作」的簡稱，對學生來講，大家都懂，對一般閱聽眾就搞不清楚了，在紙本印刷的媒體還可以推敲一二，在廣電媒體以口語播出時，實在讓人無法理解，其實這種減縮的字數有限，卻造成閱聽眾的困擾，大可不必。

由台北市新聞記者公會所出版的《新聞人員編採手冊》（劉偉勳、林於國編著，1985），第125至128頁「新聞寫作的基本原則」中，提到了幾個重點：

1.口語化：要以精煉、濃縮、結構嚴謹的口語表達，尤須避免「文言與白話夾雜」，並避免「同音相混」，也就是中國字裡許多同音異字異議的文字要注意區隔，譬如：「視事」與「逝世」、「尚未」與「上尉」、「均勢」與「軍事」等。
2.通俗化：要簡明易懂，避免用冷僻字詞，建議最好充分使用「世界中文報協」選出的三千個新聞常用字；其次要慎用成語與外來語，而且忌用冗長句子（意即要用短句）。

二、報導的時間必須以刊播的時間為準

本章第八節提到新聞寫作的體例時，曾經敘述了新聞稿前綴的問題，這個前綴，有時候會出現發稿時間【本報特派記者○日○地專電】，有時候不會【本報訊】，這種不同的前綴對於後續報導的時間敘述，會有所差異，必須特別注意。

爲了便於閱聽人認知事件的時間點，報導習慣上以「昨天」、「今天」、「明天」來說明事件發生的日期，但是以早報來講，報紙的出報日（報眉上登載的出版日期），也就是讀者正常閱報的日子，是記者發稿日的第二天，因此，在「本報訊」的新聞稿前綴下，記者在報導當天發生的事件時，必須寫「昨天」，因爲讀者看到這個報導時，事件確實是發生在昨天。

換句話說，一位早報的記者他是活在明天的，必須把明天當成他的今天，把今天當成他的昨天，把後天當成他的明天。

但是，如果新聞稿的前綴是【本報特派記者某某某○日○地專電】時，這時候寫法又不一樣了，它的日期基準就必須以這個前綴的日期爲準，跟這個前綴日期同一天的是今天，早一天的是昨天，晚一天的是明天，這個日期與出報日差了一天。

這種報導時間基準點的問題要特別注意。曾經有某一家報紙在一版頭條犯了一個大錯誤，就是起因於這個時間基準點的疏忽。

事情是這樣的：1979年台灣區運動會開幕前兩天，某家報紙的記者已經出差到區運會舉辦的地方，他發了一條預告性的新聞，讓見報時指出「區運明天開幕」，但在發稿時疏忽到新聞稿的前綴已經統一改成「本報區運採訪團○日台南專電」，與一向的「本報訊」前綴大不相同，但這位記者仍然以「本報訊」前綴的方式寫稿，因此寫成「區運將在明日揭幕」，而這個編輯也疏忽了，他見前綴是「本報區運採訪團○日台南專電」，因此判斷文中所寫的明天，就是確確實實的明天，也就是見報日，因此就做出了「區運今天隆重揭幕」的標題，登在一版的頭條。

第二天，這家報紙得了一個大獨家新聞，卻是一個錯得離譜的大獨錯，起因就是因為寫稿記者疏忽了新聞稿前綴的時間基準，而後續核稿、編輯、校對、總核稿等每一個關卡的「守門人」通通失守，造成了這麼一個嚴重的錯誤。

有關新聞稿前綴時間基準的問題，還要注意的是，如果這個記者發出報導的地點，與報社的所在地距離很遠，產生了時差，甚至報導地越過了國際換日線，那就表示日期和時間與報社所在地大不相同，這時為了便於讀者的瞭解，通常會把事件發生的時間，換算成本地的時間，併同呈現。

不同類型的媒體，因為刊播時間的不同，也有不同的寫法，晚報的時間基準與事件時間就完全同步，今天就今天，昨天就昨天，明天就明天，十分清楚。

廣電媒體因為時效性強，基本上時間的基準點和事件時間也是同步的，但是也會有特殊的狀況會出現，譬如，晚間撰寫報導的新聞，到了凌晨播報的時候，或者到了隔天一早晨間新聞播報的時候，這時候時間點已經不同步了，就必須經過改寫，將這個日期的差異修正過來。

以上說的是中文報紙的報導習慣，外國媒體的處理方式就不大一樣，他們習慣以「星期」來作報導的時間基準。

以2007年9月7日《今日美國報》國際版2A版一則新聞為例：這是一個大篇幅的新聞，報導中國國家主席與美國總統在雪梨2007年APEC年會中的會談，報導的導言是這樣寫的：

「雪梨訊——布希總統週四答應了出席明年奧運的邀請，討論了與中國設置軍事熱線，並得到中國國家主席胡錦濤對北京政府掃

除黑心產品的嚴肅保證。」（SYDNEY—President Bush on Thursday accepted an invitation to attend the Olympics next year, discussed setting up a military hotline with China and received assurances from Chinese President Hu Jintao that Beijing is serious about cracking down on unsafe products.）

這份報紙的報眉印著：2A. FRIDAY, SEPTEMBER 7, 2007. USA TODAY。

所以胡錦濤主席與布希總統的會面在週四，見報日是週五。這種以星期爲時間點的方法，對中國人似乎不大習慣，歐美人士卻是生活中習慣的用法，尤其在加上「Last」或「Next」之後，立即成爲上週○或下週○，時間運用的彈性很大，可惜就是必須和日期再相互對照了。

三、報導與評論必須完全區隔

新聞或傳播科系的學生只要讀過一年，就知道報導和評論是完全不同的兩回事，必須嚴加區隔，但是在實務運作上，報導仍然常見不同程度的夾敘夾議的現象。

何故呢？

一個情況是，記者不小心將自己的意見和看法融入到報導當中，即使沒有評論，但卻有意見；許多記者不知道如何將報導作結束，於是就在最後作了一些贅詞作結，譬如說：「我們祝福他很快達成他的願望！」等等文字，這都是沒有必要的。

第二個情況是，現在的趨勢是「價值附加」的報導和寫作方式，就是要把新聞的意義寫出來，爲了寫出這個新聞的意義，竟而參雜了個人的意見或價值判斷。

記者一定要清楚的分辨報導、分析、意見和評論，報導就是單

純的報導，千萬不要參雜任何其他的因素。

第三個情況是，記者或媒體本身熱衷於某種社會或政治運動，導致加強報導或偏頗報導這種他們所熱衷的議題，甚至對不同的意見嚴加評論或撻伐。

近幾年來，有關生態保育、全球化、氣候暖化、弱勢族群保護、禁菸、反核等等議題，有許多團體熱烈的參與，這些議題對人類福祉確實是有幫助，但是有些組織或個人就過度狂熱，少數組織或個人甚至以激烈抗爭的方式推動他們的理想。

而確實也有一些媒體或媒體工作者支持這些活動，但這種支持一定要公開而理性，以正面傳布正確訊息的方式爲之，可以推廣，但不宜批判。

四、報導必須清楚表明消息來源

在正常情況下，報導應該盡可能交代新聞來源，因爲有新聞來源對報導的可靠度提供了一定程度的保證。

有些報導過度的濫用「據悉」、「據指出」，確實令人感覺這些報導有捕風捉影，或者只有三分證據就憑空報導之嫌，這是要避免的。

但是，也不是所有報導都能夠清楚交代新聞來源，有時候一個重要消息來源透露了一個重要的訊息，他的要求就是不能透露消息來源。這種不希望透露來源的新聞，一般都很重大，一般風險也很高，因爲洩漏消息的原因何在？目的何在？這都很值得推敲。

因此，這種新聞一定要特別謹愼處理，必須有足夠的證據，而且必須有部分證據能夠查證；而經過查證或審愼研究之後，不管決定報導或不報導，既然承諾對消息來源保密，就必須信守承諾。

《紐約時報》對新聞來源的問題也有它的政策，在《紐約時

報風格與用語手冊》中，對新聞來源政策有如下的說明：「最好的消息來源，是明確指出姓名的來源。可是，報紙爲提供讀者重要新聞，有時必須從不願意透露姓名的消息來源獲得新聞。在決定允許不指名的消息來源前，記者及編輯必須首先確定，是否他們沒有其他的方法來獲得此一消息？同時，也要確定，這種消息是眞確的，而且是極其重要的。當確定不指名的消息來源是在所難免時，消息來源對象的性質必須力求確定。」

新聞史上最被引爲美談的不指名消息來源，是《華盛頓郵報》報導水門事件時的匿名消息來源「深喉嚨」。

1972年6月17日，美國民主黨位於水門大廈的總部遭人闖入，後來調查發現，共和黨爲了競選勝利，派人潛入水門大廈竊取民主黨的機密文件，並進行竊聽，這個案子後來牽涉到當時的總統尼克森。

《華盛頓郵報》的記者鮑勃·伍華德（Bob Woodward）和卡爾·伯恩斯坦（Carl Bernstein）負責報導這條新聞，苦於沒有證據，卻接到一位神秘人士的消息提供，此後，歷經二十六個月的期間，伍華德和伯恩斯坦只要採訪碰到瓶頸或有線索需要查證時，就請這位神秘人士提供佐證的訊息。最後，《華盛頓郵報》的報導迫使尼克森總統辭職。

當時，《華盛頓郵報》的編輯以色情電影的名稱，將這位神秘人士取代號爲「深喉嚨」，而知道深喉嚨身分的人，除了伍華德和伯恩斯坦兩位記者和《華盛頓郵報》的前總編輯布雷德利（Ben Bradlee）外，就只有「深喉嚨」自己，總共是四個人，連《華盛頓郵報》的女老闆葛蘭姆（Katharine Graham）都不知道。

到了2005年5月，美國《浮華世界雜誌》揭露了「深喉嚨」是聯邦調查局的前副局長馬克·費爾特（W. Mark Felt），也獲得當事人承認，伍華德和伯恩斯坦並在費爾特承認後也證實了他就是深喉

嚨。

三十幾年來，許多人都好奇的想知道誰是深喉嚨，但是知道深喉嚨身分的三個人，沒有一個人洩漏這個祕密，而且，如果不是當事人自己揭露秘密，伍華德和伯恩斯坦計畫將這個祕密帶到墳墓裡去。

這個新聞史上的大秘密，也是最經典的不指名消息來源報導，說明了當媒體決定了使用不具名來源的消息，並加以報導之後，信守對消息來源的保密是多麼的重要，多麼的珍貴。

五、報導不能有偏見或歧視

記者在報導花花世界的諸般事務，面對的是形形色色的人，每個人都有不同的屬性，性別、族群、籍貫、宗教信仰、職業、教育程度，以及經濟條件和政治偏好等，這些個人的屬性都不能與不相干的報導進行連結，而致有歧視或偏見的呈現。

舉例言之，這樣的報導：「篤信○○教的台中市民○○○昨天酒後亂性，揮刀亂砍，造成二死三傷的慘劇。」某人行凶，與他的宗教信仰是沒有關係的，報導特意提起凶嫌的宗教信仰，不僅沒有意義，還會造成民眾對某種宗教的誤解和偏見，所以這是一種歧視性的報導。

如果這樣的報導：「越南籍配偶不堪丈夫的虐待，攜子離家……」，婦女不堪虐待攜子離家這種事情經常發生，與婦女的國籍或籍貫毫不相干，並沒有特別加以提示的必要，這樣的寫作就有歧視之嫌。

再舉一例，如果有一則報導這樣寫：「女性公車司機為躲避蛇行機車，衝入民宅，造成十五個人輕重傷。」這裡特別提示公車司機是女性，不知道有何意義？因為不管出車禍的原因為何，都與司

機的性別不相干，報導中特別提示，暴露了男性沙文主義，隱含了「女性開車就是不安全」的歧視和偏見，這是要不得的。

以上所舉的例子，都經常可見，表面上並沒有公然的歧視或偏見，但在字裡行間卻隱藏了容易引人產生歧視或偏見的因素，這是不能被接受的。因此，記者必須很小心，報導中的新聞人物的個人屬性，如果與報導的事件沒有關係，就不需要加以揭露。

六、報導寫作五要：正確、迅速、客觀、完整、可讀性

正確、迅速、客觀、完整、可讀性這五個新聞報導的重點，是一個記者在開始進入職場前，就必須培養完成的基本寫作守則，而且在日後的工作中，都必須隨時自我提醒，尤其絕對不能爲了搶新聞、趕新聞，而疏忽了查證，致使報導產生正確性的問題，當一個媒體錯發一條新聞時，對媒體的傷害其大無比，再長的時間都無法彌補，一定要時時注意。

第十一節　寫作發稿的一些技術性問題

新聞寫作就是爲了完成採訪的工作，並達到報導的目的，也就是進行發稿的過程，對一個好的記者來說，他會讓發稿的工作進行得很順暢，而且便於後續所有流程的推進，這當中有一些技巧。

一、隨採隨發

對通訊社來說是沒有截稿時間的，所以才有「每一分鐘都是截稿時間」（Every minute is deadline）之說，因此，通訊社的記者必

須服膺「隨採隨發」的工作原則，也就是說，採訪完成立刻寫稿，寫完稿立刻發稿。

但是這種情況已經產生了改變，分分鐘鐘截稿已經不再是通訊社從業人員的專利。現在的廣電媒體，有所謂的「新聞專業台」，這種新聞專業台與過去整點播報新聞的方式大不相同，而是不間斷的以滾動的方式報導新聞，以凸顯新聞的「快」和「新」，因此，記者就必須以最快的速度提供新聞報導，這就必須要隨採隨發。

即使是早報，早報的截稿時間通常在晚上的10點到12點之間，但是，現在的報業通常都有自己的網站，爲了彰顯網站消息的快速，必須經常更新內容，這就需要源源而入的最新消息，所以即使是早報的記者，也必須養成隨採隨發的習慣。

隨採隨發對媒體的編務工作上也有比較良性的效益，當一個新聞稿件在距離截稿時間「極早」的時候就發到編採中心時，對編採中心提前掌握當天的重要新聞和稿量是很有助益的，萬一要進行其他的配合或資料查證，時間也會比較寬裕，可以確保報導的正確和高品質。

二、重要先發

比較重要的新聞一定要優先發稿，使得重要的新聞能夠盡速傳播出去，這本來是很簡單的道理。但是，重要新聞可能比較複雜，可能需要查證的事情比較多，因此，有些記者就會先發簡單的新聞，因而耽誤了重要新聞的發稿時效，這是很不好的習慣，一定要記住：重要新聞立刻就要發稿，不能等，不能拖；而且，最好的習慣是，一採訪到重要新聞，立刻告知媒體的編採中心，一方面讓編採中心立刻準備發布這一條新聞，另一方面也讓編採中心進行周邊新聞的配合。

三、截稿前更新

許多新聞在記者發稿之後，可能還是持續在發展當中，記者必須隨時掌握最新的發展，在截稿前將新聞更新（up-date），有時候更新的部分太多時，還必須重新改寫，使得在報導刊播出去時，都可以盡可能的達到最新、最確實、最完整的狀態，這樣才能顯現媒體的功能和優質媒體的特性。

四、截稿後最新消息

在一個階段截稿後，記者還必須注意有否新的新聞事件發生，尤其是國外的訊息因爲有時差關係，當本地截稿後，可能正是當地新聞發展最熱烈的時段，因此必須隨時加以注意；同時也要關切本地還在發展中的新聞事件，譬如颱風期間，颱風所帶來的災情可不會因爲截稿而停止的，這都必須隨時緊盯。

通常，截稿後的新聞如果不是很重要，就留待下一階段的新聞中去處理，但是如果事情重要，就必須立即讓報導刊播出去。

在電子媒體中，如果這一段的新聞正在播出當中，下一段的新聞也已經在編輯作業之中了，這時候記者來了最新的更新訊息，不管是電視或廣播，都可以立刻以「插播新聞」（breaking news）的型態，立刻插入播出中的順序予以播出。

在報紙中，在報紙付印之前，可以立刻在重要且適當的版面位置，挪出一塊版面刊登這則「截稿後最新」的報導；甚至，即使在報紙已經開印了，也可以進行「挖版」和「換版」的作業，就是在適當版面將截稿後的重要新聞與一則原有的新聞對換，也就是挖出原來的一個新聞版位，塡入新的新聞報導，再製作一塊新的印版，

從印刷機上換下舊版，印出有新內容的報紙。

換句話說，媒體就是必須要隨時更新新聞，不管是在截稿前或截稿後。

五、報導後的比較檢討

一個好的記者每天都會追蹤新聞的進展，而且關心自己報導在媒體出現的狀態，以及其他媒體對同樣新聞的報導情況。

記者的新聞稿在刊播時會有什麼樣的狀態呢？可能經過編輯的刪減或調整了報導的重點、版面或篇幅的位置和大小都是必須注意的。

刪減，可能是寫作不夠精簡，可能是不重要的內容，也有可能是有查證不足或涉及其他類似誹謗等問題的內容。

調整報導重點是因為自己對重點的掌握不正確、不夠好？還是對媒體的新聞政策不瞭解？

發表版面和篇幅的大小，顯示的是這個報導受重視的程度。

這些問題都必須要有清楚的瞭解，如果是和編輯溝通不良導致誤解，就必須改善這種現象；如果是自己的報導確實有缺失，就必須謀求改進。

很資深的編輯，最討厭的就是記者發稿之後，從來不去看他的報導曾經被如何的修改，所以老是犯一樣的錯誤，或是一再違反媒體的寫作守則。

另外，記者報導完成後，也必須觀摩其他媒體相同新聞的報導角度和內容，這樣的「新聞比較」可以知道自己報導的優劣，給予自己日後很大的改善空間，這是自我「不斷」成長最簡單也最好的方式。

結　論

報導的寫作，可以說是採訪工作的體現，寫作完成了，記者的採訪工作才算得到一個結局。

但是寫作工作技能的良窳，影響報導的品質，也影響媒體在新聞競爭上的態勢，因此，記者必須具備很好的報導寫作能力。

對於有志從事新聞工作的年輕人來說，報導的寫作在進入職場前就可以開始進行磨練，這一點優於採訪能力的訓練：學習採訪工作固然可以透過事先的計畫去模擬，但實際採訪過程中遇到的問題，卻很難想像，而從媒體的報導中，也看不到記者的採訪過程。但是報導的寫作，就有許多實際媒體的報導可供參考學習，因此，在學校的學習階段，就可以磨練出優良的報導寫作能力，這一點無庸置疑，學新聞的人一定要有此體認，下定決心提早學習。

而且，學生在學習階段就要注意寫作速度，一個記者標準的寫作速度要達到每小時二千字以上，這是過去手寫時代的標準，而且是包含思考在內。現在已經是電腦時代，要具備以後從事新聞工作的能力，就必須訓練成在電腦上寫稿達到每小時二千字這個基本的標準。

這一章對新聞寫作的原則和一些實務的問題，均有詳細的解說，在學習的過程中，可以隨時查考。

最重要的是，要養成「新聞比較」的習慣，從同類媒體，尤其是針對不同報紙的同一個新聞事件，去進行詳細的新聞比較，從訊息內容到寫作架構、方法、遣詞用字等，都可以仔細的評比，如果能夠長時間作這項課業，就可以發現媒體的編採處理能力孰優孰劣，記者的報導能力也就高下立判，而從新聞比較中也獲得最寶貴的自我學習和成長。

問題與討論

1.請從報紙的報導中，找出倒金字塔、金字塔、鐘漏、掃描等四種不同寫作架構的實例。

2.請從報紙的新聞導言中找出各種不同的寫作方式，並嘗試用其他不同的方式改寫一遍。

3.何謂「主新聞」？何謂「周邊新聞」？周邊新聞包含了哪些型態的報導？請嘗試從報紙新聞中找出實例。

4.找出一條四平八穩的新聞，嘗試改寫成具有「價值附加」的報導。

5.請嘗試從媒體報導中，找出體例不一致的實例。

6.請開始進行「新聞比較」，每週至少比較兩天。

7.當覺得某一則媒體報導不盡完善時，請立即加以改寫，每週至少改寫五篇。

關鍵詞彙

1.**導言**（Lead）：新聞報導的第一段稱作「導言」，為了便於閱聽人很快瞭解新聞事件，在新聞寫作時，第一段就提示了重要的新聞內容，而文字也必須簡短洗鍊，可以說是對新聞作最簡潔的引介，讓閱聽人很快的瞭解事件的梗概，並引起閱聽的興趣。

2.**價值附加新聞**（Value-Added News）：《紐約時報》發行人小亞瑟．奧克士．沙茲伯格（Arthur Ochs Sulzberger, Jr.），在1990年代中期對《紐約時報》編輯部的要求，希望記者在寫稿時，將自己採訪的素材賦予意義和重要性，使得寫作出來的報導娓娓動人，令讀者易懂而且引起閱讀的興趣。這種賦予意義的新聞被稱為「價值附加新聞」。

3.**世界中文報協**：全名為世界中文報業協會（World Association of Chinese Newspaper），1968年成立於香港，其宗旨是聯繫全球中文報業從業人

員，維護和促進中文報業功效。目前有全球一百多家主流中文報紙會員，這些會員報紙遍布世界五大洲。協會每年召開一次年會，由會員在各所屬國家城市輪流舉辦，年年均探討特定主題，成為中文媒體尋求交流發展的一個討論平台。

4.**水門事件**（The Watergate Affair）：或稱為水門醜聞（The Watergate Scandal），是美國歷史上最不光彩的政治醜聞之一。1972年美國的總統大選中，為了取得民主黨內部競選策略的情報，共和黨總統尼克森競選班子五人，於6月17日闖入位於華盛頓水門大廈的民主黨全國委員會辦公室，在安裝竊聽器並偷拍有關文件時，當場被捕。事發後尼克森除了掩蓋開脱、説謊，並濫用總統特權干涉調查，招來國民嚴重指責，並引致美國眾議院司法委員會負責調查、彈劾。1974年8月8日尼克森宣布將於次日辭職，從而成為美國歷史上首位辭職的總統。這整個事件被稱為「水門事件」或「水門醜聞」。

5.**新聞比較**：媒體為了追求進步，每天對相同或相類似媒體的新聞內容及新聞處理等，進行孰優孰劣的比較，並據以作為改進或獎懲的依據，稱之為「新聞比較」。

參考書目

王曉寒（1992）。《新聞用語變化多》。台北：正中書局。

李子堅（1998）。《紐約時報的風格》。台北：聯經。

辜曉進（2004）。《走進美國大報》。台北：左岸文化。

劉偉勳、林於國（1985）。《新聞人員編採手冊》。台北：台北市新聞記者公會。

第十章　雜誌和報紙媒體的採訪與寫作

第一節　紙本印刷媒體的型態與差異

第二節　雜誌媒體與報紙媒體採訪工作的異同

第三節　雜誌媒體與報紙媒體報導寫作的異同

第四節　雜誌報紙化與報紙雜誌化

第五節　面對電子媒體和網路等新媒體的因應

結　論

1.瞭解雜誌和報紙在性質上的差異。

2.雜誌和報紙媒體的採訪方式有何不同。

3.雜誌和報紙媒體的寫作方式有何不同。

4.紙本媒體的同類競爭和異類競爭。

以紙為載體的傳播媒體都是以印刷的方式，將傳播內容印製在紙張上，稱之為「紙本媒體」，這類媒體包括了傳單、書籍、雜誌、報紙等等。

紙本媒體的歷史極久，自然有其存在的價值，但是雜誌和報紙這兩種都是以紙張為載體的媒體，卻有它基本性質上的差異，形成分工和競爭的態勢。

但是隨著電子媒體的普及和新媒體的出現，紙本媒體遭逢了極大的衝擊，應該如何區隔和競爭，形成雜誌和報紙最大的挑戰。

紙本印刷的媒體，先天有著「方便閱讀」的優勢，就是能夠：

在任意的時間閱讀，早一些讀或晚一點再讀都可以，完全操之於自己的方便，不像電子媒體必須要在一定的時間收視或收聽。

在任何的地點閱讀，在車上、在床上、在沙發上，甚至在洗手間都可以閱讀，不像電子媒體必須在接收機前面才能收視收聽。

以隨意的方式閱讀，可坐著看、站著看或躺著看；可以照順序看、可以挑喜歡的部分跳著看，也可以只看標題或圖片，不像電子媒體只能在接收機前坐著收看，也只能照媒體安排的順序看或聽。

紙本媒體雖然有相同的優勢，但是，雜誌和報紙也有很大的差異。

第一節　紙本印刷媒體的型態與差異

以紙為載體來登載消息，始於「邸報」，但是當時是登載一些傳聞的消息，與今天新聞必須正確是大異其趣。

如果僅以「新聞」或「訊息」來看，紙本印刷的媒體就只是「雜誌」和「報紙」兩種型態。

就「雜誌」和「報紙」而言，其定義可以有許多種方式來區別，不過我們通常以幾種標準來加以界定。

其一是刊期，通常所謂的報紙，是指每日出版的印刷品；雜誌的刊期就比較長，有週刊、旬刊、半月刊、月刊、季刊等，但是，作為傳播新聞性質的雜誌，通常都是週刊，每週出版一次，才比較能反應新聞的時效。

其二是外型的差異，報紙通常開本較大，由數張到數十張的新聞紙（印製報紙所使用的特殊紙張稱為「新聞紙」）所堆疊而成，每張折對摺，成為四頁，一份報紙就從十數頁到數十頁不等，這必須看各國的國情和習慣，美國有些報紙張數甚多，尤其是週日版更是誇張，《紐約時報》的週日版重達三、四公斤，每一份報紙都必須用塑膠帶綑綁，1983年11月13日（星期天）的《紐約時報》共有1,572頁，重達4.5公斤，創下日報頁數最多的紀錄。而雜誌通常為A4（稱「菊版八開」或「小八開」）或B4（即「16開」）的大小，有些畫報型的雜誌篇幅較大，約為B3大小（即所謂的「八開」），而且都有經過設計的精美封面，並經過裝訂，以免在運送的過程中或閱讀時散落。

因為有這些基本的差異，使得新聞性雜誌和報紙有著不同的特性。

一、追求的目標有別

報紙比雜誌更具有時效性，而且可以說是紙本印刷媒體中時效性最強的媒體。報業工作的最基本信條，就是要越晚截稿，要越早出報，讓最新的消息以最快的速度送到讀者面前，因此，時效性是絲毫不能輕忽的。

雜誌在時效性上與報紙難以競爭，因此雜誌必須發揮自己獨特的特性，從兩個角度去著手：

第一是發揮深入周延的報導。既然新聞的時效性無法和報紙相比，但報紙爭取時效和新聞多樣化的結果，卻也造成報導不夠深入的現象，在這方面，雜誌因為時間比較充裕，剛好可以有所發揮，將新聞事件的背景、影響等等問題加以深入的解釋分析，而且可以將相關事件作周延而完整的報導，所以讀者從報紙上知道一個事件，卻可以從雜誌上瞭解這個事件的前因後果和相關聯的人與事，這樣，雜誌就和報紙產生了區隔，而有了存在的價值。

第二是走「發現新聞」的路線。雜誌雖然在時效性上比不上報紙，這是指對「新發生」的新聞事件而言。但是，新聞有許多的來源，從資料中、從新的研究中、從消息人士的口中、從老資料中，甚或從新聞中或自己的調查採訪（詳第八章第二節），都可以找到時間性雖然不強，但新聞性卻很強的報導題材。

這類挖掘出來的「發現新聞」的題材，從線索面來看，報紙記者每天忙於新發生的事件已經是分身乏術，對這種必須去挖掘發現的新聞線索，可以說幾乎沒有時間去關照，而且在每天新聞充斥的情況下，見報的機率也不是很高。

其次，這類題材通常要花較多的時間去蒐集資料或訪談、調查，也必須用比較多的篇幅去解釋說明，而這正是雜誌強於報紙的優勢，可以達到如魚得水的加成效果。

二、編製的目標有別

報紙因為作業的時間急促，因此在編採作業上，一切都講究快速，在快速的前提下，其他的許多條件都只好稍微將就：報導只要能將事情交待清楚，並不苛求寫作水準要高；版面的編輯及美術製作，也只能「盡可能」作到一個程度。換句話說，報紙是一個每天都在追求「理想標準」的行業，但是每天都距離這個理想標準還有一段距離。

因此，我們可以從每天的報紙中發現許多缺失：讀者會看到錯別字，會覺得報導不夠周全，似乎尚不能滿足讀者的需要或解決讀者的疑惑，讀者也可能會覺得版面不夠美觀，或顏色奇奇怪怪、印刷不夠精美。

對專家來說，每天更可以從報紙裡面看到更多的問題：一些事實面陳述的矛盾，一些人名和職稱的錯誤，一些可能的偏頗或過度的解讀，甚至可以發現一些原則、體例和邏輯上的錯誤。

對這些每天發生的錯誤，報業有其無奈，畢竟時間太過匆忙了，只能「盡可能做到最好」，而且，這個「盡可能」，是要看各個報紙個別的條件而有不同的標準，財力和人力當然是最主要的關鍵；而「做到最好」這個「最好」，也是各報有別，端視各報自己定下的編採政策、編採方針和追求的目標。

但是，對雜誌來說，就不能說「盡可能做到最好」，它必須闡明自己的「編製目標」和理念，然後期期都要達成這個目標，甚至連一個錯別字都不容許出現。

為什麼雜誌的編輯製作目標要如此的高？

關鍵在於雜誌的定位和讀者的期待。

雜誌在文化產品的定位上，是一種「精緻」的文化產業，所謂精緻，就是必須經過「精寫」、「精編」、「精製」、「精印」，在所有的採編製作過程都必須精心細緻。所以雜誌不容許內容空洞、膚淺、錯誤連篇，也不容許油墨沾手。

至於讀者對雜誌的期待，有經常閱讀雜誌習慣的人，通常都是對知識吸收意願比較高，或者工作、職務上有經常接受新資訊需求的人，這些人的社經地位、學力程度（請注意：這裡用的是「學力」，而非「學歷」，因爲閱讀和學歷沒有一定的正相關）、經濟能力較高，他們有購買力，也有鑑賞力，他們不會接受一本不夠精緻的雜誌。

尤其是新聞性的雜誌，如果與報紙的區隔不大，如果不能提供更深入的資訊，如果不能擁有更宏觀、更前瞻的視野和創新的價值，如果不能提供更多知識性的內容，那麼誰會花錢去購買雜誌呢？

第二節　雜誌媒體與報紙媒體採訪工作的異同

雜誌記者和報紙記者雖然作的是一樣的採訪工作，不過由於媒體特性的不同，他們的工作樣態當然有很大的差異；但是即使工作樣態不同，採訪的基本原則還是一樣的（詳第八章〈跑新聞，話「採訪」〉）。

那麼，雜誌記者和報紙記者的採訪工作到底有哪些差異呢？

一、採訪前的準備要細緻

由於新聞性雜誌報導的內容必須與報紙有明顯的區隔，雜誌對新聞報導素材的選擇就非常的重要，這個步驟的決定，攸關於媒體存在的價值。

因此，在採訪前對新聞線索的搜尋就必須花許多的工夫，如果說，報社記者每天到各採訪單位和地方「跑」新聞，那是屬於「民俗采風」的層次；而雜誌記者跑新聞是要發現一個考古的遺址，他必須從一些蛛絲馬跡去尋找線索，從浩瀚的書海中去發現證據，從碩彥遺老的嘴中去找出點滴的可能，經過這樣廣泛的蒐索，判斷出遺址的所在，然後再經過有系統、小心的挖掘，終於讓沉埋的真相曝光。

這一個階段的準備工作就是三個：決定題材、研究大量的資料、決定採訪的對象。

由於雜誌要報導的題材一定是廣泛而全面的，因此即使線索來自一個人，但是必須採訪印證和補充資料的對象一定很多，這些將採訪的對象對這個報導主題的已知看法如何？關係程度如何？態度如何？配合程度如何？這些問題都必須廣泛的蒐集資料研判。

進而決定對這些採訪對象的採訪順序，誰先誰後在某些題材上是有意義的，而且是必要的。

而針對每一個採訪對象，都必須研擬十分詳細的採訪計畫，並記下所有希望問的、查證的題目。

這些事前的準備都必須周全了，才能開始進行採訪的工作。

二、採訪時要鉅細靡遺

進行實際採訪工作時，不管是對人或是對事，報社記者通常會進行得很快，因爲報紙所需要的新聞主題很明確、很單純，所需要的資料如果蒐集完成，採訪工作就等於結束了。

但是對雜誌記者就不那麼單純了，他在採訪一個人或一件事時，只是在拼一個拼圖的一個部分，即使已經知道拼出來會是什麼圖案，也必須把每一個圖案小片放到該放的地方。

一個訪談進行的過程當中，所有資料都是珍貴的，都可能作爲報導中一部分的證據，或可能被引述，因此都必須鉅細靡遺的記錄，這當然必須運用到錄音工具來協助，否則就必須發揮「速記」的功力，快速而仔細的記錄訪談的內容。

爲採訪進行的準備工作通常都很有用，但是偶爾也會發生意外，那可能是事先判斷錯誤，對受訪者與事件相關聯的程度有不同的判斷，或者是過度的判斷，或者是過低的判斷，這種情形一發現，必須立刻改變或增刪採訪的計畫內容，盡可能補足所需的報導素材。

每一個採訪工作完成，必須仔細研究採訪來的資料，加以整理，把有用的資料釐剔出來，然後再進行一個很重要的工作，那就是再一次的檢討後續採訪的採訪計畫，根據剛完成的採訪所獲得的資料和證據，而決定必須調整或修正的後續採訪計畫。這個工作在每一個採訪完成後都必須加以檢討。

經過這樣仔細的拼圖，隨著一個個採訪計畫的完成，圖像會越來越清晰，報導所需的素材也會逐漸的蒐集完成。

三、多次採訪的可能及必要

對報社記者來說，當他完成採訪工作時，在極少數的情況下，他會在寫稿時發現一些小的問題或資料不夠齊全的狀況，這時他立刻要進行電話的採訪，很快的將這些問題弄清楚，使得他的報導能夠即時完成，因爲時間的壓力，報社記者是不可能對受訪對象，在同一天對同一個題材進行第二度的面對面採訪。

但是對雜誌記者來說，第二度採訪甚或第三度採訪都是有可能的。

必須進行第二度以上的採訪，一個可能是從剛完成的採訪中得到一些訊息，這些訊息跟已經完成採訪的對象有關，或必須向他查證，這當然就必須進行再度採訪，以補強資料。

第二種可能是，當所有計畫中的採訪都完成了，卻在進行資料統整時發現裡面有一些缺失或問題，必須向已採訪對象再度進行採訪，以獲得一些新的資料或證據。

而有些時候，會增加新的採訪對象，這也是極有可能的。

換句話說，在雜誌的採訪計畫中，通常是計畫跟不上變化，因此必須不斷的進行動態的修正，唯一目的就是要完成一些精緻的採訪工作，爲下一個「精緻的寫作」工作做好準備。

四、蒐集搭配報導的相關素材

作爲一個報社記者，只有極少數的時候必須自己兼任攝影的工作，因此文字記者的工作是很單純的，但是對於雜誌記者來說，任何報導所需要的素材，大部分都需要記者自己去張羅。

雜誌記者在進行每一個採訪工作時，不能只專注在採訪事先規

劃的題目中，還必須注意到周遭環境的相關事宜，時時關心，處處留意。有時候會發現一些有趣或感人的線索，將這些採訪的周邊事態加以報導，會為整個報導帶來畫龍點睛的效果，而且也增加了人情趣味的因素。

另外，有一些搭配報導所需要的照片、文件資料等等，也必須在進行採訪的同時去取得，或者是現場拍照，或者是向受訪者商借。反正，任何能增加報導可信度、取信讀者的各種圖片資料，都要設法去取得。

第三節　雜誌媒體與報紙媒體報導寫作的異同

報導的產生，不管是登載在報紙或是雜誌，都是經過記者採訪後所撰寫，這些寫作的規範基本上是相同的，但是因為載體特性的不同，雜誌對記者的寫作標準有更高的要求。

一、寫作計畫很重要

對一個熟練的報社記者來說，他的寫作計畫是在採訪完成後，就自然的在腦海中形成，很快的就可以落實為一篇報導，但是對雜誌記者來說，報導寫作就複雜多了。

因為報導的內容必須與報紙媒體產生區隔，因為報導的篇幅較大，因為報導的範圍比較廣，因為報導的性質涵蓋新聞、背景的解釋分析、事件的前因後果剖析、未來可能的發展介紹等等，所以雜誌的寫作計畫就很重要了。

雜誌報導的寫作計畫必須從檢視採訪紀錄開始。

首先，要依據採訪記錄，劃分出報導的重點，報紙的報導通常只有一個重點，在特殊的主題上才會有「主體新聞」與「周邊新聞」之別，但是雜誌的報導通常都是多重點的多重主題，才能彰顯與報紙報導的區隔。因此，先劃分出幾個報導重點，並在這些重點中找出優先順序，決定主從後，即可依據這些重點進行寫作計畫的設計，將所有採訪得來的素材，分別分配到各個重點中，這時，各報導重點的內容大綱就隱然成形了。

在規劃時，各個主題必須性質有別，長短有分，有些文稿必須短而美，以便在編輯作業時可以製作成「box」（在雜誌版面中的方塊專欄），來調劑版面。

然後，依據各報導重點的內容大綱開始進行寫作，可以既有系統，又有效率的完成報導的寫作。

二、規劃配合文字的資料

由於在採訪時已經蒐集了許多搭配報導所需要的相關素材，這些素材必須分類，圖片的部分整理出可以使用的（須注意弄清楚圖片中的人物和事、物），資料性的文件有證據力的必須影印或拍攝下來備用，另外有兩類東西必須精心製作。一個是「圖表」，圖表包含了「示意圖」和「表格」，對於方位和流程的提示，我們通常以示意圖來做清楚的介紹和交代，有些資料或數據，我們用表格的方式來呈現，或者用「大餅圖」、「條狀圖」來顯示，這些圖表都必須加以整理製作，這也是雜誌記者必須注意的地方。

另一個是「配圖」，配圖是一種增加幽默或趣味的繪圖型態，大部分時候用「漫畫」的方式來呈現，有時候也用工筆描繪的方式，這種配圖與照片的運用，功能大不相同。

對一個雜誌記者來說，一個完整的報導包括了文字與所有周邊的配合圖資，這些東西整合出一些吸引人的報導，也幫助讀者從文

圖得到更好的瞭解。

三、深入且篇幅較長的報導

當進入眞正的寫作過程，雜誌記者會受到比報紙記者更多的煎熬。

在一般的狀況下，報紙記者每天撰寫新聞稿數則，發稿字數約數千字，每一篇新聞稿平均不超過一千字；只有在比較特殊或重大的新聞事件中，發稿的則數或一篇稿件的字數會比較多。

但是，雜誌記者每一篇文稿的字數可能就要數千字。超過二千字的長稿和一千字以內的短稿，除了結構的差異外，內容的堆疊也不是一件容易的事情，爲了與報紙的報導產生區隔，雜誌的報導不能用太多的文字重複敘述已知的內容，幾乎是數千字的文字都必須是新而寶貴的資料所寫成，因此對資料蒐集和整理必須花很大的工夫。

寫作這種較長篇幅的報導，必須經過一段時間的訓練，否則容易流於僅有文字的堆砌而內容空洞的毛病。

比較好的方式是，將每一篇報導的大綱列出來，確認先後順序後，依據大綱撰寫，也就是在樹幹上先立枝幹，再在枝幹上添樹葉。這樣的寫作方式，能夠建立比較邏輯性的架構，而且大綱正是內容的重要之處，可以轉化成爲小標題，以便於讀者的閱讀，既可提示內容的重點，也能美化版面，避免密密麻麻的一堆文字。這是依據大綱寫作的好處，但也有缺點，就是當寫作時如果過度依賴小標題，容易使得通篇的文字缺乏連貫性，這必須在段落轉接之處注意銜接的順暢。

四、精緻的寫作水準

雜誌既然被定位爲「精緻」的文化產業，即使是新聞性雜誌，也必須追求內容的精緻，內容的精緻包含了題材的選擇和寫作的水準。

報紙的寫作，以通暢、順利鋪陳報導內容、文句淺顯易懂爲原則，文字的水準以中學二年級的程度爲宜。但是雜誌的寫作，如果維持這樣的標準，那恐怕就無法讓讀者接受，因此它的用字遣詞必須簡潔、高雅，甚至要講究詞彙的運用，這是雜誌寫作與報紙寫作最大的差異。

依據一般人閱讀的習慣，接觸紙本印刷媒體尤其是雜誌時，視覺最先會被大標題所吸引，其次是照片和圖片、圖說，接下來是小標題，最後才決定要不要立刻閱讀內文。

因此，對雜誌來說，尤其是新聞性雜誌，標題和圖片、圖說是很重要的。

前一段講到雜誌記者必須將每一篇報導的寫作大綱轉化成小標題，這一個工作最好由記者自己來完成，編輯僅作小幅度的調整，這樣才能完全掌握對報導內容的正確提示，讀者看完小標題，就大致瞭解內容的梗概。

雜誌記者也必須嘗試爲報導寫出一個參考大標題，可以標示出報導最重要的要點，讓編輯在製作主標題時不致於偏離重點。

對於照片和圖表，雜誌記者也必須撰寫圖說，圖說用來解釋圖片，對吸引讀者的閱讀興趣有很重要的幫助，一定要寫得很好。

怎麼將圖說寫好呢？

1.寫圖說不能看圖說故事，圖片能夠表達的意義讀者自然能看

出來，不勞記者畫蛇添足，再說，看圖說故事容易偏離原意或加入了個人的意見。

2.寫圖說要能提示重要內容，讓圖片與報導的重要內容結合，使得讀者印象深刻；提示的內容必須是「實」的內容，有些媒體的圖說會這樣寫：「○○人在接受採訪時的神情」；「學校校園一景」，這種圖說，是空洞的內容，說了等於沒說，對讀者不能產生文字和圖片加乘的傳播效果。

3.圖說要寫得簡潔雋永，不宜煽情。

4.每一幅圖片都必須有圖說，不能因為圖片已經說明了一些現象，而放棄了再提示其他內容的傳播機會。

第四節　雜誌報紙化與報紙雜誌化

由於媒體競爭的關係，報紙逐漸強化解釋性和深入性的內容，並製作大篇幅的報導，所以內容趨向「雜誌化」；而雜誌則強化新聞性，走向「報紙化」，因此，報紙和雜誌的內容區隔有越來越小的趨勢。

一、追求廣和深的報導

雜誌對時效性有著先天的弱勢，為了強化它的新聞性，就加強了「發現型」新聞及「調查性」新聞的報導，這類報導迴避了雜誌對「發生型」新聞時效性的弱勢，直接去尋找、挖掘、發現一些特殊題材的新聞線索，然後充分利用雜誌版面多，及作業時間相對充裕的優勢，深入而完整的報導，這就是所謂的「雜誌報紙化」，其目的是向報紙媒體爭取更多對新聞有興趣的讀者，其競爭對象已經超脫了同類的雜誌媒體，而向報紙媒體展開競爭，是一種異業競爭策略。

而報紙呢？過度爭取時效性，自然產生了報導不夠深入的缺失，於是報紙開始嘗試加強內容的深度和計畫性採訪的廣度，這是所謂的「報紙雜誌化」。報業的這種進化，一般也只能就某一些題材擴大報導，因此基本上是在和同類的報紙媒體呈現多元化和差異化，以爭取較多的報紙讀者，並不是而且也沒有辦法向雜誌讀者中去找市場，這和雜誌的報紙化有很大的不同。

雜誌報紙化著重在報導內容的取材方式，避免以自己時效性的短處去搏報紙之長處，但在原有的報導深度和廣度（完整）的優勢上，當然更要強化演出；而報紙要和其他報紙呈現不一樣的特色，除了新聞的新和正確外，就必然要凸顯其深入和詳盡，基本上也是「深度」和「廣度」的問題。

但是，雜誌和報紙所追求的「深度」和「廣度」仍然有別，主要原因在於版面和篇幅的不同。

對報紙而言，它必須講究多元化的內容，爲了避免對其他新聞的排擠，一個主題即使再深入，通常不會使用超過一個以上的版面來報導，像《紐約時報》一天用二十七個版面來報導911恐怖攻擊的新聞，不僅在新聞史上是特例，而且也有《紐約時報》特別的原因，在稍後的部分將詳細說明。

一個報紙版面，通常能夠容納的字數不到七千字（扣除標題和圖片），但是一個雜誌的重點主題可以用上超過十頁的篇幅，能夠容納的字數約兩萬字。篇幅差異如此之大，因此，兩者「深度」和「廣度」的程度當然大不相同。

因此，報紙的雜誌化寧取「完整」，也就是廣度要夠，但深度就以適當爲原則了。

另外，一些報紙卻另闢蹊徑，反而減少文字，大量增加圖表和

照片，用來說明事件，並以大幅照片的編排來吸引目光，刺激閱讀興趣，這是走向「畫報型雜誌化」的趨向。

二、新聞與記錄歷史

我們常說一句話：「今天的新聞，就是明天的歷史。」媒體報導新聞，當然就等於爲時代留下歷史。

但是，我們從一個新聞事件的報導當中，可能會發現，不同的媒體對同一新聞事件，竟然會有迥異的報導，想像一百年後的歷史學家，如果依據這些媒體的報導，要寫一百年前的今天的歷史，那將會陷入如何嚴重的疑惑當中。

所幸歷史學家不會僅僅依賴媒體的報導，作爲尋求歷史眞相的唯一資料，因爲記者雖然和歷史學家都一樣要發掘事件的眞相，但是，在許多基本條件上，讓這兩者的工作無法完全達到讓今天的新聞（尤其是報導）等同於明天的歷史。

最大的原因是時間的因素，記者隨時面臨截稿時間的壓力，這是歷史學家所不會面對的困擾。在時間的壓力下，新聞的完整，甚至完全的正確，都只能盡力去追求；同時，在截稿時間下，有些事件的發展尚在持續當中，眞相也尚未能全面顯現，易言之，記者報導的新聞，很多時候都只是事件的片片斷斷，甚至因爲眞相未明，所以報導可能流於「瞎子摸象」之譏，這些已經報導的材料，當然無法完全成爲歷史。

其次，媒體版面和篇幅畢竟有限，不可能報導所有大千世界的事件，因此能夠被報導的，都是經過守門人篩選過的題材，而且也只能用一些篇幅加以報導，換句話說，媒體報導的新聞，可能只是部分的事件，或是一個事件的片段，當然不能成爲全面的歷史。

另外一種人爲的原因，就是意識型態作祟。不管是媒體或是守門人，因爲意識型態的關係，對一個新聞事件，只選擇符合自己意識型態的內容或角度加以報導，而捨棄了許多他不喜歡的內容；甚或以其意識型態加以解釋或評論，這當然很嚴重的扭曲了事件的眞相。這種情況在今天有越來越嚴重的趨勢，實在不足爲訓。

但是不管如何，發掘眞相、報導眞相畢竟是記者的天職，尤其紙本印刷的雜誌和報紙，更是留下了許多足供歷史學家參考的重要文字資料，而且確實也是歷史學家最重視的文獻，因此，雜誌和報紙媒體的採訪寫作，就必須更加注意到「歷史的責任」這個問題。

要讓雜誌或報紙成爲歷史事件的重要資料，有兩個要件，一是「正確」，二是「完整」。

(一)正確的新聞

只有正確的新聞才能成爲明天的歷史，雖然正確是記者工作的重要信條，但是正確也有很多層次和程度（詳第十三章第三節），甚至也未必能夠充分達成，這是在時間壓力下很無奈的結果，因此，必須在發現報導不夠正確時，立即加以更正，以留下正確的資料（詳第十三章第五節）。

(二)完整的報導

《紐約時報》在2002年獲得七項的「普立茲新聞獎」，分別爲公共服務貢獻獎、國際報導獎、解釋性報導獎、獨家報導獎、新聞評論獎、現場新聞照片獎和特寫照片獎，獲獎獎項之多，打破歷史紀錄，其中有六項是因爲911恐怖攻擊的報導而獲獎。

獲得新聞評論獎的評語是：「準確、全面且深入的分析911事件對全球局勢的恐怖威脅」；而最受重視的「公共服務貢獻獎」，頒發的理由是因爲《紐約時報》在事件第二天，也就是2001年9月

12日，就用了二十七個版面的龐大篇幅，鉅細靡遺全面的報導事件發生的經過、受害者的追蹤報導、全球各地的反應、事件對全球安全的影響等等，並運用B疊十頁的篇幅，開闢了「國家面臨挑戰」的特刊，持續報導達數月之久；這些作爲和報導對社會有極大的貢獻。

從這些獲獎理由中，可以發現正確、完整、深入是《紐約時報》獲得普立茲新聞獎的重要原因，而這正是《紐約時報》自詡爲「歷史檔案報」所追求的目標。

對於紙本印刷的雜誌和報紙，雖然不能像《紐約時報》一樣，碰到大事就幾乎無限制的增加篇幅，來記錄事件的方方面面，但仍舊可以盡最大的力量來照顧到事件的全面性，使得事件能夠完整的留存，成爲歷史的紀錄。

第五節　面對電子媒體和網路等新媒體的因應

當電子媒體和網路等新媒體越來越流行，雜誌和報紙這種紙本印刷的媒體，可以說受到很大的衝擊和傷害。

一、電子媒體對紙本印刷媒體的衝擊很激烈

電子媒體對紙本印刷媒體的衝擊，尤其是對報紙的衝擊，在今天來看，實在是十分的激烈，甚至造成了報紙的生存危機，然而，這種衝擊並非始自於現在。

在1940年代第二次世界大戰時，當時美國的廣播電台已經興起，因此歐洲戰場的許多重要消息，廣播電台都搶先報導，對報紙

產生了很大的殺傷力。

那時候，《紐約時報》的發行人老沙茲伯格曾經命令他的特別助理雷斯頓（James Reston）研究因應對策，雷斯頓認為應重新界定報紙在新聞中的定位，加強解釋性的新聞，以分析新聞的因果來爭取讀者（李子堅，1998，頁255）。

這個事實說明了兩件事，一是報紙受廣播媒體的影響，自二戰時代廣播業成為訊速的傳播工具之後就已經開始；其二是，碰到越重要的新聞事件，廣播媒體衝擊報紙媒體的程度越厲害。在這個階段，廣播和雜誌尚有一些媒體特性和市場的區隔，所以反而有互補的效果。

到了電視出現，尤其是現代無線電視和有線電視頻道劇增，新聞性專業電視台二十四小時播放新聞，並且透過衛星，傳遞到世界各個角落，以911恐怖攻擊，美國攻擊伊拉克，或者油價上漲的消息，全世界都在同一個時刻同步獲知，報紙媒體受到的衝擊可謂既深且劇。

在這樣的衝擊下，報紙似乎失去了它的定位，時效性不如廣電媒體，事件的臨場性不如電視，幾乎沒有了足資競爭的優勢。

二、網路媒體對紙本印刷媒體的衝擊很致命

自1992年網路興起後，僅僅十數年的時間，互聯網（網際網路）風靡全世界，已經形成了網網相連的地球村，在這個虛擬世界中，沒有距離、沒有國界、沒有種族等等差異，訊息的流動更是達到幾乎即時的境界，紙本印刷的文字和圖片、表件，都可以用電子檔的形式在網路中流傳，而且其流通方式有如核子爆炸和病毒傳播，是一種連鎖反應的快速和廣泛。

在網路的時代，紙本印刷的媒體遭逢了廣電媒體衝擊之後，另

一波的致命衝擊，雜誌因為文稿的篇幅較長，在網路上閱讀的機會較低也較不方便，但對報紙來說，為了跟上時代的潮流，紛紛設置電子報網站，或將新聞提供給入口網站，使得許多人轉而從網路接受新聞訊息，而停止訂閱報紙。

尤其是年輕人習慣使用網路，每天花在網路上的時間越來越長，他們已經養成從網路上搜尋各類訊息的習慣，相對的，他們也逐漸的脫離閱讀報紙的習慣，使得報紙的閱讀人口急劇老化，這個發展，讓報紙很可能「沒有明天」。

三、雜誌與報紙的因應

而隨著時代的演進和科技的發展，新媒體不斷的出現，像掌上型行動通訊裝置（如智慧型手機、個人數位助理PDA、輕便型小筆電NetBook等）功能不斷的提升，使得資訊的獲得幾乎到了隨時隨地，迅速方便至極，報紙與雜誌眞是雪上加霜。

對於廣電媒體及網路等新媒體的衝擊，紙本印刷媒體當然必須有所因應。

以雜誌媒體而言，它只要持續走「精緻」的路線，精寫、精編、精印，仍然是有競爭力的媒體，因為所有的廣電和網路媒體，都只是追求快速，距離精緻尚有一大段很長的距離，所以只要保持這個區隔和特性，雜誌未來還是有它發展的空間，同時，未來的雜誌可以以電子裝置為載體，揚棄傳統的紙本形式，更加專注於內容的經營，應該可以發展出另外一條新的生機。

但是報紙就不一樣了，從1940年代受到廣播的衝擊開始，接著電視，接著網路，衝擊是一波強過一波，報業如何因應呢？

前述《紐約時報》針對廣播的衝擊，加強了解釋性的新聞，這是以新聞分析來和廣播媒體的新聞報導相區隔；到了電視媒體的競爭，就強化「爲何」（why）和「如何」（how）的報導（第九章第二節），來和廣電媒體的不夠深入相區隔，並加強報導的「完整性」，以凸顯廣電媒體新聞的片片斷斷，到這個階段，報紙和電子媒體的競爭，雖然慘痛，但還有一些基本的對應之道，有一些作爲。

但是，針對於網路媒體的興起，報紙媒體卻是束手無策，讓網路急速的侵蝕報紙的基業，有關這個問題，將在第十二章詳加探討。

結　論

雜誌和報紙是歷史最爲悠久的傳播媒體，千年來的民衆，已經習慣於使用這種紙本印刷的媒體，來獲得新知，獲得資訊。

同屬紙本印刷的媒體，雜誌和報紙在傳播上有共同處，也有相異處；在過去很長的時間中，相輔相成的機會多，競爭少。

但是，這兩種媒體都受到了電子媒體以及新媒體的衝擊，日本發行長達九十一年的著名女性雜誌《主婦之友》，於2008年5月正式停刊，這本雜誌創刊於1917年，發行最多時曾經達到一百六十多萬冊，近年因爲受到大環境的影響，尤其是網路媒體侵吞了印刷媒體的市場，發行大幅滑落，到了2007年發行只剩七萬五千冊，不得不宣布停刊（新華網，2008年4月15日報導）。

而報紙媒體所受到的衝擊影響最大，這幾年來，台灣陸續有幾家重要的報紙，已經無法承受虧損而走向結束營業的命運，如：有七十八年歷史的《中央日報》（創刊於1928年2月1日）於2006年5月30日印行最後一份報紙後停刊；二十八年歷史的《民生報》（創刊於1978年2月18日）於2006年11月30日劃下句號；十七年歷史的

《中時晚報》（創刊於1988年3月5日）於2005年10月30日吹了熄燈號。

事實上，歐美的報業也面臨同樣的問題：發行量大幅減少，讀者層年齡偏高，因此大家都苦思紙本媒體未來的走向。如果，紙本媒體未來尚能繼續存在，勢必要在採訪和寫作的方向上有大幅的革新，不過，發得快、寫得好、寫得正確、寫得權威，必然是不變的價值（相關問題請參閱：廖俊傑，2005）。

問題與討論

1.針對同屬新聞類型的幾份雜誌和報紙，請嘗試比較他們對內容取材的差異性，並評估其優缺點。

2.針對同屬新聞類型的幾份雜誌和報紙，請嘗試比較他們在報導寫作上的差異，並評估其優缺點。

3.請檢視幾份雜誌和報紙，看看他們對照片或圖片的說明，是否能夠清楚呈現重要的內涵？並嘗試加以改寫。

4.請思考紙本媒體面對廣電媒體的競爭，應該如何作為？

5.請思考紙本媒體如何因應新媒體出現後產生的衝擊？

關鍵詞彙

1.**紙本媒體**：以紙為載體的傳播媒體，通常都是以印刷的方式，將傳播內容印製在紙張上，以供閱讀，包括：傳單、書籍、雜誌、報紙等都是。

2.**邸報**：邸報始於漢代，是一種手抄的新聞，是地方政府駐在京城的「府邸」所發行之手抄消息。將京城官員及君主間的種種消息抄錄，提供地方政府參考，可說是一種「中央新聞報告」，但以後由於知識

分子或退休官佐對於這類消息的需要，也開始對外發行。邸報到了唐宋更加發達，尤其宋朝時已經是一種刻版正式發行的新聞紙了。

3.**發現新聞**：新聞有許多的來源，從資料中、從新的研究中、從消息人士的口中、從老資料中，甚或從新聞中或自己的調查採訪中得到值得報導的線索，這些線索都不是新發生的事件，但一樣具備有值得報導的要素，謂之「發現新聞」。

4.**大餅圖**：將統計上各項目的百分比分配，做成餅狀分割，顯示出每一個項目占一塊大餅（Pie）的幾分之幾，以便於瞭解各項目分配的比率，這種表現方式稱為「大餅圖」。

5.**條狀圖**：將統計上各項目的百分比分配，在相同基線上，繪成一根根不同高低的條棒（Bar），以便於瞭解各項目的多寡，這種表現方式稱為「條狀圖」。

參考書目

李子堅（1998）。《紐約時報的風格》。台北：聯經。

廖俊傑（2005）。《即時報與電子通路：報業的重生和商機》。台北：陽光房。

第十一章　廣播和電視媒體的採訪與寫作

1.瞭解各類電子媒體傳播性質的差異。
2.瞭解廣播媒體採訪和寫作的方式。
3.瞭解無線電視媒體採訪和寫作的方式。
4.瞭解有線電視媒體新聞專業頻道採訪和寫作的方式。
5.針對廣電媒體數位化對傳統採訪寫作的影響。

本章探討廣播及電視媒體出現後，在新聞報導上的所有演進，從綜合性電台走向專業類型電台的發展，從無線傳播走向有線傳播，再結合衛星技術。而從網際網路普及化之後，廣播及電視更透過網路為載具，更加的無遠弗屆。

這些演進過程都造成的新聞報導的採訪和寫作產生變化，而因為新媒體的產生，傳統的廣電媒體也受到了相當程度的衝擊，廣電媒體必須如何因應呢？

1920年，美國匹茲堡一家名爲KDKA的廣播電台，正式取得美國政府所核發的廣播電台執照，這是世界上第一家擁有廣播執照的電台（廖俊傑，2005，頁19），使得人類的傳播技術，大幅邁進了一步。

這一步還不夠驚人，在同年的11月，KDKA電台就現場轉播了當時兩位總統候選人哈定（Warren G. Harding）和柯克斯（James M. Cox）的競選活動，這一個創舉，打開了廣播電台即時轉播新聞事件的新猷，讓當時的人大爲震驚和好奇：發生在遠端的事件竟然可以帶進到家中來，如同人類有了「順風耳」，眞是令人震驚！而這到底是怎麼發生的？未來又會產生何種意想不到的功能？這又令人好奇！

從這一天開始，廣播成爲傳遞新聞訊息最快的工具，到了歐戰爆發，廣播已經是獲得戰爭訊息最佳的選擇，許多國家的元首，也大量利用廣播作爲向人民發表重要政策談話的工具。

第二次世界大戰之後，「電視」這種更新的媒體出現，不僅將事件的聲音帶到家裡，甚至將事件的現場影像呈現在家裡的「機盒」中，傳播更進入了一個嶄新的紀元。

而到了1980年代，有線電視又形成了另一股潮流，尤其到了1990年代，有線電視結合了衛星傳輸，能夠讓世界各地的新聞透過衛星傳送，再經由各地區性的有線電視系統，把國際性的頻道和新聞訊息，以最快的速度，傳送到每一個人的家裡，創造這個新傳播模式的，首推美國的「有線電視新聞網」（CNN），CNN的成功，讓從來不曾有過的「國際傳媒」於焉產生。

第一節　電子媒體的型態

廣播和電視被通稱爲「電子媒體」，它們都是透過電波，經由有線或無線的電路，將聲音或影像訊息傳遞到遠方，再由終端的設備（收音機或電視機）加以接收呈現。

由於電波的速度非常快，達到每秒鐘30萬公里，幾乎是地球的七周半，因此，它的傳輸速度可以說是幾乎等同於「即時」，沒有時間差。

電子媒體訊息傳輸速度極快的特性，造就了這類傳播媒體特強的「時效性」，從1920年11月美國KDKA電台實況轉播總統競選活動開始，到今天隨時都有立即的新聞現場在電子媒體出現，都是電子媒體不斷在彰顯這種「立即傳播」的特性。

從呈現型態上來作區隔，電子媒體分成聲音和影音兩大類，聲音指的就是所謂的「廣播」，影音指的就是所謂的「電視」；如果我們從傳輸的方式來作區隔，那麼可以分成「無線」、「有線」和「衛星」、「網路」四大區塊；結果就可以組合成「無線廣播」、「有線廣播」、「衛星廣播」、「網路廣播」和「無線電視」、「有線電視」、「衛星電視」、「網路電視」等八種型態的電子媒體。

一、無線廣播

「無線廣播」是最早出現的電子媒體，無線電波的發現和使用早在1899年，但是形成有系統的播出和接收的「廣播」（點對面、單向）型態，則是1920年美國匹茲堡的KDKA電台。至今，世界各國都有自己國家的廣播事業，從第一代的調幅（Amplitude Modulation, AM）廣播，到第二代的調頻（Frequency Modulation, FM）廣播，到二十世紀末開始的新一代「數位廣播」等，都是利用電波在地面廣播的方式，傳送節目的內容。

無線廣播至今仍為許多國家最重要及最普及的傳播媒體，在許多地方開機率達到九成以上，最差也有五成以上，尤其在都會地區，因為交通的需要，在交通工具上都會打開收音機，接收音樂或相關新聞、氣象、交通等訊息；尤其因為聽廣播可以同時做事情，而且現代收音機越做越小，十分便於「移動接收」，這些媒體特性，使得無線廣播成為最經濟且最便捷的訊息傳播通路。

二、有線廣播

「有線廣播」是中國大陸發展過程當中很重要的一個里程碑，也是世界上獨一無二的大型公共廣播系統。

當中華人民共和國於1949年建政後的前一大段時間，可說是百廢待舉，雖然明知廣播事業對思想的統一和國家的進步很重要，但是當時國家財政困難，實在無法全面迅速的構建全國的廣播網絡。

所謂「窮則變，變則通」，於是發展出「有線廣播」這種便宜而有效的替代方案，就是透過電線串聯家戶，在每一個家戶裝上一個喇叭，頭端則是播音室，從播音室播出的國家政策、法令、訊息、各種形形色色的宣導素材，以及音樂戲曲等等節目，透過電線傳到每一個家戶的喇叭中，於是民衆就可以得到黨政宣傳、教育、訊息和娛樂。

這個有線的廣播系統，彌補了全國無線廣播網絡建構完成前的宣傳空檔，可以說是一個過渡型的系統，但發揮的功能極大，而當一個個省市完成無線廣播的系統之後，這個暫時的系統也就功成身退了。

目前，全中國只有少數地方尚有這個有線廣播系統的遺跡，而位於廣州市近郊的佛山，當地的佛山廣播電台，則特意保留了最完整的有線廣播系統，而且繼續維持有線廣播的播出，每天播出十二個小時的節目（廖俊傑，2005，頁51）。

三、無線電視

電視的出現，據稱是始於1925年蘇格蘭的約翰・洛吉・貝爾德（John Logie Baird）和美國的斯福羅金（Vladimir Zworykin），兩人同一年分別在倫敦和美國匹茲堡的西屋公司（Westinghouse）進行影像傳遞的展示（維基百科，「電視」條目http://zh.wikipedia.org/w/index.php?title=%E9%9B%BB%E8%A6%96&variant=zh-tw）。

1934年，中國人孫明經在南京中央大學理學院擔任楊簡初教授的助手，也在進行影像傳輸的實驗，已經製造出中國第一套可以攝影、傳輸、接收並播放，和電視原理完全一樣的樣機。楊簡初教授以「電視」這兩個字加以命名，作爲television的中文名稱（television這個英文字在1900年就已經存在）。

但是，電視畢竟是一個複雜的系統，從前端的攝影和錄音，到影像、聲音轉換成電波，透過發射機傳輸電波，到從空中接取電

波，將電波轉換成影像和聲音，最後將影像和聲音重新還原顯現出來，這些系統必須靠許多的團隊分工進行。

1929年，英國國家廣播公司BBC開始進行電視的試播，1936年建設完成正式開播，這是世界上最早的電視台，到了1950年代，電視在歐美已經十分普及，北京的中央電視台也在1958年5月1日試播，同年9月2日就正式開播了，次年，也就是1959年，廣東省電視台也開播了。

至於台灣，第一家電視台，台灣電視公司，則於1962年4月28日才正式開播。

但是，在1950和1960年代普及的電視，都是黑白電視，只有灰階的影像和普通的聲音效果，雖然如此，能夠將現場影像帶到我們的客廳，或者從我們的客廳，看到、聽到國家領導人或影藝名人的說話和演出，還是有很大的吸引力。

到了1965年，電視開始全面走向彩色，1970年代可謂是彩色電視眞正普及的開始，鮮豔寫實的彩色畫面，加上講究聲效的音響，使得電視成爲最具有傳播震撼力和效果的傳播媒體。

四、有線電視

在1980年代初期，電視節目的內容逐漸的增加，但是一般無線電視受制於頻率有限的關係，無法擴充更多的頻道來容納，而民衆對多元化多樣化的需求也日增，數量有限的無線電視台已經無法滿足民衆這些需求。

有線電視就在這種情況下應運而生。

有線電視透過電纜線（Cable）來傳輸影音節目，因此稱作「Cable TV」，電纜線依不同的規格，有550MHz或700MHz的頻寬，可以容納七十八套到一百套以上的電視節目，這樣就能滿足觀眾的各類節目需求。

有線電視系統的「系統經營者」（System Provider），必須在所經營的地區鋪設纜線到用戶家中，連接上有線電視調諧器（或稱「選台器」、「機頂盒」），再將調諧器的輸出端接在電視機上，但是，現在大多數的電視機都已經將有線電視的調諧器內建在電視機裡面，所以只要將纜線接在電視的訊號輸入端就可以了。

在另外一方面，有線電視系統台的播出中心有一個「頭端」（Head-end）設備，這個設備的功能是把七、八十甚或一百套的節目，整合在一起，然後從纜線傳輸出去。纜線傳輸的距離如果過長，或用戶數過多，都會產生訊號的衰減，所以在纜線的適當距離都必須中繼，將訊號放大再繼續往下傳輸。

有線電視系統的「系統經營者」要提供觀眾各種節目，但是，那麼多的節目內容事實上不可能完全靠自己製作，所以必須去向專業的公司購買節目，作爲系統台的節目供應，供應節目有兩種不同的行業：一個是「頻道經營者」（Channel Provider），一個是單純的「節目供應商」〔或稱「內容供應商」（Content Provider）〕。

「頻道經營者」負責經營一整個頻道的節目，完整的提供給有線電視系統台，譬如：HBO的電影台、Discovery的探索頻道，以及CNN有線電視新聞網等等，都是頻道經營者。頻道經營者製作的頻道節目，可能必須提供給許多的有線電視系統台播出，甚至會有國外的訂戶，爲了傳輸頻道節目的便利，頻道經營者會使用衛星，透過衛星同時把節目傳輸給所有訂購其節目的系統台播出。

「節目供應商」則只負責一個或數個節目的製作，也許是替系統台製作區域型的節目，也許是替頻道商製作大眾關切議題的節目。

有線電視承襲了電視的媒體優勢，加上頻道多，各種節目的多樣性大，節目的製作十分靈活、有創意，甚至有一些節目有比較貼

近地區性的議題和事件，當然受到更多的歡迎和重視。

從以上的介紹，可以知道有線電視系統的運作，是透過「系統經營者」、「頻道經營者」和「節目供應商」三種不同的經營商合作來經營的。

五、衛星廣播和衛星電視

有線電視是因應觀衆對節目內容多樣化的需求而出現，但是有線電視的困擾是必須透過電纜線來傳輸節目，在都會地區，人口密集，住戶集中，因此有線電視電纜線的布設十分經濟，但是，如果面對住戶比較不集中的地區，有線電視就不是一個好的選擇了。

因為布設了很長距離的纜線，中間還要加上中繼的功率放大，耗費了龐大的建設成本，如果只為了少數的訂戶，那當然是划不來的。因此，利用衛星來傳遞節目，形成了另一個選擇。

衛星電視因為不需要透過區域性的系統台來轉播電視節目，所以又稱為「直播衛星」（Direct TV），經營直播衛星的公司把許多的節目，同樣經過頭端的多工器（multiplexer）匯整之後，上傳到距離地面約36,000公尺高的同步衛星上，再從衛星向地面覆蓋，在覆蓋區的人們，只要以一個接收碟（天線），加一個解碼調諧器，就可以連上電視機，收看所有的直播衛星電視節目。

直播衛星因為容納的電視節目更多，尤其是多元文化的節目也被蒐羅進去，對少數民族的意義很大，而且裝設簡單，只要在陽台或院子裝個接收碟就可以了，因此在美國有一定的市場，而且逐漸也不完全是和有線電視進行區域性的分工了，尤其因為其覆蓋區很廣，經營的效率也很大。

至於衛星廣播的發展，比衛星電視是慢了一些，主要還是在美國發展，因為美國雖然有大型的廣播網，如NBC國家廣播公司、

CBS哥倫比亞廣播公司、ABC美國廣播公司，但它們集團之下的廣播電台卻都是獨立運作的地方電台，只有一部發射機的小規模覆蓋，因此，在美國長途開車要聽廣播的話，必須不斷的換電台，十分不方便。

其次，許多喜歡聽音樂的人，他們對音樂的某些類型情有獨鍾，喜歡爵士樂的、喜歡搖滾樂的、喜歡靈魂歌曲的、喜歡鄉村音樂的、喜歡1950年代老歌的、喜歡藍調的、喜歡古典音樂的，不一而足，而且，他們也不喜歡在聆賞音樂時受到主持人和廣告的打擾，因此，「衛星廣播」應運而生。

衛星廣播如同衛星電視，將各類型的音樂節目透過衛星傳輸，使得有衛星廣播接收器的使用者可以二十四小時接收到不間斷的節目，對於經常會長途開車的人、喜歡音樂的人，都可以得到收聽的便利和品質；而一些公共場所或大賣場，也利用這個衛星廣播系統來作爲賣場的「背景音樂」（background-music），提升營業場所的氣氛，增加營業場所內民衆的愉悅心情。

六、網路廣播和網路電視

自1992年網際網路（互聯網）開始市場化，不到十年的時間，網路頻寬的擴增，以及電腦處理速度的躍升，和壓縮技術的大幅進步，使得網路從早期只能夠傳輸數位資訊，進步到已經能夠傳輸聲音及影音多媒體的內容，變成了一個最具發展潛力的傳播媒體。

在網路上傳輸聲音形成廣播的模式，有兩種形式，一是將原來的廣播透過網路轉播，這樣可以突破一般無線廣播受到電波覆蓋範圍的限制，達到眞正的無遠弗屆，但是，這種形式，嚴格講只能稱之爲：「線上收聽」，也就是透過網路，收聽原來無線廣播電台的廣播節目。

另一種形式，就是完完全全的以網路作爲廣播電台，製作各種形形色色的廣播節目，同時結合網路的特性，讓網路廣播不完全相同於傳統的廣播。

電視也是一樣，透過網路可以進行對原來無線電視的「線上收看」，也可以製作純粹的「網路電視」。

有關媒體碰到網路的相關問題，將在本章第七節及第十二章，再加以深入的探討分析。

以上介紹了各種型態的電子媒體，但是不管媒體的型態如何，型態，畢竟只是一個「載體」（carrier，或稱「載具」），在這些載體上乘載的就是「內容」（content），而新聞報導，就是很重要的內容之一。

第二節　電子媒體的特性

廣電媒體的特性，也和閱聽人的接近（access）狀況產生很大的關聯性。

我們如果不討論廣電媒體的技術問題，也就是說，只要任何型態的廣播或者電視，都能達到基本的接收效果（這本來就是工程技術要達成的基本目標），那麼從媒體特性來看，可以分成幾個角度來審視。

一、眼耳能否分離的區別

廣播是可以一邊聽一邊做其他事的媒體，因爲聽廣播只需要用到耳朵，不需要用到眼睛；而電視媒體就不一樣了，必須眼耳並用才能接收電視的訊息。因此，在生產線上的勞動者，可以一邊聽廣播一邊工作，看電視就不行了；理髮師傅一邊聽廣播一邊給客人理髮，毫無問題，如果一邊看電視一邊給客人刮鬍子，客人一定不依，因爲太危險了。

眼耳能否分離來接近媒體，是廣播和電視最大的特性差異。

二、移動接收的需求

一般說來，有線的電子媒體因爲訊號的來源是固接的電路，受到這條固接電路的羈絆，只能在固定的地方收聽或收看；而無線的電子媒體，因爲電波無所不在，就有可能實現「移動接收」（mobile reception）的便捷性，這裡說「有可能」，是必須使用掌上型裝置（hand-held device），如果使用50吋的大型液晶螢幕，當然就無法移動接收。

但是移動接收還有兩個不同的形式，一個是「車載式」（car-set）的系統，固定裝置在車子裡面，諸如：車用收音機、車用電視機、車用衛星廣播接收器、車用衛星電視接收器等等，這些系統可以隨著車子的移動接收訊號和訊息，但使用者的人一離開車子，就接觸不到訊息了。另一種是「掌上型」的裝置，諸如：智慧型手機、智慧型PDA、數位廣播或電視接收機等，這種小型的裝置可以跟著人移動，隨時接收訊號和訊息；當然，也有一些掌上型裝置，是可以手持和車用雙功能的，像衛星廣播接收機即是。

移動接收的功能是現代人很重視的媒體特性，而且也影響了受眾接觸媒體時間的長短和深度、廣度。

三、電源供應的問題

廣播電視媒體都必須使用到電源，電源的供應成爲廣電媒體能

否運作的重要關鍵。

所謂用電，有三個面向，一是廣電媒體製作中心的用電，必須有電源供應才能製作節目、製播新聞，才能把要播出的節目內容送到衛星或發射站，這是上游階段需要的電源供應；其次是中游階段，也就是指發射站，發射站必須有大量的電力，才能將電波發射出去，覆蓋到它的服務區，讓接收機可以有訊號接收；下游階段指的是每一部接收機，必須要有電源供電才能運作，接收到電波訊號並加以解調變成為聲音或影像。

在上游或中游階段，一般只要上軌道的廣電媒體，都會有主電源及備用電源的規劃，不僅自備發電機，還設置有不停電裝置，絕不會受到外部停電的影響。

但是下游階段就不一定了，接收裝置是屬於使用者所有，他的裝置是用一般家用電源還是電池供電，當然影響到當外部供電中斷後的訊息接收。

一般家庭的電視機都使用家用電源，收音機就可能有使用電池的機種。1999年7月29日深夜，因為台南縣左鎮鄉一根編號326的高壓輸電鐵塔傾斜，扯斷了輸電線，引起連串的跳電，竟然造成全台灣的大停電，瞬間，全台灣陷入一片黑暗之中。當時，所有通訊中斷，電視無法收視，許多人找出使用電池的收音機，許多人跑到車上打開收音機，透過無線廣播，終於瞭解原來是一般的停電，「只是規模太大了！」事後許多人都說，當一片漆黑中，而狀況未明時，「都以為發生了戰爭！」所幸，電波覆蓋全台灣的中國廣播公司很快的將停電的眞相報導出來，化解了民衆的疑懼。

這是電源供應問題影響媒體接觸的一個實例，也是特例，但是一般情況，能夠使用電池的媒體，也就是說，接收設備接收訊號的耗電量，能夠降低到足以使用電池來供應，就可以發揮移動接收的特性，對於現代人就有較高的吸引力。

第三節　廣電媒體的類型化與新聞報導

廣播及電視媒體在頻道數不多，也就是形成一種「寡占」的情勢時，通常都會走向「綜合性」的取向，以服務大多數的受眾爲目的；但是，如果頻道數增加了，打破了寡占的局面，也就是競爭加劇了，所有的頻道就要爭食有限的閱聽眾和廣告市場，這時，媒體就必須作出特色，和同類媒體作出區隔，以強化競爭力，那麼，走向「類型化」（format），就是唯一的選擇。

所謂「類型化」，是廣電媒體爲了清楚定位其節目屬性，而對其內容進行的規劃。類型化有別於綜合性，它是以針對特定族群的需求爲目標來規劃節目內容，以滿足這些特定族群閱聽眾的需要和喜愛，並寄望他們經常停留於這個頻道，成爲這個頻道的重量閱聽人，而透過掌握到一群特定喜好的族群，也顯現了這個頻道在某一些商業市場上的重要性和影響力，使得廣告主必須加以重視而經常投下廣告量。

廣播的類型化在美國最爲明顯，有音樂類型、新聞類型、運動類型、談話（talk）類型等，而在音樂類型方面更細分爲爵士類型、藍調類型、鄉村類型、靈魂類型、搖滾類型、五〇年代老歌類型、六〇年代老歌類型，當然還有古典類型等等。

而新聞類型中，又有全新聞（All News）類型、新聞及談話（News & Talk）類型、新聞及專題（News & Feature）類型等等。

在電視方面，由於有線電視興起，一下子頻道增加了許多，頻道與頻道之間同樣也面臨到同業間競爭的問題，爲了屬性定位，區隔市場，立刻就走向了類型化，這是很自然的發展。

廣播和電視類型化的發展，在許多廣播和電視業發展比較蓬勃

的地區，都已經發展得十分的成熟，包括兩岸在內。

在本書中，我們主要討論採訪和寫作，因此，謹就廣播電視類型化與否和新聞採訪寫作的關係進行研討。

一、「綜合性」廣電媒體的新聞報導

以綜合性內容爲取向的廣電媒體，必須追求符合大多數人喜好的內容，因此會排出一套節目表，閱聽衆可以從節目單知道什麼時間有什麼節目播出。

對綜合性廣電媒體來說，這個節目單很重要，除了上述的告知節目內容的功能以外，其實，綜合性廣電媒體的經營，可以說就是「節目單的經營」，因爲廣電媒體的最主要收入是廣告，而廣告是依據收聽（視）率（rating）而來的，收聽率、收視率越高，廣告量就可能越高，因此，從節目單上每一個節目的收聽（視）率表現，就可以知道一個廣電媒體經營的狀況。

同樣的道理，廣電媒體的經營者從節目單的收聽（視）率表現，可以知道業務發展的重點，是如何加強優勢節目前後時段的收聽（視）率表現，使得領先的節目擴大成爲大的塊狀和帶狀分布。

當然，對綜合性廣電媒體來說，「新聞」也是綜合性節目內容的一環，因此，在節目單上，自然也就少不了「新聞報導」這個項目，而且通常至少會在每天清晨、中午、晚間的三個時段中播出新聞，有的廣電媒體還會在深夜時段再播出一節新聞的。

不管這三節或四節新聞報導時段的節目名稱爲何？長度爲何（通常是半個小時或一個小時）？都通稱爲「表定新聞」（Scheduled News）的新聞報導型態。

新聞報導的時段一經排定，那麼將這個新聞播出的時間，加上作業所需要的時間往前推，就可以推出每節新聞報導的截稿時間，所有的編採人員就依此時間作業。

表定新聞的新聞報導型態是一個比較傳統的新聞報導方式，因爲綜合性廣電媒體的閱聽衆形形色色，各有不同的興趣，新聞未必是他們所特別重視的（眞正對新聞十分關切的閱聽人會選擇新聞專業的廣電媒體），因此只要能適時達到重大新聞的告知，大概也就完成它的任務了，畢竟它因爲表定時間的限制，實在也難以追求新聞的即時性。

二、「全新聞」類型廣電媒體的新聞報導

全新聞類型的廣播電視媒體，是二十四小時都不間斷播出新聞的媒體，由於播出的內容都是「新聞」，因此，它雖然有內容，但節目單卻只有一種內容，那就是新聞，所以也形同不需要節目單。

但是，全新聞類型的廣播電視媒體，也並不是進來什麼新聞就播什麼新聞，它還是有一定的播出規則。

(一)「時鐘規劃」的概念

全新聞類型的廣播電視媒體，通常都以一個小時或半個小時來作爲新聞內容的規劃，在這個時段以內，什麼時候要播出「新聞提要」，什麼時候要播出「體育新聞」，什麼時候要播出「財經消息」，什麼時候要播出「交通路況」等等相關的新聞內容，都有一定的規劃。

所以，這類全新聞的廣播電視媒體，雖然沒有時間表可以遵循，卻有一個「時鐘規劃」（Clock Format）表，上面畫一個鐘面，鐘面上幾分鐘到幾分鐘要播哪一類新聞，都規劃得清清楚楚，所有的編播人員都要依據各個時鐘規劃來運作，就像滾輪在滾動一

般，所以又有「滾動式播報」之稱。

時鐘規劃雖然是以一個小時的鐘面為播出作業的依據，但有的廣電媒體事實上是以半小時為滾動週期，兩個滾動週期併起來仍然是一個小時的鐘面規劃。

時鐘規劃有其道理，基本上建立在希望關心新聞訊息的人，不必去管新聞的播出時間（綜合性媒體的「表定新聞」時間），而是隨時進來收聽或收看，以一小時為時鐘規劃的全新聞類型媒體，閱聽人任何時候進入媒體，只要花一個小時就可以獲得當時最新的新聞消息；以半小時為時鐘規劃的全新聞媒體，閱聽人只要進入最多半個小時，就可以得到最新的資訊。

新聞是持續在播出，但類似體育新聞、財經訊息、交通路況的最新消息，則是一些特定閱聽人所關心的，而這類資訊也都比較簡短，因此必須集中在固定時間播出，以培養閱聽人收聽或收看的習慣，也避免有需要的閱聽人苦苦等待。

這個時鐘規劃的原理，在美國許多全新聞專業電台經過四、五十年的運作，已經十分成熟，幾乎已被奉為新聞電台的運作規範。

(二)「短新聞」的重要性

由於全新聞類型廣播電視媒體全天不間斷的播出新聞，為了讓閱聽人收聽和收看方便，認知簡單容易，通常都希望播出的新聞是簡短的，不可太過複雜；同時，因為時鐘規劃的因素，幾分鐘必須播出什麼特定內容都已經規劃得清清楚楚，如果有長新聞，很容易就破壞了時鐘的規劃，所以，通常都會以短新聞來進行機動的組合，而且可以讓新聞的條數多一點、發稿的速度快一點，播報也可以比較有節奏感。

因此，在全新聞廣電媒體服務的記者，就必須經常記住撰發短新聞，那麼有時候新聞明明比較複雜，怎麼寫成短新聞呢？

關鍵在於將新聞單純化，一件事寫一條稿，換句話說，記者出去採訪一件新聞，也做好了錄音或錄影，這時你必須把事件本身的新聞先完成，這就是一條新聞了，再把跟這個新聞相關的問題發一條新聞，然後就此事的反應再發一條，類似這樣，把一整團的新聞，分成幾塊可以獨立的部分，分別發稿，就可以形成很多條的短新聞了。

短新聞不僅在時鐘規劃上很好安排，對編播人員來說，在不同時段的新聞中也可以選取不同的部分來播出，只要在文末加一段新聞事件的簡單說明就可以了，運用的靈活度相當大。

(三)「重複」與「改寫」的必要性

廣播與電視新聞和報紙新聞有一個根本上的最大差異，廣播或電視新聞播出之後，就像一陣煙霧一樣消失了，有的人聽到了或看到了，有的人沒有聽見或看見，但都無法去重聽或重看，不像報紙只要一經印出，永遠就在那裡，隨時可以拿出來一看再看。

針對這個媒體的特性差異，全新聞廣播電視媒體必須注意到，每一個閱聽人接受新聞訊息的時間都不同，因此，越重要的新聞，就越有重複播出的必要。

但是，對聽到新聞重複播出的人，那種感受不會太好，有的閱聽人比較仁慈，認為新聞重複是因為當天新聞不多；有的就很殘酷，他會批評媒體偷懶，跑不到足夠的新聞。因此，重要新聞重複雖然是必要的，但是必須有一定的重複規則。

第一個規則是重複的頻率的問題。一個新聞必須依據它的重要性，在發稿進來時，就界定它重複的頻率，譬如二小時重複一次、

四小時重複一次、六小時重複一次，訂出這個重複頻率後，在重複規則時限內是不容許重複播出的。一般全新聞類型的廣電媒體，如果要運作良好，通常都會有一套很好的電腦系統來管理所有的編播作業，一經設定重複頻率後，系統會自動將暫時不能播出的新聞稿，排除在可用稿件資料庫外。

第二個規則是稿件的效期問題。當一個稿件被設定了重複頻率之後，也必須同時將這個稿件的有效期限設定，是過了當日失效，還是十個小時後失效，這些也必須有所規定，否則系統每到重複頻率時就將稿件出現到可用稿件資料庫中，可能會造成混淆，尤其在編播人員換班的時候，或過了凌晨0點時。

第三個規則是即使重複，最好也要「改頭換面」。也就是說，雖然重要新聞會在一定的時間重複播出，但一字不易的重複還是不好的，因此應該對重播的稿件進行「改寫」。

「改寫」新聞稿的原因和需要在本書第九章第九節中，已經有了詳細的說明，不再贅述。但在全新聞類型的廣播電視媒體中，改寫確實相當重要，可以說是全新聞類型運作是否成功的重要關鍵之一。

爲了讓重複播出的新聞改頭換面，必須改寫，這時候最主要是改第一段，找到和原來報導不一樣的切入重點，以新的切入點重寫導言，並更換新聞提要，這樣新聞就不一樣了。

或者，將要重複播出的新聞事件的新發展寫成爲導言，合併原來的稿件，改寫成一條新的稿件，並以新發展製作新聞提要。

另外一個改寫方法，就是用周邊新聞來改寫，前面講過要寫「短新聞」，必須把一個較複雜的事件分開寫成幾條新聞稿，這時可以選擇另一條周邊新聞稿來重複新聞事件，但在文稿最後把主新聞的重點作適當的交代。

改寫和重複是連體嬰，重要新聞一定要重複，但要重複一定要改寫。

換句話說，「重複」，是在重複重要的新聞「事件或訊息」，不在重複「新聞稿」。

(四)「插播新聞」的必要性

全新聞類型廣播電視媒體追求的就是新聞的「即時性」，整個新聞作業都是在縮短事件發生時間與播出時間的差距，因此，對於任何新發生的事件，沒有任何理由去阻擋這則新聞在最快的時間內播出。

對滾動播出的廣播電視媒體來說，什麼時候都有一組人在播出新聞，另外一組人則在準備接下去的播出，這時如果有一個重要新聞進來了，正在準備下一階段播出的主播絕對不能把這則重要新聞扣著，以作爲他播報時的重要新聞內容，這會延遲了重要新聞的播出。

依據一般新聞類型電台的作業規範，這時必須立刻讓現場的主播播出「插播新聞」（Breaking News），讓最新的訊息立刻播送給閱聽人知曉。

「插播新聞」正確的運作，帶動的影響是，記者隨時會注意到「立刻」將採訪到的最新消息送回電台，因爲他知道這則訊息也會「立刻」被插播出去，當記者和編播人員都有這種觀念，養成這樣的工作習慣，新聞類型廣電媒體的角色就被確立了。

(五)「現場報導」的重要性

電子媒體不僅有「即時性」，甚且可以發揮「臨場感」，尤其是電視新聞更是如此。因此，電子媒體經常都在追求播出「現在正在發生」的新聞。

對全新聞類型的廣播電視媒體來說，插播新聞很重要，現場報導更重要，現場報導能夠讓閱聽者達到親臨現場的臨場感，也能夠凸顯電子媒體的最大特色。

廣播的現場報導和電視的現場報導，因爲媒體特性的不同，一個有聲音，一個則聲音影像兼備，當然更具震撼性。但是他們的共同點是：播報現場新聞，必須是「說」新聞，而非寫新聞。

說新聞當然比寫新聞更不容易，我們將會在本章第五節進行探討。

「現場報導」對全新聞類型的廣播電視媒體很重要，但是，「現場報導」是未經編輯、核稿等任何「守門人」檢視過的播出，其正確性的把握有較高的風險；同時，立即的現場也很容易發生資訊不足、資料未能充分查證，以及經常口誤的情況出現，而且播出的所謂現場，也未必是事件的完整現場，換句話說，現場報導未必就是耳聽爲眞、眼見爲眞！

所以，對於現場報導還是必須注意一定要是有現場價值的新聞才上現場，不能爲上現場而上現場，結果連芝麻綠豆小事也上了現場，這就窮斯濫矣！

最近確實有一些媒體刻意事事上現場，已經到了毫無章法的境地了。

三、「新聞混合式」類型廣電媒體的新聞報導

在綜合性廣電媒體與全新聞類型廣電媒體之間，還有介於兩者之間的「混合式」（現在的流行用語是「混搭」）類型，它們是將新聞混合了談話，或者是新聞混合了專題。

(一)新聞及談話類型

全新聞類型的廣電媒體對喜愛新聞的人固然是一個很好的選擇，但是它的規劃也並不期待喜愛者鎖定頻道作長時間的收聽或收視，因爲純新聞的內容畢竟太過枯燥。

在歐美，尤其是美國，流行一種「談話性」的節目，這種在廣電媒體播出的節目源自於舞台演出的「脫口秀」（Talk Show），就是一人或兩個人在舞台上，以詼諧的口語說一些俏皮話或雙關語，而話題則是新聞事件或新聞人物。這種在舞台表演以博觀眾哈哈大笑的演出，也擴大了市場，進入了廣播和電視頻道，而且大受歡迎。

部分廣電媒體節目結合了新聞和新聞的評論，甚至包括嬉笑怒罵，而成爲了另一種型態的類型化，稱之爲「新聞及談話」類型（News & Talk Format）。

新聞混合談話的類型，對新聞量的需求，不致像全新聞類型那麼大，對媒體的經營壓力較輕，而增加了談話的類型，又可以透過談話性節目主持人的高知名度來拉抬媒體的收聽率或收視率，以及延長閱聽人在頻道駐留的時間，這些條件對廣告的爭取有很大助益。

從另一方面看，閱聽人有了對新聞事件和人物的評論，確實有可能產生對頻道較高的吸引力，同時，透過評論，也可以獲得一些八卦，增加談資。

但是，主持人的談話評論，因爲針對新聞事件，也針對新聞人物，所謂「禍從口出」，經常會發生疑似誹謗的狀況，引來一些爭議，這也是經常發生的事情。

像台灣的News98廣播電台，雖號稱爲新聞專業電台，但嚴格

說來應該是「新聞及談話」類型的電台，它訴求的「時時刻刻報新聞」，其實正說明了它的時鐘規劃是由四個「一刻鐘」組成，每一刻鐘的開始（整點、十五分鐘、三十分鐘、四十五分鐘）播五分鐘的新聞；除了這個時鐘規劃外，它還有一個節目單，週一到週五是一套節目，週六一套，週日一套，以上班日算，它是一天的節目規劃，每個小時或每兩、三個小時有一個名嘴主持節目，在主持人談話或評論中，碰到每一刻鐘就播報五分鐘的新聞。

對於時時刻刻談新聞當中，若有重大新聞事件，主持人會隨時「插播消息」，或連線讓記者上現場報導。

所以，News98雖然有表定新聞的時間，但距離太近了，因此記者仍需依據新聞類型電台的運作模式跑新聞、採訪新聞、寫新聞、發新聞，並隨時要有上現場的準備，才能符合電台作業的需要。

(二)新聞及專題類型

全新聞類型的廣播電視媒體有一個先天的缺陷。

既然是全新聞的頻道，爲了滾動新聞，所以都是發的短新聞，加上廣電媒體播出即消逝的特性，閱聽人在全新聞類型廣播和電視媒體中所獲得的資訊，其實都是片片斷斷，而且不夠深入，更缺乏解釋分析。

爲了彌補這項缺失，「新聞及專題」類型（News & Feature Format）的廣電媒體就應運而生了。

這種類型的廣電媒體，會在播新聞的時候穿插一些新聞分析或新聞專題的內容，使得新聞的解釋性比較強，對閱聽人接受新聞資訊會有比較深入的瞭解。

「新聞及專題類型」和「新聞及談話類型」兩種不同類型廣播

電視媒體的基本差異，在於前者對新聞的分析和解釋，完全是訪問相關的專家和學者，以分析和解釋見長，而不進行批判，基本上仍然屬於新聞報導的一環；而後者雖然也是討論新聞事件或人物，但通常是以主持人或其所邀訪來賓的個人見解和主張爲主，有評論、價值判斷，和是非臧否。

如果我們以光譜來看，在光譜的左邊是全新聞媒體，右邊是綜合性媒體，那麼新聞及專題類型靠在中央偏左，新聞及談話類型靠在中央偏右，至於偏右到什麼程度，則視脫口秀「秀」到什麼程度而定。

目前許多專業新聞頻道，像CNN有線電視新聞網，基本上也是十分典型屬於新聞及專題類型的電視台，除了不間斷播出新聞外，會對重要新聞事件或議題，邀請重要關係人或專家來分析、深入解釋。

台灣中國廣播公司BCC的中廣新聞網，雖然號稱爲新聞網，揭櫫「All News All the Day」，但嚴格說來並非全新聞類型的電台，而是新聞及專題類型的電台，我們看它的時鐘規劃就知道了（如**圖11-1**）。

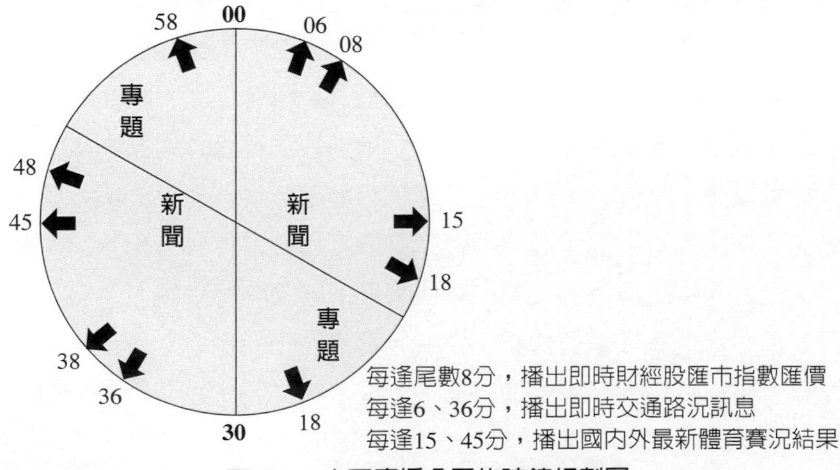

圖11-1　中國廣播公司的時鐘規劃圖

從光譜上，新聞及專題類型廣電媒體是高度的靠向全新聞類型，只不過適度增加了一些分析和解釋性的內容，但仍然是環繞在當天的新聞事件和主題中，因此，媒體記者就必須有全新聞類型媒體運作的概念和作爲，同時對重要議題還必須作專題的報導，訪問更多的人，作更繁複的剪接，辛苦程度比全新聞類型媒體的工作還要高，但由於花費更多的功夫和精神，確實也讓閱聽人增加對新聞的瞭解程度，進而增加了對媒體的依賴度和忠誠度，這些都是媒體的寶貴資產（有關廣播新聞類型化的問題，請參閱《廣播新聞原理與製作》第五章〈新聞類型電台的節目架構規劃〉，馮小龍，1996，頁53-86）。

第四節　廣播媒體與電視媒體採訪工作的異同

廣播媒體和電視媒體在採訪工作上都有一個相同的特色，就是都必須「親臨現場」，不親臨現場，就無法收到現場的聲音，無法獲得現場的影像，因此，廣播及電視記者在「跑」新聞這件事上，可能是比較辛苦的。

對廣播記者來說，採訪新聞是單槍匹馬的工作，但裝備可不能少，他必須攜帶「專業錄音機」、指向性（只能針對某一個方向才能拾取聲音訊號）比較強的麥克風和腳架，這種專業的錄音機和麥克風都比較重；他還必須攜帶一部能夠隨時進行聲音剪接、時時可以上網的筆記型電腦，和一具能夠連上網路的行動電話。有了這些裝備，當他完成一個採訪工作時，可以在任何地方以筆記型電腦寫稿，將錄音轉到電腦中進行剪接，完成後，將文稿及錄音的電子檔，透過行動電話或無線網路上網傳回編播中心。

對電視記者來說，作業就更複雜一些，因爲有錄影及收音的問題，所以電視記者都是三人一組，一位文字記者搭配一位攝影記者和一部採訪車，一位司機。採訪時，文字記者手持麥克風進行採訪，攝影記者錄影，完成後，立刻驅車回編播（或稱「製播」）中心或記者的工作站寫稿、剪接、配音。

這是一般性的新聞採訪，廣播記者通常跑完一條新聞，立刻剪接發稿，再繼續跑下一條新聞，幾乎可以一整天都在外頭採訪新聞，不一定要回到編播中心來，所以廣播記者的工作可以達到很高的運作效率。

電視記者就不一樣了，受限於剪接設備的笨重，以及影像傳輸的設備和環境條件及難度較高等因素，必須回到定點才能進行後續的製作，因此，電視記者對新聞的採訪通常都是匆匆忙忙的，急急忙忙的抵達採訪地點，迅速的採訪錄影，然後又匆匆忙忙的趕往下一個採訪地點，往往只能點到爲止，達到對新聞事件簡單的告知功能，沒有辦法花較多的時間進行有深度或有意義的報導。

而因爲預知性的事件對採訪工作的事先安排比較方便，所以也很容易受到電視台的特別重視，結果使得電視新聞中充滿了機場（來訪、出訪、迎來送往）、議場（例行性開會的場合）以及會場（紀念會、表揚會、晚會等）的新聞，因此被譏爲「三場新聞」。

碰上了緊急的重大新聞事件，廣播與電視新聞記者的採訪工作也有很大的區別。

廣播記者仍舊是單刀赴會，如果新聞現場比較大，可能會有二至數位記者在現場不同的地點負責不同角度、不同人物的採訪，這時通常會讓記者上現場直接報導，將最新的現場新聞直接傳達給聽衆，而由導播（或編導）直接調度現場的記者，安排他們上現場的順序，和主播直接在節目中報告新聞現場的狀況。但是，並不是上完現場就完成工作了，記者在下了現場時，還是必須將事件寫成文

字報導，立刻傳回電台，同時再鑽進到現場裡面，發掘新的消息或事件的新發展，準備上下一階段的現場。

電視媒體在重大新聞事件時，一定立刻出動SNG車進行現場實況轉播，視新聞事件的大小，出動的SNG車可以多到數輛，但是即使只有一輛，也可以同時負責好幾組採訪作業小組，甚至在SNG車裡就可以進行立即剪接、加字幕等作業，等於一個具體而微的指揮及製播中心。SNG車是連線衛星，將接收或簡單製作的影音訊號傳回電視台，再播送出去，播出的訊號可能會上下衛星一兩次，因此與實際現場可能會有將近一秒的時間差。

廣播記者和電視記者在直播現場新聞時，有時候碰到事件現場是被管制的，譬如大車禍、警匪槍戰、爆炸火警等現場，通常警方會拉出封鎖線，限制人員的進出，這時對現場狀況的掌握就很困難，廣播電台的記者在這方面很吃虧，經常是鑽來鑽去灰頭土臉也跑不到什麼消息，但是電視記者就方便多了，找到一個制高點，利用電視鏡頭的Zoom-in特寫功能，就把現場的狀況看得一清二楚了。

在個人的曝光上，廣播和電視記者也是不同形式的曝光，廣播記者是曝光他的聲音，電視記者是曝光他的聲音和影像，媒體爲了培植有影響力、權威性高的記者，都希望它的記者多曝光，讓民衆多認識，成爲高知名度的明星記者。所以，廣播記者的知名度是他的姓名和獨特的聲音，電視記者的知名度則是他的姓名和臉孔。

因此，電視記者必須讓他的臉孔多曝光，在所採訪的新聞中盡量露臉，在事件現場直接採訪受訪者，或對著鏡頭直接說明新聞事件，是電視記者經常會操作的方式。

廣播記者也是一樣，要讓聲音盡量在採訪的新聞中出現，只是他無法曝光他的臉孔罷了。

第五節　廣播媒體與電視媒體報導寫作的異同

廣播媒體記者和電視媒體記者在報導寫作方面，一樣都必須具備快速的新聞寫作能力，同時，因為在很多時候，都必須在新聞現場以口述的方式來說新聞，因此，他們同樣必須具備音色優美、口條清晰的條件。

一、用手寫新聞

廣播記者寫新聞的機會很多，當完成採訪之後，廣播記者會先寫成新聞稿，然後再以記者自己的聲音配合現場採訪的聲音錄製成聲音檔，然後將文字及聲音同時傳入編播中心備用，兼有聲音和文字有一些方便之處，在一般狀況下，廣播電台希望是採訪記者自己的聲音來報導，以建立這條路線新聞的權威性，但是有時候因為時間改變了（譬如昨夜發的新聞在凌晨要再度播出時，今天已經變成昨天），或是必須重新改寫（詳見本章第三節中所述改寫的理由），這時候文字稿就方便多了。

對於電視記者來說，發稿也是比較複雜的，他必須要檢視錄下來的影帶和記錄下來的新聞資料，然後進行影帶的剪接，並依照影帶的長度和內容，撰寫新聞稿，進行旁白的配音。既要跟上影帶播出的鏡頭，又要注意報導的重要內容。電視記者同樣是文稿和影音檔都必須完成，以提供新聞播出的多樣性。

廣播和電視新聞記者寫新聞，還有另一個原因，因為目前媒體都有自己的網站，在網站的新聞裡，文字稿就可以隨時上傳，豐富

網站的內容和強化網站的新聞性。

廣播和電視新聞記者寫新聞，對時間的掌握很重要，因爲電子媒體的每一則新聞都有一定的播出時間，尤其是新聞專業類型的電子媒體，因爲時鐘規劃的緣故，每一則新聞都希望簡短，所以記者在很短的時間限制內必須報導完整的一個新聞事件，逐漸走向「快速」的播報，這是世界所有廣播或電視新聞播報的趨勢，快，可以多報一些新聞；快，也可以呈現新聞電台的節奏感。

但是，快不能快到聽不清楚，那麼到底要多快才恰當？這也端視每一個媒體自己的規範，通常，我們一般廣播的速度是每秒鐘讀二百二十個中文字左右（包含斷句及適當的停頓），新聞廣播可以加到二百五十個字上下，但是，每一個廣播或電視的記者，就必須對自己講話的速度掌握十分精確，如果能練到什麼樣的節奏是二百四十個字的速度？什麼樣的節奏是二百五十個字的速度？什麼樣的節奏是二百六十個字的速度？這樣，對節奏感的掌握就能收放自如了。

二、用嘴說新聞，以說代寫

在很多時候，廣播和電視記者就是要在新聞現場，立即用「嘴」說新聞，以說代寫或是先說再寫。

說和寫當然有很大的不同，俗話說：「一言既出，駟馬難追」，只要話一說出去，根本追都追不回來，說錯了問題就大了，不像寫稿，寫完了可以再檢查一遍兩遍，而且在交出去之前，隨時都可以修正。

因此，現場說新聞，可以說是廣播和電視媒體記者最大的挑戰，從另一個角度來看，卻也是他們專業的特長。

在現場說新聞也有兩種不同的狀況，一種是錄影，這是可以

NG（No Good！）重來的，不滿意可以重錄到滿意為止；另外一種是現場立即直播，這種直播式的說新聞，必須掌握時間、掌握重點、掌握全面關鍵；在直播中，腦筋不停在動，顏面卻要保持專注而不能僵硬，耳朵還必須注意到主播和你的對話，更難為之處在於主播隨時問你一個問題，你就必須立刻接答得恰到好處，整體來講，確實很不容易。

這樣艱難的工作中，有一些良好的工作習慣是必須遵循的，這裡以電視記者的工作方法為基準介紹，廣播記者只要遵循其中不需要影像的部分即可。

1.要上現場，即使再急，也必須給記者有採訪的時間，因此，記者一到達現場，進行狀況瞭解和現場採訪時，一定要立刻記下何人、何事、何時、何地、何故、如何等六項最主要的新聞關鍵因素，以及相關人、目擊者的姓名，然後構思播報的段落，確定後將這些資料分別記錄在一塊記錄板上（這個記錄板事實上是一個硬底的大型筆記本），字體要夠大，以便很容易用眼光瞄到。

2.選擇一個最佳的轉播點，對廣播記者來說，他必須選一個聲音不容易被干擾的地點（但是也不能靜到聽不到一絲現場的聲音）；而電視記者就必須選擇讓電視鏡頭能夠招呼到事件現場最大面積的所在，然後再確定記者所在的定點。

3.必須把記者播完主要過程之後需要訪問的對象，預先請到直播現場的定點，並事先告知將訪問的題目。等到記者播完主新聞後即可轉頭進行對目擊者或相關人物的訪問。

4.直播完成後，要儘快將這個新聞寫成報導，對新聞類型廣電媒體來講這是很重要的。

三、怎麼「說」得好新聞

廣播及電視媒體記者在事件現場轉播或直播新聞，現場的準備工作是否扎實，是否用心，固然影響播出的成敗與否，但其實重要性只占三分，另有七分是早就決定的。

何故呢？

影響成敗的七分，就是根柢。

廣電記者要在現場立馬「說」新聞，要說得「精準」，說得「引人」，說得「清楚」，說得「完整」，說得「好」，那可不是一件容易的事，更不是拿起麥克風就辦得到的，他必須經年累月的自我鍛鍊，有了這樣的根柢，加上現場的用心，才能得到十分的成功。

那麼，這些根柢有哪些？

(一)要有豐富的知識

對任何媒體的記者來說，豐富的知識都很重要，但是，平面媒體的記者因為作業時間比較寬裕，所以還有時間去查詢一些比較知識性的資料，但是對廣播和電視媒體記者來說，有時候時間急迫得根本來不及去查資料，如果本身的知識不足，一上現場就會出差錯，鬧笑話。

在台灣電視媒體有幾個笑話，就在在說明知識不足，對一個線上記者的傷害有多大。

有一次地震之後，很多地方的電力變電所有電源瞬斷現象，造成規模不小的暫時停電，一家電視台的記者在訪問時竟然問出這樣的問題：「是地震導致停電？還是停電導致地震？」

當LCD剛開始在市場上熱門起來的時候，有一個跑科技的電視記者問人家什麼叫LCD，人家告訴他，LCD是「液晶顯示器」，她也不再多問一些，一回頭就對著電視鏡頭開始報導，卻在報導中把「液晶顯示器」說成「晶液顯示器」，在電視上這種說法鬧成很大的笑話。

2007年的石油價格不斷上漲，連帶以石油爲原料的化學產品也上漲，因此，「石化原料」成爲一個經常曝光的新聞名詞，但是竟然還有廣播及電視的記者說成「化石原料」。

以上這些實例，都說明了廣電媒體記者知識的不足，會造成多大的錯誤和笑話。

(二)邏輯能力要強

記者在報導的時候往往會碰上「爲什麼」的問題，也就是六何當中的「Why」，但是，有些所謂的原因是不是符合邏輯，可能都很值得推敲，因此，聽來的「何故」，或是自己找出來的「何故」，都必須經得起邏輯的考驗。

尤其廣播電視記者在現場匆匆忙忙進行一個現場，也急著爲新聞事件找到六何具足，如果邏輯能力不強，往往會令人不明所以。

台灣南部的屏東縣東港是個漁村，漁產甚豐，海鮮店很有名，但是碰到颱風時當然門可羅雀，在一次大颱風的電視報導中，鏡頭照到一家知名海產店，在狂風暴雨中無人上門，記者卻說：「希望他們生意好一點，早一點脫離困境，可以生存下去。」

這個報導犯了兩個錯誤，一個是記者不知要說什麼，於是胡亂發表評價性的言論。在報導中，絕對不可以有記者個人的「希望」、「但願」，這些措詞一出，就影響了報導的公正性。其次，颱風時生意不好是一時現象，颱風過去就恢復了，一時現象和店家

能不能生存下去是不相干的兩回事，把它混為一談，這是邏輯不通。

邏輯問題，有時候還發生在語意當中，也就是語意邏輯有問題。

有一則電視新聞在報導大學的問題時，有這樣一句話：「雖然台灣大學的錄取率已經超過90%，……」這是一個語意邏輯的問題，「台灣大學」的錄取率絕對不會超過90%，那麼原意為何呢？當然指的是「台灣的大學」，是指台灣全部大學的錄取率超過九成，但是因為少了一個「的」字，就「差之毫釐，謬以千里」了。

(三)要說完整

歐美一直把報導說成是「Story」，報導要用說的，那就像說故事一般，其實說故事不容易，要說得有條裡，要交待得完整卻又簡潔，要說得吸引人，確實需要幾把刷子。

對廣播和電視媒體的記者來說，他們比報紙的記者需要更費心思去思考怎麼說第一個段落，也就是怎麼去說「導言」。

當然，我們在第九章說過導言的寫作方法是「我手寫我口」，也就是我們會怎麼說，就怎麼寫，但是，一到眞要很簡單明瞭的說，那就不容易了，切入點的選擇當然是一個問題，怎麼切入得讓閱聽人立刻豎起耳朵、盯住目光才是重要。

其次，怎麼安排導言之後的段落，怎麼穿插現場人物的訪問，哪些事實由受訪者來說，哪些過程由記者來描述，這都需要規劃，而且最好不要重複，更不能因此而將重要的訊息遺漏了沒有交代。

最後必須注意到，這些訊息是不是構成了整個事件的完整面貌？

有些人認為，見比聽還眞實，因此認為鏡頭可以說故事，只要鏡頭可以表現的就不宜再用語言加以描述，這是畫蛇添足，多此一舉。這種說法是一種藝術上的表現方法，確實不錯，對電影藝術來說，也應該如此，但是，對新聞來說，這是不正確的，新聞就是要在重要處不斷的透過各種方式來加以提醒。

所以，當鏡頭在敘說一個新聞事件時，記者或主播的口白就必須去說明這些內容，甚至在字幕上必須出現必要的提示文字，何故呢？

電視新聞的收看者形形色色，有的很專注的看和聽，有的邊看邊聽邊做事，有的人只聽不看；正常人會看會聽、視障者會聽，聽障者會看，您瞧，如果我們服膺讓鏡頭說故事的藝術表現，是不是有許多人只聽到一片寧靜，或只看到一片不明眞相的影片？

(四)再複雜的事也要用簡潔的話說

新聞報導要用最簡潔的文字來寫，因爲受衆是普羅大衆，因此以寫的程度來說，通常以中學二年級的程度就很夠了。

但是廣播和電視是用聽的，而且過耳即逝，無法倒帶重聽一遍，因此語文的程度要更加的淺顯，而因爲廣播和電視新聞每則的長度都很短，因此更要簡潔。

在廣電媒體報新聞，不能用偏僻的字和詞，會讓聽的人短時間會不過意來，等到會過意來了，卻又遺漏了一大段新聞事件的重要內容。

2007年10月26日上午8時45分，陳水扁總統的隨扈在總統官邸的警衛崗亭舉槍自殺，很奇怪的是，所有媒體都說這是「隨扈自戕」事件。嚴格講，用「自戕」這個詞，在報紙上都還嫌深了一點，因爲「戕」不是一個常用的字，許多人都還唸不出來它的讀音呢！

報紙用這個字還無傷大雅，因爲這個字雖然很多人不會唸，但字意卻大致可以瞭解，也算是教育功能吧，讀者至少多熟悉了一個

字。但是所有廣播和電視都用「自戕」，就很匪夷所思了，難不成是怕不用這個詞兒就表示這個媒體不夠水準嗎？

大家想想看，當閱聽人從空中聽到「陳水扁隨扈在官邸自戕（音同「強」）」時，請問，它們會想到哪裡去？腦海中能夠浮出「強」？還是「牆」？還是「戕」？事實上，能夠浮出「戕」這個字的可能性最低，因爲這個字一般用得不多，即使見過這個字也未必知道這個字的讀音和「強」一樣。

而既不知是何字，當然不知是何意，怎麼會瞭解新聞在說些什麼呢？等到他揣測出來了，已經漏聽一大段新聞了。

不僅是不常用的字不要用，饒舌或同音異字異義的字也不要用，因爲饒舌的語文容易讓記者播報的時候吃螺絲；而同音異字異義的字，因爲音同意義不同，甚至有時候剛好意義完全相反，必須特別謹慎。譬如我們可以說「中途」，最好不要說「中點」，因爲「中點」與「終點」音完全相同，意義卻完全不一樣，聽的人一定會誤解；學校考試的「期末考」最好不用「期終考」，因爲與「期中考」同音異字異義，會讓聽的人搞不清楚。

用語的簡潔是很重要的，意思是不要囉嗦，能夠用一個字表達清楚的，就不要用兩個以上的字，而且少用形容詞。譬如：用「高潮迭起」，不要說成「高潮不斷迭起」，因爲「不斷」和「迭」的語意重複；用「凱旋」，不要說成「勝利凱旋歸來」，因爲「凱」就是勝利的意思，「旋」字已經有歸來的意思了。

我們經常會使用成語，在廣播或電視新聞中，有時候使用一句通俗的成語可以代替很多語言的說明，但一定要用很通俗、人人皆懂的成語，而且要用對成語。

中廣新聞網曾有一則新聞，報導的是一個七十歲的老婦人，由於動輒對媳婦惡言相向，導致兒子的前兩任妻子都被逼得離婚。兩年前兒子再娶，老婦人仍然不改常態，新媳婦在一番努力無法改善婆媳關係下，只好在婆婆辱罵她時錄影蒐證，向警方報案，希望向法院申請保護令，報導最後說：「但員警認為清官難斷家務事，這段婆媳不和的爭議還是留給法官大人去裁定。」

這段報導的結語，引用了一個大家耳熟能詳的成語「清官難斷家務事」，但卻引喻失義，警方認為家務事難斷，留給法官去裁定，那麼警方是清官，難不成法官不是清官？

(五)不可以有口頭禪

許多廣播或電視記者有很嚴重的口頭禪，依寫好的文稿唸不會有問題，只要一上現場，口頭禪就出來了，奇怪的是，媒體的編播台主管也不去加以糾正，使得這種口頭禪一直出現。

常聽到的口頭禪有：一個、這個、那個、那麼、來說的話等等，有的出現在句前，有的出現在句間，有的出現在語句轉折之處。

會出現口頭禪，一則是緊張，一則是準備不充分而致語句銜接不起來，其實都可以透過注意而改善。

另外有一種不是口頭禪，但卻是不當的用語習慣，最近台灣的電子媒體習慣用：「作了一個……的動作」，譬如說：股市在今天上午作了一個反彈的動作。其實簡單的說：股市今天上午反彈，就完全達意了；廣電媒體記者也喜歡用「擴大」兩個字，譬如說，這個案子因為牽涉很大，警方將「擴大」追查。其實應該用「深入」而不應用擴大，擴大容易讓人誤解為會波及無辜的味道。

像這些口頭禪或不適當的用語習慣，一定要經常推敲，改正過來。

(六)報新聞永遠記得「從新、從重」

對廣電媒體的記者來說，他當然知道必須迅速播報新聞，但有時候碰到大型且多現場實況轉播的時候，記者經常就會處理得不好。

舉例言之，譬如說正在轉播奧運比賽的實況，因爲奧運舉行時，同時間有許多項比賽在不同的競賽場地進行，因此，主播台就會把現場分別交給不同場地的記者去作實況報導，當主播台的主播說：「現在把現場交給在籃球場的某某記者」時，籃球場的記者就接手說：「現在籃球場進行的是今天的第二場賽事，由我國代表隊出戰英國代表隊，目前進行到第三節，我國隊以56比48領先，現在○○○從進攻的英國長人史蒂文生手中抄到球，快傳給○○○，又傳給○○○，○○○從30度的三分線跳投，球進，得分，59比48，我國隊已經領先11分。在今天的第一場賽事中，日本隊以89比88險勝韓國隊，我國隊今天如果打贏英國隊，將於後天與日本隊交鋒；現在英國隊的攻勢被我國隊的……」。主播插入說：「現在在籃球場，我國隊以59比48，領先英國隊。在田徑場，現在正進行男子100公尺的複賽，我們把現場交給徑賽場的某某記者」，於是徑賽場的某某記者說：「是的，現在競賽場正進行男子100公尺的複賽，我國選手○○○在第三跑道，他在剛剛的預賽中，曾經跑出9秒9的個人最好成績，全場觀衆都期待他再挑戰新的紀錄……。選手都準備好了，要鳴槍了……（砰聲響起！），美國選手強生一馬當先，我國選手○○○緊跟在後……，○○○和強生幾乎同時抵達終點，……成績出來了，第一名是強生的9秒85，第二名是我國選手○○○的9秒88，第三名爲……。」

另外一種播報的方法是這樣的：「現在記者正在籃球場爲您播報籃球場的情況，今天籃球場有五場比賽進行，第一場比賽是由日本隊出戰韓國隊，日本隊以89比88勝韓國隊，現在正進行的第二場比賽由我國代表隊迎戰英國代表隊，下午的兩場比賽，將分別由美國對德國，法國對加拿大，晚上是俄羅斯對沙烏地阿拉伯。我國隊現在以56比48領先英國隊。」、「今天上午徑賽場最主要的賽事是男子100公尺的預賽和複賽，各國好手雲集，我國100公尺好手○○○在上午的預賽中跑出9秒9的個人最好成績，現在他正在第三跑道上向前衝，與第二跑道的美國選手強生幾乎是肩並肩……。」

這兩種報導方式中，記者很容易會使用第二種方式，為什麼？

因為在這種多現場、大規模的現場轉播中，要輪到上一次現場不容易，記者在等待時會準備許多相關資料，等到一上了現場，就急著將這些資料「倒」給觀眾或聽眾，卻忘了正進行中的比賽是最重要的，尤其是又有民眾所關心的球隊或選手出賽。

第一種的播報方式是比較正確的，因為他永遠記住了「現在最新」的訊息，而同時也將比較重要的訊息（我國百米好手○○○創下的個人最佳成績），適當的附加在正進行的實況報導中，完全符合了「從新、從重（要）」的原則。

(七)隨時做好準備

最近因為廣電傳播事業的發達，一時需要許多廣播及電視媒體的新聞從業人員，但大多數的廣電媒體對人員的選擇卻過分重視外型，以致許多外型亮麗但經驗卻嚴重不足的記者，滿街跑新聞鬧笑話。

偶像藝人許瑋倫於2007年1月26日深夜在中山高速公路發生車禍重傷昏迷，被送往醫院急救，經過四十三個小時搶救後宣告不治。

許瑋倫還在搶救時，醫院擠滿了媒體記者，當許瑋倫的父母來到醫院時，有一位電視台記者搶問了一個問題：「你會擔心失去你的女兒嗎？」

這當然是一個白癡的問題，立刻引起社會廣泛的討論，問這個問題的女記者也受不了社會的譴責。

有人爲這個年輕記者緩頰，說是經驗不足，說是現場情況突然，倉促間沒有問出得體的問題等等。

此處不討論怎麼樣的發問才算得體，什麼樣的題目才是好題目？值得討論的是：經驗不足和時間倉促是好的理由嗎？

媒體把沒有經驗的記者錄用，卻不加以嚴格的訓練，就派他們上第一線去採訪新聞，而且上必須立即直播的現場的第一線，這種媒體是不負責任的媒體：對新聞工作的不負責任！對閱聽人的不負責任！對自己職業的不負責任！

所以，記者經驗不足是媒體的恥辱，根本就不能當成理由。

至於時間倉促，其實也是托詞，每一條新聞的採訪和報導，幾乎都可以事先做好準備，譬如記者守候在許瑋倫的急救病房外時，在守候等待的時間，就必須想清楚有誰可能會來探訪，其中父母當然是最重要的對象，誰來要問什麼問題，甚至哪一類人來要問哪些問題，本來早就應該準備得好好的，怎麼能以時間倉促爲藉口呢？

所以，作爲一個記者，要出門去跑一條新聞，事先就必須做好準備，來不及事先準備，可以在路途中向人家請教，一個好的記者，不僅隨時都做好準備，而且他一定有一些活動的資料庫，誰有哪一類的資料？誰對什麼事情專長？一定清清楚楚，而網路查詢資料是既快又好又多，且當今行動通訊系統這麼方便，隨時都可以去問、去上網、去查詢。

尤其是作爲一個廣播或電視媒體的記者，他一定要具備比報紙媒體記者更靈活的行動力，更強的「說新聞」的能力，而且時時做了最好的準備，隨時都可以上現場。這確實是廣電媒體記者應該努力追求的目標。

第六節　廣電媒體的新聞雜誌化

一般說來，廣電媒體比之於印刷媒體的深度性當然要差了一些，但是媒體的競爭已經從同類走向異類，而且對閱聽人的服務也不能僅僅強調迅速這個唯一的特性，還必須滿足閱聽人更多的需要，因此，廣電媒體的新聞走向雜誌化，也就成了時代演進必然的趨勢。

所謂廣電媒體的新聞雜誌化，從定義來說，它是新聞性的節目，但是不播最新的新聞事件，而是對已發生或新發現的新聞事件或新聞人物，進行深度的解釋、分析、訪談、特寫，讓閱聽者加深對這個新聞事件始末及前後因果關係的瞭解。

但是，新聞雜誌化並不是在原來的表定新聞時間內，或全新聞類型的新聞內，將原來簡短的新聞報導走向雜誌化，這在現實上是做不到的。

廣電媒體新聞的雜誌化有兩種型態，對於有表定新聞規劃的頻道（也就是綜合類型的頻道），另外再規劃一些時段，來播出雜誌化的新聞節目，譬如美國CBS（哥倫比亞廣播公司）的《六十分鐘》電視新聞節目，就是電視界最元老的雜誌化新聞性節目；甚至有些電視台就直接以「新聞雜誌」來做這類型節目的名稱，譬如台灣的中華電視台。

對於原來All News全新聞類型的新聞頻道而言，受到內容深度不夠的批評也最多，當它要進行新聞雜誌化的時候，有幾個選擇，一是將屬性改成News & Feature，在它的時鐘規劃中，將分析性、解釋性、特寫或專訪的內容規劃在內（如同本章第三節所述有關中廣新聞網的時鐘規劃），那麼在每一個時段內既有新聞，也有分析

和解釋。

另外一個方式就是在其他的時段去進行規劃，有許多All News的全新聞類型電台，雖然號稱All News，但事實上並不是每天二十四小時都做時鐘規劃，因爲在深夜時段新聞確實少了，不斷播新聞事實上有其難度，也沒有什麼意義，因此通常在深夜到隔日清晨，都只做整點新聞的播出，其他時段則安排其他新聞性的節目，這些時段的新聞節目就是雜誌化的內容，但即使如此，一有重大新聞事件發生，仍然會進行「插播新聞」。

花這麼多篇幅解釋廣電媒體新聞的雜誌化，是在說明廣電媒體記者的工作範圍會因爲雜誌化而更廣，記者必須負擔一些額外的採訪工作（雖然有些媒體把新聞節目的採訪記者與採訪新聞的記者分開，各司其職）。

雜誌化的新聞節目的報導寫作和採訪工作密不可分，而事先的規劃更是重要。

對廣播和電視媒體來說，歷史聲音檔或影像檔是很寶貴的資料，在進行新聞節目內容規劃時，必須廣爲蒐羅資料，其中就必須包括這些聲音檔和影像檔。

當廣播或電視記者完成採訪，蒐集好一切報導所需的資料，就必須規劃報導的架構。

在廣播新聞節目方面，因爲一切都是聲音，所以必須以現有的聲音資料進行規劃，把採訪來的以及資料檔安排前後的順序，然後再以記者的旁白來做開場、轉接、補充說明以及結尾。

在電視新聞節目方面，關鍵在影像，依據已經蒐集及採訪來的影像資料規劃報導架構和順序，然後進行開場的拍攝、轉場的影像銜接、旁白的敘述說明，和結尾的製作。

不管是廣播或電視的新聞節目，除了訪談的資料是由受訪者所說，其餘的情節都必須由記者來撰寫報導錄音口述，所以，當一個節目的報導架構決定之後，記者就必須進行寫作的工作。

新聞節目雖然是廣電媒體雜誌化的產物，是爲了加強新聞報導的深度而產生，但事實上每個新聞節目的長度，在時鐘規劃中只能八、九分鐘，才不會影響到時鐘規劃的運作；在新聞節目中，通常一個主題就是十二、三分鐘，換算成文字最多不過三千字，所以能容納的內容其實仍然有限。

因此，在廣電媒體中強化報導的主題一定要相當聚焦，換句話說，報導時千萬不要把問題拉得太大，寧深勿廣，以免到頭來仍舊是流於蜻蜓點水。

經常作新聞性的節目，對廣電記者的培養確實是有很大的助益，因爲平時都是採訪報導片片斷斷的新聞、寫簡簡單單的新聞，深度確實是不足的，而製作新聞節目的主題，迫使記者去研究更多的資料、規劃更深入的採訪和報導，在製作的過程，更是訓練蒐集資料、整理、歸納資料、強化知識領域最好的機會。

第七節　廣電媒體數位化的變革

1980年代開始，數位化的潮流開始興起，廣電媒體也無法避免，最先進行廣電數位化的是歐洲對廣播的數位化研發，隨著對電視進行數位化的研究，到了1990年代，廣播和電視數位化的規範已經大致底定，並在許多國家進行試播或商業營運。

截至目前爲止，廣播和電視的數位化發展出幾種世界性的規格。

一、廣播的數位化

1.歐洲規格的DAB（Digital Audio Broadcasting），目前使用或試播的有歐洲各國、澳洲、加拿大、新加坡、馬來西亞、韓國、台灣等，現在並有DAB+的改良版系統，可以透過更好的壓縮技術，容納更多的節目頻道。

2.美國規格的IBOC（In Band On Channel），或稱HD Radio，目前主要以美國使用爲主。

3.日本規格的ISDB-T（Terrestrial Integrated Services Digital Broadcasting），只有日本採用。

4.DRM（Digital Radio Mondiale）是調幅（AM）廣播的數位化，有三十幾個國家加入。

二、電視的數位化

1.DVB-C（Digital Video Broadcasting-Cable），這是歐規的數位有線電視規格。

2.DVB-S（Digital Video Broadcasting-Satellite），這是歐規的數位衛星電視規格。

3.DVB-T（Digital Video Broadcasting-Terrestrial），這是歐規的數位無線電視規格，使用的國家包括全歐洲、加拿大、澳洲、紐西蘭、新加坡、馬來西亞、台灣等。

4.DVB-H（Digital Video Broadcasting-Handheld），這是歐規數位無線電視的改進版，適用於掌上型的裝備高速行動接收，使用DVB-T系統的電視台都可以並存。

5.DMB-T/H（Digital Multimedia Broadcast-Terrestrial/

Handheld），是中國在2006年所制定公布的數位電視和流動數位廣播的規格。

6.CMMB（Chinese Mobile Multimedia Broadcasting）「中國移動多媒體廣播系統」，為中國自有的行動電視標準，在2006年公布，並於2008年底開始播出。

7.ATSC（Advaced Television Systems Cmmittee），這是美國數位無線電視的規格，目前採用的國家有美國、韓國。

8.Media FLO（Forward Link Only），這是美國移動接收的數位無線電視的規格，主要因為ATSC系統無法達到移動接收的需求，而發展出來的系統。

三、數位化發展的新趨勢

以上所介紹的只是比較重要的幾種數位廣播和電視的系統，事實上隨著科技的進步，更新更好的系統有可能繼續出現，但是不管如何，廣播和電視數位化都有四個共同的發展趨勢。

(一)播出品質的提升

廣播數位化的理由有很多，其中最重要的原因是為了提升播出的品質，以廣播來說，從單聲道（Mono）的音質，到立體聲歷聲（Hi-Fi Stereo），已經是現有廣播系統的極限了，但是數位化之後可以達到5+1（前右、前左；後右、後左；中置及重低音等六個喇叭）的環場音效；電視數位化之後，不僅是音響效果的提升，影像解析度並可獲得大幅的改善，達到高解析度（Full-HD）的視訊。

另一方面，傳統的廣播和電視播出系統，其電波容易受到干擾，因此產生許多的雜訊，在廣播的表現上就會產生令人不舒服的雜音，在電視上就會產生模糊的影像或鬼影。但是在數位化之後，收訊的品質都大幅提升，只要收得到訊號的地方，廣播和電視所呈現的訊號品質都是十分清晰的。因此，製作高水準節目是數位化之後的重要課題。

(二)節目的擴增

不管是廣播或電視的數位化，聲音及影像品質都提高了，所使用的頻寬也增加了，因此，可以增加更多的節目，節目數量的增加，廣播可以是現在的六至十八倍，電視可以是現在的四到數十倍，因此，媒體勢必要走向多元化和多樣化，所以類型化的趨勢必然更迫切，不管是「表定新聞」或者「新聞類型」都會增加，廣播和電視都需要更多的新聞內容和採訪寫作的人才。

(三)資訊傳播的必要

在廣播及電視數位化之後，廣播不僅是可以聽的，而且也可以看，打破了傳統對廣播的定義，那麼看什麼呢？可以看從文字到圖片、表格，照片，甚至多媒體影音的內容。

電視也是一樣，除了傳統的電視節目外，也有文字、圖片、聲音、照片、表件等資訊化的內容。

數位有線電視則是擴大了有線電視的經營領域，跨入了網路的經營，透過原來的纜線系統，加上纜線數據機，形成了資訊傳輸中重要的網路系統。

這些資訊化的內容就是資訊廣播（Datacasting），傳播的內容，也許和節目本身有關，也許是單獨的節目內容，也許是閱聽者看不到的資訊，只是透過數位化的廣播電視系統，傳輸到特定的地點，來作特定的服務；甚至可能是鎖碼的加值內容，讓一些特定的族群以「有條件存取」（Conditional Access System, CAS）的機制來接受付費的閱聽人使用。

(四)朝向數位匯流的發展

廣電數位化的結果，是使得所有數位化的廣電和資訊、通訊三種截然不統的系統，逐漸朝向整合和合併。

過去，廣電、通訊、資訊各有各別的電路系統、經營方式和監理機關及相應的法規，打電話有打電話的電話線、上網有上網的網路線、看電視有電視的有線電視線，對使用者來說是十分不便的。

數位整合後，這三種系統應該可以併成一個系統、一條有線或無線的電路。

也就是說，一條有線或無線的電路，和一個多功能的終端接取設備，形成了一個具有龐大商業機會的數位通路，在這個通路中，承載著包括語音（通訊）、資訊（網路）、廣電（廣播及電視等多媒體）和加值性的數位內容。因爲是整合了通訊網、資訊網和廣電網等三種網絡，這就是所謂的「數位匯流」（Digital Convergence）或者稱之爲「三網合一」（Triple Play）。

在目前，數位匯流的技術已經不是問題，關鍵在產業和監理及法規等相關業務的匯流還有待努力，但是發展的方向已經無法改變，只是時間的問題罷了。

那麼，這三個趨勢對廣電媒體的記者有什麼關係呢？

有的，記者終究要面臨越來越辛苦，十八般武藝俱全的工作環境。

由於資訊傳播和數位匯流的趨勢，今後，廣播和電視不再只是廣播和電視，在媒體傳送的會是一些多元、多樣化的內容，包含了文字、圖像、聲音、影像、互動及加值多媒體等，因此，新聞內容

的產製者，也就是傳統的記者和編輯，勢必無法再僅僅只作原來單一的工作，必須在採訪之餘還要兼作照相、攝影、上網等等工作。

事實上，目前已經有許多廣播記者，確實在現場錄音採訪的時候還要將現場的圖片拍下來，上傳到新聞網站上；今後，隨著三網合一的逐漸實現，一些新的傳播方式和商業模式也會不斷的開發出來，尤其是透過隨身的掌上型多功能裝置，閱聽人接近新聞會更加的多樣性和方便性，需求自然會更多，而記者所要作的工作，也會隨著越來越多。

我們幾乎可以想像在很近的未來，一個廣電記者必須要攜帶的裝備，包括：錄音機、麥克風、數位相機（含錄像功能）、可無線上網的筆記型電腦、智慧型手機（smart phone）、各式備用電池等等，還必須對這些裝備的每一種功能都能夠靈活的運用，還能組合一起來運用，今後的記者，確實是很辛苦。

結　論

廣電媒體在新聞上追求的是時效，亦就是要以最快的速度將新聞播報出去，這是最重要的原則。

在這個原則下，廣電媒體的記者，就要運用採訪的工具，結合採訪寫作的能力，作出適合媒體的報導。因此，廣電媒體的記者必須十分熟練他的設備，像錄音機、錄影機、剪接機等等，以及傳輸設備的使用，如果對這些錄影、錄音的工具使用不順手，甚或使用失敗，那麼費盡千辛萬苦跑來的新聞就功虧一簣。

其次，廣電媒體如果走向新聞類型化，那麼必須遵循的工作規則就更多了，因為新聞類型化的廣電媒體，並不是把手頭有的新聞連續不斷播出就算完事，當中有一套十分細密的運作思維和原則，

必須嚴謹的依循這些規範去滾動新聞，因此，記者就要把這些運作的邏輯、原理和原則弄得滾瓜爛熟，換句話說，也就是把自己的工作和媒體新聞的滾動，連結起來，一起滾動，這樣的運作才能順暢。

本章花了許多的篇幅介紹廣電媒體的新聞類型化，因爲在未來廣電數位化之後，頻寬增加了，頻道也增加了，類型化的走向會更爲明顯，同學必須在這方面預先做好準備。

問題與討論

1.請分析電視和廣播兩種媒體特性上的差異？

2.廣播及電視新聞類型化有哪幾種？差異何在？

3.「滾動式新聞」方式播報的新聞類型電台，應該如何作時鐘規劃？

4.廣播記者在採訪工作上與電視記者有什麼差異？

5.廣播記者怎麼把報導寫得好？

6.廣播及電視記者要能在新聞現場播報新聞，必須做好哪些準備？

關鍵詞彙

1.**調幅廣播**（Amplitude Modulation, AM）：第一代的廣播系統，電波的調變（Modulation）採用頻率不變，改變振幅的方式達成，稱之為「調幅廣播」，國際間將中波（Middle Wave, MW）波段中531K Hertz（千赫）到1,700K Hertz的頻段供作調幅廣播之用，調幅廣播容易受到干擾，頻道較窄，音質也較差，通常只能提供單聲道的聲音播出。

2.**調頻廣播**（Frequency Modulation, FM）：1935年美國哥倫比亞大學

教授阿姆斯壯教授發明另一種型態的廣播系統，以調整頻率，振幅不變的調變方式來播出電波，是為第二代的廣播系統，國際間以VHF（Very High Frequency，特高頻）波段中88M Hertz（兆赫）到108M Hertz的頻段作為頻廣播之用（日本比較特殊，採用80M Hertz 到100M Hertz的頻段），調頻廣播的頻寬較寬，因此音質較好，而且調頻的調變方式，比較不容易受到干擾，尤其在1950年代後期又發展出調頻廣播的立體聲歷聲系統（Hi-Fi Stereo），使得調頻廣播所播出的音樂更為精彩動人。

3.**數位廣播**：1980年代，歐洲開始進行廣播數位化的研究，主要因為歐洲大陸各國相連接，廣播頻率的使用很容易互相干擾。1987年歐洲國家制訂了數位廣播DAB（Digital Audio Broadcasting）的規格，作為歐洲共同的標準，並於1950年試播成功，DAB的特色是一個電台可以容納至少六套的不同節目、彈性調整頻寬以因應不同的廣播需求、CD音質的高傳真聲音品質、單頻廣播（Single Frequency Network, SFN）完成大面積的覆蓋、電波不易受到干擾、資料廣播（Datacasting）。歐洲數位廣播試播成功的同年，在美國舉行的世界廣播年會中正式宣布，引起美國的震驚，開始展開美國廣播數位化的研究，制訂了IBOC（In Band On Channel）的美國數位廣播的規範，因此形成了國際上數位廣播兩套不同的系統（日本當然又推出世界獨一無二的自有系統）。

4.**背景音樂**（background-music）：許多人將音樂的廣播當成工作場所中的聲音背景，以免工作時枯燥無味，這類功能的音樂，必須優美而溫柔，切忌音調高低差異太大，這種在工作場所或商場中作為優美背景聲音的音樂，稱為「背景音樂」，正因為有這種市場的需求，因此有些廣播電台就特別以這種功能取向作為其類型來經營，有些衛星廣播也是如此。

5.**移動接收**（mobile reception）：又稱「行動接收」，通常指無線廣播或通訊系統，配合掌上型的裝置，可以在行動中邊行走邊接收或收送廣電或通訊的電波；要達到這種移動接收的功能，必須系統的發訊端和接收端，都具備在不同基地台自動平順切換的功能。

6.**掌上型裝置**（hand-held device）：能夠接收或同時收受無線電波訊號

的手持式裝置，並且是使用電池，可以在行動中隨時使用的裝置。

7.**類型化**（Format）：廣電媒體為了清楚定位其節目屬性，而針對目標族群的需求為核心來規劃節目內容，以滿足這些特定族群閱聽眾的需要和喜愛，譬如音樂類型、新聞類型等。

8.**收聽（視）率**（rating）：透過統計研究的方法，對收聽廣播或收視電視的民眾進行科學的抽樣訪問，瞭解每一個電台或電視台在某些時段中收聽人數的多寡，經過轉化成百分比之後，就形成了所謂的「收聽率」和「收視率」，這是廣告主決定如何運用廣告預算時很重要的參考資料。

9.**表定新聞**（Scheduled News）：綜合性廣播電台或電視台將新聞節目固定在每天的某一些時段播出，並刊登在其節目單中，這種固定時段播出的新聞稱為「表定新聞」

10.**時鐘規劃**（Clock Format）：新聞專業的廣播或電視台，以一個時鐘鐘面，也就是六十分鐘為新聞內容播出的規劃，什麼時間要播新聞提要、新聞內容、體育新聞、財經訊息、氣象、交通路況等，都給予嚴格的規定，長時間的遵循，以建立閱聽人的收聽或收視習慣，這種新聞的播出方式稱為「時鐘規劃」。

11.**滾動式播報**（也是新聞專業電台及電視台新聞的播報方式，像滾輪一樣不間斷的播出，稱之為「滾動式播報」。

12.**插播新聞**（Breaking News）：在新聞播出的中間，因為有重要的突發事件發生，因此立刻中斷原來排定的新聞播出，將最新發生的重大新聞插播進來，以爭取重要新聞播出的時效性，這種插播重要新聞的新聞處理方式就稱之為「插播新聞」。

13.**脫口秀**（Talk Show）：原是美國的一種舞台演出，一或兩名演員以詼諧的口語說一些俏皮話或雙關語，而話題則圍繞在新聞事件或新聞人物。這種在舞台演出形式後來也進入了廣播和電視頻道。國內則把一些廣電節目中的談話性節目也稱為「脫口秀」。

14.**SNG車**（Satellite News Gathering）：衛星新聞轉播車，將所有製播及透過衛星轉播或傳輸訊號的設備，全部整合在一部車輛之上，可以隨時移動到新聞現場，進行新聞的採訪、剪接、後製，並立即透過衛星連線，將訊號發送回編播台，具備這樣功能的車輛稱之為SNG車。

15.**資訊廣播**（Datacasting）：利用無線或有線電路傳送資訊消息謂之；此為數位化之後，廣播、電視或通訊，在其原始的功能外，都增加了傳送資訊的功能，這些資訊包括文字、圖片、照片、聲音、影音到多媒體都包括在內。

16.**有條件存取**（Conditional Access, CA）：在數位時代，由於傳輸電路（不管是有線還是無線）中，有大量的資料在流動，為了讓特定的資料讓特定的對象接收，就設定了「有條件存取」的機制，在這個機制系統中，訊息發射端與接收端都有固定的鎖碼和解碼系統，來限定特定對象收取特定內容。

17.**數位匯流**（Digital Convergence）：一條有線或無線的電路，和一個多功能的終端接取設備，形成了一個具有龐大商業機會的數位通路，在這個通路中，承載著包括語音（通訊）、資訊（網路）、廣電（廣播及電視等多媒體）和加值性的數位內容，因為是整合了通訊網、資訊網和廣電網，因此也稱作「三網合一」（Triple Play）。

18.**智慧型手機**（smart phone）：具備個人資訊管理系統的掌上型無線通訊手機，都被稱作smart phone，所謂具備之個人資訊管理系統，包括：PDA功能、信件收送及管理、個人通訊錄、地圖導航、上網、數位同步等，等於是掌上型電腦附加了手機的通訊功能。

參考書目

馮小龍（1996）。《廣播新聞原理與製作》。台北：正中。
廖俊傑（2005）。《數位廣播的經營與商機》。台北：陽光房。

第十二章　新興媒體的採訪與寫作

第一節　新興媒體的型態

第二節　新興媒體的特性

第三節　新興媒體對傳統媒體的衝擊

第四節　永遠的傳統媒體？

第五節　新興媒體與新聞

第六節　維基百科的啓示

第七節　Web3.0的商業模式

第八節　新興媒體的新聞採訪

第九節　新興媒體的新聞寫作

結　論

1.何謂新興媒體？哪些媒體算是新媒體？

2.網路傳播的Web2.0時代對傳統傳播界的衝擊何在？原因何在？

3.新媒體對新聞的觀念、態度和處理方法。

4.新媒體時代報導採訪寫作的差異性。

我們一般談到媒體，立刻就想到的是大眾傳播媒體，包括：雜誌、報紙、廣播、電視等等。但是，隨著科技的進步，個人隨身通訊設備的發達，以及民眾需求的增加，一些新型態的傳播媒體產生了，甚至逐漸侵蝕到傳統傳播媒體的市場，對於這些新型態的傳播媒體，我們通稱為：「新興媒體」或「新媒體」。

新媒體的出現有其條件和時代背景，透過對這個背景的瞭解，去瞭解其型態和特性，尤其是對傳統大眾傳播學所帶來的巨大衝擊，使得我們必須正視這股衝擊，從而思考傳播學術的理論與實務所面臨的改變與修正。

第一節　新興媒體的型態

新興媒體最典型且最具代表性的是「網際網路」（internet，又稱「互聯網」）、「手機」，和最近十分流行的「YouTube」、「Facebook」、「Twitter」等，這些新興媒體也反應了新媒體的型態。

新興媒體之有別於傳統媒體，並不是出現時間早晚的問題，而是許多組成的根本型態上有所不同，這些基本型態上的差距，決定了新興媒體和傳統媒體在市場上的定位，和經營形式的差異。

一、內容的資料架構和傳統有別

傳統的媒體，不管是紙本印刷媒體還是電子媒體，其中所承

載的內容都是類比（analog）的架構，事實上，人類所能看到的影像、所能聽到的聲音，無一不是類比的架構。

但是，新興媒體的內容資料架構卻轉化成數位（digital）的架構，數位的架構除了在資料的傳輸上有其技術的優勢外，在資料的運用上也有許多優點。

數位化的資料經過一次製作後，可以多次、多工利用，可以便於儲存、傳輸，可以便於複製、重製和保存，這些優點都是傳統類比式資料所沒有的。

二、多功能的終端接收裝置

傳統媒體中，紙本媒體是以紙張爲載體，來承載所有的資訊內容，而透過運銷通路，送達便利商店、書報攤等銷售點，以及透過派報系統或郵遞、快遞、宅急便等物流系統配送到家。

而電子媒體是以有線或無線電路爲載體，以廣播（點對面，單向）的方式，將聲音或影音資訊傳輸到終端的單一功能接收裝置（收音機或電視機），予以重現。

新興媒體的平台、載具及通路和傳統的電子媒體十分相像，也是以有線或無線的電路爲載體，但是它的終端接收裝置卻是一種多功能的裝置，能夠將接收到的資料訊息閱、聽，儲存、再製、傳輸。

這個多功能的接收裝置，可能和有線的電路系統連接，而在定點接收資訊，就像桌上型電腦；也可能和無線的電路系統連接，而在行動中接收資訊，就像智慧型手機、PDA或電子書閱讀器。這些多功能的接收裝置，事實上不僅可以接收訊息，而且可以發出訊號，與資訊的供應者構成雙向的互動關係，這一點和傳統的電子媒體是大不相同的。

因此，這個以多功能終端接收裝置和有線或無線電路，所構成的一種嶄新的通路系統，已經是目前最具潛力、最龐大、最有價值的數位經濟系統，也使得新興媒體具備了更大的發展動能。

三、雙向的互動傳播模式

傳統媒體從雜誌、報紙，到廣播、電視，都是一種由媒體向閱聽者進行單向的傳播模式，雖然爲了媒體經營的需求，發展出類似「讀者來信」、「意見及論壇」、「輿情版」、「Call-in」（打電話進來）、「Call-out」（打電話出去）的一些機制，來獲得閱聽衆的意見和聲音，但終究還是一種點對面的單向傳播，閱聽者無法對媒體產生直接的、立即的回饋（feedback）。

新興媒體就不同了，它是一種雙向的媒體，可以立即回饋，並形成「互動」（interactive），讓媒體和閱聽人之間可以立即而不間斷的交流溝通，這種互動的傳播模式，根本上顚覆了傳統媒體千年來的型態和模式，也因爲可以有互動的功能，新興媒體在發展上，產生了無限的可能。

四、移動接收訊息的便提性

傳統媒體容易侷限閱聽人接收訊息在固定的地方，直到電晶體收音機出現之後，移動接收訊息變成可能，但也僅止於如此。

新媒體則是不同，完全可以在任何時間、任何地點、任何移動中，包括高速行駛的交通工具中，都可以隨時接收訊息，其便提性自然大不同相。

五、資訊獲取的方式大不相同

傳統媒體的閱聽人通常是被動性的接收訊息，閱聽人只能選擇媒體，選擇了媒體之後，至於媒體內容，悉聽媒體安排，媒體呈現什麼樣的內容，閱聽人就接受什麼樣的內容。

當然，在遙控器的時代，閱聽人還是可以透過遙控器作一些頻道的選擇，總算是稍稍取回一些選擇的主導權。

但是，新興媒體就不一樣了。

閱聽人對新興媒體的訊息獲取，可以透過幾個途徑：

一個是選擇閱聽，新興媒體提供了分類的大量訊息，閱聽人就各種分類進入訊息的選單，選擇所需要的訊息加以下載，就可以進行閱聽。這個好處是自己喜歡的才選擇，不會像傳統媒體經常提供了許多我們不需要的資訊。

第二個方式是訂閱，向新興媒體發出訂閱通知，告知它你希望閱聽哪一類的訊息，新興媒體就自動將這一類的訊息傳送到你的電子信箱或手持裝置中，可以說十分的方便。

另外還有一個智慧型的方式，有些新興媒體對會員的服務比較周到，它會依據過去你閱聽訊息的種類，分析你的偏好，自動將你偏好的訊息傳送過來，這是聰明的新興媒體。

以上這幾種訊息的獲取方式，都是以閱聽人爲主體的服務概念，這在傳統的媒體是很難企及的。

六、Web-Based和IP-Based

新興媒體的型態，經過一段時間的發展，已經很清楚的在往「網站架構」（Web-Based）和「定址架構」（IP-Based）方向走。

所謂「網站架構」就是網站作爲訊息的唯一平台，讓所有的終端接取設備，譬如電腦、智慧型手機、PDA等，上網獲取訊息時，其平台全部都是網站的架構，而不再是各自的標準，這樣標準化的結果，可以便於資料的流通，使得網路之間沒有障礙。

而所謂「定址架構」，就是以IP位址作爲網絡連結時指向目標的共同標準，「IP」是Internet Protocol的縮寫，是網際網路標準組織（IETF）制訂的「互聯網通訊協定」，以幾組數字作爲通訊協定的位址（address），每一個需要透過網際網路連線的電腦，都必須有一個IP的位址，這樣，網路路由器就會把上網的電腦連結到網站的位址。因爲這是國際的共同協定，以後，每一個人、每一個終端設備（如電腦、智慧型手機、伺服器等）都有一個IP位址，因此，不管這個設備到了什麼地方，只要一連上網路，立刻可以被辨認和註冊，隨時與其他位址的設備或網站連結，就像帶了一個國際通用的通訊隨身碼一般。

新興媒體以「網站架構」和「定址架構」兩個方式，就可以作到跨國性和互通性，對媒體的發展得到最大的效益。

第二節　新興媒體的特性

新興媒體的出現，固然是拜科技進步之所賜，但另一方面也是因爲閱聽人一些需求所型塑，這些閱聽人的需求，形成了新興媒體的特性。

一、Web2.0的意義

網路是一個透過資訊電路與電腦所形成的最大的新興媒體，

在早先是經由有線的電路，晚近才能有線、無線電路通吃。而之所以稱它爲「最大」，不僅因爲網路打破了空間的藩籬，其影響力之大，確實是人類歷史上所僅見，也是人類歷史上最重要的發明之一。

網路在使用之初，許多入口網站的規劃，在資訊的提供方面，雖然可以說是應有盡有，但一般說來，其資料結構高度受到傳統媒體的影響，是由網站統一規劃，然後不斷的集中生產製作，提供給使用者點擊（click）閱讀，這種早期的網站規劃特性，後來被稱之爲Web1.0 的時代。

在電腦的演進當中，每一個階段的發展和演進，都會形成一種新的版本，爲了和舊的版本作區隔，通常會用數字來作世代的判別，小的改變，就在其版本的小數點上作區隔，譬如3.2版一定比3.1版要新一點，是升級版；如果是大的改變，就在整數上作區隔，譬如說：4.0版一定是3.2版的新改版。

這個電腦軟硬體的升級或新改版的版本區隔方式，在網站經營的發展上卻有不同的意念。

西元2001年，面對網路的泡沫化，美國歐萊禮出版媒體公司（O'Reilly Media）和媒體生活公司（Media Live）兩家公司的高階主管，在一次動腦會議中，針對網路未來發展的議題進行討論。

他們共同的看法是：網路泡沫化的最大的原因，其實是網路的經營者背離了網路發明之初所揭櫫的「互動、參與、分享」的精神，他們也發現了在泡沫化之後，有些網站已經回歸到這些原始的精神上在經營，他們戲稱這些網站將會開啓Web2.0的時代。

Web2.0這個名詞是在這種情況下被提出來，作爲和過去泡沫化之網站類型（被稱爲Web1.0）的區隔，沒想到這個概念很快的傳播開來，趨勢專家隨之加持，立刻讓Web2.0紅紅火火起來。

那麼，什麼是Web2.0呢？

Web2.0基本上是一種概念，並不是一種版本，也不是Web1.0的新改版或升級，Google和Wikipedia網站可以說是兩個最爲典型的Web2.0網站，然後，博客（或稱「部落格」，Blog）、播客（Podcast）、Vlog等等從文字、到聲音、到影音的網站興起，都是Web2.0的架構，讓網路的使用者可以自在的擔任訊息提供者的角色，提供自己寫的文字內容、自己錄製的廣播節目和自拍影像上網供大衆閱聽，掙脫了傳統媒體菁英及經營者對媒體的獨霸，和對內容、訊息的壟斷。

Web2.0的精神主要是：分享機制、雙向的、使用者爲中心、公共參與、貢獻內容，包含了下述幾個重要的觀念：

1.目的在提高使用者之間的互動性和連結性。
2.以使用者的觀點，大量使用特效或動畫，顛覆過去瀏覽靜態網頁的經驗。
3.爲了讓使用者容易累積資料，提供了簡易良好的資料輸入平台。
4.寓互助於分享，利用群衆的力量提供內容及開發應用軟體分享使用者，也符合了開放原始碼的精神。
5.強調使用者爲中心，所以一切要開放，才能豐富使用者的經驗。

Web2.0席捲整個網站世界，到底是何原因？又代表了什麼樣的意義呢？

嚴格說起來，Web2.0的狂潮，是網路使用者對傳統媒體的「反動」，他們揭竿而起，傳統網站成爲宣洩口，爲長久以來毫無選擇的被餵食資訊的不滿而反對。

傳統媒體是由一群所謂的「菁英」分子，依據他們所謂的「專業」，以及他們自己所判斷的「閱聽者所喜愛、所需要」的需求，就大量而集中產製了一些訊息，硬塞給閱聽人去看、去聽，而既不來問閱聽人有什麼需求，想聽什麼？想看什麼？另一方面，閱聽人也沒有反對的能力，因爲經營媒體，製作資訊的門檻很高，不是閱聽人可以自己來的，因此，閱聽人即使不滿也無輒。

而這種不對等的態勢，從宋朝的「邸報」開始就已經存在，一千年來，從古到今，從中到外，任何編撰資訊的人，向來都被認爲是社會中高人一等的資訊主宰者，他的權威是很難被撼動的。

另一個原因是，對一些閱聽人來說，他們認爲傳統的媒體是被壟斷的。在過去，媒體被政治力所壟斷，近代雖然各類媒體都多了起來，但卻轉而被財團壟斷，財團經常會和政治勢力相結合，因此呈現在媒體的報導，都是比較傾向權力結構和財團利益，對普羅大衆的利益相當的漠視。

這種說法當然有幾分眞實，當閱聽人個人從周遭所見所聽，與從媒體上所見所聽有所落差、誤差，或者完全不同時，閱聽人是有不滿意的，但是他們的不滿意很難傳達到媒體那邊，更難促使媒體改變。

因此，當網站的系統提供一個低門檻的機制，讓閱聽人可以將自己的資訊上傳供大衆點閱，那麼這個機制自然風起雲湧，立刻席捲網路世界。

所以，Web2.0時代的來臨，Web2.0的狂潮，讓傳播界面臨一些值得嚴肅省思的問題：爲什麼「專業菁英」、「專業產製」的訊息內容，卻遭到閱聽人的「反動」？爲什麼媒體的產製結構到頭來和民衆的期待產生那麼大的落差？問題是出在專業菁英不知道閱聽人的眞正需求？還是專業菁英的所謂「專業」，卻排除了對閱聽人喜好的資訊內容的「選用」，也就是這個專業，選不出閱聽人喜愛的訊息內容。如果是這樣，那麼，這個專業是不是需要適度修正？

二、有償或加值

在以往，我們使用傳統媒體的資訊，所付出的代價是很少或幾乎是無償的，紙本印刷的媒體，因爲有廣告費用的挹注，所以我們買一份雜誌或一份報紙，所支付的價款大概只是所有製作費用的一小部分；而我們收聽廣播或無線電視，則是完全免費，資訊內容產製的費用全部都由廣告收入來填補；有線電視則是另一種型態，是一種「包月制」的方式，以一筆小額的固定費用，可以整個月收視全部將近一百個頻道的電視節目。

在新興媒體中製作的資訊內容，都一定必須是閱聽人所需要的、所喜歡的，既然提供的幾乎是「客制化」（Customer-made）的資訊內容，當然要收費，也就是一種「有償服務」，至於收費標準如何？如何收費？前者牽涉到供需的邊際效應，後者牽涉到收費的機制問題，不在本段的討論範圍。

但是收費就會產生一定的限制，也就是會產生兩個「最大值」，一個是價格的最大值，一個是訂戶數的最大值。

所謂價格的最大值，就是最高的訂價，這個價格是訂戶能夠容忍的最高極限，超出的話，訂戶數量就會遞減；而如果價格下降，訂戶雖然會增加，獲利卻會下降，所以這個價格的最大值（其實也是媒體能夠接受的最低價格），是買賣雙方最有利的均衡點。

而所謂訂戶數的最大值，就是在一個價格策略下，因爲是有償的服務，自然產生了門檻，使得只有一定需求的人才來訂閱這種服務，某種價格就產生某種門檻，產生「以價制量」的效應，限制了訂戶最大的數量，這就是價格決定了訂戶數的最大值。

傳統的媒體，一向在單純的經濟法則中進行訂價策略，考慮的就是上述的兩個最大值，如何使這兩個最大值都達到最高，那是最有利的，當中，當然還有同業競爭的市場因素要考慮。

但是，新興媒體的考量法則就會是比較複雜的商業和市場因素。

《紐約時報》於2007年9月18日宣布，該報的電子報自當日深夜起停止收費，任何讀者登錄爲會員後，都可以免費點閱《紐約時報》的電子報及使用資料庫。隨後，在同年的11月13日，《華爾街日報》的新東家，「新聞集團」的董事長梅鐸（Rupert Murdoch, 1932-）自澳洲證實，《華爾街日報》即將取消電子版的訂閱費。

《華爾街日報》的電腦網站，是全世界經營得最好的新聞網站，使用這個網站必須加入會員，繳交會費，《華爾街日報》電子版共有超過一百萬的訂戶，每年爲《華爾街日報》創造了大約六千多萬美元的收益。

《紐約時報》的電子報在經營績效上排名僅次於《華爾街日報》，訂閱的年費是49.95美元，如果算月費是每月7.95美元，依據尼爾森網路市調公司的調查，《紐約時報》網站每月的瀏覽人數達一千三百萬人次，數量相當驚人。網站電子報每年爲《紐約時報》創造的收益，應該在五千萬美元以上。

《紐約時報》率先宣布放棄每年超過五千萬美元的收益，原因何在？

傳統報業的經營，就是靠廣告和發行收益，原先電子報的經營，也同樣的以這樣的思維，收取訂閱費和一些廣告費，但是正如前面所述，訂閱費的價格會決定市場的規模，尤其截至目前，一般人都認爲網路應該是「免費」的，因此，要在網站電子報上收取訂閱費，確實很難，以致訂戶數很難成長，甚至只會逐漸下降。

但是，由於《紐約時報》電子報的會員資料很詳細，在和Google、Yahoo這種擁有極強搜尋引擎的網站合作之後，尤其Google又有很強的分衆廣告行銷能力，當一個會員進入網站的時

候，其個人資料當中的特質，就可以啓動搜尋引擎去尋找到適合這個會員的廣告供點閱，如果會員確實被廣告所吸引而點閱了廣告，那麼，《紐約時報》就可以因爲這個會員的點閱而得到廣告費的拆帳。

不僅如此，搜尋引擎還會統計會員點閱新聞或廣告的類型和次數，從而分析這個會員的興趣和嗜好，再和他的個人資料相比對，然後提供最適合的廣告，因爲有這些統計和分析，時日一久，每一個會員被「鎖定」提供的廣告資訊，可以相當聚焦，準確的不得了，所以廣告被點擊的比率很高。

這一塊的廣告收入拆帳，是一種動態的收入，經營的有效益的話，會有持續性的大幅成長，與傳統媒體廣告的固定收益大不相同，顯然，這些持續增加的收益，不僅可以彌補原來電子報固定的廣告收益，和很難再繼續成長的訂戶收入，而且還有繼續增加的無限空間，更何況，如果放棄收取訂戶費用，必定可以增加更多的會員，就可以獲得更多的廣告拆帳。

基於這樣的理由，《紐約時報》決定電子報不收費，《華爾街日報》也很快跟進，這兩家世界上最具有影響力、最大的新聞網站電子報，作出這樣重大的決定，代表了新興媒體經營型態與傳統媒體的迥異。

《紐約時報》電子報和《華爾街日報》網站不對讀者直接收費，讓讀者覺得從網站上獲得了免費的服務，但他們絕對不知道，因爲透過其他的機制設計，他們瀏覽了網站的一些廣告資訊，竟然產生了「附加價值」（Value-Added），幫助媒體創造了收益，甚至收益比以前更好，這就是新興媒體的「加值」特性。

三、跨國性

新興媒體有一個很重要的特性，就是很容易透過網路互聯，與世界接軌，變成一種跨國性媒體。

傳統媒體和國家的行政區域有關係，尤其電子媒體受限於無線電波的有限覆蓋範圍，都只能算是區域性的媒體。

而新興媒體因爲很容易透過互聯網和通訊電路的聯結，跨越國際，對於現在人類跨國流動的習性，提供了這些世界公民接觸各類訊息的機會，尤其是祖國的資訊。

新興媒體這種跨越國際的特性，產生比傳統媒體更大的影響力。透過新興媒體，許多過去被認爲是地區性的議題，或者因爲傳統媒體暴露區域的限制而被限縮的問題，經過新興媒體的報導，不僅舉世皆知，而且引起國際的關注。

因此，只要是具有普世價值的議題或問題，可以很快的得到世界各地熱烈的迴響，不會再受限地域、時間、種族、語言而有所隔閡，可以說已經眞正達到「地球村」的境界。

值得注意的是，這種跨國性的功能，雖然大幅擴大了媒體的傳播範圍，卻並不需要因此而讓新興媒體增加投資，這是因爲媒體系統的特性使然，反而使得媒體增加更大且更靈活的運作空間。

四、隨身性與即時性

媒體雖然一向就重視「即時性」，尤其是電子媒體更是把即時性視爲媒體的天職，但是傳統電子媒體的即時性未必能完全達到即時使用的效果，因爲一些電子媒體的接收設備是「固定式」的，訊息雖然即時傳抵，但使用者未必就在媒體的接收器附近，不見得能

夠立刻接收即時的訊息。

新興媒體一方面維持訊息的即時性，另一方面它的終端接取設備隨身性很強，所謂隨身性很強，必須具備兩個要件，一是輕薄短小便於隨身攜帶；二是能夠行動接收訊息。具備了這兩個要件，就能隨時隨地獲得即時的訊息，也因爲如此，即時性才變得有意義。

第三節　新興媒體對傳統媒體的衝擊

新興媒體的發展呈現的是一種前緩後鉅的態勢，在1992年網際網路的標準（World Wild Web, WWW）制定之後前幾年，是一種很和緩的成長，到了1995年以後，它的發展就變成了幾何級數的成長，甚至是核子分裂的態勢，這種發展情勢，說明了新興媒體有其引人之處，而新媒體的大幅成長，相對也反應了傳統媒體的萎縮。

在歐美國家，新媒體對傳統媒體產生衝擊大約出現於1998年，台灣大約從2000年開始，而衝擊呈現最爲明顯的是報紙媒體。有趣的是，當這種衝擊出現的時候，正好面臨世界一波經濟不景氣，因此，受到衝擊的傳統媒體，很自然的認爲是因爲經濟問題造成媒體經營的「暫時性」困境（訂報率下降、閱讀年齡上升、廣告萎縮），其中對於閱讀年齡上升的問題，有一些媒體歸咎於年輕人花在網路上的時間過多，而且直接從網路上獲得新聞，因此沒有閱報的習慣。

但是對於媒體市場萎縮的現實，傳統媒體經營者大多認爲與景氣的循環有關，卻輕忽了新媒體所造成的嚴重影響，因此天天在等待景氣的回春，希望經濟復甦後可以回到當初的榮景，所以不僅未能進行危機的管控和應對，反而作了許多錯誤的決策，讓困境更是雪上加霜，甚至還是飲鴆止渴。

世界潮流的趨勢通常呈現一種慣性，一是不景氣來臨時，一定是市場上行業的重整，有些行業會沒落甚至消失，更會興起一些新的行業，來帶領經濟的復甦；另一種狀況是，一種新的技術產生，取代了過去一些繁複和不經濟的工作或流程，帶領經濟更大的發展，因此就會產生一些新的行業，並淘汰一些不再合宜的行業。

在二十世紀末年，這兩種情況正巧同時發生，由於網際網路的發展創造了全世界網網相連，地球變小了，聲息相聞，這種嶄新的時代和平台，已經撼動了過去許多資訊傳遞的方式；而經濟不景氣也說明了市場上一些經營型態和結構性問題，必須重整和改造的必要性。

因此，在這兩股力量交互衝擊之下，說明了傳統媒體結構性問題必須深入思考和綢繆的時候已經到來，可惜傳統媒體錯失良機。

一、傳統媒體的結構性問題

傳統媒體面臨到經營型態和結構性問題是一種相對的狀況，在沒有網際網路等新媒體，以及資訊產業大幅發展的狀態下，它的經營型態和生產結構是完全合理的，但時代的改變和新技術的出現，就凸顯了長久以來的經營型態和生產結構產生問題。那麼，傳統媒體有什麼經營型態和結構性的問題呢？

(一)一條龍的問題

傳統媒體爲了爭取時效，統包了從採訪、編輯的所有新聞產製流程，到印刷、發行、送報的所有印刷發行流程，廣告、發行的所有經理業務流程；電子媒體則是涵蓋了發射播出的所有系統。

這種一條龍（或稱「一條鞭」）的統包工作，造成龐大的財

務投資，尤其所使用的設備（高速輪轉印報機、電波發射機、天線等）都是十分專業而昂貴，因此相對的也就說明了產品（報紙或節目）居高不下的成本。

另一方面，這種統包的業務，涵蓋了完全不同的產業，有傳播領域、印刷領域、運輸領域、廣告及發行領域，不同產業混雜在一個以經營傳播爲主要業務的組織裡運營，那就很難產生最大的綜效，既難專精，而且也難吸引最佳的人才。

換句話說，媒體本來是一個經營「內容」的產業，卻又跨足經營「載體」，而造成龐大的投資，和備多力分的現象，這是傳統媒體最大的問題。

(二)經濟效益的問題

傳統媒體的設備要多，以便進行分工，而且都集中在業務尖端時間使用，才能順利完成媒體產製的工作，這就說明了昂貴設備無法充分運用來生財；人力配置也是一樣，要夠多，但工時卻不長（除了記者以外，記者是全天工作或待命，全年無休），所以設備是高投資，卻是低使用率；人力是高度密集，且待遇高，卻是工時不足。

我們可以這樣說，傳統媒體的經營在資本、技術、勞力上，是高度的密集，經營卻十分傳統，實在是一個缺乏經濟效益且矛盾的產業。

(三)不環保的缺點

傳統媒體基本上都是高耗能的產業，報紙必須使用長纖維紙漿製造的滾筒新聞紙，也就是必須砍伐原始森林來造紙，報業不管你看不看，每天都印那麼多頁（《紐約時報》每天印一大疊，最多曾經出版一千多頁，請問有幾人全部看完？）沒看的可能居大多數，就是一種浪費。而且，報紙油墨也是一種高度汙染的產品。

報業是如此，電子傳播業也一樣，廣電業需要大量電力來製作節目、發射電波，而製作的節目放送到天空，電波四處飄散，只提供部分人收聽、收視，這種「散彈槍打鳥」的傳播策略，確實不經濟也不環保；尤其爲了達成大面積的覆蓋，廣電業以大的電功率發射電波，這種電磁波也會對人畜產生影響，對環境也不好。

整體來說，傳統媒體過度使用寶貴資源，但生命週期卻很短暫（報紙的生命不到一天，廣播電視的節目過耳、過眼即逝），是一個不環保的產業。

(四)廣告收費的不合理現象

廣告是傳統媒體最重要的收益，但是，廣告的收費卻不很合理。

媒體廣告費的訂價，依據的最重要標準，就是「發行量」（報紙）、「收聽率」（廣播）、「收視率」（電視），但是，不管發行量、收聽率還是收視率，都無法呈現完全具體的數字，更何況，這些數字代表的是這些媒體暴露給閱聽人的比率，和廣告被閱聽人所閱、聽與否是無法畫上等號的。

因此，傳統媒體的廣告效益到底有沒有？有多大？實在缺乏比較客觀而科學的證據，易言之，廣告費收得合不合理一直都有爭議，也難怪廣告主經常都要質疑廣告費花得到底值不值得？而只要有其他的選擇，立刻就會去嘗試或轉移。譬如在以點擊計費（Pay-Per-Click, PPC）的網路廣告中，每一個點擊表示點擊人有興趣而點擊閱讀，這都會有詳細的紀錄，而廣告主依點擊次數支付廣告費，甚至還可以得到點擊人的連線及資訊，廣告主所支付的廣告費就有

比較高的效益（詳本章第七節之二）。

二、傳統媒體「平台」的缺失

傳統媒體的呈現平台，都是一種「單向」、「點對面」的傳播型式，也就是說，由編輯部所產製的新聞，不管透過報紙或是電波，都是由媒體總部單向發出，到達所有的閱聽眾，這種特性就缺少所謂「反饋」的機制。

但是，媒體被稱作是「輿論」的工具，先天的職責就是要反映民意，但是如果都是單向，且系出一源，何來民意？所代表的又是誰的民意？

雖然新聞學理上一直強調新聞的採擷，必須具備「大衆化」以及「共同的趣味」（詳本書第七章），但無可諱言的，傳統媒體受制於平台的特性，使得其原始的職責難以得到發揮，因此，傳統媒體會設計一些蒐集輿論或民意的方法，以補不足，譬如：輿情版、民意版、Call-in或Call-out，甚或對重要議題進行民意調查等，但是，這些輔助的作爲，仍然無法根本解決這個問題和缺失，因爲在做這些措施的時候，仍舊會回到「選擇」和「過濾」的原則，而「選擇」和「過濾」也是由媒體來進行，不是由閱聽人來決定，同樣無法呈現閱聽人眞正的需求。

因此，傳統媒體平台的運作，基本上就是「射後不理」（Fire and Forget），刊播了一大堆篇幅或時段的內容，明知道大部分都是沒有閱聽人的內容，卻還依然故我；對每一則新聞內容是否眞爲閱聽衆所喜歡、所需要，也無法精確瞭解。只有在長時間收到閱聽衆「很確定」、「很普遍」的意見反映後，才會對其編輯政策及新聞「選材」標準進行修訂，但這些作爲無法滿足閱聽衆，且難以被閱聽衆所接受。

傳統媒體並非注定要接受這種「平台」的宿命，只是過去大家的努力不夠，相關的思考，請見下節（本章第四節）的介紹。

三、傳統媒體的錯誤決策

傳統媒體在二十世紀末年遭逢困境之後，又逢網際網路興起，紛紛也跟上時代的腳步，作了一些所謂「趕上潮流」的舉措，主要有三項措施：

第一，成立自己的網站，並發行「電子報」。在網路開始興盛的年代，擁有專屬的網站是潮流所趨，代表企業的時代性，傳統媒體也一樣，紛紛設置，並率先將自己媒體的新聞上網，有些媒體爲了加強網路新聞的新聞性，甚至增加人員，改變原來媒體的作業流程，讓新聞提早在網路上披露；有的還發行電子報，提供會員閱讀，至於非會員只能看到每則新聞的第一段。

這種作法似乎跟上流行了，也似乎代表了追求新科技的企業形象，但是卻對媒體帶來了很大的損害，尤其是報業。因爲這個時間點，是後來所謂Web 1.0的網路時代（詳本章第二節），大多數的網路經營者都不知道自己的生存利基（因此才有後來的「網路泡沫」），甚至爲何要有網站的目的都不清楚。媒體網站也是一樣，加了人了，增加了支出，卻無任何可以獲利的「商業模式」，而且提供的新聞，卻傷害了媒體本身存在的價值，既然可以在網路上獲得新聞訊息，何需再訂報呢？這是未蒙其利先受其害，更何況後來又遭逢網路泡沫化，面對網站必須轉型，再度增加一筆投資。

第二，將新聞提供給「入口網站」。許多經營「搜索引擎」的入口網站，都會提供大量的資訊和新聞，但是他們沒有製作新聞的能力（其實是無法作大規模的投資），因此最便捷的方式是以象徵性的價格和傳統媒體合作，由傳統媒體提供各類的新聞訊息。對於

這種合作，媒體十分困擾，合作是「弊多於利」，不合作形同媒體「沒有影響力」，權衡之下只能合作，卻發展成「飲鴆止渴」的局面。

但是，也有一些媒體對網站的設置作了通盤的規劃，將內部資料電腦化的進程結合，發展出電子資料庫系統，透過網站可以進行有償的資料搜尋，創造了另一些長期的獲益。這也說明了新技術新思潮的引進，不可盲目隨俗，必須有計畫、有計算，這相關的思考，將在下一章繼續討論。

第三，盲目引述新媒體的報導而犯錯。面對新興媒體的挑戰，傳統媒體爲了彌補其新聞取材太過狹隘的缺失，轉而向新興媒體獲得新聞線索，這本來也無可厚非，本書第八章第二節介紹到新聞線索的獲得時，也指出了網路中可以找到許多的新聞線索。

因此，現在的傳統媒體有專人在各個新興媒體上巡弋，以獲得一般媒體沒有的新聞，照說，運用任何新聞線索，都不可少了查證的功夫，這是採訪寫作的必要步驟，但是因爲運用新媒體訊息的傳統媒體太多了（大家都是人同此心，心同此理，因此有志一同），爲了擔心步調比別人慢，有時候就省略了查證的功夫，而造成很大的錯誤報導，賠上了媒體的可信度。

2010年3月初，Twitter網站推出一個訊息，說法國總統沙柯吉（Nicolas Sarkozy）與夫人卡拉布魯妮（Carla Bruni）各自都在偷腥。這則文字，立刻被幾家法國重要的媒體報導出來，還加油添醋，引起法國各界的重視，沙柯吉並嚴正駁斥，事後證明這是一則謠言。

面臨新媒體的出現，傳統媒體的根本問題和弱點一一顯現，再加上景氣循環的低潮，傳統媒體受到了極大的衝擊：

1.發行量、收聽率、收視率的大幅滑落。

2.閱讀人口、收聽收視人口老化，年輕人都轉到網路，離開傳統媒體。

3.廣告大量流失，而且有不復返的趨勢。

4.面對林林總總的衝擊和挑戰，正如風雨中的破船，絲毫沒有任何對策。

第四節　永遠的傳統媒體？

以上花了一些篇幅來介紹新興媒體的型態和特性，讀者一定會問：「那麼新興媒體的種類有哪些？」

這是一個無法周全回答的問題。在本節的第一段就提及了「網路」、「手機」、「YouTube」、「Facebook」、「Twitter」等是典型的新興媒體，但並不僅只如此，而且如果勉強加以列舉，也可能還是會有疏漏，因爲，隨著科技的進步，不斷會有新的新興媒體出現。

從另一方面看，前幾個段落提到了《紐約時報》的電子報與《華爾街日報》電子版取消收費的分析，《紐約時報》和《華爾街日報》都是最最傳統的紙本印刷媒體，但是他們在經營傳統媒體中，走入了網路電子報世界，其實先是受到極大的傷害，報份大幅滑落，年輕讀者流失，但卻也因爲參與了新興媒體的經營策略，而後創造了新的生命力，這些實例說明了傳統媒體未必一定永遠是傳統媒體，它還是有機會轉化成新興媒體的型態；其次，也說明了「內容」的重要性，不管是傳統媒體還是新興媒體，都需要好的內容，所謂「內容才是王道」（Content is king），就是這個道理。

一、通路系統決定媒體的命運

決定媒體是傳統還是新興，關鍵不在內容，而在「載具」和「通路」所形成的通路系統。

傳統的紙本印刷媒體，它的載具是紙張，利用紙張來承載所有的訊息，並透過發行的通路，到達零售點及訂戶家中。

傳統的電子媒體，它的載具是電波，和接收器所構成的通路系統，訊息轉化成電波，傳遞到接收器再轉化成聲音或影音訊號，讓閱聽人收聽或收視。

這些載具和通路所構成的通路系統，如果具備了本章第一、第二兩節所提的「型態」和「特性」，那麼就是所謂的「新興媒體」，否則就不算。

網路，是透過有線或無線電路都可以無遠弗屆的一個訊息通路系統；手機，是透過無線通訊電路所構成的一個包含語音和訊息，甚至多媒體的訊息通路系統，所以它們都是新興媒體的重要媒介，透過它們，可以設計成各式各樣的訊息服務內容，形成不同的服務模式和商業模式（business model）。

現在的有線電路系統，包括了光纖、數據專線、電話纜線、有線電視纜線；無線電路系統包括了數位廣播系統、數位電視系統、2G（第二代行動通訊系統）、3G（第三代行動通訊系統）、3.5G（第三點五代行動通訊系統）、Wi-Fi（Wireless Fidelity，中譯爲「無線保真」，是一種運用在區域網路的無線傳輸系統）、WiMAX（Worldwide Interoperability for Microwave Access，中譯爲「全球互通微波存取」是一種運用在廣域網路或都會網路的無線傳輸系統）等等，其中有線和無線又可以相互搭配，形成更爲有效率的通路，尤其在2010年，WiMAX系統普及之後，因應WiMAX所設計的諸多終端多功能接取裝置，將構成綿密而有數位經濟效益的通路網絡，在這個通路網絡當中，會產生什麼樣的新興媒體？會怎麼樣的改變人類的生活型態，可能都是目前很難以預見的。

二、報紙都能麻雀變鳳凰

再說到報紙，2005年7月出版的《即時報語電子通路：報業的重生和商機》一書中，已經對報業這個媒體經營上所碰到的困難詳加分析，指出報業失去競爭力的十數個致命原因，並點出傳統報業必須轉型成爲新興媒體才有機會。

據書中的說法，報紙的經營如果跳過印製、發行這種浪費資源及缺乏效率的流程，結合「電子通路」（有線或無線電路），讓編輯過的報紙版面直接傳送到零售點、訂戶家或行駛中的交通工具中，甚至十萬八千里外的海外地區，透過電腦和列印機，既可儲存，又可列印出報紙來閱讀，這樣就可以作到幾乎每小時或每兩小時出版一次的「即時報」，完全顚覆傳統對報紙時效性的詬病，直接和電子媒體競爭。

作者這個構想成形於1998年，但一直被認爲是「天方夜譚」，2002年之後，報業生計開始步入艱困，業界仍然認爲是短期現象，只在「精簡」人力上著墨，因此，廖俊傑於2004年開始將這些問題撰寫下來，並於隔年成書。

依據本書的說法，傳統報業很快要面臨革命性的變化，透過與電子通路的合作，轉變成另外一種型態的新興媒體，或許在可見的未來，可以在自動販賣機上，以手機輕輕一觸完成付款的手續，自動販賣機就立刻輸出一份剛剛出版的報紙，消息新的不得了，我們又可以享受閱讀紙本印刷品的方便和樂趣；同樣的，我們也可以在行駛中的高速鐵路上或客運上，甚或自用車上，輕易就獲得一份剛

出爐的報紙，而且，我們用過的電子紙還可以一用再用，而這些報紙的電子檔資料也可以自動儲存在我們的電腦中，隨時供我們檢索調用。

類似廖俊傑的想法在國際間也不乏其人，2006年4月28日，《紐約時報》與微軟聯袂宣布合作發展「時報閱讀器」，這是一種專屬軟體，可以裝載在電腦與行動裝置如PDA或智慧型手機上，就可以很方便的閱讀《紐約時報》的新聞。

《紐約時報》的發行人沙茲伯格於隔年2007年2月接受一家以色列報紙訪問的時候說，《紐約時報》正處於轉型期，轉型的終點就是停止印刷紙本的《紐約時報》。

從《紐約時報》這些連續的發展來看，《紐約時報》往電子報的發展應該是既定的方向，而且雖然已有「時報閱讀器」的軟體，但是對於終端的閱讀方式，可能還缺乏很理想的終端裝置。

事實上，多年來電子業已經努力在研發一種新型的「電子紙」，這種電子紙是一種膠膜，能夠多次使用，當經過列印機的感光作用時，可以讓一些碳粉或油墨留存在電子紙的表面，相當於印刷的效果，當閱讀完畢之後，將這張電子紙經過電極感應，立刻就回復到未使用前的原狀，可以再度使用。這種電子紙的價格、體積等如果更理想，將即時報一再的列印，顯然就具有相當的市場價值。

台灣元太科技所生產的「軟性顯示器」，是一種電子紙顯示器，厚度少於0.1公分，可以彎曲、重量輕、生產成本低，而且即將發展出彩色的顯示功能，當這種軟性電子顯示器大量生產，確實可以取代紙張，使得電子紙顯示器成爲電腦及行動接收裝置的終端設備，下載版面圖文資訊，而隨著科技的進步，這種電子紙會越來越薄，攜帶越來越方便，而且可以嵌入晶片，能夠無線接收報社資訊並顯示在電子紙上。

換句話說，一份報紙下載到電子紙顯示器上，我們以閱讀報紙一樣的習慣閱讀，甚至以更方便的方式觸控畫面就可以翻頁，而且因為透過有線或無線電路的傳輸，何時何地都可盡情接收並閱讀「即時」的報紙型資訊，那麼，報紙這個最為傳統的新聞媒體，因為載體和通路系統的改變，就轉型成為新興媒體了。

報紙是如此，對傳統的廣播和電視媒體更是如此，一樣可以透過轉型，成為電子時代具備互動效果和更高附加價值的數位內容產業。

第五節　新興媒體與新聞

以上花了很大的篇幅介紹「新興媒體」，旨在讓讀者瞭解未來媒體發展的趨勢，而這些趨勢會影響到媒體的經營和走向，對學傳播和新聞的人是不可不知的趨勢。

新興媒體提供給閱聽人的是多樣化的內容選擇，而且確實是靠內容取勝，唯有好的內容，確實是使用者需要的內容，才能獲得閱聽人的青睞。

新聞當然也是新興媒體眾多訊息內容中的重要一環，尤其在新興媒體當中，有一些是以新聞訊息為其主要的內容取向。但是，新興媒體對新聞的觀念、態度和處理方法，和傳統的媒體有極大的落差，這些落差是否會造成新聞學理和實務的進步還是倒退？人言人殊，莫衷一是。以下分四個部分進行探討：

一、新興媒體中新聞的類別

在新興媒體中，對於新聞的來源有一些不同的看法，大致上分爲三大類：

(一)專業媒體取向

有些新興媒體認爲新聞還是一個專業的領域，因此必須有一群專業的人來負責採訪和編輯。但是，這樣的取向會造成很大的人力投資，新興媒體的創辦門檻原來要比傳統媒體爲低，即使需要專業人員來從事新聞的採集，短時間也未必具有這樣的能力，所以，最好的方式就是先和傳統媒體合作，借助傳統媒體現有的人力資源來充實新聞的內容，而以點閱的次數來收費和拆帳。

這樣的方式既便於起步，投資也少，而且如果和許多家媒體合作，則從業人員（新聞人員）的數量多，分布廣，對訊息的掌握比較強，而且呈現出來的新聞內容會有多樣化、多元化的特色，反而是很大的利基。

(二)公民媒體取向

許多小型網站的新聞型態是趨向公民新聞的取向，他們認爲每一個網友都可以提供新聞，透過分布在各處的網友，新聞線索一定要比一般傳統媒體來得多，這是從「地下媒體」衍生而來的概念，強調公民意識和公民自主，基本上也是對傳統社會的不信任和價值反叛；另一方面，透過更多的人來集體構建一個網站媒體，也是集中大衆智慧的舉動，而且既可以增加向心力，也可以節省開支，當然也有相當正面的意義。

至於什麼叫做「公民媒體」？它的定義爲何？這裡引述中國湖南省的周曙光的說法，周曙光被認爲是中國第一位「公民記者」，曾記錄了廈門市民反對興建PX化工廠的抗爭過程。他認爲，「公民媒體」的概念，就是作爲個人性質的紀錄，「不需要刻意平衡觀點、不需要客觀、不需要獨立，只需要眞實，只需要記錄者交待自己在報導事件中的角色或者位置，要爲自己的言論負責。」他的說法和定義，相當程度呈現了公民媒體的現象和意念（http://www.globalvoicesonline.org/2007/12/22/china-zuola-on-how-citizen-media-should-work/）。

但周曙光的說法，卻嚴重背離了新聞傳播的管理，到底孰是孰非呢？

(三)專業與公民混搭取向

另外一種型態就是結合專業取向和公民取向，使得新聞的內容可以有更多的驚喜，又不失專業的內涵，這種取向介於專業媒體與公民媒體兩者之中。

從分類上雖然可以勉強分出三種來，但是，新興媒體根本上就是期待公共媒體的取向，他們或許在短時間內必須混搭，但也只是一種權宜性的措施，而且事實上，公民化的程度越深，對其支持者的吸引力越大，支持族群也會越年輕。

二、與傳統新聞媒體的差異

新興媒體與傳統媒體在經營上有極大的差異，基本上是理念的不同，我們可以分幾個角度來分析。

(一)在內容的來源方面

傳統新聞媒體是由一群受過「專業訓練」的「專業菁英」，在一個「專業組織」的整合之下，「集中」製作各種形式的新聞資訊

內容，「統一」提供給閱聽人來閱聽，而且由於社會分工的細密，這種專業有越來越專精的趨勢，在這種情況下，傳統媒體必然必須借助外部資源，但一般來說，這種外部資源的引入也是經過一定推薦或審核程序，完全在媒體經營的專業人員掌控之下，絕對無法達到比較高度的開放。

但是新興媒體的內容提供者卻未必一定是專業的人員，而是所謂的「公民記者」，他們認為現在的新聞，是被少數的媒體所壟斷，但因為傳播科技匯流的結果，任何人都可以是新興媒體的內容提供者、是公民記者。當然，不同的新興媒體有不同的內規，對於這些內容提供者提供內容的程序，也許會訂出不同的規範，但秉持開放的原則是新興媒體最重要的共同精神。

(二)在內容的選擇方面

傳統媒體因為版面和篇幅有限，長時間發展出來一套挑選新聞的嚴謹學理依據，也就是本書前面所談到的許多相關知識；依據這些學理，守門人在選擇新聞時有一些可以遵循的原理、原則，這就是所謂的「新聞專業」。

新聞專業是不是能夠精確的因應社會對新聞需求的轉變，這確實是一個值得討論的議題，也因為有這種事實存在，再加上新興媒體中尤其是網路，不僅沒有時空的區隔，而且沒有篇幅和版面的限制，所以所謂「選擇」，相對上沒有很大的意義，因此也就不需要很多的標準和原則，唯一的前提是：只要使用者喜歡！而且使用者喜歡與否，也不需要由所謂的專家去「預判」，點閱率自然就會呈現結果出來。

「公民媒體」觀點的倡導者，認為公民媒體不需要刻意平衡觀點、不需要客觀、不需要獨立。說明了一般新興媒體沒有新聞選擇的必要，而且就是刻意不依據所謂的「新聞專業」規則，去進行報導的選擇，以凸顯和傳統媒體的差異。

(三)在內容供應者的動機方面

傳統新聞媒體的新聞供應者，也就是新聞的採集和編輯人員，基本上把這個工作當成是一個職業，在這個職業的相關規範和倫理道德之下，即使他有高度的熱忱，也必須服從職業規約和階層的領導，因此，如何客觀公正的報導，是他必須念茲在茲的工作規範。

而新興媒體因爲多數是以公民媒體的定位出發，參與新興媒體新聞採集的人，逐漸會發展成兩種型態。

一種是純粹興趣的網民，他們基於自己的個人興趣，將周遭一些事、務作成紀錄上傳到網路，基本上類似於一個網路作家，或是喜歡將自己的網誌公開供大衆閱讀的人，這一類的網民，也許愛寫、愛秀、愛現，所發布的文章或影音紀錄被人點閱，就能得到滿足。

這類的報導提供者並非職業性，而是兼差性質，他們不會去布置採訪訊息網絡，大多數的新聞來源，都與自身關係密切，可能是發生在自己或親朋好友身上的事件，可能是自己或親朋好友所目睹之事件，也可能是自己或相同想法的人的共同意見，所以報導通常和他們的親身經歷有關，或和他們自身脫離不了關係。

另外一種是自詡爲「公民記者」的網民，這些人全心專注在網路傳播，他們有一些共同的特色，就是對公平正義的追求有著極度的狂熱，但是對傳統媒體的公正性和平民化沒有信心；他們也認爲透過新興媒體無遠弗屆，以及深層的影響力，可以匯聚社會能量，進行觀念的宣傳和行動或運動的鼓吹，達成社會改造的功能。

基於對「公民媒體」觀念的追求，和對一些事務和議題諸如環

保議題或政治議題的狂熱，這些公民記者不屬於任何一個新興媒體系統，他們就像「自由投稿人」（freelancer）一樣，把適合的報導發表在適合的新興媒體，以爭取同質性網民的閱聽和支持。

這些新興媒體內容供應者提供報導的動機，確實與傳統媒體有極大的差異。

(四)在媒體的經營者方面

傳統媒體的經營者必須負責把媒體的內容填滿，不管是篇幅還是時段，都必須依據編採規範填滿了所有的報導，而利用這些內容，達到較高的閱讀率或收聽率、收視率，代表受衆對其媒體的支持程度，從而據以得到發行及廣告的收益。

但是新媒體的經營者就不同了，他不去管媒體內容的充實，而是提供一個平台，並在這個平台上建立一些管理的機制，讓使用者透過平台的機制，有系統的上傳文字、聲音、影音等等訊息內容，並允許其他人閱聽、評論、增補內容。至於經營這個平台的成本及獲利，則是靠更多的使用者所創造的網路流量，與類似Google等大型入口網站來合作經營廣告的點選業務以獲得拆帳。

(五)在媒體的使用者方面

傳統媒體把所有的民衆視爲他所服務的對象，所以稱爲「大衆傳播媒體」，既然是服務大衆，但大衆有許多差異，怎麼辦呢？

大衆傳播媒體的基本概念是「去異求同」，相異處是很難去整合的，不如放到一邊去，而透過很多科學的方式去求取民衆當中「共同」的興趣，只要在這些共同的興趣當中著墨，就可以維持一個經營上的「經濟規模」。

但是新興媒體的經營理念卻恰恰相反，他們是要在「同中存異」，也就是放棄大多數人共同的想法，而去整合少數意見的人形成一個「社群」，這些社群中的人，他們有共同的興趣或理念，但沒辦法在大眾傳播媒體中得到重視或滿足，卻可以在社群中得到最大的滿意和回應，新興媒體就在於滿足這些人的需求，完全是一種「分眾」的概念。

三、值得注意的幾個特色

新興媒體和傳統媒體在經營上有上述這些基本的差異，從報導內容的表現上，也可以看出許多獨有的特色。

(一)報導傾向兩極化

在報導的題材方面，新興媒體因爲有兩種截然不同動機的內容供應者，因此其報導的內容取向呈現兩種極端的傾向。

一個傾向是趣味輕鬆。許多動物、兒童、男女的一些有趣的事件被報導，有的是透過文字，更多是透過影片，而這些報導的內容如果從傳統新聞選擇的要件中來評量，有多數是不符合選用標準的，但是它們輕鬆有趣，很容易博人一笑，也就受到很高的歡迎，誰說這種報導不宜？

另一個傾向是嚴肅的議題化。對於社會現存的問題，展開強烈的批判，或對一些新的觀念提出強烈的主張及行動。最有名的例子是，廈門原來要在海滄開發區建一座PX（Para-xylene，對二甲苯）化工廠，投資額一百零八億元人民幣，已經經過政府核定，但因爲廈門市民擔心環保問題，有網民在部落格展開嚴肅的討論和批判，引起極大的迴響，並有市民透過手機簡訊和部落格，發動民眾在某一天上街抗爭，立刻引來大規模民眾上街頭示威，2007年幾次抗爭

下來，迫使政府於2007年12月下旬宣布海滄的PX化工廠停建，將轉移到漳州的古雷半島。

這個實例，說明了新興媒體所報導的內容差異化極大，從輕鬆取向到嚴肅的議題，都能引起極爲熱烈的公民參與。

(二)素人新聞爲主體

在傳統媒體的新聞標準中，名人是上新聞的重要條件之一，但是在新興媒體中，素人，也就是一般人，卻是報導的主要角色。因爲是公民媒體的關係，散布各方的網友將蒐集到的形形色色的人物報導上傳到媒體，當然，如果主角只是素人，那麼事件總有引人注意之處，或許感人、或許有趣、或許有意義，總歸主角大多置身在普羅大衆之中，這是新興媒體的一個重要特色。

2008年8月4日，台灣苗栗縣一位基層員警吳道源，在颱風天中停止休假照常出勤，卻不幸遭落石砸中殉職，但是這一則報導卻淹沒在縣市首長出國的新聞中（縣市長出國過於頻繁而引起媒體的報導與輿論的撻伐），翻譯《魔戒三部曲》的朱學恆先生認爲不公平，就在個人部落格中號召網友寫卡片給殉職警員的家屬，感念「在生命最後堅守崗位的警員」，結果這個部落格每天點閱人數超過三萬人次，短短五天蒐集了來自國內外的二百二十三張卡片。

這個事件，因爲在部落格中大爲轟動，引起巡弋在網路的傳統媒體記者發現，於是在8月14日加以報導，登載在15日的《聯合報》A10版，新聞和照片超過半版。

這個新聞，說明了網民對素人新聞的不敵名人新聞、對傳統媒體的新聞選材都有很多意見（異見），因此在網路上傳布，而在網路上發生的轟動，又引起傳統媒體的注意而加以大幅報導，確實是一個值得深思的事件。

(三)「現場機會」的新聞多

在傳統新聞媒體的新聞中，如果是突發事件的報導，記者一定是在事件發生後被通知到現場進行採訪，到達現場時間的早晚，代表那個媒體布線和關係周密的程度，偶爾會發生記者剛好在某一個地點的時候剛好發生重大事件，使得記者當場採訪到正在發生當中的新聞，這種情況當然是可遇不可求。

1937年10月4日，美國的《生活雜誌》（*Life*）刊出了一幅名爲「中國娃娃」（a Chinese baby amid the wreckage，後來以「Chinese baby」而馳名全世界）的戰地攝影作品，這張照片拍攝的時間是同年的8月28日，日本發動淞滬會戰，華裔的美國籍戰地記者王小亭（1900-1983），在上海南火車站看到一個中國娃娃獨坐在殘破的鐵路廢墟中哭泣，他立刻拍下照片，然後將嬰兒抱離現場。

這張照片在《生活雜誌》登出後，據統計，有一億三千六百萬人看過之後受到劇烈的震撼，不僅震驚美國輿論界，而且迅速流傳到全世界，有歷史學家甚至認爲，這張照片堅強了美國民衆支持中國人抵抗日本侵略的立場。

像這種在事件發生現場捕捉到第一時間新聞的機會，就是所謂的「現場機會」，這種機會很低很低，因爲傳統媒體的記者有限，還分布到各個不同的路線去，對突發的事故根本無法預知，所以也不可能去「守株待兔」。

但是新興媒體就不同了，他的網民散布各處，加上現今隨身的攝像裝備又多又方便，手機可以攝像、一些遊戲機也可以攝像，精密的數位相機體積又小，許多年輕人已經養成隨身攜帶的習慣，因此，現場報導的機會就很高了，使得「現場機會」的新聞比較多，這也造成了現今許多傳統媒體，反而要向新興媒體購買現場照片或

影像了。

(四)不可避免的爆料與八卦新聞

新興媒體因為訊息供應者遍布各地，到處都是眼線，所以經常會有傳統媒體沒有刊播的新聞訊息，這些新聞訊息未曾在傳統媒體刊播，可能有三個原因：其一是傳統媒體根本就未曾聽聞這些訊息，所以根本就談不到後續的採訪、寫作、編輯、刊播等新聞處理；其二是傳統媒體曾經聽聞，但尚未能獲得證實，所以不敢率爾刊播；其三是傳統媒體已有聽聞並經查證後，確認並無其事，也非事實，當然不予刊播。

從上述的三種可能性，就可以知道新興媒體的消息來源雖多，但他們確實缺乏查證的機制，所以經常是「聞風紀事」、「三分顏色就開染房」，有時甚至連一分證據都沒有，僅憑傳言或謠言就加以報導，因此，爆料和八卦的新聞特別多，其中容或也有些是事實，但是大部分都禁不起考驗。

(五)製作比較粗糙

新興媒體號稱為開放架構的公民媒體，他們反對的就是階層的組織，所以每一個人都可以把訊息上傳，這些提供訊息的人未曾受到專業訓練，程度和水準不一，且未曾經過層層「守門人」的把關，因此產生的資訊內容自然比較粗糙，而且水準不一，更不必提體例和結構等等問題了；另外值得注意的是，新興媒體在用語的表達及內容性質上，雖然具有草根性及通俗性的優點，但經常很容易流於低俗，甚至是充斥低俗的內容。

(六)報導不符比例原則

在傳統媒體中，一則新聞訊息的出現，會因為它的重要性、影響層面、趣味性等等因素，而決定這則新聞訊息暴露的大小和時間的長短，這也是新聞處理中很重要的原則之一。但是，新興媒體完全沒有這個拘束，有時候，一則訊息因為受到閱聽人的喜愛，不斷的被點閱、被複製、被再製、被傳送，因此曝光的頻率形成「病毒式」傳播的型態，在極短的時間內就爆量，與一般新聞事件被報導的比例大大不同，而與那個新聞事件的重要性或影響程度的比例也不相當，這種情況在傳統媒體中並非沒有，但數量及嚴重程度均不大，而新興媒體就很經常了。

(七)滿足人類偷窺慾

新興媒體還有一個特性，就是透過衆多的訊息提供者，讓每一個訊息提供者都扮演「狗仔」，跟蹤名人報導他們的隱私，或偷拍常人的奇異及特異行徑、私密活動，來滿足閱聽人的「偷窺慾」，所以在新興媒體上會呈現一個有趣的對比現象，那就是人物上以素人爲主體出現的訊息，都是溫馨的、感人的、趣味的，但是少數出現的名人消息，卻都是負面的爲多，這都是因爲偷窺、偷拍所造成的結果。

(八)大量的動物訊息

一般動物新聞要能夠上傳統媒體的報導，一定要是有極爲特殊的「獨特性」，或者會講話、或者貓鼠同籠成好友、或者會算算數等等，但是新興媒體上經常出現有關動物的影片，也都是素人動物，是一般人家裡所豢養的動物的一些有趣鏡頭，竟然也都得到極高的點閱率，不知道是閱聽人無聊，還是具有童心？

(九)容易侵害個人權益

新興媒體內容大部分的特性，都可能產生侵害個人權益的問題，其中包括誹謗，以及對肖像權、隱私權、著作權的侵害等等。

第六節　維基百科的啓示

新興媒體以Web2.0的概念爲出發點的精神，高度強調使用者爲中心及開放性的架構，這些精神發展出來的結果，產生了與傳統媒體迥異的型態和獨有的特性，但相對的，這些型態和特性也讓人擔憂新興媒體的未來發展，可能會碰到一些問題和瓶頸。

這種擔心是有道理的，但是正如自由一般，自由並不是毫無限制的自由。同樣的，新興媒體的一些差異和特性也並非可以毫無限制，新興媒體所強調的一些重要精神確實值得討論。

在這些方面，維基百科網站（www.wikipedia.org）的作法，是一個最值得介紹及學習的新興媒體。

維基百科於2001年1月15日正式成立，由維基媒體基金會負責維持，依據維基百科自己的定義，它存在三個特點，使得它與傳統的百科全書有所區別。

第一個特點是：「維基百科將自己定位爲一個包含人類所有知識領域的百科全書，而不是一本詞典，網路論壇或其他任何商業性質的網站。」

第二個特點是：「維基百科是第一個使用wiki系統進行百科全書編撰工作的協作計畫。」允許了大眾的廣泛參與。

第三個特點是：「維基百科是一部內容開放的百科全書，內容開放的材料允許任何第三方不受限制地複製、修改。」

維基百科強調自由開放的精神，但它也不容許網友在創建一個內容時抄襲別人的文章，而侵犯他人的智慧財產權，若有人發現這種抄襲的情事可以檢舉，涉及抄襲的文本將立刻被刪除。

同時，維基百科還有一個「審核機制」，這個機制的運作，依據維基百科自己所說：「維基百科是個民主制、菁英制、獨裁制的混合。通常大部分的內容，由一般的維基人討論、修改，通常維持民主的形式。維基百科的系統裡面同時有資深的網友當管理員，他們擁有比普通維基人更大的權力，比如刪除文章或封鎖用戶。非常敏感的議題，則由吉米．威爾斯（Jimmy Wales）最後把關。」吉米．威爾斯是維基百科的創辦人。（以上有關維基百科的資料，引自「維基百科網站」http://www.wikipedia.org，「維基百科」條目）

從以上維基百科的運作方式，我們可以發現幾個重要的思維：

一、以使用者為中心不表示不需要專業

新興媒體從Web2.0之後，出現了一塊肥沃的土地，產生了一個嶄新的市場，Web2.0雖然是個「唯中心化」——「唯使用者為中心」的概念和精神，一切以使用者的需求為尚，也由使用者集體來創建形形色色的內容，甚至這樣的概念和精神，其實正是對傳統媒體「集中產製」新聞內容的反叛，但在實際的運作層面上，卻容易產生缺乏菁英和專業參與的困境。

維基百科的運作，既開放又菁英，既民主又獨裁，使得它的內容可以維持相當的可信度，證明了開放的架構並未必要排斥菁英和專業的參與，畢竟專業和菁英也是公民成員的一部分，所以如何在普羅大眾和專業菁英之間，達成合理的分工模式，可能會是新興媒體成功的關鍵之一。

二、開放的架構不表示個人的權益不需要被重視

Web2.0極度的倡導「開放的架構」，不僅要開放原始碼，還要開放訊息內容，讓大家都能自由使用網站裡面的資源，新興媒體雖然未必全盤接收這樣的精神，但至少在訊息的獲得這個方面絕對支持這個理念，這就造成了許多人的著作權、版權、肖像權被侵害。

維基百科在這方面也十分重視，它歡迎各類的專家來創建各個學科的條目和解釋，但絕對不歡迎是抄襲來的，由專家的創建或編輯修正，可以確保訊息爲第一手且資料常新，對於使用者而言當然是最大的利益。因此，維基百科的作法也說明了在開放的架構下，還是可以確保個人的權益得到完全的重視。

三、公民參與的另一個價值觀點是公民監督

在新興媒體上，一般人或經營者，都一再的大談公民參與的精神，甚至過度誇張公民參與的價值，其實，公民參與的另一個重要價值是「公民監督」。

在傳統媒體，閱聽人照說是有權對媒體進行監督的，閱聽人覺得媒體的報導有錯誤或偏差，可以投書、去電表達意見；但是在實務上，媒體對閱聽人的意見反應通常只是客氣的答覆：「參考改進」，結果到底參考了沒有？改進了沒有？那是天知道！而閱聽人除了投書和去電去惹人嫌外，似乎也沒有其他的辦法了。

在新興媒體則不然，公民既然可以創建新聞內容，公民當然也可以創建吐槽的議題，也可以揭發錯誤和偏差，同樣可以引起網友的反應。

所以，新興媒體應該善用這個公民監督的價值和機制，來監督

社會、監督媒體、監督自家報導的內容，尤其透過對自家內容的全面監督，自然可以提升報導的正確性和水準，建立自家媒體的公信力。

我們從維基百科的作法，可以在Web2.0的概念和精神下得到一些經營新興媒體的啓發，但是，新聞資訊類的新興媒體每天面臨的，是形形色色且高度動態的新聞資訊，和維基百科純知識性的內容，當然大不相同，尤其在事實層面的確認上，就更需要專業的機制來協助，換句話說，即使內容的屬性不同，也還是有辦法讓內容的確實性達到較高的標準，這就必須結合公民和專業，在不違背開放架構與公民民主機制的精神下，進行合理與適度的分工，就能得到最完美的配合。

第七節　Web3.0的商業模式

維基百科的成功範例，固然爲新興媒體的經營提供了一個好的啓發，但是必須注意的是，維基百科是一個非營利的媒體，它的所有支出都靠捐助，只要一日不受到商業的介入，就可以一日繼續維持它所堅持的一些原則。

而從另一個發展來看，由於Web2.0的概念和精神發展下來，也可能產生一些問題，其中最大的問題是缺乏商業機制，因爲每一個使用者互動的Web2.0網站都需要維持和運營費用，但總不能都像維基百科一樣，一切向外要求捐助，所以營收還是很重要的。

由於Web2.0缺乏商業機制，有人就開始設計一些具備靈活商業及應用程序的網路效應機制，這種機制被稱之爲是Web2.0的進化，也就是所謂的「Web3.0」。

Web3.0最典型的例子是現在進階的Google，它購併並連結了

YouTube之後，建構了「商業模式和利益分配」機制，使YouTube也從Web2.0進化到Web3.0。

一、一個「多贏」的商業模式

2008年7月23日，Google開放了一個新的網站供民衆使用，這個新網站是一個百科全書的知識庫Knol（http://knol.google.com），那麼這個Knol與Wikipedia有什麼差異呢？

最大的差異有兩個，一是Knol是採「開放而文責自負」的政策，規定創建條目的專家作者必須具名，也可以附註職業，還可以貼上照片，Google會查證作者的身分，但不過濾和編修內容，也不保證文章的正確性，因此，作者必須自負文責。

其次，開啓「廣告與拆帳」的機制，Google在獲得條目作者的同意下，會在條目的頁面中安排適當的廣告，這一部分是Google的核心技術，能夠依據條目的性質，安排相同性質的廣告露出，只要讀者點閱，Google就可以向廣告主收取廣告費，而作者則可以分享廣告費的收入。

這就是很典型Web3.0架構下的商業模式：對讀者來說，他免費享受了知識以及和知識相關的資訊（以廣告的方式呈現）；對廣告主來說，他提供的廣告訊息得以暴露到有效的目標客戶；對Google公司來說，以其精準的核心技術增加了廣告訊息的點閱率，可以獲得營運的資金；對條目創建的專家作者來說，他提供了專業知識分享給衆多讀者，是一種教育貢獻，也得到一些金錢的報償，這裡說的「一些」，可能是一個保守的評估，因爲若是閱讀的人多，所拆得的分帳可能不少，而且可以持續不斷的拆帳。

因此，這個商業模式可以說是一個「多贏」的商業模式。

二、令人擔憂的問題

在Web3.0的商業模式和利益分配機制之下，內容產製者所提供的內容，在被點閱的過程，造成相類似的訊息或廣告也被點閱，就可以分配到一些廣告費的拆帳。

以Google來說，它透過AdWords來刊登「關鍵字」的廣告或查詢，透過AdSense來讓網路使用者點閱廣告並拆帳給訊息提供者，或以關鍵字查詢得到相關的廣告訊息，並以廣告被點閱的次數來向廣告主收費，同時自動分配一部分的廣告收入給網站經營者或內容提供者。

AdWords和AdSense都是一個自動處理廣告刊登，以及廣告點閱計算和計價、拆帳的系統，Google透過這兩個平台，處理和廣告主之間的廣告刊登作業，以及和廣告主之間的收費、和網頁發布者（即網頁的內容提供者）之間的廣告拆帳，這些作業流程不像傳統廣告的刊載和收費作業，完全透過廣告AE來進行，而且因爲網路無遠弗屆的特性，可以在很經濟的機制下，進行分區或全球性的廣告作業。

對廣告主來說，這種以「點擊計費」（Pay-Per-Click, PPC）的廣告計價方式，十分公平划算，因爲每一次的點擊，都是確實有興趣的人，而且點擊之後會確實閱讀，因此效果很大；傳統的廣告以報紙發行數、收聽率、收視率來計價，卻根本不知道確實有多少人閱、聽了廣告。

同時，因爲增加了與網頁發布者的廣告費拆帳機制，使得廣告的效果加成，但這個機制同時也產生了一些問題，有些網站或網頁的訊息發布者，就專門寫一些容易被點閱的報導，或者容易與廣告連結的文章，那麼就可以因而獲利，演變到後來，會不會形成報導

遷就商業的隱性「置入性行銷」，或被商業利益綁架的情況？這在新聞訊息類的新興媒體，可能是一個隱憂。

第八節　新興媒體的新聞採訪

新興媒體因為媒體特性與傳統媒體迥異，因此對傳統媒體認為專業的採訪取材方向當然也有絕大的不同，這種不同的產生，基於兩個因素，一是新興媒體既然有開放的公民媒體精神，所以媒體的使用者可能就是媒體新聞內容的提供者或是撰寫者，可以說網友都可以是記者，那麼事實上不可能對所有媒體使用者進行採訪寫作的教育和訓練，頂多只能提供一些基本的守則，所以，對於什麼是新聞？新興媒體的公民記者每一個人的認知未必都相同，當然他們也不可能知道新聞應該具備哪些要件？（第七章第二節）他們都完全憑藉個人的獨特認知來決定什麼是新聞，什麼事件值得採訪報導。

另一個原因是，新興媒體事實上就是對傳統媒體的表現不滿意而出現，許多人要集體創作出一種獨特的、屬於他們自己口味的媒體，所以他們根本就不可能去師法傳統媒體的新聞處理方式，這樣才能與傳統媒體有所區隔。

一、新興媒體的新聞取材有異

既然新興媒體與傳統媒體大不相同，它的新聞取材當然有異，前已述及，傳統媒體以大眾傳媒自許，取材自然以大眾的興趣為主；新興媒體是分眾媒體，是社群媒體，取材當然是以所訴求的分眾甚至小眾和社群興趣為主，它們有幾個取材的特色：

1.平民思維為出發點：傳統媒體認為的小事，以平民的眼光和生活來看卻是大事。

2.素人生活的描繪：一般老百姓和普羅大眾生活中的喜、怒、哀、樂與無奈，都是新聞。

3.有趣的人間百態：從人物到動物，任何有趣的事物都可入鏡。

4.冤屈和不合理的投射：生活周遭發現的不合理、不公義、冤屈事項的憤怒之聲。

5.奇人異士或逸事：特殊的人與事。

6.民間傳聞或匪夷所思的怪事。

7.好人好事或壞事。

8.其他發生在身邊的「大事」或「大消息」。

9.新觀念、新議題的主張，或對現行制度、政策的批判。

10.窺探到的秘密。

這些題材多得不勝枚舉，只要有人愛寫、愛現、愛秀，就有人要看，要聽，有人看了聽了如果還要發表評論，那麼加入討論的人就越來越多，新聞就越傳越廣。

二、文字、圖片、影像三合一

正因為這些題材的多且廣，而且新興媒體沒有什麼分工，大家都是校長兼工友，因此新興媒體的特色就是文字、聲音、影像全都錄，全都收，所以為新興媒體採訪，如果十八般武藝俱全，能採、能寫、能拍照、能攝影、能錄音，加上又勤快，常常有獨特的新聞上媒體，保證成名很快。

當然，沒有十八般武藝也行，反正新興媒體大家自由上傳新聞，有文字傳文字，有照片傳照片，有聲音傳聲音，有影像傳影

像，誰也不會怪你寫得不好、照得不清楚、畫面會跳動。

三、取材方向不同但採訪職能不變

新興媒體的現狀雖然如此，但是作為一個新聞傳播科系的學生或愛好者，應該深切瞭解的是，新興媒體取材和傳統媒體取材之不同，是因其媒體的特性和市場的差異性所產生的區隔，而就這些不同的取材方向去進行採訪，獲得適合在新興媒體登載的素材；至於採訪所需要具備及注意到的規範，應該還是要遵守。

易言之，取材方向容或有所不同，採訪的方式和技能、規則卻還是一樣的。尤其在未來，新興媒體越加多樣化，越加多元化，被民眾接納的程度也會越高，那時候，各種形式的新興媒體可能形成媒體的主流，勢必也要追求一定的媒體品質。

第九節　新興媒體的新聞寫作

新興媒體的新聞寫作，當然與傳統媒體也會不同，但是會有多大的差異，目前尚難遽加論斷，不過有三個層面的問題是目前可以想像的。

一、寫作架構的變化

在本書第九章第一節介紹了新聞寫作的四種架構，如果新興媒體在報導寫作的發展上沒有新的寫作架構被創造出來，那麼這四種寫作方法仍將存在，問題是，其架構的形式將不再十分的清晰。

為什麼呢？

(一)短而美的報導是趨勢

新興媒體因爲重視的是行動閱聽，所以必須結合多功能的終端接收裝置，這個多功能的接收裝置在未來可能都會以掌上型的裝置爲主流，在行動中收聽、閱讀、收看就很方便。但是掌上型裝置有一個特點也是缺點，就是收視的螢幕很小，通常不會大於3.5吋，在這麼小的螢幕中，無法容納太多的資訊，資訊一多，就要不斷的翻閱畫面，十分麻煩。

因此，可以確信的是，未來在新興媒體的報導一定要走向短而美。

2006年3月，Twitter成立，開啓了微網誌的時代，爲什麼稱爲「微」網誌？因爲這個網站的設置就是要以手機的簡訊功能爲平台，而手機簡訊只能容納一百四十個英文字，所以傳遞的訊息都以一百四十個英文字爲標準，字數雖少，但卻流行全美國，尤其2008年年底美國總統大選，及搖滾歌手麥可．傑克森（Michael Jackson）於2009年6月26日猝逝的新聞，Twitter的消息都比所有的主流媒體來得快。而隨著Twitter的日漸流行，短而美的寫作自然更是深入人心。

(二)寫作輕鬆化

因爲報導必須短而美，所以在新聞導言的宣告很明確外，後續的本文會更爲簡潔，不會再有和導言有任何重複的語文。

也許可以這樣推論，更簡化型的倒金字塔式的寫作架構，可能還是比較適合短報導的寫作，基本上因爲它符合人性，且可以衍生出許多種不同型態的導言寫作方式，來符合寫作輕鬆化的原則，那麼對閱聽人而言，會有比較輕鬆且容易接收訊息的感受。

二、即採即寫

新興媒體的特性之一就是強調「隨身性與即時性」，可見新聞訊息的迅速獲得對新興媒體的使用者來說是很重要的。因此，新興媒體記者的採訪與寫作之間的時間壓縮是很嚴峻的，要作到「即採即寫（報導）」的原則。

前面說到新興媒體的記者要十八般武藝精通，能寫、能拍照、能攝影、能錄音，那麼如何能「即採即寫（報導）」呢？

說來也是拜科技之賜，現在一部智慧型多功能手機，既能通訊，又能無線上網；本身是一部PDA，可以用觸控螢幕寫稿，可以錄音兼攝影，拍照更沒問題（到2010年中，畫素已經高達一千二百萬pixels，有閃光燈，可以自動對焦，攝完並可以立刻上傳到網站），所以邊採訪邊錄影、錄音，採訪工作完畢立刻在螢幕上寫稿，完成後連同影像聲音就可以上網傳檔，一次完成。

三、標定時間地點

在傳統報導上很重要的時間問題，一個是新聞發生時間，一個是報導時間，這兩個時間都很重要，但在新興媒體上，這個更重要。

因爲新興媒體最主要的平台是透過網路，而網路是無國界的，所以一個地方的訊息在同一個時間點，可能傳達到各個不同時區的國家地區，這種跨國界的特性，造成每個地方的人要瞭解事件發生的時間，就必須要有共同的標準。

因此，新興媒體對新聞事件發生時間或報導時間的標定是很重要的，必須以國際共同的方式來標定，也就是以西元的年份，日期

和時間則必須便於轉換，最好在標定時間時同時標定地點，或者該地的國際時區，這樣就很清楚了。

結　論

聯合國新聞委員會在1998年5月的年會中，將網際網路正式定爲繼報紙、廣播、電視之後的「第四大傳播媒體」。

這個決議說明了網路自1990年代初期開始商業化之後，發展的速度驚人，已經成爲極具影響力的媒體，這個「第四大」媒體，是從發展時間順序上來標定，然而從事實的發展上來看，網路媒體卻已經是「第一大」的媒體，甚至影響了報紙、廣播和電視的生存發展。

以網際網路爲主，透過有線與無線的電路，和以提供內容的網站，以及多功能的終端接取設備，所組成的各式新興媒體，它們在技術的發展上一日千里，各種標準也不斷的被訂定，成爲國際統一的系統和標準，但是，在新興媒體的內容，尤其是新聞性的內容，呈現的卻是一團混亂。

這當中最大的問題，當然是因爲大家對新興媒體「開放、互動、參與、分享」的理想有著無限的期待，傳統媒體完全難以達成這些理想。而製作傳統媒體內容的一些原理、原則、規範，被認爲是造成傳統媒體無法滿足民衆需求的罪魁禍首，因此被視爲應該「叛逆」的目標。

新聞傳播的學理，包括新聞寫作採訪的一些知識，在新興媒體發展的過程當中，同樣都是閱聽人反動的標的，雖然沒有聲嘶力竭的革命，但在無聲中，傳統的價值遭到了嚴重的挑戰。

在這個新興媒體的時代，傳統的新聞學理是「有時而窮」呢？還是根本就毫無價值了呢？又要如何因應這個新興媒體極速發展的時代呢？這些問題值得我們的關心和觀察。

問題與討論

1.新興媒體和傳統媒體有何型態上的差異？

2.什麼是Web2.0？

3.Web2.0對傳統媒體有什麼衝擊？

4.新興媒體有什麼特性？

5.傳統媒體有沒有可能轉化為新興媒體？

6.新興媒體的採訪與寫作需要注意什麼？

7.請嘗試到「維基（Wikipedia）網站」和「Knol網站」去查詢資料，並比較這兩個百科網站的差異。

關鍵詞彙

1.**Facebook**：中文譯成「臉書」。2004年2月4日，哈佛大學的學生馬克・扎克伯格（Mark Zuckerberg）創辦了Facebook，將原來是作為哈佛大學新鮮人的通訊錄網站化，以便於大家相互認識，受到極大的歡迎。第二年就擴大到幾乎全美的學校，2006年9月，這個網站開始正式營運，變成了一個社群網站，2007年9月，Facebook已經成為全美網站的第七名，也是美國排名第一的照片分享站點。2010年3月，Facebook在美國的訪問人數已超越Google，成為全美存取量最大的網站。

2.**類比**（analog）：（訊號經過電流之後產生的電波，從輸入點到輸出點都呈現連續性的強弱高低，稱為類比訊號，電波是如此，聲波也是如此，但是這種類比訊號容易受到外來其他訊號的干擾而產生失真的現象。

3.**數位**（digital）：類比訊號經過數位處理後，將連續的訊號切割，以其電壓的高低形成取樣電壓，轉換成0與1的數位資料，這種資料格式就是數位資料，數位訊號容易儲存與運用，在傳輸的時候不容易受到外來其他訊號的干擾而失真，但必須經過再轉換的過程，成為類比訊號才能被使用。

4.**PDA**（Personal Digital Assistant）：個人數位助理，是一種個人掌上型的電子裝置，可以透過面板的手寫輸入，進行紀事、繪圖、登入電話簿、行程表等等秘書功能，最先由惠普公司所設計推出，隨著科技的發展，新的PDA可以有通訊、上網、攝影、地圖導航等功能，與一部小型的電腦功能相近。

5.**回饋**（feedback）：原是電磁學用語，應用在大眾傳播學上，意指接受傳播者對傳播內容的反應。

6.**Web Base**：Web-Based 在多元化的資訊環境中，整合不同來源、不同型態的資訊，以便使用不同平台的人，經由一致的web介面，透過網際網路以瀏覽器（browser）獲得所需的資訊。

7.**IP-Base**：以互聯網通訊協定為基礎的連線方式，透過每一個終端設備的電子「位址」，可以建構不同位址之間的連結和訊息傳輸。

8.**播客**（Podcast）：是一個複合字，由iPod與Casting合併而成的新字，iPod是蘋果電腦所發展出來的音樂播放器，後來蘋果電腦繼續發展這個播放器的延伸功能，在其網站設計了可以讓人上傳錄音作品的機制，而透過網路，讓網路使用者上網可以離線收聽這些節目的內容，或者透過訂閱，可以在iPod連線到電腦後，自動下載訂閱的聲音內容，而在播放器上播放收聽。

9.**Vlog**：影音日誌，是一種Video的Blog，利用攝影機製作精彩的影片，上傳到Vlog的網站，可以開放給大家來訂閱或點閱觀賞，像當今很流行的YouTube就是Vlog網站的一種。

10.**Web2.0**：由 O'Reilly Media創辦人兼執行長歐萊禮（Tim O'Reilly）提出，指2000年網路泡沫化後，倖存者都具有以使用者為中心，且有「互動、參與、分享」的特性，因此稱為Web2.0，而之前以網路經營者為中心的網站，則稱為Web1.0，但是Web2.0只是一種概念，而非資訊業的世代或版本，目前的部落格是最明顯的例子，Wikipedia網站也是一個最典型的例子。

11.**射後不理**（Fire and Forget）：是軍事武器的術語，指的是一種飛彈的

操控技術類型，在飛彈射出之前，即將所有射控參數輸入到飛彈內的控制晶片中，並於發彈發射後，由控制晶片依設定的參數來導引飛彈飛向預定的目標。而飛彈的投射單位和載具則無法再加以操控，這種類型的飛彈系統，就稱作「射後不理」。

12.**Web3.0**：是Web2.0的進化，迄未能有具體的定義，但差異是：從唯使用者為中心到去中心化（Web1.0是唯經營者為中心）、建立了網站的獲利模式（甚至與其他網站經營者或內容提供者的拆帳模式），更智慧的應用介面等，使得網站的經營可以有更多的可能性，且更能匯聚更多使用者的智慧，最終的結果是獲得「利益」。

13.**客制化**（Customer-made）：依照客户的需求去設計並做出產品，有別於量產的商品。

14.**搜尋引擎**：利用一種搜尋技術來快速尋找資料的功能，稱為搜尋引擎，或稱為「搜索引擎」，分為兩種，一是搜尋其他網站服務的網站，被稱為搜尋引擎網站，或稱為入口網站；如果是提供關鍵字的查詢，就被稱為單純的搜尋引擎。

15.**附加價值**（Value-Added）：企業透過生產或製造而創造之價值，也就是從總生產值中減去購入原材料及產品之價值的餘額，就是企業產出之淨生產值。但晚近被延伸運用到某種作為造成在正常收穫之外，能夠附帶增加的額外收益或價值。

16.**商業模式**（business model）：一種企業經營的策略與方向，而透過這種策略的經營，能夠持續而固定的產生一定的獲利，這就說是建立了一套「商業模式」。

17.**Wi-Fi**（Wireless Fidelity）：中譯為「無線保真」，是一種運用在區域網路的無線傳輸系統，針對區域網路設計的無線通訊協定，使用IEEE（美國電子電機工程師協會）802.11a、802.11b、802.11g、802.11n等技術規範，可以在數十公尺至數百公尺範圍內無線上網。

18.**WiMAX**（Worldwide Interoperability for Microwave Access）：中譯為「全球互通微波存取」，是一種運用在廣域網路或都會網路的無線傳輸系統，也是一種無線通訊技術和協定，但它的覆蓋範圍較大，傳輸距離可以達48公里，頻寬也較寬，不僅可以點對面通訊，也可以點對點通訊，被認為是新一代的通訊系統，又被稱為是「4G」（第四代

無線通訊）。

19.**地下媒體**：一般媒體都必須經過各種方式的登記和設立，才能開始進行營業（台灣的報紙與雜誌雖已沒有「出版法」的規範，但還必須有商業登記），但地下媒體是一種反社會的媒體，不僅未依相關規定設立，還依據不同的經營思維經營與主流媒體不相同的內容。

20.**公民媒體**：公民媒體的概念是認為傳統媒體是被把持壟斷的傳播事業，而認為應該由一群有公民意識的人來提供新聞內容，而且公民人人都可以是記者，不需經過專業的訓練，以免受到傳統媒體的汙染，而提供公民記者發表訊息的媒體，就稱之為公民媒體。

21.**AdWords**：是Google公司所發展出來的一套「廣告關鍵字查詢」的核心技術，讓廣告主可以吸引正在尋找其相關產品和服務的目標客户，並且以每次點擊的計算方式收費，更容易控制廣告成本。

22.**AdSense**：是Google公司所發展出來的一套「廣告連鎖經營」的核心技術，讓網站的經營者或內容提供者可以和Google公司連線經營廣告業務，而透過Google AdSense的核心技術，將符合網站和內容供應屬性的廣告被導流過來，可以大幅提升廣告的點閱率，增加廣告的效果和收益，而加入Google AdSense廣告連鎖計畫的網站或內容供應者就可以獲得廣告費的拆帳。

23.**廣告AE**（Account Executive）：是廣告主的預算執行者，必須對市場狀況、廣告策略、行銷及媒體的認知都很清楚，然後將客户的廣告預算在有計畫的控制下去執行，並發揮最大的廣告效益。

24.**點擊計費**（Pay-Per-Click, PPC）：網路時代的廣告計費方式，不管是在網頁的廣告標誌（Banner）或者是透過關鍵字搜尋出來的標題，都只能涵蓋概略的內容或文字，必須加以點擊，才能開啓檔案的內容，從而獲悉廣告主提供的完整內容，而這個廣告標誌或標題，一經使用者點擊，就視同被使用者閱讀，廣告主就必須支付廣告費給網站經營者，這種依據點擊付費及計費的方式，稱為「點擊計費」，其優點是確認廣告曝光才需支付廣告費，對廣告主而言是比較能夠命中目標客户，且較為經濟的廣告方式。

參考書目

廖俊傑（2005）。《即時報語電子通路：報業的重生和商機》。台北：陽光房。

第十三章 採訪寫作的重要原則

第一節　對媒體角色的認知
第二節　媒體新聞政策與基本原則
第三節　迅速與正確的拔河
第四節　平衡報導的重要性
第五節　錯誤的報導與事後的更正
第六節　暫時不能報導的情況
第七節　理論與實務的落差
結　論

1.媒體的不同角色與定位。

2.媒體一定要有自己的編輯政策並且明白告知。

3.報導追求正確的必要性和作法。

4.理論和實務產生落差時的調適。

本章之前的篇幅，都是從學理和實務中去解說新聞採訪的技能，這些技能能夠讓一個新聞從業人員去做好他的新聞報導工作，但是，新聞工作不是一個輕鬆的行業，會使許多人終身從事這個行業，火中來，水裡去，甚至在槍林彈雨中也不負採訪報導的責任，顯然，在這個行業中有一些精神和原則，驅動許多人前仆後繼，去延續新聞記者的使命。

就像一個醫生光會開刀是不夠的，他必須有醫德，才能視病如親；軍人只有戰技也是不夠的，他必須有武德，才不會濫殺無辜；同樣的，作為一個有志從事新聞工作的尖兵，單單學習新聞採訪的技能也是不夠的，必須學習一些新聞工作的精神和原則，並奉行不渝，才能忠於真相，提供事實給閱聽人。

以下的篇幅，對記者工作上的一些重要原則加以解說。

第一節　對媒體角色的認知

媒體在西方被認爲是「第四權」，這個「第四權」理論，是美國聯邦最高法院波特·史提瓦大法官於1974年11月2日在耶魯大學的演講中所提出。史提瓦強調新聞媒體在現代民主社會中所扮演的角色，係作爲政府行政、立法、司法等三權以外的第四權力組織，用以監督政府，防止政府濫權，與言論自由是有所區別的。因此，「第四權」理論被稱爲新聞自由理論，又稱爲「監督功能理論」（維基百科，「新聞自由」條目，「第四權理論」項，http://zh.wikipedia.org/w/index.php?title=%E6%96%B0%E8%81%9E%E8%8

7%AA%E7%94%B1&variant=zh-tw）。

這個第四權理論並非沒有受到質疑，主要在於這個所謂的「權」，如果涉及「權力」（power）的行使，就必須有法源、有法定組織，但媒體顯然不是，但如果這個「權」指的是「權利」（right），那麼爭議就不大，尤其是媒體作爲監督政府，防止政府濫權的功能，一般則是迨無疑義。

但是，媒體除了監督功能外，事實上還有許多功能和價值，但是這些功能在媒體的運作上，往往產生一些爭議，需要釐清。

一、媒體有教育功能但不是教育機構

新聞媒體的報導，除了一些社會和災難性事件外，有許多新聞都是新的事務，甚至具有知識性，很多人從新聞媒體的報導中可以獲得很多知識的成長，這就說明了媒體本身確實是具備有教育功能的。

但是也因爲媒體的教育功能很大，所以當媒體報導一些負面新聞的時候，許多人擔心這些負面的報導，也指導了部分閱聽人學習這些負面的行爲。譬如在台灣和日本都有這樣的說法，認爲因爲媒體對自殺方式的報導，導致日後陸續發生相同方法的自殺事件，可能都是從媒體報導中學習而來的。

有人認爲，社會很多的問題，都是因爲媒體報導太多負面的新聞，報憂不報喜，造成社會的不安，甚至有人還認爲媒體是社會的「亂源」。

因此，就有人呼籲媒體應該多報導社會光明面的新聞，少報導社會陰暗面的消息；多報喜，少報憂，來發揮媒體的教育功能，使得社會趨向光明和良善。

這種說法似乎很有道理，但是社會上許多問題的發生，是許多

原因糾結所造成的「多因」、「共因」，絕非單一因素，如果把所有罪過歸責於媒體，卻可能產生規避問題的「鴕鳥」心態，反而無助於問題的解決。

媒體的責任是監督政府，報導社會的眞相，媒體具有教育功能雖是事實，但確實也不是教育機構。因此，媒體在讓眞相呈現的過程中，必須要有一些作爲來增加教育的正面功能，降低負面效應，這是媒體應該注意的重要職責，這個作爲，就是讓眞相「合理」的呈現，至於怎麼樣才算是「合理」的呈現眞相，至少應該包含這幾個原則：

(一)呈現眞相時，符合比例原則

這個原則簡言之就是不要「誇張渲染」，但在執行時要注意到許多細節：報導的篇幅與事件的影響層面是否符合比例？如果不是，就是誇張；報導的事件是否反映社會普遍的問題？如果不是，就是小題大作，就是渲染。諸如此類的思考，在寫作之前就必須深思熟慮，見報之後還必須檢討，隨時校正報導的尺度。

至於選刊或選播新聞的守門人，也必須思考：正面眞相的新聞和負面眞相的新聞，其比例是否呈現常態比？有否過度斜到負面新聞？這是媒體經營者必須在編採政策上作出正確的抉擇。

(二)報導某些新聞時，只報導事件，不描述過程或細節

某些犯罪或某些個人的奇特行爲，確實會產生「模仿」或「學習」的效果。譬如，犯罪的過程是會學習和模仿的，所以媒體在報導犯罪新聞時，切忌詳盡的說明犯罪的手法和過程；再譬如說，自殺的方法是不宜報導的，因爲也會讓想不開的人模仿學習。這些事件都存在、都發生，媒體沒有不報導的理由，但是報導的篇幅大小

是第一個必須思量的問題，其次就是要避免對事件過程和細節的描述。

(三)要確實做到保護弱勢受害者或青少年

在報導的過程當中，經常會碰到新聞事件的相關對象是青少年或是弱勢者，不管是不是因爲法律上對青少年有保護的規定，作爲具有教育功能的媒體，我們必須對這些對象的新聞事件進行適當的處置。

對於弱勢受害者，必須避免讓他們的名字和面孔曝光，尤其在碰到類似強暴案件時，特別要注意避免他們在遭受歹徒的傷害後，又受到媒體的「二度傷害」。

對於青少年嫌犯，我們必須給予改過遷善的機會，因此一般國家都會給予較輕或特殊的處置，以免因一時衝動葬送一生，媒體也必須確實做到這一點，不要將他們的名字、照片，甚至住所地址、父母姓名等任何足資辨識他們身分的資料登載或刊播。

這些都是將心比心，與人爲善的措施，更是教育中重要的一環。

(四)對於容易引起負面效應的新聞，最好有平衡報導的措施

對於一些負面的新聞，在事件發生後，媒體不能因爲教育的考量而當它不曾發生或不曾存在，但是報導時確實要更加的小心謹慎。

首先，要考量的是報導的篇幅是不是符合比例原則。

其次，當報導可能有引起負面效應的顧慮時，就必須有其他的配合報導來導正或提醒其他人注意類似的現象。譬如社會景氣不佳時會有人因爲失業或負債，一時想不開而自殺，這類新聞很容易產生模仿或學習效應，因此在報導時除了不要過度描述過程外，還可

以配合報導國家或社會相關的紓困、輔導就業等措施，以及情緒鬱結時可以獲得的心理、法律等諮商；也可以提供一般人如何注意周遭親友的狀況並如何處置等等的報導，讓當事人本身和他們的親朋好友，都可以看到除了自殺以外更多的選擇和協助，這類的平衡報導，可能淡化自殺新聞對相同遭遇的人的負面影響，增加多一些的正面思考，必可以降低負面新聞的不良影響。

二、媒體有宣傳功能但不是宣傳或宣導工具

任何事務經過媒體的報導，立刻遠近皆知，這就是媒體的宣傳功能，至於宣傳的是正面的或是負面的效果，這與報導事件的本質有很大的關係，這種傳播效果的問題不在本文討論之列，但媒體具備很強的宣傳功能，已經為大眾所共認。美國的傳播學者都認為美國總統的競選活動，根本就是媒體宣傳的競技，誰宣傳的好，誰就當選，可見媒體宣傳力量之大。

因為媒體這麼強的宣傳功能，因此大家都想利用媒體，希望透過媒體的正面報導，來獲得對自己最大的利益，這些想利用媒體的，包括政治人物、工商團體、社會組織、影藝文化人士，甚至公司行號等等。而另外也有人想透過媒體的報導來傳布不利於人或組織的消息，達到打擊他人的目的。

但是，媒體必須為閱聽人負責，媒體不能因為為人宣傳而使閱聽人受損失，更重要的是，媒體就是媒體，是報導事實眞相的工具，它雖然有很強的宣傳功能和效果，但它絕對不是任何人或團體組織的宣傳工具。

所以，媒體在報導一則新聞事件時，如果發現這則報導可能讓某個人或某個團體獲益，這時候就必須思考這幾個問題：

(一)報導是否具備新聞的要件？

報導是否符合了本書第九章第二節所說的新聞要件，如果確實具備了這些新聞的要素，那麼即使對某一些人或團體產生利益，這也是無法因噎廢食的事情，不能因此而捨棄不報導。

(二)是消費新聞還是廣告？

新聞的類型有許多種，消費性的新聞也是其中之一，譬如一個新產品的問世，一家百貨商場的大折扣活動等等，這些訊息對消費者都有很大的吸引力，和停水停電的報導一樣，都受到閱聽人的重視和關心，因此這類消費新聞也是構成媒體報導的重要內容之一。

消費新聞確實會讓商家獲利，但因爲報導的是純粹的新聞，而且也是閱聽衆所關心，所以通常媒體會闢出專門的篇幅和位置加以報導。

至於廣告就不一樣了，廣告雖然未必都是不實，但是廣告的特色就是特別強調，甚至誇張優點，而且通常會比較主觀的、強勢的行銷，無法客觀呈現事件或商品的全貌，因此與報導確實是有很大的差異。

一般人對廣告會有排斥或質疑它所宣傳的功能和效果，因此，最近流行一種所謂「置入性行銷」，利用報導的方式夾雜宣傳的內容，讓閱聽人誤以爲是報導而全盤或大部分的相信接受，其實這就是「廣告新聞化」的糖衣。

不管如何，媒體必須要清楚的區隔新聞和廣告，以便閱聽人能夠容易辨識，這是很重要的原則。

(三)政府或社團發布的是新聞還是宣導？

政府或民間社團定期會將施政或業務的成果發布，希望透過媒體的報導讓民衆瞭解，其中當然有宣傳績效的意圖。

媒體作爲監督政府施政的重要機構，也有報導眞相的責任，因此對於政府發布的相關資料，當然必須在經過確認後予以報導，關鍵就在於這個「確認」的過程，有些事情是「橫看成嶺側成峰」、「遠近高低各不同」，一個事實（或數據），可以有不同的解釋，因此，媒體有責任對這些資料所呈現的「意義」，加以報導，而不能只一面倒的以某一種角度或說法去報導；其次，就是「客觀」的報導，避免過度詮釋或過度使用形容的語詞，畢竟政府施政績效的良窳，民衆自有感受，媒體不需過度加以著墨宣傳。對於社會團體的業務績效報導，當然也是秉持這樣的原則。

(四)選舉時的政見和活動是新聞還是宣傳造勢？

各類型的選舉，包括民選行政首長、民意代表、社團理監事、公司董監事等都會定期進行改選，候選人爲了爭取支持，爭取選票，必然會提出許多政見和主張，甚至舉辦各種名義的活動，實則是爲了造勢，匯聚人氣。

爲了讓這些政見和主張，以及活動的訊息有更多的民衆知道，勢必要透過媒體的報導，尤其是「加強」報導，以達到效果。媒體，又被利用來作爲宣傳的工具了。

當然，從另一個角度來看，媒體也是幫助民衆或選民瞭解候選人的政見和主張，有助於選出好的領導人或民意代表，這也是落實民主的重要功能，因此，媒體必須在宣傳的「功能」和「工具」的角色之間做好適當的扮演。

首先，媒體當然必須將候選人向選務機關登記的政見公平報導出來，這是登載在官文書上的文件，確實也有其「宣示」價值，這一點的爭議不大；關鍵點是候選人在公開場合的口頭主張，就必須小心處理了。

候選人經常爲了爭上媒體的報導，那是「語不驚人誓不休」、「三分顏色開染房」，誇大渲染自不在話下，對於這類所謂的「選舉語言」，媒體是不宜過度加以報導的，也就是說，記者必須認清楚候選人未來當選後的職權，非其職權範圍的主張，根本就不可能被實現，也就說明了是騙選票的假主張、假議題，媒體即使要報導也必須揭露這一點。

另外，即使是職權範圍內的主張，也未必完全可行，媒體也有責任就這些問題，向候選人問清楚之後才加以報導。換句話說，媒體應該讓候選人明白，不僅要提出政見主張，還要說明如何去達成這些政見主張，只有這些說得到做得到的主張，才會受到媒體的重視和報導；這一點極其重要，但一般媒體多做不到。唯有做到這一點，才能讓媒體做到幫民衆「看守」，且不流於被當成「宣傳工具」利用的角色。

在競選活動報導的部分也是一樣，可以發布活動的訊息，但對活動內容的報導，就必須嚴肅的回歸到新聞選擇的相關要件了。

三、媒體可以有主張但不能主導

社會在不斷進步當中，許多新的思潮出現，而科技的發展也讓人類知道了許多過去所不知道的事情，因此，一些比較有遠見的主張和觀念也被一些人提了出來。

這類的新主張新觀念，因爲觀點比較先進、比較前瞻，大多數都是對現今存在的一些生活方式或社會發展方向的反思，因此也未

必能爲當代民衆所普遍接受。

譬如說，有關節約能源的主張、降低二氧化碳排放的主張、垃圾處理方式的主張、森林保育的主張、物種保育的主張等等，都與人類及地球未來的永續生存息息相關，但卻與當今的經濟發展產生相當程度的扞格，與強調積極發展經濟以改善民衆生活的主張，形成了某種程度的對立。

在這些新觀念的主張中，除了一些熱血人士的參與之外，媒體的工作者因爲職業接觸的層面較廣，所知所見較多，難免會因認同而支持，甚至成爲熱烈而核心的支持力量。理論上說，這種對新觀念的主張，對人類社會未來的深切關懷，不正就需要強而有力的媒體去推動嗎？那麼媒體到底能不能參與這種社會活動呢？

確實，媒體對闡述新觀念、介紹新思潮可以達到很大的效果，而且媒體確實也應該有前瞻性的思維，展現對人類和地球未來發展的關心，但是，作爲一個媒體的角色，最多就是如此了，可以主張、可以鼓吹，但是就是不能去強勢主導。

記者個人也可能熱衷於某種社會運動，有些媒體不喜歡它的記者有這樣的參與，因爲在報導時容易夾雜個人的情緒甚或偏見，無法持平對待不同意見的另一些人，那麼媒體就會沾染色彩，失去公正性，而受到外界的抨擊。

參與一些社會活動雖然是個人的權利，但如果影響到媒體報導的公正性，基本上還是得不償失的，因此媒體通常會對記者個人的社會參與加以關心注意，避免又要參與又要採訪報導這種角色衝突的狀況。

至於媒體的本身，如果決定在政策上支持某一種新觀念新主張，甚或社會運動，也不是不可以，但是一定要對自己的立場表達清楚，讓閱聽人明明白白；同時，也不能因爲媒體自身支持某一種立場，就神聖化這種立場而妖魔化不同意見的人或團體，甚至在碰

到不同的意見時，利用媒體大加撻伐或抨擊。

如果能做到這些原則，媒體即使有主張，還是會得到受衆的尊敬。

四、媒體必須深入眞相但不能扮演員警辦案

媒體的重要功能之一，就是呈現眞相，讓眞相不被蒙蔽。但是，媒體追求眞相，是不是可以用不擇手段的方式去追求？

在1970年代前後，台灣的媒體（主要是報紙媒體，那時候的電子媒體還不是很發達）流行運用各種方式去採訪新聞，尤其是在社會新聞方面，記者假冒員警或檢察官的名義，去向案件的涉嫌人或關係人威逼利誘套取新聞消息，然後加以報導。

這種以「非記者」的名義採訪新聞的行爲，被稱之爲「化身採訪」，曾經熱門一時，支持這種採訪方式的人認爲，採訪工作是「八仙過海各顯神通」、「黑貓白貓，能抓耗子的就是好貓」，只要能採訪到好新聞，就是對讀者最好的交代，過程的細節即使有瑕疵，也是「瑕不掩瑜」。

但也有人反對這種採訪方式，他們認爲採訪工作必須堂堂正正，以記者的身分去進行，必須靠平常的努力累積人脈，以獲得深入或獨家的新聞消息；如果是以假冒的身分，美其名曰「化身」以獲得新聞，其實與施「詐術」沒有兩樣，而受欺騙的人事後定然知悉，社會終究也會瞭解，最後還是會影響媒體的形象，因此不應爲之。

晚近已經沒有人再談「化身採訪」，也就是這種不擇手段完成採訪任務的方式，已經失去了理論基礎，但是事實上還是有記者用這種方式進行採訪的工作。

記者有採訪權，一般民主國家也會給予記者採訪的方便，但

是，記者沒有員警、檢察、調查或司法機關的偵察權或調查權，同時，假冒這些身分，可能也會涉及一些法律方面的問題，如果一個報導不法的記者，卻是以不法的手段獲得眞相，這就呈現了矛盾的現象，也不是一個值得鼓勵的行爲。

要深入事件的眞相確實不是容易的事情，但正因爲不容易，報導的成果才值得重視。

第二節　媒體新聞政策與基本原則

由於新聞自由已經成爲普世價值，媒體在新聞自由的激勵下大步的發展，嚴格地講，有時候媒體確實是過度的自由，因此也引起了社會各界不同的評價。

有人說，媒體是「製造業」，因爲它的許多報導是無中生有的，是被製造出來的；或者因爲它的報導，許多不應有、不該有的問題被激發出來，製造了更多的問題。

有人說，媒體是「加工業」，只依據一些事實的成分，就誇大成一件大事，也就是說，才三分的證據，就說成十分的事件，其他的七分都是自編自導或是捕風捉影，誇大渲染，如同半成品加工製成成品。

有人說，媒體是「修理業」，喜歡批評譴責，報導人或事，不對也罵，對也罵；修理壞人，好人也陪同修理五十大板，爲了刻意彰顯公正，無事無人不修理，這不是修理業是什麼？

有人說，媒體是「屠宰業」，屠宰業的特色就是「血腥」，說的是媒體不僅喜歡報導打打殺殺的社會新聞、鮮血淋漓的災難新聞，而且很喜歡激化對立的雙方（或數方），讓他們互相攻擊，升高衝突，狗咬狗，不僅是滿嘴毛，還要咬得鮮血淋漓，殺紅了眼，

說這樣的新聞才具有「衝突性」。

社會的這些批評，雖然苛薄，但卻也有幾分道理。仔細的審視這些批評，都與媒體未能規範自己的行事作風有關。

一個持續經營中的媒體，如果希望能夠永續經營，一定對媒體的經營有所使命感，而針對這個使命感，為編採方針定下一些原則，讓所有的從業人員遵循，這樣才能型塑出一個有水準、有原則的媒體。

許多媒體都有類似「編採手冊」的書面資料，裡面包含媒體的願景、新聞政策、編採守則，甚至細到用字遣詞的規範，都加以蒐集，編採人員人手一冊，在這個編採手冊裡面規範的事項，所有編採人員都要一體遵循，是不需要再討論的，這樣既可以統一思想，也可以統一體例，而且可以省卻很多溝通討論的時間浪費，爭取編採流程的順暢。

這個「編採手冊」會隨著環境的變遷而修訂，但修訂的通常會是執行面的一些細部問題，或許也會對媒體設定的重大原則做補充性的說明和解釋，以因應新時代的新事務，但不會去修改重大的原則。

我們試舉《紐約時報》為例。

《紐約時報》的歷史上有一位很有名的執行總編輯艾布・羅森紹（Abe Rosenthal），他在《紐約時報》擔任總編輯的時間長達十七年之久。1969年7月接任總編輯後才三個月，他就於10月7日發布了對《紐約時報》「新聞政策」的型態、方針、動向的看法，重申《紐約時報》傳統的特性與原則。

他所列示的《紐約時報》的特性與原則如下：

一、時報同仁深信，完全客觀是一件不可能的事情，因為所有的新聞，均係由人所寫所編，錯誤與主觀在所難免，但是

時報的記者及編輯們卻有責任，盡一切人事，做到可能客觀的程度。

二、時報同仁深信，不論記者在採訪新聞時，其情緒上受到如何衝擊與影響，但是，當他們坐在打字機前，從事新聞寫作之時，卻應盡自己所能，不受情緒的影響。

三、時報同仁深信，新聞與言論是截然兩事，因而在新聞之內，不容許個人意見之表達。

四、時報同仁深信，對任何人及任何機構之個人誹謗言詞，或匿名的人身攻擊，均不適用於新聞之中。

五、時報同仁深信，任一受指控之人或機構，均應有權對所指控之事，做立即之答覆。

六、時報同仁深信，不應以新聞之有損害與破壞他人之的權力，而濫用此一權力。

七、時報同仁深信，對一件事或一個問題的兩面，予以同時披露與報導，是任何有責任感的新聞報導不可或缺的要素。

（引自：李子堅，1998，頁101、102）

羅森紹在他十七年的總編輯生涯中，曾多次以「備忘錄」的形式，一再闡釋《紐約時報》的新聞政策與原則，可見一個知名如《紐約時報》的媒體，它的記者和編輯還是必須經常被總編輯「耳提面命」，這也說明了一件很重要的事情：媒體的新聞政策與原則一經訂定，它的最重要價值就是被執行——被確實的執行、被持續的執行。

能確實執行媒體的新聞政策與原則，才是一個好的媒體，但是，這也不是一件容易的事情，在下一節有關「正確」的論述中，將介紹到連《紐約時報》的編採人員，即使在不斷耳提面命的情況下，都會犯下致命的錯誤。

第三節　迅速與正確的拔河

媒體永遠都在和時間競賽，報紙媒體說：「越晚截稿，越早出報」；通訊社媒體說：「每一分鐘都是截稿時間」；廣播及電視媒體說：「播出『現在』的新聞」。無一不在強調「迅速」對新聞報導的重要性。

一、迅速與正確孰重？

所謂的「報導」，指的當然是「正確」的新聞報導，當媒體在新聞處理的過程當中，如果截稿時限已經迫近，而消息來源的正確性尚在不完全確定的情況下，那麼，這當然是一個十分掙扎的抉擇，到底「迅速」與「正確」孰重？

說到「正確」，當然是媒體新聞報導的第一要務，因此，新聞採訪寫作有許多學理上的詮釋，和實務上的鍛鍊，就是在訓練一個追求「正確」報導眞相的記者和編輯。

同時，在媒體的作業流程上，絕對不會讓一條新聞從記者發稿就直接刊播，這當中一定設計了一系列的作業流程，每一個重要的流程中也必然有一個「守門人」，負責審核新聞稿，而且越到流程的末端，守門人的層級也越高，知識和經驗也越豐富，他們核稿的目的就是確保報導的「正確」。

媒體的這些流程，相當程度的確保了報導的「正確性」，但確實也影響了報導刊播的時間，也就是影響了刊播的「迅速」，因此，怎麼設計一套必要而簡便、有效的作業流程，對媒體來說十分重要，一定要讓守門的關卡「恰當」，就是恰恰好可以產生作用，

不宜太多也不宜太少，每一個關卡都可以發揮審核的作用，而不會影響刊播的時效。

影響迅速的因素，還有人才、人力和設備。

如果媒體人才不足，從業人員的水準不夠，那麼報導品質就會有問題，就容易出差錯。

如果媒體的人力不足，無法多線分工，那麼每一個守門人就會成爲每一個流程的「瓶頸」，一定會延誤報導刊播的時間。

好的設備可以協助強化流程的速度或縮短流程，譬如好的電腦設備可以便於發稿和傳遞稿件，功能強的軟體可以加速編寫作業以及圖片的編輯，這些都是加速刊播的利器。

因此，媒體的作業流程設計，以及人力資源和設備的充實與最佳化運用，目的就是爲了在追求正確的前提下，同時追求新聞的迅速，這是毫無疑義的。

問題是，有時候確實在截稿的邊緣時候，發生了這幾種狀況：

1.截稿在即，重要稿件才到，所以不得不越過了一些重要的審核流程。
2.截稿在即，但重要新聞報導的內容，尚無法獲得當事人或相關人的證實。
3.截稿在即，但重要新聞的消息無法得到不同來源的確認，亦就是說，可能是一個不可靠的消息來源。

以上的狀況，都設定在「重要新聞」或「重要稿件」，因爲唯其重要，所以才有正確報導及迅速報導的掙扎存在。在上述1的狀況，其實只要找到一個最有經驗的核稿人員加以審核，所費時間不多，但可以確保報導的品質，這是可以做得到的，千萬不能疏忽。

在2或3的狀況下，任何一個未能被證實的消息，就可能是一個「不可靠」的消息，這種不可靠的消息，錯誤的可能性是很高的，有如一個隨時會引爆的地雷；而錯誤所造成的代價也會很大，有時候不僅是媒體自己新聞權威的損害，嚴重者更會傷害到當事人，甚或社會、國家，眞是不可不愼。

所以當新聞的正確性「難以」獲得確保的時候，最好暫緩這則新聞的刊播，以免得不償失，畢竟，如果新聞不正確，迅速就毫無意義；同時，最終也不能以追求迅速的理由作爲新聞不正確的託詞。

二、正確的眞正涵義

在媒體的報導上追求「正確」，是媒體從業人員努力的目標，這話說來簡單，但做來卻不易。

從意義面來看，「正確」就很難去定義，因爲人所親見、所親聞，都未必就是眞正的眞相；所謂「瞎子摸象」，又是另一種資料不足產生對事實的偏差看法；而「橫看成嶺側成峰」，則又是因爲角度的不同，而產生對事實的誤判。

類似的情況很多，就以歷史來說，歷史是事件之後的紀錄，它的形成，是在充裕的時間和資料的佐證之下，由具有歷史研究專業素養的專家釐剔之後而產生，即使如此，歷史記載中的錯誤還是不勝枚舉，可見追求正確有多難。

而記者在採訪時，確實也有時間和空間，以及訪談對象的侷限，在某些狀況中，要呈現事實的全面，也有一定的難度，甚至不可避免的無法描繪出事實的各個面相，這當然就影響了報導的「正確」。

在這個層面上，作爲「寫歷史」的記者，當然就只有盡一切可能，去追求最高程度的眞相。

但是從另一個執行面來看，「正確」的追求，卻是一種對採訪

寫作任務的「積極態度」。

假設有這麼一個新聞事件：奧林匹克委員會某一個重要官員在記者會中，談到有關奧運的徑賽紀錄時說：「強生先生的200公尺徑賽奧運紀錄19秒22，相信在短時間很難被打破，強生還會是世界上跑得最快的人。」

對於這個談話，有三個不同媒體的記者，分別作了不同的處置：

第一位記者，很忠實的把這位奧會官員的談話作了報導。

第二位記者，對這位官員所說的強生的紀錄有所懷疑，於是他經過查詢，證實了強生的200公尺徑賽紀錄是19秒32，不是19秒22，而奧運及世界紀錄的200公尺徑賽紀錄也確實是19秒32，也確實是麥可．強生（Michael Johnson）所保持。這位記者懷疑是這位官員口誤，於是打電話向這位官員求證，證實了他所要說的紀錄確實是19秒32，因此，這位記者在報導時就把這位官員的說法寫出來，但他寫出了正確的紀錄19秒32。

第三位記者，也發現了這位官員說錯了紀錄，他在報導中將這位官員的說法忠實的記載，並將說錯紀錄的這句話特別「標示」（quote）出來，然後又寫了一篇短報導，說明200公尺的徑賽紀錄是由強生所創的19秒32，不是19秒22。並語帶批評的說：「主管奧會事務的高級官員竟然連奧運紀錄都搞不清楚！」

現在就這三位媒體記者的處理方法，解說如下：

第一位記者的報導，忠實的將受訪者的言論呈現出來，在這個層面上，是完全正確的，但對於報導中200公尺徑賽紀錄這一部分卻是不正確的，可以說這個報導既正確又不正確，既不正確又正確，爲什麼會產生這種混淆呢？問題出在記者的態度。事實上，這位記者應該也是搞不清楚200公尺徑賽紀錄到底是多少？如果眞是不知道，那麼他不是一位稱職的記者；如果明知爲錯，卻只會做

「忠實的記載」，「有聞必錄」，那麼這個記者是態度有問題，不能積極的面對採訪的工作。

第二位記者是一個態度積極的記者，而且對自己所跑的路線的狀況都能掌握，因此他知道紀錄被說錯了，他也積極的去查證、去聯繫，證明錯誤是口誤，因此他呈現給閱聽人的是正確的訊息，這個處理完全正確，而且值得嘉許。

第三個記者對自己路線的狀況也能掌握，但他的心胸不夠寬，喜歡見人出洋相，一有出人洋相的機會絕不放過，似乎有一點小題大作。

許多處理公共事務的官員，有時候因爲管轄的事務龐雜，難免在一些小資料上容易產生錯誤或跟不上最新的訊息，以美國白宮或國務院來說，發言人即使在發言裡的談話有所錯誤，但都要以正式的書面爲憑，媒體必須依據書面資料作爲報導的依據，絕不會在這些地方做文章，這是避免一些無意的疏失引起無謂的爭議的最佳選擇。

但是這也不是說採訪對象都不可批評，如果某個口誤的官員，平常形象就很有問題，而且不是很適任，過去也一再的犯錯，顯然對所主管的業務不是很熟悉，或者是這個錯誤事件造成極大的影響，也許在外交或國務事項上可能發生重大影響，在這些情況之下，而且確實是事件重大了，不排除可以把這種一再的錯誤當成另一則新聞來報導。

從上述的假設，我們可以瞭解在採訪寫作的執行面上，必須追求「絕對的正確」，也就是記者所提供給閱聽人的資訊，都必須是正確的。而有聞必錄的「忠實報導」，卻未必就是正確。

三、如何做到正確的報導

要做到正確的報導，通常會在採訪及寫作的執行面上，進行一些技術上的努力，大致上有下述幾個方向。

(一)對消息來源重複查證

報導會發生正確性的問題，大部分原因來自錯誤的消息來源，當記者從一個消息來源獲得重大訊息時，由於這個線索來源過去都很可靠，因此就十分相信，立刻據以作爲報導的題材，這是很危險的。

消息來源獲得的訊息是不是正確，有沒有以偏概全，或甚至是故意放出錯誤的訊息，這都有可能，但是媒體必須遵守一個原則，就是：「重複查證」。

任何事件，不可能只有一個人知道，如果消息的提供者知悉，一定也還有其他人知道，所以必須找出第二個消息來源來佐證。

重複查證是一個很有趣的技巧，美國的報紙很重視「訃聞」，甚至有「訃聞版」，地方性的報紙報導當地人的死亡消息，大報如《紐約時報》、《華盛頓郵報》、《洛杉磯時報》則報導重要名人的死訊。這些死亡消息，都包含了喪者的生平和行誼。

許多新進記者第一個工作就是寫訃聞版的稿件，將喪者的資料寫錯是很不敬而且很丟臉的事情，因此對於各項資料都必須仔細查證，而且必須有兩個以上的證據才能證實，這其實是一個很好的訓練，如果連死者的資料都無法查證清楚，還能跑動態的新聞嗎？

而所謂重複查證，就是要確認有第二個「絕非相同來源」的消息來源來證實，有時候，記者找到了第二個消息來源，再往上一追

查，發現這個消息來源的上游，與第一個消息來源是系出同源，這就不能當成是第二個消息來源，因爲來自相同來源的訊息，經過幾手傳播之後，每多一手就多一層不可靠。

尤其當每一個線索都指向同一個來源時，這時就必須更加謹愼了，其中可能有特別人爲操作的成分存在。

必須有兩個以上截然不同來源的訊息線索，才構成「重複查證」的條件。

客家人是一個很謹愼的族群，在台灣客屬中有一段口謠共十句，說一些事件眞理的人生規則，其中第三句說：「三人从众言公道」，就是三個人都認同的事情才正確的意思，這個人生規則正是說明了追求正確消息的方法。

(二)未經過查證的部分絕不報導

上一個段落講的是消息來源，這裡講的是報導內容，報導的內容很多，有些可能會有疑義或爭議，但是，即使有兩個以上不同來源證明這個消息無誤，但是對消息的部分內容中卻有不同的說法或無法證實，或者甚至是因爲其他因素而未能加以查證，此時，這些未能查證的部分還是必須保留，暫時不去報導，直到經過查證確實後才繼續報導。

同時，報導的內容中也不能只有一面之詞；用句遣詞，不能有「有問題的字句」；引號中引述的內容，必須確有所本。

所謂「有問題的字句」，包括了不能確實證明的陳述，或是出於有偏見者的指控，或是無故中傷，以及具有貶抑、歧視、侮辱等性質的字句。這些字句遣詞，都會令人不舒服，同時也會讓人對報導的正確性產生質疑。

(三)不使用「據悉」及不確定的字眼

報導時，應該明確指出消息來源，以昭公信，但有時候確實不能暴露消息來源，這時候至少必須指出消息來源的性質和階層，譬如說：「依據來自教育部高層的消息來源指出」，而不能用「據悉」兩字輕輕帶過，這兩個字一出現，就讓人懷疑消息的來源不單純；而且，據「高級高員」悉與「工友」悉，其來源之層級不同，消息的可靠性自然也不同。

同時，在報導的內文上，也應該用具體的資料，不能用「大約」、「可能」、「似乎」、「好像」這種不確定的字眼；在描述現象時，也要用明確的語詞，不要用形容詞來比擬，這些都會讓每一個人的體會不相同，如何能達到正確的要求？

(四)不正確時一定要更正

媒體的報導，照一般的規範，只要有錯誤，或發現有不正確的內容，就應該主動加以更正，錯誤及更正的相關問題，請見本章第五節的探討。

第四節　平衡報導的重要性

我們說新聞報導必須「公正」、「持平」，就是要像天秤一樣，媒體和記者作為事件天秤的中心點，讓天秤維持平衡，不偏不倚。

一、公正的呈現事件的所有面向

對所報導事件的各個面向，都必須給予完整而公正的報導，讓每個面向的事實眞相公平的呈現在閱聽人之前，使他們有足夠的資訊作自我的判斷。

二、讓相關的各方都有同樣表達意見的機會

在報導中所牽涉到的所有關係人，都必須讓他們有表達意見或說明的機會，使得眞相的呈現有可能，也使得每一個關係人的權益得到保護。

三、有衝突性或對立性的各方必須立即平衡其言論

當事件具有衝突性或形成對立的態勢，任何一方如果有任何言論或動作，都必須盡可能讓相關的各方立即得到平衡報導的機會，使相關的各方在媒體的報導都能公平的呈現；有時候，因爲事件敏感，甚至必須讓各方的言論都有相同的篇幅，才能彰顯出公平公正、不偏不倚。至於所謂「立即」，就是必須在同一篇報導裡面同時呈現，不能讓其中一些人等到隔日再回應，或當日的回應等到隔日再刊載。

第五節　錯誤的報導與事後的更正

媒體不可能不發生錯誤，錯誤就應該更正，但是有些錯誤並不明顯，也非多數的閱聽人所能知道，所以難免令從業人員對更正有所遲疑，有所僥倖。

錯誤固然會引起對媒體權威性的質疑，但堅持有錯必定更正的媒體，卻也會讓閱聽人覺得是一個負責任的媒體，也未必就得不償失；更重要的是，有更正的制度，讓記者更加小心謹慎，避免犯錯。

一、錯誤發生的原因

媒體的報導會發生錯誤，大致上有幾個原因：

(一)無中生有

無中生有是最爲嚴重的錯誤，也就是製造新聞、泡製新聞。

這個情況說起來匪夷所思，令人難以置信，但卻屢屢發生，甚至連國際知名的媒體都發生過。由於是泡製的新聞，甚至讓所有核稿的守門人都被蒙蔽，因此只要一發生就是天大的媒體災難。

這裡有幾個最近數年的一些實例：

2007年3月25日，台灣的TVBS有線電視新聞頻道播出了一則獨家新聞影片，幫派分子周政保持槍械在鏡頭前向警方挑釁，坦承犯下三起槍擊案件，並指控另一名幫派分子涉及一宗槍擊事件。這條獨家新聞引起社會各界震驚，許多電子媒體立刻跟進報導。

但是這個新聞有諸多破綻，兩天後，發現原來是攝影記者與幫派分子所共同製作的影帶，各界譁然，TVBS向社會道歉，並處置失職人員，總經理並在國家通訊傳播委員會（NCC）的要求下下台，所有先後播出這個影片的電子媒體均被處新台幣數十萬元不等的罰款。

2007年7月8日下午七點二十分，北京電視台生活頻道（BTV-7）「透明度」欄目，播出一個黑心商品「紙做的包子」的專題報導，鏡頭偷拍到位於朝陽區的一家包子工廠，用絞爛的廢紙與豬肉6：4的比例，製作成包子，由流動攤販販售，每日販售至少兩千個。報導一播出，轟動全北京市。

2007年7月16日，北京公安部門公布調查結果：這則報導是節目的臨時人員，利誘包子廠按其要求製作紙餡包子以供拍攝，原來這是一條造假的報導。18日北京電視台正式向社會致歉，並進行一連串的內部處理和整頓。

2004年3月19日，美國銷售量最多的《今日美國報》發布聲明公開道歉，因為該報已離職的知名記者凱利，在過去十年來，至少有八篇重大新聞報導的內容，有極大的比例出自捏造，還抄襲對手刊物至少二十餘次，包括他獲得2002年普立茲新聞獎提名的作品，都是捏造。

2003年5月11日，美國《紐約時報》在頭版和內頁發表了七千五百字的內部調查報告，承認剛離職的記者布萊爾（Jayson Blair），在2002年10月至2003年5月1日離職之前所撰寫的七十三篇報導中，至少有三十六篇是捏造或抄襲的，總編輯和發行人沙茲伯格公開道歉，三週後，總編輯辭職。

1981年，《華盛頓郵報》記者庫克，以「吉米的世界」報導，獲得普立茲新聞獎。這是一篇關於兒童吸食海洛因成癮的調查報導，在1980年登出後引起普遍的關切，後來報社深入調查，發現是

捏造的報導，主動公布眞相並向社會致歉，庫克則辭職並歸還普立茲獎項。

以上信手拈來，就有這麼多的報導作假捏造，而且都是知名的重要媒體，一般媒體就更是多不勝數，可見部分媒體被指爲「製造業」，也是不無道理。

(二)純粹的疏忽或不小心

在媒體工作因爲事多而繁雜，稍不留意或不夠集中精神，就很容易造成筆誤或誤植等等無意的錯誤。2007年年終時節，國際媒體向例評選出國際十大趣聞，其中上榜的一則，就是因爲疏忽造成錯誤而成爲趣聞，這是美國有線電視新聞網CNN，誤將爭取提名參選美國總統的民主黨參議員「歐巴瑪」（Barack Obama）的名字打錯一個字，變成「歐薩瑪」（Osama），而「歐薩瑪」是恐怖分子「賓拉登」（Osama bin Laden）的名字，一字之差，謬以千里，播報時當然就把主角變成另一個人了，CNN特別爲此道歉。

這類的錯誤經常在媒體上演，尤其是報紙，有時候是寫錯正確的名字，有時候寫錯職稱，這類錯誤理論上很容易發現；有趣的是，這類錯誤在經過一系列的守門人核稿時，卻都關關失守，但在報紙印出來之後，一眼就發現了，不得不讓人覺得很是邪門。

(三)故意曲解

第三個令媒體發生錯誤的原因，是對一些事件的現象或當事人的談話，故意的曲解，使得眞相被扭曲，這種情況的發生，既然是故意，就必定涉及記者或媒體的個人恩怨或利益，因此，這種錯誤的發生同樣的不可原諒，因爲記者個人的操守恐怕有問題，或者媒體的立場有偏頗。

(四)誤解他人的意思

第四個會發生錯誤的原因，是因爲記者在採訪的過程當中，誤解了受訪者的意思，從而產生報導的偏差或錯誤。至於爲什麼會誤解，可能只是單純的誤解，或者可能是記者自己對相關事件或問題已經心存定見，難免只從自己的觀點去聽、去思考，因此造成錯誤的報導。

(五)瞭解不足而造成錯誤

第五個發生錯誤的原因是對事件或問題的瞭解不足，因此產生報導錯誤、偏差、扭曲或失焦的狀況。爲什麼會瞭解不足，可能是記者事先準備工作不夠充分，或者是記者的程度不夠，無法充分瞭解受訪者的陳述，自然就容易產生錯誤。

二、錯誤的更正

媒體既然報導錯誤，當然就應該加以更正，至於如何更正，一般有一些共同的原則，也就是在發生錯誤報導的版面或時段，以相同的篇幅或時間進行更正，更正時必須指明錯誤的地方，並指出正確的資訊，而且這些訊息必須「完整」，不能只寫或只說出錯誤的字眼，反而讓閱聽眾不知所以然，達不到更正的目的和效果。

這個原則看似簡單，執行其實不易，舉例來說，要以相同的版面篇幅和時間來更正就很難做到，因爲可能在很長的報導中只有一部分內容錯誤，雖然這個小部分的錯誤攸關大局，但實務上確實無法用相同的版面篇幅或時間來更正，因此媒體常用小小的篇幅來更正，既滿足了希望更正人的要求，又可以讓少一點的閱聽人知道，

畢竟犯錯對媒體並不是一件好事。

「盡量少更正，即使要更正也是能小則小」，這種觀念很普遍的存在於媒體經營者心中，那麼這就會產生一種情況，就好比俗話所說：「大街上公然侮辱，在暗巷賠罪」，這是達不到更正的目的的。

媒體對錯誤的更正，應該是主動的，而且更正的範圍不僅僅限於「錯誤」，舉凡不當的、不適合的、不精確的、有偏見的、可能令人產生不舒服的文字或內容都應該在更正之列。

《紐約時報》在「更正」這件事的處理上實在值得參考，這裡舉出幾個特色：

1.自羅森紹於1969年7月出任總編輯後，就把散置在各版的更正項目，集中成「更正欄」，放在固定的版面中，其間經過幾次變動，但不改集中的本質，目前則都固定在第二頁的下方。
2.《紐約時報》大部分的更正，都是主動更正，而且強調「立即刊登」。
3.不一定是錯誤的才更正，舉凡重要內容的疏漏也在更正之列。
4.更正時，先扼要寫出錯誤的人名、日期、數字或事實，接著說明正確的部分，並重複並非所刊出之事實。例如：「這樣的價格應為$93.50而非9.35」。（李子堅，1998，頁160-167）

《紐約時報》將錯誤的更正作法形成常態，至少有幾個優點：

1.固定版面，達到確實更正的效果。
2.透過錯誤和疏失的更正，讓閱聽人瞭解《紐約時報》的編採政策和原則，尤其是疏失和缺失的主動承認和補充，更能彰顯追求新聞完整及公平的立場。

3.立即而主動的更正，和固定的更正版面，不僅不是「自暴其短」，也不會被譏爲「更正時報」，反而更能凸顯對讀者負責任的媒體態度，也受到讀者的尊敬。

4.因爲有主動的更正，讓編採人員更加的戒懼戒慎，時時注意報導的正確和品質。

第六節　暫時不能報導的情況

記者被訓練成必須儘快採訪、儘快寫報導，但是有時候，記者卻會碰到只能採訪，暫時不能報導的情況，這是採訪到的新聞內容含有對國家安全和利益、社會安定、民衆安危有關的事件，在事件的問題尚未解決的情況下，必須暫時不報導，以免引起重大的損失。

有些機密事件或機密外交事務，一經披露，可能對國家安全或利益產生極大的傷害，媒體必須考慮是否報導。至於國家安全、利益，與民衆知的權利相關的爭議，法理上的討論很多，不是這個地方討論的重點，而且決定權也不在記者身上（此類事件的決定權都在總編輯及發行人）。

美國總統出訪一些敏感地區（如伊拉克），隨訪記者就暫時不能報導，直到旋風式訪問結束，安全返國才能披露這個訊息，這是基於國家安全和利益的措施，媒體都能完全瞭解和配合。

而諸如恐怖分子的恐嚇信或消息，這類訊息一經披露，一定會引起社會恐慌，影響社會安定，媒體必須尊重警方辦案的需求，暫時不發布這類訊息。

另外像綁票案的發生，不管肉票是一般人還是知名度高的名人，如果洩漏了綁票的消息，很可能造成歹徒的撕票，危及個人的生命安全，媒體絕對必須配合在事件未終了之前不得報導的重要原則。

第七節　理論與實務的落差

離開學校一進入職場，記者立刻會發現在學校所學的新聞專業理論，在媒體實際的運作上有所落差。

採訪寫作的問題並不大，如果在學校的訓練很徹底，那麼可以很快進入工作的狀態，進行採訪和報導寫作。

但是對新聞的判斷、選擇，和新聞倫理道德的遵循，在實務上似乎有很大的差距。

媒體需要的是有收視（聽）率，可以增加閱報率的新聞，有些傾向煽色腥的題材，學校老師並不認爲是很好的題材；爲求得到新聞不擇手段的採訪技巧，學校老師也一再告誡是不可取的方式。剛進入職場的記者，很快會發現所學用不到實務上，而實務與所學相牴觸，如果完全聽老師的話，大概無法在職場上有競爭力。

學校老師也覺得很奇怪，經過四年培育的優秀學生，怎麼一進入媒體就變了一個樣，報導的題材，跑新聞的方式，都已經不復當初的那個好學生。

在許多國家都有類似的情況發生，非傳播科系的學生進入記者的行業，因爲沒有數年專業訓練的羈絆，很快就能適應，反倒是經過嚴謹訓練的傳播科系畢業生，對實務與學校學理的落差，產生了一段時間適應不良的現象，而大多數人在經過一段時間的徬徨之後，爲了工作，也就屈服在現實當中了。

美國知名影星勞勃．狄．尼洛（Robert De Niro ）一向很注重生活隱私，對媒體避之唯恐不及，因此很少有他的報導。他在電影*15 Minutes*（譯爲「千鈞一髮」）中，擔任警局的發言人，故事的概念跟勞勃平日極度保護隱私的生活大相逕庭。

他在*Hollywood Spotlight*中針對這個問題，發表他對媒體的看法。他說：「我對媒體的本質並沒有意見，我們都知道他們的作法：假如某人做了某件事，他們就會一窩蜂地扭曲事實，就像隻大恐龍用尾巴來回揮動，將擋路的東西全部搗毀，好東西和壞東西的下場相同。」（*Hollywood Spotlight*爲加拿大The Biography Channel所製作的電視節目）

大多數媒體爲了市場的因素，走向世俗化、媚俗化，甚至低俗化，確實也是個事實，但是也並不是所有的新聞都是如此，更不是所有的媒體都是如此。

採訪寫作這類新聞專業教育還是有它的價值，傳播科系畢業的學生，在進入職場之前和之後，必須有一些心理準備。

第一，盡一切可能進入一個好的媒體，優質的媒體一定有其原則，有守有爲，在這種媒體工作，比較不會有理論實務落差太大不容易適應的問題。

第二，若進不了理想的媒體，那就爭取跑一條有價值的路線，相對上比較不需要去報導煽色腥的新聞，另一方面可以努力去跑出好成績來，作爲轉換到更好媒體的跳板。

第三，當不可避免地必須要報導一些有市場價值卻沒意義的新聞時，盡可能堅守報導的諸多原則，不逾越尺寸，盡量在這些新聞上找到特殊的切入點，以不同的角度報導，使得報導變得不一樣，出淤泥而不染。

第四，在理想與現實的拉鋸中，當爲了生存，不得不從俗的時候，盡可能的讓理想比現實多一點，也就是說，求得理想與現實的最佳平衡點，先站穩自己的腳跟再說。

第五，當記者的地位逐漸穩固，層級逐漸升高，千萬不要更上一層樓之後，忘了自己的理想，跟過去的主管一樣過度重視商業化，而捨棄了媒體應有的理想和原則，換句話說，當有能力表達意見或進行實際改善時，就必須拿出魄力去說出理想，改善媒體的工作環境。

2007年6月27日，美國MSNBC有線電視新聞網的女主播蜜卡·布里辛斯基（Mika Brzezinski）準備播報晨間新聞時，發現播報台擺的又是連日來被媒體炒爛的社交新聞，是希爾頓飯店集團總裁女兒，被稱爲緋聞女王芭莉絲·希爾頓（Paris Hilton）的新聞。

當蜜卡的同伴（雙主播的另一位主播）要她播這則頭條新聞的時候，蜜卡拿起稿子撕爛並揉成一團，對著鏡頭說：「我爲我們的頭條新聞向觀衆致歉，這不是我選的，我痛恨這則新聞，我不認爲這條新聞應該當頭條新聞……。」

不止如此，蜜卡還向人借了打火機要燒掉這條新聞，在被制止後，她繼續說：「我不會報導這條新聞，有誰能把這條新聞燒了……」，然後把這條新聞扔進一部碎紙機裡。

節目製作人堅持蜜卡要在接下來的節目中播出這則新聞，遭受蜜卡的怒斥：「我要罵人了，我才把這條新聞撕掉，他們還要把芭莉絲的新聞當頭條，我不認爲這有什麼好報導的，尤其今天是什麼日子，怎麼可以拿這個來當頭條……」。

原來，當天是共和黨聯邦參議員魯加決定在伊拉克戰爭這件事情上，和同黨的布希總統劃清界線，蜜卡認爲這條新聞比芭莉絲的新聞還重要。（請點閱YouTube網站：http://www.youtube.com/watch?v=6VdNcCcweL0）

這些過程是活生生在MSNBC的晨間新聞中上演的實況，蜜卡這一驚人之舉，得到觀衆的熱烈支持，使她聲名大噪。

蜜卡是一個經驗老到的主播和記者，曾進行過多次重要的採訪任務，911紐約世貿中心遭恐怖攻擊時，那時她爲任職的CBS哥倫比亞廣播公司進行世貿中心南大樓倒塌的現場實況報導。

當然，蜜卡也有一位知名的父親，她的父親布里辛斯基（Zbigniew Kazimierz Brzezinski 1928.2.28-）曾擔任卡特總統（James Earl Carter，1977年起擔任美國第三十九任總統）時代的國家安全顧問。

以蜜卡・布里辛斯基這位女主播爲例，來作爲本章的結尾，主要是提醒所有的傳播界人士，當你沒有權力時，你只好在委曲求全中盡力堅持一些基本的原則；但是有朝一日，當你有能力讓媒體的新聞報導做得更好的時候，一定要說出來，一定要盡全力去做出來。

結　論

許多新進入職場的記者，在工作上會發現很多問題，或者對新聞的發稿總是來不及，很難追上媒體迅速的步調和節奏，這些問題出於學校教的新聞學理，沒有規範到實際工作細節的內容，而這些實務工作上的竅門，也是很重要的。本章談的「採訪寫作的重要原則」，就是在這些方面作一些補充，使學生能夠提前吸收前輩經驗的精華。

另外一個問題比較嚴肅，就是理論和實務的落差，媒體追求市場效益，內容經常在通俗化和低俗化之間擺盪，甚至有時候違背了媒體應該遵守的倫理和原則，對社會產生了極大的不良影響，這種情況在國內外的新聞界都普遍發生，只是程度有所不同。

這種情況，也造成了閱聽人對媒體的不信任，世界知名的市場調查公司，在2010年8月發布其最近調查的結果，發現只有不到四

成的民眾相信媒體，這是多麼驚人的結果！媒體因爲競爭所作的種種作爲，已經深深的影響到生存的資本。

經過嚴格新聞教育的記者，在這個氛圍之中，確實有許多爲難，心裡經常在理想和現實當中拔河，希望能夠找出一條兩全其美的路來。

其實，天下事都非完全絕對，一個有理想的記者，還是可以在這個拔河中找到自己的「動態」標準，在媒體的要求下，和自己的理想當中，盡可能朝自己的理想拉近一點，朝新聞教育教導我們的原理原則這方面多拉近一點，或者找到另一個不同角度的切入點，也就是要在適時的情境當中，讓新聞的正確功能得到彰顯。

本章對這些相關問題的討論，希望能給即將進入職場的準記者們，心理上有所準備。

問題與討論

1.社會上經常指記者是「無冕之王」，你認為這樣的說法是什麼意義？

2.大家對媒體都有不同的期待，但是媒體對自己的角色應該如何定位呢？

3.怎麼樣可以作到「正確」的報導？

4.媒體應該堅持怎樣的正確標準？

5.試從報紙的報導中，找出一些不夠正確或不正確的新聞報導。

6.媒體或記者應該如何看待錯誤的更正？應該如何對錯誤進行補救？

關鍵詞彙

1.**置入性行銷**（Placement marketing）：刻意而巧妙地將要廣告或行銷事物的圖片或文字內容，呈現在既定媒體的報導內容當中，令讀者誤為是媒體報導的一部分，而沒有戒心的吸收其中的資訊，從而達到廣告及行銷效果，這種行為和手段，稱之為「置入性行銷」。

2.**化身採訪**：為了達到採訪的目的，隱瞞記者的身分，而假冒其他適於採訪的身分來從事採訪工作，從而得到所需資訊進行報導，這種方式被稱為是「化身採訪」；化身採訪到底好不好？一直有兩極的論說，反對者認為記者採訪時就要堂堂正正，即使未能公開身分，也不該假冒身分；贊成者認為，記者獲得新聞是天職，因此不管運用何種手段，只要能採訪到新聞，都是可以接受的行為。

參考書目

李子堅（1998）。《紐約時報的風格》。台北：聯經。

第三篇

專題報導的採訪寫作

第十四章　客觀性新聞

「客觀」涵義指的是，媒體人在新聞活動中應如置身事外，冷眼旁觀的中立者，要超然與不摻入自己的偏見，在報導中做到正反互陳，意見與事實分開，因而也成了衡量新聞可信度的標準。

本章的主要學習目標在於瞭解客觀性新聞的沿革、客觀報導原則、客觀性新聞的不同觀點，以及客觀新聞如何寫作。

客觀性報導（Objective Report）是將所採訪到的新聞以簡明、客觀的方式忠實反映，報導中不加入記者個人的意見或對新聞做深入的解釋。然而，新聞學教授拉德．芬克認為，真正的新聞客觀是不可得的，但是追求客觀是值得努力，即使強調客觀的報導方式，要完全呈現真實仍然存在相當的難度，因此，新聞媒體在進行報導時，不是以呈現整體事實為主要考慮，而在於透過爭議、辯論和討論，以具有客觀性和公平性意見的觀念為主，來協助受眾理解事情隱藏的本質，這就是新聞媒體強調公正客觀的意義。

第一節　客觀性新聞的沿革

什麼是客觀性？韋氏字典對客觀性的定義是：「公開地或互相主觀地，可以觀察或可以查證的，尤其是利用科學方法，在我們的領悟力或情感中，不受個人事物或私有事物的影響。」台灣政治大學教授彭家發在〈新聞記者客觀包袱利弊得失〉一文中指出，一般所謂的「客觀」是指憑藉所搜集得到、能夠觀察而又能查證的種種事實，試圖去瞭解現實的一種方式。因此，所謂的「客觀」在廣義上是指；憑藉著所蒐集得到、能觀察得到而又能查證得到的種種事實，試圖去拼湊出足以讓閱聽人瞭解眞實或接近眞實狀況的一種過程與方式。

美聯社總經理肯特．庫珀曾無比自豪地說：「新聞客觀性理念發軔於美國，奉獻於全世界。」埃弗瑞特．丹尼斯認爲：「客觀性曾是美國新聞編輯部內的主導哲學。」（Everette E. Dennis &

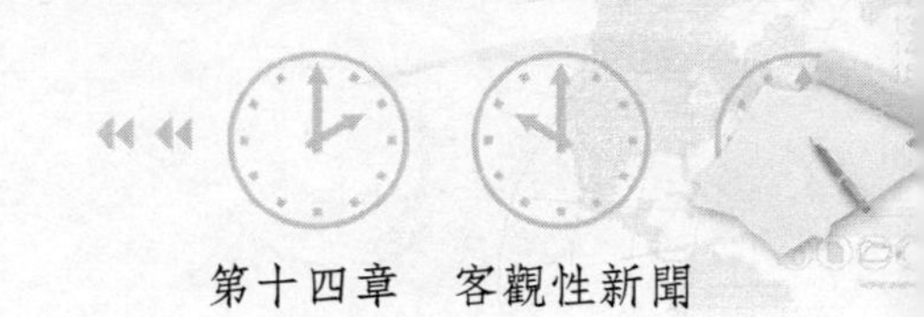

John C. Merrill, 1987）。哈克特和趙月枝認爲：「客觀性是一種體制，包括了理念、設想、實踐及機制，已經成爲了公共哲學與（新聞界）設想的自我管理的統一體。」（Robert A. Hackett & Yuezhi Zhao, 1998）

客觀新聞學發展史上經歷了兩次挑戰：一次是1960年代對新新聞學及新左派批判的回應，一次是1990年代對公共新聞運動的回應。然而理論和實踐的批判卻並未威脅到客觀性理念的地位，反而不斷鞏固了新聞客觀性作爲新聞業主導觀念的合法性。朱迪斯・萊徹伯格在《爲客觀性辯護》中甚至認爲：對於客觀性的批判，就是對客觀性的承認。面對駁而不倒的新聞客觀性理念，哈克特和趙月枝將它稱爲「不死之神」（Robert A. Hackett & Yuezhi Zhao, 1998）。

1783年美國獨立戰爭結束後，美國的報紙通常都由政黨所發行，這些政黨發行的報紙在言論上都爲自己的黨派的利益與政治立場做辯論，並竭力打擊反對派，甚至不惜造謠誹謗、賄賂收買，這種爲維護自我利益與攻訐反對者的作法，使得讀者也習以爲常，並視報紙走黨派路線爲理所當然。各黨派報紙並可擁有自己支持的讀者群，所謂「客觀報導」在當時根本是一個相當陌生的名詞，直到1830年以後，美國的報業受到一些環境影響，「客觀性」報導的氣氛也就逐漸形成。

十八世紀初，美國的電報費用相當昂貴，且時常故障，爲了能快速傳遞訊息，並降低新聞的傳遞費用，1848年5月，美國紐約六家報社成立了聯合採訪部，藉由電報傳遞共同的重大訊息，費用由各報社均攤，這就是美聯社的前身。

由於美聯社的新聞要傳遞給不同政治立場的六家報紙使用，因此，在新聞稿中就不能加入一些主觀的意見，只能客觀的陳述事實，並在點上力求平衡，如此才能讓客戶滿意。美聯社後來爭取客

戶獲得生存的方法，卻也成爲美國新聞報導的典範，事實上，當時的美國仍流行「黃色新聞」，許多報社採取美聯社的新聞主要目的是可以集中精力去專門報導具市場價値的黃色新聞。

1896年8月，奧克斯實買下了《紐約時報》後，在其發刊詞中寫著：「《紐約時報》要以簡明動人的方式，用文明社會中愼重的語言來提供所有的新聞，即使不能比其他可靠途徑更快提供新聞，也要一樣快，要不偏不倚地、無私無畏的提供新聞，不涉及政黨、派別的利益，要使《紐約時報》的篇幅成爲研討一切與大衆有關重大問題的論壇。」《紐約時報》的作法影響了當時的其他媒體。

十九世紀，由於美國獨立報紙的出現，使得報紙在政治上的中立成爲可能，客觀性報導在當時逐漸形成新聞報導的主流。1925年後，客觀報導成爲新聞從業人員必須遵行的規範延續至今。期間，經歷了鼓吹性新聞學（advocacy journalism）、新新聞主義（new journalism）等新聞的思潮，而客觀報導仍然得以倖存下來，並與1920年代興起的解釋性報導（interpretive reporting）和發端於二十世紀初、中興於1960年代的調查性報導（investigative reporting）成爲美國主流新聞媒體報導形式。

對於客觀新聞會成爲美國新聞報導的主流，彭家發（1994）在「新聞客觀性原理」中分析了客觀新聞形成的原因：

1.教育普及而提高新聞報導的要求：美國教育普及，民衆教育程度提高，對新聞報導的立場也有了要求。

2.工業革命後存有政黨立場的報紙萎縮：歐洲工業革命成功，報紙的生存可以不必依靠政黨的津貼，企業家開始插手報業的經營，爲了爭取更多的讀者，以獲取商業利潤，政黨報紙開始萎縮，新聞寫作取向也就不再偏向政黨言論，而以較中立的立場來寫作。

3.美聯社聯合供稿採用客觀性報導：美聯社會為提供新聞稿給各個立場不同的媒體，所以在新聞寫作形式上採取了不加入主觀意見的客觀新聞報導方式。

第二節　客觀報導原則

「客觀」涵義指的是，媒體人在新聞活動中應如置身事外，冷眼旁觀的中立者，要超然與不摻入自己的偏見，在報導中做到正反互陳，意見與事實分開，因而也成了衡量新聞可信度的標準。因此，所謂客觀性報導是將所採訪到的新聞以簡明、客觀的方式忠實反映，報導中不加入記者個人的意見或對新聞做深入的解釋，這種忠實反映事實的新聞報導方式即是純淨新聞報導，由於符合新聞的客觀報導原則，因此，有學者認為這種新聞報導方式便是客觀性報導。

一、客觀性報導之特性

從新聞客觀性的定義與作法，可以清楚瞭解，客觀性具有如下的特性：

1.事實與意見分離。
2.報導不帶情緒性觀感。
3.公平與平衡的報導原則。
4.客觀性是一種呈現資料的方法，一般多採倒金字塔的寫作方法執行工作。

二、客觀性報導之要件

有了新聞客觀性的標準後，如何做到新聞報導的客觀性？一般認爲新聞報導要客觀必須做到下列幾件事（Tuchman, 1972）：

1.平衡：有衝突性的新聞應儘量做到平衡報導，讓各方面的意見均有表達的機會。
2.支持性證據的提出：在報導新聞時或做新聞評論時，應設法提出支援性資料與證據。
3.明智的使用引號：對於有爭議的字眼，應明智的使用引號，以表示忠於事實，非記者之主觀判斷。
4.儘量減少使用形容詞：爲了描述現場氣氛或當事人的感情，新聞報導中不免使用形容詞，而形容詞的使用已主觀地加入了記者的情緒判斷或個人感受，因此，在使用形容詞時，應儘量中性化，不做過度的吹噓。
5.使用有正式頭銜專家爲正式消息來源：一般而言，專家學者在掛上其頭銜接受採訪時，會比較客觀公正，記者在引用新聞來源時應寫明其頭銜。

三、客觀性報導之情形

當媒體稱他們的報導是客觀的，彭家發認爲，客觀新聞報導多少意味著這些媒體的報導有下列情形：

1.在蒐集和呈現新聞時，概以事實爲上，無個人偏私，也無黨派立場，是眞實、正確的報導。

2.對於新聞事件，他們除了願做「公平的證人」的角色外，也僅以平衡的方式處理新聞。

3.他們的新聞工作不受他們的成見或私人信念所左右，他們將個人態度或涉入的程度想盡辦法盡可能減至最低。

4.他們的工作不受個人的情緒影響。

5.在處理新聞時不將個人意見或評論加入傳播訊息中，盡可能提供所有的主要的相關觀點。

6.所提供的資訊是中立而又非評論性，避免存有扭曲、仇怨或意圖誤導他人。

7.所提供訊息是各項可查證事實的總和。

四、客觀性報導之形式與原則

對於客觀性新聞的報導形式，Tuchman（1972）的研究指出，記者常用下列四種方式表示客觀：(1)呈現正反雙方的意見；(2)在新聞報導中提出證據，證明報導的內容屬實；(3)合法使用引號（直接引述他人意見，讓事實自我表白）；(4)把事實依適當順序（倒金字塔）排列。

Boyer（1981）訪問五十家報社編輯後，歸納六個客觀報導的原則：(1)平衡而公正地呈現關於某議題的各方面看法；(2)報導的內容要正確（如指出正確的消息來源）、符合事實；(3)呈現所有主要的相關重點；(4)區分事實與意見，但視意見為事實的相關（relevent）要項；(5)記者本人的態度、意見、涉入感對報導的影響要減到最少；(6)避免偏誤、怨懟和迂迴的說法。

彭家發（1994：159-169），則提出五個客觀性寫作的形式條件：(1)忠於事實；(2)正確性與可靠的消息來源（可驗證性、檔案寫作）；(3)平衡處理資訊；(4)祛除偏見；(5)完整性。

羅文輝和法治斌（1993）也提出四個客觀報導原則：(1)採訪爭議性事件，應平衡報導爭議雙方或多方的觀點；(2)報導中如果呈現對當事人不利的內容，應設法查證，並給當事人回應的機會；(3)遣詞用字應平實，避免誇張、諷刺的詞句；(4)明確指出消息來源。

王洪鈞（1989）認爲，新聞寫作如要達到客觀，記者的責任是把許多事實加以安排，記者不要加入任何結論，而把結論交由受眾自行解讀。因此，記者如要達到客觀的要求，在新聞寫作時要：(1)避免主觀；(2)避免渲染；(3)避免極端；(4)避免濫用名詞。

Westerstahl（1983）認爲新聞的客觀性可以定義爲：「謹守某些規範或標準」，他並爲客觀性報導專業規範畫了一個「客觀性概念圖」。新聞寫作客觀性概念圖基本上是包含「事實性」與「公正性」兩部分，而新聞的事實性是指「眞相」與「相關事實」，公正性則指新聞的「中立呈現」及「平衡報導」。

根據學者專家的意見，客觀新聞可以歸納出一套具體的報導形式：

1.以五個W爲內容，強調第三人稱報導方式，依倒金字塔的寫作方式，選擇新聞最重要的部分在第一段導言時報導，其寫作方式是依訊息的重要性的強度依序撰寫。
2.報導方式強調只報導事實內容，不加入記者個人主觀的意見，只引述當事人的話。
3.強調這種報導方式是置身事外、冷眼旁觀的中立意理，寫作方式只報導事實內容，不加入記者個人主觀意見。
4.強調沒有立場的中立報導立場，新聞寫作時通常不採用主觀形容詞，例如「愛作秀的藝人XXX」。
5.強調可以證實的事實與兩面俱陳，意見與事實分開的報導方式。

第三節　客觀性新聞的質疑

曾經有人說，如果在新聞學上只有一條新聞事業信條，那就非「客觀性原則」莫屬。新聞客觀性已被視爲「專業的貞操」，是新聞事業上不容污蔑的最高價值觀，然而，許多人卻不斷地質疑：「客觀可能嗎？」

新聞記者究竟是要客觀的反映事實，還是主觀的陳述事實？在談到這些問題時，首先要對下列幾個名詞先進行解釋。

1.媒介眞實（mediated reality）：又稱符號眞實（symbolic reality），指的是在傳播者藉文學、藝術及報導等表情達意的媒介，所呈現的事件情境。
2.主觀眞實（subjective reality）：即閱聽人個人對事件主觀的認知，這種認知多半來自社會情境，以及經由媒介日積月累的傳播訊息「建構」而來。
3.客觀眞實（objective reality）：是眞實的眞理，亦即是原初的事實，不需要再驗證。

學者普遍認爲，「媒介眞實」不等同於「社會眞實」（social reality），所謂社會眞實是指事件的初始事實，但新聞記者在報導新聞時常因爲其媒體立場、記者個人主觀意識、消息來源衆多，在新聞報導無法全部採用等因素限制下，而無法忠實反映出初始的事實，這使得媒介所呈現的新聞遠離事實的構面。「媒介眞實」不等同於「社會眞實」的現象因此而生。

由於新聞報導事實上並不能百分之百的反映「社會眞實」，一般所看到的只是經過媒體過濾過的媒介現實，甚至是扭曲過的「第

二手傳播眞實」，這種經過媒介過濾過的新聞呈現結果，只能說是「媒介眞實」，因而使得「媒介眞實」與「社會眞實」常常有著極大的差距。

主張新聞是「社會現實建構」（construction of social reality）理論者認爲，「客觀世界」是根本不存在的，因爲天下萬物都是經過人的觀察，而新聞只是相對的「社會現實建構」。

台灣學者張錦華（1994）在《媒介文化、意識形態與女性》一書中指出，傳統新聞學研究強調新聞報導的「眞實性」，因此，「客觀」忠於事實、且無個人價值偏見的報導爲新聞記者報導新聞的最高準則，但是任何新聞工作者都會發現，新聞並非有聞必錄，歷史上受人尊敬的新聞記者絕對不是報導事實的機器，而是對新聞報導負有社會責任感的新聞專業工作者，因此，新聞專業意理教導新聞記者報導新聞要價値中立，採取「客觀」立場，但是「社會責任」卻要求記者要有價値判斷與理想的使命感，因此，記者在報導新聞時常擺盪在「客觀」與「使命感」之間，究竟記者應充當「鏡子」角色，反映事實，還是充當「馬達」角色，負起社會責任？這兩者間常充滿了矛盾，而爭議的焦點常是「記者有可能反映眞實嗎？」

反對新聞客觀報導的人士認爲，新聞事實是被「界定」出來的，「界定」是意義的賦予，因此，新聞的處理，是一種對於「事實」的選擇、安排、解釋的「意義化」過程（張錦華，1994）。

著名學者李普曼（Lippman, 1922）認爲，新聞報導「只是一支不斷移動的手電筒，使我們看到一片黑暗中的部分情景」。李普曼強調，我們所見的事實取決於我們所在的地點和我們所觀察的習慣，而我們的觀察又受制於我們的刻板印象，因此，新聞記者所強調的客觀報導的「事實」，並不等同於「絕對的眞實」。

客觀眞實在世界中的現象，一般來說是存在著極複雜的因素，

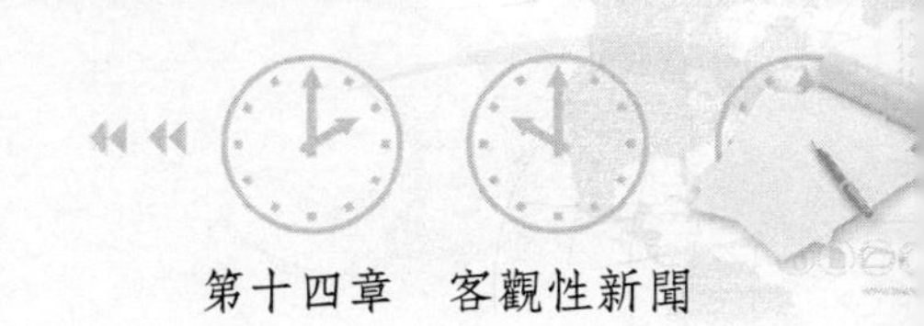

如果不是透過新聞記者的採訪與整理，是無法形成有順序、有組織、能爲閱聽人所理解的有意義事件，也因爲經過記者的整理，反而形成有意識形態的詮釋，使得新聞的眞實呈現受到了質疑，這派學者認爲新聞報導不存在「客觀性」的理由爲：

第一，新聞取捨本就是主觀決定。

記者從採訪開始到寫稿，甚至是編輯的稿件取捨，都融入了主觀的意識，例如火災過程將近五、六小時，參與救火或與火災有關的人員相當多，記者在寫稿時只就有新聞價值的部分進行採取，而這種新聞價值的判斷，本來就十分主觀。

絕大多數的時候，媒體追求客觀，但有時媒體也會不自覺的忘記客觀。令人汗顏的是有時候媒體根本就是明知故犯的主觀報導。這是每一位媒體工作者必須要面對的工作挑戰。不自覺的主觀，來自個人對一則新聞或一位新聞人物的個人好惡，這可以透過自我提醒加以避免。但也有些情境是記者所工作的媒體老闆根本擺明了就是有「立場」。從新聞專業的角度出發，明知故犯的主觀報導或取材是媒體工作者需要深思檢討，小心避免的。

第二，新聞的取捨多半由新聞組織控制。

一些研究指出，記者對於新聞的選擇和處理，越來越多是以新聞組織的需要爲考慮，這種新聞組織的需要有時是老闆的想法，有時是組織壓力而內化成的新聞價值判斷（例如商業考慮超越社會責任之考慮），這種情況下的新聞自然被認爲缺乏客觀性。

現在的媒體經營，少不了要跟廣告商或企業發生關係，特別是現今大企業掌握媒體經營或所有權的情況越來越普遍。有時記者或是新聞編輯室裡的成員會不知不覺的揣測「上意」，作出不客觀、不公正的編輯尺度來。

在採訪工作上，新聞記者除了會碰到組織內的商業考慮外，有時也會遇到採訪對象想操縱新聞內容的政治性因素。例如有些政

治人物藉著與記者建立交情，企圖形成共犯組織；也有的擺明了封殺不合作之記者的消息來源。對記者施壓以達到操縱媒體、左右輿論方向目的的作爲，在實務工作上或以柔性方式出現，或以硬扛著上演，碰到這類情況正考驗記者是否能「貧賤不能移，威武不能屈」、夠不夠專業的試煉。

此外，記者之間存在著新聞競爭的關係，受訪者很容易利用這種微妙矛盾，達到左右媒體的目的。

還有的新聞記者，讓個人的政黨取向影響到採訪報導的尺度，甚至有媒體的主管擺明了讓旗下記者知道他對某政黨有特殊偏好，或明示或暗示的要求記者做「偏袒報導」。這種明擺的不把客觀報導、事實報導當一回事的態度，是新聞專業上極大的缺失、遺憾。筆者以爲記者必須自行發展出符合現實與專業要求的策略，因爲新聞這一行奇妙之處就在於我們的姓名就是一個可以累積的個體：或好或壞，我們的名字既已冠上就概括承受一切採訪報導的榮辱，並且會跟著我們一輩子！

第三，新聞的客觀只是一種「策略性儀式」（strategic ritual）。

懷特（D. M. White）的守門人研究及布里德（W. Breed）的社會控制研究認爲，新聞的選擇和處理，越來越以控制者的需要而非公衆的需求爲基礎。

學者塔克曼（G. Tuchman）認爲，新聞記者在寫稿過程中，爲了擔心受到老闆的責罵或可能招致法律訴訟，因此在敏感性的新聞處理上，採用了四平八穩的平衡寫作方式，強調新聞的客觀中立，事實上，新聞記者並不認爲這就是客觀，而只是把這種新聞的處理方式當作「策略性的儀式」。學者塔克曼強調，對媒體人而言，客觀性報導只是一種「策略性儀式」，這種寫作方式使截稿壓力減輕，並幫助新聞從業員避免關於誹謗的訴訟，它與客觀報導並沒有多大關係。

Glasser認爲，客觀性報導使記者成爲工作中採訪置身事外的人，即「訓練有素的無能」（more technical than intellectual），使記者不再思考事件背後的眞正問題。

Hunt認爲，客觀性報導使新聞報導偏向於事件取向的新聞（event-centred news），流於膚淺。

Hes認爲，客觀性報導使記者過度依賴消息來源（四分之三的新聞由訪問消息來源而得），很少主動搜尋資料、主動調查研究去發現社會隱藏的眞相（hidden truth）。

更多的學者認爲「客觀世界」並不存在；媒介不可能完全反映現實或眞相，新聞只是相對的「社會現實建構」。

第四節　客觀新聞寫作

客觀新聞報導在寫作上，強調只陳述事實，而不加入主觀意見，記者如對某一新聞事件想要表達個人的看法時，通常會以特寫形式另寫一篇文章。

對於客觀新聞報導的寫作形式，通常採取「倒金字塔式」寫作，主要原因是倒金字塔在第一段就扼要的說明了新聞的重點，節省閱聽人的閱讀新聞時間。

一、倒金字塔式的源起

1861年，美國南北戰爭爆發，各主要的報紙均指派特派員前往採訪，當時的新聞報導仍沿用傳統的時間順序寫稿，而戰爭新聞最重要的部分時常在最後一段，當時戰爭常使得電線遭到破壞或截斷，新聞的傳送常受阻，甚至有所遺漏，使得編輯頭痛萬分，因

此，紐約的一些報紙最後要求記者寫稿時要將新聞重要消息寫在第一段，或作出數行的「新聞提要」，排在新聞的最前端，戰爭結束後，這種「提綱挈領」的新聞報導方式，並應用在非軍事新聞報導寫作上，美聯社更是大力提倡，因此，此一「美聯社導言」的寫法，就成爲美式的「倒金字塔」的新聞寫作方式。

所謂新聞倒金字塔的寫作方式是將新聞中最重要、閱聽人最感興趣的部分寫在第一段的導言中，次要的部分在本體依序向下做報導（如**圖14-1**）。

倒金字塔的寫作形式是目前新聞報導中最被普遍使用的形式，主要原因是，將新聞最重要的部分在開頭的第一段導言中就交代，有助於編輯抓住新聞重點下標題，同時有助於沒有時間的閱聽人能從導言中就很清楚的獲知新聞的大概內容。

將新聞最重要的部分寫在第一段的「導言」中，其餘的新聞資料依其重要性依序的排列在後面幾段，這種倒金字塔式的新聞寫作手法已經流行了一百多年，其主要的原因爲：

(一)方便編輯下標題

新聞有時相當長，在截稿時間壓力下，編輯往往沒有時間看完新聞的全部內容就必須下標題，如果記者在第一段導言就寫出重點，將有助於編輯下標題。此外，編輯對新聞的判斷與記者可能不

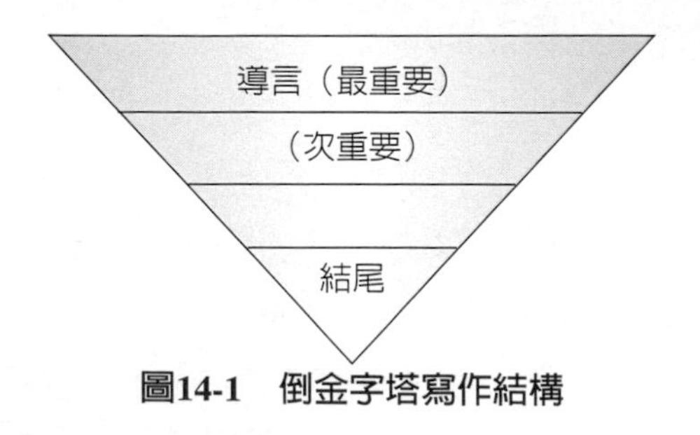

圖14-1　倒金字塔寫作結構

盡相同，如果新聞導言中就清楚的寫出新聞重點，有助於編輯下標題，同時在新聞版面太擠時，必須刪除部分文字時，編輯只要留下導言，仍能清楚顯示新聞的重點。

(二)滿足了讀者的好奇心

「鄧麗君死了」，簡單的導言就清楚的交代了新聞的重點，至於鄧麗君是何時死的？爲什麼死的？可以在第二段以後的本體內容再交代。

(三)方便閱讀

在忙碌的社會裡，閱聽人沒有太多的時間看完所有的新聞內容，而且有些新聞不是每個人都關心，因此，簡潔扼要的導言，方便閱讀，新聞記者以倒金字塔方式的新聞寫作手法，可以讓閱聽人節省時間，並清楚的瞭解新聞重點。

(四)方便編輯刪稿與編排

有些新聞受限於版面，無法讓記者所寫的每一個字都能編排到版面上，而報社編輯在短短的一、二個小時內要編排一個版面，根本無法仔細去看所有稿子的內容，更無法改寫記者的稿子，一千字的新聞如果要刪成三百字的稿子，編輯的習慣是從最後一段開始刪起，因爲以倒金字塔方式的報導稿，新聞的重點是依其重要性由第一段開始寫起，而刪稿自然從最不重要的最後一段開始刪起，如果記者不是以倒金字塔方式寫稿，而是以懸疑方式寫稿，將新聞的結果寫在最後一段，而編輯正好從最後一段開始刪稿，那麼這則新聞將缺乏完整性，讀者甚至看不懂新聞內容。

二、倒金字塔導言寫作技巧

「新聞導言」簡單的說是要在新聞開頭的第一段，用最簡潔而能引起閱聽人注意或興趣的詞句，把事件的主要重點忠實且迅速的告訴閱聽人，但是，導言不一定就是新聞的第一個段落（可以是頭二個段落或頭三個段落）。

新聞的寫作必須清楚交代5W1H（何人、何事、何地、何時、爲什麼、如何），如果將5W1H全部都寫在導言中，就會顯得很囉嗦，但5W1H中，何者應優先擺在第一段導言中，必須依其新聞的價值來判斷，例如新聞所牽涉的是名人，就應將人擺在第一段，如「蔣介石日記公布了！」；如果是地點重要，就以地點爲導言的重點，如「總統府也遭小偷，民衆參觀總統府，順手牽羊偷了總統的墨寶」；如果時間重要，就以時間爲報導重點，如「1月23日對某些人並不具任何意義，但對林安慶而言，這天卻是他的第二個生日，因爲在這一天的空難中，他是二百多人中的唯一生還者」。

新聞寫作必須講求技巧，尤其是導言的部分，就如同商品的包裝，如果有好的商品，再加上好的包裝，商品就更好賣，對新聞而言亦是如此，新聞內容是商品，寫作技巧是包裝，新聞的包裝上，尤其著重導言的寫作，而導言的寫作技巧約有下列幾個方式：

(一)對比

用兩種極端的比較方式突顯新聞，例如貧與富、老與少。

例如：「曾是學校的校花，在工作單位是許多人追求的對象，但她選擇一位顏面傷殘者作爲終身的伴侶，她說：『我欣賞他的才華與體貼，我不在乎他的外表。』」

(二)提問

導言以問句方式提出，先引起興趣，再說出答案。

例如：「愛滋病有救嗎？一種新的研究顯示愛滋病將可獲得有效的控制。」、「您可知道台灣每天有多少人被綁架嗎？根據行政院主計處的調查，答案是每天至少有二點五個人遭綁架。」

(三)引句

直接引用受訪者最有力的一句話當導言。

例如：「阿姆斯壯踏上月球的第一句話說，『這對我個人而言是一小步，對全人類而言卻是一大步。』」如果一個人說話的方式，讓記者覺得新鮮有趣味就值得直接引用。

(四)突出

針對要強調的人、事或物進行強調。

如果要強調一個人，可針對這個人的特色加以強調，如「他是一個對生命充滿樂觀的人，他學習別人的長處，不過，他不會學習算計別人」。

美國知名電視記者芭芭拉曾說，「記者如果想讓新聞人物鮮活的被呈現出來，關鍵點在於記者要多多傾聽新聞人物說話。」芭芭拉說一般記者常犯的毛病是只「聽見」受訪者講話而很少眞正的「傾聽」受訪者談話。

記者唯有注意聽對方的措詞、用語，才能注意到對方的獨特表達方式，也才能將受訪者獨特的個性呈現在報導中。在電子媒體裡，只要放一段受訪者的講話，屬於受訪者的用字遣詞屬性就能表露無遺，電視畫面的說服力遠勝於文字的形容，不過，有經驗的記

者會知道要放哪一段才帶勁，也知道留多少白才不致於過於冗長，避免弄巧成拙導致趣味盡失。

(五)警句

以一句大家所熟悉的警語作爲新聞導言的開頭。

例如：「『水深危險』似乎挽救不了愛水者的性命，曾在全國大專區運獲得100公尺冠軍的陳健城昨日在濱海公路的一處海邊游泳時溺斃。」

又好比：「愛護您的家人，請遠離愛滋！」、「騎乘機車請戴安全帽，流汗總比流血好！」、「白曉燕被綁票、撕票是台灣社會治安亮起紅燈的那根沉重的稻草！」

(六)描述

以感性或恐懼性的描述方式來報導新聞，博取同情或引發注意。

例如：「所謂『男兒有淚不輕彈，只是未到傷心處』，談到父親時，李安的眼眶中充滿了淚，在他談到父親的風骨時，他的眼淚終於忍不住的掉下來了。」

也有藉描寫引發人一探究竟的興趣。例如：「因爲欠債不還，一名男子被強押到鴿籠裡囚禁起來。兩名討債集團成員持槍索取百萬贖款時，被埋伏在旁的警方人員當場逮捕！」

(七)理解

將事實理解後寫出，即結論式的導言。

例如：「英國研究的生物複製技術成功的複製了一頭羊。中國大陸不落人後也擁有這樣的技術，早在六年前，國內學術界就在不

驚擾外界的情況下，成功的複製了五頭豬。他們所利用的細胞雖然跟英國人不同，但是，研究的目的跟英國人一樣都是爲了避免稀有動物族群有一天會絕跡。」

(八)背景

將事情的背景寫在導言中，再引出新聞的重點。

例如：「因受到政府掃黃的影響，色情行業轉入地下，警方在進行賓館臨檢時，發現色情交易大都直接以電話聯絡」、「台大哲學系事件受害人之一的台大副教授陳鼓應，經過二十四年終於獲得平反，今天他回到台大教書。」

(九)掌故

講出一段小故事作爲導言。

例如：「歷史有司馬光砸缸救人的故事，昨日有一則國小學生姚之光以一塊木板救起掉入池塘的同學」、「台灣經營之神王永慶今天以『一國兩制』批評政府的戒急用忍大陸投資政策。王永慶強調，市場經濟必須尊重市場機制。政府放寬中小企業赴大陸投資，卻限制大企業投資大陸是一國兩制。」——這個導言中前面的「一國兩制」是台灣當局對大陸以香港回歸的一國兩制模式，鼓吹台灣也可跟進回歸中國大陸的批評。後者是王永慶對政府放小企業去大路投資，卻綁大企業手腳，嚴格限制大財團逐鹿中原的譏諷。

(十)懸疑式

以懸疑興趣的方式作爲導言。

例如：「昨日有一位勇敢的婦人冒著生命危險擋住火車，免於一場可能發生的大災難」；又如：「今天晚上台北市發生一樁私家

轎車跟救護車相撞的離奇車禍。使得趕著送人到醫院急救的救護車司機連同原本亟待急救的病患，總共六個人都得送醫急救！」；又好比「有個倒楣鬼，連續三天丟了三部車，而且這三輛車都是在自家裡被偷走！更絕的是偷他車的人，竟然是同一個人！」如果這是則電視新聞，接下來在新聞影帶中，如果能用下面這樣的起頭，包準笑料十足！——「住在台中的王先生，大前天人在家裡午睡，醒來時發現一部用了七年的轎車不翼而飛；昨天，中午睡覺醒來又找不到營業用的那輛貨車；連著兩天丟車，讓他覺得流年不利，不料今天午覺一醒，又發現剛買的新轎車也不見了！……」

毫無疑問，導言是新聞中最重要的部分，導言寫作最耗費記者的時間與腦汁，如果要衡量導言寫作的好壞，最簡單的標準是：

1.它是否簡潔生動，能否引發讀者欲罷不能的興趣。
2.它是否忠實且儘快的告訴讀者發生的事情，而不一定需要一下子就答覆所有的問題。

結　論

新聞學教授拉德．芬克認爲，雖然眞正的新聞客觀是不可得的，但是追求客觀是值得努力的。即使強調客觀的報導方式，要完全呈現眞實仍然存在相當的難度，因此，新聞媒體在進行報導時，不是以呈現整體事實爲主要考慮，而在於透過爭議、辯論和討論，以具有客觀性和公平性意見的觀念爲主，來協助受衆理解事情隱藏的本質，這就是新聞媒體強調公正客觀的意義。

新聞報導的製作過程中許多因素幾乎是不可避免地影響著閱聽人對客觀的認知，其間牽涉到報導者、被報導者、閱讀者之間的互動，從記者的採訪、寫作，到新聞的處理、發表，其實都帶著程度不一的偏見，以及新聞組織對於新聞記者進行某種程度的控制，記者本身的知識背景、價值觀、理解闡釋方式、素材的挑選以及對新聞的判斷等，都構成新聞報導中的主觀性，加上媒介的立場和其利益所在。因此，所謂的客觀性，指的應是達到對事物狀態的某種適當報導、詮釋及評價，公正客觀不等於中立，並不排除價值判斷。因爲一則優秀的新聞報導，不應只是敘述事件如何及爲何發生，更要尋求事物本質的呈現，例如對於戰爭屠殺事件的報導，如何突顯犯行的邪惡和恐怖本質，常常是記者最重要的工作。所以，英國廣播公司的貝爾認爲：「新聞記者絕非是與事件保持距離的中立觀察者，而是與事件緊密相連，無需迴避對事件提出價值判斷」。也就是說，只有透過反思和理性的思考，對事件的本質作出深入的論述和詮釋、評價和判斷，才能達到客觀。

客觀性新聞報導的原則，實務上永遠是一個達不到的標準，因爲記者是人，每一個人都受家庭背景、學校教育、生活經驗、政治派系、宗教信仰所影響，這種個人因素所形成的特定概念與行爲，塑造成一套固定的價值判斷藍圖，自然無法做到新聞的百分之百純然客觀報導，但也因爲如此，個人更應該要奮力追求新聞採訪報導的客觀，即使明知這是一個渺茫的目標，但爲了樹立可信度與權威感，這是一個值得終身去實踐的目標。

如何才能縮小「媒介眞實」與「社會眞實」差距？儘量做到新聞客觀，可以從下列幾點著手：

1.力求由下而上的新聞決策過程，尊重專業意理，賦予記者社會責任感。
2.學者潘家慶認爲，應貫徹「意見容有立場，報導力求客觀」的原則。

3.媒體對爭議性的新聞，宜有多角度的報導，以呈現各種不同的觀點。

4.力求新聞來源的明確化，加強報導內容的信度與效度。

記者不應該有政黨取向與好惡，如此才能不負閱聽人所托，忠實記錄新聞事件，做新聞報導時記者更應如此自我要求。如果自認做不到沒有預設立場，就應選擇退出某個特定情境的採訪工作。不過，坦白說在實務界這是一個高標準，一個大家追求的目標，並不是每一位記者都做得到，也不是所有實務工作者都願意以此作為「標準」。但是，這個議題跟新聞會不會成為一個專業，有絕對的關鍵性的互動關聯性。

客觀性新聞寫作範例

中國已進入巨災多發期　考驗中國風險處置力

中國是世界上自然災害最嚴重的國家之一。中央財經大學保險系主任郝演蘇教授說，隨著中國經濟的不斷推進，各種資源被破壞性開發，溫室效應等問題日趨嚴重，導致自然災害頻發。

僅以洪澇災害為例：6月28日以來，中國淮河流域以及四川東部和陝西南部地區連續普降大雨到暴雨，局部地區出現大暴雨。強降雨導致四川大部分、湖北北部、陝西南部等地發生嚴重的山洪、山體滑坡和泥石流等災害。據中國民政部統計，此次暴雨洪澇災害共造成四川等六省份1,421.8萬人受災，造成直接經濟損失25.59億元，其中農業經濟損失15.57億元。

7月16日以來，重慶市遭遇今年以來範圍最廣、持續時間最長、強度最大的強降雨天氣過程。全市受災人口643.5萬人，

因災直接經濟損失26.5億元。

7月18日，山東省出現入汛以來的第一次強降水過程，造成嚴重人員傷亡和財產損失直接經濟損失逾15億元。

中國應對巨災風險水準低，手段單一

郝演蘇認為，目前中國實行的是由國家財政支持的中央政府主導型巨災風險管理模式，由財政預算安排的災害救濟支出只是財政支出計畫的一小部分。在巨災發生時，財政預算安排的救濟基金相對於災害所造成的損失來講，只是杯水車薪。而且，隨著經濟社會的發展，災害事故發生頻率的增加，這種依靠政府財政救濟轉移巨災風險的作用有限，如果預算安排的巨災風險過多出現財政赤字，會影響財政支出的平衡和穩定，財政赤字在數量上又要受到經濟穩定目標的制約。

天安保險股份有限公司研究人員蒲海成介紹說，單純依靠財政補償難以應對日益嚴重的巨災風險。上世紀八〇年代國家財政提供的自然災害救濟款平均每年只有9.35億元，相當於災害損失的1.35%。到了九〇年代，財政提供的自然災害救濟款平均每年18億元左右，相當於災害損失的1.8%左右。

太平洋保險公司高級顧問張俊才認為，中國尚未建立應對災害事故的保險制度，政府和保險業在災害管理中的地位和作用不明確，直接影響到保險業發揮災害管理作用。當前中國巨災保險業務是以商業化模式運作的，但由於巨災保險風險較高，各家保險公司受償付能力的限制，在二十世紀九〇年代後期，分別對地震等巨災風險採取了停保或嚴格限制規模，以規避經營風險。由於巨災造成的後果十分嚴重，沒有巨災保險保障，對中國居民的家庭財產安全構成重大隱患。

採取措施建立有中國特色的巨災保險保障體系

專家建議，巨災風險屬於不可保風險的範疇，需要運用不斷創新的風險手段，把市場化的風險管理、風險轉移、風險分散和損失補償手段引入到巨災風險管理體系當中，以形成有效的巨災風險轉移補償機制和體系，形成風險共同分擔計畫。

郝演蘇認為，中國作為發展中國家，在建立巨災保險制度時會遇到發展中國家普遍面臨的困難。主要表現在：第一，社會已經形成對國家救助和財政資助的過分依賴。第二，商業保險機制尚不健全，保險在社會管理和風險防範中的作用還不能充分發揮。第三，風險防範意識不強，且交易成本高。

袁力等人建議，考慮到中國上述困難，中國在巨災保險體系的選擇上應當採用商業化運作與政府支援相結合的模式，並且積極吸收和借助世界銀行等國際組織的力量。

第一，建立強制性巨災保險制度。從國外經驗看，透過立法，實行強制性巨災保險制度，是建立切實有效的巨災保障體系的基礎和保證。中國應當在相關法律法規中，對住宅所有人或管理人投保巨災保險提出明確的要求。

第二，建立巨災保險基金。巨災風險具有危害性強、影響面廣以及損失金額巨大的特點，商業保險公司無法獨立承保巨災風險。因此，有必要建立巨災保險基金，由所有保險公司共同參與，分攤巨災賠款。

第三，實行商業再保險和國家再保險結合的分保安排。為確保巨災基金的安全和穩健，應當安排再保險方案。國內外商業再保險公司作為主要的再保主體，對超過基金賠付額度的損失承擔賠償責任。對於超過再保險公司承保能力以上部分，由政府或者其他國際組織（如世界銀行）給予財政擔保或者再保。（張洪河、胡梅娟、李舒）（http://www.tj.xinhuanet.com/news/2007-09/19/content_11187019.htm）

問題與討論

1.請觀察報紙或電視、廣播等媒體的新聞報導內容，找出不符合客觀性報導原則的新聞，並進一步探討為何會出現這些情況？

2.請您找一天的各報，統計一下，各報採取客觀性新聞寫作的方式占了多少比例？然後進一步探討客觀性新聞報導方式是否仍然可行？

關鍵詞彙

1.**客觀新聞**：公開地或互相主觀地，可以觀察或可以查證的，尤其是利用科學方法，在我們的領悟力或情感中，不受個人事物或私有事物影響的新聞。

2.**媒介真實**（mediated reality）：又稱符號真實（symbolic reality），指的是在傳播者藉文學、藝術及報導等表情達意的媒介，所呈現的事件情境。

3.**主觀真實**（subjective reality）：即閱聽人個人對事件主觀的認知，這種認知多半來自社會情境，以及經由媒介日積月累的傳播訊息「建構」而來。

4.**客觀真實**（objective reality）：是真實的真理，亦即是原初的事實，不需要再驗證。

參考書目

一、中文部分

王洪鈞（1989）。《公共關係》。台北：華視文化。

張錦華（1994）。《傳播批判理論》。台北：黎明文化。

彭家發（1994）。《新聞客觀性原理》，〈客觀報導觀念之發展及其意涵〉。台北：三民。

黃新生（1987）。《媒介批評——理論與方法》，〈新聞報導的「客觀性」〉，頁29-34。台北：五南。

羅文輝（1985）。〈客觀與新聞報導〉，《報學》，7卷，5期，頁110-116。

羅文輝、法治斌（1993）。〈客觀報導與誹謗〉。收錄於臧國仁編《中文傳播研究論述》，頁285-310。台北：政大傳播研究中心。

二、英文部分

Boyer, J. H. (1981). How Editors View Objectivity. *Journalism Quarterly. Vol. 58*, No.1 (spring) pp.24-28.

Everette E. Dennis & John C. Merrill著，李茂政譯（1987）。《傳播問題大辯論》，〈論題17「新聞之客觀性」〉。台北：正中。

Lippman, W. (1922). *Public Opinion*. New York: Harcourt Brace.

Robert A. Hackett & Yuezhi Zhao(1998). Sustaining Democracy? *Journalism and the Politics of Objectivity*, p.1, Toronto: Garamond Press.

Tuchman, G. (1972). Objectivity as Strategic Ritual: An Examination of Newsmen's. Notion of Objectivity. *American Journal of Sociology, 77*, 660-679.

Westerstahl, J. (1983). Objective news reporting. *Communication Research, 10*, 403-424.

第十五章 調查性新聞報導

第一節　調查性報導歷史背景

第二節　調查性報導的專業意理

第三節　調查性報導與法律

第四節　調查性報導步驟與技巧

第五節　調查性報導寫作

《美國新聞史》的作者將調查性報導定義為，「利用長時間內累積起來的足夠的消息來源和文件，向公眾提供對某一事件的強有力的解釋。」曾做過調查性報導記者、後來又任新聞學教授的克拉克．莫倫霍夫（Clark Mollenhoff）認為，「調查性報導有三個基本要素，一是記者做出了報導；二是報導內容包含著比較重要的內容，是記者和讀者想知道的；三是其他有試圖向公眾隱瞞這些問題的真相。」本章的學習目標在於瞭解調查性報導歷史背景、美國調查性報導組織，同時探討調查性報導的專業意理，以及調查性報導採訪如何進行與如何寫作。

調查性報導（Investigative Reporting）當時成為維護社會公益的一種新興力量，它所強調之意理為：(1)強調媒介的功能在維護社會正義，強調「鼓吹者意理」；(2)報導過程重視文件的蒐集、分析與解釋；(3)鼓吹人民有接近秘密的權利，強調資訊自由。因此，調查性新聞的採訪，有三個步驟：(1)對事情的懷疑；(2)尋找背景資料；(3)開始進行調查。

進行調查性新聞寫作時要注意下列三個問題：(1)確定要表達的核心問題；(2)設計新聞的結構；(3)活潑生動的寫作方式。

第一節　調查性報導歷史背景

回顧新聞發展史，十八世紀後半期的美國媒體大亨普利策是調查性報導的最重要推動者，他鼓勵對政府和鉅賈的貪污腐化進行鬥爭，並強調報紙應揭露貪污腐敗。

早期的調查性報導的萌芽出現在1880年《紐約世界報》記者比利（Nelli Bly）以僞裝的精神病患，進入紐約的瘋人院做調查採訪，因而揭發了該醫院虐待病人的情形，此一新聞引起當時社會的震驚。

1904年至1912年的「扒糞運動」，使得美國記者自命爲監督政府、實踐社會正義的先鋒，因而對一些新聞事件以調查方式獲得訊息，而進行報導。

從1920年起，「扒糞運動」逐漸興起，一些批評性的雜誌如《國家》、《新共和》把「扒糞運動」的精神帶入六○年代，調查

性報導正式在新聞媒體中生根發展，美國各大城市報紙都成立了「調查性報導小組」，專門以扒糞、調查政府的貪污等新聞作深入性的報導。

1960年代，美國社會普遍存在冷戰、學運、反戰等動盪的現象，使得記者不信任政府，並認爲記者有職責去發掘社會的黑暗面及政府的貪瀆等，因而，調查性報導也就在當時普遍成爲新聞報導的方式。

在美國居於領導地位的美聯社也因調查性報導的盛行而於1967年成立了「調查性報導特別任務小組」，負責報導非公開性的政府活動，一年之中就寫了二百六十八篇調查性報導，其中最著名的報導包括揭露有關越南政府貪污的秘密報告。

1970年代，越來越多的新聞機構投入人力與財力，從事調查性新聞報導，1975年，從事調查性報導的新聞記者合組了一個協會，藉以保障其採訪時不受非法的傷害。

調查性報導發展的過程中，在美國有一些著名的調查性報導引起社會大衆的注意，包括一篇由肯德基州《華克盛頓先驅報》十人小組所寫成的〈欺騙我們的孩子〉一文中，揭發了該州教育附加稅運用遭到政治干預的情形。

阿拉斯加州《安克拉治日報》四位記者寫過一篇調查性報導，揭露工業團體和國家執法人員失職，他們發現這家公司未做好安全措施，讓大量原油從艾克森石油公司的油輪中流出，污染了阿拉斯加海域。

1974年，《華盛頓郵報》記者鮑勃．伍華德和卡爾．伯恩斯坦以對當時的美國總統尼克森在競選時的醜聞，以調查方式進行報導，形成尼克森的去職，這就是有名的水門案，調查性報導因「水門案」而確立了其新聞報導地位，並使調查性報導成爲當時新聞報導的熱門方式。

英國的調查性新聞報導開始於1885年，當時新聞工作者威廉•斯蒂德（W. T. Stead）爲了阻止當時兒童賣淫的不良社會風氣，於是在倫敦東區找到了一個十二歲的「女郎」，並把她買了下來。爲此斯蒂德被捕了，他受到審訊並被判入獄。然而，威廉•斯蒂德的動機只是爲了吸引公眾注意而非從他的買賣中獲益，所以他的刑期很短，而他利用這件事寫了一系列的調查性報導的新聞，最終刺激了禁止兒童賣淫運動的成功（Crossland, 1996）。

斯蒂德最讓人銘記的獨家報導是《現代巴比倫的處女貢品》（The Maiden Tribute of Modern Babylon）的調查性新聞報導。當時在他買下那個女孩後，於1885年7月6日發表了〈強暴處女：我們委託的秘密調查報告〉一文，其中包括在小標題「捆綁女孩」和「爲何受害者的哭喊無人聽見」之下長達五頁的細節描寫。新聞內容包括他的親身調查所見，正如新聞事業需要重大變革一樣，英國調查性新聞事業就這樣誕生了。

1960年代，英國的報紙面臨來自電視的競爭，同時，由於消費者激增，廣告商需要更多的媒介空間。於是，報紙變得越來越厚，增加的版面由重要的特稿和圖片報導塡充。當時的社會風氣偏向於懷疑論和玩世不恭，這使調查性報導獨具魅力。

1963年出現了兩條重要的調查性新聞：第一條是關於一位政府部長普羅富莫（Profumo）、一位俄國特工和一位應召女郎之間的三角關係。《世界新聞報》（*News of the World*）的調查新聞記者彼得．厄爾（Peter Earle）對此事進行了大量調查，他設法將該女孩和她的同伴藏在一所鄉間小屋中，一直藏到他準備好發稿。此事還被寫成一本書——《醜聞1963》（*Scandal ‘63*）。第二條是《星期日泰晤士報》（*Sunday Times*）調查版的獨家新聞。該報記者羅恩．霍爾（Ron Hall）詳細描述了罪犯拉奇曼作爲一名房東對房客進行恐嚇的手段。1969年，《泰晤士報》（*Times*）利用防盜報警

裝置蒐集大都會員警的腐敗證據，到1960年代末，除了反對調查性報導的地方報刊外，全國出現了許多專事調查性報導的新媒介。三家最著名的媒介是《星期日泰晤士報》調查版、《私家偵探》（*Private Eye*）和《世界在行動》（*World in Action*）。對大多數英國人來說，調查性新聞或許就意味著「醜行」。在1990年代，調查性報導對英國的公眾生活做出了出色的描述（李青藜譯，2007）。

探討調查性報導會在二十世紀六○、七○年代盛行，其實是有下列歷史背景因素：

一、受官僚體系腐化有關

十九世紀末至二十世紀初正是美國政治權力最集中的時期，所謂「權力導致腐化」，人民對社會現象不滿，但又不知道問題的癥結，而調查性報導則爲不滿的民眾找到了答案。

二、與西方政黨的發展有關

早期的美國報業仍是屬於政黨所有，每一家報紙各爲其所屬政黨揭發另一黨的醜聞，二十世紀初，獨立性報紙出現，報紙不再爲政黨服務，而政黨之間互揭醜聞的現象卻有增無減，因而也助長了調查性報導的盛行。

三、報紙信任危機的出現

雖然報業的社會責任理論強調報紙的社會責任與公正立場，但美國民眾對於當時報紙對當權者的討好作法，逐漸對報紙產生了信

任危機，爲了挽回受衆的信任，調查性報導就成爲當時各報紙獲取受衆信任的報導方式。

四、迎合了讀者的閱讀欲望

調查性報導吸引人的地方除了內容外，其寫作方式也引起讀者極大興趣，這些調查性報導寫作方式簡直就是一部偵探小說，而與小說不同的是，調查性報導是眞實的故事。

調查性報導主題不一定限於揭發犯罪或政府貪污行爲，它可以呼籲社會注意貧窮問題，也可以探討環境污染、族群不和等問題。徐佳士表示，調查性報導不應以揭發或扒糞爲滿足，應就相關問題作全面深入的瞭解，然後將眞相有系統的導出來。

第二節　調查性報導的專業意理

《美國新聞史》的作者將調查性報導定義爲，「利用長時間內累積起來的足夠的消息來源和文件，向公衆提供對某一事件的強有力的解釋。」曾做過調查性報導記者、後來又任新聞學教授的克拉克．莫倫霍夫（Clark Mollenhoff）認爲，「調查性報導有三個基本要素，一是記者做出了報導；二是報導內容包含著比較重要的內容，是記者和讀者想知道的；三是其他有試圖向公衆隱瞞這些問題的眞相。」

調查性報導當時成爲維護社會公益的一種新興力量，它所強調之意理爲：

1.強調媒介的功能在維護社會正義，強調「鼓吹者意理」。

2.報導過程重視文件的蒐集、分析與解釋。

3.鼓吹人民有接近秘密的權利，強調資訊自由。

雖然調查性報導在當受到極高的評價與認同，但也受到一些批評：

1.批評者認爲記者有強烈的預存立場，對政府充滿敵意與不信任，這種態度所做的報導可能不客觀。

2.調查性報導可能依賴消息來源提供機密檔，但卻無法分辨資料的眞僞，導致記者被利用而不自知。

3.調查性新聞報導所花的時間相當長，可能妨害到一般新聞的採訪。

調查性報導雖然揭露了許多貪污腐化，但仍沒有從完全客觀報導中抽離出來，報導時往往缺乏深刻的分析與科學精神，甚至報紙只成爲發洩的管道，所以調查性報導眞正留給世人深刻印象的報導並不太多。

調查性報導對採訪記者而言，是最富挑戰的一項採訪工作，這類成功的報導往往使記者一夕成名，成爲社會的英雄，並容易登上暢銷書的排行榜，也容易獲得新聞獎，但調查的過程卻是相當艱辛，有時還會惹上麻煩。

新聞界進行調查性報導的案例不多，主要是調查性報導除了記者不具公權力保障，調查較困難外，最重要的是調查性報導涉及花費時間較長，記者每天例行採訪工作已相當繁重，根本很難花較長的時間進行調查報導，最重要的是，進行調查報導必須要有極大的勇氣去排除心理障礙與外在的障礙，因爲進行調查性報導，常要深入一些黑暗面，才能調查到第一手資料，這種情況常是充滿了危機，而調查性的報導常會惹惱一些被調查者，遭到不可預測的危

險，所以調查性的報導在媒體並不常見。

不過，學術論文研究所進行「深度訪談」的論文，也常被拿來當「調查性報導」之用，例如台灣曾有一位研究所的研究生下海充當酒店「公主」，寫成一本碩士論文，被新聞媒體引用而加以大幅報導，一位男性研究生充當「同性戀者」，深入訪談同性戀者的世界，並寫成一本碩士論文而成為新聞界當作調查報導的體裁。

進行調查採訪拍攝前，花了近兩個月時間，閱讀及肩的各種書籍，每天到處打電話、打聽消息，工作到半夜兩、三點鐘，只為了跟事件當事人聯絡上；好不容易可以聯絡上當事人，卻很不幸地發生當事者剛剛病逝，或當事者因長期生活在恐懼中已經心智喪失，或當事人、家屬不願意相信記者，不願意面對過去等等各式各樣的原因而拒絕採訪。

但是，看見歷史當事人重新走回歷史中時的激動，甚至還發生兩位當時各自盤踞不同山頭的台灣青年，在電視攝影機下忘我的做現場比對，發出原來當時我們自己人打自己人的驚呼時，那種與歷史有約的感動便油然而生。當一名記者，如果沒有經歷過調查採訪，等於學畫畫的孩子，無緣參加戶外寫生一樣可惜！您一定要試試！

第三節　調查性報導與法律

從事調查性報導的記者認為，他們揭露腐敗、社會不公，聚焦於公眾關注的問題，他們的工作因而具有重要的社會意義。但在新聞調查過程中，甚至新聞報導的結果，常引發新聞的訴訟。

對於許多編輯和記者而言，法律彷彿難以逾越的路障，橫在他們面前，限制了他們代表公眾利益的工作。在報導中，調查性報導

記者經常面臨道德的兩難困境，一不小心便會陷入法網。大部分爭議雖然圍繞許多具體事實的不同認知，但爭議的中心卻大致指向同一問題：那就是調查性報導記者所享有表達自由的權利與個人想保有秘密的權利之間產生了緊張關係。

美國憲法《第一修正案》規定：「國會不得制定任何法律……剝奪公民的言論或新聞自由」（"Congress should make no law … abridging the freedom of speech, or the press"）。由於有成文憲法的保障，言論自由和新聞自由的重要性得到清晰的確認，而無需任何限制性條件和特殊要求。在實踐中，《第一修正案》是作爲一個受到美國司法部門審視和「明顯而緊迫的危險」（"clear and present danger"）測試限制的概念來運作的。然而，美國的方法堅持承認言論自由的核心重要性。但在英國沒有一個詳細表述這方面基本權利的法律條文。於是在英國法律中，言論自由受到大量其他權利的擠壓而無處立足。在英國普通法和成文法中記著大量的條文可用於限制言論自由和調查性報導記者的方法。這些條文都是英國議會制定的，而英國議會素來沒有重視言論自由的傳統。

事實上，調查性新聞以追求新聞事實爲目標，因此，作爲一個調查性新聞記者，在進行採訪報導時，在報導的每個步驟中，記者都要對一些關鍵性問題深思熟慮。這些關鍵問題包括：

1.指陳內容是否屬實？
2.調查性報導記者能否驗證所指陳內容的眞實性？
3.報導對象是否會提起訴訟？

面臨的法律問題，調查性報導記者發表的新聞必須堅持所有報導都是眞實的，這是新聞職業道德的重要原則。如果媒體決定發表一則沒有事實依據或未經細緻調查的報導，它就必須就自己的行爲做出解釋，沒有人會質疑這個基本前提。在具體環境中，調查性

報導記者可以透過精確、平衡的寫作手法來避免可能的法律訴訟行爲。一般而言，較具規模的媒體都會聘用專業法律顧問，對記者所涉及的法律訴訟進行系統的法律諮詢，而訴訟如果要立於不敗之地，調查記者在報導之前，就要詳細的思考上述三個關鍵性的問題。

現代社會公認：公民有權捍衛他的名譽免遭虛假或惡意報導的中傷；調查性報導記者有責任遵循職業道德，提供內容精確眞實的專業作品。但是，有些國家的法律都沒有給予言論自由以充分的重視，而且這種現狀還影響了編輯正常的稿件編發決定，變相導致煽情主義和新聞瑣碎化，並威脅到調查新聞的生存空間。

對於調查性新聞，如果媒體記者決心擔當「監督者」（watchdog）的角色，就必須保持最負責的態度、高度的職業性和道德自律，在法律條文與法律精神允許的範圍內尋求工作空間。

第四節　調查性報導步驟與技巧

調查性報導是融合解釋性新聞與深度報導，這是最進步也是最複雜的新聞報導方式，引來的爭議也最大，同時有著更多的法律紛爭。

一、調查性報導的步驟

對於調查性報導的資料蒐集，通常經歷了如下的步驟：

(一)對事情的懷疑

大多數的調查報導都起源於一種預感或某一線索顯示，某一個事件或某一個人隱瞞了重要訊息而值得去調查。如果記者沒有對某人或某事產生懷疑就不會進行調查，這些情況包括爲什麼某一公司老是競標到某一政府的工程，市售的某一藥品爲什麼最近突然大增，某一汽車公司爲什麼突然召回汽車進行檢修。

(二)尋找背景資料

從背景資料中理出頭緒，以評估是否値得進行調查性報導，再進行調查過程的規劃。在尋找背景資料的過程中要理清楚，事情是如何發生的，可能涉及的人，以及此事對社會產生何種影響或意義。

背景資料的尋找可到資料室或利用電腦網路進行搜尋，如傳記、指南、索引與統計資料等，藉以發現問題，理出頭緒。

(三)開始進行調查

著手進行調查的過程分兩個階段，第一個階段是察覺値得追查的線索，第二個階段是利用各種人脈與方法找出眞相。

在取得消息的方法，通常是透過敵對者、朋友、受害者、專家、員警等人的提供消息，有時候是透過文件資料的蒐集，這些文件包括公開的不動產登記、法庭紀錄、會議紀錄，以及不公開的文件資料，例如偵察檔案、判決檔案、納稅文件、信用調查等。這些公開或不公開的文件，通常需要一些特殊管道才能取得，因此，調查性報導的記者有時會僱用私家偵探、律師等專業人士來蒐集一些敏感性資料。

二、調查性報導的採訪技巧

作為一位傑出的調查性報導記者最佳途徑就是，接受第一流的新聞學教育，同時研讀政府、政治、歷史和經濟知識。並在有經驗的資深記者指導下接受訓練，並實地到一家媒體的調查性報導小組接受實踐鍛鍊。

在學習的過程中，調查性報導記者要注意以下的採訪技巧：

1.採訪新手也可以嘗試著查詢紀錄，並就一些簡單的主題進行採訪，這是成為一名經驗豐富的調查性報導記者和編輯的第一步。

2.主動進行一些小題目的調查採訪練習，絕大多數資深記者忙於處理每天報紙內容，沒有太多的時間教導初學者。所以自己動手做一些小選題，風險既小，又可以鍛鍊調查性報導的基本技巧。

3.有耐心進行單調的資料查尋核對工作，調查工作的第一步就是反覆地核查警察局、行政部門和法院的紀錄。隨意地翻閱幾遍紀錄和資料是不足以掌握其內容的。記者必須熟悉到相當程度，以至於憑其「培養起來的直覺」就知道哪些資料是可用的，它們保存在何處，包括有哪些資訊。

4.制訂出一種簡易而切實可行的保存調查紀錄的方法，確保迅速地查找到資料和保存資料。

5.學會分析政府弊端，制訂出一項調查性報導所能獲得的最大和最小的目標。

6.不必一直等到掌握了最大罪行的確鑿證據之後，才刊登第一篇調查性報導。通常，關於小弊端的報導會促使官方調查人員和檢察官採取實際行動。

7.雖然調查報導採訪技巧會因環境變化而各有差異，但通常情況下是提出簡單的問題，以蒐集事實和解釋，採訪時，可以裝作對情況不甚瞭解，同時要避免引起被訪者的對抗。

8.調查性報導記者在與員警、政府調查者和檢察人員打交道時，一定程度的合作對雙方都是有利的，但是記者必須避免因為這種關係而陷入黨派之爭。記者要認識到，員警和檢察官即使動機純正也會犯錯誤，所以記者要保持獨立、客觀和平衡。

擁有三千五百多名會員，建立了最權威的調查報導網站和資料中心的美國IRE組織，除了提供兩萬多個調查報導的案例研究外，IRE最大的功績還是《調查報導記者手冊》的出版。從1983年到2002年的十年中，此書連出四版，已經成為一部膾炙人口的調查記者的百科全書，該書雖然幾乎是新聞採訪的包羅萬象之作，但對記者的要求卻一目了然，IRE調查報導的技術框架也是簡明扼要的，它把調查建立在記者對基本資訊和輔助資訊訪問的基礎上。基本資訊是關於調查事件的一切相關的個人和社會的基本記錄，比如：生日、死亡、結婚和離婚證明、社會保險號碼、統一商業代碼；輔助資料即已發表的資訊，包括報刊、書籍、論文、廣播電視、網際網路、圖書館等上面的一切可供參考的資訊。調查記者的成功與否就在於是否能平衡地、科學地使用基本資訊和輔助資訊。最重要的是，調查記者要對調查的事件進行追蹤，這種追蹤被分為兩種情況：一是紙上追蹤，即研究各種相關文件；一是人際追蹤，即調查各種相關人物。（Brant Houston, Len Bruzzese & Steve Weinberg, 2002）

IRE組織結合了多位記者的經驗，為調查性報導提供了一個調

查性報導的範本。如果有相當經驗的記者和編輯活學活用這個範本，它將會給無論是小型還是大型的調查報導帶來成功，這個範本既可作爲記者採訪指南，也可被編輯用來檢查記者的調查過程，或者是用於一個調查組。這個調查範本的主要內容如下：

1.閱讀與調查主題直接相關的所有新聞報導。
2.與處理過該主題的其他記者和編輯交談，閱讀所有的相關政府報告和書籍。
3.採訪各個級別的主管或是瞭解該主題事務的執法官員及檢察官，評估其知情度和可信度。
4.列舉出來自各種機構，包括大學、商界或其他的幫助與合作，它們對受調查的領域有其天然的興趣。
5.分析問題並且努力將其分解爲一系列可操作的項目，著力於區分哪些是當前肯定會進行的專案，哪些是長期目標。
6.重要訪問要寫下備忘錄，複製公共紀錄和相關文件的縮寫，標上日期和編號。
7.連續不斷的重新評估資訊，和與計畫相關的人士、編輯，或者是瞭解法律及事實的人士討論，僅瞭解調查從那一個方面比較容易，避免重要事實被忽略了。
8.用一位經驗豐富的編輯來分析報導的第一稿，查看是否需要補充或說明，以便對普通讀者造成最大的影響。

第五節　調查性報導寫作

調查性報導寫作是所有新聞體裁中難度最大的一種，因爲調查性記者必須把蒐集到的龐雜資料，提煉出一個通俗、易懂的報導，寫作者要以中立態度在紛雜的資料中辨別出事實眞相，基本上，調查性報導的寫作應有幾個步驟，分段完成。

1.確定報導的主軸：從採訪到寫作，調查報導的記者首要目的是確定它的報導主軸，寫作的過程也圍繞在這個主軸上，就能在衆多繁雜的資料中篩選出最重要的資訊。

2.寫作素材的取捨：確定寫作主軸之後，對於手中的資料，就必須進行取捨，所謂有捨才有得，懂得取捨自然能集中心力進行報導與論述。

3.資訊的組合：在確定報導主軸，刪除無用的資訊之後，記者就要對手中的資料進行組合，以便發覺所掌握的資料是否還有欠缺。當有用的資料都組合完成後，就可以進行下一步驟的寫作。

4.決定報導形式：在正式下筆寫作前，記者必須先決定要以哪種形式寫調查性的報導，第一種方式是以客觀性新聞報導的方式，採取直接新聞敘述（Straight News Story）的方式寫作；第二種寫作的方式是以新聞特稿（News Feature）的方式寫作，也就是加入主觀的意見去闡述整個調查經過；第三種是以小品的方式寫調查性報導，主要是將報導集中在個人和小事件上，有時像寫小說方式，讓記者在寫作時有更大的創作空間。

對於調查性報導的寫作，王洪鈞（2000）提出了三項原則：

一、確定要表達的核心問題

在報導前必須從主題的重要性及證據之充分性確定所要表達的核心問題，亦即調查的意義去思考，藉以衡量此一報導對社會的意義與大衆可以接受的程度。

二、設計新聞的結構

調查性報導雖然不是偵探小說需要步步驚魂，但在新聞結構設計上，仍要客觀鋪陳各種發現，藉以表達所要呈現的主題思想，使公衆接受瞭解社會仍存在一些不符合公共利益的事，有待進行改革。

三、活潑生動的寫作方式

調查性報導與一般寫作差異不大，但要注意簡潔、活潑、生動，盡可能利用對話方式、人稱字眼、具體事物的呈現，避免主觀的教訓或指責，因爲調查性報導是在深入挖掘並呈現隱藏的有意義事實，並不在於主觀評論。

案例一　《今周刊》調查報導踢爆年輕致富假象

1973年出生的魏姓男子，2001年時出版了一本《十八歲賺到一億》的創業故事，受到外界的重視，包括平面及電子媒體都爭相報導。但是《今周刊》經過深入追蹤調查後，以「國內新聞史最大騙局」刊出了魏男子「前科累累」的紀錄，並以許多資料指出魏男

子所稱賺進一億元的說法有相當多不合理的地方，這篇調查報導以鍥而不捨的精神還原事實的眞相，同時暴露了國內媒體報導處理新聞的盲點。

2001年8月魏姓男子創立一家生技公司，密集推出礦泉水廣告，又贊助一些公關活動，讓這家公司突然知名度大增，幾家媒體也開始陸續報導這家生技公司總裁魏姓男子的創業故事。

魏姓男子所主導的生技公司，2001年開始在各大媒體刊登廣告，推銷公司生產的礦泉水產品，並接受各家媒體訪問，宣稱產品在美國有很大的市場，並且將在香港掛牌上市。並由商周出版推出他的新書，講述他如何在十八歲時就因爲搭上電信列車，靠賣呼叫器賺了一億元，成爲生技界的話題人物。

《今周刊》在封面和內文中指稱魏姓男子的說法是「台灣新聞史最大騙局」，並指出矛盾點所在。根據該刊物採訪結果發現，魏姓男子十八歲時正在台東，因案被司法機關裁定在泰源技訓所接受感化教育處分。

魏某在自己出版的新書中說，自己十六歲在台東賣呼叫器「大賺」之際，被父親強迫去加拿大讀書，念了七、八年畢業才回來。但是根據《今周刊》報導並訪問一名受感訓處分的「同期同學」，對方指出魏某在那一段期間應該還在台東泰源技訓所接受感訓，《今周刊》並查出他在司法機關的紀錄十分轟轟烈烈，包括僞造文書、妨害自由、重利、詐欺等。

《今周刊》向台東泰源技能訓練所查證，魏某於1993年9月接受感訓處分時已二十歲，據當時做的身家調查，魏某感訓前，曾任台東市某通訊科技公司副總經理，業務興隆，但因他書中部分說法與事實不符，「十八歲賺一億元」的說法令所方人員懷疑。

台東縣的泰源技訓所查證，魏某在1992年間4月至6月間，因連續多次持槍、恐嚇、白吃白喝，被台東縣警察局、台東縣調查站提

報為流氓，經台東地方法院治安法庭裁定流氓感訓處分。1993年9月13日被送至泰源技訓所接受感訓處分教育，應執行到1996年5月27日止。

據技訓所說，因魏某不服，家屬替他向花蓮高分院上訴，因他在獄中表現良好，經花蓮高分院裁定免予繼續執行，他才於1995年5月5日出所，大約在泰源技訓所待了一年七個月。

技訓所承辦流氓業務的科員回憶說，魏某在所內參加建築班技能訓練，獲得階段考第三名，並考取建築類丙級技術士，表現令他印象深刻。

台東地區就有不少過去與魏某熟悉人士也向警方指道，1992年至1996年間，也就是魏某書中所謂的「出國期間」，魏家兄弟就在台東市杭州街、更生路口同一地點，先後成立「漢億科技」與洋酒商行「酒之最」公司，惟均因經營不善倒閉；1993年間，二十歲的魏某又因案被提報流氓，裁定感訓一年七個月又二十二天，期間曾因於建築班內表現良好獲得丙級建築證照，還獲建築班技能測驗第三名而提前出獄。

報導中引用警方調查資料指出，魏某1996年至1998年間，分別犯下詐欺、偽造文書、重利等案件，然多數未遭起訴，另有魏某債權人，提供當初被積欠的「小錢」帳單。債權人表示，「我寧願相信他書中指十八歲就賺到一億，但請他先還我積欠多年的一萬多塊。」

撰寫這則新聞的《今周刊》記者田習如表示，最先發現這家公司疑點的是她的同事蔡玉眞，後來她才費心去找資料佐證，在比對相關資料後發現許多疑點，例如魏某所稱的十四歲賣呼叫器，十八歲賺進一億元，經瞭解，魏某所稱的時間應是1987，呼叫器市場並未全面開放，使用的人並不多，要賣呼叫器賺到一億元實在不容易，而一家知名度不高的公司在呼叫器市場不可能有那麼高的市場

占有率。

後來《今周刊》透過管道發現，魏某所說的致富期間，有很長的一段時間是待在泰源職技所感訓。《今周刊》並採訪了魏某感訓時的同期同學，同時掌握了他的官司資料。

《今周刊》的報導指出，魏某在新書中說自己在十六歲時（即他在台東賣呼叫器事業大賺錢時），被父親強迫去加拿大讀書，念了七、八年才畢業回來，但根據相關資料及周刊訪問一位「同期同學」指出，魏某在十九歲到二十一歲應該還在台東，而且是因案被司法機關裁定在泰源技訓所接受感化教育處分。（轉引自《目擊者雜誌》第26期）。

對於《今周刊》的報導，魏某提出聲明指出，他坦白表示，他的第一個前科是在十三歲時，因為想買一台任天堂電玩，又怕被父親罵，所以偷拿爸爸的支票蓋自己的印章，結果當場被「抓包」，之後被交付保護管束，完全是小孩子的天眞行為，和商業詐欺無關；第二件前科是在他十九歲，公司業務擴張太快，對員工管理訓練不夠，結果有一位員工因為客戶不肯付手機的錢，員工就拿玩具槍去恐嚇對方，他被牽連在內而被法院判處罰金二千元；至於管訓的部分，則是翌年他哥哥與人爭執，他帶人去找對方理論，產生衝突，以致被管訓了一年七個月。

魏姓男子強調，書中描述十八歲就賺到一億的過程全都是清白，可以公開面對大衆檢驗。魏某的聲明說，自己從十四歲就創業，十五、六歲時即有千萬資金難免年少輕狂，他在聲明中指出，他也跟每一個人一樣，在那一段時間花天酒地做了一些糊塗事；但是媒體（指《今周刊》）所提的前科和他賺錢的歷程並沒有直接影響和關聯。他說，書中沒提到，並不表示是在欺騙讀者；畢竟前科不是一件光彩的事，但他強調，他已為過去的作為付出代價。且在書中第十四章「大起大落」中也有詳細說明他曾有生意失敗產生的

一些事情。

對照魏某的說法與《今周刊》的調查報導發現，除了《今周刊》認真的追尋魏某賺錢眞相外，其餘的媒體多數是根據魏某的個人說法就相信其十八歲賺進一億元，這也突顯國內新聞媒體普遍缺少了一份追根究底的查證精神。

媒體報導魏姓男子傳奇故事一覽表

刊物名稱	標題	報導日期
《商業周刊》	二十歲賺到人生第一個一億元	2000.08.14
《台灣日報》	數位公司明年那斯達克掛牌	2000.08.18
《自由時報》	挑戰飲料業前輩	2000.08.21
《台灣日報》	打水戰，點滴在心頭	2000.09.04
《台灣時報》	賣礦泉水，雄心勃勃	2000.09.04
《聯合報》	二十七歲身價十億元	2000.09.10
《經濟日報》	今年每股估4元	2000.09.13
《時報周刊》	0204比不上魏的3.14	2000.10.18
《勁報》	魏的維尼斯精神揚威飲料業	2000.12.02
《壹週刊》	十八歲賺進一億元	2001.11.29
《商業周刊》	封面故事：十八歲賺進一億元	2001.12.10
《今周刊》	國內新聞史最大的騙局	2001.12.14

問題與討論

1.如何從平日生活或日常規律的工作中找到調查採訪的線索？

2.為了做好調查採訪，記者可以如何充實該項議題的專業知識？

關鍵詞彙

1.**調查性報導**：利用長時間內累積起來的足夠的消息來源和文案，向公眾提供對某一事件的強有力解釋的新聞報導方式。

2.**扒糞運動**：1904年至1912年，美國興起「扒糞運動」（muckraking），美國記者自命為監督政府、實踐社會正義的先鋒，因而對一些醜聞事件加以調查，並進行報導，稱為「扒糞運動」。

3.**IRE**：1975年成立，「調查報導記者與編輯組織」（Investigative Reporter & Editor Inc., IRE）成立的目的，主要是為美國乃至世界的新聞記者提供一個研究調查性報導的論壇；它的使命是向調查記者提供資源、訓練和一切必要的支持；推廣新聞職業水準；保護調查記者的各項權利。

參考書目

一、中文部分

王洪鈞（2000）。《新聞報導學》。台北：正中。

李青藜譯（2007）。《英國調查性報導30年》。2007年4月13日，20:04:02 http://www.chinacamera.net/club/read-htm-tid-65635.html

張威（2006）。《比較新聞學：方法與考證》，〈調查性報導：西方與中國〉，頁418-480。廣州：南方日報出版社。

二、英文部分

Brant Houston, Len Bruzzese & Steve Weinberg (2002). *The Investigative Reporter's Handbook: A Guide to Documents*, pp.10-44, Databases and Techniques.

Crossland (1996). Crossland, J. Belgium's first child sex scandal. *Sunday Times*, 25 August 1996.

Houghton, W. (1957). *The Victorian Frame of Mind*. London: Yale University Press.

第十六章 精確新聞報導

精確新聞（Precision Journalism）一詞由美國記者麥爾（Philip Meyer）於1967年提出。精確新聞，也稱精確新聞報導、精確報導，是指記者在採訪新聞時，運用調查、實驗和內容分析等社會科學研究方法，來蒐集資料以及查證事實，以報導新聞（Meyer, 1973）。

本章主要在學習如何使用民調的科學方法報導新聞，包括精確新聞報導使用方法、精確新聞與民意調查的關係、報導民意調查新聞的一些基本概念、精確新聞寫作的原則，以及電視新聞在呈現精確新聞時一些圖像處理原則。

精確新聞報導（Precision Journalism）是一種使用社會科學的方法從事新聞報導，一般的報導方式包括：(1)參與性觀察；(2)文獻研究；(3)田園調查；(4)民意調查。

精確新聞報導最常使用的是民意調查方式，在使用民調數字時應注意：(1)瞭解負責民調單位的公正性；(2)問卷問題是否恰當；(3)樣本選擇是否合乎標準；(4)樣本與樣本結構；(5)抽樣誤差；(6)報導的內容是調查的全部或部分；(7)調查訪問方式；(8)調查訪問時機。

對於精確新聞寫作，需要注意的原則包括：(1)挑重點寫導言；(2)注意新聞正確用詞；(3)說明民調主題重要性；(4)儘量呈現完整的調查結果；(5)不要擠入太多的調查結果；(6)資料不要出現小數點；(7)說明民調的過程與方法。

第一節　何謂精確新聞

「精確新聞」也稱精確新聞報導、精確報導，是指記者在採訪新聞時，運用調查、實驗和內容分析等社會科學研究方法，來蒐集資料以及查證事實，以報導新聞（Meyer, 1973）。學者麥爾（Philip Meyer）在其所寫的《精確新聞》（*Precision Journalism*）一書中，告訴新聞實務界如何利用科學的方法寫新聞，精確新聞報導的方式因而逐漸被使用，目前新聞界最經常使用的社會科學研究方法是民意調查（羅文輝，1987）。

精確新聞一詞由美國記者麥爾於1967年提出。麥爾總結多年心血出版《精確新聞》一書，經麥爾大力宣導，精確新聞報導在美國

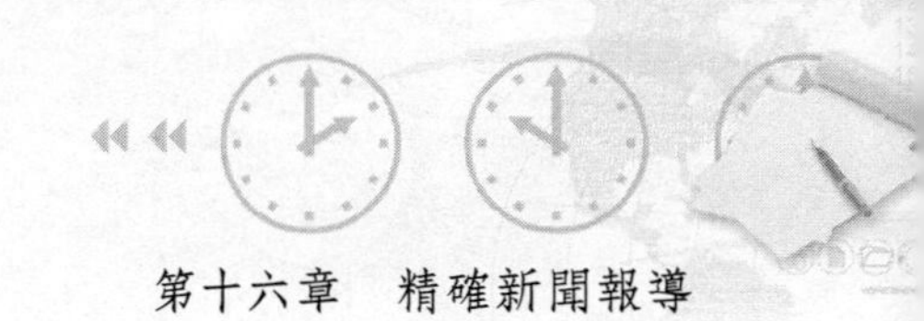

逐漸受到重視。

由於新聞報導形式從客觀性報導到主觀的新新聞學報導與調查性報導，使得讀者開始對新聞報導的眞確性感到懷疑，這也促成了「精確新聞報導」的興起。

1810年，美北卡羅萊納州一家報社曾進行全州郵寄問卷調查，探詢農產品以至民生福祉的情形，作爲新聞報導的資料。1824年，美國《哈里斯堡賓州人報》（*Harrisburg Pennsylvanian*）的記者在總統選舉前進行了假投票方式進行民意調查，這是美國報紙最早進行的精確新聞報導。

1932年，蓋洛普運用他的博士論文發展出一套科學的抽樣方法，爲民意測驗的調查工具，此一抽樣方法隨後在許多精確報導中普遍被運用。

1967年底特律《自由報》記者在當時底特律嚴重的黑人暴動事件，對區域內的黑人進行抽樣訪問，共抽取四百三十七位黑人受訪者，並以統計的方法統計分析黑人暴動的原因，而寫成一系列的報導而贏得普立茲獎。

1968年和1972年的美國總統大選，精確新聞報導已蔚爲風氣。七○年代，精確新聞報導已經成爲美國新聞界普遍重視的一種新聞報導方式。

1973年，麥爾寫成《精確新聞》，在書中指出：「將調查、實地實驗和內容分析等社會科學方法應用於新聞蒐集和報導上，可使報導內容更客觀精確」。

1975年以後，美國各大學的新聞系陸續開設有關精確新聞的課程，民意測驗受到媒體的支持，無數新聞記者和傳播學者研究精確新聞的寫作（蘇蘅，1993）。

精確新聞是指新聞如何呈現眞實的一種採訪報導方法，主要是運用社會及行爲科學的研究方法（如抽樣調查法、田野實驗法、

內容分析法等）來採訪消息並報導新聞（Meyer, 1973；羅文輝，1991；彭家發譯，1994：162-167）。精確新聞與傳統新聞報導最大的不同在於，精確新聞係運用科學的方法進行直接（如面對面訪問）或間接（如電話訪問）的系統性觀察（指一套特定的方法），以彌補傳統新聞報導缺乏普遍意見之代表性的缺失（如傳統新聞深受消息來源控制，以及新聞報導所呈現的聲音大都是政府官員或社會精英的意見等缺失）（羅文輝，1991：3-9）。因此，精確新聞可以說是新聞演進過程中對於客觀性報導的新途徑。此外，由於精確新聞大量運用調查研究法來探測民眾對公共事務或時事議題的意見，因此精確新聞報導雖不必然就是有關民意調查的新聞報導，但有關民意調查的新聞報導，則一定是精確新聞。

傳統新聞是針對已發生事情的描述，無法去挖掘隱藏的眞相，而精確新聞報導的主要優點是在擺脫傳統新聞報導只能被動依賴新聞來源的缺失，藉由有科學研究方法的調查，有系統的去觀察一些現象，進而主動發掘問題的眞相，並反映民意與糾正一些社會上長久存在的錯誤觀念，同時也借著民意調查所進行的精確新聞報導來達到監督政府的目的，同時對新聞的事實與社會動因做了更深刻的掌握。因此，精確新聞報導是將社會科學研究方法與傳統的新聞報導技巧融爲一體的新聞報導方式，主要宣導的是系統性的觀察，這種系統性的觀察可以糾正非系統性觀察的缺點，使記者的觀察帶有眞正本質意義上的代表性和公正性。

在美國，精確新聞報導方式的運用與盛行，和美國總統選舉有著非常緊密的關係，許多著名媒體（如ABC、 NBC、CBS、USA TODAY等媒體）皆紛紛運用行爲科學研究法（主要是抽樣調查法），或自設調查部門，或委託其他調查機構，或以跨媒體合作等方式，以郵寄或電話訪問方式詢問美國一般民眾對於總統選舉的一些看法，並根據調查結果進而預判選舉中的勝利者，此一歷史的發

展使得「精確新聞」在一開始就與「選舉民意調查」發生不解的關係。此一情況在台灣亦然。

台灣地區的新聞媒體也都自行運用民意調查方法進行有關精確新聞的報導，1983年左右，精確新聞的報導方式陸續被使用。《聯合報》和《中國時報》先後成立民意調查小組，經常對各種政治、財經以及社會問題進行民意調查。由於這兩家報社的推動，目前精確新聞報導在台灣地區，普遍受到新聞界的重視（羅文輝，1991）。

台灣報業第一次利用民意調查方式所做的精確新聞報導是在1952年《台灣新生報》針對對日和約所做的民意調查，2月14日該報以第一版頭條新聞進行報導，同時將該報印行了二十萬份問卷隨報贈送。1954年考試院副院長羅家倫提議推行簡體字，《聯合報》在當時也進行一次簡體字的民意調查，4月12日第一版刊出「你贊成簡體字嗎？」的調查問卷，《台灣新生報》與《聯合報》的這兩項民意調查被認爲是台灣最早的民意調查。

1952年《台灣新生報》成立「民意測驗部門」，這是台灣第一個正式成立的民意調查機構，1983年8月，《聯合報》成立「海內外新聞供應中心」，並向社方提出成立民意調查的企劃案，該中心並在有重大新聞事件時就進行民意調查，並將調查結果寫成新聞，刊登在《聯合報》上。《中國時報》則在1985年的選舉期間成立臨時性的民意調查小組，邀請學校教授協助民意調查的執行，直到最近幾年，新聞界成立民意調查中心已逐漸形成趨勢，而民意調查結果提供給新聞界做新聞報導資料的情形更爲普遍（羅文輝，1991）。

中國大陸於1983年1月29日在英文版《中國日報》（*China Daily*）刊登了1982年完成的北京市受衆調查結果。此後，類似報導在一些報紙中出現。九〇年代新聞改革的深入，推動了精確新聞報導，1996年1月3日《北京青年報》將其公衆調查專版冠以「精確

新聞」，拉開了中國媒體科學、規範的精確新聞報導的序幕。目前中國大陸已有幾十家報刊定期或不定期地刊登精確新聞報導（姜秀珍，1998）。

第二節　精確新聞報導使用方法

精確新聞報導是使用社會科學的方法從事新聞報導，一般的報導方式包括：

一、參與性觀察

有些新聞報導要獲得第一手資料，並找出事實眞相，記者有時必須隱藏身分，藉由參與性的觀察，以獲得第一手的資料。例如報導嬰兒的生活與其對環境的反應，由於嬰兒無法接受訪問，記者只有以參與觀察的方式蒐集資料，以作爲新聞報導的體裁。

二、文獻研究

利用電腦搜尋相關的統計數字、政府預算、法院判決書，或其他歷史文件資料，從事系統周密的分析，以作爲新聞報導的資料，這種分析歷史文獻資料作爲新聞報導體裁的作法，亦是精確新聞報導的一種方式。

美國一位記者爲了報導高中學生上大學的情形，向四十四所高中傳眞，詢問各樣應屆畢業生被大學接納入學的情形，以及學生最後選擇哪所學校入學。

四十四所學校最後傳眞回覆後，這名記者將這些資料用電腦

加以分析，製成圖表，再配上對大學入學顧問的訪問，就成了一篇非常精彩的報導，其內容包括「哪幾所學校最受高中生歡迎？」、「各學校高中生的升學情形？」等寶貴資訊。

三、田園調查

是記者對採訪的主題，設定一個假設，並實地進行實驗調查，將結果作爲報導的資料。例如有記者將一部故障車子同時送進一家原廠修理與特約廠修理，藉以觀察不同修車廠對客戶的誠實度與服務態度，作爲新聞的報導素材。

四、民意調查

民意調查亦稱作民意測驗，亦即針對要探討的問題設計問卷，並藉由受訪者填寫問卷所獲得的統計資料作爲新聞報導的體裁。

1824年，《哈里斯堡賓州人報》以假投票的方式進行美國總統選舉的民意調查，假投票結果，傑克森獲勝，領先其他候選人，《哈里斯堡賓州人報》並在1824年7月24日刊登該項調查結果（Gallup & Rate, 1940），這是報紙首先應用科學的民意調查作爲報導資料的精確新聞報導方式。

第三節　精確新聞與民意調查

精確新聞報導可以擺脫記者過分依賴新聞來源提供報導方式，避免受新聞提供者之影響與擺布，而精確新聞報導所採用的社會科學方法有很多種，最常採取的方式是利用民意調查技巧來報導新

聞。

民意調查就是把社會科學用於問卷調查中，而新聞界根據調查結果進行精確新聞報導，因此，記者在進行民意測驗報告的報導時，必須對民意測驗所使用的科學研究方法有基本概念，才不致於被不當的民意調查結果所誤導。

一、何謂「民意」

「民意」這個觀念的形成已有一段悠久的歷史，日文中有「民意」一詞是由東漢中國引入的字彙，最早出現在漢武帝時期，可見中國早有民意的觀念（管一仲、彭瀚，1997）。韓尼斯（Bernard Hennessy）在《民意》一書中指出，民意包括五項重要的因素：

1.一項問題的出現。
2.公衆；即一群對此一問題有興趣且關心的人。
3.爭議的意見；是指公衆對此一問題所抱持的不同意見。
4.意見的表達；即對此一問題以各種不同的觀點而表達意見。
5.參與的人數；即關心此一問題的人數不是少數人，而是達到一定數目的公衆。

對於民意的定義，就韓尼斯認爲「民意是相當數目的人，對一項重要議題表達各種喜好的組合」。

二、民意的形成

李普曼在《公衆哲學》一書中說：「改變多數人的意見，所需的時間，當然比改變少數人的意見要長得多，因爲需要灌輸、勸

說、鼓動散居各地各行業的群衆。」因此，民意的形成通常比事件進行得緩慢。

卡普特等人合著的《民意與個人》一書中認爲，民意的形成要經過以下的幾個過程：

1.公衆團體內的人，瞭解到他們生活的社會環境中，某一方面存在問題，認爲應該採取某些行動，在得到一些人的支援後，得到結論，並進行一些調查工作。
2.在得到解決問題的建議後，開始進行反覆的討論與研究。
3.形成大多數人所公認的意見。
4.所公認的意見在一定範圍內傳播開來，造成影響，直到這一問題獲得解決，或該公衆團體的解散。

三、民意調查的步驟

民意調查是以科學的研究方法所進行的研究，民意調查的進行有一套嚴謹的辦法，一般而言，民意調查的進行必須先經過下列的幾項步驟：

(一)提出研究問題（Question Sorting）

民意調查首先要確定研究的主題是什麼，才能擬訂問題進行調查，達到調查的目的，例如，選舉時會有政黨想瞭解選民對該黨的支持度，而候選人也想瞭解他在選民中的支持度，這些資料都可以作爲修正選舉策略時的參考，在確立研究的目的後，才能進行問卷的擬訂。

(二)問卷的設計（Questionnaire Design）

在確立研究目的後，接著是根據研究目的擬訂問卷，問卷中對問題的設計要注意下列的原則：

◆問卷的字與句

1.問題應該容易被每一個人所瞭解。

2.問題必須明確清楚，不能有曖昧，避免使用術語或行話。

3.問題儘量平衡客觀。

4.受訪者必須瞭解問題的相關性，並有能力提供明確的答案。

◆問題的順序

問題的排列會影響受訪者的回答，有一個較好的方法是依字母順序排列。

一份好的問卷不會引發訪問者與受訪者間對問題的爭議，過去有許多研究顯示，許多對問卷的回答與事實間有產生一些差距，主要是問卷設計有問題。

(三)抽樣的程序（Sampling Procedures）

問卷擬訂完成後，下一步就是進行問卷的調查，而調查的對象是誰，關係到民意調查的成敗，例如，總統選舉候選人支持度的調查，民意調查機構不可能對數百萬的選民進行問卷調查，而必須採取抽樣的方式進行調查，如何抽樣才有代表性，所做出的結果才不會與實際結果失真，這必須有一套方法。美國某一傳播媒體曾對美國總統選舉時進行大規模的民調，所得到的調查結果與實際的選舉結果差距甚大，經檢討後發覺是抽樣出現問題，因為該份民調的樣本是採汽車駕駛人的車籍資料進行抽樣，而當時美國的汽車並不普

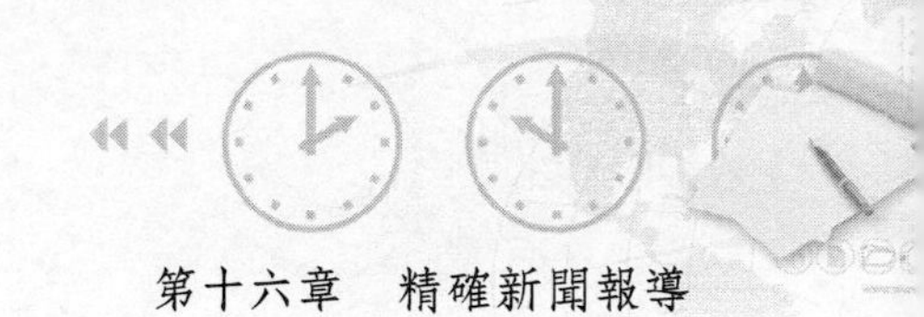

遍，且只有有錢人才買車，因此，該份調查結果只是反映出美國有錢人對總統候選人的支持度，而不是大部分美國人對候選人的支持度。

進行抽樣時要注意下列的抽樣程序：

1.找到與研究目的有關的母群體，例如研究的主題是台北市長選舉，則母群體應是台北市的合格選民。
2.決定樣本數與解釋理由，例如台北市長選舉調查，不可能訪問所有的合格選民，因此只能抽取一些樣本進行研究，樣本數應多少？爲什麼只抽這些樣本，都必須有合理的解釋。
3.確定抽樣的方法與類型，樣本的抽取有許多方式，有隨機抽樣、系統抽樣、分層隨機抽樣、區域抽樣等，研究者必須依據實際需要決定抽樣的方式。

(四)進行訪問（Questionnaire Interviewing）

有了問卷後，接著就是根據抽出的樣本進行訪問，訪問的方式有很多種，可以採取親身訪問、郵寄問卷、電話調查等方式進行，這些訪問方式各有其利弊，親身訪問可以面對面談問題，容易取得較完整的資料，不會有問題漏塡，也可以較深入瞭解問題核心，但缺點是親自訪問較不容易讓受訪者接受。郵寄問卷優點是進行調查有其方便性，缺點是回收率不高，即使是以贈品方式進行，效果亦是相當有限。電話調查是較普遍被使用的方法，此一調查法有其方便性，但必須在電話普及地方才能用，否則調查結果會失眞。

問卷的調查最重要的是訪問部分，因爲其他幾項研究步驟，研究者都可以控制研究品質，而問卷是透過訪員進行，如果訪員偷懶或作假，則整份研究報告就泡湯了，過去曾有訪員對於受訪者漏答的問題自行代答，或根本沒有訪問就自己塡寫，而這種廢卷卻被當

有效卷統計，自然影響問卷調查的準確性。

(五)資料分析與解釋（Analysis and Interpretation）

問卷回收後接著就是要針對資料進行分析解釋，一般而言，調查問卷都在數百份到一千多份，而每一份都各有許多問題，如果用傳統的方法一項項作統計，相當費時，幸好電腦發明後，一些統計軟體也跟著產生，研究者只要將每一份問題答案輸入電腦中，就可以利用電腦中的統計程序在極短的時間內完成統計結果，研究者再根據統計結果進行解釋。

(六)提出結果（Presenting the Results）

資料統計出來後，再經過研究者的分析便可寫出兩份研究報告，這就是民意調查報告，這也是調查機構提供給新聞傳播媒體報導的基本資料，但研究結果常是一大本的報告，其中還涉及專業的調查名詞，新聞記者可能沒有時間完全看完，或可能看不懂，所以民調的機構在提供給記者的資料常是摘錄調查報告的一部分，有時是為了方便記者寫稿，有時則只提供有利研究者的資料，隱去了不利的資料。

四、民意調查的基本概念

台大社會系教授林萬億認為影響民調正確性的幾個重要因素是問卷設計、抽樣、訪問技術、統計、解釋。而這些誤差來源基本上可以分為「系統性偏差」與「非系統性偏差」兩大類。

(一)「系統性偏差」與「非系統性偏差」

「非系統性偏差」是指以部分樣本去推論母群體的結果，必然會發生樣本無法百分之百代表母群體的問題，這種屬於抽樣機率所造成的隨機性誤差，稱爲「非系統性偏差」，而「系統性偏差」則是指執行民調過程所產生的錯誤，使得其正確性產生偏差，這是一種人爲錯誤所造成的偏差，例如；問卷設計不當、訪員造假、不當的訪問等。

林萬億指出，以目前台灣的民調技術水準來看，抽樣已不是問題，從電話登錄文件中抽取的樣本已有相當程度代表性。訪問技術也很成熟，從電腦設定到訪員訓練、督導，以至於委託人的抽樣監聽，都已制式化，其中缺漏的可能性很少。訪員在使用語言、候選人輪流提示，以至到追問都有相當的要求。因此，誤用民調較不可能在這兩方面發生弊端，常發生弊端的反而是問卷設計、統計與解釋。

統計會出現錯誤有兩種可能，一是塡錯答案，這種可能性會因督導的品質而改善；二是擅改答案。爲了討好某候選人或滿足委託單位的意圖，或者企圖影響選情，都可能修改結果。其實，偷改些微計數，他人是不容易發現的，例如原本降級一個百分點，偷改爲領先二個百分點，來回差一個百分點，就統計技術來說，仍然在誤差範圍內，但是，影響候選人士氣以及民意之大是可以想像的。

解釋也會誤導民意，例如誤把欣賞當支持，把滿意當認同，都可能誤導候選人與民衆。支持率、預期當選率與希望（期待）當選率也不同，不應混爲一談，最可笑的解釋錯誤是瞎掰因果關係。例如，傳訊電視7月下旬的民調報告馬英九落後陳水扁8個百分點，8月又領先3.6個百分點，如此大幅震盪並非尋常，除非有重大誤解事件發生，先使馬英九被選民誤解，再澄清後獲得諒解，不可能有如此大幅民意跳動（1998.9.1轉錄自《目擊者雜誌》）。

(二)支持率42%不一定領先40%

新聞媒體報導民調機構所公布的選舉調結果，媒體和民眾都普遍關心「誰領先？」的問題，關鍵是，民調結果之資料並非百分之百的精準，再精確的民調都會有必然的「抽樣誤差出現」，如果把正負3%的抽樣誤差計算進去，我們能說「42%的支持率一定領先40%嗎？」。

胡幼偉在《解讀民調》一書中指出，報導賽馬式選舉民調數字時的三個守則：

1. 守則一：假使候選人支持率之間的差距（如支持率相差2%），小於抽樣誤差範圍（如抽樣誤差3%），就表示沒有任何候選人居於領先地位，這時對數字的解釋是「這是一場實力接近的選戰」。
2. 守則二：假使兩位候選人之間的支持率差距（如支持率相差8%）大於抽樣誤差（如抽樣誤差3%）的兩倍，那麼獲得最高支持率者就是領先者。這時新聞報導時可以報導「A候選人領先B候選人」，但卻不能報導領先多少個百分點，因爲根本無法精確算出領先多少個百分點。
3. 守則三：假使兩位候選人的支持率差距超過抽樣誤差，但差距不到抽樣誤差的二倍時，這時可以在新聞中報導「A候選人略爲領先B候選人，但兩人實力相當」。

(三)假民調

在民調過程，最嚴重的是出現毫無價值、卻又誤導民調的「假民調」（SLOPS）。最常見的就是叩應民調（call in）和以折價券鼓勵回郵的民調（mail-in coupon poll）。美國全國民意研究中心前主任諾曼．布萊德本（Noman Bradbum）將此類的假民調稱為自我選擇聽者取向民調（Self-selected Listener-Oriented Public Opinion Surveys, SLOPS）。

最常見的SLOPS就是叩應民調，亦即媒體公布一個可以用「是（或贊成）」、「否（或反對）」的問題，然後提供兩個電話代表號碼，由民眾打電話對問題表示意見，媒體再統計出電話通數的百分比加以公布，或在電視台現場節目中立即顯現打電話的結果，這種民調的正確性當然不言可喻。SLOPS的民調除了娛樂大眾之外，可說毫無價值可言。

五、民調應注意事項

台灣媒體可能是世界上最喜歡做民調的，也常誤用民調，TVBS、傳訊電視、《聯合報》、《中國時報》都不定期在做民調，尤其是一到選舉時，民眾最大的痛苦就是被候選人的民調新聞轟炸，媒體不做選舉民調好像會對不起選民。

目前國內讀者水準的提高，對於民意調查所進行的新聞報導的品質也有所質疑，為了加強新聞報導的水準，及提升精確新聞報導的可信度，1975年，美聯社執行編輯協會（The Associated Press Managing Editors Association, APME）曾建議新聞界在報導民意調查結果資料時，應列出下列八項資訊，供讀者參考，這八項資訊是：

(一)瞭解負責民調單位的公正性

曾有一份民意調查問卷是針對葡萄酒進行實驗研究，研究結果指出，每天喝些葡萄酒有益身體健康，但委託研究的單位是葡萄酒商，研究中也未提及多少量對身體有益，多少量是有害，因而使人懷疑其調查的可靠性。

每到選舉時，一些民調報告就紛紛出爐，但並不是每份民調都是可信的，例如政黨所公布的民調，其結果常是自己的候選人在支持度上領先，這種民調通常只是一種策略運用，其可靠性相當低，最常見的民調是某一位政府首長透過關係，出錢安排民調，在拿人錢財與人消災的前提下，其民調結果一定是施政滿意度相當高，執政者借著操縱民調以塑造其施政受民衆肯定之假象。

因此，報導民意調查結果時，要先瞭解民調是由誰支持或出錢？以及民調的目的？這些問題主要在瞭解研究機構是否想利用調查結果來達到某些目的。

(二)問卷問題是否恰當

有一份針對垃圾焚化廠的民意調查報告指出，受訪的對象有九成以上反對再增蓋垃圾焚化廠，反對的比率相當高，在翻閱其調查問卷時發現，其題目問說：「如果增設垃圾焚化廠影響到您的權益，您是贊成還是反對？」由於所列的問題「假如影響您的權益」具有誘導性，所做出的結果自然就缺乏可信度。

不同的問題會產生不同的答案，尤其是有誘導性的問題，可以達到研究者想要的答案，例如「您會同意核電廠蓋在您家附近嗎？」，這種問題答案當然可想而知。「您對去年加薪感到滿意嗎？」答案否定者具有兩種意思，第一種是對自己加薪幅度不滿

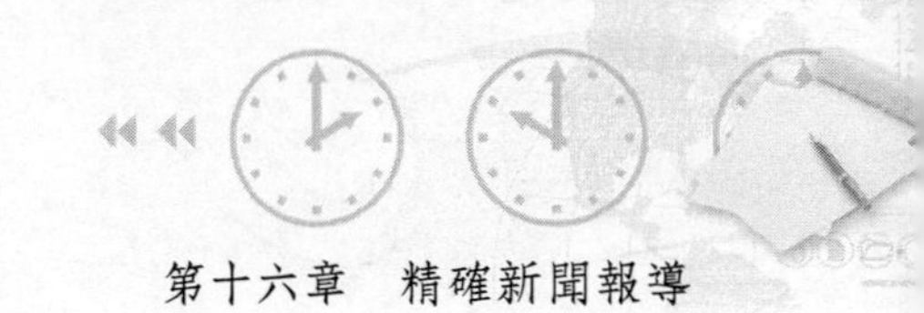

意，另一種是根本未獲得加薪，當然不滿意。「您一個月的薪水是多少？」用此一問題來測一個人的收入也不是恰當，因爲有些人一年領二十個月，有些人一年領十三個月，領十三個月人的月薪雖然高，但年收入卻不比領二十個月的人高，正確的問法是「您的年收入是多少？」藉以測量一個人的收入水準。

台大社會系教授林萬億認爲問卷設計是非常關鍵的。左右民調結果的問卷常見瑕疵，首先是題意不明，如你比較欣賞哪位候選人？問題沒有告訴受訪者欣賞什麼；其次是暗示用語，例如「最近××非常有魄力地大力掃蕩色情……」，形容詞的使用已造成引導作用；第三是順序問題，先問負向的社會事件看法之後，再問支持度，一定會影響結果。

(三)樣本選擇是否合乎標準

民調的可信度，其誤差應不超過5%，而在樣本抽取時，樣本數最少必須要達一千份以上，其誤差不超過5%，才有可信度可言。如果樣本數太少，所調查的結果將會產生極大的誤差。例如，調查台灣民衆對是否同意興建核能發電廠，樣本數如果只有一、二百份，調查之結果，可信度一定很低，如果所選擇的樣本只是依調查者的方便，在街頭隨便找人問，其調查之結果，同樣沒有代表性。

要列出母體的原因是，讀者必須瞭解民意調查所抽取的樣本是否能代表母體，例如台灣家庭電視節目收視率的調查，其調查的母體應是台灣擁有電視機者，而樣本則是指所抽取調查的對象，如果是全省節目收視率調查，而抽取的樣本只有台北市，所得到的研究結果只能說是台北市節目收視率的調查，而不能說全台灣節目收視率調查。

(四)樣本與樣本結構

要求列出樣本數與有效問卷的原因是，樣本數愈高，且完成的有效樣本愈多，就愈有代表性，可信度就愈高，例如台北市長候選人支持度的研究，調查的樣本數如果是一千份，所得的結果一定比只有一百份的可信度高，不過基本前提是這些都必須是有效樣本，如果抽樣一千份，有效問卷卻只有二百份，而另一組抽樣三百份，有效問卷二百五十份，則有效問卷二百五十份的可信度會比二百份高。

樣本在取樣上，樣本是在抽樣的母體中，讓每一個樣本都有被抽中的機會，這樣的抽樣所進行的民調，才合乎民調的基本要求，所做的民調才較可信，如果樣本的選擇只是依據調查者的方便，在街頭隨便找人進行問卷調查，其所得的結果將不具有代表性。

(五)抽樣誤差

民調過程再如何的精確都免不了會因爲抽樣而產生非系統性的誤差，所謂「抽樣調查」是指從母群體中（如調查台北市長選舉候選人的支持率，則母群體是台北市具有投票資格的選民），抽出部分選民進行調查，再將調查結果推論到所有台北市選民的投票行爲上。而這種由「部分樣本」推論到「全部母群體」的結果，即使抽樣過程十分理想，仍然會面臨樣本無法百分之百代表母群體的結果，這種抽樣過程必然會產生的誤差稱爲「抽樣誤差」。

所謂「在95%信心水準下，正負3個百分點的抽樣誤差」是指，如果從母群體，重複做一百次抽樣調查，至少會有九十五次的調查結果，其所產生的差異不會超過正負3個百分點。

「抽樣誤差」的大小與所抽取樣本規模大小有關，合於抽樣程

序規定的簡單隨機抽樣，如果樣本在一千份左右，計算出來的抽樣誤差大約在3%左右，至於抽樣誤差應爲多少較合適，就選舉民調而言，3%是較常採用的數值，但如果競爭激烈的選舉，則抽樣誤差愈小，則更能精確預測選舉結果。

(六)報導的內容是調查的全部或部分

新聞報導的內容是報導調查內容的全部或一部分，都要告訴讀者，例如施政滿意度調查有十題，新聞報導如果只選擇其中八題對施政滿意的做報導，而略過不滿意的二題，會對讀者產生誤導，同樣的只報導不滿意的二題而不報導滿意的八題，也會造成誤導，此一報導方式不僅扭曲民意調查的結果，更違反新聞報導的正確、客觀、公正的原則，如果新聞媒體無法報導全部的調查結果，也應忠實的告訴讀者所報導的內容是調查結果的全部或僅是其中的一部分。

(七)調查訪問方式

民意調查的訪問方式各有其一套訪問限制，例如電話訪問，以電話簿的住宅爲訪問的樣本，訪問男性用品的知名度，其調查結果就必須考慮到訪問的時間，因爲白天有經濟能力的男人大都不在家，留在家中大都是婦女或小孩，其訪問結果自然會產生偏差。

(八)調查訪問時機

有些問題具有時效性，訪問時機會影響訪問結果，例如訪問的題目是「您贊成或不贊成將綁架犯判處死刑？」，訪問的時機如果是在白曉燕綁架案之前，或在綁架案之後，其結果一定不會相同，這種訪問的結果所獲得的是受衆的「第一印象」，而不是「深思熟慮」後的民調結果，因此問卷訪問時間應告訴讀者。

對於美聯社的上述精確新聞報導的八項措施，有人認爲媒體的版面與時間有限，根本不需要全部列出八項資料，但也有人認爲基於專業道德，還是要列出民意調查的八項重要資訊，新聞界很難做到上述的八項原則，但努力去達到這些要求則是有必要的。

第四節　精確新聞寫作原則

報導民意調查結論最重要的就是要確定整個調查是「有效的」。除此之外，該項民意調查的方法也必須是科學的、嚴謹的、沒有預設立場、禁得起重複調查的。當記者接受一份民調資料作爲報導體裁時，接著要做的是如何進行寫作。下列有幾項原則可供參考（胡幼偉，2001）：

一、挑重點寫導言

第一段新聞導言寫作所要呈現的內容將是民調結果中最重要或最有趣的發現，亦即記者從閱聽人的角度去想像最受歡迎的調查結果作爲導言的重點，例如一項「大學生使用保險套的行爲調查」結果，記者認爲最重要的發現是「有四成的大學生有性行爲，而有八成以上的同學沒有使用保險套的習慣」。

二、注意新聞正確用詞

新聞報導的內容要忠於調查結果，不能過度詮釋，例如政治人

物的施政滿意度是四成八，記者不能解釋爲有超過五成的民眾表示對施政不滿意，因爲剩下的五成二有部分是屬於沒意見，而不是不滿意。

三、說明民調主題重要性

第二段新聞內容要寫什麼？有人認爲以倒金字塔寫法，第二段內容應寫調查結果次重要的內容，其實較佳的民調新聞寫作第二段應交代報導此一民調新聞的重要性，告訴閱聽人，這則民調結果與過去民調有無明顯改變，或這則民調顯示的另一層意義。

四、儘量呈現完整的調查結果

民調的題目可能很多，記者不一定要報導全部的結果，但在選擇報導的資料時，要注意調查資料的完整性與正確性，例如報導「大學生對學校教學品質滿意度調查」時，除了呈現不滿意的百分比外，同時也要呈現滿意者的比例，以及沒有意見的比例。

五、不要擠入太多的調查結果

一則新聞中所要呈現的調查結果應經過審慎的篩選，不要在一則新聞稿中擠入太多的調查結果，這樣會讓閱聽人感到困惑，並且失去報導的焦點。如果一項調查有十五題，一則新聞中所能呈現的至多是六題以下的內容，其餘的調查結果如有值得報導內容，則可另外發一則新聞，或改天再處理。

六、資料不要出現小數點

調查結果的資料會有小數點，但報導時不要使用小數點，因爲民調結果會有誤差，使用小數點會讓人誤以爲調查的資料十分精細到小數點。寫抽樣誤差時，也基於同樣理由，不寫小數點。例如只寫抽樣誤差在正負3個百分點，而不是抽樣誤差爲正負3.69%。

七、說明民調的過程與方法

有些民調的資訊在報導民調新聞時必須在新聞中有所說明，例如：受訪者人數、調查訪問時間、執行機構、委託者、調查方式、抽樣誤差。敘述這些資訊主要是在讓閱聽人去判斷此份調查問卷的可信度。

第五節　精確新聞電視圖像處理原則

以電視報導民意調查新聞時則一定要做電腦動畫，輔助觀衆瞭解調查內容及結果。同樣地，不論是圖表或是文稿總要記得簡單扼要，讓人看了或聽了一目了然。有時候，有的專案有圖表在畫面上說明，文稿裡不一定要一一列舉，但有時候卻需要娓娓道來。

通常在電視台裡，後製作人員只負責「執行」，極少數的後製作人員肯花心思爲一則電腦動畫做創意設計。如果你遇到了願意跟你共同完成一則電腦動畫的同事，可不要忘了謝謝他！事實上，新聞採訪製作通常都得在很趕的情況下完成，實在也沒有那個時間讓

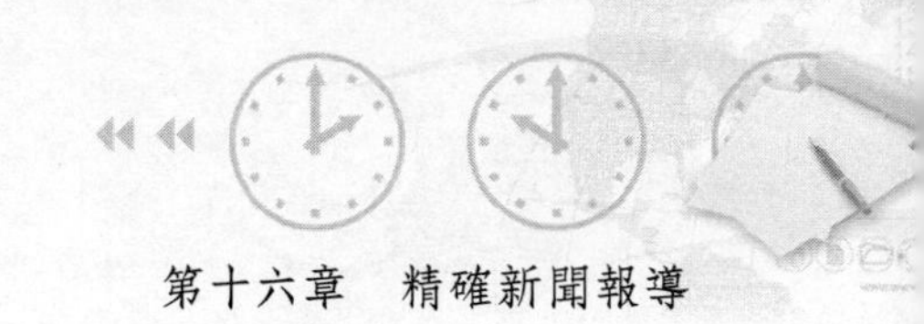

記者將事實話說重頭。也因此，文字記者必須負責消化新聞素材，作出圖表或提供製作的創意，請後製作人員盡可能在一定時間內作出記者心裡想要的成品來。

跟採訪一樣，新聞素材是未經整理的資料，難免瑣碎、沒有重點。記者的工作就是「資訊的整理者」。記者製作電腦動畫創意表時，記得幾項原則：

(一)簡潔

每則電視新聞的時間很短，電腦動畫出現的時間更短。如果過於繁瑣，根本無從抓取閱聽人的注意力，更遑論幫助閱聽人瞭解新聞事件的本質。

(二)明確

不論是以圖形、文字或表格表現新聞要素，如果無法做到明確，傳播效果就無法顯現，當然對閱聽人沒有幫助。

(三)活潑

一個呆板的直述性圖表不如有動作的圖表，而有動作的圖表若能讓人看出動畫想要表達的內容中具有的「趣味」因素就更理想了。例如，1997年因為治安敗壞，幾個大刑案遲遲未破，引發民間要求撤換內閣的呼聲中，新聞界對局部換人的人事案大猜謎中，曾經出現幾位可能撤換的部會主管名單全部向前移一位的有趣現象，有位記者就透過電腦動畫將這個新聞因素表現出來，頗能博君一笑。

有預設立場的民意調查結果有如披著人皮的狼，媒體工作者不能不防，避免自己一時大意成為特定利益集團扭曲事實的幫凶。

所以，電子媒體也許沒有篇幅報導有效樣本及取樣方式，但是，記者雖不報導也要仔細看清楚，拿在手上的這項資料是否是嚴謹的民意調查報告？如果調查沒有按照科學程序來做，建議你還是不要報導。至少，應該將事實告訴編輯室讓編輯們及總編輯或主任、經理拿主意——有些責任記者不必一肩扛起——別搶光別人的工作啊！

廣播在報導民調新聞時，除非有迫切必要，如有一、兩項百分比有小數點以下的變化，否則建議不必一一陳述，避免聽衆聽到太多數字弄得丈二金剛摸不著頭緒。最好能以類比、對比方式陳述調查結果，例如，支持甲的是乙的兩倍。

精確新聞寫作範例

調查：中日民衆彼此好感略升

（中央社台北14日電）八年抗戰讓昔日中共高層大力宣揚「抗日」愛國思想教育，這現象近年有所改觀。最新調查顯示，中日兩國民衆對於對方國家的好感度穩中有升。

中新社報導，今天公布的這項調查結果來自中國日報社和日本言論NPO共同進行的第六次「中日關係輿論調查」。

據報導，中國方面，今年有38.3%的受訪民衆和45.2%的受訪學生對日本的印象「非常好」或「相對較好」，與去年相比，整體趨勢趨於穩定，其中，受訪中國民衆對日本的好感度提高5.7%。

日本方面，有27.3%的受訪民衆和51.4%的受訪知識分子對中國的印象「較好」，分別比去年上升0.7和2.2個百分點。調查發現，中國學生和日本知識分子對於對方國家的好感度增幅較為明顯。

而今年調查結果最明顯的特點是，在回答「提到對方國家，你首先會聯想到什麼」這一問題時，經濟、文化元素的被提及率明顯提升。中方調查顯示，受訪民衆選擇最多的是日本的「電子產品」（46.4%），學生選擇最多的是「櫻花」（41.2%）。

此外，「日本料理」、「富士山」和「漫畫、動漫」這些與日本旅遊相關的詞彙近幾年一直排名在前。

日方調查則顯示，「中華美食」、「萬里長城」被選比率分列前兩位，分別為47.6%和32.6%。同時，「經濟成長與經濟大國」、「北京奧運會」等選項被選中比率也較高。這現象間接反映經濟、文化元素對兩國人民的影響力有所提升。

據報導，這次輿論調查在中日兩國同步進行。包括北京、上海、成都、瀋陽、西安等五個城市1,617名民衆，以及北京大學、清華大學、人民大學五所大學1,007名學生參與中方調查；日本方面共有1,000名市民和500名知識分子參與日方問卷調查。

自2005年以來，中國日報社與日本言論NPO組織，每年合作進行「中日關係輿論調查」，這是目前兩國間唯一同步進行的民意調查。（轉引自中央社，2010.08.14）

問題與討論

1.做電視的民調新聞可能做得「好看」嗎？怎麼做？

2.精確報導一定只能制式的寫稿嗎？可以容許創意寫作嗎？

關鍵詞彙

1.**精確新聞**：是指記者在採訪新聞時，運用調查、實驗和內容分析等社會科學研究方法，來蒐集資料以及查證事實，以報導新聞。

2.**民意調查**：民意調查亦稱為「民意測驗」，亦即針對要探討的問題設計問卷，並藉由受訪者填寫問卷所獲得的統計資料作為新聞報導的體裁。

3.**假民調**（SLOPS）：最常見的假民調就是叩應民調（call in）和以折價券鼓勵回郵的民調（mail-in coupon poll）。美國全國民意研究中心前主任諾曼．布萊德本（Noman Bradbum）將此類的假民調稱為自我選擇聽者取向民調（Self-selected Listener-Oriented Public Opinion Surveys, SLOPS）。

參考書目

一、中文部分

姜秀珍（1998）。《新聞統計學》。北京：新華。
胡幼偉（2001）。《解讀民調》。台北：五南。
彭家發（1993）。《新聞特寫》。台北：台灣商務。
管一仲、彭瀚編著（1997）。《新聞學Q&A》。台北。風雲論壇。
羅文輝（1991）。《精確新聞報導》。台北：正中。
蘇蘅（1993）·《傳播研究調查法》。台北：三民。

二、英文部分

Gallup, George and Rate, Saul F. (1940), *The Pulse of Democracy*. New York: Simon & Schuster.
Meyer Philip(1973). *Precision Joumalism: Reporters Introduction to Social Science Methods*. Indiana University Press.

第十七章 公共新聞學

美國人面對媒體專業度的調查，普遍認為記者是草率的、愈來愈不專業、不道德、少關懷，對自己的錯誤不誠實，也愈來愈多偏差，面對益趨惡劣的新聞生態，美國有識之士無不尋求矯治之方，甚至倡議學說。美國新聞界在檢討聲中，也掀起了「公共新聞學」（Public Journalism）運動。

本章從公共新聞學源起與發展，以瞭解公共新聞學崛起的原因與發展過程，本章同時從公共新聞學之學理探討，學習公共新聞與傳統客觀新聞在新聞價值判斷上的爭議，最後再討論公共新聞學如何在現實環境中實踐與落實。

美國公共新聞事業源起於二十世紀初的美國「黑幕揭發運動」，1990年代，美國公眾對於政治興趣喪失，對新聞界不信任感增強，以及技術進步引起的新聞媒體生存環境的改變等因素導致了「媒體與大眾分離」的新傳播環境。「公共新聞」是新聞業者根據新聞環境的變化而採取的一種手段。其主旨「在於發展與其服務的社會或者社區建設性關係」，以對話討論的方式促使某些問題得到解決。

公共新聞是一種每天都在運行的新聞傳播活動，它號召記者將受眾作為公民，作為公共事件的潛在的參與者，而不僅僅是（公共事件的）犧牲者或旁觀者；公共新聞同時幫助解決社會問題，改善公眾討論的輿論環境，而不是冷眼旁觀這種環境越變越壞，更重要的是，公共新聞幫助公共生活走向更加和諧美好。

公共新聞主要策略在提供良好判斷的資訊、引發受眾的涉入、將閱聽人建構為相關公眾，並藉由公共新聞的選題、公共新聞的策劃、公共新聞寫作的運作，落實公共新聞的概念。

第一節　公共新聞學源起與發展

美國新聞業傑出計畫在2004年年度報告中，整理皮優研究中心（Pew Research Center）的調查資料顯示，美國老百姓對報紙的可信度（believability），已經由1986年的80%大幅降至2002年的59%。如果是採取比較嚴格的信賴度（credibility）指標，報紙在閱

聽衆心目中的信賴比例更只有21%。而社會大衆認爲新聞組織是高度專業的比例，亦由1985年的72%滑落至2002年的49%，甚至新聞組織是否符合道德，也從54%跌至39%。

美國人面對媒體專業度的調查，普遍認爲記者是草率的、愈來愈不專業、不道德、少關懷，對自己的錯誤不誠實，也愈來愈多偏差，面對益趨惡劣的新聞生態，美國有識之士無不尋求矯治之方，甚至倡議學說。美國新聞界在檢討聲中，掀起了「公共新聞學」（Public Journalism）運動，而「公共新聞學」運動也同時在許多國家被推動。

2004年，電視「民生新聞」在中國大陸浪潮滾滾，江蘇衛視《1860新聞眼》卻獨樹一幟，從民生新聞轉向「公共新聞」。AC尼爾森的平均收視率穩定在2.5以上，最高衝到6.8，刷新了全國省級衛視媒體同時段收視率的多項紀錄，並掀起了繼「民生新聞」之後的公共新聞研究（引自林火燦發表的〈美國公共新聞論爭和我國的媒體實踐之四〉，第四部分「國內公共新聞實踐考察」，紫荊網，2005年10月19日）。

最早提出「公共新聞」理論的學者是紐約大學新聞學系的Jay Rosen（1996）教授，他認爲，新聞記者不應該僅僅是報導新聞，新聞記者的工作還應該包含這樣的一些內容：致力於提高社會公衆在獲得新聞資訊的基礎上的行動能力，關注公衆之間對話和交流的品質，幫助人們積極地尋求解決問題的途徑，告訴社會公衆如何去應對社會問題，而不僅僅是讓他們去閱讀或觀看這些問題。他還進一步提出，新聞業是健康的公共生活中的重要組成部分，「所有被公共生活包圍著的人——記者、學者、政治家、市民、左派、右派、中立者，都應該認識到，如果市場取代了公衆而成爲現代社會中唯一的舞台，這個社會將全部沉淪。」

一、公共新聞學的源起

Jay Rosen（1996）教授呼籲新聞媒介擔當起更積極的角色，去加強公民的職責和權益保護，推動公共討論和復興公共生活。從1993年至1997年，他主持了一個名爲「公共生活與新聞媒介研究」（the Project on Public Life and the Press）的專案，這項研究的目的就是透過爲美國記者舉辦研討會進行專題討論（seminars）的方式，對這些記者的新聞經驗進行案例研究，以推進「公共新聞」運動。他的這項研究成果，在1999年集成了一本書，名爲《新聞記者的工作目標》（*What Are Journalists For*）。

詹姆斯．法羅斯（James Fallows）在《解讀媒體迷思》（*Breaking the News*）一書中（林添貴譯，1998）談到公共新聞學的發起經過時指出，堪薩斯州一個小城正值大選期間，《鷹報》總編輯大衛斯．梅立德（Davis Merritt）天天處理的就是候選人之間的相互攻訐、緋聞，以及對候選人的妻子如果被強暴會怎麼樣的猜測。有一天，他突然自問：我們爲何刊登這些東西？我們在搞什麼？我們只是在呈現生命中最醜陋的部分。我們只是會使嚴肅認眞的候選人卻步，而鼓勵了愛打混仗的政壇小丑，這種作法只是促成更瑣碎而骯髒的大衆品味。

梅立德說，政治新聞一般公認的作風就是把每一個參與公衆生活的人物最醜陋的底細挖出來，這一來，把認眞的候選人都嚇跑了，它鼓勵惡鬥，令絕大多數民衆厭惡，甚至記者都覺得羞辱，最後讓人人覺得自慚形穢，梅立德開始思考，新聞記者如何利用民調、解說、公平客觀等傳統工具的採訪報導方式，以免記者和讀者都得在帶來破壞與摧殘的社會中生活。

梅立德勇敢說出來這番自責的實話後，不料獲得了許多過去不

敢挑戰新聞陋習媒體人的呼應，從而推動了媒體自發性對報導品味自省的運動。

1996年這項運動獲得一百七十家媒體參加並集結成書，支持者認爲，如果媒體只想娛樂公衆，一如它過去一貫的品味，媒體將繼續著重衝突與異常的事件；胡亂捧紅一個明星，再把他抹黑糟蹋；炒起一個話題、一個危機，把它炒熱、炒焦、炒得冒煙，然後突然撒手不管，若無其事，再炒作其他的新鮮話題，這種作風對公衆其實是毫無幫助的。

事實上，美國第四權愈來愈膨脹，政客躲不過被媒體鉅細靡遺的檢驗，經常被盯得鼻青臉腫；但媒體本身卻未受到相對的制衡，美國媒體一向習慣是自以爲是、優越感十足，喜歡對未來大放厥詞，結果又常與事實發展違背。對於新聞的報導往往只能描述浮面的熱鬧、衝突、刻薄嘲諷，而不能分析問題的背景、原因，更不具備深入思考的能力，提供高瞻遠矚的報導。因此，美國的「公共新聞」運動，實際上是美國一部分新聞工作者在新的歷史條件下對新聞職業進行反思和批判的結果。

從發展背景可以瞭解，美國「公共新聞」主要在回應二十世紀末期，美國國內經濟發展和國際外交事務不斷面臨新的矛盾和挑戰，許多問題需要透過民主政治尋找正確的解決途徑；另一方面，越來越多的民衆卻對政治趨於麻木、對公共事務日益疏遠，參與選舉投票的人越來越少，影響到國家政治肌體的健康運行。看到這種矛盾的一批新聞工作者不能不感到憂慮。與此同時，新聞界自身也面臨困境：一方面要堅持捍衛「客觀報導」的傳統，保持與公衆及公共生活的距離，另一方面又因媒介競爭的利益趨動，出現了新聞娛樂化、庸俗化的傾向，新聞媒體的社會地位實際在降低，受衆的大量流失讓新聞媒體越來越感到不安。這樣一些複雜的緣由和情緒，導致了一批新聞工作者的自我反省和職業批判。他們追問「新

聞工作到底是爲了什麼」、「什麼樣的新聞才是好新聞」、「記者的社會責任到底是什麼」等等。這場反思的結果最終體現到行動上，出現反潮流的「公共新聞」運動。同樣是出於這樣的憂慮和反思，後來又有越來越多其他國家的新聞工作者參與到「公共新聞」的行列中，將其發展成一個世界範圍的新聞改革運動。

二、公共新聞學的發展

美國學者對「公共新聞」的研究成果在上世紀最後的十年中數量很多，僅在網路上可用搜索引擎搜索到的論文與文章已有數千篇，這還不包括已經出版的專著。公共新聞學在短短幾年中在美國被推展開來，最著名的一個實例是《夏洛特觀察家報》（*Charlotte Observer*）採訪北卡羅萊納州1992年的選舉方法，該報首先對當地一千多名居民進行民意調查，詢問他們對什麼公共議題最爲關切，這項調查不是單純的是非題調查，而是深入探討受訪者爲何關心這些議題，初步調查後，邀請了五百位居民擔任該報的公民顧問成員。

《夏洛特觀察家報》編輯、記者與顧問團人員分組討論出一份居民關心的議題清單，比較這些議題與候選人所提出的議題有很大的不同，例如居民關心環保議題，但候選人卻不準備強調這些議題，《夏洛特觀察家報》決定要力促候選人正視這些問題，並一定要發表看法。當時候選人告訴該報說，在大選之前不打算討論環保問題，報社則告訴候選人說：「選民想要知道這類問題，如果你不肯作答，我們會在預留的問題下塡上不作答，或空白」，結果十天之內，候選人就把答案送到報社。《夏洛特觀察家報》對此一作法的說明是：「我們是以強硬立場爲某一公共價值效勞服務。」

1991年三K黨前領導人杜克差一點被選爲路易斯安納州州長，

當時《紐奧爾良時報》便展開一項歷時一年的「公共新聞系列報導」，主題是探討種族關係的調查活動，它不再報導最極端的白人種族主義者如何批評黑人，反而派了二十名記者深入市區，調查引起種族緊張的歷史、經濟和政治根源。這支黑、白聯軍的採訪記者嘗試互易種族立場方式，由另一角度來觀察社區內的生活，他們的調查成果報社連載了六個月之久，引起了社會重大的迴響，也獲得了普立茲公共服務獎。

其他數十個城市有關公共新聞學報導實例中，成功的事例中顯示的理由是，編輯與記者能仔細的聆聽民衆關心的重點，又能把來自民衆的反應，判斷如何最符合讀者長期利益，加以平衡處理，發起公共新聞學報導的新聞主管一致得到的結論是：公共新聞強調的重點比以往的報導方式較少引來批評，且能吸引更多的讚美、興趣和後續的社區活動，並且反映出他們走的是正確的途徑。

1994年美國《威斯康辛州日報》（*Wisconsin State Journal*）的編輯Frank Denton與密蘇里新聞學院的院長助理Esther Thorson合作進行了一次關於州長選舉的公共新聞傳播效果研究，他們在一篇題爲〈公共新聞：它發揮作用嗎？〉（Civic Journalism: Does It Work?）的研究報告中公布了七點發現：(1)公共意識提高了；(2)所有參與活動的媒介都引起了公衆的關注；(3)公民對公共事件的興趣增強了；(4)人們感覺到更有見識；(5)公衆獲得了更多的知識；(6)人們感受到被鼓勵去行使投票選舉權；(7)媒介也是同時獲利。這次調查是對公共新聞社會效果的第一次眞實的檢測，它證實，經過精心設計的、多方協調的、多種媒介合作的公共新聞的努力，能夠喚起公民對公共問題的興趣，並將他們拉進公共領域中來。

2004年春季，威爾克斯大學（Wilkes University in Wilkes-Barre）新聞系的「高級新聞寫作：公共新聞」（Advanced News Writing: Civic Journalism）課程就進行了一學期的公共新聞教學實

驗。學習這門課的本科學生在任課教師Andrea Breemer Frantz的帶領下，對當地存在的公共問題進行了大規模調查。

他們先是邀請一批分管不同領域工作的政府官員爲學生開設了五十分鐘的講座，談自己對目前存在的各種問題的看法，據此發現一些線索和主題，然後要求每個學生針對其中的一個問題到居民中去深入調查，再採訪有關專家，並到圖書館中查找歷史資料，完成對問題的深度報導。這期間學生們還深入社會組織了多次座談會，探討解決問題的方法，並獨立完成了一系列圍繞這些問題的新聞專題攝影。在整個教學和實驗過程中，這門課程的教學案例就是「皮優中心」那些獲得「優秀公共新聞獎」的公共新聞。

最後，這個班的學生不但每人寫出了深度新聞報導和拍了新聞照片，還集體合作完成了一本一百三十一頁的書，書名是《威爾克斯—巴里：關於2004年挑戰與需求的快照》（*Wilkes-Barre, PA: A Snapshot of its Challenges and Needs in 2004*），書中涉及到的問題有犯罪、人才流失、愛滋病、貧困人口、環境污染等等。學生在針對各種問題的討論中發現，當地民眾的信心和士氣不足是發展的最大障礙，據此，提出的解決問題的思路是，從具體的事情著手，給公眾以鼓舞，逐步取得更大的成果。其中有一個提議就是美化環境，建議在市中心建一個公共花園。這門課程的最終成果提交到了市政府，建花園的提議還被政府採納了，現在這個城市因爲這次新聞教學改革多了一個新花園（轉引自蔡雯，2004）。

三、公共新聞發展新動向

近年來，「公共新聞」在美國的發展已有了新轉向。上世紀末的「公共新聞」運動，實際上是以新聞媒體和職業記者爲主導的，因爲它是一場聲勢浩大的新聞報導業務改革和職業記者的行動，如

今，「公共新聞」已走向「公共參與式新聞」。

「參與式新聞」在英文中「Participatory」的涵義是「提供參與的機會、供人分享的」，這裡是指普通公衆可以借助現代網路技術主動地加入到傳播活動中。美國學者最初在研究這個現象的時候還先後用過「開放信源新聞」（Open-source Journalism）、「個人媒體」（Personal Media）、「草根報導」（Grassroots Reporting）、「博客新聞」（Blogging Journalism）等名稱，最後得到大家較一致認可的是用「參與式新聞」（Participatory Journalism）。

作爲媒體運動的美國「公共新聞」發展到這個階段後，一個國際性的「公共新聞網路」（Public Journalism Network）在「美國公共新聞興趣小組」的基礎上於2003年2月25日建立，這個組織宣稱自己是一個世界各國有志於「公共新聞」的新聞記者與新聞教育工作者的國際性聯合會，並對自己的工作目標做出了以下承諾：

1.建立「公共新聞網站」（PJNET），不斷發布有關「公共新聞」研究和實踐的最新資訊。
2.舉辦「公共新聞」國際論壇，促進世界範圍內的新聞記者、新聞教育者和公民展開關於新聞自由與民主的討論。
3.爲最好的「公共新聞」思想提供園地，促進「公共新聞」由關注政治選舉邁向更廣闊的公共領域。
4.實現新聞學教育的超越，爲新聞職業人員、研究人員和學生提供相關資源。
5.提供網路資源服務，爲新聞記者和新聞教育工作者提供有關「公共新聞」的線上服務與付費的特殊服務。

在媒體所發動的「公共新聞」發展到一個階段時，網路科技的發展卻爲「公共新聞」開闢了一個新天地。美國「公共新聞」的宣導者們意識到，「公共新聞」可以從上個世紀由媒體發動公衆

討論，尋求公共問題的解決方案的模式，進入到社會公衆可以不依賴傳統媒體，自主發表觀點、形成輿論甚至組織，進而影響媒體、影響公共事務決策的新的階段。紐約大學新聞系主任Jay Rosen（2003）認爲，「讀者和觀衆現在有更豐富的可供選擇的新聞來源管道，他們越來越自信，也越來越喪失對傳統新聞媒體的敬畏。」Jay Rosen的觀點在一批主張「公共新聞」的學者和記者中再次得到了共鳴。

2004年8月，「公共新聞興趣小組」在加拿大多倫多召開了年會，鑑於「公共新聞」一詞已經不能完整地概括今天的新聞實踐，因此，Leonard Witt在會上正式提議，考慮將「公共新聞」與「參與式新聞」相結合，改稱爲「公共與參與式新聞」（Public and Participatory Journalism）（Leonard Witt, 2004）。這次會議還形成了一個報告，首先談到改名的必要，然後就談到「公共新聞」實踐的最新使命，提出要教育人民（包括同行、學生和所有實踐者）有關資訊來源的重要性，因爲資訊來源是公共新聞實踐中最重要的東西。

從媒體發動的「公共新聞」到由公民主動參與的「參與式新聞」，在美國的出現對社會發展和新聞媒介自身都產生了巨大的影響。儘管一些新聞從業人員和新聞學者對此一直持否定態度，但一部分媒介的「公共新聞」實踐客觀上迫使所有的媒介都不能不反思自己的公共新聞報導，更多地關注公衆的意見和反應。

第二節　公共新聞學之學理探討

公共新聞學在美國有相當多的研究文獻，但對「公共新聞學」的定義卻缺乏統合的定義，《華盛頓郵報》主編Leonard Downie曾對公共新聞提出了他的疑惑，他說，這個被稱作「公共新聞」的東西，更多的像是我們報社發展推廣部門（promotion department）要做的事。他認為，記者唯一應該擔負的責任就是盡可能多地為人們提供與他們生活相關的資訊。

一、公共新聞學定義

針對公共新聞學定義上的困惑，致力公共新聞學研究的Philip Meyer教授，從六個面向對公共新聞學進行界定：

1.對重新樹立公共意識的一種期望。公共意識是一個社會存在的基礎，公共意識的消減與報紙讀者的減少是有因果關係的，實際上報紙和讀者都是社會體系中的一部分，對公共生活的不關心，使得讀者不再需要報紙。

2.更長時間的注意力的保持。新聞媒介不能總是從報導一個事件迅速地轉向另一個事件，而應該對那些重要的公共問題保持更長時間的關注，直到這些問題的所有方面都為公眾瞭解，並且使他們能夠認真地思考和做出決策。

3.深刻地解析引導我們生活的社會系統的願望。僅僅關注事件本身的報導，不但在時間跨度上是受限制的，而且在內容挖掘上也是膚淺的，不能幫助讀者看到事實背後所潛在的社會

問題的根源。

4.對中間部分的更多關注和少走極端。從機率統計學角度說，絕大多數的人，以及他們的行動，是處於中間部分的，而不是處於兩個極端的少數。但傳統的新聞報導往往只是關注處於「極端」的反常情況。

5.有關政治爭論的報導應重視內容，而不是技巧。如總統大選類的報導，應該更多關注的是這類選舉對公衆利益和社會發展的影響，而不是競選活動本身及競選者的表演。

6.培養公衆思考能力的一種願望。因爲表述自己的觀點固然重要，但瞭解他人的看法也同樣重要。新聞媒介應該幫助社會的每一個成員去瞭解他人，促進人與人之間的相互理解，這是「公共新聞」重要的一個方面。

Philip Meyer教授認爲，公共新聞的目標，與傳統的新聞記者作爲自由社會的「看門狗」（watchdog）的努力是一致的。這些目標的核心，是促使記者在資訊超載的時代中更好地當好「看門狗」。從這個意義上說，Philip Meyer認爲公共新聞也是「焦點新聞」（focus journalism）和「論述新聞」（discourse journalism）（轉引自Philip Meyer, Public Journalism and the Problem of Objectivity, http://unc.edu/~pmeyer）。

從公共新聞的實踐經驗，亦可以窺出「公共新聞」的意涵：

1.公共新聞讓新聞報導揭示出公衆帶給這些新聞事件的價值，而不是僅僅向公衆描述衝突。

2.公共新聞的重點在於，普通公衆對事件的認識與專家們對事件的認識是同樣有價值的，應該同等看待。

3.在報導誰、什麼事、爲什麼、什麼時間和在哪裡的同時，公共新聞學要力圖向公衆解釋這個新聞事實爲什麼值得他們去

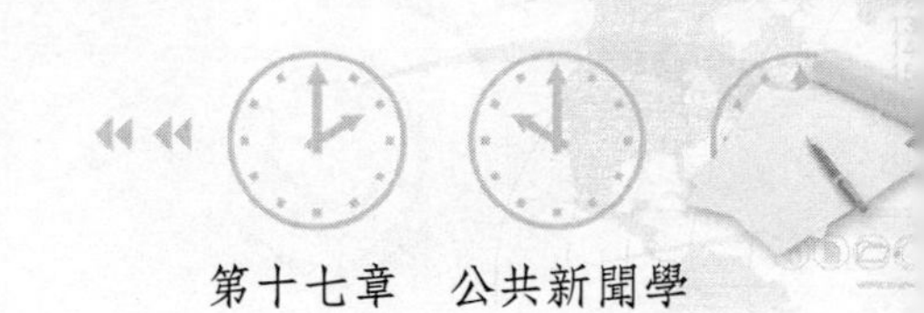

關注。

4.公共新聞的記者應該著力挖掘關於人們是如何解決問題的相關事實，並盡可能提供建議，這樣新聞媒介才有可能幫助社會公眾參與到公共生活中去。

事實上，公共新聞學不僅僅是報導衝突和戲劇場面，它更多的是報導事件的複雜性、發展和過程；透過提供理性的言論園地，鼓勵市民討論來解決問題，而不是透過發表煽情報導，惡化局勢。公共新聞學不僅僅是揭露陰暗面，有時也透過正面報導，製造輿論，促進問題的加速解決。

由於公共新聞學的議題來自草根，來自記者在基層採訪，從老百姓關心的問題，是由下向上制定的，公共新聞學的重點在於報導百姓認爲重要的問題，而不是專家們認定的重要問題。議題設置更多的是根據記者在基層採訪的線索或普通讀者來信反映的問題，而不僅僅是專家和權力精英的意見。因此，公共新聞爲遏止因媒體商業化與新聞娛樂化所造成公共空間式微努力下，對於「公共新聞」也獲得以下的基本概念：(1)公共新聞記者本身開始積極參與公共事務，而非只是旁觀者、記錄者、紀實者；(2)公共新聞應鼓勵民眾參與社區事務，雖說是公共事務，但國家領域部分則較難參與；(3)公共新聞應鼓勵民眾從事民主討論，即爲民眾理性實質的意見交換。

簡言之，「公共新聞」就是視新聞工作者爲「參與者」，而不是「旁觀者」；視閱聽眾爲「公民」，而不是「消費者」。因此，新聞媒體應體認自己的公共價值，發揮自身的公共功能，讓閱聽眾得以扮好公民的角色，善盡公民的責任。

二、公共新聞在新聞價值判斷上的爭議

「公共新聞」在美國雖然研究者衆，實踐者也很多，但公共新聞理論一經提出，就在美國學界與新聞業界引起了爭議。北卡羅萊納大學新聞與傳播學院教授Philip Meyer在一篇論文中談到，對公共新聞最大的困惑是認爲這個理論是與新聞報導的客觀性原則相矛盾，反對者認爲，新聞記者對新聞報導應堅持「客觀」原則，新聞工作者不應對新聞進行「價值判斷」，甚至鼓吹「價值判斷」。

反對「公共新聞學」的人士強調，記者的職責是報導新聞，盡可能的提供新聞眞相，承認事實有多重面向，而且當記者越深入瞭解，事實眞相隨時改變。因此，記者必須壓制對某一議題的感情，雖然媒體報導新聞有它自己的角度，但對主張「客觀新聞」報導者而言，即使略爲動搖追求「客觀」的心，都將肇致大禍。

推動公共新聞學人士則反駁說，新聞記者不應自欺欺人，自認爲可以對公衆生活保持超然、客觀態度，事實上，新聞工作者不是科學家，只是觀察果蠅行爲而不去影響果蠅可能的行爲，因爲新聞是一種選擇，一種提煉的過程最能表達這層意思的動作，就是根據價值觀念和認知架構去做評斷。

公共新聞學者指出，當報紙和電視台採取比較介入、較不客觀的作法時，實務上，從未獲得讀者或觀衆的抱怨，所有抵制公共新聞學的說法，都來自其他新聞同業，而不是來自民衆或政客，而且是永遠借用社區的名義反對，可是卻又很難在社區中找出誰是反對者。

事實上，公共新聞與客觀新聞相較，傳統的新聞報導一般是強調結果的客觀（objectivity of result），而公共新聞則更加重視方法的客觀（objectivity of method），因爲方法的客觀能夠帶來新聞更

客觀的感覺，這已經被那些採用資料研究方法進行新聞報導的記者們所認識和接受。科學的方法能夠保護調查者不受那些下意識的自以爲正確的潛在意念的干擾，這也是爲什麼在電腦輔助調查報導在「公共新聞」上被普遍運用的原因。

對於公共新聞學所引發的這些爭辯，有學者指出，今天的新聞工作者可以選擇「究竟是要取悅公衆，或是與公衆契合？」如果他們只想取悅，可以繼續過去三十年來的一向作爲，只注重衝突與表相壯觀，吹捧樹立名流後詆毀，以最大音量呈現一個危機或議題，等另一個新危機出現時，立即掉頭去追逐新話題。如果是決心追求與公衆契合，認識到自身的職責是提供工具去參與公衆生活，也認識到唯有盡到這個職責，才是新聞業得以生存的途徑，新聞工作者才會發覺順理成章要改變許多習慣和態度。

第三節　公共新聞學的實踐

根據Dewey的公衆理念，我們認爲，公共新聞學記者可以朝以下三方面努力，幫助民衆形成公衆。尤其針對廣電新聞媒體，Dewey的理念更提供我們一些值得參考的方向：

一、提供良好判斷的資訊

學者Dewey（1927: 365）指出，無論是科學調查者或藝術家，這些專家的專家性並不是展現在框架與執行政策上，而是在發現事實，以及讓事實廣爲人知上，新聞記者也不例外。

Dewey（1927）也認爲，「新聞」的眞正意義是來自於它與社會後果的關係。一旦新聞記者將事件獨立於其連結之外，該事件

就只剩下最狹隘的感官意義，變成「發生之事」（occurrences），而不是有意義的事件。換言之，新聞記者應將事件放在脈絡之中，讓閱聽人瞭解事件的前因後果，以及會對自己產生什麼樣的重大影響。連結閱聽人與事件之間的關係，讓閱聽人能夠感知到那些會對自己產生間接重大影響的問題，如此方有可能形成公衆。

二、引發閱聽人的涉入

Dewey曾強調新聞再現的重要。Dewey（1927: 349）認爲，只有先引發興趣，人們才會進一步接觸這些值得注意的公共事務。因此，新聞記者應使用易懂、吸引人的溝通方式，將探知過程及結果，如專家研究的成果及具體問題的相關資訊等，傳布於衆，讓衆人都能理解與運用新知（楊貞德，1994：14）。

三、將閱聽人建構為相關公衆

要幫助閱聽人形成公衆，媒體新聞訪問者必須要有適當的公衆想像。此公衆想像不但反映出我們在新聞專業上希望看見的閱聽人特質（Charity, 1995: 12），也與廣電新聞訪問者如何問問題有關。根據之前介紹的Dewey公衆概念，公共新聞訪問者應將閱聽人界定爲具溝通、學習與行動能力的公衆團體，提供閱聽人形成公衆所需的資訊，以及與受訪者討論公衆可以採取的行動方向。

推動台灣公共新聞學的公視總經理胡元輝並認爲，「公民新聞」的提倡，不只是傳統新聞學公共服務價值的回歸，同時也是傳統價值在新時代的轉化與創造。這個視閱聽衆爲「公民」，而非單純「消費者」；視新聞具有獨特的「公共服務」功能，而非單純「消費商品」的新聞主張。

胡元輝強調，美國的公民新聞學雖聚焦於解決閱聽衆在公民角色上所出現的「無力感」（powerlessness）與「疏離感」（alienation），台灣的公民新聞學則必須側重在解決閱聽衆的焦慮感與對立感，培育成熟的公民社會與型塑強固的公民意識。胡元輝認爲，在台灣至少應包括下列五個基本作業綱領（胡元輝，2004）：

(一)知識取向而非瑣碎的事實取向

公民新聞學認爲新聞報導不應只是堆砌事實，更不該淪爲假事件（pseudo event）的展演場。相反的，它應該在專業手法下，揭露事實與事實、事件與事件間的關聯與意義，使新聞報導成爲閱聽衆公民生活中有用的資訊與知識。

(二)多元取向而非偏狹的兩極取向

面對目前凡事尋找對立點以拉大收視（閱讀）張力的新聞作業習性，公民新聞學主張「極端」（extreme）的存在或許是社會的眞實，但更多的眞實常存在於兩極之間。新聞作業不能只看極端，而無視端間的多元。

(三)共識取向而非片面的衝突取向

無可諱言，社會處處存在衝突，衝突也未必無助於社會的進步，但公民新聞學相信，社會不會只有衝突，衝突也常是取得共識的前奏。透過若干方法呈現社會共識的推進，不會是專業的喪失，也不會是冥頑不靈的保守價值觀。

(四)結構取向而非窄視的現象取向

解構與重構是每個社會時刻進行的狀態，對於處在結構轉換期的台灣來說，更是攸關發展前景的重要面向。台灣的新聞業在推動公民社會所扮演的角色上，自不能停留在現象的簡單因果，而必須時時警醒是否關照了現象背後的結構意涵，又是否進行了意義的解構與重構。

(五)社區取向而非蹈空的整體取向

公民新聞學強調，新聞媒體唯有能在社區事務中提供服務，才能眞正獲得閱聽衆的支援，也唯有認眞省視周遭的社區，而非耽溺於華而不實、大而無當的議題，新聞媒體才能眞正成爲公民社會扎實的運作基礎。此對正尋求落實社區主義的台灣而言，同樣有著深刻的時代意義。

第四節　公共新聞的運作

不能把所有新聞事件都用「公共新聞」的理念來組織報導。只有那些公衆關心、政府關注、有條件或可能解決的事件，才可能納入「公共新聞」的選題。江蘇衛視《1860新聞眼》及美國「公共新聞」的實踐，都是與公衆利益密切相關，可望解決而又未解決的社會問題。

一、公共新聞的選題

萊陽農學院傳播學院教師劉繼忠在〈「公共新聞」運作過程的理論思考〉一文中認為，公眾（受眾）不感興趣，輿論空間不允許公眾討論，報紙版面、廣播電視時間有限的前提下，都不適合進行公共新聞的報導題材。

此外，鑑於「公共新聞」報導的連續性，強大的輿論影響力等因素，是否把與公眾切身利益相關的事件納入選題還應考慮：

1.事件引發的社會輿論非理性的程度：當社會輿論的非理性程度大於理性程度，輿論的負面效果將對社區穩定造成強大的衝擊力，與傳播者改善問題、解決問題的初衷背道而馳，也與把握輿論導向原則相違背。

2.事件可解決程度：當輿論強烈關注的事件未解決，或不能解決，極有可能引發輿論譁然，使輿論瞬間內爆，因此，對於那些不可能解決的事件，不宜於做成「公共新聞」。

3.公眾對事件的理性程度：公共是「公共新聞」的集體作者，沒有公眾參與，任何事件都不可能成為「公共新聞」。因此，傳播者需要知曉其核心受眾群的知識水準程度。

4.媒體引導的能力等因素：新聞傳媒的引導能力具體表現在對選題的議程設置能力、評論說服效果等方面。當傳媒發動了強大的社會輿論，而不能引導輿論的非理性成分，將可能危及社區。

二、公共新聞的策劃

策劃在「公共新聞」製作中占據關鍵位置，可以說，沒有策劃，也就沒有「公共新聞」。某種程度上，「公共新聞」是新聞傳媒在「策劃」而非在「報導」。與傳統的新聞策劃的最大不同點是，公共新聞以民衆參與爲主體。記者的職責除了採集新聞事實，就是發動公衆，讓公衆透過手機短訊、電子郵件、電話、網路論壇、信件等方式參與到話題中。

策劃者除了選擇好的新聞主題，規劃話題的整個流程、提供給公衆的資訊、引導討論的方向外，還應根據事件的性質、事態發展的狀況、公衆提供的意見品質、反映的問題等因素做好與政府決策層的溝通、及時派記者跟蹤深入調查，或發表言論，或提供新資料。引導討論深入，把握輿論導向、把握新聞媒體性質定位是其主要職責。

記者的職責除了報導新聞事實，就是誘使公衆參與，並根據公衆回饋資訊來採集新聞事實，不斷提供新的事實，製造報導主題下的次話題，直到問題解決，公衆輿論平息爲止。

三、公共新聞的寫作

「公共新聞」的報導，不僅是向讀者傳播資訊，更重要的是把問題留給公衆，讓公衆參與進來，發表意見，提供眞知灼見，形成輿論，促使問題解決。因此，記者寫作此類新聞事件時，應從整個策劃方案的角度思考寫作，展現事件的整個面貌，揭示事件的核心問題，請讀者、視聽衆針對問題提出建議，發表評論，並留下讀者、視聽衆能夠回饋給編輯部的幾種方式。

公共新聞是一系列的新聞報導，因此在後續的寫作報導中，記者應該根據回饋資訊，及時補充相關背景資料、採集新動態，但是應嚴格禁止在文中對讀者、閱聽眾的觀點橫加評價，以防止記者的強勢話語戕害公眾的參與積極性。

除了記者的報導寫作，評論在「公共新聞」運作過程中占有重要位置。在公共新聞運作過程中，評論應分為兩部分，一是讀者、閱聽眾的評論，它代表著公眾的聲音，應儘量保持原汁原味，以體現這是公眾的聲音；二是編輯部的評論，因為，編輯部的評論不僅代表編輯部的聲音，引導輿論，還起到平衡公眾意見，汲取討論精華，提升輿論品質，最終促使問題解決關鍵作用（以上觀點整理自萊陽農學院傳播學院教師劉繼忠〈「公共新聞」運作過程的理論思考〉）。

結　論

「公共新聞」是對新聞本質的重新認識，在某種程度上，它重構了媒體、政府、受眾的關係，是把新聞當作一場民主化運動來製作，更加強調公眾的參與。

史丹佛大學新聞傳播系教授Theodore L. Glasser在總結公共新聞的行動及目標時提出，公共新聞是一種每天都在運行的新聞傳播活動，它號召記者將受眾作為公民，作為公共事件的潛在參與者，而不僅僅是（公共事件的）犧牲者或旁觀者；公共新聞同時幫助解決社會問題，改善公眾討論的輿論環境，而不是冷眼旁觀這種環境越變越壞，更重要的是，公共新聞幫助公共生活走向更加和諧美好。如果新聞記者能夠找到一種途徑來做到這些，他們將能夠及時地重新樹立社會公眾對新聞媒介的信賴，重新建立與正在流失中的受眾的聯繫，重新完善新聞報導者的職業理想，Theodore L. Glasser這番話，值得新聞工作者思考。

問題與討論

1.請分享為什麼您要主修新聞？您想成為一個什麼樣的新聞工作者？

2.請討論如何才能從現在起，對於符合新聞意理的媒體給予掌聲，並拿出實際行動對為商業利益違背新聞專業意理的媒體以實質撻伐？

關鍵詞彙

1.**公共新聞學**：公共新聞學興起於一九九〇年代，它要求新聞工作者將人民視為公民，即公共事務的潛在參與者，而非看熱鬧的旁觀者；協助人民採取行動，而不僅是瞭解問題；改善公共討論的環境，而非坐視其惡化。

參考書目

一、中文部分

朱曉芳（2004）。〈「公共新聞」：繼「民生新聞」之後的又一次革命？——江蘇衛視《1860新聞眼》新探索〉，中華傳媒網，2004年10月14日。

林添貴（1999）。《解讀媒體迷思》。台北：正中書局。

林照真（2005）。〈調查新聞學VS.公共新聞學：兩個「公共領域」新聞理想型的對話與交融〉，《中華傳播學會2005年會論文》。

法蘭克·金格隆（Frank Zingrone）著（2001），楊月蓀譯（2003）。《媒體現形：混沌時代瀕臨意識邊緣》（*The Media Simplex: At the Edge of Meaning in the Age of Chaos*）。台北：商務。

胡元輝（2004）。〈公民新聞學的召喚——價值重建年代的新聞課題〉，《目擊者》，第43期，頁50-53。

唐思（2004）。〈美國公共新聞事業緣起及其他〉。中國新聞研究中心。

張恩超（2004）。〈從民生新聞到公共新聞〉，《南方週末》，2004年11月4日，D25版。

黃浩榮（2003）。〈風險社會下的大衆媒體：公共新聞學作為重構策略〉，《國家發展研究》，第3卷，第1期，頁 99-147。

黃浩榮（2005）。《公共新聞學：審議民主的觀點》。台北：巨流。

楊貞德（1994）。〈「大社群」——杜威論工業社會民主的必要及其可行性及其可行性〉，《政治社群》。台北：中央研究院人文社會科學研究中心。

劉肇熙、姚清江（2004）。〈公共新聞學：美國新聞理論的第三次革命〉，《青年記者》，第4期。

蔡雯（2004）。〈美國公共新聞的歷史與現狀：對美國「公共新聞」的實地觀察與分析〉。中華傳媒網。

蔡雯（2004）。〈美國新聞界關於「公共新聞」的實踐及爭議〉，《新

聞戰線》，第4期。

二、英文部分

Charity, A. (1995). *Doing Public Journalism*. New York: Guilford.

Dewey, J. (1927). *The Public and Its Problems*. London: George Allen & Unwin.

Jay Rosen (2003). Terms of Authority, *Columbia Journalism Review*. p10.

Leonard Witt (2004). "Do we need a name change?" *Civic Journalism Interest Group News, Winter 2*.

Phil Meyer, "Doing well by doing good", http://research.unc.edu/endeavors.

Philip Meyer, "Public Journalism and the Problem of Objectivity", http://unc.edu/~pmeyer.

Rosen, J. (1996). *Getting the Connections Right: Public Journalism and the Troubles in the Press*. New York: Twentieth Century Fund.

Theodore L. Glasser & James S. Ettema (1999). The Idea of Public Journalism, pp. 3-18. In Theodore L. Glasser, ed., *The Idea of Public Journalism*. New York: Guilford.

新聞教育的「是」與「不是」
——「新世紀華人新聞傳播大系」編後

一、新聞教育的六個「不是」

1994年9月，筆者應劉建南院長之邀在北京廣播學院（今中國傳媒大學）演講不久，又應陳桂蘭院長之邀，參加復旦大學新聞系七十周年紀念，兩度在大陸就新聞教育提出看法，我提出了新聞教育的「六個不是」；返台後，應邀擔任台大、交大研究所與慈濟、銘傳、台灣藝術大學、國防大學、佛光等校評鑑，有教授對此一觀點相詢，要我做進一步說明。

我所說的新聞教育「六個不是」，意指新聞教育「不是技術教育，不是廉價教育，不是孤立教育，不是速成教育，不是僵化教育，更不是功利教育」。願申其說：

(一)新聞教育不是技術教育

衆所周知，新聞教育起源於培育新聞專業人才。首創美國密蘇里大學新聞學院的威廉博士（Dr. Walter Williams）原是美國一家大報的總編輯，但是他放棄了當時優渥的報業待遇，而於1908年到密蘇里大學創辦新聞學院，因爲他相信報業與民主政治前途息息相關：如果他繼續辦報最多只能辦一份好報，但是民主政治需要更多的好報紙，因此他放棄辦報，而去從事新聞教育，希望能與更多志同道合的青年，爲社會辦出更多好的報紙，以開創民主政治的光明

前景。

繼密蘇里之後，美國第二家新聞教育學府乃是1912年成立的哥倫比亞大學新聞學院，該院為偉大報人普立茲（J. Pulitzer）所創辦。普立茲主張新聞工作者應受新聞專業教育；他提供巨款，創辦這一所影響重大的新聞教育學府。他表示，塑造國家前途之權，是掌握在未來記者的手中。

威廉博士與普立茲都重視新聞實務訓練，所以密大的《密蘇里人報》歷史悠久；而哥大重視實務訓練更是無出其右，所以其新聞學院的許多師資是來自紐約重要媒體，如《紐約時報》、美聯社的重要幹部與著名專欄作家等。

但密蘇里與哥大雖然重視實務訓練，卻從來知道新聞教育的核心價值在於道德與職業倫理。

威廉博士手訂「報人信條」（The Journalism Creed），成了新聞工作人員共同遵守的基本信條，也是對抗黃色新聞、珍惜新聞自由與倡導新聞自律的指針。

普立茲在創辦哥大新聞學院之同時，捐款美金一百萬元後成立普立茲新聞獎，以獎勵新聞工作者提升專業水準。

威廉斯強調新聞為社會服務，新聞人應有三種預備功夫，便是：知識、技能、人格。三種功夫中，道德人格最為重要。而獨立的精神、客觀的態度和不偏不倚的立場，更是新聞專業道德思想的中流砥柱。

普立茲以經辦《世界報》而聞名，他是一位追求進步的理想主義者。他說：「當今培養律師、醫生、牧師、軍官、工程師與藝術家，已有各種專門學院，唯獨欠缺一所用來訓練記者的學院。……在我看來是毫無理由的。我想，在我所奉獻的行業裡，我所能貢獻的，再沒有比建立一所新聞學院更切實際，而且更有助於社會公益了。」

這位「有所爲、有所不爲」的矮小報人，建立了不朽的新聞思想哲學、新聞政策典範。他實踐偉大、自由、不畏政治勢力，以及新聞獨立的精神，永遠標柄史冊，照耀人間。

由上述可見，新聞教育的創始者威廉斯與普立茲雖重視新聞工作的實務訓練，但新聞教育絕不是技術教育。以技術訓練培養人才，只是一種匠氣教育，而非培養獨立的報人。

(二)新聞教育絕非廉價教育

近些年，台灣與大陸的新聞教育風起雲湧，表面上蓬勃發達，實際上卻是潛伏危機，問題叢生。

丁淦林教授於2005年3月致函筆者說：「近年來大陸新聞教育發展迅速，有二百多所高校有新聞系，傳播學專業，專業點超過五千個，在讀學生超過十萬名，在發展中出現若干新問題，需要繼續努力改進。」

近五年間中國大陸的新聞教育，又有新的增加，據聞所系單位已達五百七一所，在學學生逾十五萬人。

同樣情形，台灣的新聞教育，在光復初期亦只有政戰學校新聞系、政大新聞所系、世界新聞專科學校、師大社教系新聞組等數所；迄民國五十二年，文大新聞系所，藝專廣電科（夜間部）、文大大傳系（夜間部）相繼成立，形成當時的九院校。

當年由馬星野先生任理事長，筆者任副理事長、秘書長的大衆傳播教育協會，曾經聯繫九院校，不斷舉辦各種演講會、座談會、研討會、出版書刊、舉辦九院校聯誼會，不僅增進情感，促進交流，提升新聞教育水準，且培養出甚多傑出人才，爲新聞界服務。

但是，曾幾何時，台灣的新聞教育學府已逾一一二所。根據中華民國傳播教育協會的統計，迄2006年底，台灣的新聞傳播教育單

位已從九院校增加爲一一二所。除政大、文大、輔仁、淡江等老牌學校外，其中以台大新聞所、交大、中正大學、南華大學、玄奘大學、銘傳大學、朝陽大學、世新大學、慈濟大學是其中較受矚目的學校。

台灣的新聞傳播教育如此迅速發展，一方面原因固然是報禁解除，媒體生態隨著新傳播科技而日益發展，人才需求孔急；另一力面更是由於年輕人對新聞科系趨之若鶩，以爲是既新鮮又好玩，特別是電視主播，成了許多青年人之夢，以爲進了傳播科系就可以圓夢。

而學校方面，因爲新聞傳播科系較熱門，不怕招生無「源」；有的更只闢幾間教室，聘幾位師資，添一點設備，就宣布新聞傳播科系成立，似乎廉價之至。

事實上，這種觀念是錯誤的。因爲新聞教育一如醫學教育，必須付出極大代價，無論是印刷媒體（如報紙、雜誌、出版）、電子媒體（廣播電視）以及電腦等新科技設備無不需要昂貴代價。

一些新聞學府，把實習與經驗傳承寄託於媒體。事實上過去確實有不少媒體負責人有此社會責任感，願爲培養人才而奉獻教育熱誠，但隨著各校畢業生逐年增多，對接受實習單位而言，形成沉重負擔，熱忱也已不如當年，在媒體經營自顧不暇的困境中，也常把學生實習當做「應付」，眞正有周詳規劃者日漸稀少。

從另一角度看，媒體經營單位之成本代價又高，也漸無能力派出工作人員輔導學生，國外許多著名媒體其實是不接受實習的。他們認爲媒體經營與教育是不同的領域；教育單位既有意興辦新聞傳播教育，則應該寬籌經費，增加完善的實習設備，形成良好的教育環境以培養學生。

「既要馬兒好，又要馬兒不吃草。」這是不可能的。新聞教育不是廉價教育人才的培養所。若干粗製濫造的教育成果，不僅危害

青年前途，也傷害新聞專業的本質。

(三)新聞教育絕非「孤立教育」

鮮少新聞學府能孤單一支，而能蔚爲大樹的。

在新聞傳播發展的過程中，除了以實務訓練爲本位外，有的主張以社會科學爲依歸，更有的主張以人文主義爲目的。

新聞專業接觸的是整體社會。所以新聞工作者要有廣泛的社會學科基礎，才能善盡職責。而教育內容更必須以社會科學爲基礎，才能與新聞工作密切結合。許多學校曾把新聞科系置於社會科學院之下，其理至明。如美國明尼蘇達、史丹福、伊利諾等大學，在課程安排上，極爲重視社會科學的比例，其理在此。

也有不少學者主張，新聞教育是一種文化工具，不但塑造社會輿論，且應在社會上扮演道德仲裁的角色，所以應多強調人文主義方面的思想和課程。

此外，由於近些年，統計電腦與新傳播科技的發展、傳播理論的研究、傳播效果的評估均與數理學科關係密切，所以這一部分的知識逐步在傳播教育中占據一定比例。

無論是社會科學、人文主義與科學性的傳播研究，都說明了新聞傳播教育絕不能孤立，它必須成長，並結合諸般涵詠廣闊的知識領域中，始能奏功。

所以，新聞教育絕不能孤立，否則人才之出，必成爲技術之輩，而無法指引其畢業生朝輿論事業之大方向。

筆者一向主張，新聞教育應生根於綜合大學中。學生們除修習本科專業知識外，更要選修、旁聽其他學院之不同知識，即使聽演講、參加學術討論會之機會亦有益於新聞傳播科系學生之視野與潛力發揮，所以新聞傳播教育絕不能孤立一支。無任何知識背景之支援。

(四)新聞教育絕非速成教育

新聞專業人才上通天文、下通天理，其養成教育必須深厚，才能蔚爲有用人才。

曾任中央社社長，在新聞界人尊「蕭三爺」的蕭同茲先生曾說：「醫生治療人類生理疾病，記者治療人類社會疾病。治療社會疾病更較治療生理疾病爲難。醫生要接受七年醫學教育，記者怎能輕率？」

所以，他主張完整的新聞教育需要七年的時間。前四年奠定語文、社會科學與人文素養之基礎。第五年，一如師範生必須到學校試教一年（新聞系學生則到媒體實習一年）。第六、七年則開始受新聞專業知識以求深度，並補不足。

蕭先生的構想在今日教育制度下，當然不易實現，但是他的理想與哥大新聞教育新聞學院、台大新聞所之精神或有若合符節之處。哥大與台大不辦大學部，研究所則招收大學部有各種不同學科背景知識的學生，2007年6月分，筆者擔任台大新聞研究所之評鑑，亦深覺其教育效果與傳統四年制之大學新聞科系教育互有利弊，值得深入探討。

無論如何，新聞教育絕不能只是求速成，否則教育無益於專業水準之提升，亦無由獲得社會之認同與尊重。

(五)新聞傳播教育絕非僵化教育

在所有教育領域中，新聞教育是一塊特殊的領域，因爲它主要培養的人才是在爲新聞媒體服務，而新聞媒體隨著傳播科技之日新月異，其生態亦不斷更新。

因此，新聞教育必須隨著新科技的發展，而更新其內涵。教學課程固然需要調整，教學內涵亦必須不斷充實，教學方法亦有隨時檢討之必要。

新世紀要掌握媒體、資訊，做科技的主人，新世紀更要以人文為本，落實科技與人文並重的全人教育，才能建構知識經濟時代的科技人文之國。

筆者主張新聞傳播科系的課程有不變的一面，如歷史、倫理、社會責任、法律等；但也有其隨時代以改變的一面。這樣新聞工作者才能走到新世紀的先端，預見各類現象與問題，提供閱聽人全新的思維。新聞工作者不僅以提供資訊為滿足，更須進一步的提供知識，並指引智慧，這是新時代有抱負的新聞人應有的使命感。

所以，新聞教育絕不可僵化，一成不變，而要隨時代以進步，日有進境，才無負社會的期許。

(六)新聞教育絕非功利教育

有人批評新聞教育的功利性似乎只是為學生製造一張畢業證書，求得一份職業。事實上，新聞教育除給學生謀生技能外，也應該回歸教育的本質，因為教育的目的不僅在使人有用，更要使人幸福。

如果教育只是為職業而教育，不免狹窄；如何提升生活品質與生命意義，乃是人生終極的關懷；所以新聞教育除在專業上授學生以知識技能外，也應該強化其哲學思維，以求終生之幸福與人生目標之實現。

這種理想，必須循人文科學之思維，以培養學生適當的態度、正確的思想、常態的情緒以及良好的習慣，進一步謀求個人與社會的和諧與幸福。

曾任美國聖母大學校長赫斯柏（Theodore M. Hesbursh）曾說：「人文精神教育的旨趣，在學習如何生活，充實人生，發揮生命價值，而非僅在專業訓練以準備將來的就業而已。」

人文教育重視「博雅教育」（liberal education），讓學生體會如何生活比學習如何工作更爲重要。

這牽涉到人的價值觀、生命觀與宇宙觀，也是一位新聞記者立身處世、安身立命之終極。

如此說來，新聞傳播教育確是任重而道遠。

二、新聞教育的六個「是」

新聞教育既有那麼多的「不是」，那麼新聞教育究竟「是」什麼呢？筆者認爲，新聞教育如要贏得敬重，受到民衆的信任，他必須建立在以專業爲基礎的教育上。

(一)新聞教育是專業教育

所謂專業就是此一行業不僅服務社會，且因其所從事工作的內容，常常牽涉他人生命、財產、名譽與安全。例如醫師、律師、教師、建築師、會計師，其工作內涵涉及別人的健康、權益、成長。所以他們的共同特徵就是要以專業概念做爲工作指導；醫師在促進病人健康，律師在保障人權，教育在協助成長……所以他們在從事專業活動時，皆需運用較高級的心智，不僅「知其然」，更知「其所以然」。其專業形象的建立，消極的要從自我的突破開始，積極的更要不屈於外來壓力，進一步堅忍勇敢，專一與明斷。

專業從事者應接受完整的教育，以運用其知識，誠懇地服務大衆；而以謀生爲次，金錢只是生活的工具而已。

(二)新聞教育是倫理教育

新聞教育既是一種專業教育，則其必須以倫理爲基礎，重視榮譽，並以高度自治的方式，不斷求進步，改善服務的品質，並遵守一套道德規範與倫理規範；心中有一把道德的尺，終生奉獻，所謂「做良醫不做名醫」。

專業從事者，是否有專業倫理，受社會制約，受專業理念指導，最爲重要。

道德是自發而爲，所以作者認爲哲學家柏拉圖在《理想國》一書所提的四種道德，實爲新聞倫理教育極重要的基礎：

1.智慧：今日媒體所提供的只是一種資訊，如何進一步提升爲知識，實爲新聞人的重大挑戰；智慧不僅是資訊的整理與歸納，更是對眞善美的抉擇與判斷。

2.勇氣：新聞從事者每天面對不斷的挑戰與壓力，必須以無比的勇氣接受挑戰，雖千萬人吾往矣。

3.自制：新聞是一項權力，行使此一權力，往往涉及他人的權益與幸福，所以必須有強大的自制力，謹愼、反省，不僅不違反道德，且積極爲善，服務社會。所以新聞自律乃是新聞教育的核心價值。

4.公正：公正就是正義。新聞從業者，必須懷公正之心，對眞理負責，以期成爲社會進步之標竿，而不成爲社會進步之絆腳石。

(三)新聞教育是人文教育

新聞工作者在科技時代的社會危機中，更需要加強人文教育。

人文教育在強調器識先於文章，文化素養重於工具性的知識。它所關懷的，是研討人的存在價值、所擁有的態度、採持的信念、所追尋意義與生活方式的呈現。

「正德、利用、厚生」正是人文教育的重大信念，所以新聞教育應鼓勵學生體驗人生，並積極創造生命的價值，培養民胞物與的情境。人文教育的理想是希望落實科技與人文並重的教育，以建構知識經濟時代的科技，爲生命找無限的可能。

人文教育的實施，重視情意，特指感性的訓練價值與道德能力的培養。當人們強調人文關懷時，即是著重於人生存的價值和榮耀，他所主張的自由，是利人利己的大利。

(四)新聞教育是通識教育

通識教育是人文教育的重要形成，希望透過合理的課程與教學，提供新聞人完整的知識，進一步培養全面性的人格。哈佛大學所強調的通識教育是：

1.清晰而有效思考，並用文字表達出來。
2.對於某些知識具有廣博學識基礎。
3.對於所吸納之知識有正確批判和理解能力。
4.對於道德與倫理，具敏銳的判斷力。
5.具有豐富的生活型態。

曾任清華大學校長的梅貽琦，強調其教育觀念的核心是通才教育，他認爲應培養學生在自然、社會和人文三方面的綜合知識。一些學者主張通識教育應以經典的閱讀、分析、討論爲中心，不爲無因。

(五)新聞教育是「全人教育」

所謂「全人教育」就是四種教育平衡的觀念：

1.專業與通識的平衡。
2.人格與學養的平衡。
3.個體與群體的平衡。
4.身心靈的平衡。

中國全人教育的理念，不僅是要完成人的內在整合，使生理、生命接受精神生活的統攝指導，完成身心一如之功夫。教育的目的是幫助受教育者在人格、知識、態度與智慧等各方面的整體成長，回歸「以人爲本」的基礎。

(六)新聞教育是「終身教育」

新聞事業隨科技發達而日新月異，而社會變遷更是驚人。新聞教育必須配合此一發展情勢，使新聞教育朝終身教育的理念方向發展。

德國大學最鄙視的是爲謀生而學習。愛因斯坦希望青年人離開學校時，做個終身和諧發展的人，而不只是做爲一個專家。「專家不過是一隻訓練有素的狗。」

在今天數位匯流下，新聞教育自需若干改變，尤其終身學習的觀念，更需建立。而新聞教育的基本功力更應強化：

1.文化歷史的素養。
2.專業精神的精深。
3.寫作能力的強化。

4.永生教育觀念的培養。

我們要再一度強調新聞教育是一種「教育」，不是一種「訓練」。這樣的新聞教育才有永恆價值。這是筆者主編這套叢書的緣由與用心。

鄭貞銘

2010年8月於台北正鳴軒

新世紀華人新聞傳播大系 3

新聞採訪與寫作

作　　者／鄭貞銘、廖俊傑、周慶祥
出 版 者／威仕曼文化事業股份有限公司
發 行 人／葉忠賢
總 編 輯／閻富萍
地　　址／台北縣深坑鄉北深路三段 260 號 8 樓
電　　話／(02)8662-6826
傳　　真／(02)2664-7633
網　　址／http://www.ycrc.com.tw
E-mail ／service@ycrc.com.tw
印　　刷／鼎易印刷事業股份有限公司
ISBN ／978-986-85746-5-6
初版一刷／2010 年 11 月
定　　價／新台幣 700 元

國家圖書館出版品預行編目資料

新聞採訪與寫作／鄭貞銘，廖俊傑，周慶祥
著. --初版. -- 臺北縣深坑鄉：威仕曼文化，
2010.11
面； 公分. --（新世紀華人新聞傳播
大系；3）

ISBN 978-986-85746-5-6 (平裝)

1.採訪 2.新聞寫作

895 99017213